U0948524

阿彩 著

凤凰错

3 诸神之战震洪荒

Fenghuang Cuo

上

青岛出版社
QINGDAO PUBLISHING HOUSE

图书在版编目（CIP）数据

凤凰错. 3，诸神之战震洪荒 / 阿彩著. -- 青岛 : 青岛出版社，2017.7

ISBN 978-7-5552-4014-3

Ⅰ. ①凤… Ⅱ. ①阿… Ⅲ. ①长篇小说－中国－当代 Ⅳ. ①I247.5

中国版本图书馆CIP数据核字(2016)第106218号

书　　名　凤凰错. 3，诸神之战震洪荒
著　　者　阿　彩
出版发行　青岛出版社
社　　址　青岛市海尔路182号（266061）
本社网址　http://www.qdpub.com
邮购电话　010-85787680-8015　13335059110
　　　　　0532-85814750（传真）　0532-68068026
责任编辑　郭林祥
责任校对　耿道川
特约编辑　孙红彦
装帧设计　小　贾
照　　排　孙顾芳
印　　刷　三河市航远印刷有限公司
出版日期　2017年7月第1版　2017年7月第1次印刷
开　　本　16开（700mm×980mm）
印　　张　32
字　　数　416千
书　　号　ISBN 978-7-5552-4014-3
定　　价　65.00元（全二册）

编校印装质量、盗版监督服务电话　4006532017　0532-68068638

建议陈列类别：畅销·古代言情

目录[上]

CONTENTS

目录 [下]

CONTENTS

FENG HUANG CUO

第一章
我在洪荒等着你们

关系到中州十大家族未来百年的资源分配，为了排位战，许多家族准备了足足百年，现在结束了！

从今日起，属于帝星阁的时代结束了！

从今日起，公子苏才是中州的第一人！

中州排位战结果一出来，便有无数人上前向公子苏贺喜。公子苏周旋于众人间，风度翩翩，举止有礼，不说让人人都满意，但至少与他交谈过的人，少有讨厌他的，尤其凭他现在的身份地位，有人心中不满也不敢说出来。

众人给公子苏道完喜，不再打扰，各自离去。玉府和尼府的人也不知何时已暗暗离去，倒是沐府的人，走之前特意与雪天傲和东方宁心告别。

沐双更是半打趣半认真道："雪亲王，不知我们沐府到天耀后，可否取代中州薛家在天耀的地位？"

薛家的来历沐双很清楚。中州排位战尽在雪天傲的掌握之中，要不是有他的许可，一个名不见经传的家族怎么可能成为中州第六、三府之一？

"你认为自己够格吗？"雪天傲倒是不惊讶沐双能查到薛家的身份，要是查不到，雪天傲才觉得沐家无能。

"给沐府一个机会，你想要的我都可以做到。"沐府不够强，无论是在中州还是在天耀，都需要依附一个大势力，只有这样才能更稳更快地发展。毫无疑问，不管是在中州还是在天耀，雪天傲都是一棵大树。

"给你一年的时间证明，一年后你有这个自信再来找我。"雪天傲说完转身离去。

没有被雪天傲一口拒绝，沐双暗松了口气，朝雪天傲离去的方向一揖到底："雪亲王，一年后见。"他有自信，沐府在他的带领下，一定能成为雪天傲的心腹。

公子苏、无邪、无涯和香浩宇、香浩泽远远看到沐双在跟雪天傲说话，一直站在旁边等着，等到人走了才过来。

“雪天傲，你倒是敢用人。”无涯在雪天傲与东方宁心面前向来是想说什么便说什么，完全不需要遮掩。

“这世间没有不可以用的人，别说沐双，就是韩亚诺我也敢用。”似乎这世间没有雪天傲不敢用、用不起的人。

“不和你说这个，我没你这么有魄力，这沐双我是不敢惹的。接下来你们要去哪里？子苏和我大哥他们要接手各府的产业了。”无涯指了指自已这一排，中州前三的家族都在这里，他们有的忙了。

“我们要去一趟冰寒殿。”雪天傲看着站在不远处与欧阳以凌和猥琐会长商谈赌注的东方宁心。

公子苏、无邪、香浩宇等人顺着雪天傲的视线看过去，只见猥琐会长正围着东方宁心不停转圈，东方宁心不动如山，看样子最后的胜利者是宁心了。

“可惜我们要赶回去。”无限惆怅地收回视线，公子苏侧过脸，掩去眼底的黯然。

他终究是比不上雪天傲，无法像雪天傲那样，为了东方宁心放下自己的责任。

“我、我、我不用回去，我和你们一起去。”无涯同情地看了公子苏一眼，他明白公子苏。当年的他何尝不是被家族责任绑得死死的，再怎么厌恶也逃离不了沦为杀手的命运。

不过，他终究是幸运的，上天安排他遇上了东方宁心与雪天傲，改变了他永远活在黑暗中的命运，也改变了君府未来很多代人的命运。

雪天傲轻轻点头，对于公子苏的惆怅视而不见。中州第一并不是非公府不可，他故意让公府成为中州第一，就是为了困住公子苏，让他再无时间去缠东方宁心。

“东方宁心，你不能这么无耻，明明是你耍诈才赢的，我现在不过是将赌注减半，你为什么不同意？”猥琐会长打断了公子苏、香浩宇等人离别的情绪，一群人再次看向与猥琐会长纠缠的东方宁心。

估计是被猥琐会长缠怕了，东方宁心转身就朝众人走来，走到雪天傲面前，伸出手，不耐烦地道：“给我……”雪天傲没有多问，将怀中的七彩神剑交给东方宁心。

接过七彩神剑，东方宁心转身丢给匆匆追来的猥琐会长：“七彩神剑换剩下的一半赌注。”

“哈哈哈，这还差不多。东方宁心，你够上道。”猥琐会长接过七彩神剑，小心翼翼地捧着，猥琐的小眼睛似能放光。

东方宁心懒得理会越来越无赖的会长大人，向公子苏、无邪、香浩宇与香浩泽道：“你们要回去了？”

四人同时点头，公子苏微微一笑：“排位战后的一个月，我们要做的事情太多了。”身为中州第一，接管帝星阁的所有产业，不是一时半刻可以做好的。

东方宁心点了点头：“保重，有什么事记得找我们。”

无邪依旧枯寂，空洞的双眸没有任何情绪波动，香浩宇与香浩泽两兄弟轻轻点头：“保重。”

离别在即，一句保重，下次相见不知何年何月。

东方宁心、雪天傲与公子苏四人告别后转身离去，留下公子苏四人站在原地。

半途，两人又被云清逸、欧阳以凌和药老拦了下来，他们三人也是向东方宁心告别的。这里已经没有他们的事了，他们要赶回去处理族中事务。

离别的愁绪笼罩在众人心头，今年的中州前三不仅没有欢欣雀跃，反倒个个郁郁寡欢。

雪天傲与东方宁心二人虽冷情，但或多或少受了他们的情绪影响，脚步不由得更快。

两人提前离开，就是想要安静一会儿，偏偏总有人看不得他们悠闲。雪天傲与东方宁心前脚刚走出中州战场，鬼苍悟后脚就到：“韩家的那株幽梦草已经没了。”

一如既往简洁明了，这就是鬼苍悟的作风。

看着站在他们面前如同黑竹的鬼苍悟，雪天傲与东方宁心同时轻叹一口气，无论外表怎么变化，鬼苍悟身上依旧有秦羿风的影子。

雪天傲看了他一眼，问道：“当初鬼族的黑莲祭坛，就是以幽梦草为引，是吗？”

“是……”

“韩家被灭就是因为那株幽梦草？”

“是。”鬼苍悟大方承认。

“你告诉我这些做什么？”雪天傲不信，鬼苍悟就是来告诉他这个消息的。鬼苍悟，他身上有秦羿风的影子，但终归不是秦羿风。

鬼苍悟抬头，双眸从黑色的衣罩中露了出来，看向东方宁心：“墨言，如果我告诉你，我知道哪里有幽梦草，并且你可以拿到，你会去拿吗？”

“会。”东方宁心毫不犹豫应下。

“如果代价是生灵涂炭呢？”他也不知道自己的决定是对是错，但他知道，与其让鬼王引东方宁心去那个地方，不如将主动权握在自己手中。

那个地方早晚要被开启，千年已到，梦族的传人也该回去了。

“什么意思？”东方宁心微微皱眉，隐约有不好的预感。

“墨言，一个月后，我在寂灭山脉脚下等你，我带你去寻找幽梦草。”鬼苍悟没有回答东方宁心的问题。

“幽梦草怎么会在寂灭山脉？它不是异界之物吗？”不知为何，她很不喜欢寂灭山脉，一点也不想去那个地方。

“看样子，你对四族之事半点不知。”鬼苍悟叹了口气，“寂灭山脉就如同雪魂山脉，是用来埋藏梦族人的魂地，最终整个梦族人都会被埋葬在那里。幽梦草之所以成为异界之物，在中州灭绝，是因为没有梦族的真气浇灌，就无法成长，但在寂灭山脉就可以成活。”

“梦族遗址？难道我上次无意中闯入的地方真是梦族遗址？”东方宁心心惊，想到那一次站在破败的城门外，感受到的孤寂与哀伤，那是沉埋千年永世不得安宁的灵魂在叫嚣……

“东方宁心，那只是梦族遗址，别的什么都没有。”雪天傲发现东方宁心不对劲，伸手将她搂在怀里。

“雪天傲，我到过那里，一座城，一座只有尸骨与不甘的城池，一座没有一丝生气的城池。”东方宁心眼神迷茫，布满哀伤，那种感觉就好像至亲从身边离去……

看到东方宁心悲伤的样子，雪天傲不满地瞪了鬼苍悟一眼。鬼苍悟又不是不知道他们在寂灭山脉遇到的事。他险些死在寂灭山脉，小神龙在那里失去了他唯一的亲人，寂灭山脉对于东方宁心来说是一个伤心地。

鬼苍悟摇了摇头，开口就准备叫天傲，话还没有说出来就回神了。他现在没有称呼他天傲的资格：“雪少主，你应该明白，那个地方东方宁心一定要去，不然中州就不再是中州了。梦皇的封印不解除，整个中州都会消亡，现在的中州无法出现神者，再过百年，中州连帝者都不会有了……真气将从中州消失。”

“梦皇的封印，那是什么？”为什么身为梦族后人，她什么都不知道？

鬼苍悟看了一眼雪天傲，见雪天傲没有要说的意思，亦不再多言，只道：“墨言，如果你相信我，一个月后寂灭山脉脚下见，到时候你就会明白。”

留下这句话，鬼苍悟便走了。

东方宁心看着鬼苍悟离去的身影，眼眸微暗。寂灭山脉，她肯定是要去的，但不是现在，现在他们要跟着冰寒大护法去冰寒殿，这才是正事。

中州排位战一结束，冰寒大护法就走了，雪天傲与东方宁心带着小神龙、无涯两人，立刻跟了上去。

冰寒大护法忧心中州的变化对他们不利，一路马不停蹄地赶往冰寒殿。一到冰寒殿，就召集其他几位护法一同开启冰寒圣殿，求见他们的主人，好将中州的事禀报给主人知晓。

冰寒圣殿内，冰寒大护法与其他六位护法开启圣殿后，七人便恭敬地跪在那一团七彩云雾面前，向他们的主人汇报中州排位战上发生的种种情况，特别详细地说了韩亚诺的事情，还有三天后雪天傲与东方宁心要来冰寒殿的事。

就在冰寒七位护法与其主人商讨如何拿下雪天傲与东方宁心时，冰寒殿外响起阵阵打斗声。

冰寒圣殿因其特殊性，当门口的石门关下，外面看不到里面发生了什么。同样，若是外面出了什么事，里面也看不到。

东方宁心、雪天傲、无涯和小神龙四人运气极好，正好在七大护法进入冰寒圣殿时进来。四人一路嚣张地横扫冰寒殿的护卫，大摇大摆，直入冰寒殿。

"果然是徒有虚名。"无涯的辟邪剑都没有抽出来，只用剑柄就将冰寒殿的守卫拍得晕头转向。

"别被这些给迷惑了，这些人不过是不入流的小角色，你还没有见着冰寒的核心人物，他们没有你想的那么简单。"东方宁心泼了无涯一盆冷水。

"我明白了。"无涯瘪了瘪嘴，左手握剑身，右手握剑柄，全身紧绷，戒备地看向四周。

四人沿着长廊往里走，越是往里就越是宁静，整个冰寒殿空荡荡的，连个人影都没有。

走到大殿正中央，无涯与小神龙看向雪天傲与东方宁心："我们是不是走错路了？"

"没有走错，这里就是冰寒殿，只是你们在外殿罢了。"梁柱后一黑衣男子走了出来。

雪天傲四人提高戒备，发现来人居然是——

"韩亚诺？"

雪天傲眼中闪过一抹杀意，韩亚诺这个人太不寻常了，这世间没有人能如他那样悄无声息地跟踪他，甚至同处一殿却让他无所察觉。

韩亚诺立刻举起双手，以示清白："天傲阁下，我并不是跟踪你们来的，我来得比你早……"

"你的目的？"雪天傲并没有轻信他。

"先下手为强。"韩亚诺指了指冰寒殿后侧。

他知道冰寒大护法有杀他的心思，也知道冰寒大护法还想杀雪天傲。身为半人半兽魔化真气修炼者，他有人的思维，也有猛兽对危险的敏感。

在雪天傲拒绝和他比试时，他就溜出人群，凭着玄兽特有的灵敏，顺着冰寒大护法的气息找到了这个地方。

他在这里等了三天，看到冰寒七位护法开启了一间石室，然后进去。不过，韩亚诺没有轻举妄动，凭他一人不是七位护法的对手。他知道雪天傲与东方宁心也不是坐以待毙之人，这两人一定会来。

现在，他不就等到了吗？

“是吗？”雪天傲深深地看了韩亚诺一眼，从他身边走过，韩亚诺一怔，上前挡住他们的去路：“你们不相信我？”

“我为什么要信你？”东方宁心看着他，目光冰冷，气势全开。

在东方宁心的真气压迫下，韩亚诺长无力地叹气：“我没有恶意。”

“没有恶意？没有恶意会千方百计到中州来？你练的是魔化真气，在中州去哪里找那玄兽来给你吞噬？”东方宁心冷哼，有些人就是这般，不把他的底牌掀了，就一直装糊涂。

韩亚诺无比震惊，后退数步，心里瞬间闪过无数的想法，杀了东方宁心，或者逃？

不过，冷静下来后，韩亚诺就知道该怎么做了：“你们是怎么发现的？难道我释放出来的黑雾，是你们破的？”

“韩亚诺，说吧，你来中州到底有什么目的？”东方宁心并没有回答韩亚诺的问题，没有必要，再说韩亚诺也没有那个资格。

“我的目的？我能有什么目的？我本来就是中州人，那地方再好也不是我的家，我的家在中州，我要回来找到灭我全家的仇人，同时重建韩家。”韩亚诺说得极快，就好像在掩饰什么。

“是吗？那我是不是还要再问上一句你来冰寒的目的呢？不要用先下手为强来糊弄我。”东方宁心步步逼近，将韩亚诺的退路封死。

没有得到想要的答案，她是不会放过韩亚诺的。

韩亚诺从东方宁心眼中看到了这一点，后退一步，苦笑道：“果然骗不过你们。我之所以会特意激怒冰寒大护法，潜入冰寒殿，是因为我曾看到一条记载，说冰寒殿有一魔物。一般非人非兽又特别强大的东西，中州人都称之为魔物。”像是生怕东方宁心与雪天傲不知道一般，韩亚诺又解释道，“冰寒殿这团魔物据说蕴含极其强大的力量，一旦吞噬了它，我的魔化真气就算是修炼成功了。”

冰寒殿有魔物？难道就是那魔物需要白色舍利子吗？如果真是这样，那么冰寒殿一定要毁了。

东方宁心压下心中的震惊，再次问道：“魔化真气修炼到最后，是不是成为魔神？洪荒有魔神的存在？”

“你知道洪荒？”韩亚诺讶然，他从始至终都没有说自己来自洪荒。

东方宁心不屑回答他这么白痴的问题："吞噬了那团魔物后，你会不会成为魔神？"

"我——"不会成为魔神。

后面的话，韩亚诺还没来得及说出来，耳边就传来石门轰隆的声音。

"走……"这个时候，雪天傲与东方宁心也顾不上韩亚诺。只要韩亚诺没有吞噬冰寒殿中的那团魔物，他们就不惧。

无涯与小神龙也顾不上韩亚诺，连忙跟在东方宁心与雪天傲的身后，生怕被丢下来。

"你们怎么在这里？"冰寒七大护法刚与他们的主人商讨完对付雪天傲、东方宁心和韩亚诺的对策，一个转身就看到人已到眼前，怎不吃惊？

东方宁心与雪天傲站在冰寒大护法对面，一眼看到盘旋在白莲上的七彩云雾。慢一步跟来的韩亚诺也看到了，长长的舌头在嘴角轻舔，一副垂涎样。

什么都不用说，只看韩亚诺的表现，东方宁心与雪天傲就知道这团七彩云雾就是韩亚诺口里的魔物。

"除了东方宁心，其他的一个不留。"石室内，七彩云雾团突然开口说话，声音尖锐，带着刺骨的恨意，似乎是从灵魂最深处散发出来的。

"是！"命令一下，冰寒大护法便收起伪善，瞬间化为杀戮机器扑向雪天傲、无涯与小神龙，其他六位护法则齐齐攻向韩亚诺。

冰寒殿内没有外人，东方宁心四人又明白自己的底细，韩亚诺不再隐藏自己魔化的身份，第一时间魔化，以半人半兽的姿态对上冰寒护法们的攻击。

韩亚诺一魔化，身躯瞬间变得高大，身上布满坚硬的鳞片，双臂如同猿臂，十指尖锐似鹰爪。这样的韩亚诺拥有极其强大的防御能力，冰寒六位护法的真气打在他身上，完全造不成一丝伤害，以一敌六，韩亚诺游刃有余。

雪天傲这边，有东方宁心的妖瞳相助，大护法打得十分憋屈。他虽是神者五阶，但有东方宁心的妖瞳在，他的真气时常会打空。加上雪天傲时不时使出超出神者三阶的攻击技能，还有无涯手中的辟邪剑、小神龙的强悍拳头，大护法在这三人身上讨不到半点好。

很快，东方宁心与雪天傲四人就占了上风，几乎将大护法吊着打。就在此时，石室内的七彩云雾团突然拧为一股绳，化为一条七彩光柱，朝东方宁心直飞而来……

"东方宁心，让开……"雪天傲第一时间发现了七彩云雾的异常，生生受了大护法击来的一掌，将东方宁心撞离七彩光柱的攻击范围。

血染红了七彩光柱，一点一点，如同雪花落在那光柱上，在七彩光芒照射下，点点斑驳。

“雪天傲。”东方宁心一个旋身，取出背在身后的凤凰琴。

当——

五指齐扫琴弦，以极度野蛮的方式发出虚幻之针。在凤凰琴的攻击下，七彩光柱略微后退半米，借此空当，东方宁心一个大步来到雪天傲身边：“你没事吧？”

那七彩光柱诡异非常，至少是神者九阶以上的水平，被光柱一击，饶是雪天傲也承受不住。

“咳咳……”血点落在身前的衣襟上，雪天傲摇了摇头，“我没事，七彩光柱是当年的七大神，刚刚那一刹那，我似乎看到了冰神。”

推开东方宁心，雪天傲站了起来，挡在东方宁心面前。只见七彩光柱渐渐柔和起来，化为人形光影，站在他和东方宁心的面前。

“雪天傲，东方宁心，没想到时隔万年，我们又遇上了。”声音带着一丝冰冷，一丝怨恨，人形光影优雅地扬了扬手，只见冰寒大护法瞬间如有神助，一击就将小神龙与无涯打得飞出殿外，两人一路跌撞，撞毁了冰寒殿无数的石柱，跌在冰寒殿的入口处。

“你是冰神。”东方宁心不知无涯和小神龙怎么样了，心中焦急。

“冰神？”人形光柱嘲讽一笑，“这世间哪还有什么冰神。东方宁心、雪天傲，当年你们借刀杀人，让中州七神全部死在神王殿中，难道你们忘了？”

“你是七神的合体？”雪天傲将东方宁心护在怀中，手中的剑直指光柱。

“七神合体？雪天傲，你真的很天真。神王剑下，你以为我们还能活下来吗？”神是至高无上的，神是没有怨恨的，显然面前的不是神。

“不是神，你却活下来，所以……现在只是一个魔物？”雪天傲道。

“魔物？你说得没错，我就是一个魔物，一个靠怨念活下来的魔物，不过我很快就可以摆脱这样的状态。东方宁心，只要我们把你杀了，借着你这个躯壳，我们就能重生。”人形光影狰狞地摆动着脑袋，隐隐有七个人头不间断地冒出来，看影子依稀就是当年的七大神。

中州七大神，万年前被雪天傲与东方宁心以神王宝藏为饵引入神王殿，在冥的诸神剑下全部死去。七神并不甘心就此死去，怨念和恨意在诸神剑将他们杀死的那一刻爆发出来，七神恨意滔天，在冥攻击雪天傲与东方宁心之际，七神与神魔订下契约，以永生和灵魂为祭，换取今生的一次重生机会。

七神结成一股奇大的怨念，在冥消失于中州的那段时间，他们在暗处建立自己的事业，为掩人耳目，同时亦为吸引雪天傲和东方宁心的到来，七神怨体将自己的势力取名为冰寒。

冰寒一直暗中掌控中州，慢慢残杀中州高手，以此宣泄心中的愤恨。除此之外，七神还利用冰寒的势力，寻找神魔所说的能让他们重生的特殊体质。

数千年来，七神窝在那小小的石室中，一直等雪天傲与东方宁心，等那个拥有特殊体质的人。数千年的漫长岁月，险些将七神折磨疯掉，就在他们绝望之际，两年前，七神怨体得到了雪天傲与东方宁心的消息，同时他们也得到了光明神王传承舍利子的消息。

神王传承的舍利存放在神王殿，那个地方只有东方宁心与雪天傲到过，七大神利用雪天傲与东方宁心得到了白色舍利子，但没有用……

神魔所说的特殊体质找不到，神王传承的白色舍利子无用，七大神一度愤怒得想要毁了中州，毁了东方宁心与雪天傲，但在最后关头，他们收到了大护法的消息：神魔所说的拥有黑暗神女体质的人是东方宁心。

新仇加旧恨，七大神这一次绝对不会放过东方宁心与雪天傲。他们要借助东方宁心的身体重生。

这一次，神，要重临中州!

人形光影瞬间化为七个硕大的脑袋，每一个都张着血盆大口，目标只有一个，将东方宁心咬死，将她全身的血液榨干，占据她的身体……

“东方宁心，你小心，千万别被怨灵咬了，一旦被咬就完了。”韩亚诺现在以一敌七，分外狼狈，但他还不忘抽空提醒东方宁心。

雪天傲比韩亚诺更在意东方宁心的安全，一把将她拉到身后，手上的长剑就朝七个怨灵挥去。此时他们七人分散开了，真气也同样分开，每一个脑袋还没有神者二阶，雪天傲对付起来也不是那么吃力，但他忘了，有六个护法缠住韩亚诺就够了，大护法看自己的主子不对劲，立马从战圈中脱离出来，帮助七神攻向东方宁心。

冰寒大护法的实力本就在雪天傲之上，现在又是不要命的打法，雪天傲根本招架不住，为了护住东方宁心，雪天傲身上被七神的脑袋咬了好几口。

东方宁心见状，手中的凤凰琴越弹越快，但效果甚微。七颗脑袋只是一抹光影，虚幻金针可以逼退它们，却无法彻底将其杀死。

雪天傲与东方宁心二人战得狼狈，勉强还能喘息，两人借着空当，看到了石室中的那株白莲。想到鬼族的黑莲祭坛，两人飞快交换了一下眼色。

下一刻，两人改变方向，雪天傲后退，东方宁心上前，眼中的紫光发至最亮，将大护法的真气挡下，同时抱着凤凰琴在半空中旋转。

白衣墨发，翩若惊鸿，如神女降临，挟凌厉的肃杀之气，逼向七神怨体。

虚幻之针呈圆形射向四周，密密麻麻，一刻不停，东方宁心左手已被琴弦割得滴血，手上的速度却不减半分。

有一种默契叫心灵相通，东方宁心与雪天傲背靠背，一进一退，配合默契。就在

七神怨体习惯了雪天傲与东方宁心的攻击方式后，两人陡然一变，雪天傲一个弯腰，东方宁心靠在他背上，一个借力，飞向冰寒殿外。

七神怨体的目标一直都是东方宁心，立马飞身跟上，而雪天傲错开了大护法的攻击，脚尖轻点，整个人如同一束光，双手握剑，砍向室内的白莲。

“浑蛋，不可以！”冰寒大护法发现雪天傲的动作，厉声大喊，扑向雪天傲。

按理说，冰寒大护法再快也快不过雪天傲手中的剑，但冰寒大护法选择了自我毁灭的方式来阻止雪天傲破坏白莲祭坛。

在扑向雪天傲的那一刻，冰寒大护法将全身真气运转至四肢百骸，整个人如同一个圆球，在跃起来的刹那炸开。

自爆!

神者五阶的高手，以毁去灵魂与肉体、永远消失在天地间为代价，发出致命一击。

这不是雪天傲可以挡住的，眼见手中的剑距离白莲祭坛只余半寸，雪天傲却生生被冰寒大护法的自爆力量弹开。雪天傲不甘心，顶着压力冲向白莲，剑却被冰寒大护法自爆的力道打偏了。

剑从白莲花瓣上划过，嗤的一声响起，遗憾的是只削下一片花瓣，白莲祭坛完好无损，反倒是雪天傲被强大的力量弹飞出去。

东方宁心担心雪天傲的安危，准备强行闯过七神怨体的包围冲过去，但她终究太弱了，强闯不仅没有成功，反而被七神怨体团团围住。韩亚诺一看就知道今天讨不了好，黑色旋风再次出现，将六大护法笼罩在其中，而他则逃了……

雪天傲和东方宁心看到了，但这个时候他们无暇去管韩亚诺的去向。东方宁心已被七神怨体逼得无法拨动凤凰琴，七神怨体的血盆大口距离东方宁心只余半寸。

雪天傲撞倒在石柱上，顾不得五脏六腑痛到如同烈火焚烧，还没有站稳，便握剑飞身而来，但还是来不及。

“东方宁心，坚持住……”雪天傲心急如焚，心都提到嗓子眼了，这一刻比当年在黄河之上还要无助，因为七神怨体将要占据东方宁心的身体!

这是雪天傲不能接受的，他宁可东方宁心死，也不能接受她的身体被七神怨体占有，任何人都不可以。

“琴然，你快出来，再不出来我就把凤凰琴给砸了。”危急关头，东方宁心想到了契约，她不仅契约了小神龙，还契约了琴然，她死了琴然也得死。

琴然？七神怨体此时根本不管东方宁心叫什么，这一刻，除了神王没有人可以救她。七神双眼闪着赤红色的光芒，贪婪地扑向东方宁心的颈脖处。

“啊……”东方宁心痛苦地大叫，泪水顺着眼角滑落至凤凰琴上，同时东方宁心亦将全身的真气运行至四肢百骸。

与其被七神怨体占据身体，她宁可自爆，但她忘了，自己不过是王者初阶的真气，这样的真气连自爆都是一种奢望。

立到半空，任身体往下跌落，东方宁心无助地闭上眼睛。就在她认命之际，一道久违的声音在耳边响起，同时，围攻在脖颈处的七神怨体瞬间被弹开。

“东方宁心，你不是一向倔强自负吗？在我手下都有胆子放手一搏，现在怎么胆小成这样，居然会怕小小的怨灵之体？”男人的声音一如既往清朗高贵。

东方宁心猛地睁开眼睛，这个时候，雪天傲亦赶到了东方宁心身边，抬头看着面前一身黑衣傲然而立的男子。

看到来人，雪天傲与东方宁心知道危险解除了，同时松了口气，嘴角微扬，这世间能将黑色穿得如此飘逸出尘的男人，也只有他——神王东冥。

此时的神王，浅笑盈盈地看着雪天傲与东方宁心，没有一点当日在魔焰谷时的杀气。

“冥，你怎么会出现在这里？”

“我为什么会出现在这里？”冥玩味道，轻蔑地看了一眼在他右手指尖流转的七神怨体，丝毫不放在眼里。

冥看似随意地一抓，实则牢牢锁住了七神怨体的命脉，它们拼命想要脱离冥的掌握，却只能在冥的指间痛苦地扭曲、挣扎，时不时发出刺耳的吱吱声，却怎么也挣脱不了被冥当成玩具的命运……

冥满意地收回眼神：“东方宁心，你不是在求救吗？我以为你们不会求救。”

如果不是七神怨体的惨叫声，雪天傲与东方宁心都会怀疑冥说这话是出于好奇，而不是冷傲的嘲讽。

东方宁心没有回答冥的问题，危机解除后，先查看了雪天傲与自己的伤势，确定雪天傲伤得虽重，但没有性命之忧后，才问道：“冥，琴然呢？”

东方宁心的声音没有责怪与质问，不是因为冥是至高无上的神王，而是打心底就不讨厌冥。第一眼，东方宁心就明白自己喜欢冥，那种喜欢和对雪天傲的喜欢不同，是一种依赖的喜欢，是一种没有条件的喜欢。

即使知道冥用移情术来控制他们，即使知道魔焰谷九死一生的关卡是冥设的，东方宁心依旧不怪冥，依旧无法讨厌冥，内心深处一直觉得冥如此做，定然有他不得已的苦衷。

“琴然？”冥喃喃念着这个名字，清泉般的双眸闪过丝丝慌乱，握着七神怨体的右手一紧。

啪的一声响起，哀叫后，七个怨体只剩六个，不过此时却没有人去管七神怨体的下场，东方宁心隐隐有几分不安："冥，琴然他到底怎么了？"

东方宁心不会忘记，他们能从冥在魔焰谷设下的机关中逃脱，全都是仗着琴然的助力。在魔焰谷下，当她对冥施出情丝泪，东方宁心第一次感受到冥要杀他们的决心。

直觉告诉她，冥与琴然之间，必定发生了什么事。

长长的睫毛轻轻扇了下，掩去了双眸中的迷茫，冥又恢复白莲一般的高洁淡雅："不用担心，琴然不会有事，把你的凤凰琴给我。"

伸出左手，不容东方宁心拒绝，东方宁心当然也没有拒绝，将琴递给了冥。拿到凤凰琴后，冥握着七神怨体的右手又是一紧，东方宁心与雪天傲看到那仅剩的六个虚影如同鸡蛋一般，在冥的手中啪啪作响，接连消失。

因冥的气势吓得呆住的冰寒六大护法亦同时爆体而亡，纵横中州数千年的冰寒，在冥的手中竟是如此不堪一击。

"他们彻底消失了？"东方宁心看着冥空空的左手，还有身后化为粉末的白莲，长长地松了口气。冰寒的主人，七大神的怨体消失了，他们的强敌就少了一个。

"消失？怎么可能？"冥小心翼翼地抱着凤凰琴，看到琴上的血迹，眉头微皱，用手指一点一点将血迹擦去，"他们当年既然敢与神魔订下契约，就得为此付出代价，七神的灵魂，这么高规格的祭品，神魔怎么会容许他们消失。"

"神魔？他和魔焰谷有什么关系？"

"没关系呀，神魔不像我这么闲，没事就往中州跑。"冥将凤凰琴上的血迹擦干后，拿出一直贴身收藏的情丝泪，熟练地将情丝泪重新安装在凤凰琴的琴身上。

琴弦安好后，冥用他那双比女子还要娇嫩的手轻拨琴弦，动作优雅而温柔，抚琴的那一刻，冥就如同盛开的白莲，高洁美丽，有着让天下女子为之疯狂的魅力，他自己却丝毫没有察觉……

确定琴音达到理想效果，冥咧嘴一笑，第一次笑得不符合身份，如同一个想要讨好大人的孩子，将凤凰琴双手奉到东方宁心面前道："琴然，你看，我把你的琴修好了……"

"冥？"东方宁心小心地问道，不安地看向雪天傲，这样的冥好陌生，他们宁可面对冷傲的拒人于千里之外的冥。

冥一怔，双眸刹那失神，手中的凤凰琴亦从手中滑落，跌落在地……

冥默默蹲下身子，捡起凤凰琴，小心地将琴上的灰尘拂去，递到东方宁心面前："拿着，好好保护他，别再让他受伤，下次你再这般对待凤凰琴，我就杀了你。"

说完转身就走。

"冥……"东方宁心抱着琴，上前一步，冥却走得更快，大步流星，如墨的长发迎风飞扬，肆意而寂寥。

走到门口，冥脚步一顿，背对他们道：“对了，那个家伙我也顺手帮你们带走，既然选择了魔化，就不应该留在中州。”

东方宁心和雪天傲相视一眼，两人快步跟了出去，一到门口，就看到冥拎着韩亚诺，正要走。

“神王大人，求求你放我一马，我保证不与雪天傲和东方宁心为敌，我保证不在中州乱起杀戮。”韩亚诺哀求道，他来中州一趟，却什么也没有做成，他不甘心。

“看在神魔的面子上，饶你一命，滚。”冥随手就将韩亚诺丢到那石室间，刚好落在那变成粉末的白莲之上，韩亚诺一沾上白色的粉末，身影就消失了，或者说以祭坛为媒介回到了洪荒。

“他……”

“现在的他已不属于中州，洪荒才是他应该待的地方。”冥难得解释了一句。

雪天傲与东方宁心暗暗松了口气，人不能回中州就好，至少他们不用想着要怎么解决韩亚诺。

“噗——”雪天傲全身放松后，终于无法抵抗身体的反应，咽喉一阵腥甜，一大口黑血吐了出来。

冥看到雪天傲吐出来的黑如墨汁的血液，万年不变的俊脸突然龟裂，急步上前搭着雪天傲的脉搏道：“你服用了黄泉玄武的内丹？”

“是。”雪天傲一脸惨白，整个人昏死在东方宁心的肩膀上。

“你们嫌他命长吗？不知道这会害死他吗？”冥从来不会失控，就是万年前雪天傲与东方宁心引七神前来，他也是有理智地愤怒，但这一刻，冥失控了。

“是我自己的事，与他人无关。”雪天傲连眼睛都睁不开，却仍旧护着东方宁心。

“哼？你的事情？雪天傲，你会后悔的……”冥看着雪天傲，说不出来地失望。

他为这两人做了那么多，但他们终究还是踏上了那条路。果然，命运不可抗拒。

“不会……”雪天傲以剑为支撑，站在东方宁心的身旁。

“你现在会不会与我无关，你给我闭嘴，看在琴然的分上，我就最后救你一次。虽然我更希望你就此死去，可是你死了琴然会不高兴。”冥走到昏迷不醒的小神龙身边，取下小神龙脖子上的龙凤遗珠。

“冥，你要干什么？”东方宁心出手阻止。

冥避开东方宁心的手：“放心，这东西虽然是至宝，但我还不看在眼里，神圣巨龙和火凤凰的传承，我用不上。”

说话间，冥一个用力，只见龙凤遗珠瞬间迸发三道光芒，火红、银白和金光。火红与银白在半空中慢慢交缠，神圣的金光则朝雪天傲飞去。

在神圣金光的照耀下，雪天傲的身体自发盘膝而坐，被金光给托了起来，银白的外衣在金光的照射下越发炫目。如同刀刻的五官一扫平日的冷酷，带着几分淡淡的慈爱，隐隐有几分像——琴然。

“冥，雪天傲他……”一个大胆的猜测从东方宁心的脑子里闪过，东方宁心呼吸混乱，左手紧紧捂着自己的心口，似乎只有这样，才能安抚那无序的心。

“我在救他，黄泉玄武乃黑暗系神兽，这样的神兽内丹任何人都可以吃，唯独他不可以。在黄泉玄武的内丹辅助下，他虽然一跃三阶，却毁了他神之子的体质。日后雪天傲要么不受伤，而一旦受伤他将会比常人更严重，恢复起来也比常人慢上数倍，最主要的是，每受一次伤，他的真气与心脉将会减弱三分。黄泉玄武的内丹在雪天傲的体内是毒，不将黄泉玄武的内丹净化，雪天傲不出两年必死无疑。而唯一能净化黄泉玄武内丹的，便是光明神王的传承。”冥难得耐心地解释。

他知道，从今天起，他再也不能插手东方宁心与雪天傲的命运了。他们的命运已经走上轨道，哪怕是身为神王的他也无能为力。

“光明神王的传承不是只有光明神王的传人才能继承吗？”东方宁心颤抖地问道，她想她猜对了……

果然，冥的回答肯定了东方宁心的猜想：“东方宁心，你到现在还要自欺欺人吗？你的契约神兽，身为银龙与火凤凰的后代，他是最光明、最干净的体质，按理说他的先天条件足够吸收光明神王的传承，可你知道他为何只能吸收千万分之一吗？因为他契约了主人，而他的主人让他永远无法接受光明的力量。

“你知道雪天傲在雪族为什么叫神之子吗？你没有说错，琴然是光明神王的传承人，按理说只要他不死，就不会有下一个光明神王出现。琴然虽然没死，肉体却消失了，神王传承的肉体消失，就表示会出现下一个神王传承者。很不幸，下一个能够拥有光明神王传承的人出生在雪族，但由于他们不是最完美的传承者，所以大多寿命不长。雪天傲很幸运，在冲击帝者时有龙血相助，龙与凤被称为瑞兽，从某方面讲，他们就是光明与神圣的代名词。雪天傲是这世间仅次于琴然的光明神王传承者。放在别人身上也许是幸运的事，但对雪天傲来说绝对是灾难。”

说到这里，冥停顿片刻，本想解释为什么会是灾难，但一想到从现在开始就要东方宁心与雪天傲活在痛苦中，未免太过残忍。

冥避开了这个问题，指着雪天傲道：“当初就是因为他的血，你们才开启了光明神殿，拿到光明神王传承的舍利子。雪天傲自己去抢光明神王的传承，我本以为你们的命运已经偏离了轨道……没想到，中州居然还有黄泉玄武这种纯粹黑暗系的神兽存在，而更想不到的是你们居然杀了它，雪天傲还吞了它的内丹。”

冥说到这里，不由得苦笑。命运有时候很可怕，比如他，比如雪天傲，都是受命运捉弄的家伙。

长叹一口气，冥看着雪天傲身上渐渐暗去的金光，收起龙凤遗珠，丢给东方宁心："东方宁心，以后不要再让雪天傲服用黑暗系神兽的内丹，他的身体无法接受。另外，好好珍惜现在的生活吧，到了洪荒后，你们会明白什么叫身不由己。"

冥转身朝冰寒殿走去，就在东方宁心思索时，冥的声音再次传来："雪天傲、东方宁心，我在洪荒等着你们。"

等你们成为对手的那一天……

第二章
他是从无败绩的王

东方宁心站在冰寒殿外一动不动，脑子里全是冥走之前的话，心口阵阵发紧。

雪天傲是光明神王，而因为她这个主人，小神龙永远无法接收光明的真气，那么她是什么？

直觉告诉她，她和雪天傲走上了一条最艰难的路。一切都已经发生，挽回已是不可能，他们能做的就是反抗命运的安排，靠自己的意愿行事，而不是按照所谓的神王要求来过自己的一生。

缓缓闭上双眼，东方宁心掩去所有情绪，走到雪天傲身旁，跪在他身边，手指轻抚他的脸。

她和雪天傲，是不是一开始就不应该在一起？

泪，落在雪天傲的脸上，雪天傲睁开眼，紧紧握住她的手："东方宁心，别怕，有我在。"

他听到了冥的话，也猜到了冥未言尽的意思。他是光明神王，而东方宁心很有可能就是冥的传人。

"你醒了，我们便走吧。"东方宁心轻眨眼眸，将所有的情绪掩去。有些事她一个人知道就好，多一个人知晓，也是多一个人担心。

"好。"东方宁心不想说，雪天傲只当不知道，将小神龙丢到东方宁心怀里，自己扛起无涯，转身就往外走。

走出冰寒殿的那一刻，雪天傲没有回头，背对着冰寒殿发出一道真气攻击。

冰寒殿在他们身后爆炸，顷刻塌倒。四处飞溅的火花、沙石，在地底疯狂舞动，如同此地的主人，不甘心，不甘心……

两人从冰寒殿走出来，并没有马上回东方府，而是在排位战附近的山林里找了一块空地，将小神龙与无涯安顿好，留下一张纸条，交代一个月后去寂灭山脉等他们就走了。

两人一路沉默，谁也没有说要去哪里，只是朝山林最深处走去。

两天后，两人在中州一座无名的山脉找到一座山谷，山谷三面临山，唯一的入口就是东方宁心与雪天傲所站的地方。

此地被高山阻挡，四季如春，青草葱郁，环境优美，只一眼东方宁心就喜欢上了这个地方。

雪天傲二话不说，走到一旁的林中砍了几棵树，把仅次于神器的长剑当斧头和锯子用，将大树砍成木条，自己动手，一块一块搭成一间小木屋。

东方宁心要上前帮忙，被雪天傲拒绝了，只能坐在一边，看着雪天傲不大熟练地做着木匠的活。雪天傲累时，她就上前替他擦拭一下额头上的汗，柔和的阳光洒在两人身上，两个相依相偎的身影，如同一对辛苦劳作的平民夫妇。

纯粹的体力活，纯粹的平民生活，这是东方宁心与雪天傲从不曾体会过的，两人刚开始手忙脚乱，没少闹笑话。好在雪天傲不仅气场强大，学习能力也是数一数二的，在浪费了几根木头后，硬是让他找到了方法。

雪天傲亲手砍木头、搭木屋，做需要的桌椅板凳与碗筷。成品很粗糙，是他们从来没有用过的，但两人很高兴，坐在高低不平的木凳上，捧着粗糙的大碗，笑得幸福而甜蜜。

两天一夜，雪天傲手心磨起了水泡。溪水边上，雪天傲席地而坐，东方宁心半躺在雪天傲的怀里，拿着一根细小的木签给雪天傲挑水泡，动作轻柔而仔细。

东方宁心小心地依靠在雪天傲怀中，长长的发丝垂在他胸前，清冷中带着一股妩媚，确定雪天傲手上的水泡都挑干净后，东方宁心从他怀里站了起来："我去准备晚饭。"

她除了琴棋书画，女红厨艺亦精通，不过一直没有表现的机会，今天终于可以动手为雪天傲做一顿晚饭了。

山谷距离城镇很远，就是去外面的小山村，普通人也要走上一天一夜。东方宁心提起真气，硬是在一个时辰内走了趟来回。在小村里，把身上能换的东西都用上，换来一些餐具和食物。东方宁心的想法是，他们换到的食物越多，在这里住得就越久，两人离纷乱就更远。

带着简易的餐具重返小木屋，看到雪天傲在木屋前燃起了火堆，东方宁心眼眶瞬间红了：这是她的家，有人等她回来的家。

这种感觉是陌生的，在雕龙画凤的雪亲王府没有，在四方城的东方府亦没有。不经意间，东方宁心收起真气，用轻盈的属于普通女子的脚步，一步一步走向小木屋。

"雪天傲，我回来了。"手脚利落地放下东西，东方宁心转身就看到捧着水杯走进来的雪天傲："喝水。"

东方宁心低下头，没有去接，而是就着雪天傲的手直接喝。这个男人第一次烧水，第一次给她倒水，看上去很狼狈，但在东方宁心眼里，这一刻的雪天傲俊美如天神。

略略休息了下，东方宁心就着简易的锅碗做晚餐。

小山村没有玉食珍馐，只有青菜萝卜和唯一的一块干肉，这么简单的晚餐端上小桌子，东方宁心与雪天傲两人吃得香甜，瞬间便将饭菜一扫而空。

入夜，躺在平滑没有一丝毛糙的木床上，东方宁心紧紧地抱着雪天傲。这个男人用他指挥过千军万马的双手，为她打造了一个普通温馨的家。这个男人，为她倾尽他拥有的一切，她还有什么不满?

木床上，两人紧紧相拥，极尽缠绵，月娘害羞地隐去，留下只属于他们的空间与时间……

日复一日，雪天傲与东方宁心在这山谷里日出而作，日落而息。白天，如同孩子一般探寻这山谷的秘密；深夜，相拥缠绵，把每一晚都过得像是最后一夜。

平静的日子过得飞快，当离开小木屋的时刻来临，东方宁心与雪天傲是不舍的。短短二十天的宁静，对他们来说是奢侈，此生有这一次便足矣。

走出小山谷，来到小镇上，两人身上的衣服半旧不新，却丝毫不减风采，一路上有不少人打量他们，东方宁心与雪天傲视而不见。三天后，他们来到了改名为宁苏阁的原帝星阁城池，看着城墙上刚劲有力的"宁苏"二字，雪天傲沉静了二十天的黑眸第一次闪过冷意。

东方宁心轻拉着雪天傲的衣袖摇了摇头，公子苏没有别的意思，只是在告诉她，无论什么时候，中州第一属于公府亦属于东方宁心。更何况，名字挂出来了，要更改已是不可能，因为有损公府的威信。

雪天傲想到他们早晚要离开中州，也就不再为这种小事而惹东方宁心不快了。压下对"宁苏"二字的厌烦，踏入属于公子苏的宁苏阁。

一到宁苏阁，守卫的侍兵就跪了下来："参见天傲阁下，参见宁心姑娘。"

随着守卫侍兵的参拜声响起，城池内行走的众人，不分男女、老少、贵贱，通通转身跪下，齐齐高喊："参见天傲阁下，参见宁心姑娘。"

整齐有序的声音，饶是训练有素的军队也不过如此。东方宁心与雪天傲站在宁苏阁城池口，放眼望去，大街上皆是俯首跪拜的人。

这一刻，不是雪天傲与东方宁心踏入宁苏阁，而是君王巡视，所到之处，万民朝拜。

在中州，很少有人行跪拜之礼，雪天傲与东方宁心有种回到天耀与天墨的错觉。

他们一个是权倾天下的雪亲王，一个是手握天下的皇太女，尊贵无双。

两人相视一眼，什么也没有说，转身继续朝宁苏阁主殿走去。所到之处，跪拜的人脑袋压得更低，待到东方宁心与雪天傲走后，他们才敢抬头遥望二人的背影。行至百米，公子苏就匆匆赶来。

不待雪天傲与东方宁心开口，公子苏就率先行了一礼道："天傲阁下，宁心姑娘。"

这一礼，充分表明了雪天傲与东方宁心在中州的地位。对公子苏搞这一套，雪天傲与东方宁心既不反感也不喜欢，他们更在意公子苏眼中的那抹焦急："发生了什么事？"

"你们还好意思问，两个人一消失就是十天半个月，你们知道这一个月以来发生了什么吗？"雪天傲不提还好，一提公子苏就气得奓毛，"中州排位战结束后，玉府与尼府刚开始还乖乖交接城池的事务，但在五天前，玉府与尼府突然联手造反，你们又不是不知他们二府的实力，我和浩宇、无邪都快镇不住了。另外，小神龙和无涯带着一个叫柳云龙的男人，说是有急事要找你们。"

"进去再说！"东方宁心与雪天傲冷着脸，随公子苏步入宁苏阁。

到了宁苏阁，听完公子苏详细的说明，东方宁心与雪天傲才明白，事情远比公子苏所说的严重，二十天时间足以做很多的事情。

宁苏阁、香城、君城和薛府都遭到不同程度的打击，就是药城与丹城也受到了玉府和尼府的攻击，目前药城与丹城再次切断了与外界的联系。

玉府与尼府对中州的地势了解甚详，现在的宁苏阁就是以前的帝星阁，尼家在这片地方盘踞数百年，这里的每一条路、每一条暗巷，尼家都了如指掌。

君城也差不多，鬼族曾在那里花了大量的心血做建设，怎么甘心就此拱手送人？玉城的家主、少主只余半条命？没关系，鬼族的人会全权接手玉家的一切，同时治好玉家的家主。

打仗最怕对方师出有名，又拥有大量金钱和粮草，很不幸的是，玉家与尼家这三样不仅全有，还拥有宁苏阁、君城和香城所没有的普通士兵。

尼家世代累积的财富，远不是宁苏阁、香城和玉城可以比的，在大量金钱支撑下，尼家与玉家联手，以公、君、香三家搅乱中州排位战为名，对他们发起猛烈的攻势，在如此有利的条件下，尼家和玉家自是占尽上风。

当尼家与玉家联手，准备吞噬中州时，公子苏第一个想到的就是天耀从无败绩的雪亲王雪天傲。打架比试他们不怕，攻城夺地这种战斗公子苏却不在行。

在中州，他们从来不用这种方法争地盘，当公子苏心急找人时，却发现雪天傲与东方宁心消失了。那一刻，公子苏就想，如果雪天傲与东方宁心出现，他一定会掐死

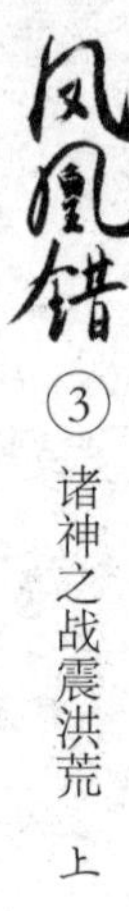

这两人。

但听到属下来报，雪天傲与东方宁心来了，公子苏却没了掐死雪天傲的心，只想着这两人来得还不算晚。

雪天傲第一时间问清楚自己必须要掌握的情况："到目前为止，尼家与玉家占领了哪几座城池？他们手上粮草多少，兵马多少，武器多少？我方人马几何，粮草几何，兵器几何，成色几何？"

公子苏立在那里，一脸不解地看着雪天傲。雪天傲只得解释："这不是个人武斗，这是战争，这些事必须弄清楚。我不管你用什么办法，半天内将这些情况告诉我。最重要的一点，查清他们粮草的运行路线，我要知道。"

雪天傲丢下这话后，不再理会公子苏，而是看起中州的地形图，将玉家和尼家占据的地方用红色标记出来，发现中州除了这三大家的城池外，其他的全被玉家和尼家掌控，甚至宁苏阁亦有不保的嫌疑。

雪天傲不禁看向公子苏："你们到底是怎么打仗的？"

"在中州根本不需要懂这些。"公子苏被雪天傲说得也恼了，傲气地顶了回去。

在中州资源是用分配的，他们不需要抢夺城池，而且一个帝者以上的高手出现，再多的士兵也无用。只是这一次，公子苏踢到了铁板，他们有高手，对方也有，他们用帝者尊者高手上阵，对方也用，在持平的情况下，对方有军队有士兵，他们没有……

不说这个还好，一说雪天傲的脸色就更难看，瞪向公子苏："正因为你们有这样的想法，才被冰寒摆布数千年。这里是中州，是中州人的中州！"

雪天傲气得转身拂袖而去，再次提醒公子苏："不管你用什么方法，半天，我要的情报必须收集好。"

东方宁心跟在雪天傲身边，没有多说，当初她曾看他意气风发，看他排兵布阵，拿下一场又一场胜仗。

在战事上，雪天傲绝对是天才。如果说这世间还有什么人可以和他相提并论，那么只有一个——死去的墨子砚，可惜东方宁心无法一睹墨子砚的风采。

二人刚出门就遇到了闻讯赶来的无涯、小神龙和他们身后的柳云龙。无涯顿时一脸怒气地上前："雪天傲，东方宁心，你们这两个浑蛋，把我和小神龙往树林里一丢就跑，就不怕我们被人给杀了呀。"

小神龙更干脆，冷哼一声，别过脸去，不理东方宁心与雪天傲。

东方宁心与雪天傲向来都是知趣的人，也是自傲的人，虽说是他们有错在先，但想让他们道歉，那是不可能的。两人自觉地越过无涯与小神龙，对着身后的柳云龙道："柳大叔。"

柳云龙看着东方宁心，眼神湿润，一脸慈爱。东方宁心吓了一跳，不解地再叫上一句：“柳大叔？”

“你是子砚的女儿，是吗？”声音颤抖，隐含期待，眼中的泪似乎要夺眶而出。

“你和我父亲认识？”东方宁心诧异地看着对方。

柳云龙也知道自己情绪太过激动了，说出来的话让人不解，吸气、呼气，平静了心情后，才道：“宁心，我从无涯的口中得知你的名字叫墨言，你的父亲叫墨子砚，这是真的吗？”

“是，有什么问题吗？”东方宁心瞪了多事的无涯一眼，无涯双手一摊，一脸无辜。

“宁心，你真的是子砚的女儿？太好了，太好了，我以为师弟这一生不会留下血脉，没想到他还有一个女儿。”

“你是我父亲的师兄？”东方宁心完全不相信。墨子叔叔他们一句都没有跟她说过，墨家人也没有提过此事。

“是，我和子砚是师兄弟，我们在一起学艺十年。”柳云龙说到墨子砚这三个字，便是一脸骄傲。

“我父亲的护卫为什么没有提起过？”回想着墨子叔叔告诉她的关于父亲的一切，好像一切都从父亲二十岁开始。

柳云龙一听东方宁心这话，整个人顿时悲伤起来：“君子重诺，子砚一直都是这样，说出来的话就一定会做到。”

一别近三十年，他们师兄妹三人再也不曾相见，因师父之命，也不能去探听对方的消息，却不想再见已是物是人非。

“师伯。”虽不明白中间发生了什么，但与柳大叔相处这么久，东方宁心比任何人都明白柳大叔的性情，他绝对不会拿这种事骗她。

“好，好好……”柳云龙听到东方宁心的称呼，高兴地上前抓着她的手，用力拍着，直把东方宁心的手给拍得通红。

“师伯。”东方宁心再叫一声，心中隐隐有一种完整的感觉，墨子叔叔他们遗漏的那十年，终于补了回来。

“墨言，好孩子呀，要是你师叔在就好了，她知道子砚的女儿这么优秀，一定会高兴的，一定不会有遗憾……”柳云龙说到师叔二字时，明显哽咽了一下。

“师伯，我师叔他……”

“你师叔她就是我们的小师妹，是极为聪慧的女子，看上去清傲冷淡，但只要了解她的个性，就会明白她其实是个很温柔体贴的人。”一说到小师妹，柳云龙的双眼闪烁着怎么也掩饰不了的亮光，语气除了想念，还有极尽克制的爱恋。

“你师叔是当世才女，琴棋书画样样精通，师父说她是古今第一人。师父曾评价师弟，也就是你父亲惊才绝艳，师妹风华无双。”

“我师叔叫什么名字？”东方宁心问得小心翼翼，心里却隐隐有了猜测。

“心梦，你师叔叫柳心梦。我和心梦从小被师父收养，跟着师父姓柳，子砚在十岁的时候被师父领回来。”柳云龙很久没有和人谈起心梦和子砚的事情，一说就不可收拾，也没有注意到东方宁心的失神。

“子砚上山的时候正值初春，那时候我和心梦还小，对于子砚的到来相当好奇，我俩早早就在山上等着他。第一次见到子砚，我和心梦就看呆了。那天，子砚一身白衣，腰间系了一根玉色的腰带，手中拿着一把碧绝玉箫，明明简单至极，明明才是个才十岁的孩子，一举一动如同翩翩公子，轻易让人忽视他的年龄。

“你们也到过飘渺山，应该知道没有真气的人想要上山不易。当初子砚没有真气，却步履从容，悠然走了上来，把我和师妹都惊住了。子砚上山前，我和心梦还说要好好整治一下这个小师弟，但当子砚站在我们面前朝我们笑，我们两个别说整他了，讨好他都来不及。

“子砚当时就说了一句：心梦，我比你年长，你应该叫我师兄，心梦就心甘情愿当小师妹。后来，我们三个就一直在山上习武修炼，我们的师父是个文武全才，他教心梦琴棋书画，教我炼器，教子砚习武和兵法。那时候我们最常做的事情，就是去飘渺山的杏花林，心梦弹琴，我在不远处的小屋炼器，子砚则听着心梦的琴声练武。本以为这样的生活就是永远，我们三人可以在一起过一辈子，可是我们忘了，子砚和我们不同，子砚有家人，十年了，他在山上学了十年，要下山的，下山之前他向师父求娶心梦……”说到这里，柳云龙心中有种说不出来的苦涩。

“我父亲喜欢的人是你们的小师妹，心梦？”东方宁心呼吸急促，紧紧拉着柳云龙的手问道。

雪天傲知道原委，忙安慰东方宁心：“东方宁心，不要激动，上一辈的恩怨我们听到记住就行了，他们现在已经死了。”

“没有，我娘她没有死，丹老不是说只要找到方法，我娘就可以复活吗？”东方宁心松开柳云龙的手，改拉雪天傲的衣袖。她迫切需要一个人肯定她，才能相信母亲会活下来。

“宁心，发生了什么？”柳云龙不解地看着东方宁心与雪天傲。

东方宁心摇了摇头：“师伯，我没事，后来呢？我父亲为什么没娶小师叔？”

“师父不同意，不同意子砚娶心梦。”柳云龙心里万分难过，想起当年的时光，当年的遗憾，如果不是他最后告诉了师父，也许子砚和心梦就可以在一起过着隐世的生活。

“就这样吗？”东方宁心不相信，她父亲和母亲都不是轻言放弃的人。

柳云龙别过脸去，看着远处的天空，声音空洞而悲伤：“后来，他们私奔了，师父找回了他们，将子砚逐出师门，告诉子砚永生都不许向人提他是师父弟子一事，同时要求子砚发誓，这一生绝不再见心梦，不然师父就杀了心梦。”

柳云龙缓了口气，将眼中的泪水眨了回去，每每想到那一刻，柳云龙就无比自责，如果不是他，子砚和心梦就不会早早死去。

“那小师叔呢？”东方宁心更想问的是为什么。

师兄妹嫁娶不是很正常吗，为什么师公会不同意？还有，柳师伯你又在这里面扮演了什么角色？

当她正准备问出口时，雪天傲轻按着她的肩膀提醒她，也让她瞬间冷静了下来。过去的事情已经过去了，柳师伯现在并不快乐。

“师父一视同仁，心梦亦被逐出师门，师父甚至收回了柳这个姓，以后小师妹绝不可以以柳姓示人，同样有生之年不允许师妹和子砚见面。”他曾苦苦哀求师父收回成命，向来宠溺他们的师父却说什么也不同意。

子砚和心梦当然不会就此认命，他们努力过，却抵不住师父的强势。后来师父找子砚谈了一晚上的话，第二天，子砚放弃了所有的反抗，在师父住的小屋外磕了三个头，在心梦的小屋外放下他贴身佩戴的玉玦，下山了。

子砚没有跟任何人解释，师父也没有说原因，心梦被子砚怯弱妥协的行为伤透了心。一把火将她与子砚住的小屋烧了，抱着一把琴形单影只离开了飘渺山。走之前心梦狠绝地说，这一生都不会原谅出卖她和子砚的柳云龙；这一生都不会原谅分开她和子砚的师父；这一生都不会再见负她而去的墨子砚！

柳云龙不是没有想过下山寻找，师父却用子砚和心梦的生命威胁他，这一生绝对不可主动去探听子砚和心梦的消息，更不能去找他们，不然师父绝不手下留情。

师兄妹三人从此天涯陌路，他守着飘渺山，等着师弟师妹回来，等了近三十年，等到的却是他们早已死去的消息。

“原来他们相爱。”东方宁心喃喃自语，脑子里回想起小时候娘亲忧伤的样子。

她在思念谁？她的《情心》为谁而弹，她的《情殇》为谁而舞？

东方玉，或者是墨子砚？

东方宁心乱了，很乱很乱，感觉自己被扯进一个怪圈。她是东方宁心，希望娘亲和父亲东方玉是相爱的，她是他们爱情的结晶。她是墨言，希望她的父亲墨子砚是爱玉婉儿的，她是被期待而出生的。

她既是墨言又是东方宁心，心疼娘亲的爱情，心疼父亲墨子砚的伤痛，但也心疼她父亲东方玉的痴恋，更心疼她母亲玉婉儿的执着，她该怎么办？

"那么我是谁？他们为什么生下我？"东方宁心看着柳云龙，一步一步往后退，直至退出门槛，转身往外跑。

东方玉，柳心梦；墨子砚，玉婉儿……太乱了，她需要冷静一下，需要想明白。

"宁心……"柳云龙顿时吓了一跳，连忙追出去，雪天傲先一步按住了他的肩膀，"我去找她。"

"宁心她……"柳云龙担心地问道，总觉得自己做错了什么，却又想不明白。

雪天傲看着他，冷酷地道："柳前辈，墨言还有一个名字叫东方宁心，东方宁心的父亲是东方玉，她的母亲叫心梦夫人。"

说完，也不管这话对柳云龙的打击有多大，一个飞身就朝东方宁心离去的方向追去。当雪天傲找到东方宁心时，东方宁心正站在悬崖边，迎风而立，似乎下一秒就会掉下去。

明知道东方宁心不会怯弱寻死，但看到站在那里似乎风一吹就会往下掉的人，雪天傲依旧吓得心跳漏了一拍。

"东方宁心……"雪天傲强压下心中的担忧，一步一步走到东方宁心的身后，伸手小心地从背后将东方宁心搂在怀里，直到双臂紧紧将她抱住，雪天傲才松了口气。

"我原以为我是被期待出生的，我原以为我的父母是相爱的，现在却有人告诉我，我是一个错误，我的父母并没有我想的那般相爱。"东方宁心靠在雪天傲的怀里，用近乎没有情绪起伏的语调说着。

"我说过，上一代的恩怨与我们无关。"他们无法插手心梦与墨子砚的感情纠葛。

"真的可以做到无关吗？"东方宁心看着悬崖对面的高山。

如同心梦与墨子砚，明明相爱，却硬生生被分开，然后各有自己的生活，心中最牵挂的却是彼此。

心梦狠绝地说此生不再见负心的墨子砚，如果真不想见，又怎么会在离开中州后来到天耀呢？又怎么会在墨子砚死后的几年都郁郁寡欢？

如果心梦心心念念的人是墨子砚，那她和父亲又算什么？一个感情的慰藉品吗？父亲东方玉为她失去双腿，在东方家忍辱偷生又算什么？又算什么！

可是，她恨不起来，恨不起来她的娘亲心梦夫人。她也恨不起来她的父亲墨子砚，所以她痛苦，很痛苦……

"东方宁心，你陷入了思维怪圈，你的父母都没有错。"错的是命运弄人，如心梦，如墨子砚，如他与东方宁心。

即使柳云龙没有说出当年他们的师父对墨子砚说了什么，雪天傲也能猜到，墨子砚那样的人，在师父不同意的情况下私奔都做得出来，这世间还有什么他不敢的。

唯一能让墨子砚放手的就是心梦，如果放手可以让心梦过得更好，墨子砚会将所有的错都背在自己的身上。

“没有错吗？”她何尝不知没有人有错，只是她很乱，而除了乱，还有不安。心梦和墨子砚的事情，冥与琴然的事情，就如同两张弥天大网，将东方宁心束缚其中，她总觉得这两件事不是没有联系的，“我们会成为他们吗？”

“东方宁心，他们是他们，我们是我们。我相信心梦夫人一定是喜欢你父亲东方玉的，她那么骄傲的人，如果不喜欢，怎么会生下你？”只不过，你父亲不是她心中的最爱，亦不是她心中最牵挂的那个男人。雪天傲相信，东方玉应该也明白这点，可是无悔，因为心甘情愿。

“她心中最牵挂的那个人是他对吗？也许只有他才能唤醒玉石里的母亲。”雪天傲安慰的话起了效果，因为东方宁心也是一个骄傲的人，如果有一天失去了雪天傲，她绝对不会和一个自己不喜欢的人在一起。

“我们可以试试。”雪天傲以下颌抵在东方宁心头顶，心疼道。

东方宁心突然转身，站在雪天傲的面前，仰头看着他：“雪天傲，我会不会成为你心中最牵挂的那个人？”

“不会，你是唯一。”吻落于唇瓣，为这誓言烙上一个印证。

经过雪天傲的一番开解，东方宁心总算冷静下来，随他一同回到宁苏阁。

也不知公子苏到底是如何做到的，当雪天傲与东方宁心回来时，他便将玉府与尼府的情况摸清了。

“尼府与玉府不知从哪里弄来三万大军，装备精良。他们的下一个目的地是香城。粮草借马陵道而行，已有三千先锋押运粮草先行，预计三天后抵达香城。在尊者、帝者高手对等的情况下，香城不出半日必破。我方除了一些尊者、帝者高手外，就只有普通的王者、斗者，人数上不会有优势，三家加起来估计和尼府、玉府差不多，我方的粮草最多够用三天。”

公子苏说起这些就叹气，尼府与玉府早有准备，现在他们有钱也买不到粮草。

“调集城中百姓，准备粗绳巨石，今夜伏袭马陵道。”雪天傲干脆利落地下令，连一句解释都没有。公子苏虽不懂行军作战，却是聪明之人，略略一想便明白了雪天傲的意图，当下立马吩咐了下去。

马陵道是一山谷小道，借此道而行，隐秘难追，但此道有一个极大的不利之处，那就是当他们在马陵道两侧的山峰上埋伏，对方便没有退路。

想要在马陵道设伏并不容易，不过公子苏一点也不担心，有善于探听情报、伏击对手的无涯在，这只是小事。尼府与玉府的情报就是无涯收集的，只花了半天的时间，却精准无比。

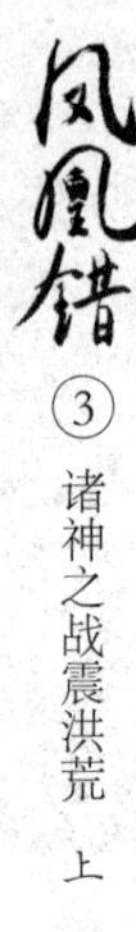

同样，把事情交给公子苏的雪天傲也不担心会有意外，公子苏只是不擅领兵作战，不表示他不会。虽然此时宁苏阁也抽不出所谓的“兵”，能召集的不过是一群寻常百姓和一些王者、斗者，但这些人用来截断粮草足够了。

简单交代了马陵道的事情后，雪天傲与东方宁心决定指挥今晚的马陵道之战，就连夜赶往香城。按照公子苏收集来的情报，不出三日，尼府与玉府就会攻打香城，香城经上次死城之事，好不容易才初具规模，不能再出事。

临走之时，东方宁心与雪天傲再次拜访了柳云龙。一踏入房间，就看到柳云龙正在窗边发呆，上午发生的事情不仅让东方宁心心下大乱，他也一样。

柳云龙想到东方宁心与墨言的存在，不禁在想，这就是师父不让师弟师妹在一起的原因吗？所谓的宿命吗？

“师伯……”一进来，东方宁心就看到柳云龙怀念地看着窗外。

柳云龙回神，连忙站了起来，很是着急，一不小心踢倒椅子，尴尬地扶好后，才道：“宁心，你们来了。”

“师伯，刚刚离开得匆忙，忘了问你，你来找我们有什么事吗？”东方宁心开门见山，她现在没心情陪柳云龙缅怀过去，越想心就越乱。

被东方宁心一问，柳云龙更加不好意思：“宁心，自从黑市出来漠北就失踪了，我找了他很久，近期得到消息，他被鬼族少主带走了。我听闻你与鬼族少主交情尚可，可否……”

如果是以前，这样的请求说出来根本没有任何问题，现在柳云龙总感觉有些别扭，之前把宁心当成同辈的朋友相处，现在却是不行了。

东方宁心倒不觉得有什么，点了点头，表示将这事放在心上了。

东方宁心与雪天傲本想告辞，柳云龙却像是没看到一般，挑了几件墨子砚与心梦当初在山上学艺的趣事说起来。

柳云龙寂寞太久了，平时连一个能说话的人都没有，好不容易遇上了墨子砚和心梦的女儿，他恨不得能与东方宁心一起分享那十年的点点滴滴。

对于墨子砚与心梦的事，东方宁心很纠结，一方面她想知道父母少年时的生活，一方面又觉得对不起东方玉和玉婉儿。

好在柳云龙见好就收，说了几句就道：“宁心，飘渺山上有一柄长枪，是师父在师弟走后，特意给师弟铸造的。我一直都没有机会给师弟，如果你有空，去一趟飘渺山，把长枪取走可好？”

“到时候再说吧，师伯，我和雪天傲还有事情要办，先行一步了。”人走后铸一把长枪算什么？补偿吗？东方宁心不认为她的父亲需要这样的补偿！

东方宁心怒气冲冲地离去，雪天傲跟在她身后，一脸无奈。

东方宁心怒气难消，哪怕半夜随雪天傲来到马陵道，也是冷着一张脸，不搭理任何人。无涯看了看东方宁心，又看了看雪天傲，不解地道：“这两人不会吵架了吧？难不成两人在为尼家和玉家的事吵？尼家与玉家不走马陵道了？”

“他们不会为此事吵架，尼家与玉家今晚肯定会走这马陵道。”公子苏嘴角轻扬。

“为什么？”无涯不明白，公子苏凭什么这么笃定？这事就是他也拿不准。

公子苏钦佩地看了一眼雪天傲：“因为雪天傲已修书一封给尼家老头，说他今天将在马陵道设下埋伏，让他明天再走。”

“雪天傲疯了吧？这信一写，我们今天不是白忙活了。”无涯惊得失声大叫，也不顾雪天傲会不会听到。

雪天傲冷冷回头，瞪了无涯一眼：“给我趴下，再出声，军法处治。”

威严的气势，冻人的气息，无涯不自觉地拉紧衣服，连忙点头表示自己知道，乖乖后退到公子苏身后，好借公子苏挡一挡那极寒的气息。确定雪天傲不再看他，才小声道：“这么坏的脾气，活该和东方宁心吵架，最好东方宁心一辈子都不理你，冷死你去……”

公子苏闷笑一声，对于无涯孩子气的举动什么也没有说，因为他看到雪天傲的耳根抽动了下，想必无涯声音再小，雪天傲也听到了。

一动不动趴在马陵道的山峰上，一等就是一个时辰，尼府与玉府的运粮人马却连影子都没有出现。众人有点不耐烦，但看到前面的雪天傲与东方宁心没有动，也不敢开口问。

无涯却不安分，像条蛇扭到公子苏身边：“子苏，玉府和尼府不会来吧？雪天傲都写信告诉他们了，他们要来就傻了。”

“不，他们一定会来……”他们不会相信雪天傲的。

“为什么？”无涯不解，顿时竖起耳朵。

“他们来了。”公子苏浅笑，指了指马陵道下，果然隐隐有兵马的脚步声传来。

“还真来了。”无涯激动了，险些站起来，好在一旁的小神龙沉稳，出手将无涯按住。

山峰上，众人严阵以待，很快，马车轱辘的声音越来越清晰，整齐有序的脚步声也清楚地传到众人的耳朵里。

百米、十米……

底下黑压压的人群眼看就要进入埋伏圈，无涯一改刚刚的跳脱，整个人如同死水，与黑夜融为一体，如果不是小神龙就在他身边，都要怀疑无涯在一瞬间失踪了。

尼府与玉府的人马已经进入埋伏圈，由公子苏挑选出来的众好手也早已做好准备，盯着自己手中的刀，只要雪天傲一声令下，他们将割掉面前的绳子，让这山峰上的巨石滚下去，砸死玉府和尼府的人。

时间一分一秒过去，眼见那队人马就要走出埋伏圈，雪天傲却迟迟不下命令，众人吞着唾沫，不解地看着雪天傲，手中的剑险些握不稳。

感觉到气息的波动，雪天傲眼里闪过一抹鄙夷。这些人就算是斗者、王者，却远没有自己训练的士兵好用，连基本的无条件服从都不会。暗暗释放压力，在强者的威严面前，众人刚刚产生的一丝反抗心理顿时消退，乖乖收回视线。

众人敢怒不敢言，只能眼睁睁看着猎物离去，个个垂头丧气。

就在众人失望以为雪天傲会下令收兵之际，雪天傲依旧一动不动地趴在前面，气息不减反增，硬是令众人不敢掉以轻心。

这一刻，无涯倒是没有吐槽，耐心趴在那里一动不动。

一行人静静趴着，一刻钟，半个时辰，一个时辰……紧张得全身是汗，在雪天傲的低温下感觉全身发寒……

月亮缓缓没入云层后，漆黑的山峰上连最后的一丝光亮都没有了。黑暗中，一双双眼睛闪闪发亮，看着底下的马陵道，如同盯着猎物的猛兽，在黑暗中显得特别瘆人。

两个时辰了，天蒙蒙亮，太阳就要从地平线上升起，而他们依旧埋伏在这里，一动也不能动。就在众人认为今天就是瞎忙活，尼府与玉府的人都走了，他们还等什么时，耳边再次传来马车的轱辘声和整齐的脚步声。

众人一扫刚刚的疲倦，盯着马陵道，大气都不敢喘一下。

百米，十米……小黑点般的人影出现在视线中。底下那群人很谨慎，动作亦很迅速，很快就进入埋伏圈。

终于来了！

这是所有人的心声，握着刀的手隐隐冒汗。众人激动万分，一想到让尼家和玉家的人吃大亏，就兴奋得握不稳刀，又隐隐担心雪天傲会不会让他们再次走过去。

这一次，雪天傲没有令众人失望，尼家与玉家人刚行至他们的伏击范围，雪天傲猛地挥手，下令割断绳子。

啪！啪！众人迫不及待地砍断锁住巨石的绳子。

轰隆隆！巨石自天而降，砸在马陵道上那些押运粮草的士兵身上。

“小心……”

“啊……”

山石滚滚，一时间静寂的马陵道沸腾起来，密密麻麻不停歇的巨石将底下的人砸得七零八落、溃不成军。有真气在身的还能勉强抵抗，普通士兵则直接被砸成肉泥，雪天傲站在山峰上，居高临下俯瞰这一幕：久违的战场，我又回来了！

尼家与玉家押运粮草的不全是普通士兵，其中有一个帝者和三个尊者高手压阵，这四人在发现伏击时，第一时间飞身而起，攻向自天而降的巨石。

一道道真气发出，将巨石击得粉碎，雪天傲任他们做无谓的挣扎，见底下近两千名士兵死得差不多了，对公子苏和无涯道："杀了他们！"

无涯与公子苏从山峰上飞身而下，借着滚落山底的巨石掩护，不费吹灰之力就将尼家与玉家的帝者与尊者高手全给灭了。

"雪天傲，干吗这么麻烦，这三千人我们下去很快就能解决。"杀完人后，飞身而上，无涯看着马陵道那一堆堆的肉泥，十分不解。有高手不用，偏用这种原始的办法，真没意思。

"杀鸡焉用牛刀，更何况你们出手，那些粮草能保住？"雪天傲逆风而站，风吹得他的衣袍鼓起，墨发飞扬。

"你的目的是那些粮草？"无涯囧了，他们不是来杀人的吗？

"不为粮草，我放过他们那一千人干吗？"雪天傲冰冷地看着底下死状甚惨的尸体，冷漠地转身朝山下走去，同时不忘提醒无涯与公子苏，"记得把那些粮草运回去。"

尼府与玉府大量囤积粮草，这些人以为中州的粮草还会如以前那样不重要吗？

第三章
一座沉埋千年的城

宁苏阁遇到的难题，在雪天傲和东方宁心看来只是小问题，尼家与玉家现在还没有本钱直接对宁苏阁宣战，当务之急是解香城之困。

东方宁心与雪天傲没有多停留，帮公子苏夺得尼家与玉家的粮草，简单交代了后续的事，便带着无涯与小神龙赶往香城。

香城的情况比预想中的要好，中州排位战后，香城名气大增，短短一个月不到的时间，便收服了不少势力，看着一片繁荣。

雪天傲与东方宁心四人前脚刚到，尼府与玉府的两万人马后脚就到了。看着整齐有序的军队，雪天傲不得不佩服玉城与尼府很有远见。在抢夺资源与争夺城池时，帝者、尊者可以起决定性作用，但当双方都拥有这些人，普通士兵就成了重中之重。

两万大军将香城重重包围起来，每千人前就有一名尊者高手坐镇，最前排则是两名帝者高手，如此布局，可以最大限度保证普通士兵的安全。

城墙上，雪天傲、香浩宇将这些尽收眼底，香浩宇眼里有着无法言说的痛苦与疲惫。香城遭劫，一次又一次！

“雪天傲，你确定我带来的一百个杀手顶用？这些可是尼家和玉家的主力，消灭了他们尼家与玉家就乱不起来，可我们一百人哪里是他们的对手？”无涯看着城墙下的架势，有点头皮发麻。他杀的人不少，对战沙场真没经验，他家的杀手也没有。

“两军对峙，并不是人多就胜。你们今天做不到，明天就可以。”雪天傲远远扫过去，战场上没有他熟悉的人，这样也好，下起手来可以毫不顾忌。

“我要做什么？”无涯认真起来，马陵道一战后，他就对雪天傲佩服得不行。

“明日未时，天有异象，整个中州会陷入黑暗，大约会有一刻钟的时间。这一刻钟，你们君府的杀手潜入那两万士兵当中，在一刻钟内把他们全部解决掉。”看着天空中太阳的位置和护城河的景象，雪天傲终于肯定了这件事。

天狗食日，真是来得早不如来得巧，这下中州的危机差不多就解除了。

“你确定？”无涯看雪天傲的样子不像是开玩笑，但天有异象这话是说有就有的吗？

“你以为一个大将军想要战无败绩，只要懂排兵布阵、只要自己武功高强就行？一个常胜将军，必须上知天文下知地理。”雪天傲一边说，一边往回走，同时告诉无涯，“明天的事情全交给你了，我和东方宁心、小神龙三人今天下午必须赶往寂灭山脉。”

雪天傲这几天日夜不休地给公子苏定下一份完整的作战计划和今后的军队建设。如果不是香城这一战太过重要，他根本不会过来，他们和鬼苍悟约定的时间到了。

“雪天傲……”无涯听到雪天傲将这么大的事情交给自己，吓得站在城墙上动也不敢动，他不行呀！

无涯在身后大喊大叫，东方宁心与雪天傲却不理会，一路不停地赶往寂灭山脉。三人在约定的最后一刻赶到，却看到一抹火红的身影站在鬼苍悟身旁：“赤焰？你怎么会在这里？”

赤焰白了东方宁心一眼，别过头没有理会她。鬼苍悟苍白一笑，指了指山脉之巅：“梦族遗址有梦皇的封印，也有其他三皇的踪迹，所以我们必须一起来。”

“明白了，那我们走吧。”东方宁心不再多问，神色淡漠地点头。

众人不是第一次来寂灭山脉，鬼苍悟对这里更为熟悉，当仁不让走在最前面带路，赤焰则与他并行，东方宁心拉着小神龙走在中间，雪天傲殿后。

寂灭山脉还是和以前一样，捕兽的小队不断，不过越往里走人越少，凶兽的气息则越发浓郁。面对寂灭山脉的凶兽，就是神者高手也要打起精神，他们五人也不例外。

五人一路戒备，就是这样还是出事了。

刚刚踏上寂灭山脉之顶，一步未行，就被一群凶兽围住。凶兽成百上千，看不着边际，看着他们几人如同看着上等的美味，迫不及待想要扑上来，却又因野兽本能的警觉，不敢上前。

“动手吗？”赤焰双眼通红地看着面前的凶兽，他火气正大，正好拿这些野兽消气。

“不想死就动手。”东方宁心没好气道，赤焰的拳头永远比脑子快。

赤焰傲慢昂头：“就凭它们？我还不放在眼里。”

说完，聚起真气就朝那些凶兽攻去，巨型火龙所过之处，凶兽皆避。有几只不幸被烧中，不过，对于面前这么大一群凶兽来说，死的那几只根本无关紧要。

赤焰的举动不仅没有伤到这些凶兽的要害，反而激怒了众凶兽，它们不再顾忌面前五人身上散发出来的危险气息，也不顾小神龙身上那让它们想要退却的神兽气息。

声音响彻云霄，一时间寂灭山脉鸟飞人散，一只只凶兽不要命地朝五人扑来，张牙舞爪，好不骇人，胆子小一点的怕是会直接吓死。

凶兽本就灵智不高，血腥只会刺激它们更加拼命。有了领头的凶兽，后面的凶兽更无顾忌，踏着同伴的尸首，一拨接一拨扑向五人，势要将五人撕碎才肯罢休。

真气一道接一道飞射出去，五人脚下很快就有成堆的凶兽尸体，也正是越堆越多的尸兽，限制了他们的施展空间，他们被凶兽越围越紧，以至于到后面连真气都不敢释放，因为一发出去就会伤到同伴。

凶兽们似乎也明白了他们的顾忌，一时间也不上前，而是将死去的同伴尸体朝东方宁心五人丢去，要把五人的路堵死。

双拳难敌四手，这么多凶兽，他们就是再厉害也挡不过来。不多时，五人就被凶兽的尸体给堵得死死的。

"该死，这些凶兽到底怎么了？"赤焰越打越憋屈，凶兽围得紧，他的火焰一不小心就会烧到自己人，东方宁心与鬼苍悟身上的衣服就被赤焰烧了。

"凶兽灵智本来就不高。"雪天傲收起真气，开始赤手空拳与面前的凶兽搏斗。一拳一只，不着痕迹地将东方宁心身边的凶兽清理干净。

人的真气有限，体力也有限，面对无穷无尽的凶兽和身边堆得比人还高的尸山，五人渐感吃力。放眼望去，身边的凶兽不减反增。

"我们似乎触动了什么，不然这些凶兽不会如此攻击我们。"鬼苍悟脸色越发苍白，关注着四周的动静。这里距离梦族的遗址已经很近，他们应该是踏入了寂灭山脉不允许进入的地方，所以这些凶兽才会不要命地攻击他们。

"它们是在守护梦族遗址。"东方宁心的话还没说完，立马倒抽了一口冷气，转身就看到自己的左臂生生被一只似虎又似狼的凶兽抓下一大块血肉。

"东方宁心，后退。"雪天傲的剑第一时间插入凶兽腹中，将东方宁心护在身后。

"再这样下去，吃亏的是我们。"鬼苍悟试着控制死去的凶兽灵魂，却渐渐力不从心。

"冲出重围。"手渐渐发麻，杀凶兽可比战场上杀敌更痛苦。

雪天傲看了一眼四周，发现根本没有冲破的空隙，无情无绪道："冲不出去。"

"那么，我来吧！"东方宁心将凤凰琴塞到小神龙怀里，借着小神龙的掩护，从成堆的尸兽中飞至半空，手中数枚金针闪耀……

"东方宁心，不要！"雪天傲一看东方宁心的架势，就知道她要做什么，那套逆天针法每次施展，付出的代价都很大。

“对不起，来不及了。”东方宁心歉疚道，手中的金针已飞射而出，准确无误地打在凶兽的穴道上，凶兽完全没有反抗之力，一头头倒地。

东方宁心如此做，并不只是为了冲出重围，更多的是不想这些凶兽死在他们手上，怎么说它们也是为了防止外人踏入梦族遗址。

随心针法诚如东方宁心所愿，飞快在众凶兽的穴上飞旋，身边的凶兽越来越少，雪天傲、鬼苍悟、赤焰与小神龙已不需要动手，但没有一个人敢放松戒备。

当最后一只凶兽倒地时，众人的心也提到了嗓子眼，他们明白，逆天的惩罚就要出现。

“啊……”半空中，东方宁心收起最后一枚针，被一股极强的力量推下，整个人重心不稳，朝地上摔去。

雪天傲第一时间飞身而起，一把将东方宁心抱在怀里：“小心……”

刚刚说完，他也控制不住自己的身形，抱着东方宁心就往地下摔去，全身上下似乎被一股莫名的压力给钳制住。两人重重跌倒在地，本想站起身来，却见刚刚还是晴空万里的艳阳天，瞬间黑压压一片，天幕似乎随时都会倾塌下来，厚重的压力自天而降。

“这就是施展逆天针法之后的天罚？”赤焰抬头看天，发现乌云正飞速朝五人压下来。

“也许吧，这一次受罚的是我们众人。”东方宁心与雪天傲从地上站了起来，她刚站稳，就感到小腹一阵绞痛，伸手抚着小腹，整个身子半弯。

“东方宁心，你怎么了？”雪天傲关切地问道。

“我、我没……”东方宁心用力呼吸，想要站直，说出一句安慰的话，可人还未站直，他们就被一股巨大的压力压入黑暗之中。

滔天压力之下，五人连呼吸都困难，这种感觉好像天塌了。下一秒，压力瞬间消失，他们像是失重了一般，正以无法控制的速度向下、向黑暗中坠落……

不知是有心还是无意，东方宁心醒来时，发现自己被雪天傲护在怀里，雪天傲双手紧紧固定在她的小腹上。此时，她腹部的绞痛也得到了缓解，刚松了口气，却发现自己失去了自由，无法动弹半分。

经过那不像天罚的天罚后，他们坠落到一个藤蔓缠绕的地方。这里的藤蔓如同活物，围绕着他们不停游走，在他们身上缠上一圈又一圈.

藤蔓带刺，在身上越缠越紧，越缠越多，他们的身体鲜血淋漓。在鲜血的滋养下，藤蔓生长得更加疯狂，一圈又一圈，似乎要嵌入他们的骨骼深处才肯罢休。

“这也是天罚吗？”处在这样的困境中，东方宁心依旧冷静自持，哪怕被藤蔓缠得近乎窒息也不曾变脸，“赤焰，试试看能不能凝聚真气，这些藤蔓应该会怕火吧？”

“我试试。”赤焰挣扎半晌，发现越是挣扎藤蔓就缠得越紧，赤焰的脸瞬间通红一片，“不行，动不了，无法凝聚真气。”

“要是无涯在就好了。”东方宁心此刻无比怀念无涯的辟邪剑，斩断这些藤蔓应该不成问题。

“笨女人，你的凤凰琴呢？”小神龙人小，被藤蔓一缠，小脸就涨得发紫，本来还想着能不能现出神龙本体，这个念头刚起，身上的藤蔓就更紧了。

小神龙相信，一旦现出神龙本体，定会成为第一条被藤蔓勒死的龙，那可真是丢脸了。

“咳咳，在背后，召唤不出来……”琴在她身后，而她压在雪天傲身上，两人之间隔了一把琴，也让她看不到身后的雪天傲到底怎样了。

躺在东方宁心身下的雪天傲一动不动，东方宁心的长发刚好遮住他的脸，看不到他的表情，也不见他开口说话，不知是受伤了还是怎么了。

“我来试试看。”鬼苍悟侧脸看了一眼被绑在一起的雪天傲与东方宁心，这个时候估计指望不上雪天傲。

真气无法凝聚，鬼苍悟凭借微弱的灵魂之力控制其中的一只恶魂，试着借恶魂之力替他们解开这些藤蔓。藤蔓像是发现了鬼苍悟的想法，绕着他越缠越紧，直至鬼苍悟整个人淹没在藤蔓之中。鬼苍悟却是不管不顾，忍着窒息的危险，控制恶魂，希望众人从藤蔓中脱身。

啪啪……缠绕众人的藤蔓终于断开，东方宁心第一时间翻身而起，抽过雪天傲身上的剑，帮鬼苍悟将众人身上的藤蔓斩断。

五人恢复自由后站了起来，一身是血，衣衫褴褛，鬼苍悟更是大口大口喘粗气。然而他们还来不及放松，刚刚被鬼苍悟与东方宁心联手斩断的藤蔓再次以更快的速度长了起来，一条条灵活如蛇，飞快从地底下滋生，缠向五人的手脚。

东方宁心五人也不是吃素的，没了藤蔓的束缚，便可以凝聚真气，一时间倒是让这些藤蔓无法近身，但他们同样也逃不出去。被他们斩断的藤蔓一落地，便再次复活，斩断越多，长出来越多。

“梦皇到底是想怎样？一会儿是凶兽包围，一会儿是藤蔓，嫌我们命大吗？”赤焰越来越火大，也不管会不会耗尽真气，直接发出火族最强攻击赤焰诀。

张狂的火龙将他们周身映红，脚下的藤蔓顿时被轰成灰烬。

“居然搞定了。”赤焰得意地仰头，发现五人身边终于没有藤蔓，心里大喜。

没了藤蔓，视线不再受阻，放眼望去，他们居然处在一个看不到边的地方，千里之外，空空如也，梦族遗址连影子都没有。

“这里没有梦族遗址，我们赶紧走吧。”东方宁心一点也不认为这些藤蔓这么容易解决，拉起小神龙就往前走。雪天傲、赤焰与鬼苍悟立马跟了过来，没走出十米，他们不得不停下脚步，“又长起来了！”

藤蔓这一次似乎“学乖”了，不再缠他们五人，而是在他们十米之外疯狂生长交缠，织成一面面藤蔓墙，将五人围在中间。地上的灰烬亦缓缓渗入土地中，化为新生藤蔓的肥料。

有藤蔓灰烬为肥料，藤蔓的生长速度惊人，很快，一面比人还高的藤墙就出现在众人面前，挡住了他们前行的脚步。

“它们的主根不死，就永远死不透。”东方宁心看着这些藤蔓慢慢朝他们脚下席卷，再也不敢掉以轻心。如果再次被这些藤蔓困住，他们怕是挣脱不了，鬼苍悟肯定无法再控制鬼魂替他们解围。

“我试试。”小神龙深知情况不妙，摇身一变，化为一条银龙盘旋在半空。龙吟声如雷贯耳，震得藤蔓墙颤颤巍巍，却丝毫不影响藤蔓的生长。

藤蔓是植物，根本没有动物对神龙的敬畏之心，它们只知道不停生长，缠住可以缠绕的一切，然后活活将其缠死，化为自己的肥料。

“神龙！”赤焰咽了咽口水，指着小神龙，半天发现没人搭理他，只好摸摸鼻子，心里不屑，神龙就神龙呗，身为赤族少主，又不是不知神兽的存在。

小神龙在空中盘旋一下，俯身冲了下来，龙爪狠狠一扯，就将围困着东方宁心四人的藤蔓墙给扯碎。

“走……”顾不得身后的藤蔓还在滋长，东方宁心拉着雪天傲冲了出去，但他们跑得越快，身后的藤蔓长得就越快，一副和他们死磕到底不死不休的样子。

不仅身后的藤蔓追着他们，前面的空地上亦突然冒出新的藤蔓，挡住了他们的去路。

“小神龙，下来，带我们飞出去。”东方宁心看到盘旋在半空的小神龙，眼前一亮。

“好……”小神龙飞身而下，盘踞在藤蔓正中央，任藤蔓缠绕住自己的龙爪与龙尾，待到东方宁心四人坐稳时，小神龙龙身猛地扭动，缠在他身上的藤蔓应声而碎。

带着四个人，小神龙一点也不吃力，很快避开藤蔓的束缚，飞到了半空中。底下的藤蔓依旧在长，而且有越长越高之势，只是这一次，它们生长的速度再也没有小神龙飞得快。

乘着巨龙，一路前行，这一仗他们算是小胜，前提是忽略四人身上的血痕，忽略小神龙龙躯上被划出来的道道伤痕。

龙的飞行速度有多快，他们是知道了，小神龙在半空这么一飞，至少已是万里开外，可他们没有逃离这片空地，坐在龙背上放眼望去，依旧是一望无垠。

“下去吧，不除了那藤蔓，我们走不了。”东方宁心沉声道。

“嗯？”赤焰不解，再下去和那种死不了的东西斗争有什么意义？

“这里是梦皇的梦境，不毁了这藤蔓，我们出不去。”

“你怎么知道？”

“因为这里的太阳与白云不会动。”东方宁心指着天空，苦笑一声。

小神龙顿了一下，缓缓着陆，刚一落下，甚至来不及化为人形，他们脚下空空如也的平地上瞬间长满藤蔓，速度丝毫不亚于雪天傲升阶的速度。

面对凶兽，东方宁心的金针或许有效；面对这些植物，金针再逆天也毫无功效。

“雪天傲，把它们全部封死，你做得到吗？”长时间的战斗令东方宁心有些疲累，说话时语气也有些不耐，不过她并没有放在心上，以为这是使用随心针法的后疑症。

做得到吗？

这话若是从别人嘴里问出来，雪天傲肯定会直接把他给冰封了，但这话从东方宁心嘴里出来，雪天傲什么也没说，点了点头，就开始凝聚真气：“冰封万里！”

瞬息，他们仿佛进入了冰山世界，整个世间都是被冰封的藤蔓。

不过，东方宁心的想法还是稍嫌天真，这些藤蔓被冰封后也没有停止生长，在冰块中它们依旧在蔓延，只要一点点时间，就会冲出雪天傲的冰封。

“我能控制的时间不长。”看着藤蔓慢慢从冰块中钻出，雪天傲放弃了。

这些藤蔓的生命力还真顽强，火烧不灭，冰封不死！

“足够了。”东方宁心气定神闲，盘腿而坐，拿出背在身后的凤凰琴，轻拨琴弦，一曲《凤求凰》倾泻而出。

鬼苍悟与雪天傲都知道专注弹琴的东方宁心有多美，再见虽惊艳却并未失神。赤焰是第一次见，看着端坐那里、沉静如水、不染丝毫凡俗气息的东方宁心，整个人都呆滞了，呆滞过后则是后悔……

如果没有和雪兰的那一场颠鸾倒凤，他是不是还有资格呢？

除了东方宁心和小神龙，所有人都陷入琴曲营造的氛围之中，就是只会生长的藤蔓亦陷入其中，随着琴音缓缓摇曳，没了一点刚刚破冰而出的架势。

曲到高潮，东方宁心睁开双眼，澄明的双目告诉众人她是清醒的。

“凤兮凤兮归故乡，遨游四海求其凰。”东方宁心清亮的声音将雪天傲三人的思绪拉回，他们睁眼就看到东方宁心面前两株藤蔓从地底冒出，一青色，一火红，乖巧地立在她的面前。

“这是？”赤焰看着那隐隐似人形的藤蔓，发现找到了藤蔓的本体。

雪天傲酷酷点头，表示赤焰猜得没错。

“她、她……”怎么知道?

赤焰指着东方宁心，万分不解。他在这里什么都没有看出来，东方宁心却好像对这里了如指掌，他堂堂赤族少主有这么差吗?

雪天傲摇头，没有说话，因为他也不知道。

“你们只活在他人的梦境中，放过我们也放过你们自己。”《凤求凰》结束后又是一曲《琴瑟和鸣》。浓浓的情意在东方宁心的指尖流转，让人忍不住沉醉其中，再也不醒来。

“呜呜呜……”两条藤蔓低低悲鸣，不是它们不出去，而是它们出不去，它们是被人封印于此的，并非自愿。

“可以和我说说吗？”琴曲转换，这一次是平定心神的《清平调》，东方宁心明显能感觉出面前这两株藤蔓的激动心情。

受琴曲影响，两株藤蔓平和了不少，开始低低说话。

原来它们根本不是藤蔓，而是上古神兽青鸾与火凤，是爱情的象征，可以唱出绝美的情歌，只不过青鸾只为火凤而唱。

青鸾与火凤一直幸福地生活在北海之巅，它们的世界只有彼此。直到有一天，青鸾遇到了另一只青鸾，青鸾为它唱了支唱给火凤听的歌，火凤怒了，恨不得毁天灭地，青鸾也厌倦了这样刁蛮无理的火凤。

青鸾以为遇上另一只和自己一样的青鸾，那种激动就是爱情。它抛下没有理智的火凤，与那只青鸾双宿双飞。就在这时，另一只青鸾的仇人追来了，那是一位很厉害的上神，那一只青鸾为了自己，把青鸾推向上神，自己则借机逃跑。

青鸾抛下了火凤，火凤却一直舍不得离开青鸾，悄悄跟在青鸾身后，忍着心痛，看着另一只青鸾取代它的位置，想着哪一天心死以后就离开。不想，还没来得及离开，就遇上了青鸾遇险，在青鸾即将死在上神剑下时，火凤为了救下青鸾，舍弃了一身的修为。

青鸾与火凤没有死，却奄奄一息，上神为了惩罚青鸾与火凤，便将它们封印于此，永远只能当一对藤蔓，遇上活物就想要缠上去，直到把他们活活缠死。

缠绕是它们的本能，它们无法控制……

“我要怎么帮你们?”东方宁心神态安详，似乎并不受青鸾与火凤的故事影响，不明白这样的青鸾有什么值得火凤牺牲的。

“与我们契约。”火红的藤蔓亲昵地缠在东方宁心的小腿上，缓缓升到腹部便不再动。

它能感觉到东方宁心在心疼，但它无悔。只是它无法原谅青鸾，它爱青鸾深入骨髓，为了青鸾可以舍弃一切，做自己不愿意做的事情，但无法接受青鸾的背叛，只要青鸾恢复了凤凰的样貌，那么它们就是陌路，这是火凤的骄傲。

它将心声悄悄告诉东方宁心，相信东方宁心懂它。

不苦吗?

东方宁心在心中悄悄地询问。当初她对雪天傲便是如此，那种煎熬如同坠入第十八层地狱，而火凤比她更痛苦，她至少不需要承受雪天傲感情上的背叛。

“我是火凤。”这是火凤的答案，骄傲无比。

明明不想再次成为火凤，为何它还是无悔?

“和我们契约吧，它想要恢复青鸾的身份，我成全它，只要它不悔。”

封印在藤蔓里，它与青鸾还能日夜相守，一旦成为青鸾火凤，它们就再也回不去了。青鸾不懂火凤，不懂自己伤了火凤多深。

“和我契约了，你们一样会在一起。”东方宁心没有言语，但她知道火凤懂她的意思。

火凤在东方宁心小腹上轻扫：“你不够格和我们契约，你只是代他和我们契约罢了，契约后我与青鸾自会离去，在他需要时才会出现。”

“我不够格？他是谁？”东方宁心只对那个“他”好奇。

他们身边还有别人?

“不能告诉你，契约吧。青鸾与火凤不会辱没了他，你的神龙不过拥有远古神兽血脉，而我与青鸾本身就是远古神兽。”

“好！”东方宁心沉吟了一下，没有拒绝。远古神兽可遇而不可求。

说完她就准备咬食指，却被火凤制止了：“不是你食指的血，我们要你的心头血，我说过，你不够格与我们契约。”

“心头血？”东方宁心皱眉。

“不可以！”虽然听不到那火凤与东方宁心的“窃窃私语”，但雪天傲一听心头血就明白了。东方宁心这段时间好像特别容易疲倦，取心头血的风险太大了。

“咯咯咯……”火凤轻笑，再次在东方宁心的小腹上缠绕一圈，“你很幸福，他很在乎你。”

说这话时，火凤带着泪。曾经它也这么幸福，青鸾的眼中只有它。

东方宁心轻闭眼睛，火凤与青鸾的事在她心中划下了一道阴影，摇了摇头，将不安压在心底：“雪天傲，不会有事的，只是契约。”

“不行！”雪天傲态度坚决，哪怕上古神兽青鸾火凤就在眼前，都不能让它们伤了东方宁心，一丝都不能。

“我们等了一千年才等到你，既然你的男人不肯，那么我自己来取。”说完，火凤不待雪天傲反应过来，一下就从东方宁心的腹部蹿到心口。

“不行！”雪天傲伸手去扯东方宁心身上火红的藤蔓，可是晚了！

那根火红的藤蔓已在东方宁心的胸口划出一道极细的口子，心头血顿时滴了出来。

啪嗒！啪嗒！刚好两滴，火红与青色的藤蔓瞬间跌回到东方宁心面前。

“东方宁心。”雪天傲上前，抱着脸色苍白的东方宁心，只两滴心头血，东方宁心就像是元气大伤。

“我没事。”东方宁心轻扯着嘴唇安慰。她真的没事，只是有点虚弱，像是供血不足。

瞬间，面前的藤蔓便已消失不见，青鸾与火凤站在东方宁心与雪天傲的面前，七彩羽毛好看得让人睁不开眼，远古神兽的威严也让小神龙站不起来。

青鸾恢复原形后，第一时间就靠向火凤，火凤却看也不看青鸾一眼，对着东方宁心道：“主人，待到你有能力召唤我的时候，我便会出现。”

说完，一刻也不停留地展翅飞去，美丽的羽毛在太阳照射下漂亮得夺人心魄。

“火凤，等等我。”青鸾回过神来，展翅跟了上去。

“青鸾，我不想再见你……”

“火凤，你骗我。”虚弱的东方宁心看着展翅飞去的火凤与青鸾，气得直咬牙，什么他呀，根本就没有这个人的存在好不好，她根本没有契约到火凤与青鸾。

“东方宁心，我不敢骗你，也不敢骗他，我说的都是真的，火凤的骄傲不允许我撒谎，一如我爱便是爱，弃便是弃。”火凤的声音从太阳下传来，前半句是对东方宁心说的，后半句则是对青鸾说的。

“火凤，求你原谅我……”

火凤与青鸾的声音终于消失在太阳里，东方宁心五人一直遥望着冲向太阳的青鸾火凤，久久回不了神，直到身边的冰块一块一块碎裂。

“这就是上古神兽的威压吗？这种神压远远不是我这个拥有上古神兽血脉的龙可以抵抗的。”小神龙化为人形，依旧没忘刚刚火凤一眼给他造成的压力。

“青鸾与火凤这么强，能伤它们的又是谁？”东方宁心想，当然她最关心的就是她与青鸾火凤的契约到底是怎么回事。

东方宁心的问题没有人能够回答，不仅如此，他们还有一肚子的问题想问东方宁心，而其中小神龙最为关心的就是：“东方宁心，你真的与青鸾火凤契约了？”

如果东方宁心与青鸾火凤契约了，他该怎么办？青鸾火凤肯定不屑与他共侍一主。这个问题也是众人想问的，还有火凤口中的那个“他”到底是谁？

把全身的重量交给雪天傲，东方宁心已缓过大半，摇了摇头道：“我没和青鸾火凤契约，与青鸾火凤契约的是他。”

“他是谁？”

“我也不知道。”

“你怎么知道这里的藤蔓是青鸾与火凤？”

“有人告诉我的。”

“谁？”

“不知道，也许是他。”从小神龙落下来的那一刻，就有人告诉她要如何应对这里的情况，东方宁心很肯定那个人不是诀，因为一踏入寂灭山脉，诀就与她失去了联系。

“他”是不是就是青鸾与火凤的主人呢？

众人默然，想要再问什么，却被雪天傲的一个眼神制止了：“休息一下，我们再去寻找梦族遗址。”

休息片刻后，待到东方宁心恢复了大半，一行人再次起身，顺着火凤飞走的方向一路前行，而很快就发现了异常。

“你们觉得这里真的是梦皇封印的吗？”鬼苍悟指向前方不远处白茫茫的一片。那些翻转的白雾是梦族人的灵魂，作为鬼族，他很清楚这些灵魂是被禁锢在此，受尽折磨。

身为梦族后人的东方宁心，又何尝不明白那翻滚的白雾是什么，那是梦族人不安的灵魂，他们受尽煎熬，苦苦挣扎，却千年无法转世。

“青鸾与火凤的出现就告诉了我们，这里的一切不是梦皇可以做到的。”东方宁心看着那些挣扎扭曲的灵魂，感觉心脏如同撕裂一般。大滴的汗珠从额头直往下掉，东方宁心却像没有知觉，走进白茫茫的通道中。

“东方宁心……”雪天傲伸手想要拦住她，却被东方宁心避开了，“不用担心，他们是我的族人，不会伤害我。”

从藤蔓的世界走到这里，东方宁心知道她离梦族越来越近，离真相越来越近。

全身冰冷，明明没有实物，整个人却像被什么缠绕，东方宁心任那白色的烟雾在自己身上游走，闭上眼睛，听着这些被封印的灵魂告诉她，当年梦族被封印的那一刻。

千年前，四族争权，硝烟四起。他们将最后的战场选在了安宁的梦族。鬼族、雪族与赤族带人围攻梦族，梦族人惨死在三族联手之下。

梦皇凭一己之力单挑三皇，神者九阶对上鬼皇、雪皇与赤皇并不会输，但就在这紧要关头，一玄衣人突然出现。不知他与梦皇说了什么，梦皇摇了摇头，那玄衣人震怒，开始帮助鬼族、雪族与赤族，梦皇连连败退……

见族人个个惨死，梦皇顾不得自己的安危，准备牺牲自己立下封印，保护梦族仅余的族人。玄衣人冷冷一笑，站在一旁，看着梦皇垂死挣扎，在梦皇的封印就差最后一步时，他出手了……

梦皇与其他三皇消失了，封印梦族的最后一步，他代劳了。

血腥、埋葬、镇压……

族人的惨叫声、哀号声，孩童的哭声，女子衣衫被撕裂的受辱声，那一段历史对于梦族来说是耻辱，梦族人被肆意凌辱残杀……

梦皇的封印旨在保护活下来的梦族人，玄衣人临时一改，就变成了现在这样。梦族仅剩的族人不仅没有活下来，他们的灵魂还受着永恒的煎熬。

原本，只要是梦族后人就能进入梦族遗址，现在却需要经历重重难关，先是凶兽围攻，紧接着是青鸾与火凤的缠绕，最后则是这些无法安息的灵魂……

这些并不是出自梦皇手笔，而是那玄衣人。

眼前的幻影结束，围绕在东方宁心身边的灵魂却久久不肯散去，他们在向东方宁心诉说着千年的压迫，无法安息的痛苦，还有被其他三族残忍屠杀的恨意。

滔天的恨意让他们死不瞑目，即使没有玄衣人的封印，他们也不甘心就此离去。

血债要用血来偿。你是梦族唯一的后人，你要替我们报仇！

你要替我们报仇，杀尽鬼族、雪族与赤族！

围绕在东方宁心身边的灵魂，狰狞着、威胁着、引诱着……

“啊！”太多的负面情绪充斥在脑中，东方宁心一时承受不住，大叫一声，连连后退。

“怎么了？”看到东方宁心泪流满面的样子，雪天傲的心越发沉重，东方宁心应该是知道了梦族被灭族一事。

“灭族，雪天傲，这就是你不告诉我的真相吗？杀父之仇，灭族之仇，我们之间还有什么没有说的？”东方宁心整个人近乎崩溃。

雪族与墨家，雪族与梦族……

为什么要她和雪天傲承受这些？为什么前人的错要让她和他来背负？

她怎么报仇？她怎么下得了手？

“东方宁心，你冷静一点，当年四族之间的事情并不是那么简单，时隔千年，我们看到的并不是真相。有些事情只有见到梦皇才明白，真要说有错，是你的错还是我的错？梦族被灭，难道梦族自己就没有责任吗？其他三族的贪婪是一回事，可梦族自身呢？”雪天傲用力按住东方宁心的肩膀，似乎只有这样，才能让她冷静下来。

“你没有看到梦族人被欺凌的惨状，你没有看到自己族人的兽性，你们是怎么对待梦族人的！”眼泪洗涤了双眸，东方宁心目光更加清澈，看着雪天傲，眼带指责。

这样的情况下，赤焰与鬼苍悟什么也不能说，也不敢说，他们是罪魁祸首的后人。

千年前的事，他们隐约知道一些，但并不清楚，那似乎是各族的禁忌，随着四皇的消失而消失，梦族亦成为禁忌。

“东方宁心，如果当年被屠杀的是雪族、赤族或者鬼族，那么他们的下场也是一样，没有人针对梦族，这是战争的本性。”这种安慰近乎残忍，但这才是雪天傲的本性。

“你！”东方宁心后退一步，这样的雪天傲太冷酷了。

“很残忍是吗？但这就是事实，在生与死、家族的存亡面前，要么死的是对方，要么死的是自己。当年三族的做法并没有错，他们既然联手对付梦族，就不会允许梦族留下血脉，否则对于三族来说就是隐患，而你显然是意外。”

“那你是不是也要把我这个意外杀了呢？这样梦族就永远绝后了。”东方宁心愤怒地指着雪天傲，双眼蓄满了泪水。

雪天傲叹了口气：“东方宁心，现在不是想这些的时候，当务之急是安抚这些灵魂，让这些灵魂进入轮回，投胎转世。”

“你……”东方宁心看着雪天傲，就这么冷冷地看着，就在鬼苍悟与赤焰以为，东方宁心会出手杀了雪天傲的时候，东方宁心突然闭上眼，对鬼苍悟道，“鬼少主，辛苦你了。”

安魂是鬼族的专长，鬼苍悟当即应了下来。只是在东方宁心生疏地叫他鬼少主时，眼神黯淡。

鬼苍悟很快凝聚真气安抚梦族的灵魂，东方宁心看着眼前慢慢平和的灵魂，眼中一片平静，没有人知道她在想什么。

“墨言，剩下的就交给你了。”鬼苍悟指着不远处已安稳下来的梦族灵魂，虚弱道。

“我？”东方宁心不解，她能做什么？又不会御魂。

“墨言，梦族也可以控制灵魂，梦族可以带给灵魂美丽的善良的一切，你可以试试。”

“好。”东方宁心点头，刚要凝聚真气便放弃了，凭她那点真气，与这么多灵魂沟通恐怕不现实，想来也只有琴曲是最好的办法。

青鸾与火凤受凤凰琴安抚人心的力量影响，但愿面前梦族人的灵魂也一样。

静静坐下，轻拨琴弦，却是曲不成调。

东方宁心叹气，心绪不稳，琴曲也是乱七八糟的，梦族人的灵魂不仅没有得到安抚，反倒越发躁动。

无意识拨弄着琴弦，想着几次与梦皇见面的情景，那个女子端庄高洁、雍容大度，引得一代针神为之神魂颠倒，绝不是自私狭隘的女子。

这样的梦皇，这样的女子，她知道梦族人的下场，却依旧如春风明月，那么她东方宁心也可以。

心中有恨，心中有怨，并不表示一生都要为怨恨而活。她为会族人报仇，但不会受仇恨束缚，她相信她的族人会明白。

琴曲终于成调，东方宁心越发宁静恬淡，雪天傲、鬼苍悟与赤焰亦是松了口气。这样的东方宁心才是他们认识的东方宁心，他们多害怕她会在一怒之下拔剑相向……

一曲《安魂曲》，安的不仅仅是梦族亡灵，还有东方宁心的心。

琴曲渐入高潮，梦族人灵魂结成的白色雾墙散发出淡淡的金色光芒，东方宁心似乎能感觉到梦族人欢声笑语的样子，他们安然，他们知足，不会任仇恨束缚自己的心灵。

琴曲将完，眼前白色的灵魂雾墙已逐渐消失，一个人影突然出现在他们的面前。

“梦皇？”雪天傲半是怀疑半是确定地开口。

东方宁心则立马停止抚琴，睁眼就看到了那个熟悉的女子，那个一次一次安抚她、帮助她的女子：“梦皇？你是梦皇！”

“别停下曲子，没有你的曲子，我也无法出现。”梦皇淡然一笑，眉眼间尽是骄傲之色。

东方宁心再次抚琴，《安魂曲》响起，梦皇道：“宁心，你刚刚看到的只是表面，事情并不是这般简单，当年的事情没有谁对谁错，只能说彼此的立场不同。”

“那当年到底发生了什么？”一边抚琴，一边询问，千年前的事情困扰她太久也太重了。

“这些还是待你到了洪荒再说。宁心，别去想太多，梦族之仇并不是你的责任，你的责任是解开我当年的封印。”

“那真的是你封印的吗？”东方宁心有些怀疑，以梦皇的实力应该做不到。

“一部分是，如果全是我封印的，那么根本没有解开的必要，现在却必须解开封印。”

“为什么？”这个问题，雪天傲、鬼苍悟与赤焰也很想知道。

梦皇封印梦族遗址，不是为了保护梦族人的灵魂不受打扰吗？不是为了阻止鬼皇他们重返中州吗？

“这个封印是以中州人未来的气运为代价，中州千年来不出神者，你们几个神者都是借助外力才出现的。这个封印再不解除，待到下一个千年，中州连帝者也不会出现了。”中州将会以另一种方式逐渐消亡，这就是洪荒人打的主意。

“有人要毁了中州？”东方宁心的琴音突然高昂起来，她隐约明白了那个玄衣人的身份。

洪荒来客！

“是的，所以梦族的封印必须解除，哪怕此举会开启洪荒与中州的通道。我相信你们，你们是四族中最优秀的孩子。”

“梦族所在能连通中州与洪荒？”这就是梦族被灭的真正原因？

梦皇点了点头：“是的，但你们不用担心这些，即使解除封印、开启通道，洪荒的人想来中州也不是那么容易的。你们现在要做的就是解除封印，不要让封印把中州给毁了，这不是我想要的。”

“好。”听到梦皇的话，东方宁心松了口气，压在心上的巨石瞬间消失了。

梦皇轻扫一眼东方宁心收着墨玉的地方，语重心长道：“宁心，有时候，命运是不可预知的，也是不可更改的，别伤心。”

说完，梦皇消失了，梦族人的灵魂亦解开了束缚，而灵魂之墙后面，才是真正的梦族遗址。

FENG HUANG CUO

第四章
不能陪你到最后

梦族废城，这个地方东方宁心曾经来过。在梦皇的梦境中，她闻到这里的血腥味，感受到这里的死寂，但这一次走进梦城，她隐隐看到了希望与解脱。

走进城池，是熟悉的城墙。城门紧闭，上头的浮雕图案亦是东方宁心熟悉的。当玉家还是玉城时，玉城就用此图为城标。

梦族城池的图案和她手中墨玉的图案一模一样。东方宁心很早以前就怀疑过，玉家人与梦族有关，不过现在不是追究这些的时候，玉家的事情早晚会清楚。

她上前用力去推，却怎么也推不开城门，正想叫小神龙上前试试，耳边响起诀的声音：“宁心，看到城墙上凹下去的那一块没有？”

“诀，你想告诉我什么？”东方宁心顾不得此时还有外人在，直接开口询问。

自从进入梦族地盘，她就断了和诀的联系，直到刚刚她才感应到诀的存在。诀一开口，她就感觉有一个细小的声音在提醒她：想要打开梦族城门，只要将墨玉放到城池上凹处即可。

“宁心，你很明白，当年梦族并没有真正灭族，你的母亲是梦族人，唐洛是梦族人，墨家和玉城则是梦族护卫，而我也是梦族人。”

“诀，这并不是重点。”

诀笑了一声，带着说不出来的悲壮：“东方宁心，你知我为何会被封印在墨玉之中吗？”

“为什么？”东方宁心脸色微变，隐有猜测，却希望那不是真的。

诀的话打碎了东方宁心的痴想：“宁心，你猜得没错，我亦是梦族的背叛者之一，所以才会被封印在墨玉之中，成为解开梦族封印的钥匙。”

“诀，可以告诉我为什么吗？”她身边的每一个人，都是带了目的的吗？

诀沉默片刻，道：“你看到的玄衣人曾是我最信任的朋友，是我带他进入梦族的。”

那个男人，戴着友好与伪善的面具，让他信任，最后却陷他于不仁不义不孝。

“诀，你和梦皇是什么关系？”会让玄衣人主动接近，诀应当不普通。

“她是我姐姐……”

“什么？”东方宁心真没有想到，诀竟是梦皇的弟弟。

“宁心，我是梦族的罪人，一直以来我都想让你知道梦族的事情，可又害怕，害怕你知道后……宁心，我想过逃避，永远封印在墨玉之中，逃避关于梦族的一切。”

“诀，你……”

诀苦笑了一声，故作潇洒道：“好了，宁心，你别磨蹭了，没听到我姐姐说嘛，梦族的事情与你无关，作为梦皇传人，你的责任就是解开当年梦皇的封印，还中州一个真气充盈的世界。至于梦族的恩怨，自有梦皇去解决，你自己的事情也不会比梦皇少。”

“诀，与你无关，你只是被利用了。”东方宁心心疼，即使诀说得毫不在意，东方宁心依旧明白他很自责。

“宁心，不知者并不会无罪。那个人是被我引入梦族的。没有他，凭鬼族、雪族与赤族根本无法冲破梦族的防御。宁心，我是罪人。”诀站在墨玉之中，抬头看天。只有这样，才能抑制眼中的眼泪。

“你不是！”东方宁心大喊，她眼中的诀不是罪人，不是梦族的罪人。

诀与东方宁心的对话，雪天傲、鬼苍悟与赤焰听得清清楚楚，这些话诀是说给东方宁心听的，也是说给他们三人听的。

对于诀的存在，感觉最陌生的应该是赤焰，不过细细听来，他就明白了。原来当年梦族还有这么一件事，不过梦族的前尘往事与他们何干？

“宁心，不管是与不是，动手吧，想要解除梦族封印，就必须用你手中的墨玉。”诀的声音坚定有力。

如果可以，他多么希望自己脱离墨玉的掌控，重新获得一个身体，然后去找那个欺骗他的人报仇。他多么想亲手杀了那人，可惜他永远做不到了，这是他的姐姐梦皇给他的惩罚，一生都活在不甘与自责中。

“那么你呢？”从我的生命中消失吗？诀，你甘心就这样消失吗？

“宁心，没听到梦皇的话吗，命运是不可预知的，也是不可更改的，我有我的命运。”

“你甘心吗？”

“不甘心！”

“那么，我们走，这梦族遗址不开启也罢，梦皇封印不解除也罢，中州没有帝者就没有帝者，与我们何干？”说完，东方宁心拉起雪天傲，转身就往外跑。

“东方宁心，不要任性。”雪天傲不仅没有走，反而紧紧抱住她，“东方宁心，诀想要报仇就必须解除梦族的封印，只有这样我们才能去洪荒，只有这样我们才能去杀掉当年欺骗诀的玄衣人，你明白吗？”

“他是诀，那个在我最需要的时候出现在我身边的人。”东方宁心同样冷静，只是隐隐有些负气，终究学不来雪天傲，完全凭理智判断事情。

“这是诀的命运。”雪天傲看着东方宁心，掷地有声。

“宁心，雪天傲说得没错，这是我的命运，动手吧。”

“我明白了！”诀的话令东方宁心无法反驳，她深吸一口气，拿出怀中的墨玉，“诀，我会替你报仇的，一出梦族，我就先替你灭了玉家，再去洪荒杀那个玄衣人。”

“我知道你一定能做到的，所以我什么都不说。现在取你们四族少主之血，祭墨玉，解除梦族封印。”诀闭上眼睛，接受命运的安排。

他早就预知到了自己的命运，却无法改变。

梦族封印染了梦皇、雪皇、鬼皇与赤皇的血，当然也需要他们后人的血。

四滴血液将整个墨玉浸染成血红，东方宁心双手捧着墨玉，真的很不舍，很不舍诀就此烟消云散，可他们不得不向命运低头。

“诀，相信我，我一定会完成你的心愿。”

飞身而上，陪伴东方宁心无数个日夜的墨玉准确无误地嵌入梦族城门之上，带血的墨玉散发着刺眼的红光，将整个梦城笼罩起来。

“诀……”东方宁心五人站在城门下，看着诀带着一身红光，从墨玉中走出来。

“宁心，再见了。”诀的身影逐渐消融，只来得及看她一眼，道一句再见。

诀，再见。

靠在雪天傲的怀里，东方宁心突然发现，自己连泪都掉不出来，看着逐渐消失的诀，看着梦族城门大开，看着梦城中原本完好的一切慢慢化为灰烬。

梦城没了，只余四面城墙！一切都结束了，她完成了属于梦族后人的责任，是不是以后再也不用背负？

“东方宁心，这对于诀来说何尝不是一种解脱，他不用一直铭记自己被人利用的痛。”雪天傲生硬地安慰道。

“我知道，我们回中州吧。”东方宁心看着除了城墙什么也没剩下的梦族，没了想要进去的心思。

梦族，埋藏了太多。

针神的爱情。

诀的生命。

“回中州？”赤焰半天回神，不解地看向东方宁心。

“灭玉家。”东方宁心头也不回道。

梦族封印解除，中州很快就会有神者高手出现，她要赶在神者出现之前，先灭了玉家！

此时，寂灭山脉的凶兽便不再受钳制，在山林间自由奔跑，有些大胆的更是直接下山。一路上，他们遇到不少凶兽，不过那些凶兽机警得很，不待东方宁心五人出手，嗖的一声，跑得飞快。

谁说凶兽没有灵智，看它们见到东方宁心几个如同碰到鬼见愁一样，就明白它们不仅有灵智，而且还不低。不过，凶兽乱窜终究是有麻烦的，他们一路上就遇上不少捕兽小队被凶兽围攻，东方宁心没少出手在凶兽嘴下救人，同时警告他们，日后不要再来寂灭山脉。

寂灭山脉再也不受封印控制，这里生长的万物都有了自己的意识与生机，寂灭山脉已不再属于梦族。

至于那些捕兽小队能不能听进去，东方宁心没多想，反正她不会再救第二次。

一行人下了寂灭山脉后，踏入一个小城镇，东方宁心一进城就感觉不对劲，站在原地一动不动，整个人似乎陷入了冥思之中。

“东方宁心，怎么回事？”雪天傲的心又提到嗓子眼儿，东方宁心这几天很不对劲，容易疲倦，情绪起伏又大，真不知道她怎么了。

“我好像要升阶了。”东方宁心微皱着眉，不怎么肯定地说道，她从来就没有升过阶，这种感觉也不知对不对，再加上她现在没有了诀，有事也无人提点。

“好像是什么意思呀？你要不要升阶自己都不清楚？”赤焰看着人来人往的小镇，颇为头痛。

东方宁心升阶怎么会说升就升，一点也不受控制呢？在人来人往的大街上升阶有多危险，东方宁心不会不知道吧？

“真气很澎湃，超出我能控制的范畴。我没升过阶，所以不懂。”她感觉自己坠入了暖阳之中，温暖的气息令她昏昏欲睡，澎湃的真气充满全身。

“我怎么没感觉到你要升阶？”小神龙紧张地站在东方宁心身边，他们是契约关系，主人要升阶，他第一时间就会感应到。

“不知道，就是有升阶的感觉，有人在提醒我。”东方宁心脑子里又想起火凤说的那个“他”，他到底是谁？

“什么人？”雪天傲思索着，诀已经消失了，还会有谁？

“不知道。”东方宁心回答，也顾不得周围的环境，盘腿坐下，任真气游走全身。

澎湃的真气、高手的力量，东方宁心以前从未感受过，此刻越发确定是要升阶了，心里没来由地松了口气。

小神龙，在去洪荒前，我那废材的体质终于改变了，终于不会再连累你了。

雪天傲，从此我不再是那个随时需要你保护的人，我也足够强大。

闭目凝神，任真气流转……

雪天傲、小神龙、鬼苍悟与赤焰四人则既担心又期待地守着东方宁心，路上人来人往，指指点点，不解询问，这四人却丝毫不放在眼里。

东方宁心即将升阶，这是不是代表梦族封印完全解除了呢？中州再也不会受限制，远古四族也不会受各自真气的限制，他们是不是离神者不远了？

而这里面，最为痛苦的就是赤焰了，早知今日他又何必与雪兰虚与委蛇呢？

很快，真气凝聚在东方宁心脚下，代表尊者以上的纹路出现了！

看到纹路出现，雪天傲松了口气。只要是升阶，就不会有什么麻烦，但他忘了有时候麻烦这种东西，就是你什么都不做都能惹来。

一般人升阶，也就是感知到自己所在的位置出现小小的异象，方圆几里的人知道这里有人要升阶，但东方宁心不一样。

尊者初阶的纹路在东方宁心脚下出现后，不再变化，天空却陡生异象，本来晴空万里，突然间生出五彩之光。光芒以东方宁心为中心，向四方层层散去。

这小镇是距离寂灭山脉最近的地方，雪族、赤族与鬼族时刻都在关注寂灭山脉的动态，如此奇景，他们不发现是不可能的。

见到此景，雪天傲不由得头痛。东方宁心还真是，要么不升阶，一升阶就惊天动地的，这不是嫌他们命太长吗？

好在寂灭山脉脚下距离鬼族最远，赤族次之，雪族最近。想到这里，雪天傲倒是松了口气。雪族人来，他外公也会到场，凭他现在的能力，挡住鬼族与焰族倒不是多难。

雪天傲扫了小神龙一眼，示意他站在东方宁心左前方。东方宁心此时出不得丝毫差错，此时能让雪天傲信任的只有小神龙，即使是鬼苍悟，他也无法全相信。

至于赤焰？雪天傲就更不信了。

算算时间，雪族人很快就会到，鬼族与赤族还会远吗？赤焰要是遇上赤族，受赤王之命，他是杀东方宁心还是保东方宁心？

身份是他们最大的制约，他赌不起。

鬼苍悟也明白这个道理，颇为不舍地看了东方宁心一眼，对雪天傲道：“我先走了。”

逃避是唯一的办法，虽然很懦弱。

赤焰一看这情况，脚步一缓，犹豫不决。

“不想自己难做，最好避一避。”雪天傲替赤焰决定道，他知道依赤焰的骄傲不屑避，但赤族的人来后，他会进退两难。

“我……”深深看了东方宁心一眼，赤焰转身没入人群。

雪天傲的谨慎与担忧并不是没有道理，当太阳落山之际，东方宁心脚下第二道纹路出现。就在此时，五个银衣冰寒人出现在这小镇上，路人纷纷让路。

这五人就是雪天傲的外公和雪族的四位长老。

“天傲，梦族的封印解开了。”雪天傲的外公雪老直奔主题，指着东方宁心问道。

“是的。”这个不需要隐瞒，鬼族与赤族的族长一来就会明白。

“少主，她是梦族的人？”大长老一惊，梦族的人在他们身边这么久，他们居然不知情?

“大长老，收起你的那点心思，不然试试是你下手快，还是我的剑快。”雪天傲第一时间就明白大长老在想什么，冷哼一声，左手轻滑剑柄，威胁意味十足。

大长老一惊，不得不按捺住心思，却仍旧不忘劝说：“少主，梦族余孽不可留呀。”

嗖的一声，雪天傲将剑横架在大长老的脖子上，压得大长老一动不敢动：“再多嘴，我先杀了你。”

“雪老。”大长老一颤，求助地看向雪老，希望他能劝劝少主以大局为重。

“好了，那是你们的少主夫人，别开口余孽闭口余孽的，雪族的规矩要我教你吗？顶撞少主是什么罪？回雪族后自己去刑堂领罚。”雪老挥手，示意雪天傲收剑，同时不忘呵斥大长老和他身后的各位长老。

大长老眼前一黑，险些晕过去，好在身后的几位长老手脚快，上前扶起大长老，同时对雪天傲恭敬行礼，而后便退了下去。

雪天傲顺势而下，不再理会大长老，继续与小神龙一左一右护着东方宁心。

雪天傲很明白，最麻烦的不是雪族的人，雪族的人有他外公在，只要恐吓一下，就不敢轻举妄动。最麻烦的是，赤族和离得最远的鬼族，这二族中人肯定不希望东方宁心升阶。

想到这里，雪天傲又看了一眼凝神静坐的东方宁心。她脚下尊者二阶的纹路依旧没有改变，很明显，尊者绝对不是终点，只是不知东方宁心如此高调地升阶，要到什么时候才会结束。

算算时间，赤族的人应该快到了，他对上赤族的人不成问题，小神龙对上鬼族也不成问题，雪族有雪老镇着，倒也没什么，怕就怕有什么意外，他们再也没有人手帮忙。

雪天傲担忧万分，面上却不动声色，扫了一眼看热闹的人，双手抱剑，不再说话。

时间悄然流逝，太阳缓缓落山，金霞满天，暖风微熏，东方宁心头顶上的五彩云光却丝毫不受影响，继续散发着迫人的光芒，很快，东方宁心脚下的第三道纹路出现了。

尊者高阶!

同样，这也不是东方宁心此次升阶的终点。

夜幕降临，月升日沉，在东方宁心头顶上方五彩光芒的衬托下，满天星辰黯然失色。同样，在黑夜的反衬下，东方宁心头顶的五彩光芒越发璀璨耀眼。

远在中州与尼府和玉府周旋的公子苏与无涯，看到这五彩光芒的第一反应就是：雪天傲，你个妖孽，你又造了什么孽呀!

雪天傲，你能不能稍微正常点，给人一条活路呀，你这样我们就是拍马也赶不上呀!

就在无涯与公子苏嫉妒不已时，雪天傲的第一个大敌来了——赤焰的父亲。

赤族族长一身火红，气焰嚣张地冲到东方宁心与雪天傲面前。雪天傲正要出手，赤王突然转头，惊讶地道："雪、雪老，你居然没死？"

雪老冷脸哼了一声，没有理会赤王，微微抬头，看向天空中黯然失色的月亮。

"咳咳……"赤王身后，一个身材矮小的红衣老头提醒赤王，现在不是和雪老打招呼的时候，当务之急是越过雪天傲和他身边的那个小孩子，杀了正在升阶的疑似梦族人的女子。

如果他没有猜错的话，这个女子应该是东方宁心，在中州很有名的一个女人，务必趁早将其扼杀，一旦成长，必将威胁赤族。

"咳咳，赤族少了你吃还是少了你穿，一出门就咳嗽，你丢不丢人。"赤王瞪了属下一眼，转头再次毕恭毕敬道，"雪老，既然你没……你还在，那、那我姑姑呢？"

这一次，雪老回答了他，从不曾扯动的眉眼有了细纹："她死了。"

"不，不可能，你没死，姑姑怎么会死？雪老，你不是答应姑姑不求同生但求共死的吗？我不信，我不信！"赤王不正常地癫狂起来，双眼红似血，一副深受打击的样子。

雪老为防备雪族人对东方宁心出手，站在东方宁心前方偏左的位置。赤王伤心至极，跌跌撞撞地冲向雪老。

不知是赤王伤心过度还是其他，居然一个踉跄就歪了，朝东方宁心扑去，而他手上有一道炽火真气，正朝东方宁心面门袭去！

“冰寒盾！”雪天傲大喝，厚厚的冰块横在东方宁心面前，挡住了赤王的攻击。同时，手中的长剑划出一道剑气，银白色的剑光在五彩光芒的映照下毫不逊色，只见火红的身影从东方宁心面前跌了出去，百米之外，赤王倒在地上，猛咳一阵，不知是口水还是血落在衣襟上。

“你，怎么……”赤族人连忙上前，将赤王扶了起来，赤王大惊失色地看着雪天傲。他以为自己的对手只有雪老，没想到这个人才是真正的高手，强悍到他都看不出是什么层次。

“赤王，别逼我动手杀你。”雪天傲的剑森冷异常，直指赤王。

“雪天傲，别忘了你和她的身份，你们是不可能的。难道你还想重蹈雪老与我姑姑的覆辙？雪天傲，异族结合没有好下场，更何况你与她还有灭族之仇。”赤王也不装了，推开族人的搀扶，走到雪天傲与雪老的面前。

他必须杀东方宁心这个梦族后人，一定要阻止她升阶。赤王再次看向东方宁心，眼睛却越瞪越大。

东方宁心脚下第四道纹路出现了，这是帝者初阶！

赤王又妒又恨地道：“雪天傲，雪老，雪族的长老们，你们看到没有，她是梦族的妖女，一个王者初阶，不过半天的工夫，却陡然升至帝者初阶！一跃七阶还不是终点，这样的人不杀，必是后患。”

“雪老！”雪族大长老亦请求道。东方宁心不死，乃是三族之祸！此时不杀，待到东方宁心升阶结束，他们就是想杀也杀不了呀。

不待雪天傲发话，雪老先拉下了脸，对二长老道：“大长老顶撞少主、质疑少主命令，二罪并罚，现在你们押大长老回雪族刑堂领罚。”

“是。”二长老暗暗看了雪天傲一眼，得到雪天傲同意后，这才领命，和其他三位长老一起，带着大长老飞快离去。

雪族长老一行人走了，就表示雪族的人不会再有什么变故，赤王是个聪明人，看这情况，也就暂时站在一边，默不作声。

他在等，等鬼老头的到来，就不信他与鬼老头联手，还杀不了这个东方宁心。

无论如何，东方宁心不能留！

“赤王，走吧，不然我也救不了你。”雪老看了一眼站在那里却以目光将赤王锁住的雪天傲，心中暗叹了口气。

如果自己的妻子不是赤王的姑姑，现在赤王早死了。

雪族人是无情，但雪族人一旦动情就是一生一世。雪族人最是长情，尤其他这个外孙，不然刚刚那一剑，他可以直接取了赤王的性命。

走？赤王心中冷笑，东方宁心不死，他怎么能走？

“雪老，按理说我应该称你一声姑父，是吗？”

“是。”雪老沉默，他知道与赤族最后的一丝关联，今天即将断掉。

“那请姑父看在姑姑的面子上，允许我站在这里，只要我不动手，你们就不得杀我。”赤王目光坦荡，但是不是真的坦荡，就不得而知了。

雪老看着赤王，沉默半晌。

到底是权势腐蚀了他，还是我们当初没有看清他？

只因东方宁心的存在有可能威胁到他的地位，他便不择手段要将其扼杀，这样的人还是你疼爱的那个孩子吗？

雪老双眼冰冷，只不过这一次看向赤王时更加无情。赤王把雪老对他仅剩的一丝感情给毁了：“我答应你，只要你不动手，我保你无事，一旦你或者你的人动手，后果自负。”

“多谢姑父。姑父，这是我最后一次如此称呼你。”赤王毫不在意地迎向雪老的目光。

只要东方宁心死了，这中州就不会再有天才出现。

雪天傲站在一旁，将这一幕尽收眼底，却什么也没有说。他明白外公对外婆的感情，不然刚刚那一剑他就把赤王杀了。

此刻，雪天傲眼里只有东方宁心，他只关心东方宁心什么时候能从升阶状态中恢复过来。

人未曾醒来，东方宁心脚下的纹路又多出一条，帝者中阶。

赤王脸色已变得相当难看，看着东方宁心，有恨亦有嫉妒。

连升八阶依旧不是终点，这世间怎么会有这样的人存在？

雪族三长老说得没错，东方宁心就是个妖女！

赤王强压下杀气，焦急地等着他暂时的盟友。他相信鬼老头一定会到，届时他与鬼老头联手，就算这雪天傲是神者又如何？就算这雪天傲让冰寒忌惮又如何？他们又不想杀雪天傲，只需拖住雪天傲半刻，让手下去杀东方宁心就行了。

子夜时分，阴气最重，东方宁心头顶上方的五彩光芒却越发璀璨，众人静寂异常，大家都在等。雪天傲在等东方宁心升阶结束，赤族在等鬼族的到来。

两族联手，趁东方宁心最为虚弱之时，把这颗中州未来之星给毁了。

子时三刻，气息波动，隐隐带着森冷之气，赤王与雪天傲同时警觉，他们明白，他们等待的人到了。

森冷的阴气，压抑的哀号，刺鼻的血腥，来人是谁完全不需要多想，能摆出这番

架势的，除了赤王殷殷期盼的鬼王，还能有谁？

“鬼王？”雪天傲面无表情地看着远处的鬼王，毫不意外。

“雪天傲，东方宁心，我们又对上了，新仇旧恨一起算算吧，本王倒要看看，这一次还有谁能救你们。”鬼王阴恻恻的笑声从远处传来，人未到，身边的恶魂已至，狰狞的死灵朝东方宁心直袭而去，不在于杀戮，而在于破坏她升阶。

一个帝者中阶，不足为惧！

“封！封！”就在恶魂即将接近东方宁心之际，一连二道封脱口而出，雪老与雪天傲一前一后，将鬼王释放出来的恶魂全部冰封在离东方宁心十米之外。

小神龙大大松了口气，无所不在、无孔不入的恶魂，也只有整片的冰封才能锁住。小神龙不敢想象，一旦这些恶魂打扰到东方宁心升阶，后果会怎样。

“有意思。”鬼王丝毫不在意被封住的恶魔，瞬间出现在众人面前，与赤王一左一右站着。两人一黑一红，站在一起，少了以往的剑拔弩张，多了一丝默契。

雪天傲毫不在意，当鬼王站稳时，冰冷地吐出一个碎字。只见被冰封住的恶魂，顿时和冰块一同碎裂，惨叫声不绝于耳，冰块中的恶魂亦消失得无影无踪。

“神者二阶以上的高手？梦族的封印解除了？”众人看不到黑衣之下鬼王的脸色，只听到他的声音陡然拔高，尖锐刺耳，好像很受打击。

雪天傲却像生怕打击不够一般，补了一句：“与梦族封印无关，我吃了你们鬼族圈养的神兽黄泉玄武的内丹，这才一举冲破神者三阶。”

“什么？鬼族有神兽？”赤王震惊地看着鬼王，眼里闪烁着防备与警惕。

鬼族到底要干什么，不仅有神兽，还圈养起来？

“你……”鬼王气得浑身哆嗦，这件事情他都当吃了哑巴亏，只狠狠惩罚了尼嫚，雪天傲居然当众提起！

“鬼王，要想人不知，除非己莫为，收起你的那点小心思。”雪天傲说话间身形一闪，在众人都没有看清的情况下，一剑刺向鬼王的左心处，好在鬼王反应快，一个闪身，狼狈侧开，但就是如此，鬼王依旧没有逃过被剑气所伤的命运。

湿漉漉的血染在黑衣上，鬼王除了震惊自己受伤外，更多的是震惊雪天傲的实力。

真正的神者三阶，没有一丝掺假，在这样的情况下，他们杀得了东方宁心吗？可不杀东方宁心，他能安心吗？

黑衣之下，鬼王的脸色变了又变，好半晌才道：“雪少主，你想引发雪族与鬼族之战吗？”

“凭你，不配。”如果不是担心自己离开东方宁心，会让其他人有机可乘，以他现在的实力，想杀了鬼王并不难。

“那我们就走着瞧。”鬼王也深知雪天傲的厉害，硬是不走，站在赤王的身边，他们是打定了主意必杀东方宁心。

雪天傲现在就是神者三阶，一旦东方宁心突破神者，他们要面对的就不是一般的强敌。

赤王与鬼王交换了视线，两人不顾身受重伤的危险，联手发出雷霆一击。恶魂无穷无尽地飘来，赤火则不停协助恶魂，打破雪老的冰封。这样的情况，逼得雪天傲不得不离开自己的位置，出去应战。

雪天傲给了小神龙一个眼色，示意他无论何时都不得离开，必须护好东方宁心。得到小神龙的承诺后，雪天傲转身加入战局。

有雪天傲的助力，雪老完全不用管赤王与鬼王，出手将他们身后的恶魂一一清理干净，鬼族的几大使者还来不及再次召唤恶魂，就一一倒地，赤族的人则直接被一道冰凌刺死，唯独留下那个矮小的、在赤王身边出主意的人。

“你是谁？”雪老上前，一把扯掉矮小红衣老头的外衣，就看到一张烧得看不出本来面目的脸。

“雪老，饶命呀，饶命呀。”矮小红衣老头一开口，就是一破锣嗓子，想必也是被火焰给烧伤的。

雪老疑惑，赤族的人还会怕火？随手扯掉矮小红衣老头的衣服，发现他全身上下没有一处完好，全身被火焰烧成焦黑一片，这样的人绝对不是赤族的。

“不是赤族的人？”雪老正准备探探这矮小老头的脉搏，以确定他的真气属性，那矮小老头却机敏地闪开，一个纵身就准备逃跑。

这样的小角色雪老原本不屑去追，但这矮小老头的种种行为让雪老怀疑，一道冰凌将半空中的人硬是打了下来。

“雪族人？”雪老看到矮小红衣老头不受寒气所伤，便猜到了他是谁。

“雪老，雪老，饶命呀。”矮小红衣老头在地上打滚，发出撕心裂肺的惨叫声。

“饶命？雪三长老，雪族叛徒，你居然妄想我饶了你？我能饶你，雪魂山脉历代族长也饶不得你，死去的雪影护卫更饶不得你。你和你的女儿都必须回到雪族，接受雪族惩罚。”三长老的事情，雪老是知晓的，只不过人落到了赤族，雪族人实在无法为这种丢脸的事而去赤族要人。

“雪三，我留你一口气，待你女儿回来，一并处理。”雪老大手一挥，将雪三长老封在地上，转身就看到被雪天傲打得节节败退、狼狈不堪的鬼王与赤王。

雪老心里万分骄傲，他这个外孙实在不负神之子之名，如果不是分心留意东方宁心的动向，赤王与鬼王早就死在他的剑下了。

事实上，倒不全是因为雪天傲分心，赤王与鬼王一击不成，根本没有再战的意思。二人且战且逃，想要从雪天傲手上逃走，回去搬救兵……

雪天傲不知是有心还是无意，像是没有明白赤王与鬼王的想法，也不直接将两人打死，而是一招一招慢慢招呼二人。

短短一炷香的时间，却打得二人叫苦连天，全身上下无一不伤，如果不是二王身上的衣服是黑色与红色，此时众人看到的就是两个血人了。雪天傲的打法如同耍猴，把堂堂鬼王与赤王当成沙包一般，没事就把他们往空中一抛，然后任其狠狠跌落。

人群中，有几个小心藏匿踪迹的人看到这一幕，悄悄地转身离去。他们深知自已不是雪天傲的对手，也就不敢再打东方宁心的主意了。

雪天傲见自已杀鸡儆猴的戏码起效，也不浪费时间，将真气注入长剑之中，凌空而起，横扫鬼王与赤王。鬼王与赤王面对突然强悍起来的雪天傲，气得直咬牙，明白自己刚刚被雪天傲戏耍了，但此时除了避开，什么也做不了。

面对雪天傲的杀招，鬼王与赤王迎身而上，受神者三阶高手真气所伤，二人只堪堪保住了一条命，万分狼狈地往外跌去……

“赤王，鬼王，想来就来，想走就走，你们当我雪天傲是什么人。”雪天傲凌空飞掠，追着赤王与鬼王的身影而去，这两人一样阴险卑鄙，留不得。

赤王与鬼王心下大骇，深知自己今天在劫难逃，赤焰躲在暗处，看着这一幕，双眼通红，正准备上前救他父亲，提气间却被一冰冷的手死死按住。

“静候。”鬼苍悟无声无息道，同时指向寂灭山脉的方向。

赤焰一顿，顺势看了过去，只见寂灭山脉上，一玄衣人踏着月色，凌空而来，强大的真气牢牢锁定在雪天傲的身上。

神者五阶以上!

这是雪天傲对来人的评价，背后受敌，雪天傲不得不放弃眼看就要死在自己剑下的鬼王与赤王，转身面对来人：“你是何人？”

东方宁心在五彩光芒的照映下升阶，轰动了整个中州，雪族、赤族与鬼族三族之主亲至，人群中还有许多说不出来路的隐世高手，可这玄衣人是?

雪天傲看着他来的方向，心下有几分了然，同时更加头痛：东方宁心，你升个阶在中州闹多大都没关系，我都扛得住，可是你居然把洪荒的人都引来了，还真是……

半是宠溺半是无奈地看了一眼东方宁心，雪天傲骄傲与忧虑参半，平时对上洪荒人，他倒是无惧，今日却得万分小心。

玄衣人的到来让围观的人再次聚拢，他们很明白，今天也许就可以把中州的未来王者给杀掉。

人群越聚越多，雪天傲的脸色也越发难看起来。想到赤王与鬼王这个时候无法添乱，才稍稍放松一点。

“天傲阁下，久闻大名。”玄衣人转身，一张雌雄莫变的脸出现在雪天傲的面前。

“女子？”玄衣人既有女子的清丽又有男子的刚毅，一时间让人分辨不清。

玄衣人摸了摸自己的脸，嘴角带着细细的笑意：“女子吗？这张脸倒是越长越好看了。”

“雪天傲，杀了他，他就是欺骗诀的那人。”东方宁心坐在那里一动不动，声音却传了出来。

“东方宁心？”雪天傲大惊失色，升阶最忌分心，这样不仅会让自己无法冲破升阶的屏障，还会走火入魔。

“别担心，我没事，我正在凝聚真气，冲击帝者高阶。雪天傲，替我杀了他！”东方宁心眉目平和，如果不是雪天傲看向她，众人绝对不会相信这激烈的言语是东方宁心说出来的。

“诀？那小笨蛋还活着？”玄衣人讥讽一笑，让他的脸平添一份妩媚。

这一次，没有人回答他，因为东方宁心凝聚真气结束了。在黎明破晓前，五彩光芒再次爆发出璀璨的光芒，而此时东方宁心的脚下出现了第六道纹路——帝者高阶。

帝者高阶，有人穷其一生也追求不到的境界，这个女人用一天一夜不到的工夫就冲了上来，这让人情何以堪，这让普通人怎么活？

玄衣人轻笑：“这倒是个奇事，如此人物，在洪荒也找不出另一个，我要是现在扼杀了她升阶，难免少了几分乐趣，不如我们看她到底能走多远？”

“那我们是不是得多谢你呢？”雪天傲冷讽道。

这玄衣人明明看到东方宁心的六道纹路正在逐渐清晰，这是升阶结束的征兆，而这个时候，东方宁心身上的真气最为澎湃，即使是神者亦近不了身。

很明显，这玄衣人打算在东方宁心升阶结束、起身的那一刻诛杀她，而这是雪天傲不允许的。

所有人的目光都集中在东方宁心身上，就是跌在人群之后的赤王与鬼王，亦抬头看着天空中的五彩光芒。他们知道，只要这光芒消退，东方宁心必死。

连升九阶，这种妖孽般的人物不应该存在于世上。

纹路清晰，按理说最多半个时辰升阶就会结束，但众人等了又等，盼了又盼，半个时辰后，东方宁心的升阶依旧没有完成，六道纹路依旧嚣张而高调地展现在脚下，头顶的五彩光芒不变，只不过天光渐明，五彩光芒没有夜晚那般夺目。

“这是怎么回事？升阶还没有结束，这都一个时辰了？”人群中，有人忍不住开口。

晨曦已照在中州大陆上，东方宁心依旧静坐不动。

“难道帝者高阶不是终点，神者才是？”人群中，有人大着胆子说了出来。

玄衣人站不住了，再次抬头看向东方宁心头顶上的五彩光芒。主人说五彩光芒是神的预示，预示此人将连升九阶，但不会突然抵达神者九阶。如果出现七彩光芒，则预示此人连升十二阶，同样不会突破神者九阶。

如果是九彩光芒，则预示此人可以不受天雷之罚，直接步入天神的级别。

据悉，中州此前连五彩光芒都不曾出现过，洪荒却出现过一次七彩光芒，一次九彩光芒。

七彩光芒是光明神殿失踪的神子琴然，借七彩光芒，他年仅十六岁便步入神者九阶。

九彩光芒则是黑暗神殿现任神王东冥，借九彩光芒，十八岁步入天神。

这两人被誉为洪荒双骄，只可惜早在万年前，两人便下落不明。

只是东方宁心真真是让人看不明白。玄衣人一直盯着东方宁心脚下的纹路，想着到底什么时候才能结束升阶。

除了玄衣人，在场的无人知晓这五彩祥瑞的含义，众人根本没有玄衣人那种奇怪的心态。

此时东方宁心也在努力，五彩光芒结束，按理说她连升九阶也将结束，但身体里那个声音又在提醒她：再坚持一下，试着往上冲，帝者到神者这个关卡，除了自身努力，还要有机遇。这是最好的机遇，一旦错过，你要升级神者就没有这么简单了。

因这个声音的提醒，东方宁心便不肯收手，任真气游走全身，试着冲破五彩光芒的瓶颈，冲向神者。

就是这么一个僵持，把众人都给急死了。围观众人感觉一口气吊在嗓子眼，要上不上，要下不下。

不经意间，雪天傲握剑的手心沁出汗水。他万分期待东方宁心能一举突破神者，只有进入神者阶段，才会明白神者与帝者的区别，这样他们去到洪荒，才能更有保障。

然而，真要冲破神者，却不是那么容易的。

FENG HUANG CUO

第五章
惊艳了整个中州

烈日当空，一天一夜，六道纹路硬是卡在那里一动不动，别说围观的人，就是东方宁心自己也险些要放弃。然而，就在她准备收手之际，腹部突然动了动，一道暖暖的真气缓慢融进她正在凝聚的真气之中。

当这一丝真气与自己的真气完全融合后，东方宁心有种全身毛孔都张开的舒适感，在她看不到的头顶上，五彩光芒不知不觉地又添了两道彩光，第七道纹路出现在东方宁心脚下。

神者一阶出现了!

“怎么可能？神者一阶，七彩光芒，连升十二阶？这不可能，她怎么可能把五彩光芒变成七彩光芒？”玄衣人被突然而来的变化惊得不知所措。

七彩光芒，连升十二阶，什么意思？

雪天傲不解地看了一眼玄衣人，却见男子诡异一笑，身形一闪，扫过雪老，越过雪天傲，直接来到东方宁心的面前。

玄衣人的真气直朝东方宁心袭去，非要其命不可。

他忘了，除了雪天傲和雪老，东方宁心还有一个护卫，那就是小神龙。

本是致命一击，小神龙丝毫不在意自己能否接住对方的攻击，挡在东方宁心面前。毫无意外，小神龙被打飞了出去，跌倒在地，但有这一个缓冲，够雪天傲出手了。雪天傲没有用真气直接攻击，而是将真气灌入剑中，用长剑将玄衣人逼开。

“难怪主人说你不简单，确实有两下子。”玄衣人被雪天傲的剑缠得无法近东方宁心的身，脸色越发不好看，招呼在雪天傲身上的真气一道比一道狠。

围观者中，有人看到东方宁心身边的小神龙与雪老被打飞、雪天傲被引走，有几个自恃真气高强的暗暗来到东方宁心身边，准备偷袭。哪知还没下手，就被一道莫名的光芒给弹了出去，跌倒在地，脖子一歪，永别人世。

雪天傲本就担心东方宁心那里会有突发状况，看到有人偷袭，正急于摆脱玄衣人，哪知还没来得及脱身相助，就看到偷袭东方宁心的人一一惨死。虽然不解，雪天傲却也松了口气，专心与玄衣人周旋起来。

偷袭东方宁心的人一一惨死，这样的场景骇得众人不敢再轻举妄动，一个个看着东方宁心头顶上的七彩光芒，心道莫不是这光芒在保护她？

中州的人不知，玄衣人却是知晓保护东方宁心的不是七彩光芒，那光芒只是预示，没有任何保护作用。当年七彩与九彩出现时，光明神殿与黑暗神殿可谓倾殿相护、倾殿相杀。

玄衣人突然想到东方宁心提到过诀，看样子诀还没有死，诀在保护她，既然如此，他不介意再杀一次。玄衣人扬起一抹残忍的笑容，当雪天傲再次攻向他时，他侧身一避，来到雪天傲的身后，一道真气将雪天傲打落在地，借这个空当，旋身朝东方宁心飞去。

雪天傲跌倒在地，耳边响起咔嚓一声，雪天傲明白自己双手骨折，却不敢缓，原地跃起就朝玄衣人追去。只是两人相差三阶，雪天傲又与玄衣人周旋这么久，本就耗尽了真气，又缓了一步，想要追上实在不太可能。

“东方宁心，不可以！”雪天傲整个人近乎与剑合为一体，朝玄衣人刺去，终究还是晚了一步，玄衣人已到东方宁心面前。

就在玄衣人的真气即将袭到东方宁心时，一道金光以东方宁心的腹部为中心结下护体结界，随后虚空中便传来一道厉喝：“青鸾火凤，出来！”

躲着青鸾的火凤听到召唤声，险些从天空中直接掉下去，好在它有翅膀，扑腾了两下，终于稳定了心神，不甘地应召而去。

青鸾的心情恰恰与此相反，它上天入地寻不到火凤，听到召唤，兴奋得险些在半空中冲天而起。青鸾才不管主人为什么召唤它们，只知道自己终于找到火凤了。

“青鸾火凤？”玄衣人硬是被这突然而来的声音惊了一跳，半是怀疑半是谨慎地看着东方宁心，青鸾火凤不是远古神兽吗？这东西洪荒都没有，中州怎么会有？在中州能够契约青鸾和火凤的人还没有出生呢。

玄衣人不屑冷哼，暗笑中州的人撒谎也不找一个可信度高一点的，开口闭口就是神兽，真当神兽那么廉价？

最初的愣怔过后，玄衣人便没把一句脆生生的“青鸾火凤”放在心上，趁雪天傲的攻击未到，再次凝聚真气，准备攻击东方宁心。

轰……真气凝聚成柱，朝东方宁心直击而去，雪天傲赶来时只来得及一剑让玄衣人避开，却来不及替东方宁心挡住那真气。

“这种小麻烦也召唤我，你当召唤不耗费精力吗？”火凤落在东方宁心面前，双翅扑腾，凝聚了玄衣人大半真气的攻击刹那间消失得无影无踪。

危险解除，雪天傲大大松了口气，他认识火凤，东方宁心口中那个“他”的契约神兽来得可真及时。

“你是青鸾火凤？”玄衣人被火凤一翅膀拍得老远，堪堪稳住身形却不敢再上前，小心翼翼地与火凤保持百米之远的距离。

“没见识的东西，青鸾火凤是两个人。”火凤高傲地昂头，鄙视地看向玄衣人。

玄衣人一向自负，被火凤鄙夷，当即反讽回去：“不过就是一只鸟，嚣张什么，我不是东西！你又算什么？人？”只有火凤在，他倒是不惧。

“好嚣张的人类，火凤也是你能骂的？”青鸾从云霄俯冲而下，向玄衣人扑去，张着大嘴，准备将玄衣人一口吞了。

“青鸾？”玄衣人失声大叫，他原以为面前的火凤是虚张声势，没想到中州真有能契约它们的怪物存在。

玄衣人看了一眼东方宁心，万分不甘，但现在的情况别说他，就是他主人东夜大神前来也没什么用，此时他唯一能做的就是溜。玄衣人被青鸾的攻击吓得连反击都不敢，转身就准备往寂灭山脉的方向逃去。

只要回到洪荒就没事了。带着这个念头，玄衣人跑得飞快，远远超过一个神者六阶高手应有的速度。人的动作再快，又怎么比得上飞禽？

青鸾这几天找火凤找得头都大了，委实有气没地方撒，玄衣人可谓是撞在刀口上，青鸾一个俯身朝下，利嘴朝玄衣人面前一滑。

“啊！”玄衣人惨叫一声，捂着自己的左眼，血从指缝一直往下流。

“呸，难吃死了。”青鸾傲慢地朝地上吐去，有人看到那赫然是一只眼球。看似轻轻一啄，青鸾就将一名神者六阶高手的眼球给啄了下来，这实力……

雪天傲站在那里，不得不说有些“生物”得天独厚，比如青鸾火凤，比如他与东方宁心，他们一出生就拥有他人一生都追求不到的东西。

眼球被啄，玄衣人除了惨叫什么也不能做，连回头都不敢，没命地落荒而逃。青鸾却不放过他，一路追着玄衣人玩。雪天傲看了一眼，见危机解除便开始收拾残局，将自己的骨头接好，把雪老与小神龙扶起来，用真气替他们疗伤。

火凤从始至终傲慢地站在东方宁心身边，一双凤眼若有似无地看看小神龙，又看看东方宁心的肚子。

小神龙刚清醒，就感受到了来自青鸾火凤的威压，一张小脸臭臭的。待雪天傲将真气输入他体内，伤势好转后，就乖乖站在雪天傲身边，默默看着他，一句话也不说。

火凤与青鸾的到来让他倍感压力，身上属于银龙的血脉排斥火凤与青鸾也惧怕它

们，身上属于凤凰的血脉又崇拜它们，同时带着臣服。不管是受银龙还是凤凰血脉的影响，不管是讨厌还是喜欢，这种感觉都让小神龙不舒服。经过东方宁心与雪天傲的教导，小神龙向来自信骄傲，面对青鸾火凤时，却感觉自信与骄傲荡然无存。

骨子里想要抗拒青鸾火凤的威压，来自血脉的羁绊又令他不得不臣服。在火凤的注视下，小神龙强行压下不安与怯弱，站在雪天傲的身后。在小神龙心中，雪天傲就是一座大山，会替他挡住所有的风雨。

火凤看了小神龙一眼，懒懒地抬了抬眼皮，收起威压，脚步一动，便站到东方宁心面前，替东方宁心护法。青鸾把玄衣人追丢后，也老老实实飞了过来，站在火凤身旁。

有青鸾与火凤的保驾，这中州还有人敢对东方宁心下黑手吗？

没有！在鬼王与赤王借机逃遁时，看热闹的人早已不知所终，偌大的街道空空荡荡。

次日正午时分，就在火凤极其不耐烦之际，象征着神者二阶的第八道纹路出现了，东方宁心依旧一动不动，丝毫没有结束升阶的意思。

连升十二阶，最高止步于天神九阶。雪天傲嘴角隐隐有极其细微的笑纹，这次东方宁心的实力足够强大了。

有青鸾火凤在，雪天傲不再担心东方宁心的安危。趁她升阶未结束，雪天傲将雪老送回雪族，与小神龙在一旁等着。

太阳渐渐西移，一片火红的光芒照在寂灭山脉上。这光芒不同寻常，气息让人心惊，就好像有“神”临世。

雪天傲、青鸾火凤和小神龙第一时间发现了异常，小神龙从雪天傲的怀里站了起来，全身戒备。

“我们去看看。”火凤与青鸾的反应比所有人都敏锐，火凤一飞冲天，直朝寂灭山脉飞去，青鸾紧随其后，一副生怕火凤跑掉的样子。

青鸾与火凤还没来得及飞到寂灭山脉，就见一个白色的身影踏着光芒而来。

一袭白衣，凌波轻移，飘然若仙，这些都不是重点，重点是他的那张脸，那张脸他们太熟悉了：“冥？”

面前这个淡漠如菊、嘴角带着浅笑的男子会是那个阴郁的冥吗？如若不是，那张长得一模一样的脸又算什么？

“你认错人了，我不是冥，你可以叫我东夜或者夜。”白衣男子脾气极好，如同雪天傲刚刚认识的冥那般，灿若白莲，无上高洁。

“东夜？你是冥的哥哥还是弟弟？”东夜的话让雪天傲提高了警惕，这世间长得一模一样的人不可能没有血缘关系。

火凤与青鸾一看雪天傲居然认识来人，也就静立一旁，不言不语。它们很清楚来人的实力，神王分身，不过真要打，它们也能赢。

东夜在雪天傲十米远处停了下来，淡然一笑，那样子和他们初见的冥一模一样，透着真诚与单纯，如同星辰的眼眸亮得刺人，眼眸中只有你的身影。

如果不是曾在冥的手上吃过大亏，雪天傲肯定会说他很欣赏面前的东夜，他不讨厌对方，不过除了防备还是防备。

东夜对于雪天傲眼中的防备视而不见，坦然真诚道："雪天傲，你不用紧张，她不过是一个神者，我还没有放在眼里。我只是来看看能让七彩祥瑞出现的人是谁。要知道，七彩祥瑞在洪荒也就出现过一次。"

最主要的是，他想看看到底是什么人能让连升九阶的五彩祥瑞变成七彩祥瑞，为什么自己当年做不到?

"是吗？"雪天傲明显不相信东夜的话。能用分身的方法来中州，不是一般人可以做到的，能做到的人至少是天神以上。

像冥那样的高手，以分身的方式来中州，可以不伤自己分毫，顶多睡一觉，醒来就能恢复。其他人没有冥的实力，哪怕是天神，借用分身也会伤了元气。越是高手，真气越难修，没有人会为了看一个神者升阶，不顾修为损伤，分身来中州。

"无论是与不是，有青鸾火凤在，我也不能拿她怎样，不是吗？"修长如玉的手指轻点，含笑的语气隐含羡慕。

"既然如此，人也看了，东夜阁下，恕雪某不留你了。"雪天傲一个眼神，示意火凤与青鸾将人赶走。

"等一等！"东夜优雅扬手，示意青鸾与火凤不要动。

青鸾与火凤两人本就是视觉动物，一看对方是个翩翩如玉的佳公子，又没有恶意，还真乖乖地等着他。

"雪天傲，我保证只是看东方宁心升阶，一旦她升阶完成，我就会离去。要知道我只是一个分身，青鸾火凤伤不了我。我们之间的恩怨与中州无关，有事我们去洪荒解决。"

东夜的话表面听来合情合理，雪天傲却不相信，正准备出手逼东夜消失，东方宁心的脚下突然出现了第九条象征神者三阶的纹路！

连升十二阶，这一下真正是做到了。

第九道纹路一出，东方宁心头顶上方的七彩光芒大放异彩，刹那后，七彩光芒就全然消失了。

消退的那一刻，东方宁心的腹部隐隐收回了两道彩色的光芒，这一幕其他人没有发现，东夜却是看得明明白白。

原来是因为“他”！这就是连升九阶变成连升十二阶的原因吗？

真是幸运的人，还未出生就拥有常人难以企及的东西，这样的你，我怎么敢留呢？

东夜眼中的杀意一闪而过，这让敏感的火凤青鸾与雪天傲发现了。这一次，不待雪天傲指挥，火凤与青鸾即刻就朝东夜扑去。

东夜倒是没有多言，在火凤与青鸾扑向他的那一刻，身形一散，分身碎了。同一时刻，东方宁心脚下九道光芒闪烁，慢慢消退，全身真气亦沉淀下来。

升阶结束，火凤与青鸾的召唤也结束了，火凤在反身回来的那一刻便发现了，拍起翅膀朝太阳的方向飞去。

青鸾紧追而上：“火凤，你等等我……”

“滚！”

火凤与青鸾的声音越来越远，雪天傲与小神龙也懒得去关心那两只笨鸟，因为东方宁心已经站了起来。

静如处子，气息内敛，冷傲却不张扬，整个人如同一瓶经历过千万年时光沉淀的美酒，让人不饮也醉。

“终于升阶了。”雪天傲再怎么冷漠，此时也掩饰不了眼中的惊艳与爱恋。

他的东方宁心，在他身边一点一点成长，看着她、陪着她，是一件很幸福的事情。

“以后我可以站在你身旁，而不是身后。”升阶后，东方宁心整个人柔和了许多。

“你一直都站在我身旁。”雪天傲上前，将东方宁心搂在怀里，轻轻在她额头烙下一个吻，宣示自己的主权，告诉东方宁心，此时的他有多么开心。

东方宁心顺势倒在雪天傲的怀里：“雪天傲，我们回中州吧，有些事要自己来做。”

“好。”对东方宁心的要求，雪天傲从来不会拒绝。

二人带着小神龙连夜赶往香城。千里的距离对神者来说，不过是一夜的事。

“东方宁心，梦族的事情解决了？”得知东方宁心到了香城，公子苏与无涯就赶了过来。

玉家与尼家的叛乱因雪天傲这个军事天才的插手，缺少粮草与兵马，一时间与公府、香城、君城三家僵持不下，玉家与尼家早已失了先前势如破竹的气焰。

“梦族的封印已经解除，神者的瓶颈已经破除，中州很快就会有属于自己的神者，你们努力修炼吧。”东方宁心知道，公子苏和无涯应该是中州最有希望达到神者的人。

“神者？我们终于能踏入那个让人向往的境界了。”公子苏松了口气，脸上有着按捺不住的期待。

这样，他与雪天傲的差距是不是可以拉近了呢？

“神者？太好了。”无涯亦是欢喜地跳了起来，想到先前震撼了整个中州的异象，双眼放光地看向雪天傲，“雪天傲，你现在什么级别？前两天的彩色光芒是怎么回事？”

“神者三阶，七彩光芒是东方宁心弄出来的，她升阶了。”雪天傲酷酷地回答，平静的面容难掩骄傲。

“东方宁心升阶了？怎么可能？你可是天生废材呀？”无涯拉着东方宁心上下打量，怎么也不敢相信。

要说是雪天傲弄出来的，他们半点不怀疑，毕竟是神之子。

东方宁心没好气地瞪了一眼无涯：“我需要骗你吗？”

“那这么说来，你升阶了？”无涯终于小心翼翼地问出这个问题。

公子苏、香浩宇亦看向东方宁心，满脸期待。东方宁心进来时，他们就发现了她气息异常，只是没有往深处想。毕竟，东方宁心是出了名的废材。

东方宁心点了点头，她升阶的事情早就传开了，只不过他们来得太快，公子苏与无涯的情报网还没有收到消息。

“你现在什么级别？”无涯问出了公子苏与香浩宇想要知道，却又不敢开口询问的问题。

“神者三阶。”东方宁心没有丝毫炫耀的意思，平静地说道。

啪的一声，公子苏握着茶杯的手一松，茶杯应声落地。

“对不起，我失手了。”公子苏声音平静异常，对着东方宁心一笑便别开脸，招呼丫鬟处理碎片。丫鬟动作很快，待到收拾妥当，给公子苏重新换了一杯茶，公子苏继续谈笑自如，好像什么都不曾发生过。

“宁心，恭喜你，成功步入神者三阶。”公子苏轻举茶杯，以茶代酒恭贺。

他还以为，他与雪天傲的差距会很快缩小，没想到他与东方宁心的差距越来越大了。

“宁心，恭喜你。”香浩宇同样笑着祝贺。

两个男人掩去心中的苦涩，举杯为东方宁心祝贺，又同时在心中暗下决心，要努力，要努力，早日冲破神者。

“你们很快也会踏入神者，没有气运的限制，以你们的天赋，只是时间早晚的问题，我不过是取巧罢了。”那么明显的失落，东方宁心怎么可能忽视，只是再多安慰的话也说不出来。

“东方宁心，你步入了神者三阶，那小神龙呢？他现在什么级别？”无涯见气氛

不对，忙将话题转移到小神龙身上。

不提此事还好，一提小神龙，后者整张脸就臭得吓人。无涯一看尴尬极了，准备再次转换话题时，小神龙却开口了："我没升阶，东方宁心的升阶与我一点关系也没有。"

小神龙赌气地瞪了东方宁心一眼，东方宁心无辜，她也不知怎么一回事呀。

无涯乐得大笑："东方宁心你是不是故意的，回报小神龙上次升阶没有给你带来利处，所以这一次你升阶，小神龙也就没了便宜可占。"

无涯此话一出，全场皆冷，东方宁心与雪天傲不屑理会，小神龙却是认真思考起来，越想越觉得有道理，越想越委屈。他上次升阶没有给东方宁心带来利处，又不是故意的，东方宁心怎么可以这么小气？小神龙气鼓鼓地看着东方宁心，嘴巴一撇，一副要哭不哭的样子。

东方宁心一时间不知所措，想要开口安慰却又不知说什么，倒是公子苏看不下去了，轻咳一声，转移话题："宁心，柳云龙阁下走之前留了一句话，说是让你们有空去一趟飘渺山，那里有他师父留给心梦夫人的东西，让你去取，说是很重要。"

"给我娘的？"升阶后，她心境也发生了变化，再度提起这些事，情绪已经没有先前那么明显。每个人都有自己的命运，她连身边人的命运都无法改变，又凭什么插手上一代人的命运？

"是，他说无论如何请你去一趟飘渺山，很重要，他会一直在飘渺山上等你。"公子苏郑重地说道。

"我知道了，我会去的。"东方宁心轻轻点头，同时心中盘算着，是不是要把她的父亲也带上飘渺山，可是她父亲的双腿……

幽梦草，这东西还有哪里有？

心依旧沉重，她要做的事情有很多，不过相信自己可以做到。

想到这里，东方宁心突然发现忘了一件事情，转头看向雪天傲与小神龙："李漠北的事情，我们似乎没有找鬼苍悟？"

"我会去找他。"雪天傲应了下来，李漠北只是小事，鬼苍悟不过想出口气罢了，毕竟若非李漠北，也就没有现在的东方宁心与墨言。

"那就好。"东方宁心不再多言，叙旧过后，东方宁心起身来到公子苏的面前，摊开了中州地图，"玉家人现在在哪里？"

"啊？"话题转换太快，公子苏一时没有跟上。

"玉家人在哪个地方？"东方宁心再次询问。

"这里。"公子苏指了指距离香城约五百米远的一座山，玉家在那里安营，那个地方是玉家早早建好的一处秘地。

“我知道了。”收起地图，东方宁心道，“如果没有别的事情，我们先走了。”

“你们要去做什么？”公子苏还没反应过来，香浩宇先一步站了起来，一脸凝重地问。

“去玉家，除了杀人，还能做什么？”东方宁心云淡风轻道。

“宁心？你要亲自动手？”香浩宇眉头紧皱，这个时候完全没有必要动手。

但东方宁心知道，有些仇必须自己亲手报：“浩宇，玉家灭城之仇，你恨吗？”

“恨！”

“那你想不想亲手毁了他们？”

“想，但为那种人不值得脏我的手。”

“值得也罢，不值得也罢，玉家我一定要亲手铲除，即使完全没有必要。”不论值得与否，她都会亲自动手，即使毁了玉家，玉家身后的势力会反扑，她也顾不了。

在公子苏、香浩宇和无涯的联手下，玉家已是苟延残喘。家主半残、大少爷和大小姐身受重伤的情况下，玉家已由玉家长老会全权掌控。

此时，玉家的人根本不知道死神即将降临。玉家的长老正在议事厅，为要不要调出隐藏的兵力与武器来应对面前的情况而讨论着。

“现在，我们玉家已经被逼到山中小镇来，如果再不反击，玉家将从中州消失。”

“那些兵力与机关乃为鬼王准备，要是拿出来用，如何跟鬼王交代？”

“那些士兵、粮草和兵器本就是我玉家准备的，我们为什么不可以用？”

“那些是鬼王大人完成大业所需，如果我们此时用了，到时候如何与鬼王交代？”

“再不加强兵力，再不补足粮草，我们玉家就无法在中州立足，如何助鬼王完成大业？”

“可一旦动用，引来鬼王之怒，我们怎么办？”

玉家七位长老各执己见，谁也不服谁。他们之前按照鬼少主的作战计划，一路全胜，将大半个中州都掌握在手中。大胜之后就是大骄，他们以为自己实力非凡，攻打香城一战就没有遵从鬼少主的策略。

鬼少主曾命他们半个月后再来攻打香城，那时候定有胜算，但他们被胜利冲昏了头脑，结果那一仗惨败……

列军在外，准备攻城，突然天降异象，整个香城被黑暗笼罩。黑暗中，士兵惶恐混乱，无法列军。待到天色正常，太阳出来，玉家的士兵已变为一具具尸体，根本无再战之力。

他们与香城、宁苏阁和君城对上，最大的优势就是这些士兵，在香城外损失惨重，他们哪还有优势。不仅如此，尼家同样遭受大劫，粮草被劫，供给不足，人心混乱。一瞬间所有天灾人祸齐齐而至，待到他们好不容易稳定下来，公子苏和无涯不知道从哪里弄来万人大军，他们的优势也没了。

短短七天不到的时间，尼家与玉家一路惨败，从城外被逼入荒凉小镇，玉家也因此分成两派：一派主张把为鬼王秘密准备的粮草兵马拿出来，先抢了中州的地盘再说；另一派则担心因此而得罪鬼王，引来杀身之祸。他们认为那一批士兵是玉家最后的保命符，玉家想要翻身，就得借助这一批兵力讨好鬼王，不能用。

"少主来了。"就在七位长老争论不休时，玉凌凡被人推了进来。

七位长老立马从椅子上站了起来，恭敬道："少主。"

在玉家，家主与少主拥有绝对的权威，从梦族的族仆、叛徒，走到今天，玉家的确不简单，一代代传承下来，玉家的家主和少主都是家族中的核心人物，能力非凡。

"各位长老客气了。"玉凌凡歪着脖子躺在轮椅上，嘴角时不时溢出口水，身后的仆人不停替他擦拭，以维持玉家少主的风度。

"少主，我们现在这处境……"玉家大长老看到玉凌凡大大松了口气，少主能说话了，至少有决策者了。

在玉家，大长老就是一个名号，根本没有决定权，很多事情家主与少主不决策，就大家讨论，最后少数服从多数。

"调、调五、五万精兵，十架弓弩，明天、明天攻香城。"玉凌凡歪着脖子，一说话嘴角的口水就流个不停，样子和白痴没什么区别。

"是，少主。"玉家长老中，之前提议的人立马应和，反对者也不说话，转身就准备执行这个命令。

"我，回房。"玉凌凡知道自己的命令会被完整执行，便不再多做停留。他现在这个样子实在不宜见人，太有损他玉家大少的威严了。

"对不起，你回不去了。"东方宁心与雪天傲、小神龙、无涯四人自天而降。

四人身上不沾半滴血，扑面而来的血腥味与肃杀的气息却告诉玉家长老，他们一路走来，双手染了玉家不少的血。

"东、东……"玉凌凡伸出手，颤抖地指向东方宁心与雪天傲，眼球凸出，怎么也不敢相信自己眼前所见。

"你们、你们怎么进来的？"玉家的护卫与长老们惊得嘴都合不拢，他们怎么说也是帝者高手。东方宁心与雪天傲都闯进来了，他们怎么会一点也没有感应到呢？玉家的守卫呢？玉家一路上所设的机关呢？

皎洁的月光洒在东方宁心身上，让她神情略显模糊，强大的气场看上去就如同画中走出来的杀神，让人不敢有半分反抗的念头。

"梦族的叛徒，好久不见。"东方宁心将凤凰琴摆在面前，冰冷地看着玉凌凡。

"梦族？你、你是什么人，你怎么可能？"有些事情虽然过了千年，有人刻意隐瞒，但身为玉家核心人员，却是很清楚。

“玉、玉婉儿告诉你的？”玉凌凡嘴角咧得更大，口水一直顺着前襟流。

东方宁心目光微闪，玉婉儿？墨言的母亲，难道她与梦族也有关系？难道一切真是冥冥之中就注定了的，无论是东方宁心，还是墨言，都无法与梦族脱离关系？

“是又如何？”东方宁心停下拨弄琴弦的手，凌厉地看向玉凌凡。

“呵，呵。”玉凌凡傻笑，喃喃道，“难怪，难怪她不肯嫁给父亲，难怪她要逃出玉家，原来她知道，她知道梦族的事，也是把她当玉家的大小姐养着，很多事情都不隐瞒她，她怎么会不知道呢？”

玉凌凡的话没有什么实质性的意义，却引起了东方宁心的注意。东方宁心对玉婉儿的了解仅限于墨子砚的那张画像，那个和心梦夫人长得很像的女子。

“当年爹真不应该心软答应玉婉儿放过你，不然今天哪里会有你，梦族的人就应该一个不留。”玉凌凡语气凌厉起来，歪倒的身子突然坐正，双手滑动着轮椅，步步向前。

吱嘎……玉凌凡不知按了下哪里，东方宁心与雪天傲所站的地面突然裂开，东方宁心四人毫无防备地往下掉去。

“小心！”雪天傲左手抱着东方宁心，右手拉着小神龙和无涯，一个借力朝后退去。

玉凌凡诡异一笑，在东方宁心与雪天傲四人后退时，他所在的地方同样下陷：“想跑？下辈子吧。”

东方宁心将凤凰琴上那根情丝泪抽了出来，朝屋梁射去，情丝泪稳稳地卡在屋梁上。东方宁心将手中的凤凰琴交给小神龙，抽出雪天傲身上的剑：“雪天傲，这仇我要亲手报。”

话落，东方宁心就将雪天傲与小神龙、无涯推了出去，借着情丝泪的力量，再次跃回下陷的地面。地下是一排排淬了毒的刀刃，掉下去就是神者也必死无疑。

“玉凌凡，梦族的叛徒，我一个都不会放过。”东方宁心狂妄地立在半空之中，冷眼看着就要下降到地道中的玉家人，手中的长剑一扫——

神者三阶是什么实力？玉凌凡和玉家七位长老还没有凝聚真气，东方宁心的剑气已将他们的真气打碎。

“疯子！”七位长老连连后退，玉凌凡则是动也动不了。东方宁心没有一剑杀死他，而是将他的脸扫得血肉模糊。在他们还没有反应过来时，又是一剑，将正在下降的绳索砍断，玉家的人被吊在半途，求生不得，求死不能。

“东方宁心，幽梦草，我知道……”此时，玉凌凡眼中全是惊惧，像是吓破了胆，口吐白沫，浑身颤抖。

“玉凌凡，我不屑知道，当你们玉家人背叛梦族的那一刻，就应该明白会有这一天。”东方宁心手中的剑直接插入玉家长老的心脏之中，一颗鲜活跳动的心活生生在剑下停止了跳动，下一秒整个炸开，血红的颗粒溅在其他人脸上，“叛徒的心，留之何用！”

一剑一颗心，七位长老站在那里，捂着自己胸前的血窟窿，他们怎么也没想到会离死亡这么近，刚刚还准备调五万大军扫平香城，一改玉家的颓势。

当剑指向玉凌凡时，玉凌凡全身都在颤抖，双眼泛白，不停嚅动着嘴唇：“鬼、鬼，王的，计、计划，百、百万，魂……”

“什么？”东方宁心刺向玉凌凡的剑缓了一缓，然玉凌凡已发不出声音，双唇不停颤动，在东方宁心的气势下，脑袋一歪，晕了过去。

“该死！”东方宁心看着晕死过去的玉凌凡，犹豫半刻后，还是决定先将人救醒再说。她虽然没有听清玉凌凡那含糊的话到底是什么意思，但知道肯定很重要。

东方宁心收回长剑，伸手取出金针。两人虽然隔着一段距离，东方宁心的金针却是分毫不差地没入玉凌凡的穴道。

玉凌凡转醒，双眼没有焦点，空洞地看着面前手持滴血长剑的东方宁心，心律一个不稳，险些再次晕过去。

“玉凌凡，说，鬼族到底有什么计划？”东方宁心的剑再次指在玉凌凡的脑门上，吓得玉凌凡动也不敢动。

“百、百万，魂……”一个字一个字，玉凌凡说得相当辛苦，东方宁心听得同样吃力。

啪——控制机关的绳索突然断裂。

轰隆隆……整个地面往下凹陷，玉凌凡亦跟着坠落。

“玉凌凡！”东方宁心俯身准备把玉凌凡捞起来，然而整个机关已失控，玉凌凡掉下去的速度极快，就算东方宁心能赶上，她的情丝泪长度也不够，只能眼睁睁看着玉凌凡掉下去，看着他的尸体和轮椅一起摔成一块一块。

“鬼族到底想做什么？”东方宁心气得狠狠挥剑，将地面上的梁柱全部砍断，玉家藏在深山的秘宅瞬间倾倒。漫天灰尘在黑夜中起舞，东方宁心借力飞身而起，收回情丝泪，从一堆废墟之中飞了出来。

立在雪天傲、无涯与小神龙的面前时，东方宁心手中的剑依旧在滴血，但脸上没有半丝笑容，剑尖划在地上，东方宁心却在想，玉凌凡那未完的话到底是什么。

“东方宁心，都过去了。”雪天傲接过东方宁心手中的剑，将人搂在怀里。这不是东方宁心第一次杀人，却是她第一次如此大规模地血腥杀人，她应该是吓着了。

他想起自己第一次上战场的样子，一天一夜无尽的屠杀，全身沾血，杀红了双眼，只要是活着的，他的剑就能刺下去，血腥味充斥大脑，除了杀戮他什么也思考不了。杀戮过后，他整整三天说不出话来，吃什么吐什么，一上战场就双腿发软。那时候，他不能逃避，强压下心中的恶心，逼自己去习惯战场上的死亡与血腥。

那个过程很痛苦，如果可以，他不希望东方宁心去经历。

“他们死了又能如何？诀依旧醒不来。梦族人死了依旧死了。”东方宁心闭上眼睛，强压下心中的恶心感。她不是第一次闻到这般浓郁的血腥味，以前只觉得血腥味让人厌恶，这一次却感觉恶心想吐。

胃中有什么东西在翻滚，强烈的恶心感让东方宁心不得不靠在雪天傲的怀里，闻着雪天傲身上淡淡的清香，借此来平复身体的不适。

“都过去了，玉家已从中州消失。梦皇说过，你的使命只是解除梦族封印，其他的都与你无关。”因为你的命运不是梦族所能掌控的。这话雪天傲没有说，只是放在心里。

“希望吧。”东方宁心回头，看了一眼身后那倒塌的废墟。

玉家家主全身瘫痪，躺在床上一动也不能动，东方宁心不屑杀一个人偶。玉琳琳，那个女人逐她父亲一生，最后如同木偶般躺在床上动也不能动，东方宁心也没有杀她。

她本来想着没了玉家的庇护，他们活着会更痛苦。现在整个玉家全被埋藏在那片废墟之下，可见上天还是厚爱玉家人的，没有让他们活着受苦。

“走吧。”雪天傲看东方宁心虚弱的样子，不顾她的挣扎，直接将人抱了出去。

略一挣扎，无法脱身，东方宁心不再多言，顺势倒在雪天傲的怀里。她这段时间特别容易疲倦，杀戮过后又有着种种不适，需要一个肩膀来依靠。

无涯与小神龙走在身后，扑哧一笑，东方宁心与雪天傲这两人还真是奇怪，越强越腻歪。

不过这样也好，至少他们越来越像人，而不是万年前他们见到的那些天神一般，真气修炼越高，越不像人。

轰隆——

东方宁心四人刚走到玉家秘地的入口处，身后就传来一阵爆炸声。四人停下脚步转身看去，只见身后高山整个倒塌，尘雾满天，处处凹陷，三面环山的玉家秘地再一次被泥土掩埋。

四个人惊了一跳，要是再晚一步，他们是不是得顶着尘土往外冲，或者和玉家一样被埋在废墟中？

什么人竟然在玉家秘地埋下这么多的炸药？目的是什么？

雪天傲冷眼扫视四周，对着暗处的树影喊了一句：“出来。”

第六章
中州千年浩劫

今夜无月，天空中除了一颗黯淡无光的星辰，再无其他亮点。好在他们都习惯了在黑暗中视物，顺着雪天傲的方向，东方宁心、无涯与小神龙看到了巨树下微微晃动的人影。

“又见面了。”黑暗中传来鬼苍悟低沉的声音，语气极为平静，没有丝毫起伏。

东方宁心听到鬼苍悟的声音，心头一惊，从雪天傲怀里抬头：“你的手笔？”

“是。”

“杀我们，还是杀玉家人？”东方宁心依旧倒在雪天傲的怀里，好像没有发现这样的姿势似乎不太适合讨论这个问题。

“有区别吗？”鬼苍悟目光越过他们，看向身后尘土萦绕的山谷。

当玉家没有按照鬼族的计划吞并中州，就失去了利用的价值，他们的存在反倒会拖累鬼族。玉家必须由鬼族全权接管，为了保证权力交接顺利，让玉家人全部消失是最好的方法。

“有，如果是杀我们，我们和你从此就是生死之敌；如果是杀玉家人，我替你杀了他们，你欠我一个人情。”她需要知道鬼苍悟的态度。

黑夜中，鬼苍悟眼中带笑：“那算我欠你一个人情好了，我要还你什么？”

“鬼……算了，你就放了李漠北吧。”东方宁心原本想问，鬼族百万魂是什么，可一抬头看到鬼苍悟带笑的眸子，就把这话给咽了下去，她知道即便问了鬼苍悟也不会回答。

“好，我回去后就放了他。”鬼苍悟没有多说一句，也没有解释自己为什么绑了李漠北，有些事彼此心里明白，心照不宣是最好的选择。

“既然如此，我们先走了。”东方宁心对着鬼苍悟轻轻点头道，鬼族与梦族的恩怨比任何一族都深，注定了他们无法深交。

雪天傲没有言语，抱着东方宁心，从鬼苍悟身边离去，渐行渐远。鬼苍悟站在原地一动不动，直到东方宁心和雪天傲走远，才突然转身："墨言，看在我欠你人情的分上，我再送你一个消息……你要的幽梦草在魔焰谷，如果想要就早点过去，不然你会后悔的。"

嘶哑中带着几分无力，鬼苍悟闭上眼睛，强压下心中的烦乱。墨言，我知道你想问什么，可是我不能告诉你。我能说的、能为你做的，就只有这么多了，剩下的只能靠你自己。

东方宁心与雪天傲没有怀疑鬼苍悟的话，也没有必要怀疑。

从玉家的秘地出来，见过公子苏与香浩宇，交代好玉家善后的事宜，东方宁心与雪天傲、无涯和小神龙四人不做半刻停留，朝魔焰谷赶去。

魔焰谷还是和以前一样，荒无人烟，死气沉沉，让人打心底讨厌。不过，这一次不同以往，来到魔焰谷山脚下，东方宁心一行人第一次吃了闭门羹。

站在空空如也的平地上，东方宁心突然发现，他们找不到进入魔焰谷的路。之前每一次来魔焰谷都是被逼着来的，魔焰谷的谷主挖好了坑等着他们跳。主动跳坑的行为还是第一次，魔焰谷根本不知东方宁心与雪天傲会在此时这般突然莅临，怎么可能前来迎接？

"雪天傲，你看出什么没？"无涯上下左右打量完一遍后，依旧找不到路。

魔焰谷这种地方天生就是打击人自信的，机关布局精妙绝伦，他身为一流杀手亦找不出半丝痕迹，这让无涯一度怀疑自己的机关术和五行八卦术都白学了。

"魔焰谷的机关控制都在一个地方，你以为入口那么好找？"雪天傲白了无涯一眼。如果真的那般好找，中州就不会有魔焰谷的存在了。

"那我们怎么办？白跑一趟？"无涯郁闷地大喊，心里隐隐有几分失落。

听说当年东方宁心就是闯魔焰谷一战成名的，雪天傲为她冰封了整个海域。他能遇上他们，也和那次闯魔焰谷的关卡有关，他还以为这次可以和东方宁心、雪天傲一起闯魔焰谷，结果……却是这样。

小神龙冷哼一声，不无鄙夷地看向无涯："找不到入口，可以让他们下来接啊。"

无涯双眼一亮："看不出来你这么聪明呀，我怎么没想到呢？雪天傲，你快点吧，我对魔焰谷充满了期待。"

雪天傲无视无涯的夸张举动，朝魔焰谷所在的高山大喊："魔焰谷谷主，雪天傲、东方宁心不请自来，还请谷主现身一见。"

挟着真气，声音如雷鸣，响彻天地之间。雪天傲相信除非魔焰谷没有人，不然他们一定能听到。雪天傲所想没错，魔焰谷谷主的确听到了，甚至东方宁心四人一到他就知道了，只是他不敢相信，雪天傲与东方宁心会出现在这里，难道他们的计划出了什么问题？

按照计划，东方宁心与雪天傲会出现在魔焰谷是七天后的事情。

见东方宁心、雪天傲站在魔焰谷山脚下一动不动，反倒是无涯在四处寻找道路，魔焰谷谷主还能自我安慰，他们的目的应该不是魔焰谷，此时雪天傲都报出了名号，谷主想自欺都不好意思了。

缓缓按动机关，他很快就出现在东方宁心与雪天傲所在的山顶上，没有人看清他是怎么来的，如同突然从地底下升出一张椅子。魔焰谷谷主高高坐在上面，气势十足地看向雪天傲与东方宁心："不知四位前来魔焰谷有何要事？"

东方宁心也不拐弯抹角，直接道："听说谷主手上有幽梦草，东方宁心便不请自来了。"

魔焰谷谷主一顿，放在轮椅扶手上的双手不自觉一紧，话却没有丝毫起伏，依旧浅笑道："幽梦草吗？不知四位如何得知？"

"谷主，我们如何得知并不重要，重要的是你手上有没有幽梦草？"东方宁心的语气并不强势，姿态也很随意，可魔焰谷谷主就是感到了一种莫名的压力。

想到不久前收到的消息，想到东方宁心现在是神者三阶高手，想到那远古神兽青鸾火凤的出现，魔焰谷谷主知道，主人与鬼族的这个交易恐怕要出波折了。

略一停顿，魔焰谷谷主聪明地没有再问："不错，我手上确实有幽梦草。"

"那幽梦草，我要了。"不是强盗却胜似强盗，东方宁心有时候强势得让人讨厌。

"你们应该明白魔焰谷的规矩，魔焰谷的东西不好要。"魔焰谷谷主笑得温和，眼神中却带着几许怜悯，似乎在说，原来中州的神者也有他们攻克不了的难题。

"开出条件。"东方宁心既然主动找上魔焰谷，就没有想过放弃。

聪明如他们，当然不会用神者的权威去威胁魔焰谷谷主。在魔焰谷的重重机关下，就算是神者也未必能活下来，他们连神王都见过，会认为一个神者很强大吗？

魔焰谷谷主满意地颔首："七天后，在这里，我等你们。"

"不行。"没有一丝犹豫，东方宁心立马开口拒绝。鬼苍悟说要快，所以他们耗不起七天，即使他们不知道会发生什么，提前防备总是没错的。

"你们得给我时间准备。"东方宁心的拒绝在魔焰谷谷主的预料之中，东方宁心四人胸有成竹地来到魔焰谷，想必是知道了什么，却又知之不详，所以他所能做的就是尽力拖延。

"七天太长了。"东方宁心依旧否定。

“那么，我们就没什么好谈的了。”魔焰谷谷主强硬道。

“谷主，我赌在你按下机关前，我可以先杀了你。”东方宁心轻扬着手中的凤凰琴，将情丝泪挑了出来。

魔焰谷谷主当时曾见识过情丝泪的厉害，明白东方宁心没有说大话：“你在威胁我？”

“是你逼我的！”

“我死了，你们更不可能拿到幽梦草。”据他所知，东方宁心并没有进入梦城，也就没有机会发现幽梦草和其他的一些东西。

东方宁心毫不在意地冷笑：“既然谷主能找到一株幽梦草，我就能找到第二株。”

“即使付出的代价更大？”魔焰谷谷主半真半假道，幽梦草在中州只有这么一株，要再找就只能去洪荒，可去了之后想要回来不是那么容易的。

梦族封印是解除了，却只是解除了梦皇的。据魔焰谷谷主所知，中州千年来唯一一个神在那里加了一道封印，中州与洪荒的通道并不是什么人想来就能来、想走就能走的，要经过那通道，付出的代价可不小。

“我现在要，付出的代价也不小。”魔焰谷的幽梦草明显就是为了引他们前来，只是他们不知为什么要拖到七天后。

“三天，给我三天的时间，我好准备机关。”魔焰谷谷主轻叹一口气，看似妥协道。

东方宁心依旧摇头：“要么今天，要么明天的这个时候，我们再来魔焰谷。”

“不可能。”魔焰谷谷主想也不想就拒绝，一天的时间根本不够准备。

“谷主，你只能妥协，不然我不介意去寻找下一株幽梦草。谷主，今天想必是不可能的了，我们明天再见。”东方宁心留下这话，潇洒转身，肯定魔焰谷谷主会同意，因为他没有拒绝的本钱。

“东方宁心！”魔焰谷谷主看着四人潇洒转身，一时间怒不可遏，很久没有人用这种态度和他说话了。

可惜东方宁心转身之后，连个眼神也不给他，率性地朝山外走去。

“东方宁心，你肯定魔焰谷谷主会同意我们明天闯关，而不是明天我们来了之后，一个机关陷阱把我们全杀了？”走出魔焰谷的范围后，无涯才敢问出口。

“无涯，如果是七天后，我们也许会死在魔焰谷的机关下，但一天不可能，魔焰谷的机关，总会给人留下一线生机，一天的时间，魔焰谷谷主什么也做不了。”有三天或者七天的时间，足够魔焰谷的人动手改动机关什么的。

无涯点了点头：“这么说魔焰谷谷主很怕我们不去闯他们的机关，为什么呀？”

“也许，和鬼族的计划有关。”东方宁心像是在回答无涯的话，又像是告诉自己。

不管如何，他们不能在时间上妥协。

“谷主，现在怎么办？”东方宁心与雪天傲四人刚刚走出魔焰谷，暗处就有一黑衣人走了出来，恭敬地请示。

“怎么办？”魔焰谷谷主苦笑，“去，把消息传给鬼王，告诉他们东方宁心与雪天傲不知从哪里得知幽梦草在魔焰谷的消息，让他们把消息来源查清楚。”

黑衣人恭敬又不解地询问：“谷主是说鬼族有内奸？”

“有没有内奸我们说了不算，鬼王自己会查的。”魔焰谷谷主露出狐狸一般的微笑。把消息传到鬼族，如果出了什么意外，也与魔焰谷无关，鬼族答应给主人的条件不可能少了。

“是，谷主。”黑衣人转身就准备去执行命令，刚走三步，魔焰谷谷主又开口了：“等一等，顺便再告诉鬼王，明天东方宁心与雪天傲会去闯魔焰谷的关卡。”

“谷主？”黑衣人惊讶地问，真的明天吗？谷主妥协了？

魔焰谷谷主苦涩道：“现在的魔焰谷已不是当初的魔焰谷了，东方宁心与雪天傲也不是当年的东方宁心与雪天傲，万一他们真不闯，我们的损失就大了。”

“是，谷主。”黑衣人飞快下山，几个起落就消失在山脉间。

当鬼王收到魔焰谷谷主的消息时，已是子夜时分。鬼王听着魔焰谷使者的话，阴恻恻道：“本王知道了，劳烦谷主多拖几日。”语气一如既往森冷，听不出丝毫起伏。

魔焰谷使者将消息传达后也不多停留，转身离去，对于鬼族这种阴森血腥的地方，正常人没谁愿意久待。

魔焰谷使者一走，鬼王就不再掩饰自己的愤怒，森白的双手握得嘎嘎响，一双鬼眼扫向他的左膀右臂——鬼苍悟与尼嫚：“这件事，你们怎么看？”

“尽快实施计划，抢占先机。”鬼王的计划鬼苍悟知道得并不多，他只是通过种种迹象猜测，鬼王的计划定会导致生灵涂炭。

“计划当然得提早实施，谁来告诉本王，东方宁心与雪天傲怎么会知道魔焰谷有幽梦草？”阴冷的杀气扑面而来，鬼苍悟不动如山，尼嫚却瑟瑟发抖。

“王，属下不知。”尼嫚立马跪了下来，少了三根手指的左手不自觉弯曲着。

“王，苍悟不知。”鬼苍悟不卑不亢地单膝跪下，语气平静无波。

“苍悟，尼嫚，你们最好不要让本王知道你们与此事有关，不然本王定会让你们后悔活在这世上。”

鬼王冷冷丢下这句话，走向鬼族内殿。

第二天，东方宁心与雪天傲四人如约来到魔焰谷，魔焰谷谷主早已在山下等候。

风吹过，衣袂飘飘，给静寂的魔焰谷山脚带来几分生气，一扫往日的萧条。

“你们来了。”魔焰谷谷主一改昨天的不合作，率先打招呼，平静的神态如同昨天的争执不曾发生过。

“如约而至。”山脚下，东方宁心闲庭信步，完全没有即将面对魔焰谷生死关卡的紧张。

魔焰谷谷主眼里闪过一抹欣赏，每次见到东方宁心与雪天傲，都能感觉到他们身上的变化，每一次的变化都让人羡慕嫉妒，而不管如何改变，这两人的情分从不曾变过。

欣赏归欣赏，他的任务必须完成。魔焰谷谷主收起自己的心思，微微滑动轮椅，上前道：“既然如此，我们就准备闯关吧。这一次的关卡是魔焰谷的终极关卡，只要你们从里面活着走出来，就会来到魔焰谷正殿，正殿里有你们想要的幽梦草。你们要么活着拿到幽梦草，要么死在魔焰谷的关卡中。”

东方宁心点了点头，来魔焰谷就没有后悔与害怕过，当年只有王者初阶的她都敢闯，现在还有什么不敢的?

“谷主，开启关卡吧。”

“如此，你们站稳了。”魔焰谷谷主嘴角扬起一抹狡黠的笑意，只见东方宁心与雪天傲所站的地面突然整块下陷，速度很慢，如果想，他们随时可以从里面跳出来，但是东方宁心四人却平静地站着。在魔焰谷，无处不机关，这种阵仗他们不惧。

降到地下百米时，耳边传来魔焰谷谷主的声音：“魔焰谷终极关卡——魔化森林。希望你们能够安全完整地从魔化森林走出来。”

“魔化森林？中州还有这样的地方？”东方宁心不解地看向雪天傲，她怎么没听说过?

雪天傲摇了摇头：“不知道，魔焰谷的事情一直是中州秘事，这里有很多秘密，这些秘密无人知晓。在中州从不曾听人说过魔化森林，也许和梦族封印有关，那道封印封住了一切与中州无关的地方，魔化森林也许就是其中一个。”

“与中州无关，来自洪荒吗？”无涯小心翼翼地看着四周，四面皆是土地，实在看不出什么来。

“洪荒？”东方宁心脑中灵光一闪，“雪天傲，如果你的猜测是对的，那么这魔化森林肯定与神魔有关，冥不是说神魔的实力不俗吗？冥能在中州划出一个空间，针神可以借助五行八卦划出一个独立的空间圈养玄兽，神魔肯定也可以，魔化森林很有可能是神魔的空间。”

“不无可能，只是一株幽梦草居然引来神魔动手？他们真的是为了幽梦草吗？”雪天傲意味深长道，心里则在想着魔焰谷谷主的话。

魔焰谷与鬼族有什么计划?

“东方宁心，也许有人想利用我们不在中州的时间做些什么。”

“他？不可能？”只一眼，东方宁心就明白了雪天傲的想法，但她相信鬼苍悟。

“希望吧。”雪天傲闭上眼睛，脑海里闪过秦羿风的脸，闪过鬼苍悟的脸。

如果是秦羿风，他很了解后者会做什么，可是鬼苍悟身上有秦羿风的影子，却被他刻意淡化了，几次行事给人的感觉都是高深莫测，这一次如果不是他提，他们会来魔焰谷吗?

东方宁心握着雪天傲的手，握得紧紧的：“雪天傲，相信他一次，他不会骗我们。”

“嗯。”雪天傲深深吸了一口气，平复那种被人再次背叛的痛，“鬼苍悟提醒我们要早一点来，也许他真的没有骗我们的意思，不仅如此，反倒让我们杀魔焰谷一个措手不及。不过，鬼族倒是不得不防，我们尽早拿到幽梦草离开这里才是王道。”

无涯与小神龙沉默不语，没有东方宁心与雪天傲那般自信。只是，他们相信雪天傲与东方宁心，更何况现在已经进入了魔化森林，他们要做的就是尽快走出去。

就在东方宁心与雪天傲缓缓下降、落到魔化森林之际，鬼族的人也没有闲着。雪天傲与东方宁心提前进入魔焰谷，为保险起见，鬼王不得不将一切计划提前，鬼族议事大厅中，鬼王正阴恻恻地下达各种命令……

魔焰谷的规则不会改，不论多么惊险的机关，都一定留有活路，与其祈祷东方宁心与雪天傲死在魔焰谷，倒不如好好利用这段时间，多做一点事情。

东方宁心现在是神者三阶，这样的高手出现在中州，对鬼族很不利，鬼族必须尽快让鬼皇从洪荒回来，不然鬼族别说一统中州了，就是在中州立足都办不到。

“尼嫚，你有三天的时间。三天内，你必须将你们美人蛇一族的十万蛇军调至天耀与天墨边境。”鬼王的声音带着不容抗拒的威严，只一句话就让人清楚地明白，一旦没有完成，后果不堪设想。

“是。”尼嫚跪下领命，神色肃穆，转身就朝外走去。

鬼王花了一晚上的时间也没有查出是谁泄露了幽梦草的所在，便暂时把幽梦草给放在一边。尼嫚明白，这事不表示就此揭过，此时她只要出一点差错，鬼王就会怀疑到她头上。

她最近几次任务不仅都以失败告终，还在雪天傲和东方宁心的手下活着回来，鬼王对她的信任越来越薄弱了。

尼嫚走后，鬼王便对鬼苍悟道："苍悟，你是本王的儿子，也是本王最信任的人，对于你潜伏在雪天傲身边却最终失败的事，让本王很是不满。不满归不满，看在你是本王儿子的分上，本王依旧给了你一次机会。苍悟，你近期的表现令本王很满意，这一次本王将最重要的任务交给你，希望你不要辜负本王的期望。"

"苍悟定不会再让王失望。"单膝跪下，俯首于地，坚定有力的声音。这一刻，就是鬼王也相信鬼苍悟的忠心。

鬼王满意地点了点头，扬起白骨森森的右手："苍悟，起来吧。"

"是，王。"鬼苍悟站在鬼王面前，不动如山，任鬼王阴冷地扫视他全身，了无生气的脸庞和消瘦的身形，无不透着冷傲与孤寂。

此时的鬼苍悟死气沉沉，没有丝毫人气，鬼王对此非常满意，一盏茶后，鬼王终于收起目光："苍悟，你是鬼族的少主，下一任鬼王的人选，关于鬼族的事情也是时候告诉你了。"

如若换成别人，听到鬼王如此说，定会感动得死心塌地，鬼苍悟却越听越胆战心惊。鬼苍悟一点也不想知道，在鬼族这么多年，他比谁都明白，在鬼族知道越多死得越快。

但，鬼王要告诉他，他没有拒绝的权利。鬼苍悟刻意让自己的声音多出几分激动："苍悟愿为鬼族，万死不辞。"

鬼王双眼闪过一抹冷笑："苍悟，这千年来，鬼族每一任鬼王都是为了收集百万恶魂，结百万魂阵启动禁咒，迎接鬼皇归来而奋斗。"

鬼苍悟内心波涛汹涌，他终于明白鬼王囤积大量粮草与士兵的目的了；他终于明白那十万条美人蛇存在的意义了；他终于明白鬼王明明能杀东方宁心却不杀的原因了；他终于明白鬼王支开东方宁心与雪天傲的原因了……

黑衣之下，鬼苍悟全身肌肉紧紧纠结在一起，想着因为他的一句话而进入魔焰谷机关的东方宁心与雪天傲。

晚了！一切都晚了！

鬼苍悟面上没有波澜，心中却在不停地盘算，有什么办法能破坏鬼王这涂炭生灵的计划？有什么办法可以阻止鬼皇归来？

心中暗想半天，各种可能都在脑中过了一遍，依旧一无所获。鬼苍悟苦笑，他终究算不过鬼王，鬼王选择在这个时候把计划告诉他，不是相信他，而是确定他无法破坏。他将幽梦草的事情告诉东方宁心与雪天傲，最多只是逼鬼王将计划提前，却无法破坏。

鬼苍悟心中百转千回，面上却是波澜不惊，似乎鬼王所说的一切并不是什么

大事。

鬼苍悟的表现在鬼王的预料之中，诚如鬼苍悟所想，鬼王除了他自己，什么人都不信，他今天说这些话，不过是因为瞒不了鬼苍悟，而且能用的人也只有鬼苍悟。

停顿半刻，待鬼王认为鬼苍悟消化了他的话后，继续道："苍悟，迎接鬼皇归来的重任，本王就交给你了。本王命你统领玉家十万大军和鬼族十万大军，前往天耀与天墨边境。"

"是。"鬼苍悟没有多问一句，应声领命。走到这一步，他唯一能做的就是按鬼王的要求办事，因为他只是鬼王手中的一把利剑，即使他们是父子。

鬼王满意地点了点头，看着鬼苍悟，再次提醒道："苍悟，你应该明白，本王要的不是这场大战的胜利，要的是你用这二十万大军换来百万恶魂，本王不要你赢，只要你将天耀与天墨的士兵全部给我耗死在沙场。"

"苍悟明白。"不管鬼王有什么要求，不论合理与否，他都必须照办。

"下去准备吧。"鬼王挥手，示意鬼苍悟退下。

鬼苍悟应了一声，转身离去，前往天耀、天墨边境，开启中州的浩劫。

同一时刻，东方宁心与雪天傲也降到了底层，他们脚下那块黄土已变成青青草地。微风吹过，浅浅的一个呼吸，淡淡的青草气息在鼻间萦绕，让人心旷神怡。放眼望去，巨树参天，树枝摇曳。乍一看，魔化森林和普通森林没什么区别。

"进去看看，也许会有不一样的收获。"小神龙站在最前面，语气前所未有地凝重。

东方宁心看向小神龙："你发现了什么？"

她升阶后，小神龙一直闷闷不乐，今天难得主动开口。

略一迟疑，小神龙目光微闪，微微挣扎着道："我也不能确定。"

"先告诉我们，你发现了什么？"东方宁心尽量让语气听上去不那么冰冷，这让向来清冷的她有几分别扭。

小神龙感受着东方宁心语气中不经意间流露出来的温暖，小脸一仰，双眸闪亮，声音清脆明亮，如掉落在玉盘上的明珠般清脆悦耳，一扫前几日的阴郁："我发现，前面有好多生物的气息，比凶兽更迟钝，但又不是凶兽，我想它们才是魔化森林的危险，而且它们的情绪波动很大，很狂躁，不停地叫嚣着什么。"

"魔化生物？"东方宁心条件反射般说出这个词。

小神龙半是疑惑半是肯定地点了点头："可能是，不太确定，只感觉它们有动物的气息，我对这种气息比较敏感。"

"我们进去看看。"东方宁心上前，握住小神龙的手，将他拉到身后，保护的意味很明显。同一时刻，雪天傲亦上前将东方宁心与小神龙护在身后，无关实力，习惯使然。

无涯殿后，四人朝魔化森林深处走去。

魔化森林是个什么地方？在外围闻着熟悉的青草和树木的味道，会认为这只是中州某座默默无闻的小山林。走到森林的深处，他们才明白魔化森林是怎样的存在，看着魔化森林里的生物，四人好半天才回过神来。

半人半兽的生物他们不陌生了，小神龙的那个无缘哥哥就是半人半兽。看到那样的生物，他们也许会同情，甚至不放在眼里，看到一群这样的生物，却不得不谨慎以待。

雪天傲四人隐匿在一棵巨树上，借着树叶的遮挡，看着底下那一片似人非人的生物。

不同于血海的怪鱼，它们长得奇形怪状，底下那些很容易看出是什么。数量最多的是一半是人一半是狼，或者一半是人一半是豹、虎之类的生物。只要将像人的那只手伸入对方的心脏，就能将对方全身血肉吸干。而被它们吸干的半人半兽就会如同空壳，只余一层皮肉倒在地上。吸食了同伴血肉的生物则会长大一些，身上也会增加一点对方的特征。

吞噬越多，攻击力就越强，吞噬不仅能让自己长大，还能让自己得到对方的能力，这就是初级魔化。

不停吸食对方，又不停防备自己被对方吸食，这是一场残忍至极的战役，而最终能存活的只有一方。

“这就是魔化真气？也太邪恶了，难怪它们只被称为魔。”无涯是杀手，做的是杀人的买卖，但看到同类吞噬的画面，仍旧感觉头发发麻。

“这应该是最为基础的魔化，它们根本没有任何意识。”东方宁心指着那群互相吞噬的半人半兽道。

雪天傲、小神龙与无涯一听，不解地看向东方宁心：“你怎么知道的？”

“直觉吧，也许和梦族真气有关。”到达神者三阶后，她觉得自己的妖瞳似乎有些奇妙，盯着一个人看久了，隐约就能读到对方脑子里在想什么。

雪天傲想了想，也认为是和梦族的真气有关。当年梦族被封，梦族的一切消失得无影无踪，他们并不知道梦族的真气技能，东方宁心有这种直觉也没什么好奇怪的。

“那你的直觉有没有告诉你，那些把对方当水果一样吸干的半人半兽，最终活下来的会是哪一个？”无涯看着地上越来越多的半人半兽尸体，有些麻木道。

素手轻指，东方宁心毫不犹豫地指向角落里看起来最瘦弱的一个：“它！”

“怎么可能，它好像是这里最小的，还没有吞噬过一只吧？”无涯第一个不认同，数万只半人半兽生物瞬间就只剩下千只，而这千只半人半兽都长大了不止一倍，只有被东方宁心指着的那只，没有任何变化。

“它的眼睛有灵光，属于人类的那份意识更强，它很聪明也很狡诈，最终肯定会成为这一方区域的霸主。”她观察了很久，这些半人半兽迟钝呆滞，只凭着本能在动，只有那只最瘦小的不一样。

“是吗？雪天傲，你也这么认为？”无涯不太认同东方宁心的理论，他也看了很久，觉得在这里只有强者才能走到最后。

面前活下来的这千只就是之前最健壮的，大多是半人半虎，东方宁心指的那只一半像人一半像狐狸的生物太娇弱了。

雪天傲看着底下的魔化物，半炷香后，终于说出了自己的答案：“跟着那只半人半狐的生物，也许它会用最快的方式带领我们进入魔化森林的中心地带。”

无涯一听，沉默不语，直接把雪天傲的话归为不是一家人不进一家门，他肯定是偏帮东方宁心的。谁知越往后看越是无语，无涯心里隐隐产生了一丝怀疑。那只半人半狐的小东西虽然一只同伴都没有吞噬，但它也没有被吞噬，甚至面对数百只越来越强大的生物，它都活得好好的。

当那一片吞噬之地只余一只巨型半人半兽时，半人半狐的小东西突然跳到了树上，一跃冲到巨型半人半兽面前，伸手就刺入了对方的心脏，将对方的血肉吸得干干净净，然后瞬间膨胀，足有之前五六倍大，双眼也比之前灵透了一些。

“魔化森林真残忍。”无涯看着地下那一片片被吸干的半人半兽外壳，摇了摇头。

想到韩亚诺，他也是练魔化真气的，他不会也是这般练成的吧？如果是，无涯只能说韩亚诺这人不简单。

无涯脸色大变，隐隐有作呕的感觉，再看看雪天傲与东方宁心两人脸色如常，语气自然，似乎根本没有将之放在眼里。

半人半狐将地上的兽皮吃干净后，丝毫不留恋战场，转身就朝魔化森林深处走去。

“跟着它。”半人半狐动作矫健地深入魔化森林，东方宁心四人悄无声息地跟在他身后。

他们进入了另一个吞噬的战场，不过越往里面走，那些半人半兽生物越强悍，外表不再变化，但身上属于兽的毛皮越发锃亮，双眼越发灵动，远远望去，已和人类没有什么两样。

跟在最初那只半人半狐身后三天，他们就在魔化森林看到大大小小不下数十场的吞噬，那只半人半狐的家伙也越来越强，身上的毛皮逐渐萎缩，隐隐看得出来长得还不错。

它三天三夜没有停歇，一直在战斗，身体不停强大。

那家伙也许是累了，慢慢往魔化森林一个角落走去，来到小溪边，半蹲在溪边喝水，顺便清洗双手，东方宁心几个隐隐看到他自我嫌恶的样子。

喝完水后，那家伙也不动，静静坐在溪边，看着水中的倒影，颇有几分顾影自怜的味道。只是这个动作放在一个半人半兽的家伙身上，却显得有几分怪异。

远远地，东方宁心似乎感觉到了他的不对劲，那种悲伤的情绪能将人淹没，绝对不是一只没有灵智的半人半兽该有的情绪。

"怎么了？"雪天傲看着东方宁心皱眉，颇为担心。这几天的血腥与残忍，饶是他这个见惯生死的大男人都觉得恶心，更别说东方宁心了。

"它，似乎不只是单纯的半人半兽，它身上有一段很悲伤的过去，也许我们可以和它合作。"

"那就去看看。"雪天傲纵身一跃，从树上跳了下来。

东方宁心、小神龙与无涯紧随其后，四人的动作很轻，刚踏出一步，那只半人半狐的生物就发现了他们，顿时全身戒备，一脸杀气地看向四人。看到四人时，它眼里闪过一抹疑惑和羡慕，眼中的戒备随之少了几许："你们是什么人？为什么会出现在这里？"

"帮助你的人，帮你活着走出去。"东方宁心无视半人半狐生物脸上的戾气，一步一步走上前来。

"你们？"半人半狐生物谨慎地看着东方宁心四人。

东方宁心点了点头："对，就我们。"

"为什么？"诚如东方宁心所言，这只半人半狐的生物很聪明，察觉到东方宁心四人的实力远在它之上。

"跟了你三天，你活了下来，而且你和他们不一样，不是吗？"东方宁心双眸轻闪地看着他。既然要合作，多了解一些总是好的，她不希望合作对象最后捅自己一刀。

"你怎么知道？"半人半狐颇为谨慎，并不相信天上掉馅饼这种好事。

东方宁心微微皱眉，眼中的紫光明亮起来，惊讶道："你是玄兽？为什么我看不出你的本体是什么？"

玄兽？东方宁心的话让雪天傲、无涯与小神龙同时戒备起来，看向半人半狐生物的眼神完全不一样，一只玄兽出现在这里那就危险了。

杀气悄然凝聚，半人半狐生物吓了一跳，第一时间摆出攻击的姿势："你们到底是什么人？怎么会知道这些？"

"你没有资格知道我们是什么人，凭你还不够格和我们动手，你应该清楚你现在也不算是玄兽。”东方宁心后退一步，不再像之前那般和气。

“你们到底想怎样？”半人半狐生物无力地耷下双肩，眼中的杀气不减。

“我们想杀你早就杀了，现在告诉我们，你到底是什么物种？”东方宁心冰冷道，大有你最好实话实说、不然我不介意动手杀了你的意思。

半人半狐的生物看着面前的四人，许久后才道：“不知道你们知不知道幻兽一族？”

“幻兽？那是什么？”东方宁心反问，明显不知道。

半人半狐的生物耐心解释道：“幻兽一族是洪荒很神秘的一个种族，我们是人亦是兽。十八岁以前，我们以人的样貌和思维生活在洪荒，十八岁时，我们体内会出现本命兽。本命兽代表我们在族中的地位，十八岁后如果没有被人契约，我们一辈子和普通人没什么两样。一旦被人契约，我们就会以本命兽的方式生活，和普通玄兽没什么两样。”

“本命兽？你的本命兽是什么，你为什么会出现在这里？”东方宁心指着它一身狐狸皮问道，狐狸这种玄兽极弱。

“我？我的本命兽早没了。”半人半狐生物悲伤地说道，哽咽的语气居然有哭意。

“你什么意思？”东方宁心明白，这就是它悲伤的原因。

半人半狐生物似乎很想找一个倾诉的对象，听到东方宁心的询问，毫不犹豫道：“在幻兽一族，十八岁之前我们凭父母的地位决定自己在族中的地位，十八岁之后，我们凭本命兽决定自己在族中的地位。”

“按幻兽一族的规则，每百年会有一只本命兽为貔貅的人出现，这个人就是我们的族长。百年后，本命兽为貔貅的人会死，会有另一只本命兽为貔貅的人出现，接替成为新的族长。我父亲的本命兽就是貔貅，也就是幻兽一族的现任族长，而我则是他唯一的孩子。幻兽一族到了十八岁才会显现本命兽，不知为何，我在十七岁时本命兽就显现了出来，只不过我的本命兽显现时，被我父亲看到了……”半人半狐停顿下来，眼中泛着泪光

“你的本命兽是貔貅？”虽是反问，但东方宁心很肯定。

半人半狐生物点了点头：“是貔貅，我当时很高兴，父亲也高兴，当时我以为父亲是为我而高兴，当他叮嘱我不要告诉别人时，我就傻傻听了他的话，族内除了我父亲与我，没有人知道我的本命兽是什么。十八岁很快就到了，按规矩我们都要去幻兽圣地，将自己的本命兽显露出来，我很期待也很紧张，我想让族人都知道我的本命兽是貔貅。

“去幻兽圣地的前一天，父亲来找我，告诉我一些在圣地要注意的事项，还有当年他在圣地看到自己的本命兽是貔貅时的兴奋心情。父亲是我心中的神，他能与我

说这些，我当然高兴。说到后面，父亲话锋一转，他说他此生最大的愿望就是将幻兽一族带出深山，让世人看到幻兽一族的强大，可是他的生命不长了，为了延续他的生命，他所能做的就是牺牲我。我当时吓了一跳，虽然不明白父亲要做什么，却知道自己很危险，本能地想要逃跑，却被一道真气给禁锢住了。

“我和父亲的本命兽显现了出来，父亲的本命兽张大嘴，将我的本命兽压在地上，一点一点将我的本命兽吞噬掉。我们与本命兽本是一体，本命兽被吞噬，我的生命也就一点一点消失，我以为自己死定了，最后关头我的母亲出现了，用自己的生命替我挡住了父亲的攻击。我拖着残破不堪的身体逃了出来，没有目标地疯狂逃命，后来不知怎么的，昏死了过去。再次醒来时，我就在这魔化森林了，一只半人半狐的家伙想要吞噬我，那时候我根本没有反抗之力，可不知是我的运气太好，还是对方的运气太差，结果我没死，那半人半狐的家伙倒是死了。等我有力气了，就发现自己变成了现在这个样子，人不人，兽不兽。我曾想过寻死，却在寻死的那一刻看到母亲为了救我牺牲自己的画面，于是就这样活了下来。”

到最后，它的语气已归于平静，大悲大哀后的无情无绪。

“你的本命兽死了？你现在不是幻兽一族？”东方宁心知道对方没有撒谎。

“不是了，我现在应该算是修炼魔化真气人的食物吧。”

“食物？”东方宁心四人一惊，他们以为这些半人半兽就是魔化真气修炼者。

半人半狐生物语气肯定道：“是的，我们就是食物，因为玄兽稀少，我们就是代替玄兽存在的，融合各种凶兽的技能，同时又拥有人类的智慧，走到最后，我们不会比玄兽差。”

“带我们去你们充当食物的那个地方。”东方宁心示意半人半狐生物站起来。

“嗯？”半人半狐生物吓了一跳，它刚逃离那个地方，怎么肯去？

“不想成为他人的食物，想要活着回去，就听我们的话。”雪天傲的长剑直指半人半狐生物，那意思很明显，效果也相当的好。

半人半狐生物站了起来，不安地问道：“你们真的肯放过我，即使我变成这个鬼样子？”

“带路。”雪天傲没有多言，晃了晃手中的剑。

“好。”半人半狐生物吸了口气，重重点头。它想赌一把，反正留在这里，最终的结果也是死。

看到这一幕，无涯痞痞地耸了耸肩，真被雪天傲说中了，这半人半狐的东西真能把他们带到魔化森林中心去，看样子他们很快就能出去了。

他还蛮想知道，在他们与中州失联的这段时间，中州发生了什么。

FENG HUANG CUO

第七章
百万魂阵迎鬼皇

中州发生了什么？

东方宁心四人在魔化森林中与世隔绝，一无所知，中州的人却是忙疯了。尼家的人不知受了什么刺激，在玉家被灭后不仅不退，反倒不顾是否伤及尼家根本，摆出一副与公府、香城和君城死磕到底的架势。

瘦死的骆驼比马大，帝星阁在百年排位战中失利，并不表示整体实力就弱，毕竟是老牌，不是公府三家新晋可以媲美的。

尼家不要命的打法令公府三家再度头痛，本来刚刚平定下来的中州之乱，因尼府的突然举动，再次陷入僵局。而就在公府、君府、香城等新兴势力与尼府抗衡时，鬼苍悟率领鬼族二十万大军朝天耀与天墨边境奔去。

如果是以前，公子苏理都不会去理，远古鬼族的事情不是他们可以插手的，更何况天耀与天墨的事情与中州何干？

但现在不一样，天耀是雪天傲家的，天墨是东方宁心家的，这两国可不能出事，而且鬼族行为诡异，说不定有什么阴谋。被尼家弄得焦头烂额的公府三家，得知鬼族出动二十万大军，不得不抽出一部分人马前往天耀与天墨助阵。毕竟就算天耀与天墨兵马再多，也不可能是鬼族的对手，这一点公子苏等人十分清楚。

这段时间，每到夜晚，公子苏除了要看尼家的情报，还要分析鬼族与天耀、天墨的战局。鬼族二十万大军第一天就和天耀交手，鬼族死伤五百人，天耀死伤三万人，鬼族大胜；鬼族第二天与天墨对上，鬼族死伤两百人，天墨死伤一万人，鬼族再次大胜。

接连大胜，鬼苍悟却安营扎寨，寸步不前，似乎没有一举将天耀或天墨攻破的打算。

“天耀与天墨怎么回事？难道没有看出来鬼族在各个击破？他们现在要做的就是

第一时间合作，不然两国必破。”香浩宇看着桌上的情报，按了按酸痛的眉心。

“天耀与天墨想要合作并不容易，冰冻三尺非一日之寒，两国之间的仇恨太深了。更何况，天墨与天耀各有盘算，你没发现他们都没有尽全力跟鬼族打吗？他们都希望借鬼族的手灭了对方，然后自己收拾鬼族。”公子苏指着情报分析道，很明显，鬼苍悟也在利用天耀与天墨这点。

“你是说，天耀与天墨想先把对方耗死，再动手清掉鬼族，难道他们认为自己有这个实力？”天耀与天墨真是太天真了，鬼族要有那么好对付，就不会在中州屹立千年不倒。

公子苏苦笑：“浩宇，如果换别人领军，要让天耀与天墨这般内耗恐怕有难度，但是鬼苍悟可以。你没看到他已经做到了吗？他让天耀与天墨相信，他就是比天耀天墨强一点点而已，如果天耀与天墨全力反击，鬼族必败。现在天耀与天墨都将自己的精锐部队留着，等到最后用来收拾鬼族。”

“鬼苍悟心计深不可测。”香浩宇对鬼苍悟也算有所了解，香城数次遭劫，与鬼苍悟脱不了干系，那人是个人物。

“这个时候，需要派人去劝说天耀与天墨，他们只有合作才能抵挡住鬼族的攻击，不然两国必破。”公子苏轻敲着桌面，心中想着这个人选。

“不仅仅要说服，还得做主，不然表面合作实则互相拆台，危险会更大。”香浩宇轻叹，要是天傲与宁心在就好了。他二人在天耀与天墨才是真正做得了主的，有他们在，两国联军才能发挥出真正的实力。

“也许，天耀与天墨也是这个想法，想合作却迟迟不敢，都怕合作时对方做手脚。三足鼎立呀，最难找合作对象。”公子苏可以肯定鬼苍悟是故意的，把二十万大军压在天耀与天墨中间，今天打打天耀，明天打打天墨，耍着两国玩。

“天傲和宁心在就好了。”香浩宇长叹一口气，将心中所想说了出来。

“鬼族是故意挑天傲和宁心不在才出手，我现在就怕他们远不止这二十万大军，还有别的后招等着我们。”公子苏无力地叹了口气。

“赤族和雪族呢？远古三族不是彼此防备吗？鬼族养着这二十万大军，其他二族怎么就没有发现呢？”香浩宇不解地道。

“谁知道他们怎么想的，雪族与赤族这个时候也不出来帮个忙，就不担心鬼族吞并天墨与天耀后一家独大吗？”公子苏烦躁地将手上的情报，直接砸在桌子上。

他现在恨不得把自己劈成三瓣，留一个在中州主持大局，另两个去天耀和天墨帮忙。

“他们也许和我们一样被人绊住了。”香浩宇拍了拍公子苏的肩膀，“不要给自己太大的压力，这并不是你一个人的责任。”

公子苏摇了摇头，再次叹气："我现在就希望无邪能快点找到人，再拖下去我会老十岁。"

"进了魔焰谷，人便不好找了。"君府的情报网是中州最完善的，但始终渗不进魔焰谷，无邪为了找雪天傲与东方宁心，已经两天两夜没有合眼。

"除了他们两个，还有谁能缓解这一场浩劫？"公子苏来回踱步，想着可能的人选。

还有谁？香浩宇亦陷入沉思之中。

皎洁的月光照在二人身上，将二人的身影拉得老长，更显疲倦萧条。树叶沙沙作响，即使陷入冥思苦想中，公子苏依旧没有放松警戒，发现了异动，立马转身："什么人？"

香浩宇立即转身，看向门外，眼里闪过一抹担心，什么人可以悄无声息不惊护卫，闯入宁苏阁议事厅？

"子苏，浩宇，你们怎么就不想想我呢？"人未到声先至，尼雅埋怨的声响在屋外响起。

"尼雅！"公子苏与香浩宇同时惊呼出声，目光闪亮。

公子苏早有吩咐，香浩宇、尼雅等人来到宁苏阁不用通报，这就是尼雅为何能不惊动任何人来到这里了。

尼雅大步跨了进来，脸上有着赶路的风霜，不过气色红润，双眼炯炯有神，看样子雪天寂把她养得很好："是我，子苏、浩宇，发生那么大的事情，为什么不找我？"

"尼雅，不是我们不找你，而是找到你又能怎样？让你去和尼府为敌？"公子苏看着越发明艳动人的尼雅，心里暗暗高兴。没有尼家的束缚，尼雅果然越来越好。

"子苏，我没有那么娇弱，他们不仁，我也可以不义。"尼雅明艳一笑，心中满是感激。

尼府的人从不曾替她考虑，她为什么要替尼府的人着想？更何况，尼府现在已经到了最糟糕的时候，由她出手，尼府的人也许还有一个终老的机会。

"尼雅？"公子苏眼里闪过挣扎，有尼雅坐镇中州，他的确可以抽身前往天墨，可是把尼雅推到前面，让她与尼家人对抗，这太残忍了。

"子苏，我现在是雪氏尼雅，嫁了人，得冠夫姓，也得替夫家考虑不是？你别担心，我不会有事的。"尼雅大方说道，没有一丝扭捏与迟疑。

公子苏笑了一声："你既然冠了夫姓，我就不再客气。"尼雅都说到这个份上了，他再拒绝就矫情了。

尼雅点了点头："相信我。"

“我们当然相信你，你可是尼雅。现在正事谈完了，我们是不是要谈谈私事呢？尼雅，你的夫家呢？没有陪你一起来？”解决了烦心事，公子苏也笑了起来。

有尼雅坐镇中州，他可以抽身去天墨和天耀，一定可以撑到雪天傲与东方宁心回来。

“他在外面。”尼雅指了指书房外，天寂没有修炼真气，跟不上她的速度。

“走，我们去看看那拐走中州第一女子的男人。”公子苏高兴地招呼香浩宇一起出去。

三人一出来，就看到一身紫色长袍站在月光下的雪天寂。柔和的月光让雪天寂看上去更加恬淡。他不紧不慢地走着，并没有因尼雅丢下他而不高兴。看到尼雅出现，眼角有丝丝笑纹，迈步上前，与公子苏、香浩宇打着招呼，客气不显疏远，有礼却不谦卑。

只一眼，公子苏与香浩宇就明白，这个男人配得上尼雅，值得尼雅为他舍弃一切。

除去真气修为，雪天寂是个极其优秀的人，无论是谈吐还是见识。与雪天寂深谈后，公子苏越发欣赏这人，这世间也只有雪天寂这样的男子有资格站在尼雅身边，也只有他才能给尼雅幸福。

雪家的兄弟有一个共同点，那就是他们不介意自己看上的女人比他们更耀眼。雪天傲喜欢站在东方宁心的身旁指引她成长；雪天寂则喜欢站在尼雅身后，替她铺平道路，看她大放异彩。

要多强大的自信才能做到这些？雪天傲能做到，公子苏并不觉得惊讶，雪天傲自有骄傲的本钱，但看到雪天寂云淡风轻，甘愿当尼雅身后男人的样子，他震惊了。

要有多深的爱，才能为了她放弃自己的人生追求，把爱她宠她当成是人生最大的追求？

前往天墨的路上，公子苏一直在想这个问题，是他的爱不够深，还是他的爱带有太多与爱无关的东西，才会让他面对东方宁心时裹足不前？

摇了摇头，公子苏将刚刚涌出想要和雪天寂一样不顾一切去爱的想法压了下去。他是公子苏，他身后有整个公府，无法成为第二个雪天傲，亦无法成为第二个雪天寂。

赶了一天一夜的路，距离天墨只余最后一千里，公子苏想让大家休息半个时辰再上路，命令还未下，就看到君府的探子快马朝他们奔来。

“阁主。”探子满身尘土，举起手中的情报，虚弱地喊了一句便倒在了地上。

公子苏翻身下马，接过探子手中的情报：子夜时分，鬼族偷袭天耀与天墨，天耀与天墨死伤三十万，鬼族一人不伤。

“快，全力赶往天墨。”公子苏握着情报的双手渗出汗水，不停咒骂天耀与天墨的将军是吃白饭的，居然在鬼族不损一兵一卒的情况下死伤三十万人，简直是废物。

“是。”策马飞奔，尘土飞扬，此时他们已无暇顾及高手形象，全力赶赴天墨。

忧心忡忡的公子苏不知道，当他赶到天墨，迎接他的不仅仅是鬼族的二十万大军，还有十万让人头皮发麻的毒蛇。

就在公子苏赶往天墨救急之际，东方宁心四人正在那半人半狐生物的带领下，朝魔化森林深处走去。魔化森林本来不大，却被隔成一片一片，每片区域都利用五行八卦，结合天然的地理优势，设置出各种阵法，看起来深不可测。

雪天傲与无涯都精通五行八卦，但面对魔化森林的五行八卦阵，两人却没有丝毫办法。不是他们破解不了，而是根本看不出来这个地方设了阵。

魔化森林的阵法与天地融为一体，连一丝痕迹都找不到，要不是半人半狐告诉他们，他们怕是死在魔化森林也发现不了。

无涯验证过半人半狐生物的话，事实证明它说的是对的，为了尽早找到出路，东方宁心四人跟在半人半狐生物身后，直接替它将对手放倒，好方便它吸食。

“其实我真的很讨厌这种吞噬行为，更讨厌咀嚼这些人皮，可是我无法控制身体本能的冲动。”半人半狐生物将最后一块皮毛吞下去后，拍了拍身上的尘土。他现在的外表和人类差不多，没有玄兽的气息，却拥有玄兽的攻击能力，吞噬了他就等于吞噬了一只五阶玄兽，实力瞬间暴涨。

“现在你是这片森林唯一的食物，带路。”雪天傲将剑架在半人半狐的脖子上，明显是不相信他。

“好呀，我给你们带路。”半人半狐轻眨眼眸，展颜轻笑，如同勾魂摄魄的狐狸精，妩媚风情让人无法讨厌。

半人半狐抬腿就往前走，东方宁心四人却谨慎地站在原地，并没有跟上去。

“你们怎么不走了？”半人半狐回头，眼神无辜地看着东方宁心四人。

“你把他怎么了？”东方宁心紫眸轻闪，似乎能探测到人的心灵最深处，令其无处逃遁。

“你、你在说什么？我不懂，我不是答应过你们，要带你们去魔化森林中心的吗？”半人半狐被东方宁心一瞪，脸上血色全无，强自镇定道。

“那只幻兽呢？你把他吞噬了？”无论是人还是兽，眼睛是骗不了人的，那只幻兽双眸灵动，而面前这只半人半狐眼眸却带着媚态，就如同一只狐狸。

“你们怎么知道的？我自认和他一模一样。”半人半狐一看东方宁心的样子，就知道自己骗不下去了，皱了皱眉，一副不能理解的样子。

“你伪装得很好，我们差点就被你骗了。”要不是她有双紫眸，肯定会上当，

“你是要自己消失，还是要我动手？”

半人半狐闻言，用悲伤的眼眸看着东方宁心，眼中满是被遗弃的痛苦：“不要杀我，我也可以带你们去的，真的，我可以带你们到魔化森林中心，他能做到的，我也可以。”

“那就由我们动手吧。”没有任何预警，雪天傲突然上前，趁半人半狐的注意力放在东方宁心身上时，一剑刺入其心脏。

半人半狐震惊地看着心口处的剑，双眸只余凌厉与锋芒：“你们骗我？”

“不骗你，怎么才能找机会杀你？地魔大人，出来吧。”雪天傲无情地抽出长剑。

在他抽剑的那一刻，魔化森林消失了，他们处在一座漆黑的宫殿中，正中央坐着一名黑衣人。借着昏暗摇曳的烛光，依稀能看出这黑衣人就是林中那只半人半狐的生物。

“你们很厉害，居然能破掉我的幻术。”地魔，也就是他们先前遇上的那只半人半狐生物。他高高在上，端坐王座，语态平和。

东方宁心与雪天傲一脸平静，没有一丝意外。无涯与小神龙却是一脸懵懂，完全不明白发生了什么事。

东方宁心看了两人一眼，给了两人一个少安毋躁的眼神，才对地魔道：“刚刚我们走过的是你的梦境，或者说是你当年的遭遇？”

地魔大方地承认：“没错，那就是记忆，魔焰谷的终结关卡就是地魔的记忆。”

“为什么要困住我们？以你的实力，要杀我们很容易。”这是东方宁心不解的，不是传说地魔的实力堪比冥吗？这样的人要杀他们易如反掌。

“我从来没想过要杀你，我要做的只是困住你们，原本以为能将你们困个十天半月，没想到才四天就被你们发现了，我哪里露出了破绽？”地魔神情安逸平和，完全没有在魔化森林的绝望与无助。到了地魔这个位子，他哪里还会无助？早已不是当年那个被人吞噬了本命兽的幻兽，他是高高在上的地魔。

“你是幻兽，幻兽一族除了有本命兽，还有幻术技能，你利用幻术将我们带到你或者我们任何一个的记忆中去，让我们活在你或者我们的记忆中，如果我们识破不了，无法在幻境之中杀了你，就会永远活在你的幻境中。”地魔虽说不杀他们，却将他们一生都困在一个虚无的世界，其实和杀了他们没有什么区别。

“真的很聪明，难怪冥那么欣赏你们。”地魔从椅子上站了起来，一步一步走到东方宁心与雪天傲面前。

那身形，那威仪，颇有几分君临天下的气势，不过东方宁心与雪天傲丝毫不受影响，只是看着地魔，看他想要做什么。

随着地魔走近，他们发现了异常，地魔没有温度，冰冷如同一具尸体，雪天傲第一时间将东方宁心护在怀里。

“你死了？”雪天傲明显感觉到地魔身上属于尸体的气息，那不是人与兽会拥有的。

“对，我早就死了，这也就是我为什么无法杀你们的原因，我只不过是一抹怨气，以灵魂为祭，恳请神魔让我的身体再活一万年，我要报仇。”同样是报仇与怨恨，之前半人半狐生物说出来时充满悲伤，地魔说出来却是气势十足。

“你要报仇，与我们何干？”雪天傲将东方宁心带离地魔，以免她被尸体所伤。

地魔不以为意，一脸坦然地道：“当然与你们有关，我去不了洪荒，大限也快到了，我需要人去洪荒替我报仇。我与鬼皇有约，困你们半个月，他替我去幻兽一族杀我父亲。”

“你们幻兽一族不是只有百年寿命吗？你的父亲应该早死了。”雪天傲一点也不相信面前的地魔，幻兽一族天生善于欺骗。

地魔摇了摇头：“没死，他的寿命还长着呢，他通过不停吞噬幻兽一族的本命兽，一直活着，他那样的人怎么舍得轻易死去？”

“那又与我们何干？”雪天傲暗暗凝聚真气，并没有把地魔的话放在心上。

“当然与你们有关了，我们可以谈一个交易。”

“我们没有交易可谈。”

“有，我放你们出去，你们去幻兽一族替我杀了父亲。”为了回归洪荒，他已牺牲了一条命和永生的灵魂，现在再多牺牲一点又有什么关系？

“你不是和鬼皇约定好了吗？”

“鬼皇？他没本事杀我父亲。”与鬼皇的约定不过是为引东方宁心与雪天傲前来罢了。

“我们的实力远不如鬼皇。”雪天傲虽自信，但有自知之明。

“那是现在，待你们到了洪荒自会不一样。”相比鬼皇，地魔明显更相信雪天傲和东方宁心，这两人遑论实力，至少待人以诚。

“凭什么答应你？了不起我们在这里待上半个月。”有梦族的真气和妖瞳在，居然还被一只幻兽欺骗，东方宁心感觉自己很没用。

“你们一定会答应我的，因为你们要真在这里待上半个月，中州、天耀与天墨将不复存在，这片土地将变成恶魂之地。”地魔笃定地看着东方宁心与雪天傲。

“你什么意思？”东方宁心瞳孔陡然睁大，眼里闪过一个画面。

玉城，秘地，十万大军，毁了中州……

东方宁心啊的一声大叫：“雪天傲，快，我们要尽快出去，不然中州就完了！”

“东方宁心，发生了什么事情？”雪天傲吓了一跳，不过可以肯定，中州出事了。

“雪天傲，我的脑海里闪出了一些画面，鬼族要屠杀中州的人，我看到了鬼族大军朝中州与天耀、天墨交界的地方赶去。”东方宁心痛叫一声，埋首在雪天傲的怀里，俏脸惨白，“雪天傲，我的头好痛，好像有什么要炸开一样，很多画面在脑子里不停闪过。”

“东方宁心，不要想了。”雪天傲紧紧扶着东方宁心，东方宁心的头痛发作了好几回，只是怎么也查不出原因。

雪天傲的双手不怎么熟练地轻按着东方宁心的太阳穴，希望可以缓解她的头痛，东方宁心没有作声，只不断回想：“我有一段记忆丢失了，在玉城的记忆。”

“玉城，东方宁心，我们在玉城不就是看到了十间石室，拿到了十枚暴雨梨花针吗？除此之外还有什么？”无涯不解地看着东方宁心，突然道，“对了，玉家还有一个很大的操练场，可现在玉家已经灭门，这些还有什么关系？”

东方宁心听到无涯的话，脑中的画面突然定格，失去的记忆如同泉水一般涌进脑海。

她稳住脚步，满头大汗地从雪天傲的怀里站了起来：“雪天傲，我和无涯发现玉城有一个秘密基地，那地方至少可以容纳数十万大军。玉家被鬼族连根拔起，想必和那十万大军有关。地魔他没有骗我们，中州真有浩劫。”

东方宁心紧紧拉着雪天傲的衣摆，呼吸急促。她的记忆终于完整了，当时她还在想，如果只有十万大军，要怎么一统中州？然而加上鬼族的兵马和尼嫚的蛇军呢？

一想到这里，东方宁心就冷汗淋漓，不能，她一定不能让鬼族得逞……

“宁心，你说我们上次在玉城看到的那个秘密基地是用来练兵的？”无涯吃惊了，他都快忘了这事，毕竟在中州没有多少人会想练兵，大家都认为修炼真气才是王道，当然他现在也明白，有一支训练有素的队伍很重要。

“对，那个训练场就是玉家用来练兵的，我们血洗玉家时，玉家人不是准备反击吗？我怀疑他们准备动用那些士兵。”东方宁心脸上血色全无，紧紧握着雪天傲的衣襟，似乎只有这样才能站稳。

当初在玉家，她为什么不动作快一点，如果听到玉凌凡与玉家几个长老的谈话，今天就不会如此被动了。鬼苍悟出现在玉家，直接将玉家轰个底朝天也不是巧合。

想来必是鬼族察觉到玉家想动暗处势力的心思，为防消息走漏，才先下手为强。如此想来，就明白鬼族为何舍弃玉家了。

地魔见东方宁心与雪天傲一脸严肃，大方地为他们解惑：“我不知道鬼族有没有一统中州、天耀与天墨的野心，不过我知道他们现在在做什么。鬼族要取百万灵魂，结百万魂阵开启禁咒，迎接鬼皇重临中州。如果我没有猜错的话，中州即将面临有史以来最大的浩劫。”

“你说什么？结百万魂阵开启禁咒？”雪天傲不由得呼吸急促，如果地魔没有撒谎，他们还真的无法拒绝与地魔交易。

地魔肯定地点头：“怎么样？要不要合作？”

“我们有拒绝的可能吗？”东方宁心冷笑道。

“我很抱歉，要让你们心甘情愿踏入我的记忆并不容易。当然，我也不会让你们吃亏。”地魔轻拍巴掌，只见宫殿正中央突然出现一个琉璃瓶，瓶中立着一棵蓝色的小草。

小草有七片叶子，大小完全不一样，立在琉璃瓶中，和生长在土地中一样鲜绿。

“这就是你们要的幽梦草，不管你们答不答应我们之间的交易，幽梦草我都给你们。”地魔指着幽梦草，大方地道。

东方宁心与雪天傲狠狠吸了口气，勉强压下心中想要再一次杀了地魔的冲动。他们拼死拼活想要得到的幽梦草这么简单被奉上，却无法出去，那拿着幽梦草有什么意义？

东方宁心闭上眼睛，深深吸了口气才压下心中的杀气，地魔稳操胜券，他们手上却没有谈判的筹码：“地魔大人，你的父亲都活了上万岁，你就那么相信我们能杀了他？”

东方宁心不愿意为地魔与他父亲之间的狗血仇恨，搭上自己或朋友的性命，幻兽一族不是那么容易对付的，一个地魔他们就对付不来。

“你们不能，有人能做到，这一点不需要你担心。”地魔轻眨眼眸，故作神秘地道。

“你什么意思？”东方宁心被地魔看得有点发怵，地魔的眼神让人很讨厌，好像他什么都知道一般。

地魔笑了一声，转身大步走回自己的位子，僵硬的动作让人很容易看出他的确已经死了。无涯颇为可惜地摇了摇头，这么强大的人物居然那么早就死了，真是可惜。

地魔不理会东方宁心的询问，撩起衣袍，坐在主位上，跷起二郎腿，此前的威严一扫而空。地魔指了指幽梦草：“那东西你们拿着，无论我们的交易谈不谈得成，幽梦草都是你的。”

东方宁心闻言也不客气，上前欲取幽梦草，却被雪天傲制止。雪天傲上前，将幽梦草拿在手上，确定没有什么意外后才道：“你明知我们非答应不可。”

“谁让你们的亲人都在中州、天耀与天墨，而你们又重情，我也没有办法。”地魔这是典型的得了便宜还卖乖。

此前，他观察了东方宁心和雪天傲一年多，明白雪天傲与东方宁心是天下最无情的人，也是最重情的人，作为他们的仇人很惨，作为他们的亲人却是世上最幸福的人。

“幻兽一族在哪里？”雪天傲将幽梦草递给东方宁心。

“我也不知道，从来就没有出来过。我第一次出来就再也回不去了。”地魔狐狸般的双眼耷拉了一下，掩去了所有的悲伤。

“不知道在哪里，你让我们怎么替你报仇？”无涯一看乐了，地魔这是疯了吧？

“所以，我和你们的交易很简单，只要你们去了洪荒，遇上了幻兽一族或者得知他的存在，就替我报仇，如果找不到就算了。”话落，地魔闭上双眼，眼角滑落一滴黑色的泪珠。

报仇是他活下来的动力，忍着人皮的恶心，一口一口吞噬；忍着魔化的折磨，一步一步走到今天，拼着逆天的代价去闯洪荒，用永生的灵魂换取万年的寿命，只为报仇……

只要东方宁心与雪天傲答应，他就能没有牵挂地离去，不带遗憾。

“这个交易你很亏，我们就算应了你，也不一定会替你去杀人，而且你快要死了，我们完不完成交易一点也不重要，不是吗？”雪天傲不明白地魔是什么心态，临死求个心安吗？

“我相信你们。”地魔睁开双眼，肯定地道。

这样的地魔无疑让人心疼，小神龙上前，轻轻扯着东方宁心的衣摆。

东方宁心转身就看到小神龙双眼满是恳求。

“你希望我就这样答应他？”

小神龙点了点头，明白心中有恨却无法仇报的痛苦。地魔此生注定无法亲手报仇，他们是地魔最后的期望，如果不答应，地魔即使灵魂消散也不得安心。

“好。”东方宁心轻轻摸了摸小神龙的脑袋，即使心中有仇恨，小神龙依旧是个善良的孩子，没有被仇恨淹没良知，东方宁心很高兴。

“对不起，又给你添乱了。”小神龙颇为不好意思地低头，小脸通红。他知道自己给东方宁心惹麻烦了，但他一看到地魔就想到他的哥哥，他希望地魔在消失前，能够没有遗憾。

“没关系，洪荒距离我们并不近，幻兽一族更是神秘。”他们能帮地魔报仇的概率其实并不高，然而应下的事就要做到。

东方宁心看了一眼正在与雪天傲谈判的地魔，开口道：“我答应你。”

“啊？”地魔不解，刚刚正和雪天傲说话，并没有注意到小神龙与东方宁心的对话。

他虽然有无上的实力，终归只是一具依靠仇恨而活的躯体，反应难免迟钝。

“地魔，我答应与你的交易，只要他日我们到了洪荒，知道了幻兽一族的存在，就替你杀了幻兽一族的族长，为你报仇。”东方宁心声音不大，不过因这宫殿是封闭的，产生了回音，显得气势十足。

“好。”地魔本以为还得费些口水，没想到这两人这么容易就答应了。

虽说鬼族要结百万魂阵启动禁咒，但是他很明白，东方宁心与雪天傲的朋友也不是吃素的。不说别人，单说那几个第一次陪东方宁心与雪天傲来闯魔焰谷关卡的人就很非凡。

地魔很清楚，正是因为有这些人在，东方宁心与雪天傲才能在得知鬼族的计划后，依旧冷静地与他谈判。他懂得水满则溢的道理，虽然想要更多，但也清楚提太多要求只会让东方宁心与雪天傲拒绝，是以见好就收。

“现在放我们出去。”东方宁心一刻也不想停留在魔焰谷，虽说外面有子苏他们坐镇，但对上鬼族，子苏他们的力量还是弱了些。

“好。”地魔应得爽快，眼中却有几分不舍。

地魔坐在椅子上，正准备后退，突然想到了什么，猛地停下：“东方宁心，雪天傲，如果，我是说如果，你们真的找到了他，替我问他一句，问他后悔吗。”

“好，我们会问他，然后把他的答案带来告诉你。”东方宁心深深地看了地魔一眼，心里说不出是什么滋味。

地魔是痛苦的，但也是强大的，他不需要旁人廉价的同情。

地魔展颜一笑，整个身子突然往后一滑，最后道：“东方宁心，雪天傲，不用把他的话带给我了，因为我听不到了。”

无限留恋，无限不舍，无限的悲伤，却没了遗憾……

轰——只见地魔连人带椅嵌入他身后的墙壁，僵硬的四肢瞬间瘫倒，脖子一歪，整个人就如同断线了的木偶，一动不动。

那张象征他王者之位的椅子则刚好卡在墙壁上，不留一丝缝隙，一切都这般完美。

他死了，或者说，他靠怨气支撑的身体在得到东方宁心与雪天傲的承诺后，消失了。

当地魔的躯体嵌入墙壁中，宫殿剧烈摇晃，东方宁心与雪天傲忙将无涯与小神龙护好。不过他们的担心是多余的，晃动很快结束，一架白色的旋转楼梯从地上缓缓升起。

这是从魔焰谷宫殿走出去的通路，而开启的机关就是地魔的躯体。

“不是吧？从魔焰谷出去的机关是地魔的身体？”无涯怎么也不相信有人会狠到

这个地步，对自己这么狠。

地魔引他们前来这里，就没有给自己留一丝退路，哪怕他们不答应，半个月后地魔也会消失，他们同样能出去。

东方宁心与雪天傲看了一眼地魔的躯体，沉默不语。地魔只是一个被仇恨折磨了上万年的可怜人，早就死了却凭着怨气而生，死对他来说也许是最好的结局，只要他心中没有遗憾。

东方宁心轻叹了口气，见无涯还在发呆，催促道："还愣着干什么，你想留在这里陪他？"

地魔，他赢了。就凭他最后这一步，到了洪荒，她也会主动打听幻兽一族的下落。

"哦，来了。"无涯飞快跳上白色旋梯，站在上面任旋梯缓缓上升，将他们带到魔焰谷的出口。

旋梯上升的速度并不慢，他们很快就看不清宫殿里的一切。当然，他们更看不见，在他们缓缓离开宫殿时，突然从地底冒出来的那一群小白虫。

密密麻麻的小白虫如同训练有素的大军，整齐排列，朝魔焰谷宫殿内有木头的方向爬去。咔嚓，咔嚓，如同在享用什么美味，凡是有木头的地方都不放过，包括地魔所坐的那张象征皇者的大椅。

木椅很快就被小白虫啃得一点不剩，地魔的躯体轰的一声倒在地上。恐怕世人怎么也想不到，让人闻风丧胆、将魔化真气修炼到极致的地魔，最后落得这般下场。

这群啃木头的小白虫并没有把地魔的躯体放在眼里，啃完木椅，又转战其他地方，最后终于来到东方宁心与雪天傲所乘的白色旋梯下。

此时，东方宁心与雪天傲距离地面很近，隐隐已闻到了阳光的味道。这几天他们闻到的全是血腥腐烂味，突然闻到阳光青草的气息，四人不待白色旋梯将他们送达，直接跃了出去。

轰！四人还未站稳，身后便传来巨响，转身望去，只见白色的旋梯轰然倒下。

四人心中一阵后怕，正想说地魔不愧是地魔，却发现他们脚下的土地整个都在震动，地底下不断传来啪嚓声，像是木轴断裂、巨石倒塌。

"快走！"此时已来不及多想，雪天傲左手拉着东方宁心，右手拉着无涯，东方宁心则拉着小神龙，四人没有一刻迟缓地朝山下飞奔。

不用回头也知道，魔焰谷的机关毁了。

飞奔下山的一刻，东方宁心与雪天傲一致认为这是地魔的手笔，当他的心愿完成时，就会毁了魔焰谷的一切。

直到后来，无涯闲得无聊，绘声绘色地将魔焰谷发生的一切当成历险说给子苏、

尼雅几个人听，才知他们错怪了地魔。

无涯说完，正与尼雅猜测毁掉魔焰谷的小白虫是什么，雪天寂突然插了一句：“那东西叫食木蛊，遇木则食，只要母蛊不死，就能不停繁衍。”

“食木蛊？你怎么知道那玩意儿？”无涯大惊，还没有说那些小白虫如何在半盏茶的工夫，把一棵树啃得只剩下树叶，雪天寂就把那小白虫的能力给说了出来。

“因为那是我放的。”雪天寂云淡风轻道。

“你说，那小白虫是你放的？是你毁了魔焰谷所有的机关？”无涯震惊地跳了起来，崇拜地看着雪天寂。

雪天寂无视无涯眼中的崇拜，轻描淡写地点了点头。

“你真的做到了？”尼雅看着雪天寂，语气格外惊叹。

她再一次被这个男人震撼了，原来他当时不是说笑，他真的做到了，那是中州很多高手想做而做不到的事情。

“尼雅，我答应你的事怎会做不到？”雪天寂不高兴地看向尼雅，这是不相信他？在尼雅眼中，他就那么没用？

“我、我只是没有想到。”尼雅眼里是满满的骄傲之色，崇拜地看着雪天寂。

“只是毁了一个魔焰谷而已，值得你这么激动吗？”雪天寂很喜欢尼雅的反应，尼雅眼中满满的信任与崇拜，大大满足了他身为男人的骄傲。

“当然，你是最棒的。”尼雅不吝夸赞，雪天寂心中一动，情不自禁地起身将尼雅拥在怀里，不顾公子苏和无涯几人在场，一吻烙在尼雅的额头上，眉眼间尽是笑意。

第八章
至阴至阳的战士之魂

似血的残阳笼罩着战场，整个天空带着一种压抑的沉重，横陈的尸体，染血的地面，不难看出之前的战况有多惨烈。

策马赶到天墨边境时，大战已止，浓郁的血腥与腐尸的味道扑鼻而来，战场上还有未灭的烽火。远远就能闻到烤肉的味道，在战场上烤的是什么肉，不用问也明白。

三三两两穿着厚重的防护衣打扫战场的士兵，看到公子苏一行人到来，扫视了两眼便默不作声了。公子苏一行人的穿着打扮，一看就知道不是普通人，不是他们能过问的。

士兵丝毫不受影响，继续清理尸体，将尸体堆成一座座小山，动作麻木机械，带着几分凉薄和冷漠，让人打心底不喜。

公子苏等风尘仆仆，精神疲惫，却保持着十二万分的警戒。不需多言，只一个手势和眼神，公子苏的属下就开始打量战场，查清地势。

战场不远处，鬼苍悟站在阴影里，看着公子苏一行，满是疲倦的双眸终于有了神采。

公子苏，你来晚了，如果早一天到，也许这三十万人就不用枉死。

公子苏，幸亏你来了，不然接下来我都找不到“败”的理由。

公子苏来了，他得提前做些事，不然鬼王那里如何交代?

鬼王对这四天的战绩十分满意，三十五万条恶魂轻易聚齐，只要再来两场这样的大战，距离百万魂阵就不远了，但这不是他想要的。

就在鬼苍悟的身影没入营帐时，墨泽听到天墨的将军来报，有疑似中州的人出现在战场上，当下顾不得身份，刚从议事殿出来，一身龙袍还未来得及换，就匆匆出城。

墨泽之所以会出现在这里，是因为他不顾众臣的阻拦，御驾亲征。

听闻中州来人，墨泽以为是墨言来了，看到战场上并没有自己想见的身影，墨泽失望了。他没想到来的会是公子苏，还以为是墨言和雪天傲。

“公大少。”失望归失望，墨泽却没有表现出来，上前给公子苏打招呼。

“陛下，宁心被人拖住了，所以才没有赶过来。”公子苏很了解墨泽，毕竟都是失意人。

“多谢。”墨泽苦笑一声，便请公子苏入城休息，公子苏入了城，却没有去休息，“我们谈谈。”

谈天墨将士的死伤？谈这些尸体为什么要焚烧？要知道，在战场上焚烧死去士兵的尸体，对于其他士兵来说是一种阴影，会影响士气。有墨子砚的十二亲卫在天墨，天墨的将领绝对不敢做出如此亵渎死去战士的事情，除非是不得已而为之。

“他们死于蛇毒。”这就是理由。

公子苏脸色黑沉如炭，没有意外，他想到了尼嫚和美人蛇。

兵马、粮草，中州大乱，雪天傲与东方宁心被困魔焰谷，每一步都刚刚好，这一连串的事情要说是巧合，公子苏打死也不相信。

“我们不得不焚烧死去的士兵，他们的尸体就是毒源，已经有不少人染上了蛇毒，正被隔离，接受医治。虽说是蛇毒，我们却找不到蛇毒来源，战场上也没有看到蛇的影子。”十二亲卫之首的墨子，正在和公子苏讲解为什么要焚伤士兵的尸体。

“能再详细说明一下昨天的情况吗？”公子苏沉吟道。

当初东方宁心出事，他们一时无暇顾及尼嫚和她手上突然消失的毒蛇，没想到会是一大祸害。他们还是太过天真马虎了，当时只要多想一点，也许今天的事就不会发生。

墨子看着公子苏不经意流露出来的后悔，有些不解，却没有询问，只回顾着昨天的那一场战役。

那应该是他有生以来最不明白的一场战争，输得不明不白。

“天耀和天墨各自与鬼族打了一仗，首次惨败让我们明白，两国只有合作才有机会赢，虽然这次合作我们都没有尽全力，但绝没有给对方下绊子。昨天我们刚与天耀达成初步合作协议，两国各派十五万士兵，一同围攻鬼族的二十万大军，这样我们相当于拥有三十万大军，而鬼族只派出十万人马。三对一，我们以为就算不胜，也不会败得太惨，不想才刚交锋，我们就惨败。鬼族十万人如同收割稻子一般，我们甚至没有看到他们出招，就见他们所到之处，天耀与天墨的士兵纷纷倒下，待到我们发现异常想要撤退时，已经来不及了，剩下的人亦中毒倒下，而这毒就是蛇毒。”

墨子说到最后，已是说不出话来。三十万条鲜活的生命瞬间惨死沙场，他连好好殓葬都不行，只能草草烧了他们。

无法不愤怒，无法不悲伤。

“没有看到蛇的存在？”公子苏直接问道。

“没有。”

“这几天有没有听到蛇鸣声？”

“没有。”依旧是这个答案。

“看样子，尼嫚把她的蛇军管得很严。”公子苏后悔上次没杀了那个女人，他在鬼族秘宫所受的腐肉之痛，还没找那个女人去算账，那女人居然又来生事。

“尼嫚？”墨泽和墨子几人不解地问道，“鬼族领军的不是一个叫鬼苍悟的男人吗？”

“鬼族中颇有手段的一个女子，她就是控制那些蛇的女人。”公子苏答道。

“真的有蛇？为什么我们都没有发现。”墨子再次询问。那些死去的士兵全身发黑，根本无法碰触，一碰就死，他们根本无法去查那些死在蛇毒下的士兵身上是否有伤口。

“明天我们不应战，去准备几块巨大的硫黄石和火油，明天晚上再与他们一战。”公子苏高深莫测地道。

“晚上？晚上不是对我们更不利吗？”墨子看着公子苏。

“是对我们不利，但别忘了对方是什么人，鬼族的人和蛇都怕火与光，蛇尤其怕硫黄的味道，我们只有晚上才能将那些隐藏在暗处的蛇给逼出来。”公子苏信心十足地道，就算不能将尼嫚的那些蛇弄死，也能逼得它们无处可躲。

“逼出来之后呢？”墨泽再次询问，他们不能只简单将毒蛇逼出，这几天连吃败仗，士气低迷，他们需要一次胜仗来提升士气。

“不用我来教你们如何捕蛇吧？”公子苏说完便起身，一副不愿多谈的样子。

墨泽与墨子十二人没有再追问。公子苏一路赶来极为劳累，而且明天晚上他的人才是主力，捕蛇这种小事确实不宜劳烦公子苏。

“我们会做好准备，不会拖你们后腿。”墨泽郑重承诺道。

“对了，别忘了通知天耀，即使你们有再多的仇恨，那也是你们两国间的事。当务之急是联手打败鬼族大军，其他的以后再说。记住，这一次不是表面上的合作，得真心实意，只有这样，你们才有胜利的可能。”公子苏走到门口，脚步一顿，转身对墨泽道。

“我明白了。”虽不情愿，墨泽依旧应下。

第二天，天耀与天墨高挂免战牌。如果是平时，鬼族根本不会管战场上的规矩，他们时间不多，挂了免战牌，鬼王同样会让鬼苍悟想办法把人逼出来，但当他得知公子苏昨天进入天墨战营时，犹豫了。

鬼族的主力并不在这里，而是在中州被雪族与赤族缠住了，如若公子苏出手，鬼苍悟倒也能缠住他，但鬼苍悟被缠住，谁来指挥大军？

尼嫚？那个女人没有这样的才华，鬼王很明白这点。

第一次，鬼王同意鬼族不进攻，让鬼苍悟想办法先把公子苏解决掉。毕竟现在才第五天，距离他们与魔焰谷约定的时间还有十天，操之过急只会坏事。

鬼苍悟表面上忧心忡忡，心里却暗暗松了口气，如释重负般回到营帐，将鬼王的命令传达下去。他多争取到了一天，距离百万恶魂又远了一步。

是夜，就在鬼族上下都认为今天可以睡个好觉时，意外发生了。

在黎明破晓前一刻，众人都安然入睡时，战场上突然涌起漫天的火光和刺鼻的气味，直朝鬼族的营地扑来。

火光？鬼苍悟厌恶地睁开眼睛。在鬼族待久了，他亦讨厌火光，而他手下的士兵有一大半是鬼族训练的，他们同样对火光有莫名的恐惧。

人的恐惧还能勉强压制，蛇呢？

火光与硫黄味升起的那一刻，尼嫚就惊醒了，她控制的那十万条毒蛇受火光与硫黄的影响，不停地乱蹿乱咬，不分敌我，也不再受尼嫚的控制。

尼嫚不停地安抚，然毒蛇的数量实在太多，尼嫚一个人根本控制不住。就在她手足无措之际，一支支带着硫磺气息的火箭朝尼嫚所在的方位飞射而来，尼嫚惊慌失措，除了逃走别无他法。

蛇队无法控制，人却很好控制，尤其鬼苍悟带兵很有一套。鬼族的骚动，在鬼苍悟出来的那一刻就平定了下来。

然而，公子苏与鬼苍悟交手多次，十分清楚他的能力，鬼苍悟刚刚将自己的兵马安顿好，天耀的战车就朝鬼族大军奔去。拉战车的马像是受了刺激，发了疯地朝鬼族大军撞去。鬼族士兵第一时间上前，将战马砍死，但是战车上烧得炙热的巨石是他们无法控制的，巨石翻落，砸向鬼族的士兵。

而这还不是全部，城墙上，一块块同样炙热的石头，被天耀人砸向鬼族士兵大营。看看火石在半空划出火红色的弧线，就知道有多烫了。鬼族人根本不敢对上火石，刚刚整理好的队伍再次乱了。

“放箭！”城墙之上，公子苏面无表情，不停地下达命令。

火箭漫天，染红了半边天。看着这场骚乱，闻着阵阵烤蛇香味，公子苏大大松了口气。

这一战，他们赢定了！

在公子苏的指挥下，天墨与天耀有条不紊地进攻，很快就将鬼族逼到死角，但鬼苍悟也不是吃素的，他手上除了鬼族士兵外，还有恶魂。在恶魂的帮助下，鬼族暂时挡住了天墨与天耀的进攻，让他们有了喘息的机会。

城墙上，火光下，公子苏与鬼苍悟遥遥相望，两人眼中都透着欣赏，但只一眼就错开了。

鬼族的恶魂飘起，公子苏带来的人也从城墙上飞了出来，用真气为天耀、天墨的士兵挡住恶魂的攻击。

没有恶魂的干扰，公子苏再次下达进攻的命令，让天墨、天耀的士兵与鬼族公平一战。

“冲呀……”

“杀光他们……”

“为死去的弟兄们报仇……”

震耳欲聋的呐喊声在军队中响起，天耀与天墨的士兵不是第一次合作，却是第一次如此默契，为同一个信念而奋斗。

高涨的士气，视死如归的勇气，宁可战死绝不逃避的决心，天耀与天墨的士兵第一次有了必胜的信念。

看着勇往直前的天耀天墨士兵，鬼苍悟远远朝公子苏竖起了大拇指，无声地说出佩服二字。能在这么短的时间内，让颓废的天耀与天墨士兵振作起来，委实不容易。

公子苏看到了，什么也没有说，他对鬼苍悟了解不多，不敢轻信。

在天耀与天墨士兵冲向鬼族营地时，墨子砚的十二个亲卫，除了从文的墨子外，其他十一人各自带领一队人马，从两边包抄鬼族，同一时间点燃了手中的火把，掷向鬼族。

冲在前面的大军兵分两路，一路朝鬼族士兵攻去，朝那些毒蛇攻去。攻击毒蛇的士兵在军服外又加了厚厚的棉衣，全身沾满雄黄粉。刺鼻的味道扑面而来，人不会受影响，那些毒蛇却不一样了，天耀与天墨的捕蛇队所到之处，毒蛇皆避。

鬼苍悟淡漠地看了一眼，示意鬼族的一个尊者中阶高手上前，帮助尼嫚。

鬼苍悟是故意的，因看到天耀天墨捕蛇的这个分队中，公子苏派了个尊者高阶的高手坐镇。尼嫚手忙脚乱地安抚毒蛇，没有发现，当看到鬼族高手前来助她时，对鬼苍悟还颇为感激，却不想鬼族高手还未靠近，就被公子苏的属下缠住。

尼嫚只能眼睁睁看着天耀与天墨挑出来的捕蛇高手如同捕鱼一般，将地上的毒蛇一条条叉死，而她还不能怪鬼苍悟分毫。

数万人齐齐动手，只见成片成片的死蛇躺在地上，前方捕蛇队继续往前，后面又有士兵上前，将地上的死蛇一条条捡起来，剥了蛇皮将蛇胆取出。

尼嫚想要请鬼苍悟再派人前来相助，一抬头就看到鬼苍悟和他的兵马被人团团包围住了，自身都难保，哪可能派人帮她。

天耀与天墨这一次下了血本，两国共发兵五十万。士兵手持最精良的盾牌，手握最锋利的长矛，一步一步将鬼族兵马隔开。三十万人马将鬼族十万兵马包围起来，另外二十万人马则在墨砚等带领下，将鬼族藏在后方的十万人缠住了。

中州高手被截，恶魂被挡，接下来就是属于战士的世界。公子苏站在城墙上，看着天耀与天墨的将领指挥着士兵，或攻或围，或截或放。

公子苏知道，这一战他们赢定了。

“杀！”城墙上，墨泽高举宝剑，下着屠杀的命令。

“杀！”响彻云霄的声音，惊得方圆千里的鸟兽都扑腾飞起。战场上的人管不了这些，以银牌为盾，正面交锋开始。

鬼族的士兵不愧是鬼族花大心血多年训练出来的，在如此不利的情况下，天耀与天墨的士兵三打一，才勉强能赢鬼族的士兵。

不知是心理作用，还是第一次指挥大战，公子苏心里隐隐有种危险即将来临的感觉，看着被火光映红的天空和漆黑的云层，公子苏不明白自己怎么会有这样的想法。

再次扫向战场，眼前的情况让公子苏明白，现在的局势对他们很有利，按理说他不应该有不安的情绪才对。

“公少，怎么了？”墨子察觉到了公子苏的异常，连忙问道。

今夜一战，墨子对公子苏改观了不少，面前这个公大少可不是只会武功，他在军事方面也相当有天赋，敢在黑夜同鬼族交战，这样的勇气墨子自认为没有。

公子苏摇了摇头，没有出声，双眼有些恍惚。看看天，看看战场，他双手握紧了又松开，松开了又握紧，如此反复……

“传令下去，收兵。”公子苏终于开口了，心中的不安太强烈，强烈到他无法忽视，就算这一场仗他们必胜，他也没有打下去的勇气了。

“收兵？现在局面对我们有利，我们有必胜的把握。”墨子大惊，不解地看着公子苏。

公子苏不做任何解释，强硬道：“我说收兵，传令下去，即刻收兵，违令者斩！”

声音落下后，公子苏感觉心中的不安淡了几分。公子苏明白命令没有错，不待墨子多言，转身就朝指挥台走去，亲自上前鸣起收兵鼓。

咚咚咚——震天的鼓声把打得正热的众士兵惊了一跳，同时耳边传来公子苏威严十足的声音：“即刻收兵，违令者斩！”

军令如山，这是天耀与天墨士兵从进入军营的那一天起，就被灌输的信念，也是烙印在脑中的信念。

"收兵……"命令一层一层传了下去，虽心中不甘，但天耀与天墨的士兵仍在最短的时间内集齐人马，朝自己的营地奔去。

鬼苍悟与尼嫚两人万分不解，公子苏疯了吗？现在这局面对他们鬼族不利，怎么不好好利用这个机会将他们一网打尽？

鬼苍悟更是气得咬牙吐血，他费尽心思制造了一场混乱来配合公子苏容易吗？公子苏居然在紧要关头收兵，他到底发什么疯呀？

然而事已至此，再怎么愤怒也只能闷在心底，当天耀与天墨的士兵退出战场，鬼苍悟也只能命令鬼族的人回营休整。

"公少，怎么回事，好好的为什么收兵？"

"公少，发生了什么事？照这样打下去，我们必胜呀！"

回到营地，天耀与天墨的将领就急着问公子苏，当然他们也只敢询问，毕竟公子苏的实力与能力摆在那里，中州第一世家的家主，不是他们天耀与天墨可以得罪的。

公子苏看着站在他前方、希望自己能说出原因的众将领，还有那一个个不明所以的大头兵，不知要如何解释，唯有沉默不语。

他要如何告诉众人，下令撤兵只是因为心中强烈不安。这样的理由说出来他自己都无法信服，然而却是事实，因为天耀与天墨一撤兵，他心中的不安就消失了。

公子苏无法回答众人的质问，只得默默抬头，看着越发黑沉的天空。

墨子等人不解公子苏在看什么，以为这就是公子苏的答案。

就在众人收回视线之际，天空中一道闪电闪过，紧接着就是轰隆隆的雷鸣声。

"发生了什么？"

"暴风雨，暴风雨来了。"

黑暗中，云层越发厚重，众人惊醒过来，一个个看着公子苏，眼中尽是狂热的崇拜与敬意：原来这就是公大少退兵的原因！

暴风雨来了，他们失去了优势。他们借助火把与银盾的光芒，破坏鬼族在黑暗中的优势，一旦天降大雨，他们所有的优势就会变成劣势。

雷鸣闪电，响个不停，如同天幕倾塌，顷刻间大雨瓢泼，战场上遗留下来的火把与火石瞬间被浇灭。

然而，公子苏一点也不高兴。避开了这场天灾，公子苏很高兴，但一想到距离胜利仅差一步，他的好心情就消失得无影无踪。

鬼苍悟，关键时刻，老天爷都在帮你！

那一晚的突然收兵，奠定了公子苏在天耀与天墨将士心中无可动摇的战神地位。对于这个称呼，公子苏自认受之有愧，多次解释均被众人无视。

墨子砚是天墨的白衣战将，雪天傲是天耀没有败绩的天生将领，他公子苏也不会比他们差到哪里去，先天不行，那么他就后天努力。

因那一役，公子苏更加用心去分析局势。不过短短数天，整个人就瘦了一圈，原本白皙的俊脸也晒黑了，这让公子苏的属下担心不已，公子苏却是不管，没日没夜看兵法、分析战况，只求找出破敌之策。

辛劳的付出总是有收获的，接下来几天与鬼族的几场大小战斗中，鬼族基本上讨不了多少便宜，虽无大胜，亦无惨败，两军就这样僵持下去。

时间悄然过了八天，距离鬼王要求的半个月只余七天，鬼王的脾气狂躁起来。启动禁咒用的百万魂魄是有要求的，采集灵魂的地方必须是浓重血腥的至阴之地，而灵魂则要求无私与至阳，能符合这两个要求的就是甘愿为国家奉献的士兵。

除了以上苛刻的要求外，还有时间限制，必须在一年中阳气最胜的十五天收集齐全，在第十五天午时三刻开启禁咒。

恶魂是至阴之物，偏偏一切都要在阳光下进行，这就是为什么鬼族明明晚上进攻更方便，却选择大白天与天耀天墨对战。

静坐在营帐中，紧闭双目，鬼苍悟冷着一张脸，心底却是一派轻松。公子苏果然聪明，那晚一战后，白天任鬼苍悟如何叫骂，狡猾的公子苏就是不应战，实在不行也是陪着鬼族满战场跑，绝不在白天与鬼族正面交锋。一到晚上，公子苏则一改白天的战略，丝毫不给鬼苍悟和鬼族士兵休息的时间，有事没事就骚扰一下。

天耀与天墨人多，天耀天墨的士兵可以轮流休息，鬼族不行，他们人少。就这样又过了两天，白天鬼族的人叫战，时不时还能小小打上一场，晚上还要应付天耀与天墨的偷袭。

不过短短数天，鬼苍悟已瘦得脱了形，双眼又黑又肿，明显几天没有睡好，尼嫚亦是白天不能睡，晚上没法睡，这日子没法过了。

“少主，再这样下去，鬼王肯定不会放过我们，这都五天了，我们连五万灵魂都没有收集到，再拖下去恐怕雪天傲与东方宁心就要回来了。”尼嫚此时也顾不得谁的功劳大了，主动找上鬼苍悟。

鬼苍悟修长白皙的手指轻敲着桌面，眉眼间有着浓浓的倦意：“鬼王有什么命令吗？”

鬼苍悟明白鬼王不信任他，即使他是鬼王的儿子。相比起来，鬼王更信任尼嫚，所以尼嫚就是来监视他的，他必须在尼嫚面前表现出焦虑与疲倦的神色。

“鬼王命少主三天之内破此局，集齐九十万灵魂。”尼嫚也不隐瞒她见过鬼王，向鬼王汇报了这里的情况一事，毕竟现在的形势对他们实在不利。

“知道了，下去吧。”鬼苍悟依旧是一副疲倦无力的样子。

“少主，现在——”尼嫚不怎么客气地叫着。

鬼苍悟蓦地站了起来，双眼一扫疲惫，凌厉地看向尼嫚：“我说下去！”

“少、少主……”尼嫚惊得脸色一白，手指不自觉弯曲，强压下心中的惧意，断断续续道，“鬼王问少主有没有计谋，如若、如若……”

“如若没有呢？”鬼苍悟冷笑，冰冷的笑容如同噬魂的恶魔，尽显鬼族少主的气势。

尼嫚惨白着脸，连连后退，直至退到门柱上，才吞了吞口水，不敢直视鬼苍悟的双眼，小声道：“如若没有，尼嫚恳请少主尽快想办法，鬼、鬼皇在等着我们，说、说过了这一次，就要多等一年了。”

说完，尼嫚也不待鬼苍悟答复，疯了似的往外跑，一边跑一边冒冷汗。

“尼嫚小姐？”鬼族人看到尼嫚惊慌失措的样子，不解地唤了一句。

尼嫚一看来人，一扫刚刚的虚弱，气场十足地道：“我没事，鬼王有事交代，你们随我来。”

“是，尼嫚小姐。”鬼族人不疑有他，立马跟在尼嫚的身后。

尼嫚营帐前，有层层叠叠的毒蛇守护，一般人无法近身。尼嫚带人到这里谈话，一点也不用担心会被鬼苍悟知道。进入营帐后，尼嫚也不客气，直接道：“鬼王有令，命你们连夜赶往天墨、天耀皇城，去天耀雪家与天墨墨家中绑一个有用的人来。”

这是鬼王的命令，如果鬼苍悟没有好的退敌办法，就用这招，只不过尼嫚刚刚吓忘了。

“是。”鬼族人不疑有他，转身就没入了黑暗之中，前往天墨执行命令，待到鬼苍悟知道此事时，已来不及了。

与此同时，雪天傲与东方宁心已从魔焰谷赶到宁苏阁。从魔焰谷到宁苏阁，三天足矣，但魔焰谷倒塌，硬生生耽误了他们两天。

东方宁心与雪天傲四人风尘仆仆，一进宁苏阁，看到雪天寂与尼雅就明白，天耀与天墨边境的事果然很麻烦，公子苏亲自去坐镇了。

“到目前为止，天耀与天墨的死伤控制在四十万以下，这几天伤亡人数一直在减少，子苏采取不正面应战、暗地突袭的策略，虽然不能把鬼族打退，但总算保住了天耀与天墨的根本。”尼雅将关心的话压下，先把天耀与天墨的情况告诉东方宁心与雪天傲，好让他们安心。

“太好了，我们总算赶得及时，没让他们把百万魂阵给集齐，不然就完蛋了。”无涯听到尼雅的话，紧绷的神情终于松懈，毫无形象地瘫倒在椅子上。

“什么百万魂阵？”雪天寂给四人倒上四杯参茶，问道。

“鬼族要收集百万灵魂开启禁咒，迎接鬼皇归来。”东方宁心看雪天寂与尼雅两人温情脉脉，不由得感到欣慰。

雪天寂与尼雅一听，惊呼道：“难怪鬼苍悟率军只攻城而不强占城池，原来是要收集百万灵魂，可为什么非要在战场上呢？以鬼族的实力，进城屠杀百姓岂不是更容易？”

“如果可以，鬼族早就做了，他们只能选择在战场上收集战死将士的灵魂。因为战场上死去的战士是至阳之物，为国尽忠马革裹尸，灵魂高贵强悍。”

“不好……”雪天寂惊呼，啪的一声，手中的茶杯应声落地。

“怎么了，出什么事了？”无涯刚刚瘫倒在椅子上的身体再次弹了起来，整个人呈攻击的姿势。

“你们要尽快赶去边境，鬼族肯定会有动作，我们必须先到，否则只会被动迎战。”雪天寂脸色难得凝重。

“也许，已经来不及了。”雪天傲睁开眼睛，双眸神采依旧，凌厉锋芒，如蛰伏的猛虎。

“已经开始了吗？”无涯不安地看向众人。

雪天傲点了点头，算是回答，然后看向东方宁心：“你应该明白，能逼天耀和天墨不得不应战的筹码是什么吧？”

东方宁心闭上眼睛，用力点了点头，双手紧握成拳，指关节泛白，双唇亦咬得血淋淋的。腥甜的味道在舌尖徘徊，东方宁心不停深呼吸，只有这样，才能压下心中的不安。

鬼族能逼天耀应战的筹码不多，逼迫天墨应战的筹码却很多，墨家任何一个人都可以成为威胁，都能逼她应战。

“东方宁心，事情不一定会到那一步，就算到了也无妨，还有我。”雪天傲紧紧握住东方宁心的手，不让她自残。

“我知道。”东方宁心深深吸气，压下心中的不安，看到一脸担心的尼雅和雪天寂，努力挤出一抹笑，“尼雅姐姐，你们不用担心，我不会有事的。”

“没事就好，宁心，你别担心，事情不一定会往最坏的方向发展。”尼雅上前，轻轻拍着东方宁心的背，本想给她一个鼓励的拥抱，可惜雪天傲那个占有欲超强的家伙拉着东方宁心的双手，就是不放开。

东方宁心颔首：“尼雅姐姐，我们今日休息一晚，明天再赶去天墨边境。”

“好，我去安排。”尼雅长长松了口气，她还真担心东方宁心会不顾身体，执意赶往天墨。

是夜，一切安顿好后，雪天寂与尼雅贴心地没有来打扰东方宁心与雪天傲。虽然他们还有很多问题想要问清楚，但也明白东方宁心与雪天傲需要休息。

“东方宁心，好好睡一觉，他们还在等着我们。”雪天傲轻拍着站在窗前仰望明月的东方宁心。

“我有点担心奶奶。”东方宁心回神，看向雪天傲，脸上的忧郁不安还没来得及收回。

脑子里充满各种不好的事情，她知道这样是不对的，但控制不了自己。

雪天傲上前，从背后抱住东方宁心：“东方宁心，鬼族人最多拿墨家人做人质，目的没有达成，不会伤害墨家人，更何况还有公子苏在，相信他。”

“我是关心则乱。”东方宁心靠在雪天傲怀里，闭上眼，强迫自己不要乱想。

“睡吧，睡饱了才有力气解决鬼族的事情，后天一早我们就能到达天墨边境。”雪天傲将东方宁心拦腰抱起，不待她回神，便将她放在柔软的床单上，替她褪下衣衫。

东方宁心没有拒绝，柔顺地蜷缩在雪天傲的怀里。

这一夜，鬼族人行动了。兵分两路，悄无声息地潜入天耀皇城和天墨皇城。

黑夜是最好的保护色，借着夜色，他们顺利寻找到目标——天耀皇后东方凡心刚刚诞下的皇子和天墨墨家老太君。

第九章
她来了天地变色

晨曦初现，一轮红日从地平线升起，阳光洒在宁苏阁的城墙，带着一丝肃穆与凝重。东方宁心、雪天傲、小神龙与无涯四人休整一晚，一扫昨天的疲倦，精神抖擞，笔直而站。

尼雅和雪天寂前来送行，大家都不是健谈之人，只一句尽快把消息传给我们，便将告别的话全部说完。

东方宁心与雪天傲点了点头，也不多言，翻身上马，策马离去。

看着远去的四人，尼雅这才撤下伪装，靠在雪天寂的怀里，不安地看着他："鬼族的计划应该不会得逞，宁心的家人不会有事吧？"

"听真话还是假话？"雪天寂看着逐渐消失的东方宁心四人，终于收回了视线。

和雪天寂相处久了，尼雅很明白这个男人的性子，偏头问道："假话是什么？"

"假话就是一切都不会有问题，要知道那两个人可是我哥和我嫂，有他们在，鬼族想要集齐百万灵魂就是做梦。"雪天寂说得很是平淡。

"真话呢？"尼雅觉得雪天寂的假话很像真话。

雪天寂清了清嗓子，一本正经道："真话就是，有雪天傲那个家伙在，不用担心，他宁可自己死，也不会让东方宁心伤心，没看到他就一妻管严吗？"

尼雅白了雪天寂一眼："逗我玩呢，害我白担心个半死。"

"当然有区别了，说假话时我叫雪天傲哥，说真话时我叫雪天傲那家伙。"

"雪天寂，你就不能认真点。"尼雅无可奈何地看着雪天寂，担忧的心情一扫而空，脸上又挂起明媚的笑容。

"能呀，我这就正经，娘子我们快回去吧，尼家的人还没解决，我们去想办法。"雪天寂果然一本正经地朝尼雅作揖，就差没在脸上写"小生有礼"几个字。

此时，大街上已有不少人，看到尼雅与雪天寂这对俊男美女调笑，忍不住多看了两眼。尼雅看似爽朗大方，在这方面却相当保守，被雪天寂如此一闹，耳根羞红，理也不理雪天寂，大步朝宁苏阁的方向走去。

待尼雅走后，雪天寂收起脸上的笑意，看着东方宁心与雪天傲消失的方向，眼中的担忧不比尼雅少。

一个晚上的时间，足够鬼族知道东方宁心与雪天傲出现在宁苏阁了。二人前往天墨边境的路途并不会很太平。

雪天寂没有告诉尼雅这些，不想让尼雅担心，最近尼雅的压力已经够大了。

走了半天，一转身发现身旁的人不在，尼雅刹那间有些心慌，连忙回头，看到雪天寂还站在城门下，这才松了口气。

“娘子，等等为夫呀。”雪天寂立马将忧虑收起，满脸笑容地追上尼雅，二人一同朝宁苏阁走去。

如雪天寂预料的一样，东方宁心与雪天傲一离开宁苏阁的领地，就遇上了鬼族的围攻。

“四位，很抱歉，你们暂时不能离开中州。”鬼王站在百米远处，冷冰冰地说道。

“没想到鬼王大人会亲自动手，雪天傲倍感荣幸。”雪天傲与东方宁心四人坐在马背上，神色平静，半点也不惊讶。

“魔焰谷无能，本王不得不出手。”鬼王语气极度阴冷，似乎恨不得现在就杀了雪天傲与东方宁心。

“在中州有什么地方什么人能困住我们？鬼王，你觉得自己有这个能耐？”雪天傲冷笑一声，左手轻扬，刹那间尘土飞扬，远处的树木拦腰而断。

尘土眯了鬼族人的眼，个个猛咳，连连后退。鬼王一挥衣袖，气得大骂：“哼，你们以为现在赶过去来得及吗？我告诉你们，你们来晚了，鬼苍悟已将你们的家人抓到了边境，大战避无可避。”

“是吗？”听到鬼王的话，东方宁心漫不经心道，显然没有把鬼王的话当回事。

“本座不需要你们相信，左右你们不能离开中州。”鬼王伸出森森白骨一般的左手，朝围住东方宁心的二十个鬼族高手下令，“杀了他们！”

东方宁心与雪天傲正在凝聚真气，却见围在他们身边的二十个鬼族人，如同被按动开关的机关，同时自爆。

“禁咒？”东方宁心与雪天傲第一时间凌空而起，却跃不出头顶上的血雾。那片血雾如有弹性，雪天傲的剑指向它，它便无限往外放大，哪怕是真气也无法将其切破。

“嘴嘴……”鬼王得意大笑，“有眼光，为了留住你们，本王可是牺牲了鬼族仅剩的二十位帝者高手，你们好好享受这片血色的世界吧。”

说完，鬼王便转身离去。

“该死！”看鬼王就这么走了，东方宁心骂了一声，取出金针试图冲破血雾，却发现同样没用，这片血雾完全不怕利器攻击。

“我来试试。”无涯举起辟邪剑，跳下马背，劈向面前薄膜般的血雾。

辟邪剑划出一道青光，剑气扫过，血雾裂出一道缝，但当无涯收剑时，血雾又再次聚拢。仔细看，被辟邪剑划过的地方，血雾明显稀薄了一些。

“看样子这禁咒就是神器也奈何不了。”血雾有弹性，剑挥过去会有影响，但很快就能自我愈合，那一点缝隙他们根本跃不出去。

“不一定，我来试试。”一直没有出声的小神龙上前接过无涯手中的辟邪剑，信心十足，“退开。”小神龙握着剑，站在距离血雾不到半米的位置，对着身后的东方宁心三人道。

确定人退开后，小神龙高高举起辟邪剑。

就在东方宁心与雪天傲都认为小神龙的辟邪剑是挥向血雾时，小神龙突然改变了方向，朝自己的上半身劈去。

“小神龙？”东方宁心惊叫。

只听轰的一声巨响，东方宁心的惊叫声被淹没，一青一白两道光芒同时从小神龙胸口迸射，朝四周的血雾飞去。

“太虚神甲！”

“神器相撞！”

辟邪剑剑尖与小神龙的心口只隔指甲缝的距离。太虚神甲越发闪亮，不让辟邪剑再进半分，而没有主人控制的辟邪剑，完全按照自己的意思行事，执意刺向太虚神甲，大有不把太虚神甲挑破就不罢休的狠劲。

辟邪剑使尽浑身解数，太虚神甲却从始至终没有一丝波动，只静静散发着保护之光，不让辟邪剑深入半分。

不知是太虚神甲不把辟邪剑的攻击看在眼里，激怒了辟邪剑还是什么，辟邪剑死也不服，不停将神剑威力施展出来，而攻击被太虚神甲打散，全部朝血雾散去。青光与白光相撞，凌厉的光芒比辟邪剑单独发出来的剑气强了数倍。

东方宁心与雪天傲虽是神者高手，面对神器相撞所产生的威力也不敢硬拼，两人提气躲避攻击，无涯见状也不敢往前凑。

血雾之中，除了小神龙外，东方宁心三人不得不四处闪躲，实在狼狈。不过他们的收获也不小，神器相撞产生的攻击被东方宁心三人躲开后，全部攻向血雾。在太虚神甲与辟邪剑的施压下，血雾越发稀薄。

“我们也攻击它。”雪天傲抽空看了一眼，对东方宁心和无涯道。

“动手吧。”东方宁心一边躲避攻击，一边凝聚真气。

大家都是聪明人，集中真气朝最薄弱的区域攻去。很快，被东方宁心三人重点攻击的地方，仅剩几道红色血丝。

无涯身形灵巧，堪堪躲过辟邪剑与太虚神甲的余光，上前轻轻戳了一下透明的薄膜：“只要再对这里发出攻击，估计咱们就能出去了。”

雪天傲点头，指着小神龙的方向道：“把辟邪剑收起来。”

小神龙脸色已隐隐有几分难看，太虚神甲可以防御一切物理和真气攻击，但再强的防御盔甲也无法保证自己一丝不伤。

无涯连忙上前，辟邪剑已脱离小神龙的掌控，凌空而立，不停颤抖，看样子明显不是太虚神甲的对手。

无涯摇了摇头，同情地看了一眼辟邪剑。

“收——”无涯伸手，对着辟邪剑一喊。

辟邪剑低鸣一声，收起锋芒，稳稳落在无涯手中。

此时，太虚神甲也安静下来。东方宁心连忙上前，搭着小神龙的脉搏，确定他只是疲累，松了口气：“下次别再用剑对着心口，太危险了。”

小神龙将衣服拉好，低声道：“若我没有生命危险，太虚神甲不会防御。”

“怎么会？”东方宁心仔细想了一下，发现几次战斗太虚神甲都不曾出力。

小神龙苦笑：“我不知道怎么催动太虚神甲，试着和它的器魂沟通，它却不理我。几次战斗，太虚神甲都一动不动，后来我发现只有在我的生命受到威胁时，它才会开启防御。”

东方宁心无奈地看了太虚神甲一眼，严厉道：“下次别再做这么危险的事情。”

“我知道了。”小神龙朝东方宁心讨好一笑，右手一勾，一道真气打到薄膜上，只听见啪的一声，血雾破裂，再无法恢复。

“出来吧。”东方宁心拉着小神龙跳了出来，示意雪天傲、无涯快一点，以免出意外。

东方宁心的担忧不是多余的，当雪天傲跳出来时，血雾卷成一团，弹了起来，在半空中炸开，干瘪的肉块撒了一地。

东方宁心闭上眼睛，强压下想要呕吐的感觉，塞了一枚补气丹到嘴里，同时将手中的药瓶丢给雪天傲、无涯与小神龙。

接过药瓶，雪天傲察觉到了东方宁心的异样，却以为她是担心天墨边境的战况，便没有多问，服下丹药再次赶路。

如此一来，他们最快也得明日午时才能赶到天墨边境了。

第二日一大早，鬼苍悟就被逼点兵上阵。一身铠甲的他少了一丝阴沉，多了一分英气，双眼却没有一丝神采。

不能怪鬼苍悟，实在是一切发生得太突然了。今天凌晨，鬼王突然来到营帐，责怪鬼苍悟效率太低，几天没有进展，要亲自监战。

鬼王刚到，鬼族被尼嫚秘密派出去的人也回来了，带来了两个让他意想不到的人——天墨墨家的老太君和天耀刚刚诞生不足百日的小皇子。

此刻鬼苍悟还有什么不明白的？鬼王根本不信任他，不然这么重要的事怎会瞒着他?

鬼苍悟无力地叹了口气，如果鬼王没来，墨老太君与天耀皇子即使落在鬼族手上，他也不担心，自有能力保他们周全，但现在他一点办法也没有。

鬼苍悟点好兵马，鬼王把墨老太君与天耀小皇子拎了出来，交给他，让他以这两人为质，逼天耀天墨出兵。

鬼苍悟无奈，只得将两人绑在战车上，放在自己身边，好让天耀与天墨看到，也让他有护住他们的机会。

战车上，鬼苍悟闭着眼睛，掩去心中的无奈与疲惫，静等开战。

“鬼族列阵叫战。”天墨主帅帐中，传令兵紧急来报。

“不战。”公子苏听到属下来报，继续看着手中的情报，头也不抬一下。

“公少，鬼族绑来了墨老太君，此时老太君正在鬼族的战车上。”传令兵再报，语气已有掩饰不住的担忧。

啪！手中纸张粉碎，公子苏蓦地抬头：“你刚刚说什么？”

看公子苏的吃人样，传令兵咚的一声跪在地上：“公少，墨族的人绑了墨老太君，也就是皇上的奶奶。”

“该死的鬼苍悟！”公子苏腾地站起来，拿起桌上的盔甲与佩剑，大步往外走，“传令下去，准备迎战！”

“是。”传令兵头也不回地跑了出去，一出营帐就遇上了匆忙赶来的墨泽与墨子二人。

“公少，老太君在鬼族手上。”墨泽看到迎面出来的公子苏，急切道。

“我知道了，现在就上战场。”公子苏严肃点头，很清楚墨老太君在东方宁心心中的重要性。

看到公子苏与墨泽出来，鬼苍悟指了指战车上的墨老太君与天耀小皇子，说道：“集齐你天耀与天墨所有的兵力与我一战。胜，人你们带走；败，他们死在这里。”

“你到底想干什么？”鬼苍悟此举着实可疑，公子苏不敢轻易出兵。

“无论我想要做什么，你都没有拒绝的权利。公子苏，点兵开战吧，除非你不要他们的命了。”鬼苍悟说话时，不着痕迹地看向鬼族营帐，似乎意有所指，像是在提醒公子苏，鬼族还有一个大人物在。

鬼王来了？

看样子这一战不可避免，既然鬼族费尽心机，趁东方宁心与雪天傲不在时逼战，那么就开打吧。

公子苏不再与鬼苍悟废话，下令出兵。

公子苏剑指战场，同一时刻，天耀、天墨城门大开，两国共六十万兵马严阵以待。

这一战胜，天耀与天墨存；这一战败，天耀与天墨将再无兵力抵御鬼族的强势攻击。

“为天耀而战！”

“为天墨而战！”

“为保家卫国而战！”

将士的高喊声响彻云霄、震破苍穹，甚至不需要将领指挥，一时间士气高涨，天耀与天墨两军会合，一扫以往的貌合神离，配合默契。

“天耀必胜！”

“天墨必胜！”

“必胜，必胜！”

“苍悟，开战！”鬼王迫不及待，丝毫不在意暴露身份，直接下令。

“是。”鬼苍悟领命，拔出佩剑，指着天耀与天墨士兵，“开战！”

天耀与天墨的士兵配合默契，各分出五万人马寻找毒蛇的踪迹，剩余五十万兵马，以迅雷不及掩耳之势将鬼族十五万大军团团包围。

“杀呀！”不知是谁挥出了第一刀，鬼族与天耀天墨的士兵打成一团。

长矛、利剑、盾牌、短刀，一波接一波，鬼族人也不是吃素的，以手中的长刀砍向天耀与天墨的人，没有一丝手软。

第一波攻击很快换来了尸堆如山，血染黄沙。

太阳照得人眼睛生痛，公子苏眼睁睁看着一条条鲜活的生命倒下去，他们都是被鬼族杀死的。

第一波强攻死伤太重，战场上的将领改变了策略：“战车准备！”

“弓箭手准备！”

踩着同伴的尸体，踏着同伴的鲜血，第二波攻击开始。不过，天耀与天墨的士兵皆避开了天耀皇子与墨老太君所在的战车，这让天耀与天墨的人打起来有些束手束脚。

第二波进攻，虽有小胜，但死伤惨重。

战争的惨烈在于它要用无数的鲜血与生命去见证，看着倒下去的人越来越多，公子苏强压下收兵的冲动，继续指挥士兵强攻。

鬼王脸上的笑容越来越大，不出意外，他今天就可以集齐百万灵魂，只要百万灵魂在手，雪天傲与东方宁心想要找他麻烦就难了。

已接近午时，灼灼烈日之下，天耀与天墨士兵满身是血，奋勇杀敌，倒下的只要没死就再度爬起来。即便如此，他们想要将鬼族打败，将鬼族赶出去依旧很难。

就在此时，就在天耀与天墨的将士渐渐疲累时，凌空传来一道清丽的声音："公子苏，下令收兵停战。"

紧接着，一银白一雪白两个身影，一前一后飞向战场中央。

全场将士停下手中的攻击，看着天外来人。

一道柔和的力量袭来，无论之前他们在做什么，这一刻只能有一个动作，那就是往后跌倒。

这力量恰到好处，不会伤人，却能将正在战场上厮杀的人分开。

"雪天傲，你的真气又见长了，这也控制得太好了。"凌空传来大煞风景的声音，打破了英雄美人华丽出场的气势。

无人理会无涯的这句话，因为当他们摔倒在地时，就看到身着雪白劲装的东方宁心飞向战车，一手抱着小孩子，一手扶着墨老太君，冰冷的神情有着掩饰不住的怒火。

一身银白的雪天傲凌空跃至鬼苍悟所骑的战马上，借力轻点，在空中一个旋身，待到众人看清时，雪天傲已将鬼苍悟抓为人质，飞至天墨城墙上。这时，东方宁心也拖儿带老安全回来了。

战场上的变化不过短短数秒，待到众人回神时，局面已完全颠覆。

战斗戛然而止。战场上剩下的近五六十万人一动不动，没有一丝声音。

"你们终于来了。"一身笨重的铠甲却丝毫不影响公子苏的速度，他飞快来到东方宁心与雪天傲面前，语气有着难掩的激动。

"辛苦你了，子苏。"东方宁心将手中昏迷的孩子和墨老太君一并交给一旁的军医，待军医说两人没事，才放下心来。

公子苏摇了摇头，半个月的废寝忘食，能换来东方宁心一句辛苦，足够。

"我不辛苦，辛苦的是这些将士。"看着倒在地上再也起不来的将士，公子苏深感对不起他们，如果他再强悍一些，他们就不用枉死沙场了。

“这就是战争。”雪天傲近乎冷血地安慰公子苏。打仗，就是用命去填，不是你死就是对方死，这就是战争的残酷。

“我知道，只是一时无法接受。”公子苏沉重地点头。

“接下来的就交给我吧，你好好休息。”雪天傲一点也不客气，直接接手后续所有事情。

不待公子苏回答，雪天傲直接将鬼苍悟拎到前面：“下令，收兵。”

“你知道我没这个权力。”鬼苍悟苦笑一声。

雪天傲不为所动，加重手中的力道，鬼苍悟脸色通红，无法言语。

“鬼王，出来吧，我知道你在这里。”雪天傲对着远处鬼族的阵营大喝，一双黑眸凌厉地扫向战场，将每个角落都收入眼底。

鬼族营帐里，鬼王脸色变了又变，身边六个护卫已有两个死在鬼王的盛怒之下。

鬼王怎么也没想到，以二十个帝者高手性命结成的血雾只能拖住东方宁心与雪天傲半天，而根本不够他做什么。

鬼王看着瞬间逆转的局面，脸色越发狠厉，听到雪天傲拿鬼苍悟来威胁他，真是恨。

“雪天傲，放了苍悟。”鬼王怒极，反倒平静，阴冷的声音带着几分急切。他不是担心鬼苍悟的安危，而是担心鬼苍悟死了，谁来替他指挥接下来的战斗。

五十万，只要再收集五十万灵魂，他就完成了禁咒的条件，而在此之前鬼苍悟不能死。

“退兵。”雪天傲冷冰冰地吐出两个字，高傲的姿态摆明没有商量的余地。

“你！本王退兵，你就放了苍悟？”和他谈条件？雪天傲居然敢和他谈条件。

雪天傲，你的死期到了，待鬼皇重回中州，第一件事情便是杀你！

“鬼王，退兵，不然我马上杀了他。”雪天傲再次推出鬼苍悟，鬼王投鼠忌器，犹豫再三，咬牙道：“好，本王退兵。”

“退兵。”鬼王无可奈何地下令，看着天耀与天墨撤回去的五十多万人马，眼中的贪婪渴望怎么也掩饰不住。

一刻钟后，战场上已没了活着的士兵，雪天傲挟持鬼苍悟下了城墙，回到城内。

“雪天傲，你不守信用！”鬼王气得大喊，可此刻除了叫嚣，什么也不敢做。

“王？”尼嫚小心翼翼地来到鬼王身边，她对战争一窍不通，接下来他们该怎么做？

“你们美人蛇一族是不是还有几个人在？”鬼王看着雪天傲等人消失的方向，问尼嫚。

“是。”尼嫚一个恍惚，还以为鬼王没有听到她的话。

“今天晚上，你们带人去救苍悟，不惜一切代价。”现在，鬼苍悟的命很重要。

“是。”尼嫚不敢多言，立马联系美人蛇一族剩下的人手。

回到天墨营帐的东方宁心一行受到了天墨将领的热情接待。寒暄一阵后，墨泽和墨子砚的十二亲卫才匆匆赶到，他们刚刚去看墨老太君，确定墨老太君无恙后才匆匆赶来。

“墨言，你终于回来了。”

“参见墨言小姐。”

“墨子叔叔……”东方宁心见墨子十二人无事，松了口气。看到墨泽时，脸色一变，语气冰冷起来，“二哥，你怎么会在这里？”

墨泽心虚，却强装大义道：“天墨遭此劫难，我身为帝王，怎么可能只在皇城享受呢？”

“二哥，你来了又有什么用？又不会带兵打仗，来这里也只是给墨子叔叔他们添麻烦。”东方宁心半点面子也不给墨泽，怎么想怎么说。

“咳，咳，墨言……”墨泽一脸尴尬，总不能说他执意来前线是为了墨言、为了能多看墨言几眼吧？

“二哥，你是天墨的皇帝，是天墨百姓的依靠，肩负着天下苍生，不要太任性。”说完，东方宁心转身朝雪天傲、公子苏几人走去，留下墨泽一人黯然神伤……

公子苏正和雪天傲说这几日的战况和兵力。天耀与天墨的情况还算乐观，除了最初的三天人员伤亡惨重外，后面几天都是小打小闹，公子苏实力不凡是一方面，鬼苍悟不着痕迹地放水也是原因之一。

“如此说来，鬼族手上只有不到五十万的灵魂？”雪天傲迅速整合死亡数字，心里很沉重，却又有松了口气的感觉。

五十万的死伤很严重，但好在没有达到百万魂阵的要求，总是幸运的。

“你们知道了魂阵的事？”鬼苍悟坐在角落，突然开口。

一进天墨大营，雪天傲便松开了对他的钳制，不过他自认是天墨的敌人，安分地坐在角落。如果他不吱声，一般人都发现不到他。

“鬼族要集百万魂阵开启禁咒的事吗？”东方宁心冷冷地剜了鬼苍悟一眼。她可以理解鬼苍悟出兵天耀与天墨，但是鬼苍悟去天耀与天墨抓人质的事，她无法接受。

还好他们赶得及时，要是来晚一步，奶奶和那个孩子岂不是要惨死战场？

鬼苍悟苦笑点头，没有办法解释：“你们知道就好办了，现在离禁咒开启还有两天时间，两天之内集不齐百万灵魂，鬼族之前所做的一切就全废了。”

“两天？你认为鬼族能做到吗？”东方宁心不屑冷哼，鬼王狠毒有余，但能力不足。

“鬼王一生都在为这个目标而努力，为此他不惜一切代价，包括他的命。”

“报……天耀大将军求见。”传令兵的声音突然响起，打断了众人的谈话。

“天耀大将军求见？”众人齐齐看向雪天傲，天耀将领肯定是来见雪天傲的。

“准。”雪天傲冷声下令，丝毫没有与旧部下重见的喜悦，“去把天墨皇帝请来。”

毕竟是在天墨的军营，雪天傲这点道理还是讲的。

墨泽很快就进来了，一眼就看到了东方宁心，然而东方宁心没有看他，墨泽无奈，只能默默坐下。

“参见王爷。”天耀大将军进来就跪在雪天傲的脚边。

“起来吧。”相比之下，雪天傲则冷淡许多。

“谢王爷。”天耀大将军强压下见到雪天傲的喜悦，起身对墨泽等人行礼，“见过天墨皇上、皇太女殿下，见过公大少。”

“免礼，不知大将军前来所为何事？”墨泽勉强压下心中的低落，摆出帝王的威严。

天耀大将军也不拖泥带水，直接道：“陛下，末将前来接我天耀小皇子回营。”

“小皇子？那个孩子？”雪天傲眼里闪过一抹了然，还以为鬼族没对天耀的人下手，原来……

雪天傲冷冷看向鬼苍悟，鬼族好大的胆子，居然敢绑他们雪家的后代，就算他雪天傲不待见皇兄，那也是他们雪家的事，鬼族居然敢……

鬼苍悟再度苦笑着别开脸去，什么也没说。他还在想，雪天耀怎么对鬼族绑人的事不闻不问，原来他根本不知那小孩子的身份。

“天耀皇上的孩子？”东方宁心想起刚刚抱着的那个小肉团，还在想这是谁的孩子，会不会是大堂哥的，转念想到大堂哥的孩子都快一岁了，就否定了自己的猜测。

“回王爷和王妃的话，刚刚在战场上的那个孩子的生母是皇后娘娘，刚出生不满百日。”天耀大将军不着痕迹地将雪天傲与东方宁心想或不想知道的信息都提了。

“是吗？看看去。”雪天傲招手，示意天耀的将领跟上。他们匆忙而来，还没有去看墨老太君，这个时候正好。

大步走在前面，雪天傲有意无意看向东方宁心的小腹。天耀皇子都出生了，东方宁心怎么一点动静都没有，难道是太累了，身子没养好，不易受孕？

墨老太君与小皇子身上的迷药还未退，依旧昏迷。两人一老一小，军医也不敢对他们用太重的药，只能等他们自然醒。

雪天傲询问几句，确定墨老太君与小皇子都无事后，便将软绵绵的小人儿抱了起来。小皇子全身软软的，雪天傲力量没有控制好，险些把小皇子给折了。

“小心。”好在一旁的无涯手疾眼快，连忙接了过来，不然天耀这小皇子没死在鬼族人手上，反倒在亲叔叔手上出事了。

“咳咳……”雪天傲轻咳一声掩饰尴尬，顺手将软成一团的小人儿丢给无涯，背过手，高冷地对天耀大将军道，“把小皇子带回去，加强戒备，不得再有意外。”

“是，王爷。”天耀大将军伸手去接无涯手中的小皇子。虽说他也是粗人，但那动作明显比雪天傲好多了，小心谨慎，如同捧着绝世珍宝。

“取名字了没？”雪天傲顺势看了一眼孩子，粉雕玉琢，颇为可爱。

天耀大将军一听，眼前一亮，知道面前这个孩子不一般了：“请王爷王妃赐名。”

“雪凌天。”雪天傲也不客气，略一思索便定了名字，同时将腰间的玉佩摘下，挂在天耀小皇子雪凌天的身上。他知道，这个举动将决定这孩子在天耀无人可及的地位。

“雪凌天，好名字，我们怎么也得给个见面礼。”无涯乐呵呵地上前，君府的令牌随手就被他摘了下来，别在小凌天身上，同时不忘提醒，“君府认牌也认人，君府令牌只有小凌天可以用。”

“无涯都送了，我也不能落人后了。”公子苏笑着上前，大方地丢出公府令牌。

他们都很明白，这个孩子是东方宁心的妹妹东方凡心的儿子。虽说东方宁心对东方府的人没有好感，但也没有报复东方家，可见还是在意那个家的。

至于令牌，诚如无涯所说，只是给这个孩子增添一点政治资本，至于能不能让他们为这个孩子出力，就看这个孩子的本事了。又或者，凭一块令牌也许只能进出他们公府和君府的大门。

天耀大将军抱着雪凌天，双手颤抖得厉害，很明白这几个人送出的东西代表了什么。

有威名赫赫的雪亲王亲自赐名，有中州一流家主令牌相赠，他日只要雪凌天不蠢不笨，天耀下一任皇帝的位子就没有人能和他争了。

“好了，下去吧。”雪天傲看着天耀大将军呆呆愣愣的样子，又看东方宁心一进来就看着雪凌天，完全不看他，心里有点小不满了。

“是，王爷。”天耀大将军不敢停留，转身就往外走。

“等一等。”转身的刹那，东方宁心终于开口了。

“王妃？”天耀大将军立马毕恭毕敬地立着，不敢有一丝不敬。

东方宁心取出带着红线的小玉瓶塞在雪凌天的襁褓里：“这是姨送你的礼物，希望他日你能壮志凌天。”

轻轻地吻了吻小凌天的脸颊，东方宁心脸上露出温柔恬淡的笑。

“唔唔……”不知是药效退了还是怎么，当东方宁心吻上去时，小凌天刚好伸出粉嫩的小手，抓着东方宁心的头发，小眼睛动了动，小嘴唇吧唧了下，憨态十足，只一眼，东方宁心的心就软了。

“回去后，把今天的事情一字不落转告给皇上。”东方宁心轻轻抽出自己的长发，对天耀大将军说道。

“是，王妃。”天耀大将军猛咽一口口水，将心中的激动压下。

他先前只是感慨这小皇子命太好，现在则是吓着了。天墨皇太女开口认小皇子为外甥，这份殊荣，放眼天耀无人能及。

知情人看着这一幕，不着痕迹地一笑，东方宁心是彻底放下了吧？既然能接受东方凡心的孩子，应该是不在意天耀的种种了。

是夜，众人在主帅营中继续商讨未完成的话题，同时准备明日的反击。

墨老太君在下午便醒了过来，当时东方宁心一直陪着墨老太君说话。墨老太君看东方宁心消瘦的样子，万分心疼，怎么也不肯让东方宁心陪她，说是她在这里有将士轮守，不用她陪。

几番交涉下来，东方宁心拗不过墨老太君，只得依言退下，去找雪天傲一行人。东方宁心不知，在她走后不到一个时辰，尼嫚和另外两条美人蛇就潜入天墨军营，在地牢遍寻不到鬼苍悟，便潜入了营帐。尼嫚不敢接近主帅营帐，便潜入了守卫森严的墨老太君营帐。

“该死，是个在睡觉的老太婆。”美人蛇气急败坏道。鬼王有令，不惜一切代价救出少主，可是她们连少主的影子都没有看到。

“把人带着，这个人质很有用。”尼嫚虽气，理智犹在，知道什么对自己最有利。

尼嫚三人带着墨老太君正准备往外走，昏睡的墨老太君突然醒来。

“什么人？放手。”墨老太君出声，在尼嫚三人还未反应过来时，撞倒了脚边的架子。

营帐内的混乱立马引来了巡逻的士兵：“来人呀，有刺客……”

“快，把人带着。”尼嫚一慌，快步往外走。

“放手。”墨老太君奋力挣扎，钳制墨老太君的那人一个不稳，用力过度，只见墨老太君的脖子陡然一歪，再也发不出声音。

“该死……”尼嫚在心中低咒，只一眼她就明白，墨老太君怕是不行了。

“把人带出去。”尼嫚强制自己冷静下来。

“是。”两条美人蛇不疑有他，带上只余一口气的墨老太君就往营帐外面冲，而此时，尼嫚则借机躲在营帐内。

东方宁心一行人听到骚动赶来，就看到两条美人蛇抓着墨老太君为人质，东方宁心脸色一变："放人，我放你们回去。"

"我们……"两条美人蛇一听，左右相望，想要看看尼嫚在哪里，却发现早已没了尼嫚的踪影。而此时，她们已被天墨大军围住，插翅难飞。两条美人蛇心头一慌，掐着墨老太君脖子的力道不禁加重几分，但闻墨老太君嘤咛一声，头一歪就倒在一边，没有了气息。

"奶奶！"东方宁心脸色大变，凌空而起，真气直击两条美人蛇的七寸，伸手将墨老太君给带了回来。两条美人蛇来不及质问东方宁心为什么不守信用，就横死在营帐前。

"军医，军医快来……"此时根本没有人去管那两条美人蛇的下场，东方宁心抱着墨老太君跑回主帅大帐。雪天傲与墨泽等人跟在身后，没有人去催军医，他们刚刚都看得明白，墨老太君已经断气了。

"宁心，别怕，我在。"雪天傲上前，接过墨老太君，安置好后，看着失魂落魄的东方宁心，轻拍她的背。

东方宁心迷茫地抬头："雪天傲，我奶奶她……"

心里已有答案，东方宁心却无法面对。她下午还在跟奶奶说话，奶奶说以后给她看孩子，怎么到了晚上，人就没了？

冰冷的泪水顺着脸颊滑落，东方宁心扑在雪天傲的怀里，哭得不能自已。

"东方宁心，人死不能复生。"雪天傲看着躺在床上没有生气的墨老太君，眼中闪过一丝自责。在大营中被鬼族人得手，是他们警觉性太低了。

"我不能接受，她是我奶奶，是第一个对我好的人，你知道吗？"东方宁心用力地推开雪天傲，"我不能放过伤害我奶奶的人。"

东方宁心转身走出营帐，雪天傲顿了一步，追了上去。

"墨言……"墨泽焦急地喊着，老太君才刚刚去了，墨言可不能再出事。

"宁心……"公子苏与无涯也追了上去，可他们的速度哪里追得上神者三阶的高手？

"她需要冷静与发泄。"鬼苍悟上前，制止了众人追出营帐的动作。

"滚，要不是你们鬼族的人，老太君怎么会死？"墨泽看着鬼苍悟，恨不得将他千刀万剐。老太君死在鬼族人手里，鬼苍悟还有脸留在这里？

鬼苍悟沉默不语，只拦着众人。就这么一刹那，他们耳边就传来鬼族人骚动的声音："别让他们跑了，王还在他们手上……"

鬼苍悟一听，脸色越发难看，立马放弃对众人的拦阻，对着公子苏和无涯道："快，墨言与雪天傲有危险了。鬼王手上还有五十万恶魂，要是鬼王放出那五十万恶魂自救，墨言与雪天傲就完了。”

最后一个字刚落下，鬼苍悟就消失于天墨大营。公子苏、无涯与小神龙相视一眼，半刻不停地跟了上去，走之前公子苏特意说道：“皇上，不要离开主营半步，不要再让宁心伤心。”

“我……”突来的变化让年轻的帝王不知所措，奶奶刚刚横死，他就听到最心爱的妹妹有生命之忧。

“皇上？”墨子同样伤心墨老太君的逝去，可更担心活着的人。

“我没事。”墨泽生硬摇头，拖着沉重的步子，半跪在墨老太君床前，“奶奶，您要保佑墨言！”

FENG HUANG CUO

第十章
我要你的灵魂

月光如水，耀眼的明月当头而悬，见证了深夜中血腥的一幕。

东方宁心一奔出天墨军营，就朝鬼族营地冲去。

她拒绝相信墨老太君已死的事实，只想着杀了鬼王，灭了鬼族。带着滔天的杀气，东方宁心一路弹着凤凰琴，直闯鬼王营地，如同女罗刹，所到之处无一活口，鬼族人被东方宁心给吓得不敢近身。

东方宁心很快找到了鬼王，不待鬼王身边的护卫凝聚真气，直接一道琴音将对方打得再也无法起身。

“东方宁心，你好大的胆子，居然闯入我鬼族营地，你今天就不要回去了。”东方宁心自投罗网，鬼王心中暗喜，可喜悦没有停留太久，当他刚刚凝聚真气御魂时，雪天傲踏着夜色而来。

“封！”透明的冰块瞬间凝聚，鬼王手中的恶魂刚刚放出，就被雪天傲封了。

“鬼王，杀人是要付出代价的。”东方宁心随手拔出一把剑，横在鬼王的脖子上。

神者三阶的速度与真气是鬼王无法反抗的，只能眼睁睁看着自己落入东方宁心的手中，但鬼王并不甘心，在东方宁心欲下杀手时大喊：“东方宁心、雪天傲，放了我，不然我让你们永生后悔。”

东方宁心手上动作一顿，冷笑：“是吗？我倒想看看你如何让我永生后悔，你手上还有可以威胁我的人质吗？”

“东方宁心，你想怎样？不就是死了几十万人吗？怎么？想要杀我抵命？杀了我，你们又活得了吗？”鬼王阴恻恻地冷哼，半点不惧，还不知墨老太君已死。

“就凭鬼族这些残兵弱将，也留得住我？”东方宁心无视鬼族人的虎视眈眈，用力朝鬼王小腿上一踢，只听咔嚓一声响，鬼王双膝跪地。

当鬼苍悟、公子苏、无涯与小神龙赶到，就看到东方宁心与雪天傲被十数万大军围在中间，鬼王则跪在他们脚下。公子苏本想以武力将鬼族人震开，鬼苍悟却先一步上前，对鬼族士兵厉喝：“让开。”

“少主。”外围将士立马让道，里九层外九层的包围，就这样简单地被鬼苍悟一行打开一个口子。

十万人围观，东方宁心与雪天傲押着鬼王，看向鬼苍悟一行人。鬼王远远看到鬼苍悟，脸色一变，双眼阴冷，如同索命的恶魂：“苍悟，你背叛我？”

“我从来就没有忠于你。”鬼苍悟面无表情道，整个人不喜不悲，一点也没有脱离了鬼王控制的喜悦。

“你是我的儿子。”鬼王从来没有信任过鬼苍悟，但看到鬼苍悟背叛他，仍旧无法接受。

鬼苍悟冷冷地看了鬼王一眼：“我多么希望，我不是你儿子。”

“好，好，好，不愧为本王的好儿子，连本王的无情也学得这般像。”鬼王不顾东方宁心架在他脖子上的剑，径直起身，剑一寸寸逼进他的脖子。

鬼王一身是血，站在鬼苍悟与东方宁心面前，癫狂地看着鬼苍悟。鬼苍悟心中不安，瞬间凝聚真气，一掌击向鬼王的胸口，直接将鬼王打飞出去。

“噗……”半空中，鬼王吐出了一口血，疯狂地大喊，“苍悟，不愧为本王的好儿子，连本王想什么你都知道，可惜晚了！”

猖狂的大笑回荡在营地上方，显得分外瘆人。鬼族十万大军一步也不敢动，东方宁心与雪天傲也是皱眉，不解地看向鬼苍悟，无声询问。

“鬼王，要用自己的灵魂为祭。”鬼苍悟闭上眼睛，眼里闪过一丝后悔与自责。

他应该劝说东方宁心，让她不要把鬼王逼到绝境的。

“什么？灵魂为祭？怎么可能？”东方宁心不相信，阴狠卑鄙的鬼王会舍得牺牲自己？

鬼苍悟苦笑一声：“没有什么不可能，为了迎鬼皇回来，鬼王什么都可以牺牲。”

被鬼苍悟打倒在地的鬼王，留着最后一口气，喃喃念着：“以我永生灵魂，献祭于你！”

东方宁心与雪天傲想要阻止已经晚了，鬼王的尸体飘浮在半空，强大的真气在他四周交织变幻，众人无法近身。

只见黑夜中，鬼王的尸体突然泛起白光，并且飞快在半空中旋转，很快就形成一个旋涡。

“这是什么？禁咒？”雪天傲将东方宁心护在怀中，抵挡真气的余波。

“不知道，恐怕我们这次真麻烦了。”东方宁心摇了摇头，叹息了一声。

白光越来越亮，鬼王的身体在半空中越转越快，他们已看不清尸体在哪。

一道道惨叫声传来，距离鬼王尸体最近的士兵叫了一声便倒下去。

“快，快跑呀，这光有邪气，会要人命！”不知是谁喊了一声，鬼族十万大军乱成一团。

鬼王死了，少主背叛，此时他们哪里敢对东方宁心和雪天傲下手，听到有人喊跑，鬼族的士兵一个个丢下兵器，撒丫子就开跑。

鬼族大营乱成一团，东方宁心与雪天傲却无心去管，鬼苍悟更是不愿意去管，鬼王死了，鬼族就不再是他的责任。

鬼族残兵疯狂逃命，正好遇上严阵以待的天耀与天墨大军。当初天耀与天墨的士兵要三个才能打过一个鬼族士兵，今天却调换了过来。鬼族士兵军心涣散，根本没有战斗力，天耀与天墨的士兵却是士气高涨，杀气腾腾。

白天大战在今晚延续，天耀与天墨的士兵像是铁了心要一雪之前所受的耻辱，勇猛地在战场上厮杀，下手毫不留情，不断屠杀鬼族士兵。

东方宁心、雪天傲和鬼苍悟扫了一眼战场，确定天墨和天耀的人不会吃亏，就不再管，担忧地看着鬼王制造出来的异象。

白色的光芒很快就黯淡下来，东方宁心几人松了口气，猜测鬼王献祭失败，不想白光中响起一道苍茫而威严的声音：“你的灵魂，本尊收了。”

白光消退，一名红衣男子从白光中走了出来。他的脸俊美异常，带着几分邪气，眼角下有颗泪痣。红衣男子长得极好，面无表情时邪气凛然，微笑时眼角的泪痣轻轻颤动，只一个细小的改变，却让人感觉妖气横生。

张扬，高调，妖气纵天，这样的男人如同地狱火莲，耀眼如星辰，却又灼人如烈阳。

“你是谁？”只一眼，雪天傲就明白此人很危险。

“我？怎么，难道你们不知道他的灵魂祭给谁了吗？”红衣男子的声音没有之前那般苍茫，但威严不减，说话间眼角的泪痣一闪一闪，说不出地勾人。

略一迟疑，东方宁心不怎么确定道：“你是神魔？”

“恭喜你猜对了，东方姑娘。”神魔凤眼微微上挑，一笑起来妖气四溢，所有人都被他的妖气给笼罩着。

不经意间，东方宁心后退数步，拉开自己与神魔的距离，公子苏等人同样情不自禁地后退，警惕地看着神魔。

“他用灵魂和你交易什么？”东方宁心靠在雪天傲的身边，心志坚定，直视神魔。

“你想知道吗？”神魔状似苦恼地问道，神情却带着诱惑的味道。

“现在还不想。”东方宁心果断拒绝，直觉告诉她神魔很危险，离他越远越安全。

“东方姑娘，你不用担心，本尊不过是一抹虚影，这中州本尊还不屑来。”神魔扫了一眼血流成河的战场，嫌恶地皱了皱眉。

“既然不屑来，我们就不留神魔大人了，请便。”东方宁心毫不掩饰对神魔的讨厌。

“你讨厌我？”神魔泪痣颤动，一副受了委屈的模样。

“对，我讨厌你。”东方宁心大方地承认，既然对方说了只是虚影，她还客气什么。

“真的讨厌我吗？如果我把鬼王和我的契约告诉你呢？你们会不会喜欢我一点？”神魔看东方宁心几人的样子如同看小孩，眼中满满都是无奈。

“条件？”虽然不喜欢神魔哄小孩的语气，东方宁心还是忍了。

神魔摇了摇头：“没有条件！”

“那请神魔大人开尊口。”东方宁心不抱任何希望。

不想神魔真的开口了：“鬼王将灵魂送给我的条件是，明日取天耀天墨五十万大军的性命，开启百万魂阵。”

“我们拒绝不了？”东方宁心脸色一变，鬼王为了迎接鬼皇回中州，果真是不择手段。

“当然可以，本尊不用那五十万灵魂，也能开启禁咒。”神魔笑得温和，却也表明他既然收了鬼王的灵魂，禁咒就一定会开启。

“也就是说，你最多只能不取那五十万人的性命，却无法阻止鬼皇降临，是吗？”鬼王真是死也不让他们安宁，丢下一个这么大的麻烦。

神魔笑容可掬地点了点头，长发垂于胸前，这样一个动作加上他妖孽的长相，本是诱人至极，东方宁心一行人却感觉到了无边的危险。

“别怕我呀，我说过伤害不了你。”神魔笑得如同诱拐小白兔的大灰狼。

“说吧，神魔大人，你有什么条件。”即使害怕，东方宁心面上依旧平静。

神魔从东方宁心脸上一扫而过，停留在雪天傲身上：“雪天傲，只要你同意许一个灵魂给本尊就行，本尊保证那人不是你认识的。”

还没出生，肯定不算认识，神魔自认没有欺骗人，顶多是诱骗罢了。

雪天傲冷冷一笑，丝毫不将神魔的妖气看在眼中，坚定拒绝：“我不同意。”

“为什么？”神魔不解，不都说了那人你不认识吗？

“要我开口同意，那人必是与我相关的。神魔大人，你说我猜得对吗？”雪天傲冷冷地反讽，神魔在洪荒待久了吧？以为人人都要捧着灵魂到他脚下，等着他收取。

神魔没有否认，却再次抛出一个让雪天傲两难的选择："的确，那人与你相关，不然本尊也不需要你的承诺，不过你真的不换吗？一条灵魂可以换五十万人的命哦，如果你同意，本尊可以多送你一个条件，让鬼皇永远只能留在洪荒。"

诱饵越抛越大，可越是如此，东方宁心与雪天傲越不敢应。他们可以肯定一旦答应，定会后悔一生；而若是不答应，就要看着五十万人横死眼前。

东方宁心没有言语，定定地看着神魔，盘算应与不应的后果。就在此时，她突然轻嘤一声，整个人不受控制地蜷缩了下去。

"东方宁心，你怎么了？"雪天傲离东方宁心最近，在她蹲下的瞬间便扶住了她。

公子苏、鬼苍悟几人脸色一变，也飞快围了上来，完全无视气场强大的神魔。

神魔眼角的泪痣闪了闪，想了想，又叹了口气。堂堂神魔第一次被人忽视得如此彻底还是挺有意思的。

东方宁心痛得蜷缩成一团，当雪天傲把她扶起来时，她脸色苍白至极，几乎没有血色，额头不断渗出冷汗。

为了不让众人担心，东方宁心勉强脸色平和道："我没事。"

众人万分不安地看着她。

"东方宁心，你在骗我。"雪天傲根本不信，东方宁心骗得过别人，骗不过他。

最近她很不寻常，情绪波动极大，有神者三阶的实力却发不出来，有时候还不如小神龙强悍；最近几乎不用金针，只用凤凰琴的虚幻之针；墨老太君中了迷药，她的第一反应不是用金针解毒而是找军医，墨老太君死的时候那般明显，她却没有发现……

最初，雪天傲以为东方宁心是关心则乱，不敢对墨老太君下针，此时才惊觉东方宁心已经很长一段时间没有使用金针了，大部分情况下，她都用丹药和凤凰琴。

面对雪天傲的质问，东方宁心愣了下，暗暗喘了口气，待到腹中的抽痛没有那么明显，才道："我真的没……"

话还没有说完，神魔就打断了她："不，你有事，而且绝对不是小事。如果本尊没有说错的话，你最近心浮气躁，双眼经常无法视物，双手渐渐握不住东西，很容易疲累，精神无法集中，你——"

"够了，不要再说了。"东方宁心冷声打断神魔，看着神魔眼中那明显的看好戏的意味，气不打一处来。

"东方宁心，你到底怎么了？求求你告诉我们，不要让我们担心好不好？"公子苏、无涯、鬼苍悟与小神龙关切地看着东方宁心，比起鬼王与神魔的契约，他们更在意她的安危。

“我没事，不信你们可以问小神龙，我要真有事，小神龙第一个就会发现，神魔这是在危言耸听。”东方宁心觉得自己没事，只是比较疲劳罢了。

在众人期盼的注视下，小神龙摇了摇头：“我感觉不到东方宁心有事，她一切正常。”

“我就说了没事，神魔是故意误导你们，我只是因为奶奶的事悲伤过度。”一提到墨老太君，东方宁心的眼睛就不争气地红了。

神魔笑着摇头，红衣轻扬，优雅地走到东方宁心面前：“东方宁心，你在撒谎，如果你真的没事，刚刚就不会痛到蜷成一团，你的腹部最近是不是经常抽痛？”

轻轻试探，神魔就明白东方宁心和雪天傲不知那孩子的存在，当下很无耻地当起了神算子。

要养那样一个孩子，东方宁心的精气怎么会不受影响？同样受影响的还有她那双需要精气滋养的妖瞳。如果不是东方宁心成功步入神者，恐怕就不是简单的精力不济，她会被直接拖垮，毕竟那孩子所需要的营养和一般孩子不一样。

多少万年都没有那么强大的灵魂了，他真的很想收。那孩子的灵魂堪比冥与琴然，不过等到那小家伙出世，他肯定没有机会得到，所以现在要哄骗那孩子的父亲答应。神魔可以肯定，凡事以东方宁心为重的雪天傲，知道东方宁心可能会有生命危险，一定会答应。

东方宁心在雪天傲、公子苏等人的注视下，生硬地说：“我保证，没有生命危险。”

“神魔，你到底有什么目的？”雪天傲紧紧握着东方宁心的手。

“目的？我刚刚不是提了条件吗？你只要承诺给我一个灵魂，我就告诉你东方宁心为什么会出现这样的情况，又要怎么救她。”神魔微眯着眼，笑得愉悦，他知道雪天傲动摇了。

神魔承认自己不是好人，可那又如何，人生就这么点乐趣，难道还要被剥夺？

诚如神魔所想，雪天傲犹豫了，他可以不管五十万士兵的性命，可以不管鬼皇回不回中州，但不能不管东方宁心。

东方宁心死死咬着唇，一动也不动。腹部再次绞痛，而她不能表现出来，唯一能说的就是：“雪天傲，不要答应，我不会有事的。”

“怎么样？只要你答应，我就能保东方宁心不死。”神魔火上浇油，笑语盈盈地看着雪天傲，等待他的答案。

他看到了雪天傲眼中的挣扎和犹豫，相信自己一定能将那个不弱于冥与琴然的灵魂收下。有了那个灵魂，他就可以脱离现在的束缚，想到这里，神魔更加期待雪天傲点头。

答应？用那个未知的灵魂来换中州太平和东方宁心健康？

不答应？看着中州大乱，东方宁心一天弱过一天？

众人都在等雪天傲做决定，雪天傲紧紧握着东方宁心的手，闭上眼睛。

“雪天傲，不能应。”这是东方宁心的声音，很弱。

“雪天傲，想想宁心。”这是公子苏、鬼苍悟、无涯和小神龙的声音，很强。

雪天傲自认这一生从来没有一刻像现在这般优柔寡断，举棋不定。他杀伐果断，冷静自若，向来能在最快的时间判断出什么是对自己最为有利的选择，但现在不行，他不能确定神魔想要的那个灵魂是谁的，不敢下决定，怕自己会后悔。

就在雪天傲摇摆不定时，东方宁心强忍着腹痛道：“雪天傲，你要是同意，我会恨你一辈子，用别人的性命来换我的，你以为我活得安心吗？”

“宁心，如果能保你性命无忧，我愿以灵魂为祭。”公子苏上前一步，站在神魔面前。

“子苏，别闹。”东方宁心伸手欲将公子苏拉到身后，手停在半空中，就听到神魔的声音响起：“很抱歉，你的灵魂值不了这个价。”

第一次，东方宁心觉得神魔的声音很好听，因为他的拒绝。

东方宁心连忙将公子苏拉到一旁：“子苏，你不要再有这样的想法，你想让我一生都活在愧疚中吗？”

“如果能换你永世安康，有何不可？”公子苏粲然一笑，带着无尽悲怆。他果然太弱了，想要为东方宁心牺牲都不够格。

“子苏，东方宁心一生都不会忘了你，但要用你的命来交换我的则不行，我受不起。”东方宁心的话落下，鬼苍悟与无涯生生止住了步子。

“好了，雪天傲，你的决定呢？本尊没空陪你耗。”神魔不客气地打断了东方宁心，凤眼带笑，示意雪天傲早做决定。

雪天傲睁开双眼，黑亮的双眼坚定平静：“东方宁心，为了你，我可以牺牲一切。”但我不能牺牲别人的一切。

“不要。”东方宁心含泪摇头，此刻小腹已经不再痛了，但不知为何，她却更加不安，直到雪天傲开口：“神魔，我拒绝。”

神魔不敢相信地看着雪天傲：“为什么？”

“我可以为东方宁心牺牲一切，但不能牺牲别人的。神魔，你要的灵魂我付不起。”

“雪天傲，你说得对，不能答应。”东方宁心长长松了口气，反握住雪天傲的手。

“那宁心的身体怎么办？”公子苏、鬼苍悟面带忧色道，神魔说得没错，东方宁心的身体越来越弱了。

“我会照顾好自己，不会有事的。”东方宁心侧身，坚定地看向鬼苍悟与公子苏。

“咳咳……”神魔不甘寂寞地打断了众人的话，“既然你不同意，那我们也没什么好谈的了，明日午时我就收取那五十万人的灵魂，开启禁咒。”

“没有商量的余地？”东方宁心不死心地再问一句。

“有。”神魔高深莫测道。

“如果要用灵魂来换，那就不用说了。”雪天傲挡在东方宁心面前。

神魔摇了摇头：“放心，我不要别人的命，只有一个很小的条件。”

“什么条件？”东方宁心谨慎地问，不敢抱太大希望。

神魔暗自苦笑，脸上灿若明月，泪痣轻闪，无尽狡黠：“条件就是，你肚子里的孩子拜我为师，我就放过那五十万人。”

“你说什么？”东方宁心与雪天傲张大嘴看着神魔，不敢相信自己听到的。

公子苏、鬼苍悟、无涯与小神龙同时后退数步，不敢相信地看向东方宁心的腹部：“你有身孕了？”

“我不知道。”东方宁心一脸懵懂，再也无法保持冷静，双手不自觉地覆盖在小腹处。

这里孕育了一个生命，她要当娘亲了，可是她什么都不懂。

“有孩子？你的身体不好，是因为这个孩子？”狂喜过后，雪天傲只有深深的担忧。

神魔白了一眼傻掉的众人，催了一句：“如何，要不要让你们未出世的孩子拜我为师？”

“告诉我，东方宁心的身体要怎样才能恢复？”雪天傲冷冷地看着神魔，如果他没有猜错，神魔刚刚想要的那个灵魂就是他未出世的孩子。

一想到这里，雪天傲就恨得直咬牙，他差一点就着了神魔的道，把自己孩子的灵魂送出去。

“让你的孩子拜我为师。”神魔不容拒绝道。

“不要答应他，雪天傲，我身体虚弱，肯定是怀孕的原因。”

“东方宁心，你见过哪个孕妇如你这般？你尚且诊不出自己有孕，不是吗？”神魔继续危言耸听，想方设法让雪天傲同意。

雪天傲不敢拿东方宁心的安危做赌注，只是拜师罢了。

“我同意，我的孩子拜你为师。”

"这就对了。"神魔满意地一笑，很高兴将未来的祸根给剪除了，这样一来，那小东西就不会铭记他索要灵魂的仇了。

"现在，你是不是得告诉我们，如何才能让你的徒弟安然出世？"雪天傲逼问道。

本就没打算与雪天傲和东方宁心交恶，解决了小鬼的事情后，神魔也不再啰唆，大方说道："雪天傲，你明白，这世间有一种人叫神之子，而要生下神之子是要付出代价的。神之子一出生就拥有他人穷尽半生甚至一生也修炼不到的真气，可你们知道这真气来自哪里吗？"

"我的孩子是神之子，他要吸取我的精气才能成长？"东方宁心放在小腹上的手不自觉紧了紧。

神魔一脸坦然地点了点头："你们猜得没错，东方宁心，你肚子里的孩子就是神之子，他在母体里就有意识，能修炼真气，而他修炼的途径就是母体的精气。至于能吸取多少能量，会损伤母体到什么地步就不好说了。"

"你是说，现在东方宁心在用自己的精气养这个孩子？她的种种异常都是因为这个孩子？"雪天傲脸色越发黑沉，一张脸很是骇人。

东方宁心一慌神，连忙推开雪天傲："雪天傲，这个孩子，我要定了。"

"东方宁心，这个孩子会害死你。"雪天傲知道东方宁心明白了他的意图，也不隐瞒。

"我要生下他。"东方宁心坚定地说道，即使生下这个孩子的代价是她的性命。

"东方宁心，我没有说不让你生，但也得考虑你的安全。"如果东方宁心不知道这个孩子的存在还好，一旦知道，他要怎么劝说她放弃？

此时，公子苏、鬼苍悟和无涯几人集体不言语了，这样的情况，他们什么也不能说。

东方宁心点了点头，确定雪天傲没有针对这个孩子，便转而看向神魔："神魔大人，你有办法，是不是？"

"我有办法？我能有什么办法？你们应该明白，想要得到多少就得付出多少，神之子越强，母体付出得就越多。你们很幸运，东方宁心腹中的孩子是我见过的最强的神之子。"神魔的每一句话都让东方宁心几人不安。

"既然如此，那么神魔大人，不送了。"雪天傲冰冷地下着逐客令。

"其实也不是没有办法."神魔看雪天傲不客气地给他脸色看，立马补了一句。

"说。"雪天傲没好气道。

"看在你们是我小徒儿父母的分上，勉为其难帮你们一把吧。"神魔语气傲慢，像是在施恩，不待东方宁心与雪天傲拒绝，便将一道真气以柔和的力道送入东方宁心腹中。

东方宁心吓了一跳，却发现这道真气没有伤她。

“别乱动。你之前升阶了，有一部分真气被你肚子里的那小子吸收，不过力量太大，他啃不动，我帮你催化一下，让他消化掉外界的力量，这样他暂时就不会从你身上榨取了。”神魔眼睛一瞪，严肃起来。

柔和的真气缓缓注入，东方宁心感觉全身的毛孔都舒展开来，瞬间恢复到了最佳状态。

“好了，东方宁心、雪天傲，这三个月你们不用担心，这个孩子不会给你们造成任何负担，暂时可以当他不存在。不过你们自己也要小心，有太多人不想你们的孩子出生。”神魔收手，语气严肃。

“你什么意思？”雪天傲确定东方宁心无事后，转而询问。

“神之子对于自身的安危有很强的感知，你们无法探知他的存在，就是因为他感觉到了外界的危险，刻意将自己隐藏了起来，这是一种本能。我想他刻意隐瞒应该是察觉到了危险，只是不知危险的来源在何处。”看着东方宁心的肚子，神魔一脸不舍。

东方宁心低头看着自己的腹部，眼里闪过一丝受伤，原来他们的孩子不相信他们有能力保护他。

“三个月以后你们再想办法吧。”神魔无辜地摊了摊手，他也是见过几个神之子才有所了解。

“三个月后，我拿什么养他？”东方宁心不客气地逼问。

“这是你的孩子，你拿什么养关我什么事？”神魔被东方宁心看得莫名心虚，连连后退。

“他是你的徒弟。”雪天傲嘴角勾起一抹冷笑，眉眼间的僵硬终于松开，看神魔的样子，他就知道定有办法保东方宁心平安。

神魔挥挥衣袖道：“我的徒弟不会有事。”

“你徒弟出生后，要是知道他娘因你而死，就会有事了。”青鸾火凤的主人就是那个孩子吧？连青鸾火凤都能收服，那么用来威胁一下神魔也不是不可以。

“你竟敢威胁我？”神魔双眼闪过凌厉的光芒，他虽为人率性，却最是孤傲，最不喜被人威胁，雪天傲触了他的逆鳞。

“不，我是在请求你，请你告诉我们三个月后，我们还能用什么来养他。”雪天傲声音冰冷，没有任何情绪，说是请求却等同于威胁。

如果三个月后，这个孩子没有了外力的滋养，他是不是会再次吸取东方宁心的精气？凭东方宁心一个神者三阶的实力，养得起神之子吗？

雪天傲闭上眼睛，想到幼时他母妃苍白虚弱的样子。他的娘亲，雪族最优秀的女子，为生下他这个所谓的神之子而早早死了。不知情的父皇与他，却将所有的罪都加在天寂的身上。后来母妃去世，天寂也被父皇送走，好好的一个家就这样支离破碎。

明明他雪天傲才是罪人，如果没有他，母妃、父皇和天寂会活得好好的。

雪天傲不希望儿子重蹈覆辙，也不希望东方宁心步他母妃的后尘，这两个人要么都健康平安，要么他就牺牲那个孩子。

心很痛，却坚定了雪天傲要从神魔嘴里挖出母子双全的办法的决心。孩子与东方宁心，他一个都不能也不想失去。

“你？”神魔双眼微眯，盯着雪天傲，杀气凛凛。

雪天傲一步不让，双眼冰冷如雪，摆明要与神魔抗衡：“神魔大人既然知道如何才能救东方宁心，又何必与我们绕圈子？”

“我从不做亏本的买卖，我是商人。”他收了灵魂才办事，没有灵魂，凭什么替雪天傲办事？看在徒弟的面子上，他已经很吃亏了。

“那简单，鬼皇的灵魂我送给你。”雪天傲大方道。

“你有决定权？”神魔不屑，鬼皇的灵魂很不错，可以考虑一下。

“明天他来中州，我就有决定权。”

“就凭你们？”神魔明显不信。

“东方宁心这三个月是不是和常人无异？”

“是。”

“既然如此，明天鬼皇降临时，我们就能让他将灵魂奉送给你。”虽然没有十足的把握，但雪天傲想要赌一把。

“好，明日午时鬼皇重临中州，待到他甘愿将灵魂恭送给我时，我就告诉你两全之策。”神魔决定给雪天傲一次机会。

说罢决然转身，红衣翩然，如同地狱火莲，一步一步，背影萧条寂寞，很快消失在众人的面前。

东方宁心与雪天傲站在那里一动不动，目送神魔离去。

“他走了？”无涯张大嘴，怎么这么突然？

“他只是一个虚影，时间到了。”鬼苍悟知道洪荒的一些禁忌。

公子苏不关心神魔的消失与出现，只关心东方宁心：“宁心，你真的有孩子了？”

东方宁心苦笑：“我也不知道，如果神魔没有骗我们，那应该就是了。”

这世上没有比她更没用的母亲，也没有比她更不负责的母亲。

FENG HUANG CUO

第十一章 决战中州之巅

回到天墨营帐，众人才有了真实感，一群被刺激到呆滞的大人一进营帐，便围着东方宁心转，像看稀有动物一般盯着东方宁心的肚子，就连向来阴冷的鬼苍悟也不例外。

如果不是雪天傲那张冰块脸太骇人，他们都想伸手去摸一摸东方宁心的小腹。

当然，这个时候他们集体忽略了孩子的父亲。在公子苏这些人眼里，孩子是东方宁心的，不好养活没关系，他们倾尽一切，也会助东方宁心生下这个孩子。

“发生了什么事？”墨泽一进来就发现一群人围着墨言，以为墨言还在为老太君的死自责，正想安慰一句，就听到无涯说：“宁……墨言有身孕了。”

“什么？墨言有身孕了？太好了，太好了！”墨泽一听，一扫刚刚的悲伤。

总算有一件高兴事了，总算可以冲淡老太君的死带来的悲伤了。

“可惜老太君看不到了。”东方宁心眼中蓄泪，拥有孩子的喜悦很快被老太君的死给冲淡。杀了鬼王又如何，老太君依旧无法复活，而且这个孩子还未出生就多灾多难。

低头看着平坦的小腹，东方宁心真的很想知道，到底是什么人不想她的孩子出世?

要怎样才能保住这个孩子?

众人沉默不语，都知道东方宁心为何而愁，这样一个孩子，是父母的骄傲也是负担。

唯有不知情的墨泽单纯高兴，上前轻轻拍着东方宁心的肩膀：“墨言，别难过，老太君最疼你了，知道你有孩子，她肯定高兴得合不拢嘴。”

“二哥，你不知道，是我、是我害死了奶奶。”东方宁心看着自己的双手，眼里闪过一丝后悔，如果她早点说出异样，事情会不会不一样呢？东方宁心摇了摇头，早点说出来又能怎样，遇不上神魔，他们依旧找不到原因，只不过惹人担心罢了。

“墨言，生老病死是人之常情，奶奶的死与你何干？要怪也怪我这个二哥无能。”老太君的死对墨泽来说同样是极大的打击，他亦悲伤到不能自已，可在墨言面前，他必须收起悲伤，不能让墨言再自责下去。

东方宁心点了点头：“二哥，我想去看看老太君。今晚我就要走了，老太君的葬礼就不参加了。”

她今晚必须赶往中州之巅，在鬼皇重临中州的那一刻将他给灭了，不能让他再祸害中州，而她也需要鬼皇的灵魂和神魔交换，找到生下神之子的办法。

至于什么时候能再回天墨，东方宁心不敢保证。虽说她现在身子无异，但以雪天傲的谨慎，定不会让她再次赶路，提早离去是必然的。

墨泽不知道鬼皇一事，只当东方宁心不敢面对老太君的死，长叹了一口气：“墨言，老太君的遗愿是死后能将她火葬，骨灰撒在战场上。”

老太君的原话是：我的儿子在这片战场上落得死无葬身之地的下场，身为他的母亲，我怎么能让他一直孤零零地在这里。我要来这里陪子砚，我要来这里带子砚回家。

“老太君，她……”下颌抬得再高也忍不住眼中的酸意，泪水无声地掉了下来。

奶奶心里最牵挂的人是她的父亲，就连死也要为父亲着想。

墨泽眼眶亦是通红：“墨言，我们从来没有让你去拜祭过你娘，因为你娘的骨灰也撒在这片战场上。”无法死同穴，就一定要死在离他最近的地方，这是玉婉儿的执念。

“我都不知道。”泪不停地落下，东方宁心无法抑制心中的酸楚。

“墨言，别哭……两天后，我父亲和大哥他们都会来这里送老太君最后一程，老太君会理解你不能来的原因。”无视雪天傲的凶悍，墨泽轻轻拭去墨言眼角的泪，余光滑过东方宁心的小腹，心里微酸。

他的妹妹，那个在琼花宴上大放异彩的妹妹，那个在墨府与他最亲的妹妹，眨眼间就要当娘了，她的身边有了能陪她一生的男人，不再需要他这个二哥了。

“我去见老太君最后一面。”东方宁心点了点头，歉意地朝众人一颔首，便在雪天傲的陪同下，来到安放老太君遗体的营帐里。

墨子砚十二亲卫站成两排守护在墨老太君两侧，见东方宁心站在棺椁前发呆，上前安慰道：“墨言小姐，人死不能复生，别难过，能在这里陪着公子，老太君心里也是高兴的。”

“谢谢墨子叔叔。”东方宁心回过神，跪在老太君的遗体前，重重磕了三个头，雪天傲也跟着跪了下去。

“奶奶，墨言对不起您。”东方宁心一边磕头。一边倾诉，看着冰冷僵硬没有一丝生气的老太君，泪水再次控制不住地往下流。

奶奶，墨言有身孕了，您有曾外孙了，都是墨言的错，害得你看不到曾外孙出世。

奶奶，对不起，因为这个孩子，墨言才会没有顾及您的安危。

一遍一遍忏悔，东方宁心哭成了泪人，却无法平息心中的愧疚。

墨子摇了摇头，知道劝说无用，就不再开口。墨子上前，将手中的铁盒递到东方宁心的面前：“墨言小姐，老太君不会怪你的，并且让我把这个东西转交给你。”

“这是？”东方宁心诧异地抬头，老太君被人绑到这里，怎么会带这些东西？

“墨言小姐，这是你母亲的遗物，你上次离开天墨，老太君交给我，说是在她百年后转交给你。我想，老太君也许早就察觉到自己的大限了。”墨子说完便低着头，如果不是为了安慰墨言，这话他是怎么也不会说出口的。

“谢谢你，墨子叔叔。”东方宁心郑重地行礼，谢谢你们的关心，谢谢你们的安慰，还有谢谢你们的不怪罪。

“墨言小姐，公子性情豁达，从不会让已经发生的事影响自己，逝者已逝，来者可追，墨言小姐保重好身体才是，不然老太君与公子地下有知，可是会生气的。”

“是呀，墨言，尤其是你现在有了身孕，可不能再伤神。”墨泽正好进来，便将这个消息告诉了墨子十二人，更多是告诉老太君。

“什么？墨言小姐有身孕了？”墨泽的话如同巨石砸得墨子十二人猛地跳了起来，围着东方宁心上下打量，墨言小姐有孩子了，他们公子有后了。

“是的，墨子叔叔，墨言有孩子了，就在刚刚，在这片战场上得知了这个消息，我想我爹和我娘应该也知道了。”

“太好了，太好了，公子知道后肯定高兴坏了，公子那时候可是天天记挂着墨言小姐，知道墨言小姐有孩子，不知会多高兴。”墨子十二人喜极而泣。

看着如同孩童般兴奋的墨子十二人，东方宁心含泪浅笑，这个孩子来得正好，不是吗？

东方宁心轻轻抚着小腹，慈爱地道：“孩子，你放心，娘一定会保护好你。孕育神之子的代价再大，娘亲也不在乎。孩子，要记住，你是墨子砚的后人，娘亲在这片土地上知道了你的存在，而你，注定不凡。”

“墨言小姐，你现在可是有身孕的人，快回去休息，这里有我们就行了。”墨子十二人比准父亲雪天傲还要夸张，围着东方宁心团团转，生怕她出一点差池。

“我——”想陪陪老太君。

话还没说出来就被墨子打断：“墨言小姐，快回去休息，老太君要是知道你有身孕还这般劳累，肯定会心疼，而且这是夫人留给你的东西，你不看看吗？”

墨子指了指东方宁心左手的铁盒，那里面应该有夫人不愿意让众人知道的事情。

“好！”东方宁心拿着铁盒，深深看了一眼老太君，万般不舍地离去。

玉婉儿的遗物是什么？除了东方宁心没有第二个人知道，因为她在看完后便将铁盒埋在了战场上，据说是墨子砚身死的地方。

处理完这一切，众人就开始商讨对付鬼皇的事情。雪天傲与东方宁心为启程日期起了争执，东方宁心现在就要走，雪天傲则要在天亮之后赶往中州之巅。

理由彼此都明白，东方宁心想要早些准备，雪天傲希望东方宁心多休息一会儿。

最终雪天傲在公子苏、鬼苍悟、无涯和小神龙的力挺下胜出，东方宁心不得不按照雪天傲的要求，天亮再出发。

出发时，关于人选问题众人又产生了争执。公子苏、无涯与鬼苍悟都要求同行，雪天傲不同意。双方各执己见，互不相让，东方宁心道：“子苏，你留在这里帮一帮我二哥，等天墨与天耀的事情结束，就早点回宁苏阁，尼雅那里还需要你；苍悟，鬼族的事情要你来善后，鬼王死了、鬼族的人大多都死了，但鬼族还有你，无论你想要结束鬼族还是其他，总得把鬼王留下来的烂摊子给处理了。”

“不行。”公子苏与鬼苍悟同时拒绝，怎么可能放一个孕妇和一个妻奴去对付鬼皇？万一出了什么意外，宁心的孩子岂不是一出生就没有父亲或者什么。

“你们去干吗？添乱吗？没有神者以上的实力，拿什么对付鬼皇？身体吗？能挡鬼皇几招？”雪天傲冷酷地看着公子苏与鬼苍悟，言辞犀利，似乎忘了他们刚刚有帮他一起劝说东方宁心。

公子苏与鬼苍悟被雪天傲说得面红耳热，无力感再次袭上心头，公子苏没好气地指着无涯：“那无涯也不用去了，他也只是帝者——”

无涯快哭了：“公子苏，不带这样的，己所不欲勿施于人呀。我虽然只是帝者高阶，可是有神器在手，实力堪比神者。再说了，我又没有一个宁苏阁要管，也没有一个鬼族要处理。”在众人的注视下，无涯看向鬼苍悟，“对了，对了，你们看到那个蛇女尼嫚没有？我发现她今晚一直没有出现，可别让她给跑了！那个坏女人，我要扒她的皮喝她的血，她居然敢对我哥和子苏下手。”

“尼嫚在天墨的地牢里。”所有人都忘了尼嫚，他鬼苍悟也不会忘。

“子苏，尼嫚就交给你和无邪了。”对尼嫚，东方宁心无法心软。看到美人蛇挟持老太君，她就知道背后主使者必是尼嫚。

“好，我不会客气的，连你那份也一起算了。”公子苏冷笑，温和的脸上满是狠厉之色，当初的削肉之痛他会一一还给尼嫚，连同鬼苍悟那份一起。

东方宁心点了点头，没有多言，简单告别后，便在雪天傲的强求下，天亮后与他同乘一骑，赶往中州。

有了雪天傲的护卫，东方宁心全然放松，靠在雪天傲身上沉沉睡了过去。

见东方宁心睡着了，雪天傲放缓了速度。他不能失去东方宁心，她是他的另一半灵魂，没有她的雪天傲不会完整。

东方宁心不知雪天傲的担心，在睡梦中，她想着玉婉儿写下的手札还有两块玉。手札中记载着玉婉儿对自己身世的怀疑，还有对玉家人没来由的防备，最终在婚礼前夕逃出玉城，逃离中州。

离开中州后，她遇上了风华绝代的墨子砚，倾心恋上，墨子砚亦对她宠溺有加。

玉婉儿爱得痴，爱得真，爱得不顾一切。后来墨子砚娶了她，对她极好极宠，她却感觉不到墨子砚的爱，玉婉儿心里惶恐，却不知为什么。

直到有一天，墨子砚替她画了一幅画像，她才明白是什么原因；直到有一天，墨子砚无意识叫了一句心梦，她才确定是什么原因。

玉婉儿很苦很苦，她以为墨子砚是爱她的，最终她只是一个替身，墨子砚潜意识里寻找的替身。

玉婉儿不后悔，如果重来一次，她依旧会选择嫁给墨子砚，无论如何，她都会陪在墨子砚身边，和他荣辱与共，但她内心深处也有强烈的不安，怕有一天墨子砚会想起那个叫心梦的女子，担心墨子砚会发现她玉婉儿不是自己的真爱，只是一个替身。

玉婉儿怀孕了，却因为担心墨子砚想起心梦而疏忽，直到五个月后显怀，她才知道。

孩子的到来让玉婉儿平静，子砚是一个有责任心的人，他一定不会丢下她和孩子，可是没过多久墨子砚就上战场了，玉婉儿天天担心，日日思虑。临产时，玉城的人找上她，让她回去，她不肯。

玉城的人威胁她，如果不回玉城，就杀了墨子砚。玉婉儿依旧不肯，如果她没有孩子，也许会回去，但既然有了子砚的孩子，就绝不能让孩子在玉城出生。

玉婉儿在心中悄悄祈祷，祈祷夫君不会有事。后来，边境传来消息，墨子砚战死沙场，玉婉儿崩溃了，孩子早产，她亦没了求生的欲望。

是她害死了子砚，如果她答应和玉城的人走，子砚是不是就不会死？

临死，玉婉儿见到了玉城城主，求他放过刚刚出世的墨言。

临死，玉婉儿说请将她火化，骨灰撒在战场上。

因为她没脸进墨家的祖坟，她害死了子砚，不配成为墨家的媳妇。

除了手札，铁盒里还有两块玉，一块和墨府的墨玉一模一样，一块和心梦夫人那块一模一样。

墨玉是墨家的，另一块则是玉婉儿一出生就有的。看到那两块玉，东方宁心知道了玉婉儿和心梦的关系，她们……是姐妹。

倒在雪天傲的怀里，东方宁心的泪一滴一滴垂落，很快染湿了雪天傲的衣襟。

泪如刀刃没入雪天傲的心窝，他感觉自己身上的压力越发沉重。

带着心事与压力，东方宁心和雪天傲赶到中州之巅。中州之巅位于大海正中央，是一块从海底耸起来的巨石，有数万丈之高，与世隔绝。

神魔还是善良的，他选择在中州之巅让鬼皇重回中州，可以避免许多无辜的人死在鬼皇手里。

东方宁心与雪天傲登上中州之巅时，距离神魔所说的午时还有半个时辰。

“雪天傲，我们要不要提前布置些什么？”无涯看着光秃秃平坦坦的中州之巅，心里有点紧张。虽说他们在万年前与神者七阶的高手对打，但那时候纯粹投机取巧，真要论实力，神者七阶的高手一只手就能捏死他们。

雪天傲小心翼翼地扶着东方宁心在一旁坐下，看似从容随意，但微微颤抖的双手显露了紧张。初为人父，无法给妻子良好的养胎环境，更不懂如何照顾孕妇，他心中有愧，有心想给东方宁心最好的一切，却不知从何下手。

“当然要，不然你以为以我们的实力，能打赢鬼皇？”雪天傲见东方宁心坐稳了，这才鄙夷地看了无涯一眼。无涯不会天真地以为，凭他们就能与神者七阶的高手对打吧？

“咳咳，你准备了什么？”无涯不敢惹雪天傲，自从得知东方宁心有孕后，雪天傲整个人都不一样了。

雪天傲没有理会无涯，从怀里取出他带来的东西，算出最佳的位置，开始布局。

无涯眼睛越睁越大，不敢相信地看着雪天傲手上的东西：“雪天傲，你居然准备了这么多，是不是早就知道了？”

“带着它们只为以防万一，在中州我们也许是最强的，但难保不会遇上更强的。”雪天傲一边将手中的暴雨梨花针放好，一边回答无涯无聊的问题。

无涯与小神龙想要帮忙，雪天傲拒绝了，暗器的排布很重要，要将控制它们的开关连成一条线，这样只要按动一个，便能同时将十枚暴雨梨花针启动。

现在，他每一步都要小心入微，不能让东方宁心冒险。

雪天傲花了一刻钟才将十枚暴雨梨花针摆成一个田字，中间放着一大把掌心雷。暴雨梨花针一旦启动，半空的人就会被梨花针刺成刺猬，而暴雨梨花针产生的压力完全可以让掌心雷自动爆炸。

“雪天傲，凭它们伤得了鬼皇？”无涯很是怀疑，梨花针的杀伤力是很强，但鬼皇那么精明的人，怎么可能落入陷阱，站在那里让他们射。

“不能。”雪天傲回答得干脆，来到东方宁心面前，见她一扫之前的忧心与不安，雪天傲暗暗松了口气。

“你还好吗？”明明有一肚子的话想说，到了嘴边却又说不出来。

东方宁心笑了笑，抚着肚子道：“雪天傲，他让我告诉你，他会乖乖的，不会伤了我。”

“那就好。”雪天傲紧紧地抱着东方宁心的手，努力扯出一抹笑，只是不太成功。

“雪天傲，孩子让我告诉你，不用担心鬼皇，交给他就好……”东方宁心犹豫片刻才开口。

雪天傲还来不及反应，无涯就大叫了起来：“什么？你儿子说把鬼皇交给他？”这孩子还没有出生，就这么有本事，他还活什么？

“是，交给他，他会把鬼皇治服。”事实上是交给青鸾火凤，鬼皇不是青鸾火凤的对手。

她腹中的孩子还只是一个小不点，但她感受到了那个孩子的想法。

雪天傲表情缓了几分，语气却十分生硬：“告诉他，不要他多管闲事。”

东方宁心点了点头，下一秒脸色一变，猛地起身：“他来了！”

东方宁心指了指头顶正中央那刺眼的烈阳，提醒雪天傲、无涯与小神龙准备。

“无涯，西北方位，在暴雨梨花针炸开的那一刻挥出辟邪剑重伤鬼皇。小神龙，西南方位，当鬼皇躲开梨花针时，化为神兽本体，防止他逃离。东方宁心，东北方位，你的凤凰琴要不停发出虚幻之针，以扰乱他的视线。”雪天傲则站在东南方位。

原则上雪天傲和东方宁心要正面对上鬼皇，因为东方阳气最盛。

雪天傲布置掌心雷，只是为了扰乱鬼皇的视线，让鬼皇一落地就面临攻击。

时间静止，呼吸凝滞，阳光刺目，双眼泛酸，很快，当烈日照得那十枚暴雨梨花针熠熠生辉时，他们期待的一刻来临了。

头顶上的烈日被乌云遮住，东方宁心四人肉眼所见全部沦为黑暗。不过，这一切并没有持续太久，不一会儿，烈日重现，似乎比刚才还要刺眼。

四人轻眨眼睛，还未适应眼前的光亮，半空中传来一道得意的声音：“本皇终于重临中州了，从今天起，这中州就是本皇的！”

烈日之下，黑色的身影如同大鹏展翅，破空而下，带着傲慢和阴冷的杀气。

“鬼皇，终于见面了。”雪天傲抬头，与鬼皇四目相对。

“怎么是你们？”虽凌空一闪，却足够鬼皇发现来迎接他的人是谁。

鬼皇双眼闪过一抹狠毒之色，下降的速度加快，朝东方宁心与雪天傲扑去：“东方宁心，雪天傲，今日本皇就让你们明白，在绝对的实力面前，你们所使的小手段是怎样不堪一击！就由你们的死，来见证中州的新篇章！”

呼的一声，神者七阶的真气直击而下，全部砸向东方宁心与雪天傲。

东方宁心不急不缓，见鬼皇凌空而立，不在暴雨梨花针的攻击范围内，便缓缓睁起紫眸，迎视鬼皇，轻易就将鬼皇的攻击化解了。

“传说中的妖瞳居然在中州出现？”鬼皇看向东方宁心的紫眸，双眼闪着贪婪的光芒。

东方宁心的命他要了，那双紫眸他也要了。

鬼皇收起真气攻击，黑色的身体直朝东方宁心与雪天傲扑去。妖瞳能免疫真气攻击，那么近身的物理攻击呢？

鬼皇这一击凶猛而强悍，不想人还未到东方宁心面前，意外就发生了。十枚暴雨梨花针在雪天傲的控制下同时炸开，两百八十枚梨花针一齐朝半空射去，密密麻麻如同一张大网。

“该死的，这是什么东西。”东方宁心耳边传来鬼皇气急败坏的声音，还有发出真气阻挡攻击的声音，可惜这是暴雨梨花针，一旦发射就绝对不会改变轨道。

鬼皇疲于应对，身上几个部位都被梨花针刺穿，凭着强悍的真气才将其逼出，可就在鬼皇愤怒地准备反击时，巨响再次传来。

掌心雷爆炸了！

鬼皇不知掌心雷的威力，第一时间跳出爆炸范围，站在角落的无涯像是算准了鬼皇的行动，鬼皇一动，辟邪剑便脱离了无涯的手心，刺入了鬼皇的后背。

鬼皇深感不妙，旋身欲避开，小神龙却在这时化身为龙，与无涯配合默契，在鬼皇跳起来的一刻，伸出龙爪朝鬼皇扑去。

“神龙？”一连串的变故打得鬼皇招架不住，一环扣一环的算计让鬼皇手忙脚乱。

“再看看我的凤凰琴。”东方宁心没有给鬼皇喘息的空间，手拨琴弦。

“不急，这里还有。”雪天傲右手一扬，海面激起一束水花，刚好落在鬼皇的面前，厚厚的冰块直接堵住了鬼皇的路。冰块很厚但威力一般，鬼皇凝聚真气朝冰块一击，轻易就能将其打破，可惜没有时间。

哧的一声，无涯的辟邪剑没入鬼皇背部，小神龙的龙爪也毫不客气地抓去鬼皇的一大块皮肉。

“你们，该死！”鬼皇怒火中烧，直接用拳头将面前的冰盾打破，同时拔出刺入背后的辟邪剑，“居然是神器！”

“鬼皇，你的命，我要了。”雪天傲手中的剑由前往后，划出一道光弧，只见万米之下，平静的海面咆哮起来，如王者降临。

“起！”海水在雪天傲的真气作用下，从海面弹了起来，朝鬼皇扑去。

“神者的技能，很好，果然有与本皇叫板的力量，不过，你以为只凭神者低级技能就能伤本皇？”鬼皇随手将手中的辟邪剑往海面掷去，无视血淋淋的左手与背部，无视小神龙与东方宁心的攻击，重凝真气……

“万魂阵出！”嗡的一声响起，就在辟邪剑从海面弹回无涯手上之际，上空的蓝天突然变成黑压压的一片，一团黑气自天而降，把东方宁心与雪天傲四人连同鬼皇笼罩在里面。

“本皇耗费千年凝聚九十九万九千只恶魂炼出万魂阵，本皇倒要看看你们如何应对。”

“小心！”雪天傲将东方宁心拉到身后，不敢再动。当鬼皇祭出万魂阵，他们就失去了攻击的先机，受制于人。

“好好享受这万魂阵吧。”鬼皇准备退到万魂阵外，没兴趣看东方宁心与雪天傲被恶魂撕咬的画面，只要知道他们最后会死就成了。

“要走？没那么容易。”东方宁心手中的凤凰琴越弹越快，密密麻麻的虚幻之针如同天罗地网，将鬼皇的退路堵死。

“雪天傲、无涯、小神龙，鬼皇交给你们了，这万魂阵交给我。”东方宁心看三人被恶魂缠得根本不能动，便将对付万魂阵的事情揽了过来。

“凭你？”雪天傲与无涯没说什么，鬼皇倒是冷声质疑。

“就凭我。”东方宁心不多言，成功留住了鬼魂一秒，这就足够了。

无视周边的恶魂撕咬，东方宁心盘腿而坐，黑色的魂阵中，东方宁心一身白衣，显得分外醒目，淡定从容的表情看上去神圣而高洁。

这一刻，东方宁心将圣洁与光明发挥到极致，外界的一切都无法影响到她。她静坐于地，手指拨弄着凤凰琴，琴声如同泉水滑过，如同珍珠落玉盘，清朗而安定人心。

“《安魂曲》？梦皇那女人也到了中州？”琴曲一响，鬼皇便大惊失色，看着东方宁心，如同看着怪物。

东方宁心没有理会，手指不停拨弄琴弦，手法越来越娴熟，琴曲越来越柔和，随着琴声渐至高潮，恶魂阵中的恶魂逐渐安定下来，撤去狰狞的面孔，攻击越发无力，速度也缓慢了。

机会来了！雪天傲与无涯、小神龙三人同时交换眼色，无涯掩护，小神龙防御，雪天傲攻击。

“冰寒枪！”

“辟邪剑第十八式！”

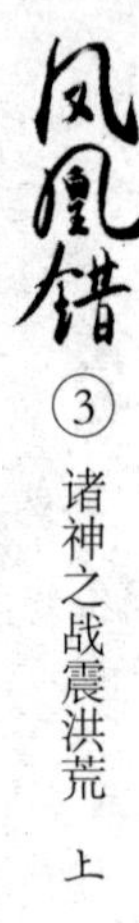

“银龙咆哮！”

三道攻击同时砸向鬼皇，出于直觉，鬼皇知道神龙与辟邪剑的攻击绝对致命，就将重点放在防御小神龙与无涯上。

在鬼皇的精准算计与强力反击下，辟邪剑与银龙咆哮的攻击不仅落空，还出现了反噬，小神龙的身体不受控制地往半空飞去，无涯再次跌入万魂阵的中心，唯有雪天傲的冰寒枪，鬼皇却是大意了……

有大海在身边提供源源不断的水源，以雪天傲现在的实力，可以连续发出数十道冰寒枪，鬼皇躲得了一次躲不开两次。

冰寒枪没入鬼皇体内，瞬间融化。

在鬼皇受伤的刹那，雪天傲踢开缠在身上的恶魂，长剑直朝鬼皇面门逼去。鬼皇为了控制万魂阵，不断消耗真气，面对雪天傲的强势攻击，一时间无法反击，只能撤身避开。

在雪天傲的剑距离鬼皇只有半寸时，雪天傲突然收剑，凌空一个转身，左腿直接踢向鬼皇心口处。

一声巨响，鬼皇被雪天傲踢入了大海正中央。

“混账！”鬼皇落水，第一反应是凌空跃起，一举击杀雪天傲，一定要杀了雪天傲。

这两个实力低下的家伙居然把他逼到这个地步，是可忍孰不可忍！

“冰封海域。”雪天傲根本不给鬼皇机会，鬼皇刚刚跃起，他就凝聚真气，直接将整个海面封了起来，同时也将准备跃出海面的鬼皇给封住。

铮的一声，东方宁心的《安魂曲》弹到了尾声。琴曲结束，恶魂再度恢复狰狞的面孔，朝雪天傲与无涯扑去。二人本想跃入冰面将鬼皇制服，此时却被恶魂缠得脱不开身。

此时，被甩至半空的小神龙回来了，雪天傲松了口气，现在的鬼皇小神龙能够对付，他们无须担心。

万魂阵中，无涯与雪天傲不停挥剑，吱吱的惨叫声不绝于耳，就在他们思索着要怎么做才能将万魂阵打破，弹完《安魂曲》的东方宁心再次行动了。

铮铮铮，东方宁心双手飞快在凤凰琴上拨动，这一次不是安定魂心的《安魂曲》，而是杀气腾腾的战曲。

琴曲充满肃杀之气，灵魂深处似乎有什么在叫嚣，只一瞬就令人感觉拥有了强大的力量与自信。

阴冷的魂阵中满是肃杀之气，雪天傲与无涯成了看客，恶魂只顾着互相厮杀。琴曲高昂，东方宁心双手越拨越快，听得人热血沸腾，战意直往上蹿。

琴曲到了高潮，七个杀字从凤凰琴中飞出，恶魂开始疯狂厮杀，不死不休！

琴曲结束，东方宁心猛地睁开眼睛，直到最后一个琴音落下，才知道自己刚刚弹了一首战曲。

东方宁心看着自己的双手，一脸茫然，现在却没有时间多想。万魂阵破了，并不表示他们与鬼皇的战斗结束。

在万魂阵被破的一刻，冰封在海面的鬼皇似乎也受到了战曲的影响，砰一声便挣脱了海面的冰封。

鬼皇飞身而出，一拳击向头顶上方的小神龙。太虚神甲第一时间产生防御，小神龙并无大碍，鬼皇却借机逃跑。

“不好，鬼皇跑了！”雪天傲双足轻点，飞身去追。他们要的可不只是打败鬼皇，要的是鬼皇的命与魂。

雪天傲将真气凝聚到极致，不顾一切向前。眼看鬼皇就要消失在视线范围内，雪天傲停了下来，不顾一切凝聚真气，不停朝鬼皇发起攻击。

真气耗得太快，雪天傲眼中闪过一抹厉色：“冰雪九州！”

就在这时，一道尖锐的凤鸣声划破天空，紧接着，一青一红两道影子从太阳中飞了出来。

站在中州之巅，东方宁心看着远处的战况，长长松了口气。还好雪天傲的“冰雪九州”没有发出来，还好雪天傲的真气没有耗尽，不然就危险了。

“宁心，最后还是要劳驾你儿子，不知道雪天傲会不会生气。”无涯抬头，看着青鸾与火凤将鬼皇抓住，在半空嚣张嗷叫。

东方宁心沉默，轻轻抚着小腹，雪天傲可不是小气之辈，自己的孩子比自己强那是好事。

鬼皇被抓，雪天傲与小神龙同时回来，站在岩石上，看着半空中抓着鬼皇、不停凌空转圈、忽上忽下的青鸾火凤。

“青鸾火凤，将他放下来。”雪天傲冷声下令。

“不行，主人有令，要好好招待他，不能让他死得太容易。”青鸾火凤无视雪天傲的命令，嚣张地回答。

“火凤，你接好了。”青鸾突然高飞，将鬼皇往下一丢。

不想火凤失手了，只见鬼皇整个人往中州之巅的巨石上撞去，头破血流，血肉模糊，五脏六腑也裂了。

不等鬼皇凝聚真气，火凤扑了过来，凤爪插入鬼皇的肋骨，再次将鬼皇丢向半空，又扑上去，巨大的翅膀将鬼皇团团包围起来，顺便把他扭成一团麻花。

青鸾看火凤玩兴大起，不停出着主意，让火凤试试把鬼皇扭成一颗球。

鬼皇自认一代枭雄，此时却顾不得面子惨叫起来。

带血的半边脸落入海水中，掀起一阵海浪，无涯用力咽着口水，悄悄后退，拉开他与东方宁心的距离："东方宁心，你儿子好恐怖。"

"青鸾火凤，留他一口气，我要他的灵魂。"雪天傲斜睨了一眼无涯，对青鸾火凤道。

"给你。"青鸾火凤正好也玩腻了，要不是主人要求，它们才懒得玩一个没用的玩具。

鬼皇被揉成一团，落在东方宁心与雪天傲的脚边。

看着人不人、鬼不鬼、全身没有一处完好的鬼皇，东方宁心与雪天傲不觉后退，这一坨东西很恶心。

"放心，还有一口气在，经这么一折磨，他的灵魂深受打击，控制起来也会很容易，我和青鸾现在将他的灵魂打出体内，你快点控制他，让他把灵魂献祭给神魔。"火凤指了指鬼皇，对东方宁心说道。

东方宁心点了点头，闭上双眼，慢慢凝聚真气，再次睁开时紫光万丈。

"今，以我之魂，祭献于你！"鬼皇双眼呆呆的，东方宁心念出这话时，他也跟着念了出来："今，以我之魂，祭献于你！"

说完，他的身体就缓缓上升，和鬼王当日祭献给神魔的情景一模一样，走到这一步，雪天傲与东方宁心四人终于松了口气。

神魔一身红衣，凌空而来，似笑非笑道："你的灵魂，本尊收了。"

神魔高傲地扬手，正准备收取灵魂，就在此时，东方宁心大叫一声，双眼突然流出血泪，整个人不受控制地后倒。

"东方宁心！"雪天傲第一时间上前扶住东方宁心，同时朝鬼皇出手，可是晚了……

鬼皇双眼早已恢复清明，一个字一个字，无比清晰地道："以我的灵魂，换东方宁心与雪天傲永世不——"

"住嘴！"无涯小神龙、火凤与青鸾顿时慌了神，立刻出手，不想有一个人比他们更快。

一直站在边上的神魔飞快伸手："很抱歉，你的灵魂能换什么，我已经决定了。"

"神魔，你破坏规矩。"鬼皇万分不甘。

神魔不是中立的吗？他只收灵魂办事，怎么会偏向东方宁心与雪天傲？

"很抱歉，我徒弟的父母嘛，总得要照顾一二。"神魔一脸邪气，紧接着鬼皇的灵魂就消失在众人面前。

东方宁心双眼恢复后，直视神魔。阳光照耀下，神魔那颗泪痣更加明显。之前没有看真切，这一刻东方宁心才发现神魔很美，那种阴柔的美却不显女气，一身妖气让人又恨又爱。

“多谢。”东方宁心真诚道谢，她在最后一秒明显感觉鬼皇的灵魂不受控制，好在神魔出手，不然她与雪天傲就麻烦了。

“小事，答应你们的交易嘛。”神魔大大方方道，丝毫不认为自己破坏了规矩。

坏了规矩？规矩是他定的，他神魔就是规矩！

“神魔，鬼皇的灵魂已经交出去了，我们要的东西呢？”雪天傲大大松了口气，一边小心翼翼地护着东方宁心，一边询问神魔。

神魔大大方方道：“洪荒炎兰宫宫主是个炼药高手，他妻子体弱，他又爱妻如命。因为妻子想要孩子，炎兰宫宫主为保证妻子的安全，便研究出一种对孕妇特别有效的丹药，名为益母丹，你们有能力就去洪荒找他要。”

“只有这么一个消息？”雪天傲强压下怒气。

神魔本来打算走，听到雪天傲的话，善意地补了一句：“哦，忘了告诉你们，中州与洪荒的通道虽然已经开启，但不是你想去就能去的，你得满足前行的条件才行。”

“还有条件？”封印不是为了阻止洪荒的人来中州吗？

“当然有条件了，你以为洪荒的人为什么不来中州？”中州不付出代价，怎么可能挡住洪荒高手？难道他们不知道洪荒那些人，有多么想要将中州占为己有吗？

“什么条件？”洪荒他是一定要去的，任何条件也阻拦不了他。

“无论是从中州到洪荒，还是从洪荒到中州，每个人借通道走一次，就要消耗一样神器。另外，要是从洪荒来到中州，除了神器外，体内真气还会降一级，从中州去洪荒则不会降真气。据说，这是某个痴情的天神为保护他心上人对中州的眷恋，用自己的生命设下的封印，除非有天神以上的高手愿意用自己的生命来解除封印，不然这条规矩永存。”神魔说到“某个痴情的天神”时，很是无奈地摊了摊手。

“需要神器为媒介？”雪天傲剑眉轻皱，这也太费钱了，难道当初他们能回到万年前，就是因为牺牲了那三枚神针？

“这世间哪有那么多神器？”东方宁心可以肯定神魔是故意的，把这个条件放到最后说，让他们得到了消息，却无法去洪荒。

“这是你们的事，有没有那么多神器不是我需要烦恼的，有神器你们就去洪荒拿益母丹，没有那就去找神器呗。”神魔无所谓道，眼角余光扫向小神龙与青鸾火凤，在看到青鸾火凤时，神魔眼中的笑意明显加重，“神兽的那份神器就不用了，作为契约神兽，可以和主人一同过去。当然，你们也不用担心我徒弟，这世间没有什么地方可以挡住他的脚步。”神魔泪痣轻闪，扫向火凤青鸾，“青鸾火凤，我们很快就会再见，保重。”

接着，他似笑非笑地看着东方宁心与雪天傲，无声说了一句：“洪荒见！”

挥挥手，神魔走得潇洒，青鸾火凤高傲地别过头去，一脸鄙夷。

雪天傲对青鸾火凤向来没有好感，倒是东方宁心关切地问道：“你们和他有恩怨？”

“没有，我们要走了。”青鸾火凤傲娇地扭过脸去，睁着眼睛说瞎话。

它们才不要告诉东方宁心与雪天傲，当年神魔想做五彩羽衣，把它们的凤毛都拔光了，这种事多丢脸呀！

青鸾火凤不想说，东方宁心也就没有再问，她现在与雪天傲都自顾不暇了，如果去洪荒，他们至少要准备两件以上的神器。

“我们去哪找神器？”

东方宁心话一出，四人沉默，均摇了摇头。

“算了，先不想这些。”东方宁心收起凤凰琴，“我们先去丹城，把幽梦草送去。”

神器的事情不急，也急不来，当务之急是炼制她爹要的丹药。

“啊？”无涯一时没有反应过来，愣了一下，等到他回神，东方宁心、雪天傲和小神龙已飞离中州之巅。

“喂，你们等等我。”无涯反应过来，连忙追了上去。

东方宁心与雪天傲离开中州之巅，并没有直接去丹城，而是折回了天墨边境，远远地送了墨老太君一程，祭拜过后才前往丹城。

FENG HUANG CUO

第十二章 飘渺山上寻仙踪

丹城还是那个丹城，只不过城内的权力重新划分了。炼药公会的会长大人回来了，但他没管公会，而是住进了云家。于是，丹城云家一举成为丹城第一世家，现在丹城就是云家。

雪天傲、东方宁心四人一进丹城，就受到了热情的款待。云清离得知消息，第一时间来到城门口："宁心姐姐，你终于来了，我好想你哦。"

话音落下，云清离便张开双臂扑向东方宁心，雪天傲眉头一皱，正准备出手将云清离推开，无涯却比他更快一步，将云清离拎了起来。

"啊，你干什么？放开我！"云清离吓了一跳，连忙挣扎。

"该死！"雪天傲脸色一变，抬腿就将两人踢飞，两人惨叫一声，摔了出去。

"这是怎么了？"云清逸与猥琐会长赶来，正好看到这一幕，连忙将无涯与云清离接住了。

无涯知道犯了错，一脸小心地道："会长，我和云清离闹着玩呢。"

"谁跟你闹着玩。"云清离狠狠地瞪了无涯一眼，无涯没理会她，老实地站在一旁，不敢乱动，生怕雪天傲找他麻烦。

猥琐会长将无涯挥得更远："一边儿玩去。"语气满是不耐烦，随即又飞快来到东方宁心与雪天傲面前，一脸谄媚地道，"听说你们把魔焰谷给炸了，是不是真的？你们怎么炸的？怎么不叫上我呢？还有那啥的鬼族大战是怎么回事？快说给我听听。我天天闷在丹城，除了炼丹就是炼丹，快要发霉了。"

猥琐会长嘀嘀咕咕半天，雪天傲与东方宁心白了他一眼，没有搭理。猥琐会长急了："怎么了，干吗不说话？哑巴了？"

"我拿到幽梦草了。"东方宁心开口，但不是对猥琐会长说的，而是对云清逸说的。

"你们拿到幽梦草了？"猥琐会长一听，激动地上前拉起东方宁心的手就往内城跑，"太好了！走，走，我们这就去炼丹，虽说这五品生肌丹品级不高，却非凡物。"

"不能跑。"雪天傲第一时间挡住了猥琐会长的去路。

"为什么？"猥琐会长不高兴，傲慢地拿鼻孔对着雪天傲。

"东方宁心有身孕了！"

"你说什么？东方宁心有身孕了？"猥琐会长僵在原地，一向雅贵的云清逸亦是惊得嘴巴大张，毫无形象地看着雪天傲与东方宁心。

云家兄妹加猥琐会长没有一个肯相信这是事实，但话从雪天傲嘴里说出来，他们想要怀疑又感觉不对。

雪天傲无视发愣的三人，拉着东方宁心直接回云府。

东方宁心四人刚到云府，云老爷子就出来迎接："咦，清逸和会长呢？他们不是接你们去了吗？"

"他们在后面。"东方宁心为云清逸解释了一句，便随云老爷子、云家夫妇入府。

步入云府花厅，东方宁心就看到坐在门口翘首以盼的东方玉，当下红着眼睛，加快脚步，朝东方玉走去："父亲，我回来了。"

"回来了就好，回来了就好。"东方玉握着东方宁心的手轻轻拍着，眼眶泛红，还有一丝不易察觉的安心。

"父亲，我找到了幽梦草，你很快就能站起来了。"东方宁心蹲在东方玉身侧，小心地替他捶着双腿。父亲的双腿在众多活血通脉的丹药滋养下，总算有些起色了。

东方玉眼睛陡然一亮："真的？太好了，我答应了心梦带她回飘渺山，这次总算可以做到了。"

"飘渺山？父亲，你知道？"东方宁心手上的动作缓了一下，沉溺在喜悦中的东方玉没有发现，只是热切地与女儿分享心中的喜悦，"我知道，宁心，那块玉里有你母亲留下来的一缕灵魂，我跟她说过话了。"

"娘亲有心愿未了。"东方宁心歉疚地看向东方玉，"父亲，对不起。"

"傻孩子，你没有做错，这块玉对我来说很重要，能替心梦完成遗愿，能再次听到心梦的声音，对我来说比什么都重要。"

"父亲，你还有我。"东方宁心紧紧握着东方玉的手，眼睛发酸。她父亲全心全意爱着她的母亲，他的世界里只有母亲，可是她母亲……

但感情能这样算吗？感情的世界本就不公平。

"东方宁心怀孕了，这怎么可能，雪天傲一定是骗我的，孩子是谁的呀？"猥琐会长的声音突然传来，整个云府，不，是整个丹城都听到了。

“什么？宁心，你有身孕了？”东方玉激动得险些从椅子上掉下来。

云老爷子和云家夫妇也飞快上前：“东方姑娘，你有身孕了？”

“是，我有身孕了，不过一个月多点。”东方宁心淡淡一笑，表情温柔。

“快，快起来，你这个傻孩子，有身孕的人也能蹲着？”东方玉激动得双手直哆嗦，用力拉起东方宁心。

东方宁心笑了笑，取出用冰玉盒装好的幽梦草：“这是幽梦草，会长大人，你什么时候能炼出生肌丹？”

“两天，给我两天的时间，保准炼出生肌丹。”猥琐会长打开玉盒，看着依旧青葱如玉的幽梦草，满意地点了点头。

“好，我们在这里等你。”

猥琐会长胡乱点了点头，根本没听到东方宁心说了什么，拉起云清逸就往丹药房跑：“云小子，走，咱们炼丹去。”

会长炼丹的时候，东方宁心与雪天傲则在云家的药草库挑选着欧阳以凌送来的那些极品药草。

在中州排位战里，欧阳以凌输了，按照赌约，他要将药城最好的药材送来给东方宁心。得知东方宁心要来丹城找会长炼丹，欧阳以凌先一步将药城仅有的十株稀世药草送到了丹城云府。这十株药草每一株都有价无市，是药城从不外售的珍品，现在欧阳以凌却全部送到了东方宁心面前，要说这里面没有私心，谁都不信。

看着面前的药草，东方宁心微微叹了口气，雪天傲上前握了握她的手：“都用了吧，虽说不能让妖瞳升阶，也是利大于弊。”

“雪天傲，你说我该拿什么还他？”欧阳以凌的心思东方宁心懂，但她宁可不懂。

“只要你安全无恙，对他来说就是最好的报答。”

放在以往，雪天傲对欧阳以凌这种行为只会嗤之以鼻，但此一时彼一时，他们现在很需要这些药草，他就是再不高兴也不会拒绝。

“我知道了。”东方宁心轻轻点头，不再矫情，开启妖瞳，吸收药草里的精华。

十株药草以肉眼可见的速度干瘪枯萎，东方宁心双眸中的紫光则越发明亮，如同紫水晶，眼眸所视之处，无不被神秘的紫光笼罩。

“你的妖瞳升阶了？”雪天傲眼神一闪，险些被紫光迷了心。

“九品妖瞳，免疫天神以下的真气攻击。”东方宁心嘴角抑制不住地上扬。妖瞳升阶得太是时候了，她正需要变强，这样他们去了洪荒才不会处处受制。

就在这时，云家炼丹房传来一阵爆炸声。

"不好，丹药出事了。"东方宁心倏地收起眼中的紫光，提气就朝炼丹房飞去。

雪天傲虽然担心东方宁心的身体，却不敢强拦她，只得快步跟上。

又是一声巨响，东方宁心与雪天傲第一时间赶到炼丹房，只看到云家炼丹房在第二道爆炸声响起后，被漫天火光笼罩。

"炼丹房炸了？"云清离与云家夫妇随后赶来，不敢相信地大叫一声。

东方宁心与雪天傲应了一声，无视冲天的火光，旋身就冲入炼丹房中。

"不能进去，危险！"云清离上前阻拦，却连东方宁心的一片衣角也没有拉住。云清离慌神了，跟着往里冲。

"清离，你疯了，炼丹房爆炸意味着出了超越品级的丹药，药效不散，爆炸不停。"云家夫妇死命抱住云清离，不肯让她向前一步。

"爹娘，你们松开，哥哥和宁心姐姐他们还在里面，会死人的。"云清离疯狂挣扎，却怎么也挣脱不开。

"你进去也会死。"云家夫妇死死抱住云清离，不敢松手。

不知情的东方宁心与雪天傲冲入炼丹房，就看到全身焦黑的无涯、小神龙、云清逸和猥琐会长四人无视丹房爆炸的危险，围着丹炉一动也不动。

不等东方宁心询问，猥琐会长就小心翼翼地从炼丹炉里捧出一颗圆润的丹药："八品生肌丹，没想到我居然炼出了八品丹药，生生让这五品丹药升品了。"

八品生肌丹？

中州第一丹，难怪会有这么大的动静，东方宁心与雪天傲大大松了口气。

有八品生肌丹，东方玉双腿就能完全恢复了！

轰！丹药房塌了，但这个时候谁也没空理会。

东方宁心拿到八品生肌丹，第一时间让东方玉服下。

服下生肌丹，待双腿彻底恢复后，东方玉连片刻也不肯等，执意要去飘渺山看他心爱的心梦成长的地方。

飘渺山终年云雾萦绕，如在云间，普通人别说爬上去，就是站在山脚下，也看不清山上的情况。

东方宁心、雪天傲、无涯、小神龙与东方玉和猥琐会长一行人正在奋力往山上爬。没办法，东方玉执意要爬山，众人只能随他。

猥琐会长原本不想来，无意中听到东方宁心说，飘渺山必然有不寻常之处，不然培养不出一代奇才墨子砚与奇女子心梦。

一听到这话，猥琐会长双眼一亮，死活要跟来。在猥琐会长的死缠烂打下，东方宁心勉强同意，却要求猥琐会长教她炼丹。

无论是在中州还是在洪荒，炼药师都是很吃香的职业。他们在中州不缺钱、不缺人，可是到了洪荒呢?

东方宁心可不希望到洪荒后，跟万年前一样，要用偷的去换钱，这对胎教不好。

“这是什么级别的精神力，居然深不可测？”看着测试精神力的水晶石，猥琐会长震惊地连连后退，看怪物一般看着东方宁心。

“我有成为炼药师的资质吗？”东方宁心半点也不意外。小神龙早就说了，她的精神力异于常人。

面对刁难，东方宁心没有一句抱怨，拿起猥琐会长送来的炼药师入门书籍读了起来，并将书中所写的药草一一画了出来，让猥琐会长查看是否有错。

不想，只用了短短四天的时间，东方宁心不仅看完了，而且全记住了。虽然没有条件实地接触草药，但她画出来的图栩栩如生，凭这些图来寻找药草，不会有丝毫差错。

“为什么老天爷要让东方宁心这种妖孽出世，这不是打击人吗？”猥琐会长憋屈地将书籍搬回炼药师公会。本想打击一下她的自信心，结果深受打击的却是自己。

因为找不到云清逸，猥琐会长天天赖在东方宁心身边，磨她给他画一份图。东方宁心没有动手，也没有把猥琐会长赶走，不仅如此，她还时不时说些洪荒的事，引得猥琐会长对洪荒十分向往，得知九品神气丹的炼制者就在洪荒后，更是恨不得现在就去洪荒。

“东方宁心，我告诉你，我是你师父，去洪荒那种危险的地方，怎么能让徒儿你一个人呢？洪荒我是一定要去的，你们谁也别劝我。”

一路上，猥琐会长都在重复这些话。东方宁心与雪天傲嘴上不应，心里却乐开花了。

有猥琐会长的七彩神剑，足够他们去一趟洪荒了。

知晓东方宁心与雪天傲打算的小神龙与无涯看着两人一脸严肃，不由得在心中暗骂：“阴险呀！无耻呀！明明算计人家手中的神器，还装得这么无私大义，真是够无耻的。”

雪天傲一眼冷刀子甩向无涯：“你要是说漏了嘴，我就拿你的辟邪剑代替。”

无涯一听，险些从马背上掉下来，紧紧握着辟邪剑，眼观鼻、鼻观心。

从丹城到飘渺山，除了东方玉外，一行人各怀心思。半个月后，他们终于来到了飘渺山下，陪着东方玉一步一步爬飘渺山。虽然耗时耗力，东方宁心与雪天傲却没有一丝不满。

东方宁心与雪天傲不是第一次来到飘渺山顶，但这一次的感觉完全不一样。

最左边的两间木屋是新建的。当年心梦将她与墨子砚的一切都烧得干干净净，不用说东方宁心与东方玉也明白，这里是墨子砚与心梦曾经住过的地方。

静静地站在木屋前，东方玉取出放在心口的玉："心梦，你看到没有，我带你回飘渺山了。"

玉嗡嗡一动，没有声音，东方玉却能感觉到玉中的心梦对于飘渺山的爱与恨。

"什么人？"右边木屋里传出一道虚弱的声音，紧接着木门打开。

几人循声望去，只见苍白瘦弱的男子从木屋里蹒跚地走出来，没走几步就气喘吁吁。

"李漠北？"无涯不敢相信面前这个苍白到没有血色，一身药味的男人是当年那个气宇轩昂的李漠北。

李漠北暗暗松了口气，靠着门板喘着粗气，好半天对众人点头，最后视线落在东方宁心身上："墨言……"

"你……还好吗？"东方宁心惊了一跳。

靠着门柱，昔日威风凛凛的大将军此时虚弱堪比药罐，没有一丝血色的脸上只有一抹僵硬的笑容："我很好，你们怎么来了？"

李漠北轻眨眼睛，掩去眼底的失落。刚刚那一瞬，他还以为东方宁心是来看他的，但看到她眼中的震惊，李漠北才明白，她根本不知他的近况。

"柳师伯在吗？"东方宁心开门见山道，忽视了李漠北眼中的期待，不能给他什么，又何必给他期望，早就该让李漠北死心了。

"师父去飘渺山顶了，咳咳……你们先坐一会儿，一刻钟后师父就会回来，咳咳咳……"李漠北不停咳嗽，背部因咳嗽而蜷缩，丝丝血迹顺着他的手滑落。

"会长大人，帮忙看看。"东方宁心终是不忍，李漠北虽说可恶，但他受的惩罚够多了。

"行。"猥琐会长也不多说，从无涯口里知道了李漠北的事情，站在男人的立场，他不认为李漠北有错。

"咳咳，我没事。"李漠北拒绝了，这是他的报应。

"磨磨叽叽，是不是个男人？"猥琐会长可不会给李漠北面子，"肋骨断了两根，五脏六腑都有破裂，好在经脉没断，不过淤堵严重，能救，但恢复后也会影响今后的修为。"

猥琐会长边看边摇头，能把人折磨到这个地步，对方绝对是高手中的高手。

众人尽皆沉默，在这里，除了东方玉与猥琐会长，他们都是知情人，面对李漠北的伤，他们没有评价与同情的权利。

猥琐会长多少也能猜到一些，粗手粗脚地将李漠北扶了进去。

“父亲，你要不要先去看看母亲的住处？”东方宁心知道东方玉心切，怕他等不及。

东方玉摇了摇头：“我等你一起去。”他想和宁心一起去看心梦，心梦肯定也想宁心。

“那我们先去娘亲住过的地方。”

“东方宁心，雪天傲？”远处传来柳云龙的声音，紧接着就看到一道黑色的身影飞快朝他们跑来。

“师伯。”东方宁心虽然不怎么待见柳云龙，但该有的礼貌还是有的。

“你们来了，你终于来了。”柳云龙激动地握着东方宁心的手。

“我父亲也来了。”东方宁心微微后退，避开了柳云龙。

“他是你父亲？”柳云龙指着东方玉，震惊大喊，“小师妹的玉？”

说完，整个人就朝东方玉扑去，如果不是被雪天傲的剑拦住，东方玉手中的玉早就被他抢走了。

“柳大师，请带我们去心梦夫人以前居住的地方。”东方宁心疏远了柳云龙，雪天傲自然不会对他客气。

柳云龙被雪天傲的寒气一震，冷静了下来：“对不起，我失态了。你就是心梦的夫君吧，心梦住在这里，你跟我来。”

“柳大师叫我东方玉就好。”东方玉客气又疏离地开口。

“东方先生，请。”柳云龙也不敢拿大，很是客气，将东方玉一行引入心梦的小木屋。

小木屋虽是重建的，里面的一切完全按照当年布置。屋内，桌椅占据了大半的位置，桌上与窗台处都摆放了新鲜的盆栽，给木屋增添了一抹亮色。

梳妆台上摆着一对小玩偶，一男一女，很是可爱，白色的床缦上绣着翠竹，左边空出来的地方挂着一幅画。

画中的心梦一身白衣，坐在梅花树下轻抚琴弦，美目含情，凝视前方，娴静高贵，梅花与雪花飘落在女子身边。

这幅画是墨子砚为心梦画的，也是心梦唯一没有烧毁的东西。木屋重建后，柳云龙就将画挂在心梦的房间，假装一切都没有变。

“心梦，我看到你在山上的生活了，这幅画很美。”东方玉看着手中的玉，露出一抹比哭还要难看的笑。

这画是墨子砚画的，心梦深情凝望的，想来就是墨子砚了。心微痛，眼微涩。为什么不是他先遇上心梦？这样心梦就不会受伤了。

“东方你这个呆子，他已经过去了，这里不是我住的地方。我当年把属于我的一切都烧干净了，来飘渺山才不是为了他。我来这里不过是想问师父一个让我无法释怀的问题。”

手中的玉在发热，心梦的声音从玉中传入东方玉的耳中，东方玉顾不得伤怀，惊喜地唤了一句：“心梦。”

“东方，你真是个呆子，难怪在东方家会被人欺负，带我去师父的木屋，这里有什么好看的，那画你要是喜欢，就拿回去当柴烧好了。”

“心梦，我——”东方玉一时间窘得不知如何是好，他知道心梦爱恨分明，是个眼睛里揉不得沙子的人，也知道心梦后来爱的是他，他只是……不痛快而已。

东方宁心与雪天傲站在一旁，静静等着，他们听不到心梦的声音，只能从东方玉的神情勉强猜出一二。

“走吧，去师父的木屋，孩子们该等急了。”心梦道。

“好，我们这就去你师父的木屋。”东方玉点了点头，转身对柳云龙说出自己的要求。

柳云龙点头应下：“宁心，我想要给你的东西也在师父那里，是师父死前替师弟准备的。可惜，师弟没来得及……”

柳云龙哽咽了一声，转身就朝中间的木屋走去。那间木屋比心梦的大，里面除了木桌木椅外，就只有一张木床，床上摆着一只玄铁长盒。

一踏入师父的木屋，东方玉手中的玉就不停地颤抖，就在东方玉不安地唤着心梦的名字时，玉发出刺眼的光芒，一道白影从中走了出来。

“心梦！”东方玉激动地上前，想要拉住心梦，手却穿过了心梦的身体。

“娘亲！”东方宁心上前却抱了一个空，这才知道自己有多么想她，“娘亲，宁心好想你。娘亲，你是不是不要我了？我一个人，好害怕……”

她的委屈，她的悲伤，只有在母亲面前才能说出来。

“宁心，我的傻孩子。”心梦转身，美丽的脸上有着岁月沉淀的静美，看着东方宁心，语带不舍，伸手想要碰一碰东方宁心的脸，却在半空停了下来，“我心梦这一生最对不起你们二人。东方，心梦许了你终生，却无法陪你终生；宁心，娘亲生下你，却无法给你一个完整的家，好在你还有他。”

心梦指向雪天傲：“你是雪天傲，对吗？”

“天傲见过心梦夫人。”雪天傲一撩衣袍跪了下来，东方宁心亦跟着跪下。

心梦满意地点了点头，虚幻的身影流不出泪，却看得出动容：“天傲，宁心就交给你了，你要替我好好照顾她。”

“夫人，请允许我跟宁心一样叫你一声母亲。母亲，你放心，我一定会做到，宁心重于我的生命。”雪天傲握着东方宁心的手，郑重许诺。

“有你这话我就放心了。”心梦夫人点了点头，转身看向东方玉，“东方，再等我一刻可好？”

温柔的语调让人无法拒绝，东方玉宠溺地点了点头：“别说一刻，就是一生我也等你，生生世世，东方玉只等心梦。”

心梦笑了笑，风情万种，一转身，脸上的笑就收了起来：“大师兄，好久不见。”

“小、小师妹。”柳云龙双眼通红浑浊，贪婪地看着心梦的一举一动。

无论时空如何变迁，他的师妹第一眼看到的永远都不是他。

“师兄，当年是你向师父告密的，对吗？”心梦夫人冷冷一哼，在柳云龙上前的刹那，衣袖一摆，后退一步。

“小师妹，我——”柳云龙想要否认，却说不出话来。

“果然是你，我的好师兄。”心梦冷冷嘲讽，倾城绝色的脸上没有一丝笑意。

“小师妹，我不是……”柳云龙顿时慌神，这样的心梦好陌生。

心梦夫人冷冷一笑，后退一步，离柳云龙更远了：“大师兄，我最后一次这么叫你，从今往后，我与你恩断义绝，二人从此陌路，别叫我小师妹，我没有你这种师兄。”

“小师妹，你不能，不能对我这么残忍，小师妹……”

“柳大师，我已经成婚，你可以称呼我东方夫人，小师妹这个称呼我当不起。”

无视柳云龙悲痛欲绝的哀求，心梦夫人脸色一正，对着空荡荡的屋子喊道：“师父，我知道你在。我今天回来，是有几个问题想要向师父请教，这些问题放在心中二十年了，它们一直困着我。没有解开，我就是死也无法安心，请师父看在我们师徒一场的分上，给我一个安心，让我死得痛快。”

这就是心梦，爱憎分明。

“师父，当年你收留我，是意外还是有心？十五年来，你对我的疼爱与教诲都是别有用心还是真心相待？我对你来说到底是什么？是徒弟还是一颗棋子？

“师父，当年子砚丢下我一个人离开，是你插手的，对吗？子砚是真的不记得我，还是故意装出失忆的样子让我死心？

“师父，我知道你能听到，告诉心梦，让心梦就算是死也死得明明白白。”半天没有回答，心梦怒了，怨气瞬间弥漫了整个屋子。

“心梦……”空空的屋子里响起一道苍老缥缈的声音。

心梦夫人身上的怨气淡了：“师父，你告诉我，我的一生就是为了你口中那所谓的天命而活吗？我的存在只是为了生下天命之女吗？我的一生只是一个笑话吗？”心梦夫人哽咽道，流不出泪，却比流泪更加悲伤。

“天命之女？”东方宁心睁大眼睛看着雪天傲，看着心梦。

她是天命之女？她不是黑暗神王的传承人吗？什么时候黑暗与天命可以相提并论了？

雪天傲同样不解，摇了摇头，同时紧紧握着东方宁心的手安慰她。

“痴儿呀，痴儿呀！心梦，人生难得糊涂，你又何必太较真？”回荡在木屋的苍老声音再次响起，这一次带着深深的无奈。

心梦夫人冷笑一声，语带嘲讽地反问道：“师父，你在这里不就是等着我来吗？今天我来了，你就不必再拐弯抹角，我的女儿还等着弄清一切去洪荒。”

“心梦，你真的想知道，哪怕会伤心？”苍老的声音询问道，有着淡淡的疼惜。

“师父，你明白我的性子，宁可伤心也不要一份别有用心的感情。”

“既然如此，那么心梦你听着，当年师父收养你不是意外，你是师父寻了千年的人，只有你才能生下天命之女；师父收子砚为徒也是刻意安排，你们之间注定有缘无分。当年，子砚是真的失去了记忆，是为师出的手，他忘了在飘渺山发生的事情，忘了你，最后却因为心中的执念，娶了一个与你相似、与你有着血缘关系的女子。”

“所以我和子砚都是为你口中的天命而生，师父，你对我和子砚只有利用，是吗？”心梦问得犀利，只有这样才能让她断了对师父的敬爱，对师门的忠诚。

苍老的声音略一迟缓，沉声回答：“是！”

“果然如此。”心梦声音哀泣，却有种全然放下的轻松，“师父，你人在洪荒对吗？你在等我的女儿也去洪荒，是吗？”

“心梦，这就是你的目的？为你的女儿去洪荒做好准备？可是你忘了吗，天命不可违。”苍老的声音反讽道。

“我只信我命由我不由天，师父，你是不是人在洪荒？你是不是在等我的女儿去洪荒？”心梦的咄咄逼人让人招架不住。

“是又如何？”

“这样就可以了。”心梦嘴角扬起一抹冷酷的笑意，“师父，你在洪荒等着，我的女儿很快就会去洪荒杀你，我就不信你死了还能再捣乱。”

“心梦，你诈我？”苍老的声音有着无法抑制的愤怒。

“师父，你利用我一生，我不过诈你一回罢了，算起来你占了便宜。”心梦夫人不以为意，师父无情，她心梦又何必有义？

“心梦，你这是要教唆你的女儿欺师灭祖吗？”

“师父，你应该明白我的性子，我今天来这飘渺山，就是想为前尘往事做一个了断。走出这木屋后，我只是心梦，东方玉的心梦，而不是你的徒弟柳心梦。”她与子砚的事已经过去，现在她担心的只有女儿。

“柳大师，床上的玄铁木盒是师父留给子砚的东西吧？现在应该可以给宁心了？我想她最有资格继承子砚的一切。”心梦眼里闪过一抹狡黠的笑意。

“好……”柳云龙还未从打击中恢复过来，整个人浑浑噩噩。

“云龙，不许给她。”苍老的声音威严十足，隐隐有着几分担心与害怕。

心梦不以为意地冷笑：“宁心，自己动手去拿吧。我师父在洪荒也许是个人物，但中州却是我们的天下，拿着那把兵器，记得杀了他，替我和子砚报仇。”

“柳心梦，你这只白眼狼。”苍老的声音气急败坏，恨不得吃人。

“师父教导有方，我记得师父曾经说过，这世间能伤你的武器只有你自己制造的，我想你给子砚的这把兵器就是你制的吧？用来杀你岂不正好？黑暗神殿大长老，我说得对吗？”心梦含笑道，说出来的话却让人心寒。

黑暗神殿大长老！

东方宁心感觉全身冰冷。难怪冥时不时会用她不懂的眼神看她，原来是在同情她。

好一个天命。

东方宁心一个闪身退出雪天傲的怀抱，倾身上前，抓起玄铁长盒。盒子完全密封，没有开口处。

“宁心，子砚的血可以打开木盒，我们的师父还是很疼子砚的，不然也不会让他忘记飘渺山上的一切，也不会在离开前特意给子砚留下这件可以保命的兵器，只可惜子砚没有用上。”

师父做梦都想不到，子砚会死在那场大战中，最终还是没有按天命而活。师父更不会想到，她会带着女儿来到这里，将一切问明，然后让宁心拿着可以杀他的兵器前去洪荒。

天命？她心梦偏偏不信！

东方宁心咬破手指，血珠滴在玄铁木盒上，木盒缓缓打开，一把长枪静躺于木盒之中，如同刚刚出鞘的宝剑，带着森冷的杀气。

“此枪乃深海银铁铸造，重达一百八十斤，名曰破天，半神器，如果封印器魂，破天枪便会成为神器。”柳云龙解释道。

他能做的就这么多了。

“云龙，拿下他们，毁了破天枪。”小木屋四周，苍老的声音再次响起。

这一次不待心梦回话，柳云龙先开口了：“师父，对不起，我不是他们的对手。”

东方宁心拿起破天枪，随手掂量了一下，满意地点了点头。

凤凰琴适合近攻，破天枪是远攻的好手，与凤凰琴互补。

“走吧，这飘渺山没什么值得留恋的。”心梦道。

“心梦。”东方玉心疼地看着心梦，他知道心梦很难过。

“东方，我没事的，我们回天耀吧，找一个世外桃源隐居，从此只有彼此。”

没有师父，她还有东方玉，这个等了她一辈子的傻子。

“心梦，别难过。”

“我不难过。不管怎么样，我还有你，不是吗？”盈盈浅笑，心梦的虚影越来越淡，最终消失，再次没入玉中。

东方玉知道，心梦还是伤了心。

“父亲，等我一下，我们马上下山。”东方宁心快步走到李漠北的住处，配合猥琐会长替李漠北施针，至于隔壁墨子砚的木屋，东方宁心没有踏入。

想要怀念墨子砚，她宁可去十二亲卫建造的衣冠冢，至少那里没有任何功利与野心。

现在，她要做的就是送父亲与母亲回天耀，再找个地方，确保他们今后不会被人打扰。

权衡再三，东方宁心与雪天傲选择了天山之巅天池老人养老的地方，在那里他们不用担心东方玉的安危。

安置好东方玉与心梦夫人，东方宁心一刻也没有停留，即使万分不舍，当天就告别了东方玉与心梦，赶往寂灭山脉。扣除路上的时间，他们到洪荒后，只有一个月去寻找益母丹，再无时间可以浪费。

第十三章
开启新的篇章

寂灭山脉，梦族城池。

东方宁心定定地看着镶嵌着墨玉的城门，缓缓伸手，却无法碰触。

诀，失去你才知道你的重要。我很想你，真的很想你。

无人回答东方宁心，只一阵微风吹过，淡淡的血腥味在空中弥漫。

一千年过去了，梦城的血腥味依旧存在。

默默收回手，东方宁心闭上眼睛，缓缓前行。破败的房屋，倒塌的梁柱，乱石堆成的街道，还有紫黑色的石砖与地面。

不需要言明，众人都明白那是鲜血渗入石头，经年累月沉淀下来的颜色。

梦族，数十万条性命埋藏在这座城池之中，梦皇说这些与她无关，可真的与她无关吗?

天命之女！她应天命而生，梦族与其他三族人是不是应天命而死?

“走吧。”雪天傲长叹了口气，他们没有能力改变已经发生的事情。

“好。”

几人继续前行，一步一步，直到踏入梦城正中央。

整个梦城凌乱不堪，正中央却极为干净。在这里，连空气都清新如同梦幻。

这里是一大块平地，中间有可容纳数十人站立的圆盘，圆盘上是鱼跃龙门图，精美华丽，极为细腻，唯独鱼眼呆滞无神。

经过凤凰于飞事件后，东方宁心与雪天傲第一时间发现了这图的秘密所在。

“丹老，取出四枚七彩神剑，同时插入鱼眼之中，我们就能去洪荒了。”东方宁心一脸严肃，完全没有诱拐人的罪恶感。

“要用七彩神剑？为什么？”猥琐会长一边拿出七彩神剑，一边不解地询问。

“用七彩神剑才能去洪荒。”只是忘了提醒你，用完就没有了，东方宁心默道。

“真的吗？”猥琐会长有些怀疑。

“我没必要骗你，不信你可以找找还有没有别的办法。”要有别的办法，我们还用拐你来吗？

东方宁心一边面无表情地回答，一边静待猥琐会长做决定。果然，寻了半天无果，猥琐会长放弃了，乖乖拿出四枚七彩神剑：“给……”

心中暗想，反正等会儿还是要还我的，不过是借出去一下，这样就能去洪荒，多划算呀。

不给猥琐会长反悔的机会，雪天傲接过七彩神剑，对着鱼眼就刺了下去。

神剑没入鱼眼，四道银光从中射了出来，将东方宁心、小神龙、雪天傲、无涯、猥琐会长团团包裹住。

不待几人回神，只见极光过后就是极致的黑暗。

“老天爷，这是怎么了？”猥琐会长顿时大吃一惊。

相比之下，东方宁心四人则要冷静许多。

“去洪荒啊。”黑暗中，无涯兴奋地解释了一句。

也不知过了多久，当他们再次睁开双眼时，发现身处一座白色的寺庙里，寺庙建在高山之上。

“这里就是洪荒？我们终于到了。”猥琐会长高兴地大喊。

扫视着空空如也的建筑，无涯平静地道：“没有什么奇怪的啊，感觉和中州差不多。”

“洪荒也是人住的地方，只不过多了其他种族罢了。”小神龙解释。

“我们先下山。”雪天傲查看一番，发现此处只是一个传送点。

“好好，下山去，老子倒要见识见识这洪荒的厉害。”猥琐会长没等东方宁心与雪天傲迈步，率先往外跑，还没走两步，突然回头，“等等，东方宁心，我的神剑呢？”

“神剑？不是插入梦族的封印之处了吗？”东方宁心回了一句，便与雪天傲一同下山。

猥琐会长一想：“是哦，在中州梦族呢，算了，等回到中州再去拿。”

这座山极为陡峭，他们走到山脚下，准备找一条小路往城镇而去，打听一下炎兰宫的所在，可是小路还没有找着，就听到杂乱的脚步声。

“快，快，抓住那个女人，别让她跑了，否则我们就死定了。”

一道粗哑的男声打破林中的宁静，也打断了东方宁心五人前行的脚步。东方宁心与雪天傲互看一眼，并不打算插手。

然而，那群人居然朝他们跑来。很快，一个素衣锦服的女子在四个护卫的保护下疾步而来。

女子看上去很是羸弱，一路疾行，十分狼狈。她身后的四个护卫身上多处有伤，一路走一路滴血。

又有数十个灰衣人出现，紧跟在素衣女子一行身后，距离越拉越小。

“夫人，就是死我们也会将你带出去。”四个护卫眼见跑不掉，也不再逃，将素衣女子护在身后。

“我们去看看。”本来不打算管闲事，可看到那素衣女子，东方宁心却无法做到不管不顾。

无涯与猥琐会长很爱凑热闹，当然也不会反对。

当东方宁心五人赶到时，保护素衣女子的四个护卫又牺牲了两个，素衣女子身上染满鲜血，目光坚定。东方宁心明白，如果没有遇上他们，这素衣女子怕是会死在这里。

“我想试试这破天枪的威力。”东方宁心从背后取出破天枪，单手握着。

“什么人？”黑衣人见东方宁心几人不动，还以为只是路过之人，现在看来，似乎不是这么回事。

“路见不平之人。”东方宁心掂量着手中的破天枪，这把长枪真不错，也该见见血了。

“莲火宫的事情你们最好少管。”黑衣带头人是神者一阶，嚣张地显示出自己的实力，恐吓东方宁心与雪天傲。

“姑娘，他们莲火宫势力不小，如果姑娘几人不便，不用管我们。”素衣女子回头，温婉一笑，感激地看了一眼东方宁心，同时为他们一行人找了一个离开的借口。

东方宁心不置可否地一笑：“我原本不是非管不可，现在却一定要管了，这几个小丑我们还不放在眼里。”

莲火宫是什么她没听过，只知道洪荒有龙族、凤族、幻兽一族和光明、黑暗神殿。

素衣女子一听，神色大喜，同时她的护卫亦是一脸狂喜：“姑娘大恩，炎兰宫没齿难忘。”

炎兰宫?

东方宁心双眼一亮，一到洪荒就遇上炎兰宫的人，看样子他们运气不是一般的好，这下就是拼死也得救了。

“我来！”雪天傲立马接过东方宁心手中的破天枪，凌空而起。

让炎兰宫欠他们一个恩情的机会，可不能错过。

东方宁心与雪天傲丝毫不将对手看在眼里，激怒了莲火宫的人，莲火宫的人立马将矛头指向雪天傲："臭小子，莲火宫不是那么好惹的，没本事还想学人家英雄救美，今日本大爷就好好教训教训你这小子，让你明白多管闲事的下场。"语落，莲火宫神者一阶的带头人嚣张地下令，"先杀了这小子，让他们明白惹火莲火宫的后果。"

唰唰唰的声音响起，莲火宫的人凝聚真气朝雪天傲攻去，那架势颇有一招灭了他的意思。雪天傲不急不缓地摆弄着手中的破天枪，丝毫不将这些神者以下的攻击放在眼里。

炎兰宫剩下的两个护卫一看这架势，连忙将素衣女子拉到一边，不顾身上的伤，站在雪天傲的两侧，准备在雪天傲不敌时以身相救。

他们很快就发现，莲火宫这群乌合之众根本不是雪天傲的对手，出手救他们的这个年轻人比他们想象中强多了。

面对莲火宫的猛烈攻击，雪天傲从容依旧，长枪划过，剑眉冷扫，短短数招就将莲火宫的人打退。而从始至终雪天傲都没有移动半分，甚至衣角都没有被莲火宫的人碰着。

一身银衣，迎风而立，长枪在手，颇有一夫当关万夫莫开的气势，被这样一个男人护在身后，他们根本不用担心。

东方宁心站在一边，满意地点了点头，炎兰宫护卫忠诚、正气皆有，看样子要从炎兰宫宫主手里拿到益母丹不会太难，毕竟能调教出这样的属下，主子也差不到哪里去。

"你们出手的时间结束了，现在轮到我了。"雪天傲语气如同宣判生死的帝王，手中的破天枪直指那名神者一阶的带头人，神者三阶的威压让对方连反抗的勇气都没有。

"神、神者三阶！"莲火宫的人连连后退，不敢相信地看着雪天傲。

"石破天惊！"雪天傲冷喝一声，破天枪在他手中如同游龙，带着气吞山河之姿，发出霸道的攻击。破天枪脱手而出，在半空中划出一道银色的光芒，如入无人之境，在莲火宫众人身边穿梭。

砰砰砰！数声响起，只见刚刚还叫嚣的莲火宫人，在破天枪的威力下个个爆体而亡。

炎兰宫的人神色定定，站在一边一动也不敢动。如果说他们刚才明白了雪天傲实力高超，那么这一刻才知道什么叫神乎其神。

"你会用枪？"无涯很是惊讶，雪天傲什么时候学的呀？

"不会。"雪天傲收起长枪，冷傲地回答。

"那你刚刚的那一招石破天惊？"那么霸道的一枪，让无涯看着着实心动，忍不住想学。

“破天枪中的奥义。”雪天傲如实说道。

“破天枪中有奥义？这怎么可能，给我看看。”无涯二话不说就抢过破天枪，在手中不停摆弄，时不时摆出几个威风凛凛的姿势，学着雪天傲刚刚施展出来的招式，可是半天也没有琢磨出来，“雪天傲，你又骗我，我怎么什么也没发现？”

“破天枪也会认人的。”雪天傲鄙夷地看了一眼无涯，接过他手中的破天枪。

“咳咳，这位公子说得没错，兵器中的奥义，的确只有有缘者才能领略。”素衣女子看雪天傲一行自顾打闹，把他们晾在一旁，颇有几分尴尬。

无涯双眼一亮，看着面前娟秀脱俗的素衣女子，一脸崇拜：“姑娘你也懂兵器？”

素衣女子摇了摇头：“我不懂，只不过我夫君对兵器颇为喜爱，有些钻研，我耳濡目染之下便知道了。”

“啊，姑娘你成亲了。”无涯失望地大叫。为什么每一个漂亮优秀的女人都有夫君？他难得看一个姑娘眼前一亮，好伤心呀！

素衣女子笑了一声，大大方方道：“我是炎兰宫宫主夫人，闺名兰若，夫家姓炎，单名一个狼字。我不仅成亲了，还有一个刚满周岁的儿子。”

“原来是炎夫人，失礼了。”东方宁心落落大方地上前，轻轻点头示意，姿态颇高，似乎没把炎兰宫放在眼里。

“姑娘有礼了，不知几位如何称呼？”兰若同样客气有礼，言语中颇有几分尊敬。

“墨言，这位是我的夫君天傲，我的弟弟墨子龙，我的朋友无涯和丹老。”东方宁心一一介绍，没有欺骗，只不过略有隐瞒。

“兰若多谢天傲阁下、墨言姑娘的救命之恩。”兰若心知这几位也许是化名，却没有点破。

“举手之劳罢了，炎夫人不必多礼，如果没有其他事情，我们先行一步了。”东方宁心似乎一点也没有想过承兰若的恩情。

“墨言姑娘，请等等……”兰若身后的两个护卫立马上前，咚的一声跪在地上。

“两位这是？”东方宁心皱眉，却没有将人扶起来的意思，坦然自若地受着，似乎习惯了别人对她行大礼。

无涯与猥琐会长站在一边，抬头看天，兰若几人以为他二人不耐烦了，只有他们自己才明白，他们这是不好意思呀。

诚如无涯和猥琐会长所想的那般，兰若几人见到东方宁心与雪天傲摆出来的高姿态，更加坚信二人不认识什么炎兰宫，也不知道炎兰宫是怎样的存在，更不知道炎兰

宫宫主有多么爱他的夫人兰若。

“墨言姑娘，天傲阁下，兰若有个不情之请……”兰若上前，颇有几分不好意思地道。

“炎夫人请说。”东方宁心依旧冷冷淡淡，没有拒绝也没有同意。

兰若暗暗松了口气，会出手救他们的人，这心肯定也坏不到哪里去：“墨言姑娘，天傲阁下，我们几个要赶回炎兰宫，但以我们三人此时的状况，怕是没到炎兰宫就先死在路上了，兰若恳请几位护送我们一段时间。”

如果是平时，兰若肯定不会如此唐突，但现在她身上带着关乎炎兰宫生死存亡的东西，不能有半点闪失。

“护送？”东方宁心皱了皱眉，一副不高兴的样子。

“不会耽误几位太多的时间，实在是……”兰若略一想，便直接道，“我身上有关乎炎兰宫未来的东西，不能有闪失。”

“墨言，咱们就去一趟炎兰宫吧，反正你的事一时半刻也办不了，不急于一时，咱们既然出手救了人家，就帮到底。”无涯适时插话，一边请求东方宁心，一边对兰若眨眼睛。

“墨言姑娘有什么事，不知我们可否出力？在洪荒，我炎兰宫多多少少还是有些势力的。”

“多谢炎夫人了，暂时不用，我的事不急。我们也不过是四处游历，送夫人回炎兰宫想必也不会耽误太久，三位有伤在身，我们略懂些医术，不如先替几位包扎一下再上路。”东方宁心客气婉拒，同时表示愿意护送兰若一行去炎兰宫。

“多谢墨言姑娘，我们的伤不碍事，自己处理就好。”兰若感激地看向无涯，明白是因为无涯，东方宁心几人才松口的。

无涯被兰若一看，脸颊腾的一下就红了起来，万分不自在地别过脸去。

东方宁心、雪天傲与小神龙三个面瘫稍好，眼角若有若无地打量无涯，看着无涯从脖子到耳根变得通红，嘴角轻扯。

“笑笑笑，牙齿白呀，都不许笑，再笑我杀了你们……”无涯本就不好意思，被众人一笑，更是恼羞成怒，恶狠狠地看向众人。

“嗯嗯，好，我们不笑。”众人努力憋笑，丹老一脸通红，兰若的两个护卫也因为憋笑而全身抽搐，伤口处血不停往外冒。

东方宁心与雪天傲脸色也柔和起来。

洪荒似乎并没有他们想象的那么可怕，至少目前适应很好，而且他们运气很不错，一下山就遇上了炎兰宫的宫主夫人，要拿到益母丹就更容易了。

一走出树林，还不到半个时辰，他们就遇上了第二拨攻击者。这群人很是干脆，直接对着兰若叫嚣：“炎夫人，把东西交给我们，放你一条生路，我想就是炎宫主在，也愿意用那东西换夫人的性命。”

“就凭你们这些藏头露尾的鼠辈？”兰若虽然温柔娴静，却不是没有脾气的女子。

“少废话，杀了他们。”黑衣人一声令下，剑上带着肃杀的真气，直指兰若。

无涯冷哼一声，从雪天傲身后跳了出来：“我倒要看看你们有多大的本事。”

辟邪剑唰一声被他抽了出来，神器的威压让一干黑衣人手中的刀剑都颤抖起来。

“这是神器？”黑衣人双眼冒着绿光，贪婪地看着无涯手中的辟邪剑。

“不错，不过知道它是神器的人都死了，你们也不例外。”无涯飞身将兰若护在身后，辟邪剑直朝面前的黑衣人攻去，招招杀招，招招致命。

黑衣人将无涯团团包围，被困在中间的无涯却游刃有余。

猥琐会长看无涯一时半刻没有解决掉这黑衣人，悄悄用眼神问东方宁心：“不帮他？”

东方宁心摇了摇头，无声地告诉猥琐会长：“我们要给他在美人面前表现的机会。”

“他？”猥琐会长双眼一亮，看着被黑衣人围攻的无涯，又看了看兰若。

无涯该不会真的看上了这有夫之妇吧？

此时，黑衣人一拥而上，准备将无涯困死，无涯突然陀螺一般旋转起来，手中的辟邪剑削萝卜一样扫向黑衣人。

剑气划过的伤口不深，却是直指要害，黑衣人个个顺着剑气跌飞出去。无涯一身蓝衫，不染半丝血迹，从黑衣人中间飞身而出。

冰冷的肃杀之气还来不及收回，无涯静静立在东方宁心身边，冰冷的神色充分展现了他一代杀手的气场。

“走吧。”雪天傲看也不看那堆死人，提步就往前走。

兰若与炎兰宫两个护卫似乎还没有回神，定定地站在那里，看着东方宁心一行人的背影。

这些人到底是什么人？

那个自称无涯的男子，嘻哈笑闹如同孩子，杀人时的气势却叫人害怕。

有他们在，炎兰宫的危险是不是可以解除？

兰若与两个护卫似乎同时想到了这个问题，三人交换了一个眼色，点了点头。他们已有决定，那就是无论如何，都要将这群人带到炎兰宫。

前往炎兰宫的路上，虽然麻烦不断，但东方宁心几人运气蛮好，遇上的最强高手也不过神者一阶，让几人的高手形象成功植入了兰若心中，而其中又以无涯为最。

无涯不知，他这几天的表现奠定了他在洪荒的地位，蓝衫剑客之名不胫而走，无数青年剑客正在外面学着他，一件蓝衫，一把长剑，一言不发，杀人不染血。

十天后，东方宁心与雪天傲将兰若一行安全护送到炎兰宫地界。不等东方宁心与雪天傲想办法留下，兰若就主动开口，热情相邀。

东方宁心与雪天傲五人“勉为其难”地踏入炎兰宫，一个和雪天傲同样冷面的男子飞快上前，一看到兰若，就深情款款地道：“兰若，你平安回来就好，为夫担心死了。”

无涯一看到炎狼，没好气地撇了撇嘴，嘟哝着原来兰若的夫君就长这样。

身材还算修长，脸蛋还算英俊，气质还算沉稳，勉勉强强还算不错，配得上兰若。

兰若与炎狼互诉衷肠半晌后，才将路上发生的事告诉了他。

“炎狼，路上幸亏遇见天傲夫妇一行人，不然我肯定没法活着回来了。”兰若明白，东方宁心一行人不仅对她有救命之恩，对炎兰宫更有再造之恩。

“多谢贤夫妇相助，炎狼感激不尽。”炎狼是个骄傲的男人，但凡关系妻子安危，他却能放下骄傲。而炎兰宫最初并不叫炎兰宫，炎狼娶了兰若以后才更名。

“举手之劳，也是尊夫人面善，我夫人不忍，才会出手。”雪天傲将功劳推到东方宁心身上。

“众位的恩情我炎狼谨记在心，他日有用得上炎兰宫的地方，我炎狼定不推辞。几位护送夫人一路辛苦了，炎兰宫略备薄酒，希望几位能够赏脸。”

这不是客套话，实际上炎狼还想着去藏丹阁取几瓶名贵丹药，酬谢雪天傲几人。

“如此，我们就不推辞了，我娘子身体不适，也需要休养几日再上路。”雪天傲不着痕迹地说着，同时扶着东方宁心。

“墨言这是？”兰若不解，一路走来，她没有觉得墨言身体不好。

“我夫人有身孕，这孩子却不怎么乖，夫人自从怀孕后身体越发虚弱，我们一行人离家而出，便是来洪荒碰碰运气，看看能不能寻到安胎的法子。”雪天傲说完，无涯与猥琐会长同时在心中暗道一声漂亮。

“母体虚弱？”兰若上前，问道，“我可以替墨言看看吗？我是炼丹师，略懂一点医术。”

雪天傲略一犹豫，点了点头：“可以。”

兰若上前，仔细替东方宁心查看，东方宁心也不防备，任兰若探查。

果然如雪天傲所说的，她有身孕，母体又虚弱，兰若强压下心中的喜悦。

她想到了可以留下东方宁心一行人的办法，于是后退一步，竭力用平静的声音说道：“天傲阁下，墨言，如果你们不嫌弃，就在炎兰宫中小住一段时间吧。我夫君炎狼两年前研制出一款丹药，名为益母丹，对于有身孕又体弱的女子来说非常有益。我刚刚看了，墨言服用这丹药最好了。”

“真的？”东方宁心与雪天傲暗暗松了口气，一副惊讶的样子。

无涯与猥琐会长也竭力压抑心中的激动，一脸不信任地道：“炎夫人，你说的是真的吗？真的有可以不伤胎儿又能养母体的丹药？”

兰若点了点头，正准备开口，炎狼突然冷脸拒绝道：“不行，益母丹不能给你们，那是我夫人的专属，哪怕你们对我夫人有救命之恩，也不能给。”

炎狼与雪天傲相持不下，最后兰若出面打圆场，让东方宁心一行人先到宫中休息。

雪天傲应了，拿不到益母丹他们是不会走的。

在炎兰宫，他们受到了隆重的招待，也才明白兰若带着的东西有多重要。

在这洪荒，炼丹比较出名的除了丹塔外，就是炎兰宫、莲火宫、绝焰宫和明烛宫四家。这四家之前相安无事，分属东南西北四个方位，各自的地盘也划好了，丹药只在各自的地界销售，数千年来，没有什么冲突。

一个月前，丹塔突然发布一道号令，丹塔七位长老中有一个因炼丹意外被烈火烧死，现在长老之位空出，丹塔决定从这四宫之中选一个炼丹最强的人入主丹塔，并允许成为丹塔长老，而且在他们宫中所炼制的丹药可以销往各地，不受四宫地域的限制。除此之外，还允许获胜者进入丹塔藏药阁，得到九品丹药的丹方。在洪荒，目前只有丹塔才有九品丹药的丹方，他们四宫中人就算有能力炼九品丹药，也因为没有丹方而无从下手。

炎狼没把丹塔长老之位看在眼里，但是对丹塔所提的两个条件却不得不重视。

四大宫的存在对于丹塔来说本身就是威胁，丹塔自恃身份，所炼的丹药不愿意轻易销售，价格也远高于四大宫，是以洪荒的人都喜欢找四大宫来买丹药。

丹塔对四大宫的存在一直很不满，认为炼药师就应该进入丹塔，受丹塔控制，但四大宫存在数千年，也不是丹塔轻易能撼动的。

“丹塔的塔主很有手段，看不出才二十五岁。”东方宁心听完兰若的解说后道。

“他要把这心思全放在炼丹上，就不会一直停留在五品炼丹师的品级上止步不前了。”炎狼冷哼一声，对于丹塔的少年塔主相当不满。

“五品炼丹师？那他能成为塔主倒是不容易。”东方宁心故意重复道。

“那个丹远容虽说只是五品炼丹师，却有一项特能，就是拥有天火。”

“天火？”

“对，天火，丹远容在十八岁那年不顾其父的劝阻，前往烈焰山，吞噬天火，结果被天火烧得面目全非，全身如焦炭。在丹塔众多极品丹药的助力下才捡回一条命，同时也成功控制住了天火。拥有天火，无论他品级多低，都是洪荒炼丹师第一人，对于炼丹师来说，火是最为重要的，控火的能力决定炼丹的成就。将天火吞噬后，便能轻松控制火焰，轻易炼出最上乘的丹药。同时，其他炼药师也需要他的帮助，去年丹塔老塔主炼丹时意外死亡，丹远容接下丹塔塔主之位。哦，需要说的是丹塔的人都姓丹，前一任塔主与丹远容并没有血缘关系。”

“丹远容只用了一年的时间便掌控了丹塔？现在，他要对你们四宫下手，是吗？”丹远容的野心不小，而他的目的真的只是为了壮大丹塔吗？

“看现在的情况，的确是这样的。”炎狼苦笑道，如果不是因为这个，兰若也不会特意去幽兰谷取幽兰草了。

“你们有把握赢吗？”东方宁心状似随意地问道。

“不一定，我的双手之前出了点意外，炼丹对身体和精神力的要求都很高。”炎狼没有说，兰若冒死带来的幽兰草可以弥补这一点。

“你赢了又如何？”东方宁心想知道炎狼有没有野心，有没有被利益冲昏头脑。

炎狼很是诧异：“我赢了，当然是保持原状了，四宫继续这般相处下去，难不成还要落入丹塔的圈套？”

“难保其他三宫的人不是这样想的。”看样子，四宫中还是有清醒的人。

炎狼立刻反驳：“不可能，他们三宫野心勃勃，一直想要吞并我们，一家独大，占领丹药市场。”

“炎狼，你真以为就算赢了，成为丹塔的长老，就能保持四家平衡的局面吗？别说其他三宫不信，就算信你，丹塔也不会允许你保持现状。”雪天傲不客气地直指问题核心。

“不能……”炎狼无可奈何地耷拉下肩膀。

但是炎狼知道，只有在斗丹会上赢了，才能保住炎兰宫。不然，他也不会同意兰若不远千里到幽兰谷取幽兰草。

“能不能保住现在的局面不是重点，重点是十天以后的斗丹会，炎兰宫不能输，一旦输了，炎兰宫将会成为历史，是吗？”东方宁心端起手边的茶喝了一口。

“对，十天后的斗丹会，炎兰宫输不起。”四宫的战火已然挑了起来，想要避免是不可能了。

“既然如此，我夫妇二人就预祝炎宫主顺利取得丹塔长老之位。”东方宁心放下手中的茶杯，缓缓站了起来。

“等一等。”炎狼一看说了这么多，雪天傲与墨言都不上当，一时间面上有几分难堪。他向来不喜欢求人，也不知如何开口……

“炎宫主还有事吗？”雪天傲停下脚步，眼中是毫不遮掩的嘲讽。

炎狼被雪天傲这么一看，火气噌的一下就上来了，想赌气地说没事，兰若却轻轻拉了拉他的衣袖。百炼钢瞬间化为绕指柔，炎狼不为自己着想，也得为妻子和刚满周岁的孩子着想，如果他出了意外，谁来照顾兰若母子二人？

好，他炎狼低头："天傲阁下，墨言夫人，我夫妻二人恳请几位出手相助，助我炎兰宫在十天后的斗丹会上得第一。"

"好，以益母丹为条件。"雪天傲满口答应。

"换一个条件。"炎狼脸又黑了，这些人就是惦记上他的益母丹了。

"那我们就没有什么好谈的了。"雪天傲转身，不再理会炎狼。他们前来炎兰宫的目的就是益母丹，没有益母丹一切免谈。

"你们……"炎狼看着远去的东方宁心一行人，咬牙切齿。

"炎狼，就将益母丹给他们吧，我不在意。"兰若轻声劝说炎狼，她已经看到了丈夫对自己的心意，这就够了。

"不行！"他无法再炼益母丹，他的身体正是因为炼制益母丹而拖垮的。

"炎狼，到底是益母丹重要，还是我们一家人的安康重要？你应该明白，如果我们输了斗丹会，炎兰宫距离灭亡也就不远了，我们留着益母丹又有什么意义？炎狼，就算我求你了，你把益母丹给他们，你对我的好我都知道，但我真的没有办法眼睁睁看着炎兰宫因为益母丹，因为我而灭亡。"兰若泪眼婆娑，苦苦哀求。

炎狼闭上眼睛，掩去眼底的无奈。如果没有因为炼制益母丹而伤身，他就不需要求人了。

"他们能在斗丹会上赢吗？他们当中那个炼丹师不过是七品。"半晌后，炎狼艰难地开口。

"炎狼，我们都明白，天傲阁下一行人深不可测，他们肯说出条件，就一定有把握。"她想赌一把，为了炎兰宫赌一把。

"好。"他赌，赌那个叫雪天傲的男人爱妻之心，赌他不会泄露益母丹的丹方，赌兰若不会知道益母丹是怎么炼制的。

第十四章
我的名字将伴你一生

炎狼与雪天傲之间很快达成了协议，没人知道协议的内容是什么，炎狼与雪天傲两人都三缄其口，谁问都不说。

丹塔的斗丹会很简单，只有三项内容，分别是对火焰的控制、炼制一颗丹药和去丹塔的百草林采药。前两项是个人赛，最后则是团体赛，前两项必须同一个人参加，后一项则允许三个人参加。

如果三家分别得第一，就由丹塔塔主丹远容来做最后评定。所谓的最终评定就有很多猫腻了，丹远容肯定会取听话好控制的那家当第一，落到丹远容手中，炎兰宫是一点儿希望也没有，炎兰宫要拿第一，就必须胜两场。

“炎宫主，你对哪一场有必胜的把握？”东方宁心问道，其实丝毫不抱希望。

这三场比试中，除了采药那一项无法预估外，前两项都可以预计，而东方宁心明白炎兰宫连一场必胜的把握都没有，不然也不会找上他们。

“有幽兰草在，炼丹这一项我稍稍有把握，但是先比试的是控火，如果在控火那一项中受了损失，也会影响炼丹的水准。”炎狼实话实说，他的确一点把握也没有。

火种对于炼药师来说是宝亦是伤，一个不好就是拿命去填。洪荒每年因火失控而死的炼药师多了去了，品级越高的炼药师，死在火上的可能性越大，因为他们炼的丹对火的要求更高。如若是两年前，炎狼有十足的把握，在洪荒除了吞噬天火的丹远容，玩火没有人强过他，现在他却是底气不足了。

“没有十足的把握，那你就不用参加了。”东方宁心不容抗拒道，她来洪荒从来没有表现过自己的强势，但是这话一出，却让人兴不起反驳的念头。

炎狼小心地询问：“我不参加，谁参加？”

“我！”东方宁心云淡风轻地道。

“不行。”不待炎狼多问，雪天傲就开口了。

“是呀。墨言你的身体并不适合。”兰若亦是劝说。虽说墨言看上去和常人无异，但这只是个假象，她应该是借用了某些药物或者外力才得以保持。

东方宁心给了雪天傲一个安慰的眼神，三个月还没有到，她和孩子都不会有事。

“我是最适合的人选，控火没有人能强过我。”这一点东方宁心极度自信。她的精神力就是小神龙也无法媲美，在洪荒除了拥有天火的丹远容，没有人能在控火上赢过她

“夫人，你会炼丹？”炎狼觉得奇怪，东方宁心身上并没有炼药师应有的气息。

“刚学的。”东方宁心很诚实地回答。

“这……”炎狼不可置信，刚学的就敢去比，这胆子不是一般的大。

“关乎益母丹，我不会开玩笑。控火我可以赢，炼丹也许会输，但是采药不是有三个人吗？我们也可以赢，这天下没有我不认识的药材。”东方宁心绝对不是说大话，在猥琐会长高强度的教学下，对于药材和炼丹方法都烂熟于心了，只是没有实践。

“夫人，你到底是什么人？”炎狼顿时吓了一跳，这女人到底有什么不会的？

东方宁心没有回答，只道：“你们相信我，我比你更在乎炎兰宫能否取胜，宫主夫妇也应该明白，我的身体之所以与常人无异不过是借助了外力，没有宫主的益母丹，我想要顺利生下这个孩子并不容易。”

丹塔举办的斗丹会就在洪荒正中央的天空之城。

天空之城是洪荒最繁华的城池，聚集着洪荒最强大的势力团体——丹塔、针塔、佣兵公会、炼器师公会。来到这里，只要你足够有钱，可以一次性买到最好的丹药、最好的兵器，请来最好的针师和最好的护卫。

天空之城各方势力云集，每一天都有数万人进出，井然有序，绝无斗殴之事发生。不是洪荒的人有修养，而是来到天空之城就必须遵守这里的规则——城内禁止私斗。

无论在外面彼此有多大的仇恨，来到天空之城都不得出手，一旦出手就会引来天空之城的治安队。天空之城的治安队成员由神者五阶以上的高手组成，领头人是神者九阶高手。

据说，治安队是由光明神殿与黑暗神殿派出来的高手控制。不过这只是猜测，到目前为止，天空之城的人都不知道他们治安队的幕后主人是谁，只知道几千年来，他们一直存在，而有他们在，天空之城井然有序，没有人敢在这里闹事斗殴。

“东边那座七七四十九层的高塔就是丹塔，看到丹塔上比月亮还耀眼的明珠，你们就应知道丹塔有多富有了。据说那顶楼的明珠由九万多颗小明珠组成。”一踏入天

空之城，炎狼就尽责地为众人介绍。

“确实很富有。”东方宁心一行人倒是平静，中州除了真气外，其他都不比洪荒落后，甚至比洪荒还有钱。他们都是富贵之人，根本不会被这些东西惊到。

“神丹呀，神丹呀，丹塔大长老亲手炼制的八品神丹，便宜卖了，一颗保你晋升神者。”

“卖神器了，炼器师公会会长亲手打造，刀枪不入。”

“阁下，想升阶吗？我是针会的，经我一施针，保你立刻进入神者……”

“想去捕玄兽？想去采神草？太危险怎么办？找黑十字佣兵公会，洪荒排名第一的佣兵公会，绝对物超所值。”

踏入天空之城，一路上叫卖不断，无涯好奇地上前，被人热情地拉着，介绍起所谓的神丹、神器。

“这神丹和神器什么时候这么好买了？跟大白菜似的。”无涯看着真假难辨的丹药与铠甲，很是无辜地看向东方宁心与雪天傲，这洪荒到处是宝吗？

炎狼还不知道无涯曾对兰若动心，好心地上前将他拉了回来，轻声解释道：“天空之城除了高手云集外，骗子也云集，这些十有八九都是假货，各大公会都有自己专属的铺子，虽然价格贵但绝对是真货。除了各大公会的专属铺子，另外还有几条街是专门用来卖药材钢铁的，炼丹炼器的原材料也有不少，不过得看运气。”

“不是吧，既然这些人都是骗子，治安队为什么不惩治？”无涯很是不解。

话音一落，众人纷纷回头，有冤大头正准备掏钱买神丹神器，一听无涯的话，立马丢下手中的东西，同时嚷着，原来是骗子呀，难怪这么便宜，好在没上当。

生意黄了，小贩们个个丢下手中的活计，凶恶地将东方宁心一行人围在中间，恨不得吃了无涯：“骗子？你说谁是骗子了？”

“我们骗什么了？”

“你说谁是骗子呢？”

炎狼一看这情况，直接捂脸，兰若猜得没错，这几个人绝对是隐居世外的世家子弟，也太不懂人情世故了吧。

“让开。”雪天傲冷冷大喝，破天枪在地上轻轻一抵，成功让逼围他们的小贩停下了脚步，不过也只是一瞬间

有人带头，其余小贩一拥而上，再次将雪天傲一行人围在中间，明显就是君子遇上了小人，有理说不通。雪天傲何时受过这等烂气，把手中的破天枪一抖，就准备对几个小贩出手。

炎狼连忙拉了雪天傲一把：“天傲阁下，要教训这些小人，等出了天空之城，你想怎么打都行。在这里动手，重则丢命，轻则永远不得踏入天空之城。”

“嗯。”雪天傲冷冷扫视着周围的几个小贩，将他们的长相记在心中。

“哈哈，孬种，不敢动手吧。”

“有种你打爷呀，爷就站在这里，你倒是动手呀！”小贩们见雪天傲敢怒不敢动手，更是嚣张。

“走吧，别与这群疯狗一般见识。”东方宁心轻扯雪天傲的衣袖。

雪天傲点了点头，怒火压下，拉着东方宁心往前走。不想这些小贩依旧不放过他们，将去路堵死，带头的几个继续叫嚣道：“走？你们想去哪儿？砸了老子的生意就想走？今儿个你们要走可以，赔钱，把老子的损失赔给老子，没个百儿八十万两的，你们就别想走。”

无涯看着这一幕，悄悄拔剑。他错了，忘了这里不是中州，不是他可以胡来的地方。

他正准备不顾天空之城的规矩动手，一道英气逼人威严十足的女声传来：“什么人，敢在天空之城聚众闹事，不想活了吗？”

声音一到，众小贩脸色一变，立马散开。

东方宁心与雪天傲看到一个身着火红铠甲的女子极为帅气地走了过来。

英姿飒爽，不可方物。所到之处人人退避三舍，带着敬意与惧意为她让路。

热闹喧嚣的大街瞬间安静下来，就连呼吸都极浅，所有人的视线都凝聚在红衣女子身上。

东方宁心与雪天傲一行只是淡淡一瞥，没有多言。

这个女人修为很高，比他们所有人都高，估计是神者九阶。

红衣女子没有丝毫收敛，气场十足地朝雪天傲笔直走来，一双大而有神的眼眸盯着雪天傲，一眨也不眨，隐隐闪过爱慕或者其他情绪。

东方宁心皱了皱眉，她很不喜欢这红衣女子看雪天傲的眼神。

“你们在天空之城闹事？”红衣女子的语气带着高高在上的质问，也许已经刻意压低，但习惯使然，一时间改不了。

“如你所见。”雪天傲冷冷回答，对于面前的红衣女子选择无视。

红衣女子却不在意，带着几分欣喜问：“你的名字？”

“你是谁？”雪天傲不答反问。

“你居然不知道我是谁？”红衣女子瞪大眼睛，不敢置信地看着看雪天傲。

“我为何要知道？如果没事，麻烦让开，你挡了我的路。”雪天傲一副不耐烦的样子。

“你——”红衣女子脸色一变，俏脸有着薄怒，双手成拳，似乎想出手。

东方宁心几人却是毫不在意，炎狼担心，忙出言提醒：“天傲阁下，这位就是天空之城治安队总指挥。”

“天傲？好名字。”红衣女子念着雪天傲的名字，脸上带笑。

“让开。”红衣女子的欣赏并没有让雪天傲高兴，她的身份也没有让他忌惮，反倒是她眼中越来越明显的爱慕之意令他嫌恶。

“这里是天空之城。”红衣女子不高兴了。

“那又如何？”雪天傲不屑地打量红衣女子。

“我有权禁止你们进城。”红衣女子明媚一笑，不知为何，面前这个男子只给她一个眼角余光，就让她心情大好，好到可以不计较他的无礼。

“你可以试试。”雪天傲拿起手中的破天枪挡在红衣女子面前，漠然前行。

东方宁心、无涯几人看也不看面前这红衣女子，直接朝丹塔的方向走去。

“这是怎么回事？”在场的人莫名其妙。

天空之城治安队总指挥吃憋，而她似乎并不在意？

红衣女子似乎还沉浸在雪天傲的眼神中，待雪天傲一行走出数十米远，才转身看向他们离去的背影，大喊一声：“天傲阁下，你给我听好了，我叫执夙，执着的执，夙愿的夙，记住我的名字，因为我将伴你一生。”

她喜欢这个叫天傲的男人，毋庸置疑，哪怕他那般无礼，对她不敬，可她就是喜欢。

“疯子……”远远地，雪天傲一行因为执夙的话停下脚步，很快又恢复如常。

“我才不是疯子，你给我记住了，我执夙得不到你，誓不罢休。”红衣女子再次大喊，神情十分激动。

这是她第一次对一个男人产生好感和志在必得的心思，这种感情二十年来从不曾有过。

她，执夙，光明神殿圣女，虽说一生将献给光明神殿，但她并不认命。

执夙的话并没有影响雪天傲一行人的心情，入住丹塔后，他们在炎狼的带领下逛起了丹塔的商铺。

丹塔十五到二十一层用来招待外来炼药师，一到七层是一些小商铺，销售的大多是丹塔炼药师炼制的丹药。一品到七品的丹药都有，八品与九品则基本没有。

“八品与九品的丹药要去八至十四层，那七层所售的丹药和药材都非凡品，当然价格也不是一般人能接受的。”炎狼一边带路一边介绍，语气隐隐多了恭敬的味道。

“哟，我当是谁呢，原来是炎宫主。怎么，还找帮手来了？”来人正是莲火宫宫主，看到东方宁心一行，不怀好意地死死瞪着雪天傲。

“莲宫主，没看到人家不仅找到了帮手，还找到个让执夙总指挥动心的男人？”绝焰宫与明烛宫的人看到这里有热闹，立马上前，嘻嘻哈哈了几句。

四宫之前还能维持表面的和气，现在却是彻底撕破了脸，看到炎兰宫在天空之城大出风头，其他三宫心底万分不爽。只短短几个时辰，其他三宫就谈好了合作，三家联合，先把炎兰宫打压下去再说，

莲火宫几人还想再讽刺几句，一道嚣张的女声传来："我执夙的男人，你们也敢欺？"

说话间，一道真气直接打到莲火宫几人面前，把他们逼退数步。

一身火红的执夙来到了雪天傲的面前："天傲，我们又见面了。"

看到执夙，雪天傲的第一个想法就是麻烦，不愿多看一眼，干脆拉着东方宁心继续逛商铺。

"天傲，你要去哪里？买丹药吗？我陪你去，在这里可没有人敢骗我，我可以帮你们用最少的钱买到最好的东西。"执夙丝毫不将雪天傲的冷淡放在眼里，死死地缠了上去。

东方宁心与雪天傲虽不喜，但有执夙在，也不是没有好处，至少他们花钱少了一大半。

逛了半天，他们买了不少药材与火石丹炉。店家看在执夙的面子上，半买半送地将东西给了东方宁心和雪天傲。对此，东方宁心收得理所应当，执夙跟了他们一下午，她就给执夙看了一下午的脸色，借执夙的身份来压榨店家。

"执夙姑娘，我们到了，不送。"炎狼满头大汗，看着站在丹塔大门口挡住他们去路的执夙，无比怨念。

"天傲，我喜欢你，我是认真的。"执夙看着雪天傲依旧不冷不热的样子，心里说不出地愤怒。

"多谢厚爱，我有妻有子。"雪天傲连眼皮都没有抬一下，炼丹需要的东西都已备齐，明天就是斗丹会，东方宁心需要好好休息。

"她吗？她配不上你。"执夙指向东方宁心，眼里没有轻蔑。她自认比东方宁心强太多，而事实也是如此。

东方宁心本想无视，但看到雪天傲眼中的怒火，不得不上前："无论你有多么优秀，都改变不了他是我夫君的事实。"

"如果我杀了你呢？"执夙脸色一变，神者九阶的威压逼得东方宁心连动都不能动，就是雪天傲也只能干站着。

这一刻，他们才深深领会了神者九阶的实力，之前能解决神者七阶的高手，纯粹是运气和狡诈，如果硬碰硬，根本不是对方的对手。

东方宁心脸色煞白，双眼却平静无波，许是受了神者九阶的威压影响，慢慢道："凭、你、吗？还、不、够、格。"

“我要杀你比捏死一只蚂蚁还容易。”执夙嚣张道。她从见到东方宁心站在雪天傲的身边起就想杀了她，只是一直不敢下手，怕下手后天傲会怨她。

“执夙，想杀我，你得先问问琴然会不会同意，别说你了，就是琴然想杀我，也得掂量一下。”东方宁心声音不大，语速平稳，似乎完全不受影响

“琴然？你怎么知道琴然？”执夙连连后退，神者九阶的威严也随之收了起来，“你是什么人？”

“别乱喊，琴然还不就是你们光明神殿的神王大人。”东方宁心冷哼，没有了神者九阶的威压，暗暗松了口气。

她赌对了！先前炎狼告诉她，传言天空之城治安队的人，由光明神殿与黑暗神殿组成，她在执夙身上发现了与琴然相似的气息，所以大胆猜测。

雪天傲也能动了，挡在东方宁心面前道：“执夙，别逼我动手，你应该明白我不惧你。”

“你们到底是什么人？”执夙心头蓦地一痛。

“你没有资格问，执夙，好自为之。”东方宁心高傲道，那气势比起神者九阶的执夙还要高出数倍。

“好自为之，你算个什么东西？凭什么这样和我说话？”执夙嘴上强硬，心里却在打鼓。在洪荒，能叫出琴然名字的人几乎没有，在光明神殿知道这个名字的人很少，如果自己不是圣女也不会知道。

东方宁心冷冷瞥了一眼执夙，没有回答，无视其存在，走进丹塔。

不多时，执夙听到了东方宁心的声音：“执夙，你认识凤凰琴吗？眼开眼看看。”

“你们到底是什么人？”琴然的琴怎么会在他们手上？他们与琴然到底是什么关系？

“你惹不起的人。”声音不大，但足够让丹塔周围的人听到，个个忌惮地看着东方宁心与雪天傲，再不敢乱打主意。

高塔之上，全身被黑色包裹、只露出一双空洞眼睛的丹远容，居高临下地看着渺小的众人。

第二天，斗丹大会准时开始，除了参赛的四宫还有不少看客，将偌大的丹塔塞得满满的。

东方宁心与其他三宫的人分别在东南西北四个方位，相隔百米。主位上，除了坐着丹塔、针塔、炼器师公会和佣兵公会的四个头头外，还有一个高傲的红衣女人坐在正中央，她就是天空之城总指挥执夙。

针塔、炼器师公会和佣兵公会的头头之所以出现，就是因为执夙临时要参加丹塔斗丹会，他们不好拂了面子。

执夙一来，视线就落在东方宁心与雪天傲身上。对前者是愤怒，对后者是爱慕。

无涯看着黑着一张脸的雪天傲，无比同情道："天傲，你真是惹上大麻烦了。"

猥琐会长一听，凑了过来："其实吧，我觉得这个麻烦还不错呢。我看呀，这姑娘挺好的，有才有貌还有身份，为人也爽朗大气。"

小神龙鄙夷地瞪了猥琐会长一眼。这个死老头，昨天占了人家的便宜，今天就开始为人家说好话，真是无耻。

"那啥，我就说说，真的，最最配你的当然还是东方宁心。"在雪天傲与小神龙的双重威压下，猥琐会长很没有气节地改了想法，百般讨好。

雪天傲眼观鼻、鼻观心，不着痕迹地看了一眼站在场中央云淡风轻丝毫不受影响的东方宁心，黑脸稍稍好转几分。

"丹塔主，还等什么黄道吉时吗？既然人到齐了，就开始吧。"执夙看着东方宁心和雪天傲，越看越气。

丹远容坐在执夙左侧，听到执夙的话，优雅起身。

他一身黑衣将自己包裹得严严实实，没有人能看清他到底烧得有多严重，只见他的左手伸出来时，五指焦黑如炭。

看着那只几乎不成形的手，东方宁心没来由地心痛，总感觉这个丹远容也是个有故事的人。不过，这些与她无关。

丹远容的嗓子似乎也被烈火给灼坏了，粗哑难听，好在不刺耳："很荣幸请到执夙大人参加丹塔的斗丹大会。下面我宣布，斗丹会开始。"

话落，只见丹远容焦黑的手一扬，砰的一声响起，摆在正中央的四个炼丹炉顿时燃起了四簇红色的火苗，似乎被人控制了一般，乖乖立在丹炉中，一动不动。

"天火。"

"好厉害的天火。"

"这就是天火，丹塔主果真厉害。"

莲火宫等三宫的人脸色很难看，如果是控制由火石打出来的丹火还好办，天火他们先前都没有见过，怎么控制？

"这只是天火的小火苗，力量微小，你们要做的就是在最短的时间内治服这团天火，控制自如，达到各种炼丹所需要的火候。"说完，丹远容大手一挥，丹炉中四簇天火轰的一声蹿向天空，喷出数十米高的火焰。

"啊……"众人连连后退，生怕被这天火给烧到。

丹远容很满意众人惊讶的神情，看到东方宁心毫无表情，手指一弹，小小的火苗刚好嵌入东方宁心面前的火苗之中，外人根本看不到。

炎兰宫的墨言是吧？我会让你明白小视天火的下场。

四宫的人齐齐动手，东方宁心也不例外，只是看着面前越来越强的天火，东方宁心皱了皱眉。她明显感觉自己面前的天火不对劲，比刚刚那一小团要强出数倍，不过她并没有声张，此时说什么都没用，静下心来试着与这天火沟通才是正道。

真气夹杂精神力，缓缓朝天火攻击。在东方宁心堪比天神的精神力压制下，横冲直撞的天火总算平静了几分，借着这个空当，东方宁心抬头看向远处的丹远容，给了他一个嘲弄的笑意。

大庭广众下作弊，的确很有胆量，不知丹远容此举是针对自己还是针对炎兰宫。

想来应该是丹塔忌惮炎兰宫的存在，不希望炎兰宫成为丹塔另一位长老，毕竟自己和丹远容没有任何交集，威胁不到他。

而从始至终，东方宁心都没有怀疑执夙。她相信执夙这么骄傲自负的女人不可能会动这样的手脚。

闭上眼睛，任这天火越燃越大，任面前的火舌猛扑，东方宁心一身白衣，不沾半点火星，额头上布满汗珠。

东方宁心的情况还算好，其他三宫的人更夸张，均是黑头上脸，散发着焦臭味，这味道众人很熟悉，是眉毛和头发烧焦的味道。

“东方宁心怎样了？”无涯拉着雪天傲的胳膊，越发担心。

“对呀，对呀，这天火好生邪门，宁心怎样了？”猥琐会长也连忙拉起雪天傲的另一只胳膊。

“没事。”雪天傲吐出这两个字，隐隐感觉东方宁心面前的火不太对劲，是他多心了吗？

带着怀疑，雪天傲看向执夙，发现执夙正直勾勾地看着他，不禁皱了皱眉，立马移开视线。

执夙应该不会对东方宁心下暗手，虽说他与执夙相交不深，却看得出她是个骄傲的女人，自认处处都比东方宁心强。

雪天傲不再言语，看着东方宁心将面前的天火控制住，心里暗暗松了口气。

丹远容闭上眼睛，集中精神力，枯黑的嘴唇微动。

片刻，只见东方宁心刚刚驯服的天火再次肆意蹿了起来，这一次嚣张放肆，化为数十条火舌，朝东方宁心扑来。

东方宁心连连后退，却敌不住火苗蹿起的速度，这一刻别说神者高手，就是普通的帝者高手也发现了东方宁心面前火苗的异常。

该死！雪天傲双手紧握成拳，生生止住上前的脚步，在火舌袭向东方宁心的那一刻，他准备出手，可东方宁心给了他一个少安毋躁的眼神。

“宁心不会有事吧？”无涯与猥琐会长感觉心都提到了嗓子眼。

东方宁心整个人都被天火给包裹住，他们已看不到她的影子。

“不会。”雪天傲语气坚定，不知是说给猥琐会长和无涯听，还是说给自己听。

“相信她。”小神龙淡定道，他没有感觉到痛，东方宁心肯定也无事。

雪天傲听到小神龙的话松了口气，但下一秒，围在东方宁心身上的火苗越来越大，以东方宁心为中心疯狂扩散，火苗蹿得比丹塔第七层还要高。

众人脑中同时闪过一个想法，偷偷看向丹远容，却发现丹远容神态自若地坐在那里，没有任何表情。

就在此时，东方宁心身上的火苗轰的一下朝四周散开……

“啊……”莲火宫三人立马被火光给弹了出去，面前的火苗瞬间熄灭，或者说被东方宁心的那团大火吞噬。

莲火宫三人全身被天火灼伤，虽说没有丹远容那般严重，但看他们血淋淋的模样就知道，他们的双手短时间内应该无法恢复。

就在众人感慨三名炼药师被天火毁了时，东方宁心身上的火舌越发旺盛，如同巨型火球，将整个丹塔照得通红，每个人都感觉到热浪扑面而来。

天啊，那个女人死了吧？

针塔、炼器师公会和佣兵公会的头头们看向丹远容，似笑非笑。

“丹远容，怎么回事？”执夙一直在观察雪天傲，她发现雪天傲脸色不对，转头看向正中央，正好看到东方宁心烈火焚身的样子。

看到这情况，执夙不仅不高兴，反倒没来由地担心。她担心天傲认为是她在搞鬼，担心那个墨言要是死在这里，天傲会恨她，琴然神王不会放过她……

“她控火的能力很强，将自己那一团火苗控制住后，又将其他三团火苗也吞噬了，中间那个火球有四团天火在，到目前为止还在她的掌握范围内。”丹远容慢悠悠地解释，声音虽然粗哑难听，却精确地传到了在场每一个人的耳朵里。

“没死？这样也死不了？”有人震惊了。

“四团天火火苗！好厉害呀。”有人崇拜了。

“好像我们塔主吞噬了天火也只能控制九团火苗。这个人就能控制四团，真是不简单呀。”丹塔某位长老亦是感慨道。

看着场中央被火包住的东方宁心，众人不再担心和惋惜，而是转为崇拜。这女人不简单，刚刚那三个八品炼药师连一团火苗都控制不住！

只有丹远容明白，东方宁心那里不止四团火苗，而是六团，因为他后来给东方宁心加的不是一团，而是三团。

墨言，你果然厉害，你到底是什么人？为什么要帮一个落败的炎兰宫？

丹远容看着火中的东方宁心，怎么也想不明白。

四周的熊熊烈火根本无法近她的身，她全身都被一层淡淡的薄冰给保护着，这薄冰以她的小腹为中心，笼罩着她的全身。

立在火苗中，东方宁心神情安详，集中精神力与周围的六团火苗较量。

凭她现在的精神力，要控制六团火苗并不难，但东方宁心要的不是控制，而是将这六团天火封印起来，占有己有。

这些都是被丹远容炼化掉的天火，没有野性，只要东方宁心能压制它们，就能收服，以后要炼丹就事半功倍。

一波一波的精神力朝着六团火苗攻击，六团火苗在东方宁心面前摇摆不定，看得出来它们在挣扎。渐渐地，东方宁心手上的火苗越来越安静，似乎无力抵抗……

就在这时，丹远容发现了不对劲，飞快来到东方宁心面前，伸手准备将六团火苗给揪出来。

“丹塔主，晚了。”同一时刻，东方宁心一身白衣从火团中走了出来，手心燃着一团天火。

雪天傲与无涯同时松了口气，他们明白，东方宁心赢了，而他们只要看好戏就行。

“你封印了我的天火？”粗哑中带着不可置信，这世间居然有人能直接将天火封印？

“好像是的。”东方宁心轻轻将手中的火苗熄灭，再伸开手，只见手心处有一个通红的火焰印记。

“你很厉害，你赢了。”丹远容看着东方宁心平静清澈的双眼，狼狈地别过眼……

那双眼清楚映出了无法见人的自己，他的心几乎已和他的身体一般，焦黑得没有其他颜色。

“你也不差，吞噬天火的苦不是一般人受得了的，你很强。”被这六团天火团团包围，她才明白丹远容能忍受天火焚身的痛，绝非普通人。

丹远容笑了一声，没有接话，很快宣布斗丹会第一场：炎兰宫胜。

紧接着，第二场炼丹开始。

丹塔的人效率极高，丹远容刚刚宣布，他们便将现场收拾干净，将丹炉撤下，案桌摆上。

“你们有一刻钟的时间将丹炉与药材备好，一刻钟后，将你们所炼的丹药名报出来。经丹塔多方试验，八品丹药平均需要两个时辰，你们必须在两个时辰内将丹药炼好，最终按丹药的品级和成色来定输赢。”丹塔大长老说。

声音落下，莲火宫等三宫的人立马动手，将丹炉和药材摆好。两个时辰很紧，不能有丝毫的差错。

莲火宫等三宫已经换了三个人上场，这三人分别是他们宫中除了宫主外炼丹最强的。

按理说控火与炼丹得同一个人，但三宫刚刚参加控火的人短时间内无法炼丹，征得丹塔同意后，允许换人。

有别于其他人的匆忙，东方宁心不急不缓，将之前在天空之城所购置的物品一一摆上，药材则是炎兰宫备好的。

八品丹药——幽兰丹。

幽兰丹对提升真气没有帮助，却是疗伤圣品，天神以下的重伤都能快速治愈。幽兰丹在洪荒极少，不是因为它难炼，而是因为所需的药材太过特别。炼制幽兰丹需要一味重要的药材，就是兰若拼死带回来的幽兰草。幽兰草百年才结一株，只在洪荒秘地幽兰谷才有。

当初炎狼就是因为对控火没有把握，兰若才不远万里赶往幽兰谷去取幽兰草，只要炎狼炼出幽兰丹，至少炼丹这一项，炎兰宫便有七成获胜的把握。

东方宁心决定参加时，曾建议不炼幽兰丹，毕竟以东方宁心这种只有书本上知识的水平，来炼幽兰丹不是浪费幽兰草吗?

炎狼与兰若却摇头，他们说第一次炼丹很重要，墨言要是第一次能炼出八品幽兰丹，那么她的起点将会比洪荒任何一个炼药师都要高。

失败了也没有关系，毕竟这是八品丹药，没有人能一次就炼成。

面对炎狼与兰若的好意，东方宁心没有拒绝，人家出药材的都不在乎，她在乎干吗？幽兰草虽说百年才出一株，但兰若就是幽兰谷的人，一株幽兰草总是损失得起。

“好大的手笔呀，这八品丹药可不比九品的差。”众人评价其他三宫的药材。

“天啊，幽兰草？”有人大叫。

莲火宫等三宫的东西已经让众人大惊，那一样样摆出来，都是稀世珍品，但当东方宁心将幽兰草摆出来，众人才明白莲火宫等三宫算什么，那些药材虽然珍稀，但有钱总能买到，幽兰草呢?

这可是有钱也买不到的东西。幽兰谷一年只卖十株药草，这十株随便一株都能炼八品丹药，价值连城。不过，无论开什么条件，幽兰谷都不卖幽兰草，整个洪荒找不到一株。

“这就是幽兰草？跟玉似的，青葱碧绿，不知道的人还以为那是用玉雕的。”

东方宁心手中的幽兰草成功引得众人注目，她却毫不在意，无价之宝也就随手那么往案桌上一放。

砰砰砰！一连三声响起，一刻钟后，莲火宫等三宫的炉火已经点燃了。东方宁心却站在丹炉前发呆，围观的人不禁大喊："她不会是不会炼丹吧？"

东方宁心何尝不知，她之所以犹豫，是因为拿不准是用火石还是用手心被封印的天火。

用火石她控制起来更容易，用天火成功率更大，如果丹药炼成，成色绝对上乘。

此时，莲火宫等三宫的人已经陆续往丹炉里放药材，东方宁心下了决定：既然要玩，就玩最大的。

天火火苗燃起，刚好在丹炉之中，火光照耀全场，莲火宫三家的炉火唰的一下就歪了，火势也越来越小，眼看就要熄灭。

FENG HUANG CUO

第十五章 名声大振耀洪荒

炉火灭了，之前丢进去的药材就全废了，一切都要重新开始。

莲火宫等三宫倒是不怕药材损失，他们本就准备了两份，但丹塔有时间限制，他们没有时间浪费，两个时辰只够炼一炉丹，炉火灭了他们就输定了。

三宫的人连瞪东方宁心一眼的时间都没有，连忙稳下心神来控制面前的炉火。

可在天火面前，火石打出来的炉火能有什么威力?

即使三宫的人全力挽救，也只能避免炉火熄灭，而不能维持炼丹所需要的火势。

“天火太厉害了。”某专业人士如此评价。

“东方宁心虽然制服了天火，可是无法控制。”关心东方宁心的猥琐会长做出中肯的评价，因为东方宁心那边炉火大得吓人，这样的温度不适合初期融合药材。

炎狼的心在滴血，我的幽兰草……

场外人在嘀咕，场上的四人也是头痛不已。他们的炉火都不是自己想要的，个个凝聚精神力，开始和炉火较量。东方宁心试着去将天火减弱，可是不知怎么回事，天火却越燃越大。她被这天火弄郁闷了，其他三个人却是要哭了，因为他们的炉火越来越小，甚至都快灭了。

“舍二保一。”场下莲火宫等三宫的人一看到这情况，只能壮士断腕，他们这一局不能败，败了第三局就真的不用比了，而炎兰宫一旦胜出，他们没有活路。

三个炼药师看莲火宫的那炉火还算旺盛，一咬牙便不顾自己的炉火，齐齐跑到那边。同心协力，一时间居然将炉火给控制住了。

三人同时松了口气，看到依旧无法控制天火的东方宁心，眼里闪过一抹怨毒，转瞬即逝，因为他们刚刚一分神，炉中的火就失了准头。

时间流逝，一个时辰后，莲火宫的人已经将火石和主药材投入炉火之中，炉火也越来越大，虽说在天火的衬托下不怎么起眼，胜在符合炼丹的需要。

似火的夕阳笼罩大地，配上耀眼的火光，整个丹塔笼罩在梦幻的血色之中。可惜如此美景无人欣赏，众人都在等待莲火宫的人将最后的秘药丢进去，期望看到八品丹药出炉。

所谓的秘药就是各个炼药师不外传的丹方，放在众人面前的只是几味主药材，看丹药成分就能猜出其名，秘药则是无人知晓的。

离丹塔约定的两个时辰还剩半个时辰，莲火宫的炼药师小心地将秘药放入丹炉之中，而后将丹炉盖好。看了一眼依旧在和天火斗争的东方宁心，场上三位炼药师都笑了，小心地守着炉火，看着不停冒着白烟的炉顶，露出满意的神色。

丹香飘溢，这八品丹药成了，炎兰宫则没戏了，只有半个时辰，根本不够炼丹。

对此，场中很多人都很失望。上一场，东方宁心驯服了天火，他们对东方宁心的期望极高，没想到她最后失手了。

有人惋惜，炎狼却大大松了口气，这一局输就输了，至少他保住了幽兰草，反正他们也没打算在这一局中获胜。

事实上，不是东方宁心与雪天傲没把握在炼丹中获胜，而是他们想去丹塔的百草林。丹塔的规定，只要他们活着将草药从百草林中带出来，那么草药就归他们所有。

丹塔种植草药的地方可是大宝山，他们怎么可能放过这个机会，前两场要是赢了，第三场就会取消，所以他们这一场必须输。

当然了，东方宁心无法控制天火也不是装的，她是真的无法控制天火的大小，对于天火她知道得还是太少了。看着沙漏，东方宁心知道只有半个时辰了，看了一眼炎狼备好的药材，想也不想就全部抓了起来。

“她要干什么？”

“天啊，她不会是要把这药材全部丢进炉火中吧？”

“我的老天爷呀，这会不会炼丹呀，最基本的都不懂吗？药材要一样一样按先后顺序放，不然无法融合。”

“这么大的火，只会把药材给烧了，没法炼呀。”

“墨言！”炎狼强压下失控的情绪，用眼神制止墨言，不要丢呀，不要丢呀，丢下去就是浪费。那些药材至少是一个城池一年的收入，幽兰草更是无价之宝，无法用金钱衡量，反正都是输，不要浪费东西呀，他以后还能用的呀！

东方宁心却毫不理会，继续往炼丹炉里放药材。在控制天火火苗而无果时，东方宁心就在想，如果所有的药材在火势最大的那一刻全部被丢进去，会瞬间燃烧不错，但要是有炼药师的血来保护这些药材呢？

她虽然无法控制手中的天火，但这天火封印在她的体内，会伤了自己，如果用她的鲜血来保护和融合这些药材，是不是可以在火势最猛的状态下，让所有的药材同一时刻发出药性？

这个念头一闪而过，东方宁心感觉自己似乎发现了炼丹的新思路，将所有药材包括秘药一股脑往火中抛去，同时飞快咬破自己的食指。

血洒了出来，刚好洒在每一株药材上。

药草与血在火中划出一个漂亮的弧度，如同流星划破天空。

莲火宫的炉火已经到了最后出丹的时候，就在此时，炉火突然一暗，三个炼药师吓得险些失了魂，也无暇去管到底发生了什么，只专心应对眼前的突发情况。

炉火很快恢复了正常，可那三个炼药师明白，刚刚那一闪而过的火让他们的丹药成色受了影响，出炉的最好也就八品低级的丹药。

虽然不爽，但三位炼药师不敢多看多想，专心盯着炉火，至于东方宁心做了什么，他们一点不清楚。

“药材居然没有烧焦？”

“太神奇了，这样也能炼药，难道这是天火特有的？”

“不是，是她的血，我看到她用自己的血来保护那药材。”

如果说东方宁心之前控火创造了奇迹，那么这一次她又创造了神迹，炼丹的神迹。

“这也行？”炎狼一身大汗，猥琐会长却是双眼发光，恨不得扑上去。

等待最是难熬，离丹塔约定的两个时辰还有最后一炷香的时间。此时，莲火宫的丹炉内发出当的一声，一枚圆滚滚的泛着青色的丹药浮在丹炉之上，一时间丹香四溢，浓郁与舒心的丹香让众人明白，八品丹药成了。

“莲火宫出炉八品灵心丹一枚，成色低级。”丹塔的人立马上前检查，报出丹药属性。

场上三个炼药师暗暗松了口气，和他们预计的差不多，剩下的就看炎兰宫了。众人齐齐看向东方宁心，还有最后一炷香的时间，炎兰宫那乱弹琴的炼丹法能行吗？

最终出来的是圆滚滚的丹药，还是一堆药渣子？

在场的人个个盯着东方宁心的丹炉，生怕错过那个瞬间。同时，在场众人又不停看着沙漏，想知道东方宁心能不能在丹塔规定的时间出丹。

这一刻，不仅是看客，不仅是莲火宫等三宫的人，就是丹远容也同样好奇，他不相信东方宁心将药材一起丢的做法是病急乱投医，她一定是想到了什么。

观看的人紧张得手心冒汗，就是冷静理智如执夙，也是一脸心急。她既想看到东方宁心出丹，又不希望东方宁心比她优秀，可谓是现场最纠结的人。

一炷香的时间很短，这一刻众人却觉得如万年般难熬，看着沙漏一点点漏空，有人惋惜地叹了一声：“唉，输了。”

天火火苗再次漫天，将所有人的视线都挡住，而就在天火蹿起的那一刻，众人隐约看到一颗火红的丹药在火中闪现，紧接着，东方宁心在火中飞快拂了一下，他们面前除了空空的丹炉什么都没有了。

“这是怎么回事？

“丹药呢？我刚刚好像看到了丹药，那是丹药吗？凝丹了？可为什么没有丹香呢？”

所有人都定定看着东方宁心，希望她给个说法，东方宁心却站在那里一动不动，右手握拳，暗暗缩在衣袖中。

也许其他人没有看清东方宁心的动作，坐在主位的执夙和丹远容却是看得明明白白。

他们怎么也不敢相信，东方宁心居然凝丹成功了，而且在出丹的那一刻，借助天火的火势掩去了丹药的存在。

只是丹香呢？丹香是掩饰不了的，莫不是出了一颗废丹？如果是废丹，拿出来又有什么关系？

执夙与丹远容看着东方宁心，万分不解。

此时，丹塔的人也上前问道：“墨言姑娘？”

他是来验丹的，虽然并不能确定有丹药的存在，可是塔主使眼色了，他只能上前。

东方宁心左手指了指不远处的沙漏：“时间到了，我输了。”

说完，转身就往台下走。

“慢着。”丹远容站了起来。

“墨言姑娘，你在最后一刻出丹，没有超时，是我们验丹不及时，请让我们丹塔的人验丹。”丹远容可以肯定，东方宁心手中的那颗丹药很不一般。别人没有看清，他一直盯着，相信自己没有看错。

那颗火红的丹药虽然没有丹香，但绝对不是废丹。

“我认输。”东方宁心停下脚步，淡淡的神情透着让人无法抗拒的威严。

“把那颗丹药给我看看。”丹远容走到东方宁心的面前，挡住了她的去路。

雪天傲小神龙四人见状，立刻走到台上，护在东方宁心的面前：“丹塔主，在你天火发出来之前，我可以杀了你。”

“你威胁我？”丹远容语气阴沉地看着雪天傲。自从他坐上丹塔塔主这个位子，就没有人用这种语气和他说过话。

雪天傲摇了摇头：“不，我只是告知你。”

“你——”丹远容想要上前，却被雪天傲手中的破天枪挡住了。

看着雪天傲，丹远容似乎明白执夙那个狂妄到不可一世的女人为什么会看上这个男人了，这个男人够狂，正是女人喜欢的。

“天傲阁下，这是斗丹会，我们有权查看丹药。”执夙见双方僵持不下，也走了过来。

“丹塔主，验丹是丹塔用来定输赢的，我们已经认输，你就没资格再验丹。”雪天傲无视执夙，对丹远容道。

丹远容站在那里，一时间也找不到话来反驳，被无视的执夙心里一痛，暗暗咬唇。

“走吧。”雪天傲无视丹远容阴沉的神情，更不管执夙哀怨的眼神，他眼中根本就没有那个女人，扶着东方宁心，在众人的目送下转身离去。

“真的有凝丹呀？我是不是眼花了？”

“真好奇炎兰宫最后凝的那枚丹药什么成色，可惜不让看。”

“我觉得那丹药肯定不寻常，不然炎兰宫也不会不让验丹直接认输。”

“我猜是废丹，不然为什么不让看？如果比莲火宫的丹药好，那么他们就赢了。”

东方宁心一走，底下的人又开始讨论，丹远容却像没有听到一般，站在斗丹台上一动不动，回想东方宁心凝丹的一刻。

好半晌，丹远容才回过神来，宣布斗丹会第二场莲火宫获胜，明天举行第三场比试，今天晚上各宫的人可以回去准备。

炎兰宫的人已经走了，其他三宫的人看这情况，心中暗暗琢磨，丹塔主会不会改变主意不支持他们，改为支持炎兰宫呢？

针塔、佣兵公会与炼器师公会的头头们坐在主位上什么也没有说，心里却是百转千回，思索丹远容举办斗丹会背后的目的。

东方宁心一回到丹塔安排的住处就被众人给围住了，无涯与猥琐会长连忙上前，问东方宁心那丹药到底是怎么回事。炎狼虽然也心急，但考虑到自己的身份，不好意思上前询问。

炼丹的药材已经声明是送给墨言的，此时去问，万一墨言认为自己想要那颗丹药，那误会就大了。

“如你们所见，最后我凝丹成功了。”东方宁心也不拐弯抹角，直接道出。

“我们知道你凝丹成功了，重点是那丹药呢？给我看看。”猥琐会长着急地拉着东方宁心的右手。

炎狼虽然故作不在意，但竖着耳朵在听，双眼更是盯着东方宁心，他也很好奇那颗丹药变成什么样了，浪费了那么多的极品药材，怎么也能凝成一颗不错的丹药吧？

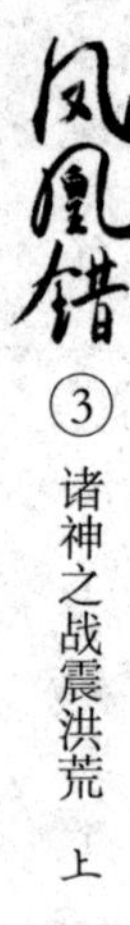

“给。”对自己人，东方宁心不认为有什么需要隐瞒的。

“这是什么丹药？看不出品级，没有丹香，看这成色倒是上好。”猥琐会长接过东方宁心手中那通体火红的丹药仔细打量，越看越觉得诡异。

“红丝游走，有淡淡的血腥味，这是你的血？怎么没有融化？”猥琐会长严肃地看着手上的丹药，突然大叫一声，“居然是魂丹！”

“什么？魂丹？”炎狼立马上前，震惊地大喊。

魂丹就是拥有炼药师精气的丹药，没有品级，任何八品以上的丹药都有机会炼成魂丹，一旦变为魂丹，丹药的效果可以增长三到五倍。

比如东方宁心手中的这颗魂丹，叫幽兰魂丹，幽兰丹原本就是疗伤圣丹，这枚幽兰魂丹比幽兰丹效果更佳，只要有一口气在，服下后伤得再重都不会有生命危险。

魂丹是好东西，但炼成的概率极小。在洪荒，早就没人去炼魂丹了，因为要以炼药师自己为药材，将自己投入到丹炉中，化为魂丹所需要的精气。

“果然是魂丹。”炎狼也顾不得装酷，抢过猥琐会长手中火红色的丹药，放在鼻梁上仔细观察，整个人兴奋得不行。

关于魂丹，东方宁心只看过书上的记载，猥琐会长给她找来的书中曾说，魂丹要用炼药师的命去炼，而她并没有。

“我可以肯定。”炎狼万分严肃道。

“魂丹不是要用炼药师的生命去炼吗？”这正是东方宁心不解的地方，她并没有牺牲生命。

炎狼摇了摇头：“确切说，魂丹需要用炼药师的精气去炼，将整个身躯投入丹炉中是凝聚精气的最好办法。如果炼药师的精气足够强大，不用生命也可以。魂丹最大的特色不在于用命去炼，而在于本身拥有生命的气息。”

东方宁心收起丹药，正色道：“炎宫主，很抱歉，我没有让丹塔的人验证这颗丹药，不然炎兰宫必胜。”

“你没有在众人面前展现是正确的，一旦有人知道你炼出了魂丹，你就危险了。”炎狼郑重警告。炼药师是这世间最为尊贵的职业之一，同时也是最危险的职业，很多势力不惜代价也要弄个高品级的炼药师坐镇，而一个不用命就能炼出魂丹的炼药师，无疑是香饽饽。

听到炎狼的话，雪天傲上前，紧紧握着东方宁心的手，眼中有丝丝庆幸和后怕。

洪荒高手如云，如果被高手围攻，他还真没有把握。

东方宁心反手回握雪天傲，示意他不用担心。

雪天傲点了点头，看着眉眼间略有倦意的东方宁心，毫不客气地赶人：“明天是决定胜负的一局，我们好好休息吧，那百草林似乎不简单……”

“不就是赶我们走吗？说得那么冠冕堂皇。”无涯不屑地撇了撇嘴，拉着小神龙高傲地离去。

炎狼尴尬一笑，跟猥琐会长一起离开。

百草林是丹塔压轴的王牌，丹塔每年能炼出那么多丹药，百草林功不可没，没有百草林提供药材，丹塔的炼药师根本没法全心钻研药丹。只是百草林在哪里却无人知晓，丹塔的人也不知道，百草林的药材从来不用他们去管。

没有人知道百草林存在了多久，只知丹塔存在时百草林就在，免费给丹塔的炼药师提供药材，也造就了丹塔在洪荒独一无二的地位和惊世的财富。

丹塔有很多人都想弄明白百草林是怎么回事，千万年来都没有定论，丹塔的人唯一知道的是百草林有一个入口，就是丹塔镶满夜明珠的塔顶。

每一任大长老死前都会将开启入口的方法传授给下一任大长老，方法是灵魂烙印，确保百草林不被外人侵入。

丹塔的塔顶平时不允许任何人进去，每一年丹塔塔顶开启一次，就是每年三月三采药日，今天开启入口是有特殊原因。

东方宁心、无涯与雪天傲三人来到塔顶时，莲火宫等三宫的人早已到了，这三宫的人经过昨天的事，彼此间合作更紧密。

四宫总共十二人站在空空的塔顶上，等着丹塔的人将他们送到百草林。不多时，丹远容与丹塔长老会的人就来了。

执夙与针塔等几个见证人没在，此地毕竟是丹塔重地，他们也不好入内。执夙几个会在他们采出药材的那天来见证胜利者。

“半个时辰后，你们将进入百草林。百草林虽说为我们丹塔所有，但里面很多地方我们丹塔的人都不曾深入，你们进入百草林后切记小心为上。这里有十二枚丹药，你们一人一枚，遇到危险或者想要退出，将丹药抛向半空，丹塔采药人会尽快找到你们，将你们带出来。”

丹塔大长老一边说，一边示意丹塔的人将手中的丹药分发至各人手上，待到丹药分发完后，大长老再次道：“除了你们十二人，还有十二位采药人陪同你们进入百草林，塔主也会陪同。希望你们不要进入百草林深处，一旦发现危险立马撤退，不然就是采药人也救不了你们。”

大长老话音落下，就见十二个身形高大、眼神木讷的大汉走了进来。大长老一个响指，十二个采药人便如同木偶一般对丹远容行礼，然后机械地站在那里一动不动。

东方宁心与雪天傲诧异地看着十二个采药人，再看看丹远容，他似乎也特别紧张，这是怎么回事？

百草林里不会真的有什么吧？

无涯无声询问，可惜来不及多想，丹塔长老就拿出一个盒子，里面有二十五枚拇指般大小的丹药，大长老将丹药一颗一颗按在墙壁上的黑点处。

将二十五枚丹药投进去后，丹塔长老以极快的速度对着墙壁摁了一个手印。如果不是东方宁心有过目不忘的本事，又有妖瞳相助，也不会发现丹塔长老打出来的手印是佛教的一种结印。

丹远容刻意隐藏了自己的气息，但东方宁心明白，他对丹塔长老的手印很感兴趣。

当丹塔长老打完手印后，他们隐隐感觉面前有声波流动，后方好似另一个世界。

“进去。”丹塔长老道，十二个采药人乖乖朝声波流动的方向走去，东方宁心和莲火宫等十二人也一一跟上，丹远容最后踏入。

东方宁心注意观察丹远容，加上有雪天傲在，不会有危险，便没有太过防备他们将要面临的环境。

咕嘟……踏入声波流动处，东方宁心感觉全身失重，铺天盖地的水流快速涌来。

东方宁心的第一反应不是闭气浮身，而是害怕地伸手去拉雪天傲……

好在雪天傲观察入微，听到水波流动时就隐隐怀疑他们的通道是水路，第一时间将东方宁心抱在怀里，哪知东方宁心反应更快，一拉扯，两人险些都跌入水底。

水中无法借力，被东方宁心一拉，雪天傲整个人也跟着下沉，只好左脚踩在自己右脚上，凝聚真气往上飞掠，同时一把抱住东方宁心，双唇覆在她的双唇上，手轻拍着她的背，以缓解她的惧意。

熟悉的味道，熟悉的怀抱，加上适应了水中的环境，东方宁心全身放松，缓缓睁开眼睛，看着面前的雪天傲，任他带着她在水中前行。

大约游了一刻钟，十二个采药人找到了岸，爬了上去，跟在采药人身后的东方宁心十二人也一一上岸。

此时二十五人全身湿漉漉的，虽说他们并不惧水里的寒气，但湿衣缠身总是不适的。

就在东方宁心准备释放手心的火苗烘衣服时，丹远容快她一步，随手一挥，众人只感觉一阵舒心的暖意游走全身，待暖意消散后，身上的衣服也干了。

十二个采药人不需要命令，自动往百草林中走去，目不斜视。

“你们可以选择和采药人一起，也可以单独行动，三天后的这个时辰，在这里集合，一同回丹塔。在这三天中，你们遇到了危险或者不想继续采药，只要抛出那枚丹药，就会有采药人将你们带到这里来。采药人不会听你们任何命令，没有抛出信号，他们就是见着你有危险也不会出手相救。”丹远容提醒四宫的人，同时示意采药开始。

东方宁心与雪天傲、无涯三人点了点头，便不多言，转身朝百草林走去，方向与采药人完全相反。

他们的目标很明确，与其采一堆没有价值的药草，不如花三天时间找一株稀世药材。

莲火宫等三宫的人一看，决定跟着采药人走，他们知晓百草林的危险，早些年有很多炼药师死于此地，后来为了防止炼药师死绝，丹塔才训练出一批批的采药人，用他们来采药。

二十四人很快各走各的，只余丹远容一人站在岸边。他看了看东方宁心三人的方向，又看了看采药人的方向，略一犹豫，便随东方宁心三人而行。

不对劲，他走了这么久怎么没有看到墨言姑娘一行人的踪迹呢？该不会是遇险了？

丹远容小心往前挪着步子，还没走出百米，就看到无涯帅气地靠在树上，似笑非笑地看着他。墨言姑娘与那天傲阁下则站在树下，同样看着他，似乎是在等他？

难道他们发现了什么？

丹远容隐隐不安，停在百米之外，不再上前："你们在等我？"

"只有你来了，不是吗？"看到丹远容出现，东方宁心就知道他们猜对了，丹远容办什么斗丹会，目的其实是百草林。

丹远容后退一步，拉开彼此的距离，同时暗暗凝聚天火："你们怎么知道的？"

"你表现得那么明显，我们怎么可能不知道？你那么担心炎兰宫连赢两场，甚至不惜将天火火苗送给我。"东方宁心直视丹远容，似乎要看到他的灵魂深处去。

丹远容被东方宁心看得无处可避，不得不放弃凝聚天火："送你天火是因为我欣赏你，你控火的能力很强，如果我没有吞噬天火，不是你的对手。"

"这不是理由。"东方宁心摇了摇头，冷冷一笑，从不相信这世间有这样的好事。

"我到底做了什么，让你们这么快就猜到了我的目的？"丹远容仔细回想，也没有想出哪里出了差错。

"前两场比赛，你干涉太多。如果我没有猜错的话，你面上表现出偏帮莲火宫等三宫的样子，并不是因为你欣赏他们，而是你知道炎兰宫能拿出幽兰丹，在炼丹这一项必胜。为了防止炎兰宫连赢两场而不能进行第三场比试，你不惜将天火展现在世人的面前，甚至暗中下黑手，多给我一团火苗，只可惜结果非你所愿，在控火这一项上，炎兰宫居然赢了。

"炎兰宫控火比试赢了，炼丹这一项就怎么也不能赢，在大庭广众之下，炼丹这一项你无法动什么手脚，就在我封印那六团火苗后，顺势将它们送给我，让我以为这些火苗已经是我的，可随意控制，用它们来炼丹一定能赢。如你所料，我果然用了，结果却出乎你的意料，我居然成功了，这让你既惊讶又担心。黑衣下你的表情我看不到，但你的情绪我能感觉到。还有最后一个疑点，就是你昨天明明可以强制逼我交出丹药，最终却没有，你不敢赌，你怕炎兰宫连赢两场。

“以上种种都说明一个原因，那就是你费尽心机成为丹塔塔主，又开一个斗丹会，其实就是为了今天，为了能进入百草林。丹塔主，我说得可对？”东方宁心不容丹远容逃避，用精神力逼得丹远容不得不对着她的双眼。

丹远容试着挣扎，却发现他的精神力完全不是东方宁心的对手，除非开启天火，可那需要时间。轻叹一口气，丹远容选择了坦白：“墨言姑娘，你猜得没错，我付出这么多就是为了能进入百草林。”

果然是这样！不过有一点他们不明白：“丹远容，身为丹塔塔主，你要进百草林需要费这么多周折吗？”

丹远容苦笑一声，毫不隐瞒道：“墨言姑娘，百草林是丹塔所有没错，但它并不在丹塔塔主的管辖范围，百草林开启的方法只有丹塔大长老才知。虽说我可以请丹塔大长老开启百草林，但那样做会引起丹塔其他人的怀疑。这次斗丹会是我唯一能光明正大进入百草林的机会，要知道我可是好不容易才以一统洪荒炼药师为由，说服丹塔长老同意举办这次斗丹会，并同意用百草林来做最后一场斗丹比试。”

“百草林到底有什么值得你如此费心的？甚至不惜去吞噬天火。”

“百草林吗？”丹远容整个人被浓浓的悲伤笼罩，粗哑的声音有着强压下的哭腔，“我说我的父母在百草林，我进来就是为了寻找他们，你们信不信？”

“信。”明知很不合理，东方宁心依旧肯定地点头。

得到东方宁心毫不迟疑的信任，丹远容像是遇上了倾诉对象，自顾道：“我的父母是炼药师，二十五前，我父亲是丹塔的塔主，我母亲则是名满江湖的女炼药师，爱慕者众多，最后嫁给我父亲为妻。我父母鹣鲽情深，在丹塔过着夫唱妇随的生活。两年后我母亲怀孕了，他二人以为幸福会延续下去，不想我父亲的好兄弟却背后捅他一刀。那人一直爱慕我的母亲，为了得到我母亲，他伙同丹塔大长老把我父亲推入百草林，却对外说我父亲执意要去百草林采药。我母亲临盆在即，根本不相信我父亲会在这个时候去百草林，更何况，进入百草林的炼药师大多都没有命出来，如果没有娶我母亲，我母亲没有怀孕，我父亲也许会冒险，但有了母亲后，父亲绝对不会贸然行动。

“母亲不信，却找不到父亲，也找不出父亲被人陷害的证据。此时，丹塔一个小炼药师偷偷找到母亲，说他亲眼看到我父亲的兄弟和丹塔大长老将我父亲推入百草林。我母亲当时听到这个消息，悲伤过度早产了，为了保证孩子好好长大，母亲对外说孩子死了，并且找来一个死婴证明。母亲失夫丧子，那丧心病狂的人就逼我母亲改嫁于他，母亲装疯卖傻执意不从，后来混在采药人中，借一年一次的采药机会也来到百草林，然后再也没有出来。

“我就是当年那个对外宣称已死的孩子，我现在的父亲，或者说我的义父就是那个小炼药师。至于我父亲那个兄弟，想必你们也知道，就是意外而死的上一任丹塔塔主，至于那个帮凶大长老，他还活着。”

很简单的故事，却将人性最丑陋的一面展现了出来。

“二十五年了，你认为你的父母还活着？”东方宁心终于明白，初见丹远容为什么会心生同情。他背负得太多了。

“死在百草林的炼药师无数，二十五年过去了，我父母死在百草林的可能性很大，但我不甘心，哪怕是死了，也要找到他们的尸骨，为人子女，如果连这一点也做不到，活着又有何意义？另外，我父母要是真的已经死在百草林，那么我要弄清楚百草林到底用什么方式杀了他们，好让以后的炼药师进入百草林都不会再有生命危险，不让这里成为杀人的帮凶。”

这两个信念是丹远容在看到母亲的血书、得知自己的身世后立下的。害他父母失踪的主凶已经被他诛杀，如果不是丹塔大长老掌握了百草林开启的秘密，那么大长老亦早死了。

报仇对他来说不是难事，难的是找到他的父母。

东方宁心与雪天傲点了点头，他们能理解丹远容的做法，好好一个家却被人的贪念给毁了，换了他们，亦会这般作为：“既然如此，我们就不耽误丹塔主了，丹塔主请便。”

“啊？”丹远容震惊地看着东方宁心与雪天傲，一时间不知如何是好。

“怎么，丹塔主还有事？”雪天傲脸色一沉，冷酷的气息能把人冻僵。

丹远容冻得一个激灵，整个人立马清醒过来。刚刚他是怎么了，居然想着利用自己的身世博取这一行人的同情，让他们出手相助，他什么时候这么天真了？

丹远容苦笑一声：“没事，多谢三位听我唠叨，还请三位能替我保密。”

“当然，我们只想解开疑惑，并不想参与丹塔的私事，毕竟我们初入天空之城，不想因为无知而得罪得罪不起的人。”东方宁心淡漠道，一副不将丹远容的事放在心上的样子。

丹远容默默回味着东方宁心的话，似乎话中有话？明面上是说怕得罪人，实际上却是在威胁他，他们一行人根本没有将丹塔和丹远容放在眼里，在天空之城，他们连执夙都敢得罪，还会惧一个丹塔吗？

“丹塔主要在百草林找人，我们就不奉陪了。”东方宁心抬腿朝百草林深处走去，速度就像在郊游，慢得离谱。

“天傲阁下，墨言姑娘，请稍等。”丹远容快步上前，拦住东方宁心与雪天傲，无比诚恳道，“我们合作吧。”

“合作？你拿什么跟我们合作，我们又拿什么跟你合作？”有别于丹远容的激动，东方宁心、雪天傲和无涯三人都很冷静。

没有一口拒绝，那就是有合作的余地。

丹远容摆出诚意：“我助你们获胜，而你们帮我寻找父母的下落、查清百草林的秘密。”

“没有你的帮助我们也不会输，一株药草你就要我们为你卖命，丹塔主，是你太高估自己了，还是太低估我们了？”东方宁心冷冷嘲讽。

“你想要什么？只要我能办到。”丹远容有些尴尬。

东方宁心嘴角轻扬，不急不缓道：“丹塔主，我们不仅可以助你寻找父母、查清百草林的秘密，还可以助你恢复被天火焚毁的身体。”

“什么？你们可以助我摆脱这焦黑的身体？”丹远容此时怎么也无法淡定了。

东方宁心肯定地点了点头，有幽兰魂丹和雪天傲的极寒真气，丹远容的身体应当可以恢复。

死死握着枯黑的双手，丹远容压下激动，竭力用平静的声音问东方宁心：“你们要什么？”

东方宁心收起笑容，脸色凝重，眼中是不容拒绝的坚定，一个字一个字道：“我、要、整、个、丹、塔！”

“你说什么？”东方宁心声音不大，却把丹远容吓得连连后退，怎么也不敢相信自己听到的。

“你没听错，我说的就是我要整个丹塔。”东方宁心云淡风轻地重复一遍，像是在说今天天气很好一样。

他们初到洪荒，需要一方势力做后盾，丹塔是最好的选择。

“不可能。”丹远容想也没想就拒绝了。他连面前男女的身份来历都不知，怎么可以轻易将丹塔许给他们。

万一这墨言姑娘与天傲阁下将丹塔给毁了，或者借丹塔荼毒洪荒的炼药师，那他丹远容岂不是害了整个洪荒？

“是吗？那真是遗憾，看来我们之间没什么好谈的。”东方宁心连挽留的话都不多说，转身继续往前走。

她很清楚，丹远容这人心很小，只装着仇恨与父母，虽然偶尔也会谈谈天下大义，但最终他心中的仇恨会凌驾于天下大义之上。

十步，二十步，三十步……

身后的丹远容依旧没有反应，挣扎在自己的私念与天下之义之间。

一百步，一百五十步……

“会不会我们的条件太苛刻了？”无涯隐隐有些不安，用只有三人能听到的声音问道。

“我们付出的也不少。”雪天傲不以为意。

“他会同意的，因为他是一个自私的人。”东方宁心丝毫不将身后人放在心上。

这么一走，他们就在百草林走了一天，没有收获一株药草，唯一的收获是与丹远容摊牌了，只是结果还未知。

原本还有几分担心的无涯，看着吃好睡好的雪天傲夫妇，也懒得理会。

天无绝人之路，没有丹塔他们还能发展别的势力，实在不行，可以让东方宁心和针塔的塔主比针，把针塔塔主之位赢来。

他相信东方宁心有这个实力。

第十六章
世间安得双全法

次日，第一抹晨光洒向大地，告诉众人新的一天开始了。无涯、东方宁心与雪天傲从扎营的地方走出不到百米，就看到站在那里沾满露水的丹远容。

“我同意。”

意料之中，又像是意料之外，无涯很意外，东方宁心却很平静：“既然如此，丹塔主就先替我们寻找药草吧。”

“两天的时间，你们能帮我找到父母、查清百草林的秘密？”丹远容朝东方宁心与雪天傲走来。

“两天当然不够，出去了不能再进来吗？你父母如果在百草林，一定可以找到。”只是不能确定是生是死。

听到东方宁心不负责任的话，丹远容怒火中烧，感觉自己被耍了，面前的人根本没有合作的诚意：“再进来？如果能那么容易进来，我哪里需要费尽心机去弄一个斗丹会。”

丹远容恶劣的态度换来雪天傲一记冷眼和东方宁心的厉喝：“丹远容，收起你那没有意义的怒火。你不能进来不表示我们不可以，进入百草林所要的不就是那二十五枚丹药和一个手印吗？别告诉我那些丹药，你堂堂一个丹塔塔主炼不出来。”

不知为何，被东方宁心一喝，丹远容的怒火就弱了下去，却特意加大了音量：“那些丹药当然不在话下，重要的是手印，那道手印除了大长老外，根本没有人会打，也根本无法学，除非大长老死前自愿将结印方法传给继承人。”

“丹远容，你做不到并不表示别人也做不到，不过一个手印罢了。”好巧不巧，她不仅知晓大长老打的手印的来历，还会。

“你会？”丹远容怎么也不敢相信，那个手印他看了不止一次，怎么也学不来。

“你看着。”东方宁心伸出双手，双手在半空中结印，手速和方向与大长老的一模一样。

无涯极其佩服地看着东方宁心，这过目不忘的本领实在太强了。

很快，奇怪的事发生了，东方宁心一套手印打完，空气中居然隐隐有光波流动。

“这是什么？”无涯震惊地指着东方宁心面前类似墙面的光波，眼前流转的光波和他们在丹塔顶层看到的一模一样。

“我们似乎开启了百草林的另一条路。”雪天傲手中的破天枪捅向面前的光波，破天枪的另一端消失在众人面前，充分证明他们的猜测没错，这道光波可以通往另一个地方。

“要不要进去看看？”无涯一副跃跃欲试的样子。

“去，不入虎穴，焉得虎子。”东方宁心拉起雪天傲就往光波那边踏入。

刚刚踏入，还没来得及观察情况，四人就被脚下的声音吓着了。看着那条条如同长蛇一般朝他们爬来的藤条，四人挥剑将其砍断。

青汁洒满草地，青草如同受了刺激，疯狂长起来，叶齿如同钢锯，朝四人攻去。除了没有双手与双眼，这些草的攻击力丝毫不比人差。

“天啊，我们到底是到了什么地方，这是草吗？我怎么感觉是人？”无涯不停挥舞手中的辟邪剑，一剑下去，青汁漫天，入眼全是青色。

“封！”雪天傲厉声一喝，刚刚还飞长的青草瞬间被冰封起来。

“天火，灭！”丹远容见雪天傲冰封不住，便开启了天火。一瞬间火光冲天，火舌所到之处青草皆化为灰烬，只是灰烬还未落地，另一批又生长起来……

丹远容还想再用天火，却被东方宁心制止：“别再用冰与火了，天火与冰封只会加快它们的生长速度。而且你们看看我们现在所处的环境，用冰与火也无法冲出去。”

东方宁心取下凤凰琴，右手轻拨琴弦，同时提醒雪天傲、丹远容和无涯三人。

三人抬眼扫向四周，同时抽了口气，他们被青草包围了。不仅四周是青草，头顶也是。青草被砍断后，青汁化为肥料催生新的青草，东方宁心四人就被包围在这圆形屏障中。

“我们被草给围攻了？”丹远容不敢相信眼前所见，身为炼药师，他一出生就和各种各样的草叶相处，却从来没有见过哪种草有这样的属性。

“只能冲出去。”雪天傲二话不说，拿着破天枪带头往前冲。

东方宁心、无涯紧随其后，丹远容殿后。

青草越长越密，四人很快陷入黑暗之中，斑驳的光线被青草所阻。

啪的一声响起，丹远容再次开启天火，但也只有小小的一团火苗。

东方宁心与雪天傲不敢停留，一旦青草织成的圆变成实心，他们就会彻底被束缚住，到时候再有能力也无法行动。一群人不停往前冲，希望能冲出青草织成的圆球，丹远容也不停将身后和脚下的青草给烧毁。

“不对，我感觉我们一直在这个圆中打转，一步都没有走远，刚刚将这一块青草给灭了，这圆又给我们换了另一块，看着像是生生不灭，实则青草被我们毁了后，转了过去，借这个空当再去生长，如此周而复始，我们就是累死也出不去。”东方宁心指着青草上空，借着火光可以清楚地看到草球正飞快打转，速度太快，肉眼几乎看不出来。

“的确，我们一直在这个圆球中原地踏步。”雪天傲停下脚步，将手中的破天枪用力朝青草最顶端刺去。破天枪卡在青草中间，很快滑到正前方，充分证明东方宁心的猜测没错。

东方宁心脸色泛着潮红，不得不停下拨弄琴弦的动作，站在一边，尽力让呼吸顺畅。

“丹远容，把你的天火给灭了。”雪天傲将破天枪一抖，墙立刻飞了出去，瞬间消灭一大片青草，同时提醒无涯将辟邪剑的威力发挥到极致，让空气流通。

无涯点了点头，辟邪剑涌现青光。无涯飞身而起，剑起剑落，无数青草飘落。青草中心的空隙越来越大，东方宁心的气息也渐渐平稳下来：“雪天傲，在我们四周设四块冰寒盾。”

“怎么出去？”无涯指了指被绿色的青草包裹住的冰块，颇有几分无力地问道。

“我来召唤小神龙。”东方宁心暗暗松了口气，如果他们一直砍下去，最后死的一定是自己。

神龙？丹远容看着东方宁心，一时间不知道该说什么。他到底在和什么人合作，会不会将自己推入万劫不复之地？在洪荒，拥有玄兽的人不少，只要有胆去玄兽岛，从里面活着出来，总能找到五到九阶的玄兽，可是神龙……

就在丹远容还在猜测东方宁心与雪天傲的身份时，隔着厚重的青草，他听到了一声巨响。

不用怀疑，那绝对是龙吟，只有龙吟才会响彻天地之间，磅礴如奔雷。

“你有契约神兽？”虽然龙吟就在耳边，丹远容依旧不敢相信。

“嗯。”东方宁心丝毫没有隐瞒。

“银龙咆哮。”天空中传来小神龙威严十足的声音，裹挟着无上的气势，一时间东方宁心四人只感觉地动山摇，无法在第一时间稳定心神。

无数道巨响传来，小神龙吐着火球，火球在地上砸出数百米深的大坑，很不幸，东方宁心四人所处的位置正好被小神龙的火球砸中。

“小神龙，你搞什么鬼？”东方宁心四人被小神龙投出来的火球砸得灰头土脸，狼狈地从一堆草屑和尘土中飞了出来。

小神龙没有回答，不停从半空往地下投着火球，速度越来越快。

东方宁心与雪天傲见状便知情况不妙，一从青草中钻出来便摆出攻击的架势。不想，雪天傲的长枪还没有出手，东方宁心的虚幻之针还没有发射，他们就呆住了，因为面前的人居然是：梦皇！

“小神龙，住手。”东方宁心连忙大喊，制止小神龙攻击梦皇。

小神龙不为所动，手下的攻击不减半分，没好气地嘟囔道：“刚刚就是她将你们困在草堆里的。”

“宁心，原来是你们。”此时梦皇开口，远远立在一堆碎草后面，高贵而从容。

轻轻挥手，东方宁心与雪天傲几人听到有声音飘过，随即所有青草都落入尘埃，只余小神龙砸出来的无数大坑。

面前这个高贵优雅的女人，想杀东方宁心？

“梦皇，你怎么会在这里？”她对梦皇有着类似对长者的依赖之情，但是对于小神龙，她却抱有以命相交的信任。

梦皇轻轻一笑，如同百花盛开：“我一直就在这里。”

“不可能，这里是丹塔的地方。”丹远容立马提出疑问，如果百草林有一个这么强大的女人存在，丹塔的人怎么会不知道？

梦皇温柔地解释道：“你错了，百草林并不是丹塔的，确切说百草林是我的，是他为我而建的。”梦皇语气中透着难掩的悲伤与怀念，那个人为她做了那么多，最后连命都牺牲了，而她注定要辜负他的一往情深。

“这是针神建的？”东方宁心吃惊道，针神到底有多强，居然可以在洪荒划出一个独立的类似于他在中州圈养玄兽的空间。

梦皇点了点头：“当年四族那一战，我与鬼皇他们落到了洪荒，鬼皇三人下落不明，我身受重伤，一直在暗中养伤。他历经千辛万苦来到洪荒找我，给我建了百草林助我养伤，而我在洪荒的这一千年，一直待在这里。”

梦皇不是一直想要回到中州吗？为什么又说自己一直在这里？她没有寻找回归中州的办法吗，或者说梦皇无法离开这里？

东方宁心不知道该不该相信梦皇，索性什么都不问，只道：“梦皇，诀他真的没有办法复活吗？”

“诀？”梦皇怔了一下，随即摇了摇头，“他死了。”

东方宁心双眼泛红，倔强地咬着嘴唇。

从某种意义上来讲，诀是开启她别样人生的启蒙者，诀对她来说是特别的存在，无人可以取代，她一直无法释怀诀的牺牲。

梦皇怎么会拿诀的灵魂去开启梦族遗址？为什么会是诀？

为什么会是诀？梦皇又何尝希望是诀？要怪就怪命运的捉弄，当初只有诀才符合成为开启封印的“钥匙”。

梦皇点了点头，擦去眼角的清泪道：“宁心，你们怎么会来到洪荒？又怎么会来到百草林？”

“我们来百草园寻找药材。”东方宁心没有详细回答梦皇的话，“梦皇，我可以问你一个问题吗？二十五年前，是不是有一男一女两个炼药师消失在百草林？”

说话间，东方宁心示意丹远容大致描述一下他父母的外貌。丹远容刚开口，梦皇就打断了：“这里与外面的百草林隔开了，我从不关注外面的事情，所以很抱歉，我不知道。”

“是吗？”不知为何，东方宁心就是不信，她想梦皇肯定知道什么，但就是不说。

“宁心，你要的药材我帮你找，百草林你们不要再来了。至于洪荒，如果事情办好了，就早点离开，回中州吧。”梦皇也不问东方宁心为何来中州，说完这话便转身离去，背影依旧高傲从容，隐隐透着几分悲凉与孤寂。

“墨言姑娘……”看到梦皇转身就走，丹远容连忙提醒东方宁心。

他不认识这个叫梦皇的女人，但她说自己一直生活在百草林，那就不可能不知道百草林里发生的事情，也许他父母的死和这个女人有关。

“梦皇，请稍等。”东方宁心连忙上前，总感觉梦皇似乎不一样了，没有了往日的果决与自信，到底发生了什么？

“宁心，还有什么事吗？”梦皇转身，将所有的悲伤掩去。

东方宁心皱眉，看着恢复如常的梦皇，甚至怀疑自己看错了，试探性问道：“梦皇，可以告诉我千年前是怎么回事，现在又是怎么回事吗？我的出生、我的存在、天命之女到底是什么意思？”

天命之女是心梦夫人在飘渺山从黑暗神殿大长老嘴里套出来的，也是东方宁心不解的，这世间怎么可能有天命之女，用处又是什么？

“宁心，千年前的事你已明白，四族因为权势分割，在有心人的挑动下打了起来，结果四族俱伤。关于你的出生，我只知道你是我梦族遗孤，至于什么天命之女，我不知情，这世间哪有什么天命，命运一直掌握在我们自己手中。”

“真的是这样吗？”东方宁心低头，掩去眼角的泪水，“梦皇，你不是一直想回中州吗？我有办法送你回去，我们回去好吗？”

“宁心，梦族没了，中州还有什么值得我留恋的？去看那座废城吗？宁心，对我来说，在哪里都是一样的。”梦皇迅速拒绝。

“宁心明白了，梦皇大人。”东方宁心生疏地叫着，现在的梦皇的确不一样了。

雪天傲轻轻握着东方宁心的手，无声地安慰着。对梦皇，雪天傲了解不多，但是从两人的谈话中，他知道宁心对梦皇的信任被斩断了。就在这一刻，被东方宁心亲手扼杀了，或者说在梦皇对他们下杀手时，就回不到最初了。

梦皇挥手，不待东方宁心与雪天傲反应过来，一股柔和的力量将他们往后推去。

“梦皇，到底发生了什么？”东方宁心惊恐地大喊。

“宁心，快走，你记住，梦族不存在了，你只是你，与梦族和梦皇无关。”

梦皇松了口气，还好来得及，不然就危险了。

就在梦皇庆幸东方宁心走得及时时，空间传来波动，紧接着，一个身材修长的黑衣男子自天而降，阳光下那张脸赫然与冥一模一样，却又不是冥。

这人便是当日东方宁心升阶时出现在中州的东夜，冥的双生兄弟。

“梦，别告诉我，这就是你的办事能力？”东夜的声音很轻很温柔，听在耳朵里，却像催命符。

“东夜大人。”梦皇无力地叫着，她真的不想与这个男人为敌，但诀在他手上。

是的，就在梦皇也以为诀必死无疑、从此消失在天地间时，这个男人将诀的灵魂带来威胁她。诀是她唯一的亲人，她早就知道诀必死的下场，现在却有人告诉她，诀没有死，甚至可以重新活过来，但她必须帮他做事。

梦皇不想同意，但东夜折磨诀的灵魂，她没有任何选择，那是她的亲弟弟。

“梦，他是你在这世间唯一的亲人了，你可要想好，如果他死了，你就算成神又如何？”东夜一脸怜惜地看着梦皇，温柔地说着威胁的话。

“东夜大人，她有身孕，我下不了手。”梦皇闭上眼睛，怎么能在东方宁心有身孕时，剖开她的肚子，取出自己想要的东西？

“梦，我要的从来不是她的命，只是想要她体内的那东西，你取出就好了。放眼洪荒，也只有你才有机会下手，可你却让机会一而再再而三地溜走，你说我该拿你怎么办才好？或者说我该拿你的弟弟怎么办才好？”

东夜温柔地说着威胁的话，梦皇闭上眼，一脸无力。一边是诀的命，一边是宁心的命，她该怎么选？

“东夜大人，请再给我一次机会。”梦皇单膝跪下，低下高傲的头颅。

“下一次，别再让我失望，既然你无法对她的孩子下手，那就在她生产时下手，这是你最后的机会，我不希望再出任何意外。”那个孩子有神魔保护，他也不能轻易下手。

东夜摇了摇头，已经错过杀死那孩子的最好机会。

东夜扶起梦皇，动作温柔细致，梦皇却一脸惨白，满头冷汗。

一道凄厉的惨叫声从梦皇嘴里发出，东夜松开梦皇，梦皇软软倒在地上，一动不动。

"虽然我愿意再给你一个机会，但惩罚不能少，这是你放走她的惩罚。"东夜毫不怜惜，看也不看地上半死的梦皇，转身离去。

百草林，不过是他玩儿的地方，洪荒的炼药师，不过是他手中的棋子罢了。

东方宁心不知，不过可以肯定，梦皇一定隐瞒了什么。

想要查到梦皇的秘密，只有再入百草林。这个提议得到了众人的同意，但需要等东方宁心的身体状况稳定下来。

距离神魔所说的三月之期只余十天，东方宁心必须尽快服用益母丹，否则会有危险。

众人没有异议，丹远容虽然心急，但二十五年都等了，也不在乎多等几个月。

从百草林回来，在丹远容的助力下，炎兰宫获得了最终胜利，得到了丹塔长老的席位，同时也得到了销售丹药不受地域限制的特权。

炎狼大大松了口气，炎兰宫的危机解除了，他就会如约交出益母丹的配方。

东方宁心与雪天傲也万分高兴，除去梦皇的事，一切都很顺利。一场斗丹会不仅赢得了益母丹，还赢得了洪荒丹塔的所有权，日后他们在洪荒也是有势力的了。

从百草林出来后，东方宁心决定利用这几天的时间，先帮丹远容摆脱被天火焚烧的身体。

雪天傲没有拒绝，治疗丹远容的身体并不需要东方宁心做什么，只要将那幽兰魂丹拿出来便是。

"这是？"丹远容接过东方宁心递来的药盒，不解地看着东方宁心。

东方宁心指了指药盒："打开看看。"

"魂丹，居然是魂丹？你们怎么会有魂丹，还是幽兰魂丹，这不会是……"丹远容大叫起来，饶是他再怎么冷静老成，面对魂丹也无法自持。

"你没猜错，我那天在斗丹会上炼出来的就是幽兰魂丹，可助你恢复身体。"东方宁心不在乎地开口，好像魂丹是随便能炼出来的普通丹药。

丹远容激动得手都在颤抖："居然是魂丹，没想到我丹远容还有机会看到，老天待我不薄。这颗魂丹，你加了那么一点血就炼出来了？"

雪天傲警告地看向丹远容："吞下。还有，你刚刚服用的不是什么魂丹，明白吗？"

"啊？好。"丹远容先是一愣，随即明白了。

服下魂丹，盘膝而坐，待丹药入喉，他感觉如同清泉缓缓流向四肢百骸，那种舒爽无法用言语形容。

丹远容的黑衣很快被汗水浸透，身体散发着火红的光芒，那是身体内多余的天火被逼出。

“啊……”丹远容痛苦地低喃，死死咬唇。他知道，此时留在他身体内不受控制的天火，正一点一点退出来，只要将之全部逼出，他的身体就能恢复正常。

丹远容整个人如同火球，散发着炽热的光芒，饶是雪天傲这块千年寒冰，此时也是大汗淋漓，如同刚从水里捞出来的一般。

天火灼烧之痛不是一般人可以承受的，略一思索，雪天傲便出手了：“冰雪寒霜。”

刹那间，漫天冰渣化为雪点，将丹远容包裹，吸收天火的热度。冰雪瞬间蒸发，化为蒸汽，在雪天傲的帮助下又再次变成冰渣，覆在丹远容身上，如此周而复始。

“余火被幽兰魂丹逼出体外之后，会将他全身的焦黑烂肉都剔掉，让他吃点生肌丹就行了。”猥琐会长慢悠悠地解释，生肌丹在中州是稀罕物，在洪荒却很容易找，丹塔多了去了。

东方宁心点点头，正想说什么，身子突然摇晃，整个人往地上栽去，暗道糟糕。

“东方宁心。”雪天傲伸手，一把将东方宁心捞了起来。

东方宁心倒在雪天傲的臂弯里，看上去虚弱不堪，眉眼间尽是疲倦之色：“我没事。”

“是不是孩子？”雪天傲一把将东方宁心抱了起来，瞪视她的小腹。

至于丹远容，对不起，他现在无心管其死活。没有他的相助，丹远容也死不了，就是痛苦一点罢了。

东方宁心点了点头，在雪天傲怀里蹭了蹭。此刻的她没了以往的清冷，整个人娇慵如同小猫，柔顺得让人不忍责怪。

看到这样的东方宁心，雪天傲的怒火就是再大也消失得无影无踪了，安下心来，他指着再度痛苦不堪的丹远容道：“他交给你们了，小神龙跟我走。”说完，抱着东方宁心大步离去。

将东方宁心安顿好，交代小神龙保护她，雪天傲便去找炎狼了。

“现在就要益母丹的丹方？”炎狼惊道，不能等到回了炎兰宫再说吗？

“对，现在就要。”

“不能等到回炎兰宫吗？”

“不能。”

“好吧，希望你不会后悔。”炎狼深深看了一眼雪天傲，转身拿出一卷卷轴，以他自己特有的秘法打开。

他之所以不外传益母丹，除了是为兰若而炼外，更重要的一点是——

“要用孩子父亲的精气与修为来炼？”

雪天傲了然地看了炎狼一眼，明白炎狼为何对参与丹塔的斗丹会没有信心，原因就在这益母丹上。炎狼炼益母丹时损失的精气与修为还没有恢复。

“没错，孩子在母体内不停成长，汲取着母亲的精气与修为，想要保住孩子和母亲，就需要另一个人牺牲。母子血脉相连，父子也是血脉相通，不想牺牲孩子的母亲，只有牺牲孩子的父亲。”这也是他为什么与雪天傲约定，益母丹的丹方不能泄露给第三人，他不希望自己的妻子担心自责。

炎狼又补充了一句：“天傲阁下，炼益母丹损失的修为永远都补不回来。另外，在炎兰宫我备了一些辅助的药材，那些药材可以让你的修为与精气少损失一些，你确定现在就炼益母丹，不能等到回炎兰宫吗？”

“不能。”

一夜好梦，当她醒来时，无涯正守着她，雪天傲却不见人影。

无涯立马上前解释：“雪天傲、小神龙和炎狼一起去采炼益母丹的药草去了。炎狼的药草不够，这里有十二枚益母丹，雪天傲交代每隔七天服用一枚，三个月后他会带着药草回来。”

“这是益母丹？”

“是。”无涯连连点头。

“雪天傲真的采药去了？居然还有丹塔没有的药。”

“是的。”无涯更加用力地点头，双眸晶亮地看着东方宁心，真诚无伪。

“我睡了多久？”东方宁心看着无涯，确定他不是说谎后，便服下一枚益母丹。

益母丹效果很好，一粒下去，东方宁心瞬间感觉不到疲倦，似有无穷无尽的力量充斥全身。

“一天。”无涯笑得开怀，看东方宁心精神十足、气色红润，就知她没事了。

“我怎么睡了这么久？”自从进入洪荒后，她就一直很警觉，有一点风吹草动都会醒来，这一次，无涯在房间里她居然都没有醒。

“咳咳。”无涯有些尴尬，“雪天傲说让你多睡会儿。”

东方宁心拧眉，突然记起，她半睡半醒间雪天傲给她喂了一颗丹药。她当时看是雪天傲，便没有任何防备地吞了下去，原来那是一颗养神安气的丹药。

“我知道了，丹远容怎么样了？”东方宁心掀了掀被角，发现自己衣服整齐，便大大方方地起身。

说到这个，无涯就有点同情：“不太好！”

“呃？”东方宁心不相信地问道。

“那个，之前不是雪天傲助他减轻痛苦吗？后来因为你的事，雪天傲收回了冰寒真气。丹远容一时没有适应，险些咬断舌根。”

丹远容也是个可怜的主儿，遇上雪天傲这么个爱妻如命的人。

“没死就好。”她同情丹远容，但这事绝不怪雪天傲。

“宁心，你有身孕，雪天傲吩咐你好好休息，你去哪里？”无涯连忙跟了上去，雪天傲走之前特意提醒他，这三个月东方宁心的安危就交给他了，不能有一丝差池，回来要是发现东方宁心少一根头发，雪天傲就把他头发拔光。

“我去看看丹远容，他不能死。”话话间，东方宁心已经走出去了。

丹远容当然死不了，有幽兰魂丹在，只要有一口气就能活下来。不过，他即便没死，也和死人差不多。全身被白色的绷带裹着，包括头部，全身上下只有双眼露在外面，一动不动地躺在床上。

当丹远容体内的天火被逼出来时，全身的肉从焦黑变得红肿腐烂，猥琐会长费了好大的劲也没办法将腐肉剔干净，不得已，无涯出动了辟邪剑。

雪天傲此刻正在丹塔密室内炼益母丹，一口气炼了二十四枚，足够东方宁心用到生产，而他整个人就差没被榨干了。

好在雪天傲现在是神者三阶，要是和炎狼一样是帝者，估计直接就瘫了，不睡个十天半月肯定醒不来。

“你真猛，一口气炼出二十四枚，就不怕把自己的精气与修为榨干吗？”这是炎狼对雪天傲“疯狂”举动的评价。

“只有这样她才不会怀疑，三个月后我可以保证让她看不出一丝破绽。”他很明白东方宁心有多聪明，只要他有一丝异样，东方宁心就会察觉。

“我佩服你！”雪天傲爱妻如命，和他有的一拼。

二十四枚丹药炼好了，雪天傲躲在丹塔密室疗养，只是躲过了所有人，没有躲过小神龙。小神龙早就发现了他的异常，却没有追问，而是默默跟着，看到雪天傲快要把自己榨干，犹豫了一下，决定每天给他输真气。

雪天傲与小神龙、炎狼三人同时从天空之城消失，东方宁心也就没有办法离开，只能在丹塔养胎。

三个月过去，东方宁心盘算着雪天傲哪天会回来，执夙突然跑来质问东方宁心雪天傲在哪里。

第十七章 不负如来不负卿

当得知东方宁心去了天空之城，不知为何，雪天傲心中隐隐有不好的预感，片刻也不等，转身冲了出去。

天空之城一如既往热闹，天空碧蓝如洗，空气中隐有药香涌动，让人不由自主地感觉放松。

东方宁心与无涯却无心欣赏，因为被执夙缠住了。

执夙是个偏执的人，几番询问无果，就摆出一副要动手的架势，无涯抽出剑，却听到执夙惊呼："你有身孕了？怎么可能？这是天傲阁下的孩子？"

东方宁心没好气地翻了个白眼，她的孩子都快七个月大了，虽然她外表看上去像是没有怀孕一样，可肚子那么明显，这个女人怎么到现在才发现？

"是。"东方宁心看着执夙眼也不眨，不知为何，突然有种不安的感觉。

"无涯，我们走。"东方宁心拉起无涯，转身就朝丹塔走去。

"不许走！"长剑划破天空，执夙一剑横过来，刺向东方宁心的腹部。

"你找死！"雪天傲赶过来就看到这一幕，顿时失了理智，飞身来到东方宁心身侧，伸出右手，握住执夙的剑。剑刃划破他的手心，血不停地往下滴落。

"我、我不——"执夙大惊，没想过伤雪天傲。

啪！没有丝毫犹豫，雪天傲给了执夙一个巴掌："你该死！"

"你打我？"执夙捂着红肿带血的脸，不敢相信地看着雪天傲。

震惊的何止执夙，天空之城的围观群众比执夙更震惊。众人张大嘴巴，半天不敢言语，看着雪天傲接下来会如何？

"你当自己是谁，打了你又如何？"执夙触了他的逆鳞，别说是神者九阶，就是神王，他雪天傲今天也打了。

"天傲阁下，你这是仗着我喜欢你，舍不得杀你吗？你可知打我的代价？"执夙恨恨道，内心却痛苦不堪。

她为什么要这般作践自己呢？明明有那么多人匍匐在她的脚下任她驱使，为什么要看上这么一个打她的男人？

雪天傲像是听到这世间最好笑的笑话："你的喜欢关我什么事？我有求你喜欢我吗？你当自己是谁？是神吗？就算是神又如何？谁稀罕你的舍不得，有本事就杀了我！"

"好，我现在就杀了你。"执夙将剑举向半空，却迟迟没有挥下去。

雪天傲根本不把她看在眼里，转脸劈头盖脸骂了无涯一顿："你傻了吗？这个女人要杀宁心，你没看到吗？你不会反击呀，还有你——"

雪天傲看向怀里的东方宁心，怒火中止："你躲得过还不躲？"

"她不敢。"东方宁心笃定道。

"所以你就站在这里任她动手？"雪天傲真想把东方宁心的脑袋敲开，看看里面到底装了什么。

"相信我们的孩子，执夙不是他的对手。"她的孩子不是那么好欺负的。

"算你有理。"他忘了东方宁心肚子里的孩子有多变态，别说一个执夙，恐怕十个他也不怕。

"宁心？你不是叫墨言吗，怎么又叫宁心？不会刚好姓东方吧。天傲？你们就是从中州来的雪天傲与东方宁心？"执夙震惊地连连后退，不停摇头。

"是又如何，执夙大人？"东方宁心与雪天傲并不避讳。他们在洪荒又没名气，了不起和冥与琴然有点小熟，如果神魔也在洪荒，那也算是认识的。

执夙看了看雪天傲，又看了看东方宁心，轻轻闭眼，掩去眼底的挣扎与窃喜。

执夙高高举起手中的长剑，神情肃穆，圣洁而高贵，火红铠甲紧紧贴在身上，长发飘起。她用真气将声音传到天空之城的每个角落："我以光明神殿圣女之名向你们挑战，你！东方宁心必须死在我的手上。"

"光明神殿的圣女？"雪天傲与东方宁心同时皱眉，听这名号，执夙在光明神殿的地位不低，而他们很不幸，刚来洪荒就树了一个这么强大的敌人。

"光明神殿现世了！"人群中有人惊呼。

执夙剑尖指向东方宁心，忽视雪天傲道："没错，我就是光明神殿的圣女，东方宁心你欺骗我，要受到光明之神的裁决。"

"好笑，你当光明之神是世间的主宰吗？裁决？他还不够格。"雪天傲、无涯与东方宁心同时凝聚真气，不想还未凝完，执夙红色的身影突然高大起来，长剑在空中划出弧度："大预言术——时间静止。"

轰隆隆！

整个天空之城如同定格，除了执夙，所有人都停止不动，完全任执夙宰割。

雪天傲冷酷的眼眸中有一丝担忧与害怕，似乎预感到了什么，而东方宁心的眼眸依旧平静。

时间静止是光明神殿特有的技能，可以让时间静止五秒。在光明神殿只有神王才会这种神技，执夙之所以会，是因为光明神殿的神王传承者琴然消失。

同样，黑暗神殿的黑暗神王也拥有类似的技能：大预言术空间静止。

空间静止可以将人锁定在特定的空间五秒，万年前，东方宁心与雪天傲设计七大神王与冥对决时，冥的诸神剑在杀掉七大神王的同时，曾打开空间通道。

那一刻，如果冥施展空间静止术，东方宁心与雪天傲将永远留在万年前。

"对不起，雪天傲，东方宁心是光明神殿下令诛杀的人，我必须杀她。"站在雪天傲的面前，执夙平静地说着。

"东方宁心，我以光明神殿的名义杀你，与私怨无关。"执夙傲慢仰头，手中的剑直指东方宁心胸口。

十寸、五寸、三寸……半寸……

就在执夙的剑即将没入东方宁心胸口时，东方宁心突然往后一跃，整个人飞身而起。

一身白衣，黑发飘起，手中的凤凰琴正好遮住隆起的小腹。

半空中，东方宁心正气圣洁，看上去比执夙更像光明神殿的人。

东方宁心右手五指放在琴弦上，高高在上地俯瞰执夙："光明圣女，你以为凭你也能杀我？"

"怎么可能？你怎么可能不受大预言术的影响？"执夙美目溢满惊诧，不过想到自己是神者九阶，又镇定下来，"就算你不受大预言术的影响又如何？我一样可以杀了你。"于公于私，东方宁心都必须死。

"执夙圣女，你确定杀得了东方宁心吗？不受你大预言术影响的还有我。"雪天傲将背后的破天枪拿了出来，不急不缓地指向执夙。

大预言术是光明神殿与黑暗神殿特有的，而他与东方宁心是未来的光明神王与黑暗神王，大预言术怎么困得住他们？

"你们骗我？"执夙恨恨道。

"成全你的英雄主义罢了，你不是要以光明神殿的名义杀我吗？现在执夙大人对我们动手在先，我们就是杀了你，想必光明神殿的人也不会说什么。"东方宁心懒懒道，一口一个执夙大人，好不讽刺。

"凭你们也能杀我？雪天傲，即使再喜欢你，这一次我也不会手软。"身为神者九阶的高手，哪怕时间静止之术无用，执夙亦是不惧。

“那么，我们就来看看你还有多少真气。”雪天傲快如闪电，手中的破天枪缠住了执夙的长剑。

东方宁心的凤凰琴也不停发射虚幻之针，凭借破天枪与凤凰琴，东方宁心与雪天傲小小地占了上风。

执夙的优势是真气雄厚，可惜大预言术耗掉太多真气，一时间竟被雪天傲刁钻的攻击技能打得相当狼狈。尤其是破天枪中诡异的奥义，更让执夙无法脱身。

执夙越打越气，堂堂神者九阶高手居然被两个神者三阶打得如此狼狈，就算她施展大预言术耗尽了真气，就算对方有神器在手又如何？

神者九阶的尊严不容亵渎！

“雪天傲，是你们逼我的。”执夙一个重击，将雪天傲与东方宁心打退数步，左手不知何时凝聚起白色的真气球，不停流转。

“停下！”东方宁心看到执夙手上的真气球，想要阻止已经来不及，立马将手中的凤凰琴放在背后，开启妖瞳，将雪天傲与无涯等通通护在身后。

“光明神罚！”执夙将白色真气球砸向东方宁心与雪天傲，自己则在第一时间飞身离去。

白色的光球落地，瞬间炸开。

东方宁心顿时感觉一股巨大的力量将自己冲击得飞了起来，虽有妖瞳的保护，可爆炸的余波也不是她可以承受的。

“笨蛋！”就在东方宁心以为自己和雪天傲、无涯肯定会摔个半死时，小神龙现出神龙本体，嗖地飞了起来，将半空中的他们接在龙背上。

“发生了什么？”小神龙往天空之城上方飞去。

他无比庆幸自己多了一个心眼，一发现异常就将猥琐会长、炎狼和丹远容他们带了出来，否则他们此时定然已经死在了天空之城里。

坐在小神龙的身体上，可以将整个天空之城尽收眼底，看着瞬间倒塌的城池，丹远容几乎要疯了。白光所到之处，血肉模糊，整个天空之城被炸成废墟，那些被白光炸死的人连惨叫都来不及。

“执夙的光明神罚。”东方宁心半躺在雪天傲的怀里，闭上了双眼。

天空之城毁了。

“光明神罚？她是光明神殿的人？”丹远容以为自己那天在塔顶上听错了。

“对。”

“那你们呢？”

“你的合作者。”东方宁心四两拨千斤道。

她没时间回答丹远容无聊的问题，得好好想想以后在洪荒怎么混，他们还没去龙岛找龙族报仇呢，就先惹上了光明神殿，还真不是一般倒霉。

不过，看执夙的举动，他们暂时不会有事。执夙肯定认为他们死在天空之城了。

“光明神殿的人还会找来吗？”丹远容问出最关心的问题，如果与雪天傲和东方宁心合作的代价是与光明神殿为敌，那么他就要好好考虑一下，看是否还要继续了。

“不会，在这样的爆炸之下，执夙认定我们死了，短时间内不会找麻烦。”东方宁心没有睁眼，除了妖瞳使用过度令她疲劳外，就是不想看到天空之城此时的惨样。

丹远容暗暗松了口气：“那我们现在去哪里？”

“找地方养胎，等我把孩子生下来再说。”天大地大，她东方宁心的孩子最大，最后三个月了，不能再出事。

“去哪里？”洪荒之大，可没有什么好的容身之地。

“去我那里。”一直没有出声的炎狼开口道。

“你不怕？”无涯回头，看向炎狼。

“不怕！”炎狼狠狠咬牙，其实他当然怕，可怎么能撒手不管呢？

雪天傲毫不客气地开口：“小神龙，炎宫主盛情难却，我们就去炎兰宫，一切等东方宁心生下孩子再说。”

光明神殿的举动让东方宁心不安，她先前笃定，执夙与光明神殿不会来找他们麻烦，纯粹是为了安慰丹远容。

事情确实如此，不是执夙不想报仇，而是她报不了。她从天空之城逃走后就遇到了冥，冥将她脑海里与东方宁心、雪天傲有关的记忆全部洗去，此时的她根本不记得东方宁心与雪天傲有关的事，光明神殿自然也不会来找他们的麻烦了。

没有光明神殿的人打扰，东方宁心安心在炎兰宫待产，最初几天他们还担心光明神殿的人，两个月过去了，什么事也没有，众人也就安心了。

东方宁心的肚子一天天变大，洪荒的动荡也越来越大。

天空之城毁了，丹塔、针塔、炼器师公会、佣兵公会在其他城池分会的人一听到这消息，立马闹翻了天。最初大家很血性地说要去报仇，最后发现连仇家是谁都不知道，大家的心思也就淡了。

为了争夺总会的地位，洪荒三大帝国打了起来。

在炎兰宫的三个月，东方宁心就拿三大帝国的战斗当胎教，雪天傲时不时会分析一下洪荒几大名将所使用的战术，他们都明白，肚子里的小不点儿听得到。

临近三个月期限时，东方宁心的肚子越来越大，慢慢往下滑，兰若说孩子随时都会出生，需要特别注意。

东方宁心和雪天傲每天都如临大敌，可孩子没有丝毫动静。紧张了几天，没见东方宁心有生产的迹象，两人渐渐安下心来。

那一天，如同往常一样，雪天傲继续分析三国优势和将领实力，同时在沙盘上做推演。雪天傲讲得很认真，东方宁心腹中的小不点也听得热血沸腾，小拳猛地一挥，也不知砸到哪了，东方宁心的羊水破了……

“啊！”东方宁心痛得整个人蜷缩起来，下身一道温热的液体流了出来，东方宁心狠狠抽气，死死抓着身旁的椅子缓解疼痛，“好痛！”

“东方宁心，怎么了？”雪天傲连忙起身，自己身上撞得青青紫紫，他却一点也没发现。

东方宁心指了指小腹，压下钻心般的痛：“快，快叫兰若，我可能要生了。”

“浑小子。”雪天傲神情一冷，盯着东方宁心的小腹，恨不得杀人。

“快，我的羊水破了。”东方宁心看雪天傲盯着她的肚子一动不动，指了指地上顺着大腿流下来的液体。

“宁心别怕，我这就去。”雪天傲速度很快，如同飓风一闪而过。

东方宁心深深吸了口气，左手托着肚子，右手扶着腰，一步一步朝床边走去。

“宁心，你要生了？”兰若步履匆忙地跑了进来，俏脸吓得惨白，看着躺在床上的东方宁心，不知所措。

“对，羊水破了，快生了。”

“好好，你别着急，产婆就来了，你先好好休息一下，生孩子很累的。”兰若稳定心神，上前安慰东方宁心。

“宁心，孩子生下来我要第一个抱。”无涯也跟了过来，刚一开口就被雪天傲一脚踢开了，“东方宁心，别怕，我在这里，你不会有事的。”

身后，猥琐会长与小神龙立马止住了前行的脚步，他们不想成为无涯第二，刚刚无涯那一摔可不轻。

“你们快出去，这女人生孩子，男人不许进。”产婆紧随其后，镇定自若地指挥着众人撤离，同时指挥着丫鬟做准备。

兰若紧张得如同自己生孩子，看着稳婆将热水绷带都准备好了，这才稍稍安心。

东方宁心躺在床上一动不动，慢慢调整呼吸，适应一波接一波的抽痛：“兰若，我没事，你不用紧张，松松手，我有点疼。”

兰若脸一红：“那个，对不起，宁心。”

“没关系，我不会有事的，产婆不是说没有这么快生下来吗？你别怕。”钻心的痛再度传来，东方宁心狠狠抽了口冷气，握着兰若的手一紧。

门外，一群人急得团团转。猥琐会长不停地在走廊里走来走去，念念有词；无涯和丹远容两个则是来回不停地打转；小神龙与炎狼也是一脸焦急地站在门口，时不时

往产房里面张望。

唯独雪天傲，整个人冷静到可怕。

他背对着产房，笔直而站，众人明白，这个时候谁敢上前打扰雪天傲的“沉思”，肯定会被他揍得万紫千红。

一个时辰过去了，众人越来越焦急。

就在此时，一直强忍着痛意的东方宁心大叫一句：“啊，好痛！”

“夫人，快了，快了……”

“痛是正常的，夫人你再忍一忍。”

“夫人，咬着这软布吧，免得伤了舌头。”

“啊，夫人，看到孩子的头了，用力呀，用力呀，孩子要出来了……”

里面的叫喊声越来越大，外面的人则听得脸色发白。

“宁心，不怕不怕，我在呢，我在呢。”兰若脸白得吓人。

“兰若，不要紧张，我没事。”东方宁心痛得几乎没有力气说话。

“没事就好，没事就好。”兰若不停点头，产房热水不断，虽然四面通风，但屋内气氛紧张，兰若的呼吸很快就乱了。

东方宁心侧头看到兰若的样子，不禁苦笑。

“兰若，你呼气……对，然后再吸气，不要紧张，你看我不是没事吗？”适应了疼痛，东方宁心已经平静下来。

雪天傲挡在门口，一动也不动，像个门神，丫鬟们看到他吃人的表情，不敢吱一声，乖乖地端着装血的盆子绕开，又匆忙端着热水进去。

又过去一刻钟，无涯与猥琐会长急得团团转，半天没有听到东方宁心和孩子的叫声，终于忍不住大喊：“东方宁心，你到底怎么样呀，生了没有？”

“别担心，我没事……”东方宁心吸了口气。

“生了，生了，是位小少爷。”产婆将孩子抱在手里，狠狠拍着小孩的屁股，“咦，这孩子怎么不哭呀？”

“浑蛋，谁允许你打我儿子了？”雪天傲第一时间往里面冲，一进来就看到他儿子被人打。

“东方宁心，你没事吧！”雪天傲抱着孩子看也不看，把坐在床边的兰若拎走后，便占据了离东方宁心最近的位置。

紧随其后的炎狼一把抱住后跌的兰若，好一阵郁闷。东方宁心生孩子，为什么他夫妇二人也要跟着受罪？

“孩子在哪里？”无涯、猥琐会长一屁股将炎狼与兰若挤开，小神龙人小，只能巴巴跟在后面，丹远容速度最慢，当他进来时，只好乖乖站在后面。

“在这里。”雪天傲将手中的小东西拎了起来，很不幸，他用的方法和产婆一样，拎着小不点儿的双腿，把人倒吊着，小不点没法呼吸，脸紫红紫红的。

“雪天傲，这是我们的孩子。”东方宁心整个人完全虚脱，一动也不想动。

“哇——”小不点儿像是找到组织立马哭了出来，一张嘴，小拇指大小的黑色圆珠从他嘴里滚落。

这是?

东方宁心吓了一跳，看着手上的圆珠，不知所措。小圆珠散发出的生命气息告诉众人此非凡物。

此时，小不点收起了眼泪，乖巧地躺在东方宁心臂间，懒懒地伸着小胳膊。也许是发现众人在看他，调整了一个姿势，正面对着大家。

小不点没有初生婴儿皱巴巴的丑脸，小脸蛋粉嫩秀气，笑容灿烂。

雪天傲离他最近，不知是出于父子天性还是什么，小不点乖巧地伸出小胳膊，软绵绵的小手没有一丝力道，却执着地朝雪天傲伸去。

“咦，咦，哦。”小不点不停地叫着，伸了半天胳膊，酸死了，可就是碰不到他老爹，双眼立马蓄着泪水，嘴巴也瘪了起来。

“啊啊，雪天傲，你儿子快要哭了，快，快……”无涯与猥琐会长在一旁急得不行。

看着躺在东方宁心怀中朝自己笑的儿子，雪天傲只觉得双眼酸胀得厉害。

雪天傲慢慢将手朝小不点伸去，轻轻勾着他的手，生怕力道重了伤了孩子。

“雪天傲，你儿子好厉害呀，哪里像刚刚出生的呀！我感觉你儿子都能听懂我们说话。”兰若靠在炎狼怀里，看着小不点，一脸惊奇。

雪天傲骄傲地回答道：“这是我的儿子。”

“给我抱抱，给我抱抱。”猥琐会长看得心痒，挤开无涯凑到雪天傲身旁。

小不点一落到猥琐会长手中，便既不哭又不闹，好奇地拉着猥琐会长的衣服，再扯扯猥琐会长的胡子，一双小手没个停闲，充分展现了小魔王的潜质。

“我也要抱，我也要抱，快给我抱抱。”无涯连忙伸手来抱，猥琐会长一个转身避开他：“我还没有抱够呢。”

“给我啦，给我就抱一下，一下就好。”无涯半天没抢到，都快哭出来了，最后没办法，使了个暗劲害猥琐会长跌倒，然后趁机从猥琐会长手中抢到小不点。

“哥哥，叫哥哥……”小神龙一张脸笑得连眼缝都没有了，小孩子就是小孩子，再怎么装酷也改变不他的孩子心性。

“咯咯……”小不点冲着小神龙甜甜地笑，心中想着这可是龙，长大了就可以骑龙玩了。

雪天傲定定地看着东方宁心，看着面前有呼吸、会眨眼的东方宁心，心这才逐渐恢复平静。

这三个月来，他没有睡过一个安稳觉，害怕睡着的时候，东方宁心要生孩子，更怕生孩子的时候她有危险。

“辛苦你了！”他伸手将东方宁心的长发拨到耳后，千言万语只化为一句。

东方宁心身上的清冷气息少了几许，多了些温婉，周身透着沉淀的从容。

“我很好，别担心。”轻轻握着雪天傲的手，东方宁心想告诉他自己没事，“咦，对了，这是什么？”手指一动，刚好碰到了小不点嘴里的那颗小黑珠。

她的孩子怎么会含珠而生？

“看不出来是什么，隐隐能感觉到生命的气息，很浓郁。”雪天傲将小黑珠递给东方宁心。

东方宁心观察半晌后摇了摇头：“不知道，先把它收着吧，也许等孩子长大了就知道了。”

“呼……呼……”就在众人沉浸在东方宁心平安生下孩子的喜悦中时，一阵诡异的青草味的飓风突然吹来，众人只感觉眼前一花，本能地抬手去挡。

“什么人？”雪天傲第一反应是站在东方宁心面前护好她。

风越来越大，青草气息越来越浓，只见一道金色的身影闪入室内，朝小神龙、猥琐会长、无涯与丹远容四人发出攻击，将四人逼飞出去，而小不点则被抛向半空。

“这破甲怎么一点用也没有？”小神龙跌飞出去时，看着半空中的小不点，一脸愤恨地扯着胸前的太虚神甲。

“该死……”雪天傲还没有完全习惯父亲的角色，危险关头忘了还有一个儿子，只记得东方宁心。

雪天傲飞快地扑向小不点。

“宁心，对不起……”梦皇愧疚的声音随风而来。

“梦皇，你要敢伤害我儿子，我定要你不得好死。”突然而来的一幕，让东方宁心整颗心都拧了起来。

她的孩子才刚刚出生，就算再强，面对梦皇也没有反击能力。

梦皇看了一眼追过来的雪天傲，迅速朝虚弱的东方宁心发出攻击：“对不起，宁心！”

第十八章 终将辜负你

儿子与妻子，选哪个？

雪天傲看着离他一步之遥的儿子，眼带歉意，咬了咬牙，将东方宁心从床上抱起来。

孩子，对不起。在父亲心中，没有人比你的母亲更重要，但父亲可以保证，你仅在你母亲之后！

雪天傲抱着东方宁心一个旋转，躲开了梦皇的攻击，两人站在梦皇面前，而小不点则落到了梦皇手中。

“梦皇，把孩子还给我，我可以当一切都没有发生过。”看着小不点落在梦皇手中，东方宁心只觉全身冰冷，即使明知她的孩子不简单，却抑制不住心中的不安。

梦皇看了一眼怀中睡得安详的孩子，长长叹了口气：“宁心，我不得已。”

梦皇不停地告诉自己，这都是因为诀在东夜手中。她对一个刚出生的孩子下手，与她的私欲无关，与她想要成为天神无关，即使她早就与东夜有合作，可也只是为了延续百草林的灵气。

再多的解释都无法欺骗自己，梦皇很明白，她是在嫉妒。

当在洪荒看到东方宁心时，她就无法抑制地嫉妒。她嫉妒这个她看着长大的孩子，嫉妒东方宁心的好运与实力。

梦皇不是没有想过回中州，然而一隔千年，中州早已不是她熟悉的中州，梦族灭了，中州一无所有，凡事要重新开始。

只有在百草园那个与世隔绝的空间，她才能维持神者九阶不死不老的状态，离开百草园回到中州，她只能成为神者八阶，这表示距离天神更远，离死也更近。

老和死都是梦皇不能接受的，所以她一定要冲击天神，只有成为神，才拥有俯视世人的本钱，才能杀了雪皇与赤皇，拯救她的亲弟弟。

梦皇的内心如何挣扎，东方宁心一点兴趣也没有："不得已的梦皇大人，说吧，抢走我的孩子，你究竟想要什么？"

东方宁心傲慢的态度激怒了梦皇："宁心，把这个孩子出生时带出来的小黑珠给我。"

"要这颗珠子？"东方宁心扬了扬手中的小黑珠，毫不在意，心里却是万分不解。

梦皇怎么知道她儿子出生时带了一颗黑珠子？

黑珠散发出浓郁的生命气息。

梦皇道："宁心，我不想伤害你，更不想伤害你的孩子，但为了诀，我不得不这么做，把那颗珠子给我，我把孩子还给你。"

"为了诀？"东方宁心冷冷嘲讽。

当初在梦族遗址，梦皇告诉她开启梦族遗址除了四族的血还需要诀的灵魂，可诀的灵魂早就消散了。

"对，为了诀，为了让诀复活。宁心，把那颗珠子给我，孩子给你，那颗珠子留在你手上也没用。"这颗珠子要是给了我，我就可以成为天神，诀也可以复活。

又一次提起诀，东方宁心闭上眼睛，掩去眼中的愤怒："好，珠子我给你。梦皇，下次再见，我们是敌人。"

啪的一声，小黑珠弹上天空，东方宁心用了全力，小黑珠很快没入云层，连影子都看不到。

"你的孩子，接着。"梦皇抛出孩子，飞身去接小黑珠。

雪天傲在梦皇将小不点抛起的那一刻，飞身朝小不点的方向冲去，伸手将小小软软的小不点抱在怀里，第一时间回到东方宁心身边。

"孩子没事。"雪天傲轻轻拍着他的背，将孩子交给东方宁心，同时凝聚真气，"封！"

一道极致冰寒的真气朝天空飞去，将小黑珠冰封在半空，但他低估了梦皇的速度，冰封住的除了那枚小黑珠，还有梦皇的手。

"雕虫小技，破！"梦皇冷冷一哼，破了冰后转身要走，就在此时，一道慵懒的声音响起："拿了我徒弟的东西就想走，哪有那么容易？"

声音落下，只见天空红云密布，火红如莲、妖气横生的神魔大人自天而降。

待众人看清时，只见红光一击，梦皇如同断线的风筝，跌飞出去。

风吹过，红衣飘起，神魔眼角的泪痣夺人心魄……

梦皇费尽心机才拿到的小黑珠，就这么落入神魔手中。

"你是什么人？"梦皇跌倒在地，嘴角溢出血迹，发丝凌乱，看上去颇为狼狈，完全没有了之前高高在上的贵气。

神魔居高临下地看着梦皇，无比高傲道：“在洪荒混，连我是谁都不知道，这只能说明你是不入流的小角色。”

梦皇恨恨地捶地，从前何曾受过这样的侮辱?

天神，她一定要尽快达到天神境界，才能洗清今日的耻辱。

神魔傲慢地别过眼，将手中的珠子朝东方宁心与雪天傲丢过去：“拿着，这可是好东西。”

“你为什么来？”雪天傲接过小黑珠，同时将小不点与东方宁心挡在身后。

“我徒弟出生，这么热闹的事情，我怎么能不来。要是没有记错，他生了吧？”神魔媚眼如丝，笑得不怀好意。

“没有提早，顺利生产。”看样子，即使远在洪荒，关心他儿子的人也不少。

“原来是生得太顺利了，好事好事，这么一来看热闹的人就少了。”神魔一脸失望。

东方宁心心有不安：“看什么热闹?”

“咦？我没有告诉过你们吗？”神魔一脸惊讶。

如果不是他的表情太夸张，东方宁心与雪天傲又深知这神魔玩弄人的本事，定会上当：“告诉我们什么？”

“我记得有说过，你这个孩子是个麻烦，很多人想要杀他，不过你们还是蛮幸运的，生产前那些人都没找你麻烦。”神魔摇了摇头，失望之情溢于言表。

东方宁心看了看怀中的孩子，又看了看雪天傲手中的小黑珠，猜测道：“与这颗珠子有关。”

神魔点了点头，修长白皙的手指向梦皇：“她的目的不就是这小黑珠吗？你们居然没弄清它的作用就随手给人，真是大方。”

“这颗珠子到底是什么？为什么和我儿子有关？”雪天傲握着小黑珠，问道。

“看在你们是我徒弟父母的分上，看在你们问得诚心的分上，本大神就大方地告诉你们。”神魔清了清嗓子，用蛊惑人心的声音说道，“这颗珠子其实是一颗生命种子，生命种子的功能就不用我多说了，有起死回生的能力。这颗种子在东方宁心出生时就存在，与你这个身体紧紧结合在一起。没有意外，任何人都无法从你的身体里取出它，除非你孕育了新的生命，生命种子才会与你分开。”神魔说到这里顿了一下，又道，“当然了，不一定要你腹中的孩子生出来，当你怀孕时，把你的肚子剖开，也能把种子取出来。东方宁心，你很幸运，那几个家伙居然放过了你，没有直接将你的肚子剖开来取生命种子。”

“我是不是要庆幸，我们在洪荒没有闹事。”一想到有人想要剖开东方宁心的肚子，雪天傲就想杀人，但他对神魔的话也不是全然相信，“这世间怎么会有起死回生的药物存在？”

“生命种子有什么好奇怪的，这东西一直存在，只是没有现世罢了。”神魔一副你少见多怪的样子，“所谓生命种子，就是十万年前光明神殿圣女用灵魂结成的魂珠，只不过这颗魂珠功效更大，拥有起死回生的功能。你们说，这么一个宝贝，不值得这些人垂涎吗？”

“目前知道生命种子的人有多少？有多少不惜一切代价想要得到它？”雪天傲怀疑地看向神魔，他猜神魔肯定还隐瞒了什么。

神魔一副没兴趣的样子，转而看向小不点与东方宁心，对小不点道：“徒弟呀，师父告诉你，这颗生命种子和你分开了，你现在就算安全了。你不用担心，有你师父我在，就算是光明神殿、黑暗神殿和东夜的魂组织，也没人敢动你半分，至于龙族、凤族和异族什么的，咱们就不管了，交给你爹娘吧。”

东方宁心与雪天傲头都大了：“他们是不是快来了？”

神魔到了，那些人还会远吗？

神魔终于收起了嬉笑，认真点了点头：“雪天傲，东方宁心，这颗生命种子你们就别想留了。黑暗神殿、光明神殿还有魂组织是非拿到种子不可的。你们不是他们的对手，与其被三方追杀，不如直接送给他们，让他们自己去狗咬狗。在洪荒各界——”

“洪荒各界？那是什么？洪荒不就是我们眼前所见的这些吗？”东方宁心与雪天傲第一次听到这个词，有些惊讶。

梦皇本想乘机逃走，听到神魔的话，犹豫着停了下来。她来洪荒一千年，虽然一直在百草林，对洪荒却自以为很了解，此刻面前这个红衣男子的话让她怀疑自己知道得还是太少。

“洪荒大得很，你们不知道的多了去了，现在的洪荒不过是人界一角。除了人界，还有很多你们看不到的空间，分别是神界、冥界、魔界和异界。”

“总共五界？”东方宁心与雪天傲震惊，洪荒居然这么大？

“嗯，洪荒五界，不过现在知道的人很少了。”神魔神色一暗，轻叹了口气。

“发生了什么事？”东方宁心和雪天傲追问道。

神魔也不隐瞒，大大方方为他们解惑：“这事还得从百万年前说起。洪荒五界，其中人界最弱，其他四界实力相当。五界一直安然无事，大家在各自的空间生活，从来不干涉他界之事。百万年前，神界的人突然来到人界，传播神爱世人的光明教义，希望人界能够依附神界。面对神界的举动，冥界、魔界和异界哪里肯同意，大家都想要吞并实力最弱的人界，于是五界大战爆发。”

说到这里，神魔自嘲一笑："那时候我们都认为人界最弱，可是都忘了，人界被称为五界之首并不是指他们人多，而是他们拥有不屈和团结的精神。五界大战就是一场大混战，最终的胜利者居然是人界，因为我们四界互打去了，结果就是损失惨重，各回各的地盘。魔界与异界当时与人界签订了友好协议，发誓永不再发动战争。神界与冥界却自认为强大，不肯向人界妥协。

"不久后，神界与冥界又打了一场，冥界出了叛徒，冥界的幽冥之神最终被神界的创始之神封印在冥界的幽冥之水中，永生永世遭受幽冥之水的折磨。不过，创始之神低估了幽冥之神的实力，幽冥之神被封印时，花了九十万年创造了一个人出来，一个拥有冥界力量的人类。

"这个人按照幽冥之神的命令，在人界建下一个天动仪。待到天动仪建好，这个人类就可以开启天动仪，将幽冥之神从幽冥水中解救出来。一切都进行得很顺利，可这个人类在人界生活太久了，爱上了人界，不希望人界毁在幽冥之神的手上，而且他爱上的女子是神界的也就是光明神殿的圣女。

"种种意外，神界说服了那个人类，他不仅没有开启天地仪，还将神界的人带入冥界。神界的人一入冥界就大开杀戒，他们想把幽冥之神给杀了，结果惹怒了幽冥之神。幽冥之神怒了，不仅挣脱了幽冥之水的束缚，还将闯入的神界人全杀了。

"幽冥之神很强悍，可惜最后死在了他自己创造的那个人类手上。幽冥之神死了，一切并没有结束。没有幽冥之神，幽冥之水失去了控制，倾覆人界，所到之处，尸横遍野，人界眼看就要被幽冥水给毁了。幽冥之神创造的人类后悔了，说神界都是一群骗子，他爱上的那个圣女也后悔了，想要保持人界安乐，而不是毁了人界。

"要救人界，唯一的办法就是复活幽冥之神，只有幽冥之神才能控制幽冥之水，神界的人却不肯复活幽冥之神。要知道幽冥之神可是他们最大的敌人，人界的牺牲他们并不在意。人界遭殃，那个人类与圣女万分自责，尤其是那个人类，认为一切都是他的错，他听信神界的仁义，才会害得人界如此。

"光明圣女不想自己心爱的人痛苦，看人界遭此大劫，再看神界冷漠无情的样子，最终选择了牺牲自己，将灵魂炼成魂珠，也就是你们手上的生命种子，复活了幽冥之神，幽冥之神将幽冥水制住，人界保住了。

"神界的人得知此事，想要再次杀死幽冥之神，可惜没有做到，最终又是两败俱伤。幽冥之神被封印，神界的创始之神重伤不醒。之后，神界与冥界就从洪荒消失了。"

东方宁心大胆猜测道："神界和冥界并没有消失，而是潜伏在人界。光明神殿就是神界的后人，黑暗神殿就是冥界余下来的，至于你应该是魔界的，异界应该是幻兽一族、龙凤一族，对吗？"

“对，就是你想的这般，神界和冥界要找到生命种子，复活他们的神。至于东夜的魂组织，如果我没有猜错的话，他背后的主人就是幽冥之神所创造的那个人类，他的目的当然是复活他的心上人。”说到最后，神魔脸上已没有一丝严肃，微扬的嘴角显示他心情极好。

“怎么会这么麻烦？”东方宁心头都大了。

神魔幸灾乐祸道：“麻烦的不只这个哦，最大的麻烦是，可以让幽冥之神重返人界的天动仪，除了幽冥之神所创造的那个人类懂得打开和毁灭，只有你们可以做到。”

“我们？”东方宁心双眼瞬间睁大，千万不要是她所想的那样。

神魔肯定地点了点头：“没错，就是你们。天动仪是由神冥二界的力量孕育出来的。不管是要毁了它还是开启它，都需要由光明神王与黑暗神王合力。光明神殿与黑暗神殿向来势不两立，光明神王与黑暗神王一出生就注定是宿敌，从来没有合作的可能。是以多年来，天动仪一直在那里，却没有人去开启它，也没有人去毁了它。

“远的不说，就说近的吧，黑暗神王东冥为了不让光明神王琴然去做选择，直接毁了琴然成为神王的路，从而避开了这个选择。不过两人似乎并没有跳脱神王的枷锁，有光明神殿与黑暗神殿存在，他们就永远无法过上平静的生活。”

说到冥与琴然，神魔不可避免地想到东方宁心与雪天傲：“我真的很好奇你们两个会有什么结果？一个拥有光明神王的传承，一个则是未来的黑暗神王，真要打起来，还挺有意思的。”

东方宁心与雪天傲的心跳几乎同时停止，他们不是以前的光明神王与黑暗神王，也不是冥与琴然，悲剧不会重演，这一点他们坚信。

“你没机会看到的。”雪天傲冷冷道。

“没错，神魔大人，你的确没有机会看到。”东夜人未到，声先至，下一秒就看到他踏风而来。

“东夜？来得真快。”有神魔提醒，东方宁心与雪天傲并不意外。

“东方宁心，我们又见面了，这一次请允许我郑重地自我介绍一下，我是魂组织的首领——东夜。我想我们有合作的可能，因为我只想要生命种子，而没想过伤你的性命。”东夜停在距离东方宁心和雪天傲五步远的位置，刚好与神魔所站的位置差不多。

五步，不远不近，就是天神出手，东方宁心与雪天傲也有逃脱的机会。

“她是你的人？”东方宁心没有回答，指着梦皇问道。

东夜点了点头：“对，我的人，怎么？打扰到你们了吗？如果是的话，那么我道歉。”

梦皇一听，脸色越发难看。

面对东夜的示好，东方宁心不为所动，看了一眼脸色忽白忽红的梦皇，东方宁心缓缓移开了目光。

“东夜阁下，你想要生命种子不是难事，不过要回答我两个问题。”神魔说了，她保不住生命种子，那么给谁对她来说都一样。

“好，请问。”东夜大方地挥手，隐含几分急切。

光明神殿与黑暗神殿的人就要到了，如果东夜没有猜错的话，除了两大神殿，争夺这生命种子的还会多出一个人——消失数年的黑暗神王，他的好弟弟，冥！

琴然已死，冥想要复活琴然，必然需要生命种子。

“第一个问题：诀真的没有死吗？”东方宁心知道诀活下来的可能性很小，但梦皇的话却让她不得不多想。

“她告诉你的？”东夜指了指梦皇，笑道。

“对。”东方宁心点头，如果不是出自梦皇的口，她一定不会相信。

“她骗你的，诀是开启梦族封印的钥匙。梦族封印已经打开，钥匙还能活下来？”东夜嘲讽地看着梦皇。

“不可能，你骗我，我的弟弟他还活着，对不对？”梦皇神色一怔，来到东夜面前，眼中迸发出森冷的杀意。

此刻的梦皇，身上终于有东方宁心熟悉的影子。

“梦皇，诀是你亲手封印的，你很清楚他的生死。”

“为什么，你要骗我？东夜……”梦皇厉声质问，眼中流出一滴血泪。

东夜嘲讽一笑：“我骗你？梦皇，你心里很明白，你不过是为自己的私欲寻个理由罢了，别把自己说得那么伟大。”

“不是这样的，不是这样的，我只是想要复活诀，我没有别的想法。”梦皇看着空空如也的双手，眼泪一颗一颗落下。

“别装了，你比任何人都清楚诀的生死。梦皇，我们的交易到此结束。”无用之人，东夜从来不会怜悯。

“东夜，我杀了你，是你，是你害我变得这么丑陋可怕。”梦皇凝聚真气，不顾一切朝东夜袭去。

“凭你？你不是我的对手。”东夜没有把梦皇放在眼里，抬手欲将梦皇打飞，却发现他的攻击没有对梦皇造成一丝伤害。

“天神的实力？你居然突破了天神的屏障？”东夜看着梦皇全身上下涌动的金光，再看看她脚下的终路，不敢置信道。

一层一层代表神者的纹路在梦皇脚下凝聚成一个神字。

“神？我终于成神了。哈哈哈……”梦皇疯狂地大笑，比哭还难听。

东方宁心看了梦皇一眼，摇了摇头……

如果针神还活着，也许梦皇就不会走到今天这一步；如果诀还活着，也许梦皇也不会变成这样。可惜，没有如果。

“快点找个地方渡劫。不然，你还没成神，就先被天雷给打死了。”东夜指了指梦皇头顶变幻的天空，提醒了一句。

轰隆隆！就像是验证东夜的话一般，一道天雷凭空而响，打在梦皇身上。

“哇，哇，哇……”雪天傲怀中的小不点哭了出来。

“怎么了？”东方宁心担心地看着孩子，无心去管梦皇的死活。

“不知道，也许是被天雷的声音惊到了。”雪天傲不怎么熟练地轻拍小不点的背，轻声安抚他，却一点用处也没有，小不点哭得更大声。

“本大神不屑杀你，滚远一点，别在这里吵着我徒弟。”神魔当即沉下脸，一挥衣袖，甩出一道红光，把梦神打得飞了出去，至于会飞到哪去，神魔没有兴趣知道。

梦皇跌飞出去，天雷当然也消失了，小不点的哭声却没有止住。雪天傲急得不行，手足无措地安抚着。

“把孩子给我。”见小不点哭得上气不接下气，东方宁心忙抱起小不点哄起来，不想小不点一点也不给她面子，在母亲的怀里照样哭声不断。

“要不，打晕他吧？”东夜在边上急得不行。

东夜的提议换来东方宁心、雪天傲和神魔三人充满杀气的眼神。

“你敢！”三人同时瞪向东夜，如果不是要哄小不点，东方宁心、雪天傲和神魔肯定同时出手。

神魔心疼得不行，犹豫再三，决定伸出高贵的手：“拿过来，我来抱”

“你会吗？”雪天傲打量了神魔一眼。

“你不也是第一次？谁没有第一次？本大神的第一次给了你儿子，你们可以偷笑了。”神魔嚣张而傲慢地开口，也不等东方宁心把人送来，直接用抢的。

初次抱孩子动作难免僵硬，小不点被神魔抱在手里，怎么都不舒服，却不得不停下哭声，扭扭身子。

稍微躺舒服点后，小不点瞪大眼睛看着神魔，犹豫再三，露出一个甜甜的笑。

“快，快看，你儿子对我笑了，你儿子对我笑了耶。”纵横五界的神魔大人，看到小不点的笑，整颗心都融化了，高兴得大喊大叫，完全不顾身份。

雪天傲给了神魔一记白眼，东方宁心则松了口气。

东夜终于可以继续先前的谈判：“东方宁心，你的第二个问题，还问不问？”

“问。”东方宁心怔了一下，才记起正事，“第二个问题，把百草林中的秘密告诉我。”

“我就知道你会问这个，你们应该能猜到梦皇，哦不，现在是梦神了，梦神那天之所以急着将你送出去，是因为我来了。”如果不是梦神把人送走，他有八成把握，在百草林将东方宁心腹中的孩子连同生命种子一起取出来。

百草林就是神魔、冥与青鸾火凤也没有办法进来，因为那是针神划出来的空间，一个完全独立的领域。在那里，梦神是主宰。

“百草林是针神当年为梦神所建，针神应该是中州千万年来天赋最佳的男人，他建立出来的空间可以让梦神在里面潜心修炼，不会受到外界的打扰。不过，要是没有真气补充，百草林内的真气会越来越弱，我知晓此事，便设计诱梦神外出，制服了梦神，并与她达成一个协议。我帮梦神补足百草林流失的真气，梦神则借百草林给我，让我吸引天下最优秀的炼药师入内，然后将其带走，为魂组织炼丹。短短万年，魂组织能与光明神殿和黑暗神殿三分洪荒，靠的就是这些炼药师。”

“也就是说，在百草林消失的炼药师都没有死，而是在魂组织？”这下丹远容可以放心了，他的父母极有可能还活着。

“大部分是，也有小部分不服管教，不肯为我炼丹，我们就用他们来试炼魂丹。”东夜残忍道。

“我明白了，这颗生命种子是你的了。”东方宁心点了点头，将生命种子抛向半空……

“东方宁心，你玩我！”东夜气得直咬牙，他已经回答了东方宁心的两个问题，她就不能老老实实把种子给他吗？

取来凤凰琴，东方宁心随意拨弄了几下，虚幻金针按她所想刺入众人的穴道，小神龙和无涯几人瞬间就醒了。

而这时，东夜也拿到了生命种子，毫不犹豫地离开了。

“东方宁心，你们没事吧。”无涯、小神龙、猥琐会长几人获得自由，关切道。

他们虽然不能动，却听到了这些人的对话。

“我没事……”

“还说没事，刚刚生完孩子，你的身体正虚弱，得好好休息。还有，都这么久了，你和儿子肯定也饿了，得给他喂吃的。”兰若恢复自由后不停对东方宁心念叨，“走走走，我们先进去再说，你不能吹风。”

“好，我们这就进去。”东方宁心老老实实由兰若扶着往屋里走。

“东方宁心，谢谢你。我现在已经不是丹塔塔主了，没想到你还愿意履行合作条件。”丹远容刚刚听到了东夜的话。

“这是我们的合作，即使丹塔不在，合作依旧在。”她虽自私，却重诺。

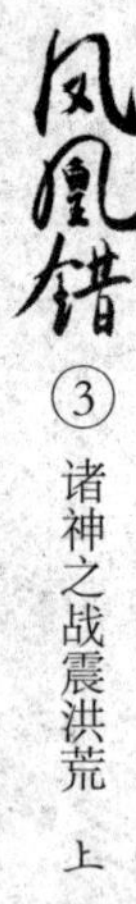

丹远容感激一笑。

“宁心，我们快进去，你儿子肯定饿了，而且这外面太危险，我们还是进去的好。”兰若轻咳一声，提醒众人远离这个是非之地。

“东方宁心、雪天傲，你们不许走。”一道英气十足的声音划破天空，东方宁心几人回头就看到一身银白的执夙带了一个身穿白衣的男人踏风而来。

东方宁心无力地扶额，左一个右一个，就不能一起来吗？她真的累了。

“东方宁心，听闻你的名字多时，今天终于见到你了。”与执夙相反的方向，一个身着黑衣的老者缓缓走来，低沉的声音里有着掩饰不住的老态。

“你是……”这个声音好熟悉。

“大长老，这种小事也要你亲自出马？”执夙很快替东方宁心解开了疑惑。

黑暗神殿大长老，心梦与墨子砚的师父！

“原来是你？我是该叫你师公，还是黑暗神殿大长老？”东方宁心恍然大悟，看着黑暗神殿一伙人，杀气四溢。

大长老看了执夙一眼，目光落在东方宁心身上：“不用，我并不是真心想要教他们，这句师公我当不起，更何况依你的身份，日后也许会是我的主子。”

“我与你们没有任何关系。”虽然神魔和冥都说她是未来的黑暗神王，但她拒绝承认。

“这不是你能做主的，东方宁心，现在……把生命种子给我。”大长老根本不把东方宁心看在眼里，在场的这些人中，也只有执夙才是他的对手。

“想要生命种子，你问过我吗？”执夙高傲地看着大长老，余光扫向雪天傲。

天傲冷冷地看了她一眼。

“不许走！”执夙与大长老同时上前，想要拦住雪天傲，却不想一道火红的身影突然挡在他们前面。

“神魔？你怎么会在这里？什么时候来的？”执夙与大长老格外吃惊。

那个站在一边，没有一丝真气波动，让他们彻底忽视的抱着孩子的男人居然是神魔。

他什么时候如此没有存在感了？

“执夙圣女，大长老，好久不见。”神魔抱着手中的小不点，有点不自在。

总感觉，抱着孩子有点傻。

“神魔大人也是为了生命种子而来？”大长老努力忽视神魔手中的孩子。

让五界忌惮的神魔，居然会抱孩子，这话传出去谁信？

“那东西本王用不上。”神魔高傲地说，想要一挥衣袖展现自己的帅气，却发现手上抱着孩子，根本动不了。

大长老和执夙同时松了口气，他们可没有把握打赢神魔。

执夙目光落在神魔手中的孩子身上，只一眼她就知道这个孩子是雪天傲的，顿时心中一痛，冷声质问："那么神魔大人为何而来？没有人将灵魂祭祀给您，您应该不能出现在人界吧？"

神魔脾气不好，这一点魔界的人都知道。听到执夙的质问，神魔毫不掩饰怒意："如果我杀了你，你说光明神殿会在这个时候找我麻烦吗，执夙圣女？"

执夙被神魔的气势惊得连连后退，正想回答，就见雪天傲搬了一把巨大的椅子走出来。

第十九章 你的微笑最暖心

众人很快就明白，雪天傲是怕东方宁心累着，特意进去搬了把椅子给她坐。

执夙气红了双眼，视线一转，将炮火对上雪天傲："天傲阁下，把生命种子交给我们，你应该明白，你没有保住它的实力。"

"凭你，有那个实力抢走生命种子吗，执夙圣女。"雪天傲不解地看着执夙。

执夙咬了咬唇，看了神魔与黑暗神殿的大长老一眼，没有说话……

"她没有那个实力，我有。东方宁心，把生命种子给我，你的身体不适合与我们周旋，更不适合与我们对打，你们好好想想到底是生命种子重要，还是你自己的命重要。"相比执夙，大长老这话好听得多，可惜一样要失望。

"大长老说得是，生命种子当然没有我的命重要，所以我早早就把它送出去了。很抱歉，你们来晚了，生命种子现在不在我手上。"东方宁心靠在椅子上，半眯着眼，举止慵懒，不掩凌厉。

"已经送出去了？"执夙与黑暗神殿的大长老同时惊呼，有神魔在，除了他们，还有谁能逼东方宁心与雪天傲交出生命种子？

"对呀，送出去了。"东方宁心不怕他们不信。

"东方宁心，别骗我，看在心梦和子砚的分上，我不杀你并不表示杀不了你。别忘了，你只是黑暗神王的传承者，并不是黑暗神王。你死了我们可以去寻找另一个传承者。"看到东方宁心他就会想到东冥，黑暗神殿有史以来最强的神王，偏偏东冥是个不听话的主，根本不顾黑暗神殿的利益。

一提心梦这茬，东方宁心更加不客气："大长老什么时候看过我爹我娘的面子？别寻冠冕堂皇的理由，想要杀我就动手，我东方宁心奉陪。"

"那么，生命种子现在在谁的手上？"执夙看了雪天傲一眼，选择相信。

"我为什么要告诉你，你算个什么东西？"东方宁心傲慢地开口，她现在很不高兴，这些找她麻烦的人也别想好过。

“你要与光明神殿为敌？”执夙将手中的剑拔出半寸，威胁意味十足。

“执夙，你除了会拿光明神殿说事还会什么？”冷傲的姿态，自信的容颜，这一刻的东方宁心艳色逼人，执夙站在她面前，握剑的手不停滴汗。

黑暗神殿大长老强压下心中的怯意，出声相助：“东方宁心，把生命种子的下落告诉我们。你应该明白，凭我和执夙联手，要杀你们还是很容易的。”

东方宁心与雪天傲没有动，看着执夙与大长老，眼中满是不耐。

“哼，你们当我是死人吗？”神魔不甘被冷落，抱着小不点往东方宁心身边一站，仰着头，用下巴高傲地对着大长老与执夙。

神魔与雪天傲一左一右站在东方宁心身旁，将她护得严严实实。

“神魔大人，你既然不为生命种子而来，又何必为他们出头？”神魔的举动让大长老与执夙头痛，神魔向来不按常理出牌，偏他们又不是他的对手。

“我为我徒弟出头，也犯法？”神魔没好气地瞪着大长老，平日里带笑的桃花眼此刻像带了刀子，杀人于无形。

“你徒弟？”大长老与执夙同时看着神魔手中的小不点。

“怎么？就许你们黑暗神殿与光明神殿在人界寻找传承者，我神魔就不能在人界找个徒弟？”神魔质问道，霸道的语气让人不敢说半个不字。

“当然不是这个意思，神魔大人想收什么人为徒，就收什么人为徒，这是你的自由，我们还没有恭喜神魔大人收到一个称心如意的好徒弟呢。”大长老顺势给神魔拍了一记马屁。

“东方宁心，雪天傲，我也不想为难你们，把生命种子的下落告诉我，我这就走。”看在神魔的面子上，大长老语气还算客气。

“大长老，我有义务告诉你吗？”雪天傲嘲讽地开口。

“天傲阁下，我们只要生命种子，那东西对我们很重要。”执夙深吸了口气，压下心中的嫉妒。

“对你很重要，与我有什么关系？”雪天傲给了执夙一记冷眼。

执夙握了握拳，强压下满心酸涩：“天傲阁下，你身上有光明神王的传承，你也是光明神殿的一员，应当为光明神殿效力。”

雪天傲大笑，笑意不达眼底：“别拿光明神殿来压我，也只有你们才把光明神殿当回事。现在，从我的地盘滚出去，我不想看到你们。”

说完，雪天傲就将东方宁心抱了起来，转身朝炎兰宫里走去。

“别逼我们动手。”执夙与大长老异口同声地凝聚真气。

“请便。”雪天傲头也不回，抱着东方宁心，大步朝炎兰宫走去，无涯等人立马

跟上。

神魔抱着小不点，姿态潇洒，妖孽般的脸上扬起一抹得意的笑容："你们两个想做什么我不管，但容我提醒你一声，我这徒弟最是记仇，谁让我徒弟不高兴，我就让他全家不安宁。"

看着渐行渐远的东方宁心与雪天傲，大长老急忙道："东方宁心、雪天傲，我用龙岛的消息交换生命种子的下落。"

龙岛？

雪天傲一行人同时停下脚步，转身道："大长老请说。"

"如果你们要去龙岛，最好明年三月初，那个时候是龙族大族长黄金神龙升阶神圣金龙的关键时刻，也就是他实力最弱的时候。"这个消息对他们来说不算秘密。

明年三月初？小神龙强忍着激动，没有想到这一天会来得这么快。

我以神圣银龙之子的血脉起誓，杀死我父母的龙族，没有资格再出神圣巨龙！

"这个消息的确很有价值，我同意交易，只不过执夙圣女用什么来交换生命种子的下落呢？如果没有的话就麻烦你避一下，这个消息我只给黑暗神殿。"什么叫奸商，东方宁心就是，光明正大把一个消息卖两家。

"东方宁心，你不要太嚣张。"执夙快要气炸了，如果不是光明神殿突然下令，与黑暗神殿达成协议，不得干涉东方宁心与雪天傲，执夙一定会杀了东方宁心。

"你们光明神殿穷得拿不出交易的条件还要怪我吗？执夙圣女，抱歉，这个消息我只给黑暗神殿，大长老你听着……"

东方宁心闭上双眼，凝聚真气，以梦族特有的真气技能，通过意识，对大长老一个人说："生命种子在魂组织的首领东夜手上，西北方向，走了大约一刻钟的样子，现在去追还来得及。"

"他怎么能抢到生命种子？"大长老睁开眼睛，显然被震住了。

"我给他的，他用两个消息和我交换，所以我说你们来晚了。不然你们三家一起来，我还能拍卖，你们谁给的东西有价值，我就将生命种子给谁。"东方宁心尽显奸商本色。

大长老险些吐血，心梦与子砚的女儿到底是什么怪胎？

"多谢了，我们就不打扰众位，神魔大人，他日我定当亲自上门赔罪。"得到了消息，大长老不再耽搁，带着黑暗神殿的人朝西北方向追去。

"怎么，执夙圣女不追上去捡便宜？"东方宁心见执夙没有跟上，好心提醒。

"东方宁心，你别嚣张，笑到最后的才是赢家。你们注定无法相守，而我是光明圣女，我和天傲阁下才是天生的一对。"

"是吗？我拭目以待，执夙圣女。"东方宁心压根儿不把执夙的话放在心上。

光明神殿骑士见执夙纠结于东方宁心与雪天傲，不顾自己的身份提醒道：“圣女，再不去追，我们就来不及了，那是生命种子。”

执夙回头狠狠瞪了那人一眼，用力别过头去，不看东方宁心与雪天傲，指了指西北方向，不甘心道：“东方宁心，下次再见希望你还有这个自信。”

执夙的声音自半空中传来，而东方宁心与雪天傲早已回到了炎兰宫。

一来到炎兰宫，兰若就将东方宁心与小不点带了下去。小不点需要喂食，东方宁心需要好好休息。

东方宁心一走，雪天傲就站了起来，对神魔说道：“今天的事多谢神魔大人。”

“不用客气，谁让那是我徒弟。”神魔不以为意地摆摆手，问道，“雪天傲，你们接下来有什么打算？”

“明年三月去龙岛，在此之前要在洪荒历练一番，我们都太弱了，别说对上光明神殿的圣女与黑暗神殿的大长老，就是他们随便派出一批人，我们恐怕也难以应付。”今天要不是神魔来得及时，他们很有可能已经死了。

“确实，你们的实力需要提高。要去龙岛你们至少要达到神者七阶以上，这样你们对上岛上的神龙才不会输得太惨。至于那黄金巨龙，在他步人神圣金龙时，你们联手可以杀它。”龙族的情况神魔还算了解，也不介意告诉雪天傲。

“你们要去龙岛，带着孩子一起去？”神魔状似无意地问，一双桃花眼带着诱惑人心的力量。说了那么多的废话，这一句才是重点。

不待雪天傲说话，猥琐会长就急急开口：“那有什么关系，天傲那儿子可是一个妖孽，虽然只是孩子，却与一般人不同，我们带着他还多了张保命符呢。”

神魔笑了，自信从容地道：“神之子一出生就异于常人，实力不凡，但是他太小了，根本无法使用自己的力量。孩子终是孩子，神之子也需要像正常孩子那样长大，在此之前，他根本没有自保的能力。雪天傲，这个孩子跟在你们身边固然是好的，但你们身边危险太多了，你忍心看着孩子时时处在危险当中吗？而且，你要一次一次去选择先保护东方宁心还是你儿子吗？”

这里不是中州，而是强者云集的洪荒，他们在这里没有势力，只有自己，但那个孩子，是他和东方宁心期待了十个月、等了十个月才盼来的珍宝。

闭上眼睛，雪天傲将挣扎紧锁在心底。

留或者不留，对他来说都是伤害。

无涯与猥琐会长双眼隐隐泛红，他们舍不得，可是没有劝雪天傲留下孩子，诚如神魔所言，他们没有把握保护好他。

“我——”雪天傲睁眼，正想说出决定，东方宁心的声音在门外响起：“我同意！”

众人顺势望去，只见东方宁心正抱着睡熟的小不点站在门外。轻风吹起她的发丝，黑眸如秋水般平静。

“东方宁心，你说什么？”无涯上前，不敢相信地看着东方宁心。

“我说同意神魔将孩子带走。”她当然不舍，可不能不舍。

“东方宁心，这是你的孩子，他在你身边长大才是最幸福的，你不怕他长大后恨你吗？”猥琐会长没有无涯那般激动，但同样不高兴。

“我相信我的孩子会理解。”她的儿子比一般人聪慧，定能理解父母的苦衷。

小不点是什么人，他懂得父母的无奈。哪怕有一点办法，他们也不会将他交给神魔。

在神魔出现的那一刻，他就明白，神魔肯定不是为了看他出生或者生命种子而来，那东西对神魔没用处。看着神魔任东夜、黑暗神殿与光明神殿欺负他娘亲和老爹，小不点就明白了神魔的用意。神魔用这种方法告诉他父母，他们在洪荒的敌人很强，必须变得更强才能在洪荒立足。

“东方宁心。”雪天傲起身，将东方宁和小不点拥在怀里。

“很难决定是不是？所以让我来。”东方宁心靠在雪天傲怀里，强迫自己笑出来，只有这样，眼泪才不会落下。

“不想笑的时候，就不要笑。”雪天傲的心揪痛着。

东方宁心摇了摇头：“雪天傲，其实我很高兴，你看我们的儿子多厉害，一出生就认了魔界之王为师父。日后如果我二人称霸神界与冥界，我们的儿子可就是三界的宝贝。对了，小神龙是异界的，要让他把异界收服，然后人界我们也要了，到时候五界之内我们的儿子可以横着走，世间再也没有人敢欺负他。”

她东方宁心倒要看看，待到她称霸五界，还有谁敢摆布他们。

二人与神魔约定，三天后他来将小不点带走。这几日，东方宁心不停跟小不点说话，说她小时候和母亲相处的趣事，说中州的见闻。

雪天傲抱着小不点时，东方宁心就拿着纸笔不停在纸上画着。画小不点，画他们一家三口。

“咦，咦。”小不点伸出藕节般粉嫩的胳膊，指了指书桌。

“你要看画吗？”小神龙不确信地问道。

小不点点了点头，想要看看在娘亲眼里，长大后的他是怎样的。

屋子里的人看画落泪，屋外的人却有泪流不出。

“东方宁心，难过就哭出来。”

斑驳的月光将人的影子拉得老长，更显萧条孤寂。

东方宁心站在树下，一动也不动，平静得如同什么也没有发生，听到雪天傲的话，摇了摇头："我不想哭。"

如果可以，她只想一个人关在屋子里，用泪水融化墨石，一遍一遍画着她的孩子，可分离是注定的，何必再用泪水为它添一抹悲色？

"那么，肩膀借我用，我想哭。"雪天傲板着一张脸。

雪天傲抱着东方宁心，下颌靠在她肩上。

"东方宁心，不会太久的，相信我，不会太久的。"

他们是一家人，不会分离太久，这是他身为男人的承诺。

过了今晚，离三天之约又少了一天。

明天，明天神魔就带孩子离开，明天过后，他们想见孩子一面，不知是何年何月。

最后一天，东方宁心与雪天傲想要单独陪小不点一起过。

"走，我们带着孩子去山里走走。"最后一天，雪天傲决定带孩子去郊游，东方宁心没有意见，抱着孩子与雪天傲并肩同行，朝炎兰宫后山走去。

"炎狼说深山里没人，我看我们就在外围走走好了。"东方宁心亲了亲孩子，小不点回了东方宁心一个甜甜的笑容，彻底把雪天傲的心融化。

他情不自禁地伸手，捏了捏儿子娇嫩的小脸蛋，正准备亲他一口，却突然一僵——

小不点脸上的笑容也冻结了，东方宁心发现不对劲，立马将小不点抱紧："发生了什么？"

"前方有战斗的声音，似乎很惨烈？"雪天傲凝聚真气仔细聆听。

在中州，除了天耀与天墨有人练近身搏击外，大都修炼真气攻击技能，中州人近身搏斗能力极差，洪荒就更别说了，基本上没人会近距离物理攻击，武器也大多配合真气技能。

"好像距离我们很远，千米之外。"东方宁心沉吟道，如果不是对方打斗的声音太大，也许他们都听不到。

"既然如此，我们往东南方向走吧。"雪天傲指了指完全相反的方向。

转身的刹那，他们的宝贝儿子在怀里挣扎，拉着东方宁心的衣襟，一副不认同的样子。

"你要我们去看看？"东方宁心停下脚步，看着怀中的孩子。

小不点眼眸一眨一眨，分外可爱。东方宁心立刻妥协："我们去看看吧。"

一家三口结束郊游，朝打斗的方向走去。不过五百米，东方宁心与雪天傲就看到遍地残肢与死人，这些人身上穿着盔甲，像是某个国家的士兵。

"大秦帝国的骑士？看他们身上的装备，应该不是普通士兵。"雪天傲查看了一番，得出结论。

“洪荒三国不是在打仗吗，怎么会出现在这里？”东方宁心听到不远处传来野兽的咆哮声，不由得皱眉。

事情，好像很麻烦。

“洪荒三国闹不大，三足鼎立是最好的权力构架，谁也不敢乱动。”

东方宁心点了点头，对雪天傲的话深信不疑，耳边再次传来动物的怒吼声，东方宁心担心道：“听声音像是玄兽，我们真的要插手吗？”

“去看看，许是有惊喜等着我们。”雪天傲看了一眼笑得纯真的小不点，隐约明白了他的用意。

第二十章 离别是为了再见

尸横遍野，血流成河，每往前一步，脚下的尸体就越多，血腥味也越发浓郁。越往里走，情况越惨烈。

雪天傲粗略估计对方至少带了三万人马，一路走来，光是死尸就有三万以上。

“公主，快走……”

“公主，不要管我们了。”

东方宁心与雪天傲看到数百战士将一位身着光明铠甲的女子围在中间，而他们的对手是一只七阶玄兽白狼。

白狼战斗力很强，雪白的皮毛染了不少血，身上也有几条伤口，并不致命。

白狼身上的伤口是真气所伤，雪天傲估计这里最强的也就是帝者高阶。如果有神者在，七阶白狼不会赢得如此轻松。

“不行，大秦帝国的公主宁可战死也不做逃兵。”那女子身材娇小，身上却有一股子英气，眉眼间的坚毅与悲壮让人为之侧目。

女子身边的战士越来越少，活下来的战士全身是血，身上的盔甲没有一处是完整的。那女子也好不到哪里去，如同刚从血水里捞出来。

东方宁心与雪天傲站在一旁，看了半炷香的样子，确定白狼的战斗力后，东方宁心才开口：“既然来了就出手吧，这画面太血腥，不适合孩子看，早些结束早些回家。”

“好。”雪天傲提起破天枪，凌空一跃，来到战场正中央，刚好替大秦帝国公主挡下了白狼致命的一爪。

大秦帝国公主看着与白狼战斗的雪天傲，见他游刃有余，长长松了口气：“我们活下来了，我们会活着回到大秦帝国，给弟兄们报仇。”

“公主……”活下来的士兵眼眶红红地看着惨死的同伴。

“血的耻辱要用血来洗清，放心，这个仇我会为你们报的。”大秦帝国公主狠狠地擦了一下脸，将血抹去，露出娟秀的脸庞和炯炯有神的眼睛。

战士应该死在战场，应该死在保家卫国中，而不是死在皇权的阴谋下，这是对战士的侮辱。

大秦帝国公主还欲说什么，侍卫却紧张地指着东方宁心："公主，那边有个人。"

"姑娘，你是谁？"大秦帝国公主留下几个人帮雪天傲，便带着十来个人朝东方宁心走来。

"我是谁不重要。"东方宁心抱着孩子道，等雪天傲结束战斗。

而这时，雪天傲的破天枪已抵在白狼的额头上："是死还是臣服？"

大秦帝国公主一惊，转身忙道："阁下，请你帮忙杀了它。"

雪天傲没有理会，活着的七阶玄兽才有价值，契约玄兽可以提升他们一行的实力，能收服的就绝不会诛杀。

白狼是个骄傲的主儿，闭上眼睛："杀了我吧。"

"阁下，我是大秦帝国长公主秦知晓，请你杀了它，您将是我们大秦帝国的恩人，大秦帝国将军之位随你挑。"大秦帝国公主秦知晓上前道。

"与我何干？"雪天傲淡淡地瞥了秦知晓一眼，如同王者临世，傲气不凡。

秦知晓只感觉自己的心跳漏了一拍，脸瞬间红了。

东方宁心看到，脸色微沉，抱着孩子上前："怎么了，这畜生宁死不服？"

又一个拜倒在雪天傲脚下的女子。

"白狼孤傲难驯，姑娘别开玩笑，它是不会臣服的。"秦知晓看了东方宁心一眼，又看了看雪天傲，强压下心中的酸涩。

东方宁心没有搭理，雪天傲同样如此，对东方宁心道："它不肯臣服，宁可死。"

"宁可死吗？既然你宁可死，就尝尝生不如死的滋味吧。"这头白狼合了她的眼缘，她打算将它驯服，送给炎狼作为谢礼。

话落，东方宁心眼眸一动，紫光流转，射向白狼的眼睛——

"啊……"惨叫声响彻云霄，只见刚刚还傲立在雪天傲面前的白狼瞬间倒地，不停挣扎扭动。

"还要抗拒，不肯臣服吗？"东方宁心眼中的紫光越来越亮，抱着小不点轻松道，以妖瞳对付这小小的七阶玄兽，毫无压力。

"我不要成为人类的奴仆，宁死也不要失去自由。"白狼一双利爪拼命往自己身上抓，全身上下没一处完好，皮毛混着血肉直往下掉。

秦知晓和她的一干护卫看得脸色发白，悄悄抬眼，却只见东方宁心与雪天傲平静冷漠的表情。不知为何，秦知晓心中一寒，连连后退，与东方宁心和雪天傲拉开了距离。

“不想臣服，就好好享受现在吧。”东方宁心不为所动，好像没有看到白狼的惨状，继续闭上眼睛凝聚真气。

“求求你，杀了我吧，杀了我吧。”白狼在地上不停翻滚，凄厉的惨叫让秦知晓听了也深觉同情。

“连死都不怕，你还怕什么？”东方宁心不停从精神上折磨它，白狼只有通过自残来缓解，偏偏这是恶性循环，身体越痛，精神越虚弱，越容易被东方宁心左右。

“杀了我吧，杀了我吧，我求求你了。”白狼匍匐在东方宁心脚下，早已没有了刚刚的傲气。

“要杀你，我何必再费这么大的心力？”无论是人还是兽都有弱点，雪天傲知道，这头白狼撑不了多久。

“啊，我受不了，杀了我吧，杀了我吧，我求求你了。”白狼眼中涌出血泪，全身毛皮都被抓烂了，威风凛凛的七阶玄兽如同丧家之犬。

秦知晓庆幸自己没有失礼，不然白狼的下场就是她的，她实在无法想象自己在地上翻滚、不停自残的样子。

“不臣服吗？”东方宁心温柔地问，语气如春风扫过，暖人心脾，在场之人除了雪天傲与小不点，皆打了个寒战。

“我、我……”白狼痛苦地颤抖。

东方宁心听出了白狼的犹豫，眼中紫光再次加深，白狼痛得嚎叫一声，终于受不了，说出了最不甘心的话：“我臣服，我臣服。”

“那么乖乖待着。”东方宁心轻眨眼睛，紫色的光芒瞬间消失。

白狼瞬间停止了自残的动作，无力地倒在血泊中喘息，片刻后才睁开眼，看清自己的处境，不由得大惊：“我怎么在这里？”

“你一直在这里。好了，现在履行你的诺言，臣服于我，从今天起不再属于自己。”东方宁心一字一顿道。

白狼眼中闪过后悔，更多的是无奈，它已经输了。按玄兽的规则，只要臣服，等于宣誓忠诚，不能再背叛。

白狼脑袋耷拉下来，点了点头：“我明白，现在你们要契约我吗？”

白狼目光在东方宁心与雪天傲的身上转来转去，如果主人是他们当中的一个，那也不算辱没了自己。

不想东方宁心毫不犹豫地拒绝：“凭你，还不配成为我们的契约玄兽，好好待在这里，我自会安排你。”

东方宁心傲慢的态度让白狼不爽，它堂堂七阶玄兽怎么会辱没一个神者三阶？可看到东方宁心的眼眸，白狼又怯了。

秦知晓张了张嘴，想要劝说，却不知如何开口。

“还有事吗？”东方宁心扫了秦知晓一眼。

秦知晓一怔，连忙摇头：“没，没事。”

“没事就请秦公主离开！”她还要让炎狼来契约白狼，人太多就不方便。

“我是——”

秦知晓想要拿身份说事，刚开口就被雪天傲打断：“我们没兴趣知道你的事，滚！”

“我——”

“滚！”

“我们走！”秦知晓看了雪天傲与东方宁心一眼，终是忌惮两人的实力，咬咬牙便带着剩余的兵马离开了。

秦知晓一行离开后，东方宁心盯着白狼一动不动。

刚刚她感受到了白狼的情绪波动，如果没有猜错，这头狼应该隐瞒了什么。

东方宁心用眼神与白狼较量，白狼低头嗷唔一声，狼爪指向东方宁心与雪天傲身后的一块巨石。

巨石完整地镶嵌在山壁上，看上去就是山壁的一部分，如果不是白狼指出来，东方宁心与雪天傲根本不会发现石头后面有一个山洞。

“乖乖在这里守着，别让我发现你有逃跑的想法，不然下次就不会这么简单。”东方宁心警告了白狼一声，跟着雪天傲走进山洞。

东方宁心和雪天傲刚踏入山洞，巨石就复归原位。他们进入不到一刻钟，秦知晓就带着仅剩的人马杀了回来。

“公主……”秦知晓的护卫指了指蹲在原地的白狼，害怕地咽了咽口水。

白狼伤得并不重，秦知晓脚步一顿，死死地瞪着它，不敢再往前。

“哼，没有信用的人类。”白狼高傲地斜了秦知晓一眼。

秦知晓咬咬牙，恨恨道：“我们走。”

这山中的宝贝，只能便宜那对夫妻了。

此时，东方宁心与雪天傲也走到了山洞尽头。

四处充斥着浓郁的血腥味，东方宁心与雪天傲很谨慎，每一步都小心翼翼，当踏入山洞底部，看到里面的情况，顿时震惊了。

一头八阶闪电豹和一条八阶九头蛇，全身是伤地倒在血泊里。

雪天傲在原地等了许久才上前查看：“刚死没多久，身体还是温热的，我们运气很好，早来一步就得和两只八阶玄兽对上。”

雪天傲看着东方宁心怀中的小不点，无奈地摇头。

除了两只已死的玄兽外，雪天傲还发现了两头刚出生的闪电豹幼崽。

“那两只幼崽我们带走吧，至于母豹，埋了它吧。”他们这一趟收获不小，她儿子果然是福星。

雪天傲将九头蛇的内丹取出来后，挖了一个坑把母豹埋了。

埋好母豹，在山洞里做了伪装，二人便带着两只幼崽出来，看到白狼没有动，雪天傲满意地点了点头，带着它下山。

“咦，你们怎么这么快就回来了？”当东方宁心与雪天傲出现在炎兰宫门口时，无涯与猥琐会长立刻上前。

“带着它们就下山了。”东方宁心指了指雪天傲手中的玄兽幼崽。

无涯与猥琐会长愣了一下，大叫起来：“天啊，天啊，不会是玄兽吧？无涯你快扶着我，我是不是眼花了，居然看到了玄兽。”

玄兽在中州近乎绝迹，在洪荒，大部分玄兽都生活在异界，一般人类进不去，由此可见其珍贵。

“你没眼花，真是玄兽，不仅有一只成年的，还有两只幼崽。”无涯强自镇定道。

“东方宁心、雪天傲，快说说你们到底去哪里了，不是说去郊游吗，怎么去捕玄兽？都不带我和无涯去，太无耻了！”猥琐会长屁颠屁颠围着雪天傲打转，兴奋得不行。

“捕到它们是意外，我们先进去再说。”带着两只八阶玄兽幼崽和一只七阶玄兽，张扬地站在炎兰宫门口总是不妥。

猥琐会长一听，眼珠骨碌碌一转，小心翼翼地看了看四周的情况，没有察觉到异样，这才松了口气：“对，对对，进去再说，这可是宝贝，让人知道还不得抢疯了。”

踏入炎兰宫，炎狼、兰若和丹远容三人闻讯赶来，看到桌上两只小幼崽和一身是血、萎靡不振的白狼，均又惊又喜，直呼不可思议，散个步还能遇上玄兽，这家人的运气实在太好了。

雪天傲刚说到踏入母豹的窝看到闪电豹的情况，无涯就哇的一声大叫起来，闪电一般冲到东方宁心面前。

“东方宁心，你儿子实在了不起，玄兽呀，这么小的人儿居然能感应到玄兽的存在，我的神呀，太厉害了。以后让我跟你儿子混好不好？肯定好处多多。”

“放心，少不了你的好处，这两只闪电豹呢，你和会长一人一只，善待它们。它们刚刚失去了母亲。”东方宁心好笑地摇了摇头。

“什么？给我们？”无涯与猥琐会长同时跳了起来，一脸惊喜地看着东方宁心与雪天傲，他们没有听错吧？

东方宁心肯定地点头：“没错，给你们，去挑吧。”说完，又指着白狼对炎狼

道，“炎宫主，兰若夫人，我夫妇二人在炎兰宫打扰多时，也不知如何回报，这头七阶玄兽如果你们不嫌弃，就请收下。”

“什么，我们也有？”炎狼与兰若互看一眼，都在彼此眼中看到了惊喜。

他们万万没想到东方宁心与雪天傲会将七阶玄兽送给他们。

“希望你们不要嫌弃。”七阶玄兽在洪荒已是不凡，但有八阶玄兽在先，她怕炎狼会不高兴。

“我们怎么会嫌弃，这礼太重了，我们受之有愧。”炎狼很想很想要，但仍旧拒绝了。

太贵重了，他要不起。

“既然不嫌弃，就契约吧。至于丹塔主，很抱歉，希望以后会有机会。”东方宁心与雪天傲明白，想要建立一个庞大的能够与光明神殿、黑暗神殿和魂组织抗衡的势力，光凭他二人是不行的，拉拢人是必须。

“没关系。”丹远容白皙的脸上有着淡淡的羡慕。

三只玄兽肯定轮不到他，不过诚如东方宁心所言，以后会有机会。他相信跟在东方宁心与雪天傲身边，什么样的奇迹都会发生。

玄兽分配完毕，无涯三人正准备契约，炎兰宫的下人就急急来报，歧云宗宗主带人把他们包围了。

“出去看看。”无涯三人随炎狼匆匆外出。

“炎狼，我歧云宗也不是仗势欺人之辈，把两只玄兽幼崽交出来，不然今天这事没法了。”歧云宗宗主是神者五阶，一见炎狼出来，立刻大声叫喊。

“歧宗主，不要欺人太甚。”听到对方的来意，炎狼就明白，他们被人盯上了。

“我歧云宗从不仗势欺人，只要那玄兽幼崽，至于成年的就算了。”歧云宗宗主一脸自信地开口，显然是对东方宁心、雪天傲带回来的玄兽十分了解。

东方宁心与雪天傲本以为是炎兰宫的私事，暂且没有出面，听到歧云宗宗主的话才现身。

“炎宫主，此事因我们而起，就由我们来解决吧。”雪天傲走了出来，“秦公主，既然来了就出来，藏头露尾可不是帝国公主的风范。”

“你怎么知道是我？”秦知晓混在打手中，本不想承认，雪天傲目光准确无误地落在她身上，她没有选择。

“秦公主这是恩将仇报？”

秦知晓重重叹了口气：“阁下，我从不想与你们为敌，但是玄兽幼崽对我大秦来说太重要。你给我一只可好？”

虽说有神者五阶高手助阵，但秦知晓还是忌惮雪天傲与东方宁心的实力，并不想与他们动手。

“公主……”歧云宗宗主第一个不满，他可是神者五阶高手，何必惧怕两个神者三阶？

秦知晓朝歧云宗宗主一摆右手，示意不得多言。

“不知阁下意下如何？”秦知晓尽量客气地再次询问。

“一只玄兽幼崽，也不是不可以……”雪天傲缓缓开口。

“不行，两只都给我拿出来，不然我把你们和炎兰宫全灭了。”歧云宗宗主急忙开口。

“全部想要吗？好大的口气，你们吃得下吗？”神者五阶敢在他们面前叫嚣？

“年轻人，你很嚣张。”歧云宗宗主不屑道，不过一个神者三阶，居然敢在他面前如此狂妄。

秦知晓站在一边，见情况完全不受自己控制，无力地闭上眼睛。

“歧云宗宗主，你小心些，他们的实力比一般神者三阶强。”说了这么一句后，秦知晓便后退三步。

她给了对方机会，还了救命之恩，奈何对方不领情，真要死了也怪不得她。

“多谢公主提醒，放心，区区神者三阶，老夫还不放在眼里。”歧云宗宗主抬手指着雪天傲，极尽傲慢道，“小子，看在长公主与炎兰宫的面子上，最后问你一句，玄兽幼崽交还是不交？”

“动手吧！”雪天傲将身后的破天枪拿了出来，神情淡漠，冷静得如同什么都没有发生。但熟知雪天傲的人都明白，他动了杀心。

“好，本宗主倒要看看你有多厉害，不交出玄兽幼崽是吗？来人呀，把炎兰宫给我拆了。”歧云宗宗主见雪天傲半点不客气，顿时怒了。

身穿常服的士兵听到歧云宗宗主的话，看向秦知晓，等待她的命令。

秦知晓略一犹豫，闭上眼睛，做了一个前进的手势：“动手！”

轰隆隆，大秦帝国将士将背在身后的长枪、盾牌拿了出来，虎狼般朝炎兰宫前进。

在洪荒，士兵的盾牌都是特制的，可以抵挡真气的攻击。

“无涯，丹老，这群乌合之众就交给你们了。”雪天傲交代一声，纵身跃起，迎接歧云宗宗主的攻击。

他们惹出来的麻烦自己解决，不会连累了炎狼夫妇。

“小神龙，孩子交给你了。”对方是神者五阶的高手，东方宁心顾不得身体不适，纵身加入战局。

秦知晓带来的人除了宗主外，还有好几个神者二阶和帝者高手，这些人正在一边蠢蠢欲动。

秦知晓看到东方宁心动了，眼神一冷，挥手下令："血洗炎兰宫！杀了这个女人。"只有赶尽杀绝，八级玄兽幼崽落入大秦帝国的消息才不会走漏。

"血洗？"刚刚加入战局的东方宁心听到这么一句，怒火噌的一下上来了，"大秦公主好大的口气，我倒要看看，你们有没有那个本事。"

东方宁心取下身后的凤凰琴，手拨琴弦，将冲上前的侍卫弹飞，看着围攻自己的歧云宗高手，嘴角扬起一抹冰冷肃杀的笑意："无涯，今天这里的人一个都别放过，我要让他们明白什么叫血洗。"

"来了。"无涯持剑，冲到东方宁心身旁抵御大秦士兵的进攻。

凤凰琴的虚幻之针与无涯的辟邪剑所过之处，无人可以抵抗，哪怕是歧云宗的帝者高手。

"神器？"被雪天傲缠得脱不了身的歧云宗宗主无意间看到东方宁心与无涯手中的武器，眼中满是惊骇。

看来长公主说得没错，这群人的确不简单，他太轻敌了。能拿出神器的可不是什么简单的人物，放眼洪荒三国，没有哪个国家拥有神器。

趁着歧云宗宗主失神之际，雪天傲手中的破天枪脱手而出："很有眼光，现在就让你看看这破天枪的实力。"

"破天枪？也是神器？"歧宗主脸色一变，随即恢复过来。神器又如何，不过可以增加一阶的实力罢了。

似乎明白歧云宗宗主所想，雪天傲冷哼一声，将破天枪中的奥义施展出来。

破天枪如同活物，在雪天傲的双手间游走，没有人能看清他如何办到的，也没有人能看清破天枪的运行轨迹，只知当雪天傲说出"破天之怒"，破天枪的虚影便以他为中心，朝四面八方飞去。

"啊……"惨叫声不绝于耳，雪天傲身边的歧云宗弟子纷纷倒地，面对破天枪发出来的凌厉攻击，连丝毫还手的能力都没有。

本来，在神者级别的战斗中，那些尊者与帝者就是拿命来拖延对方速度的，除非有特别的技能，不然下场只有一个，就是死！

就在雪天傲使出破天之怒时，无涯像是要和雪天傲比赛一般，将手中的辟邪剑挥舞得虎虎生威，面对一波又一波围攻炎兰宫的人群，无涯帅气地大叫一声："辟邪剑法，秋风扫落叶。"

无涯整个人如同陀螺在原地旋转起来，辟邪剑青光四射，如同一把巨大的扫帚，剑光所指，大秦士兵不受控制地往前栽倒。

这样杀人是痛快，可无涯忘了，他的秋风三百六十度旋转，扫荡的除了人，还有炎兰宫的建筑，当大秦帝国的士兵倒在无涯的脚下时，身后亦传来轰轰轰的巨响。

回头一看，只见炎兰宫的外墙轰然倒地，有不少跑得慢的士兵被围墙给生生压死。

众人一阵沉默，无言地看着无涯。炎兰宫没有被敌人给拆了，反倒是被自己人给拆了，这算什么？

无涯尴尬一笑，提起辟邪剑随手挥了两下：“失误，失误，我们继续。”

“住手！”就在此时，一旁观战的秦知晓突然出声。

他们以多围少，不仅没有胜算，反而对自己越来越不利，这一战不能再打下去。

“住手？秦公主你在说笑吗？你当炎兰宫是什么地方？想来就来，想打就打，现在想走就走？”东方宁心从半空中缓缓落下，如同一朵白云停在雪天傲身边，根本不惧岐云宗宗主神者五阶的实力。

“你想怎样？”秦知晓气得几乎吐血，放眼过去，她的人死伤无数，岐云宗的高手更是近乎灭绝，对方却纤尘不染，这架还怎么打？

“不怎么样，你们既然有胆上门挑衅，就得有把命留在这里的觉悟。”东方宁心与雪天傲交换了一个眼色，决定先杀岐云宗宗主。

只是，东方宁心与雪天傲想杀岐云宗宗主，岐云宗宗主又何尝不想杀东方宁心与雪天傲。不说东方宁心与雪天傲杀了他多少人，单说他们手中的神器，就足以令他兴起杀人夺宝的念头。

想到这里，岐云宗宗主按捺不住，无视秦知晓的命令，义正词严道：“今天我们这么多弟兄惨死在他们手上，这事绝对不能就此了了。秦公主，你不能看着弟兄们的血白流，这两个人我来收拾，另外两个交给你们处理。”说完，根本不管秦知晓难看的脸色，纵身一跃，五指成爪，扑向东方宁心。

秦知晓气得咬牙，瞪了岐云宗宗主一眼，朝自己的人比了个手势，示意他们撤退。至于岐云宗宗主的死活，她才没有心思管。

“想走？也得问问我手中的剑同意不同意。”无涯整个人化为一把利刃，以诡异的速度穿梭在敌阵中。

不过片刻，秦知晓带来的人就倒下大半，看无涯如此卖力，猥琐会长乐得轻闲，跃至后方，将秦公主一行的后路给堵了，让无涯杀个痛快。他顺便抽空看了东方宁心与雪天傲一眼，顿时乐了。

那二人配合默契，虽说分开后各自只有神者三阶，加在一起却远比神者五阶的高手强大。而且，有了东方宁心的妖瞳，岐云宗宗主发出来的攻击全部无效，根本伤不了东方宁心与雪天傲半分。

有东方宁心挡住岐云宗宗主的攻击，雪天傲还没有使出大招，岐云宗宗主就被打得万分狼狈。

扑哧的一声，雪天傲将岐云宗宗主的左臂划破。旋身又是一枪，扫向岐云宗宗主的右胸，幸亏歧云宗宗主反应快，堪堪侧过身子，枪头只割下一大块皮肉。

接连几番被雪天傲的破天枪刺中，虽说伤得不重，却让歧云宗宗主感觉万分丢脸。神者五阶的高手居然败在神者三阶手下，这是笑话，天大的笑话。

歧云宗宗主又一次避开雪天傲几乎刺入心口的一枪，癫狂地看着两人。

此时他衣衫破碎，身上到处是血，早已不复一宗之主的高贵，被雪天傲一枪削掉了发箍，风一吹，长发沾血，比疯子好不到哪里去。

歧云宗宗主似乎知晓东方宁心与雪天傲的打算，狂热的双眼闪着嗜血的光芒，如同被激怒的野兽："浑蛋，老子和你们拼了。"

歧云宗宗主大喊一声，不顾东方宁心与雪天傲的攻击，直接朝两人扑去。

雪天傲与东方宁心冷笑上前，欲取歧云宗宗主的性命。不想歧云宗宗主只是虚晃一招，招式发到一半，转身就跑。

待到东方宁心与雪天傲反应过来，歧云宗宗主已然跃至百米之外。

"想走？做梦。"

"封！"雪天傲声音如同冰块，砸在众人的心上，待众人回神，只感觉一阵冰寒袭来，四周全部冰封，雪天傲提起破天枪，凌空而起，狠狠砸下。

啪的一声，歧云宗宗主连同冰块一同碎裂，血肉与冰块一道化为雨水，落在众人头顶。

"你和雪皇是什么关系？"尽管一脸血水和肉末，秦知晓却一动不动，呆愣地看着东方宁心与雪天傲。

这一刻，她才明白惹了不该惹的人，没想到雪天傲与东方宁心这么厉害，面对神者五阶的高手说杀就杀。

"有没有关系和杀你们无关。"雪天傲一枪下去并没有停手，破天枪一转，又朝秦知晓身边的护卫扫去。

秦知晓身边的人瞬间少了一层，她脸色越发难看，不停地后退。

"你要与大秦帝国为敌？杀了我，大秦帝国不会放过你的。"秦知晓平时并不喜欢用国家公主的身份威胁人，这一刻，她没有选择。

"哈！"雪天傲嘲讽地看着秦知晓，"区区一个帝国我还不放在眼里。"

雪天傲收起破天枪，凝聚真气，准备将这群人全部留在这里。

秦知晓惨白着脸，不停后退："不，不要……"

秦知晓害怕了，纵横战场从不知惧为何物的她，这一刻真的怕了，害怕死亡。

可惜雪天傲不是怜香惜玉之人："秦公主，再——"

"雪天傲，东方宁心，快来呀！救命，救命呀……"无涯突然大喊一句，众人吓了一跳。

“无涯，出什么事了？”

东方宁心与雪天傲第一时间收起攻击，朝无涯飞去。猥琐会长也吓了一大跳，顾不得拦截大秦帝国的士兵，几个起落来到无涯面前：“无涯你怎么了？”

小神龙着急地抱着小不点赶了过来，将无涯围在中间。

大家脸上都是一片凝重之色。

无涯大呼一句救命后，站在那里一动不动，一张脸扭曲得夸张，表情诡异。

像是狂喜、不知所措，又像是不敢置信、得意而害怕。无涯双目没有焦点，直愣愣地看着远方。东方宁心一行人就在他身边，他却察觉不到。

东方宁心从来不知道一个人脸上会有这么丰富的表情，而且变化这么快。

雪天傲亦是冷着脸，但满脸的担心怎么也掩饰不了。

不管众人多么着急，无涯就是不说话，只是傻愣愣地握着剑站在那里，一张脸笑歪，嘴巴也合不拢。

“无涯，你怎么了？”猥琐会长强忍着杀人的冲动，极力压抑心中的不安。

“呵呵。”无涯依旧呆呆的，愣愣的，也不看人，傻笑两声后叫了东方宁心的名字，又叫雪天傲的名字。

“不会是失魂了吧？”炎狼与兰若夫妇站在一边，紧张地打量着无涯。

“失魂？不可能，他刚刚还好好的。”猥琐会长第一个不赞同，无涯怎么会失魂?

东方宁心不认同炎狼的判断：“在洪荒，没有人有那个能力施展夺魂，就是当年修炼御魂真气的鬼皇，也只能对死人下手，想要夺活人的魂魄根本不可能。”

说着，压下心中的担心，准备上前为无涯检查，有人比她更快一步——

“儿子？”东方宁心吓了一跳，她儿子居然在大庭广众之下尿尿了，这怎么可能?

东方宁心连忙从小神龙手上接过小不点，只是一抱，小不点的尿就喷在了无涯脸上，东方宁心脸色微变，正欲抱着小不点转身，就听到无涯不解地看着众人：“下雨？下雨了？怎么这个时候下雨？”

此时，小不点正好尿完了，一脸满足地往东方宁心怀里缩，仔细看，小不点脸上颇有几分得意之情。

全场沉默，众人看看无涯，又看看小不点。他们早就学会了不用平常眼光看待小不点，他这个举动定有深意。

鬼上身？童子尿?

所有人脑子里都闪过这个念头，然后肯定地点了点头，一定是这样的，因为无涯居然恢复正常了。

“无涯，你没事了吧？”猥琐会长小心地问，生怕又把无涯给吓傻了。

无涯擦了把脸上的尿渍，依旧有几分茫然地问道："这是什么？"

"无涯，发生了什么事？"东方宁心避重就轻道。

"发生什么？没、没发生什么呀。"无涯一脸懵懂，傻愣愣地摇头。

"既然没发生什么，那你刚才鬼叫什么？"雪天傲看无涯还是痴痴傻傻的样子，语气有点寒。

"哦，有、有、有天大的事情！"无涯一脸激动地拉着东方宁心，未语先笑，"东方宁心，大事，大事，天大的事情呀。"说完又是一阵哈哈哈哈大笑，嚣张而得意。

"到底发生了什么事？"反握着无涯的手，东方宁心探了探他的脉搏，皱了皱眉，难道是……

东方宁心双眼一亮，看着无涯："莫非你要进阶神者了？"

"对对对！"无涯笑得花似的，不停地点头，双手剧烈颤抖，"东方宁心，雪天傲，神者呀，我感觉要升阶了，我要成为神者了。哈哈哈……我无涯终于要成为神者了！"

"无涯？你大喊救命只是因为察觉到自己要升阶？"雪天傲咬牙切齿地从牙缝里挤出这句话。

天杀的无涯，也不看看这是什么情况，他们本来可以杀人灭口，这下好了，人全跑了，接下来，洪荒恐怕没有人不知道他们手上有玄兽了。

"怎、怎么，不对吗？"无涯吞了吞口水，扫了一眼战斗现场，再看了看默契散开的猥琐会长和东方宁心，顿时有种不好的预感，弱弱地看着雪天傲，"我、我是不是做错了什么？"

"你没做错。不过，我现在很想打得你升不了阶。"雪天傲往前逼近一步，十指嘎嘎作响，一副要杀人的样子。

无涯连连后退，惨白着小脸："有话好说，有话好说，我那不是一时激动吗？神者呀，神者呀。我无涯终于要成为神者了，除了你们这群变态，我肯定是中州第一个神者，你们就不为我高兴吗？"

"我们很为你高兴，你好好地享受升阶前的安宁吧。"雪天傲的话威胁意味十足，那意思很明显，无涯害得他们白担心一场，这后果得他来承担。

"你什么意思？"此时，无涯体内的真气越发澎湃。

别说他，就是东方宁心与雪天傲也感觉到了："无涯，有事我们稍后再说，你身上的真气躁动得厉害，快点盘膝凝聚真气，不然冲阶失败就麻烦了。"

"哦，好好好，你们替我护法呀，我这就开始凝聚真气。"无涯吓了一跳，顾不得雪天傲的威胁，盘膝而坐。

不一会儿，无涯脚下象征帝者高阶的六道纹路出现，紧接着，象征神者的第七道纹路也逐渐浮出虚影……

无涯冲击神者是没有问题了，但绝对不是东方宁心与雪天傲之后的中州第一个神者。

因为有一个男人，在三个月前的一个黑夜便成功升阶，而且正在寻找进入洪荒的方法，那个男人就是鬼苍悟。

有东方宁心和雪天傲护法，无涯顺利升阶之后，迎接他的不是众人的祝贺，而是一顿狂殴。

无涯不敢还手，等到众人停下来，这才弱弱地询问："秦公主跑了，炎兰宫会有危险吗？"

他们几个是不怕大秦帝国的，他就担心兰若。

"无事，帝国不能插手我们的事，这是规矩，秦公主不敢乱来。"炎狼嘴上笃定，心里却不安。帝国不能亲自动手，但可以让人动手，就像秦知晓挑动歧云宗动手一样。

炎狼不说，但东方宁心与雪天傲想到了这一点，为了让炎狼安心，雪天傲说道："我们去龙岛会经过三大帝国，到时候顺便解决秦公主的事。"

炎兰宫危机解除，众人顿时没了压力，猥琐会长与无涯怕夜长梦多，第一时间将两只闪电豹幼崽契约了。炎狼见状，也趁东方宁心与雪天傲在，将白狼契约了。

一切都朝好的方向发展，但众人脸上的笑容淡了，因为三天之期到了。

无涯、猥琐会长、丹远容和小神龙围着小不点而坐："东方宁心，要不要给取他个名字？"

这些天，他们一直小不点小不点地叫着，现在小不点就要被神魔带走了，总该有个名字。

"不必，他的名字……等他长大后自己取。"雪天傲拒绝了。

无涯默默地看了他一眼："不取名字，现在叫什么？"

"当然是雪少了，雪家的少爷。"小神龙见东方宁心一脸沉默，故作欢快地开口。

东方宁心察觉到小神龙的用意，朝他一笑："这个称呼不错。"

"真的不错吗？"得到东方宁心的肯定，小神龙高兴坏了，"我也觉得很好听，雪少，雪少……以后我们就叫你雪少好不好？"

"雪家的少爷？为什么不叫雪公，雪家的公子呢？"无涯专业拆台一百年。

话一出口，他就被猥琐会长拍了一记脑袋："公你个头，雪公多难听，你会不会取名字呀？"

"我会不会取名字，跟你有什么关系？雪天傲和东方宁心都没有反对，你激动什么？"

两人这一番吵闹，冲散了离别的愁绪，不等他们笑起来，炎兰宫的人来报，光明圣女执夙送来了五个神者侍卫，说是给雪少的贺礼。

东方宁心与雪天傲相视一眼，抱着雪少出去，就看到一身银衣站在阳光下的执夙。不等他们开口，黑暗神殿的大长老又来了，同样送上了五个神者护卫，说是给雪少的。

东方宁心和雪天傲交换了一个眼色，隐约觉得不对劲，正想拒绝，就听到大长老道："两位不要急着拒绝，这五人留下来，对雪少有利无害。"

大长老说着看了执夙一眼。

东方宁心与雪天傲沉默片刻，应了下来："好，我们收下。"

光明神殿与黑暗神殿，这是摆明了要唱对台戏？不过，这两殿的人斗得越凶，他们就越安全。

"礼物送到，我就告辞了。"大长老说完转身就走。执夙想要留下来却找不到理由，正准备咬牙转身离去，空气中传来一阵异常的波动。

大家都是高手，气息一动，就明白有高人来了。大长老走出不到百米，感受到了气息波动，停下脚步，激动地看着前方。

他终于愿意出现了吗？

东方宁心与雪天傲也察觉到了，抱着孩子的手不自觉加紧。

很快，一道人影破空而来，立在众人面前，没有任何预兆。

"冥？"东方宁心与雪天傲看着来人，大大松了口气。

冥现身了，眼里只有东方宁心、雪天傲与雪少："还好，来得不晚。"

冥眼光向来很高，这么多年过去，能入他眼的实在少得可怜。

"神王殿下。"大长老一脸激动地看着冥，双眼闪着狂热与尊敬。

"大长老，好久不见，你还是一如既往的健壮。"冥的声音隐含嘲讽，东方宁心与雪天傲听出来了。

大长老看着冥，眼神狂热："神王殿下，您终于愿意回来了。"

大长老激动地上前，却见冥一挥手，他就直接跌了出去。

"别叫我神王殿下，我说过，我不再是黑暗神殿的神王。"冥的声音冰冷如霜，转身看向东方宁心怀中的孩子，却笑得温柔，"我来看看你们的孩子，你们欢迎吗？"

"当然欢迎，要抱抱吗？"东方宁心虽然不解，却知道冥的到来只会让他的儿子多一个助力。有冥撑腰，这孩子日后的路只会越走越好。

冥摇了摇头，拿出一块玉塞到雪少怀里："不用了，我不会抱孩子，这是我和他送给你儿子的礼物，希望你们喜欢。"

那个他是谁大家都心知肚明，能让冥成天将名字挂在嘴边的只有一个，那就是琴然。

那是一只玉环，在阳光照耀下闪着柔和的光芒，通体雪白，纤尘不染。当然，这不是最特别的，最特别的是玉中有生命的气息。

“这玉环？”东方宁心震惊地看着冥。

这不会就是封印了守护使者的魂玉吧？

冥点了点头：“关键时刻可以救他一命，收着吧。”他原是为琴然寻的，可惜琴然用不上了。

“多谢。”

“我帮他系上。”冥笑得真诚，似乎阳光了许多。

东方宁心与雪天傲猜测，冥与琴然之间必然发生了什么。毕竟，这世间能让冥动容的，只有琴然。

“好了，礼送上了，我得走了，你们放心，有玉环在，光明神殿与黑暗神殿绝对不敢对你们儿子出手。”冥声音不大，却足够让执夙与大长老听到。

冥熟知光明神殿与黑暗神殿的行事作风，目前的小不点有利用价值，是以他们蜂拥而来，等下一刻价值没了，他们立马就可以翻脸杀人。

“谢谢你们。”东方宁心与雪天傲感激地向冥致谢。

“咯咯……”雪少则奉上一个灿烂的笑颜，乍一看与琴然有几分相似，一样纯净，一样无瑕。

“我走了。”冥看小不点的神色多了一分温柔宠溺，只因他那抹干净的笑。

东方宁心与雪天傲点头，无声地在心里祝福他们。

“东冥神王，你不能走。”执夙如同正义女神，挡在冥的面前。

“执夙圣女，有事？”冥的神色闪过一丝不耐，对执夙的嫌恶毫不掩饰。

除了琴然外，他讨厌光明神殿的所有人，一群虚伪自私的家伙。

执夙一惊，背后湿成一片，面上却强作端庄圣洁：“东冥神王，把琴然神王交出来。”

“琴然？凭你？”冥凌厉地瞪了一眼执夙，眼中的杀意让她后退数步。

东方宁心与雪天傲一看这个情况，就知道执夙倒霉了。琴然是冥的逆鳞，谁碰谁死，从前他们就因为琴然在冥手上占了不少便宜，也吃了许多苦头。

执夙确实是个执着的人，明明心里惧怕冥，仍硬着头皮上前：“琴然神王是我光明神殿的人，你不能带她走。”

“执夙，看在琴然的面子上，你现在就从我面前消失，不然我杀了你！”冥左手轻扬，一脸不耐烦。

这时，大长老拖着受伤的身体，再次走到冥的面前："神王殿下，回去吧，我们都在等着你带领我们重返冥界。"

"大长老，别逼我出手。"冥挥动衣袖，准备用大预言术从洪荒离去。不想，执夙却比他快一步反应过来，厉声道："大预言术，时——"

"你找死！"冥脸色一变，没有人看清他是如何出手的，待到众人反应过来，执夙已如同断线的风筝，狠狠跌倒在地。

执夙跌飞出去后，没有如冥所想的一般为了防御而放弃使出时间静止的攻击，而是任冥的攻击打得她五脏六腑都烧灼起来。

"……间静止。"一字一口血，执夙的固执让人头痛。

"疯女人。"冥脸色相当难看，但这句话出口后就无法行动了。执夙的一招时间静止大部分都用在了冥的身上。

冥是黑暗神王，对于大预言术有一定的抵抗能力，但如果攻击的重点是他，他也躲不了。

同样，在场众人也受大预言术影响，除了东方宁心一家三口。

"东冥神王，如果我把你废了，看你怎么将琴然神王禁锢。"执夙咬着牙，以剑为支撑，一步一步朝冥走去，双眼闪着仇恨的光芒。

东方宁心与雪天傲静静站在一边，没有动手。

上次栽了一回，执夙居然还没有学乖。

东方宁心和雪天傲打算在执夙即将成功的一刻出手阻止，就在这时，一道散漫而透着轻蔑的声音在执夙身后响起："咦，我徒弟什么时候这么受欢迎了？"

紧接着，男人火红的身影缓缓出现，如同火莲，带着灼灼热气。

背后森冷的杀气让执夙根本不敢动弹分毫，过了一会儿，她猛地回头，只看到肆意而张狂的男子，阳光下那颗泪痣那般明显。

"我光明神殿与黑暗神殿的事情，神魔最好不要插手，光明神殿不想与你为敌，但也不怕与你为敌。"执夙看到神魔，气得直咬牙。

"执夙圣女好大的口气，光明神殿没有神王，你就认为自己可以代替神王吗？别说你还不是神王，就算你是，也没有资格用这样的语气和我说话。"神魔在东方宁心与雪天傲面前从来都是优雅从容的。

啪啪啪！神魔说着走上前，抬手甩了执夙无数个巴掌，待到执夙的脸红肿如同猪头，神魔才满意地收手："怎么样？执夙圣女，我魔界的大预言术——定身，比你的时间静止好用吧。"

"你——"执夙气得想要杀人。从来没有人敢打她耳光，神魔是第一个。

执夙举剑正欲出手，整个人却咚的一声倒在地上，怎么也爬不起来。

出手的是冥!

这一次，执夙是真的没有了反击的能力，执夙身后四个光明铠甲骑士一看这情况，立马上前请罪，请求东冥神王与神魔放过自己，大人不计小人过。

执夙噙着泪，一脸屈辱，想要说什么却张不开嘴。

看在对方低三下四讨好的分上，神魔大方挥手，示意他们将人抬走："回去转告光明神殿的长老们，我太久没打人了，下手轻了点。下次可没这么好的事情，我魔界少主不是你们光明神殿可以欺的。"

"多谢神魔大人手下留情。"光明神殿的人敢怒不敢言。

"滚吧。"神魔再度嚣张地挥手，如同赶走烦人的苍蝇。

光明神殿的人只能忍着，执夙双眼噙泪，嘴里的血不停地往外流。

她一脸哀怨地看着雪天傲，甚至被光明神殿的骑士带走时，目光都胶着在雪天傲的身上。

东方宁心淡淡瞥了一眼雪天傲，给了他一个意味不明的眼色，雪天傲莫名其妙。东方宁心淡淡一笑，摇了摇头，没有说话。

扰人的家伙都走了，神魔心情大好，看着冥俊美的脸，幸灾乐祸地开口："啧啧啧，痴情种，没想到你这老狐狸也会着人家的道。"

"死妖孽，你来干什么？"冥语气不怎么友好，却透着熟稔。

雪天傲与东方宁心明白，冥与神魔是认识的，而且交情不错。想想也是，三界的王者多少会有点交情，不过这两人的交情似乎很不一般。

神魔得意地笑了笑："我来干什么？要不是我来了，你就废了。"

"你真以为凭她那三脚猫的时间静止就能制住我？"冥的声音透着一股轻视。

就算执夙将大预言术全力用在他的身上，他也不惧。如果没有猜错，东方宁心与雪天傲一家三口似乎不受大预言术的影响。

不过，神魔来了也好，至少保住了东方宁心与雪天傲的秘密，毕竟他没办法再像上次那般对执夙出手，洗掉她的记忆。

"你就吹吧，我要不来，你堂堂东冥神王就要被一个女人给废了。哼！"神魔傲慢仰头，不再理会冥，转身朝东方宁心与雪天傲走去，"三天的期限已经到了，孩子我就带走了。"

阿彩 著

凤凰错 下

③ 诸神之战震洪荒

Fenghuang Cuo

青岛出版社
QINGDAO PUBLISHING HOUSE

第二十一章 血的耻辱要用血来清洗

小不点已经离开了半月之久，东方宁心与雪天傲一行人也沉默了半月之久，低迷的气氛让众人说不出话来。

之前没有孩子，他们也是这样在中州到处奔波，并不觉得寂寞，但现在没了软软糯糯的小雪少，没了泉水一般清澈悦耳的笑声，东方宁心感觉生命中最重要的东西丢失了。

每每看着空荡荡的怀抱，东方宁心总是怅然若失。休息时，她拿着树枝无意识地在地上画着小雪少的样子，寥寥数笔，却逼真至极。

思念最是磨人，不过短短半个月，东方宁心瘦了一大圈，原本合身的衣服穿在身上都松松垮垮的。勉强打起精神，每一天他们都刻意减少思念小雪少的时间，如此五天过去，压抑的气氛有了好转，加上无涯时不时搞笑，表面上大家和先前差不多了。

“前面就是帝国边境，洪荒外围与帝国相交的小镇是三无小镇，无名、无规，亦无人管理。过了小镇，我们就到了三大帝国的地盘，那里普通人居多。”丹远容指着小镇东边，“从那里就能进入大秦帝国。”

这个小镇处在交界地带，帝国的人、洪荒外围的人都在这里，很热闹，也很混乱。打架、抢劫随处可见，不过东方宁心一行人踏入小镇后，没有人敢打他们的主意。

他们走在人群中，路人纷纷避开，拥挤的街道显得空旷。

“哪儿来的人呀，这气势还真是让人不敢小瞧了。”

“你看他们是蓝衫剑客的打扮，应该不是帝国的。”

“不是帝国的也是去帝国的，肯定是肥羊，可惜不好宰。”

讨论声、惋惜声在耳边响起，时不时传入东方宁心与雪天傲耳中，两人只当没有听到。

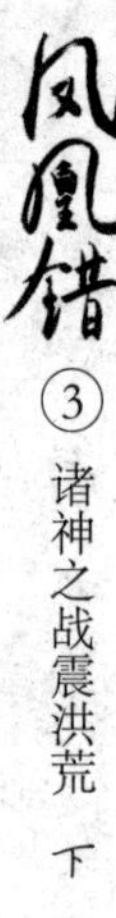

“站住。”

“抓住她，别让她跑了。”

众人闻声看去，只见一群大秦帝国士兵正在追一个瘦弱的女子，那女子全身是血，脚步凌乱，摇摇欲坠。

三无小镇人口相当密集，这个女子极其聪明，不停往人群里挤，大秦帝国的士兵眼看就要追到，又被她溜掉了，纷纷拔出手中的剑：“大秦帝国龙骑士办差，闲人避开。”

龙骑士？三无小镇的人一听，立马让路，没人再敢看热闹。

龙骑士是最厉害的军队，由帝国神者九阶的高手掌管，比如大秦帝国的龙骑士由大秦帝国神者九阶的赤皇掌管。

能进入龙骑士的，最低也是帝者高阶的水平，而他们的小头领至少是神者一阶。这么精英的队伍，别说在帝国所向披靡，就是放眼洪荒，也不是一般人敢招惹的。

女子一边跑，一边看着前面，整条大街都空了，只有东方宁心一行站在中间，冷漠地看着这一幕。

女子知道雪天傲一行绝非凡人，咬了咬牙，凌空一扑，不知是有意还是无心，居然朝雪天傲扑去。

雪天傲一个侧身，抱着东方宁心堪堪后退三步。

女子如同破布娃娃，跌倒在东方宁心与雪天傲的脚下。

无涯险些失声尖叫，雪天傲你也太小气了吧，抱一下又不会怀孕，人家小姑娘一身是伤呢。虽然如此腹诽，无涯却没有伸手将人扶起来。

东方宁心与雪天傲冷冷地站在那里，看着匍匐在脚下的女子。

女子一动不动，趴在地上抬起头，没有责怪与怨恨，只是倔强地请求：“请你们救我。”

骄傲的女人，即使求救也不带一个求字。东方宁心与雪天傲站在那里，冷冷看着，一动不动，如狼似虎的龙骑士很快就到，粗鲁地将女子抓起来。女子闭上眼睛，满是绝望之色。

“站住，谁让你们走了？”带头的龙骑士一挥手，只见他身后的士兵立马将东方宁心与雪天傲几人围了起来。

东方宁心与雪天傲慢慢转身：“你们想怎样？”

被雪天傲冰冷的语气一震，带头的龙骑士一颤，可看到四周看热闹的人，又咬牙下令：“带走！”

龙骑士的颜面，不能丢。

“是！”包围东方宁心与雪天傲的龙骑士有点发怵，却硬着头皮上前执行命令。

“就凭你们也想带走我们？”无涯不屑道。

无涯慢悠悠地取出辟邪剑，剑身缠着布，就这样指向龙骑士的领头人：“大秦帝国的人真是不长眼，今天本大爷就陪你玩玩。”

无涯的举动惹怒了龙骑士头领，当即想也不想就下令：“凭你也敢在龙骑士面前嚣张，你以为一身蓝衫拿把剑就是蓝衫剑客了？给我上！拒捕者杀！”

又一次听到蓝衫剑客之名，无涯莫名其妙地看着东方宁心与雪天傲。

二人摇了摇头，也不明白那蓝衫剑客是什么。

丹远容站在一边，实在看不下去：“当日你们护送炎兰宫宫主夫人回宫，不是一身蓝衫一把长剑吗？蓝衫剑客就是指的你！”

“我是蓝衫剑客？”无涯不敢相信地看着丹远容，他什么时候在洪荒成名了？

“哈哈哈！一群宵小还妄想学蓝衫剑客，蓝衫剑客手握神器，哪是你们这群穷酸可以假装的？动手，把这群人就地格杀。”大秦龙骑士原以为雪天傲一行人很有来头，现在看也不过是装大尾巴狼，顿时哈哈大笑起来。

被龙骑士押着的少女在听到蓝衫剑客四个字时，双眼一亮，死寂的眼眸里闪着希望之光。

如果是蓝衫剑客，她就有救了！

面对众人的嘲弄，无涯毫不在意地耸了耸肩：“是吗？那就让你们看看谁是真的。”

无涯本以为就是一群士兵，很容易对付，不想遇上难啃的骨头，手中的辟邪剑不得不完全展露出来，围观人群顿时惊呼：“天啊，这剑绝对不是凡品，蓝衫剑客，此人一定是蓝衫剑客！”

“对，对对，肯定没错，这才是正版蓝衫剑客。”夸赞声、崇拜声不绝于耳，原本打得颇为吃力的无涯一时如有神助，力气似乎大了起来，手中的辟邪剑越挥越快，众人只见青光闪烁，却看不清无涯如何出手。

无涯刚步入神者一阶，实力自是不弱，但遇到实力相当、人数又多的对手还是很吃亏，不过半炷香的时间，他就渐感不支，只不过咬牙硬撑着。

东方宁心与雪天傲深知无涯的底细，见风头出得差不多了，也不含糊，上前助无涯一臂之力。两个神者三阶的高手加入，结果还需要明说吗？

雪天傲与东方宁心甚至都没使用破天枪与凤凰琴，只几道真气就将大秦帝国的龙骑士打得四处飞散。

“咦，龙骑士这么不经打？”

“不是吧？龙骑士的攻击阵势不是号称可以与天神对抗吗？”

东方宁心与雪天傲看着倒地不起不死也半废的龙骑士，木然转身。

就在二人转身的刹那，被龙骑士追杀的女子突然爬到了无涯的脚边，伸手拉着无涯的裤脚："救我！"

少女知道蓝衫剑客的名号，除了相信蓝衫剑客外，少女还有一个筹码：她是兰若的妹妹，幽兰谷的少谷主幽若。

女子说完，便全身一松，昏死过去。

幽若猜得没错，无涯虽是冷血无情的杀手，实则比雪天傲、东方宁心热心多了。面对幽若的求救与信任，无涯实在无法拒绝。在取得雪天傲与东方宁心的同意后，他便乖乖蹲了下去，将幽若抱了起来。

带着幽若，东方宁心与雪天傲一行根本无法通过大秦帝国的关卡，这个三无小镇他们也不能久留。

幽若身上的伤很多，好在都是皮外伤，对方似乎有意折磨她。在给幽若清理伤口时，她几次全身抽搐，于是东方宁心用针替她减轻痛苦。

幽若醒来后，东方宁心与雪天傲就问她与炎兰宫有什么关系。

幽若当下没有任何隐瞒，将自己的身份和盘托出。为了取信东方宁心与雪天傲，幽若更将幽兰谷的令牌拿了出来。

幽兰谷的令牌是一枚碧绿色的玉符，上面有幽兰草的图案，东方宁心与雪天傲见过幽兰草，再加上幽若的长相，当下不疑有他。

没有解释自己为何不救人，东方宁心直接问道："你怎么会落到大秦帝国的手里？"

幽若苦笑一声，便将前因后果说了出来："前段时间，我姐姐突然回幽兰谷取幽兰草，我爹娘担心姐姐和姐夫出事，便让我出来游历，顺便探查消息。我在外面听到了姐姐和姐夫没事的消息，把消息传回幽兰谷后，便在洪荒外围游历。在外面待得差不多了，我就想在回去前去一趟炎兰谷见我姐姐，却不想在路上遇到了大秦帝国的长公主。

"对方上前攀谈，我看对方是帝国公主，她似乎又和姐姐、姐夫很熟，便不疑有他，将自己的身份告诉了她。之后，我就被抓了起来，他们逼问我幽兰谷在哪里，还有什么玄兽的事情，要我写信给姐姐和姐夫，让他们拿玄兽来换我。"

"呃。"听到幽若的话，东方宁心与雪天傲沉默了。

幽若隐约猜到了一些，笑道："你们不用担心，我没受什么罪，这些伤都是逃跑的时候自己撞的，休养两天就好了。"

东方宁心点了点头，对无涯道："无涯，好好照顾幽若姑娘。"

三无小镇的客栈里，因幽若的事情滞留边境的秦知晓听到龙骑士的汇报后，立马就知道救走幽若的人是谁了。

东方宁心、雪天傲两个人的资料被第一时间放在了她的案桌上。

“公主？”前来汇报的龙骑士见秦知晓久久不语，不安地开口。

秦知晓的心情极度复杂，她之所以敢对幽若下手，是因为她得到消息，东方宁心与雪天傲早已离开了炎兰宫。不想这世界太小了，那二人居然出现在了大秦帝国与洪荒外围交界的三无小镇。

既然如此，她就不能手软：“传本宫命令，龙骑士出动，全力诛杀东方宁心一行。”

“是！”那队长用力大喊一声，便迫不及待地跑了出去，传达秦知晓的命令。

雪天傲与东方宁心回到暂住的地方，略对众人解释，大家便明白了。幽若见此情况，深感自责，认为是自己害得东方宁心与雪天傲不得不四处逃窜。

东方宁心正想说此事与她无关，无涯却抢先一步安慰道：“与你无关，我们本来就与那秦公主有几分恩怨，更何况避开龙骑士的主力并不是因为我们打不过，只是没有必要与其硬碰硬罢了，毕竟这是大秦帝国边境，他们人多势众。”

无涯的话让幽若释怀了几分。当他们前脚离开小村庄时，龙骑士后脚就追了上来，雪天傲与东方宁心没有退缩，与龙骑士打了一场。

大秦帝国龙骑士一再挫败，气怒难当，发誓不杀雪天傲与东方宁心，誓不为人。东方宁心与雪天傲丝毫不放在心上，一路北行，朝大汉帝国边境走去。

雪天傲早就熟知洪荒外围的环境，一路上借着地域优势，东方宁心与雪天傲轻松地与龙骑士周旋，龙骑士死伤无数。

培养龙骑士并不容易，每死伤一个，对于帝国来说都是莫大的损失，大秦帝国却像是看不到损失一般，任一批又一批的龙骑士倒下。

千米之路，尽是杀戮，这是东方宁心与雪天傲踏入帝国的首战，日后世人称这一段路为龙骑士流血之路。而追杀东方宁心与雪天傲的这段时间，则是洪荒龙骑士死伤最多的一次，人们又称这一段时间为龙骑士流血月。

一路惨败，龙骑士却没有退缩，追杀东方宁心和雪天傲到了边境。

走过前面十里荒原，他们就到了大汉帝国的境内。无论大秦帝国的龙骑士多强势，都不会深入大汉帝国境内生事，挑起两国战事。

因在边境交战，秦知晓早早就知会了大汉帝国的将领，表示这只是东方宁心一行与大秦帝国龙骑士的私人恩怨，与两国无关，请大汉帝国行个方便。

边境地带本就没人管，招呼一声不过是为安全起见，大汉帝国没有理由不同意。更何况，东方宁心和雪天傲一行人与大秦龙骑士的战斗早就传遍洪荒，当众人得知东方宁心与雪天傲朝大汉帝国赶来，有人就在这里准备看戏了。

东方宁心与雪天傲坦然地站在平地上，看着将自己团团包围的龙骑士们。

一个神者五阶、三个神者三阶、五个神者二阶和一阶，一百个帝者高阶，不得不说大秦帝国实力雄厚，难怪能在三大帝国的交锋中稳占上风。

面对这样的强敌，不担心那是骗人的，但东方宁心并没有表露出来，而是问一旁看热闹的人："各位，这是什么意思？"

"天傲阁下，宁心姑娘，这是两国边境，大秦帝国的龙骑士在这里出现，我身为大汉帝国边境守将，职责所在，不得不前来，还请众位见谅。"回答东方宁心的是大汉帝国的将领，"这三百士兵是老夫的亲兵，请阁下放心，我大汉绝对不偏帮任何一方，如若阁下一行入我大汉帝国境内，我等定以上宾之礼待之。至于其他人，则是仰慕阁下几人的风采，阁下一路行来血雨腥风，众人只想见识一下几位的英雄风姿，没有别的意思。"

"我明白了。"确定这些人不会出手，东方宁心不再多言，扭头看向龙骑士，"你们呢？现在动手，一起上吗？"

"东方宁心，雪天傲，血的耻辱要用血来清洗，今日我以大秦龙骑士之名发誓，不取你们首级，誓不为人。"龙骑士首领一脸怒容，举剑指向东方宁心与雪天傲，"杀！"

"杀！"一百多个龙骑士异口同声，气势比得上三十万大军。

东方宁心与雪天傲一动也没动，一点反击和防御的意思都没有。

"他们不会是来找死吧？"

"不会是吓傻了吧，真不忍心看！"

旁观的人指指点点，一边嗑瓜子一边睁大眼睛，就像看的不是生死大战，而是戏，还是不用花钱的免费戏。

就在众人认为东方宁心与雪天傲被吓傻之际，角落里不起眼的小神龙突然跳了出来，挡在东方宁心与雪天傲面前，小小的身子瞬间高大无比。

"天啊，那个孩子也是神者。"

"这一群人到底什么来头啊，如此强悍？"

东方宁心、雪天傲和无涯毫不犹豫地冲了上去。

"这是什么意思？他们竟敢无视龙骑士的攻击？"大汉帝国那员老将摸了摸自己不存在的胡子，皱眉不解。

"啊，屠龙英雄不会就这样死了吧？"有人失望大喊，如果是这样，他们千里迢迢来看戏还真是浪费时间和金钱。

"银龙守护！"就在此时，小神龙一声厉喝，面前突然竖起一道银色真气墙，龙骑士所有的攻击都被挡在墙的另一边。

只此刹那，东方宁心与雪天傲越过银龙守护，朝龙骑士发起攻击。

“石破天惊！”雪天傲手中的破天枪脱手而出，朝龙骑士神二阶、一阶的高手击去。

“辟邪剑法！”无涯亦是不甘示弱，七七四十九剑瞬间刺出。

在防御与助攻位置上的东方宁心，一开始就将妖瞳开启，挡在雪天傲与无涯面前，无视一切真气攻击，手上的凤凰琴发出铮铮之声，被虚幻之针击中的龙骑士个个无法动弹。

龙骑士瞬间损失大半，雪天傲凝聚真气在双腿，朝地上一扫，一阵足以让人飞起来的狂风骤起。

他大喝一声：“起！”

只见那些已经死去、即将倒地的龙骑士不仅没有倒下，反而立了起来。

“这是要干什么？”有人不解，瓜子含在嘴里忘了吞下去，瞪大眼睛看着中央的战场。

雪天傲冷冷扫了一眼那些无聊的看客，朝东方宁心与无涯看去。二人会意，冲向中间，将那些死去的龙骑士踢向那些看客。

看到尸体砸来，看戏的人飞快后退，大汉帝国的马匹似乎也受了惊吓，大声嘶鸣，一时间，人叫声、马鸣声不绝于耳。

就在龙骑士的尸体即将落地时，雪天傲大呼一声“封”，龙骑士的尸体僵立在半空。众人松了口气，可也只有半秒，下一秒，他们就看到了极其恐怖的事。

东方宁心的凤凰琴再次响起，这一次虚幻之针不是射向活人，而是飞入被雪天傲冰住的死人。

随着琴响，东方宁心凭空吐出一个字：“爆！”

冰封的尸体突然炸开，一块一块，血连着肉，带着冰水砸向底下那些看客。

看热闹的人大叫一声后，一边吐着嘴里的血肉渣子，一边慌乱地撞来撞去。

东方宁心看也没看，转身就与雪天傲、无涯二人避到小神龙的银龙守护后。这一系列动作看似很花时间，但三人合作无间，每一步都精确到秒，算来也不过是一口茶的时间。

风吹来，树叶沙沙响，浓烈刺鼻的血腥味扑面而来，看热闹的人脸色越发难看。隔着一道银光，众人看不清他们脸上的表情，只隐隐看到淡然，有些人开始悄悄溜走。

东方宁心与雪天傲则不再管看热闹的人，给个教训就好，真正的敌人是面前的五阶高手和两个神者三阶。

大秦龙骑士仅剩的三个人。

“该死，怎么会这样？”大秦龙骑士的五阶高手不敢相信地看着眼前发生的一切。

此时，东方宁心与雪天傲再次出现在众人面前，如果不是衣服上不小心沾了血迹，众人都要怀疑刚刚制造杀戮的不是面前这两位了。

面对大秦龙骑士的愤怒，东方宁心闭目不言，雪天傲则不无傲气地回了一句：“承让了。”

“东方宁心，雪天傲，我们和你们拼了！”三人一脸悲愤，顾不得什么高手风度、对战礼仪，拎起长剑就朝东方宁心与雪天傲砍去。

东方宁心与雪天傲早有准备，在三个神者高手向前冲刺的一刻，突然低头，同一时刻，两道刺眼的光芒从他们身后射了出来。

居然是玄兽！大汉帝国的老将军死命揉着眼睛，生怕看错了。

两只小闪电豹飞出去后，咬住两位神者三阶龙骑士的脖子就不放。

那两位高手也不是吃素的，吃了大亏后，立刻将真气凝聚在手上，一挥手便将两只小闪电豹挥出百米之外。

两只小闪电豹在半空中哭叫，声音很是委屈，看样子受了不轻的伤。

“浑蛋！”猥琐会长与无涯脸色一变。这两只小闪电豹可是他们的宝贝，平时宠得跟什么似的，现在居然被大秦龙骑士给欺负了。

两人二话不说，也不管自己是不是人家的对手，提剑就朝那两个神者三阶的高手飞去。

小神龙比他们更快一步出手：“我去，你们去接它们，别让它们再受伤了。”

小神龙以一敌二却不落下风，再加上有太虚神甲在身，更是没有顾忌，他就不信这太虚神甲能眼睁睁看着他受伤而不管。

那一边，东方宁心与雪天傲联手对上了神者五阶的龙骑士，两人攻防默契，对方发出来的攻击有妖瞳挡着，想要近身，却又被虚幻之针给逼退。

久久拿不下东方宁心与雪天傲，神者五阶的龙骑士越打越心急，招式也随之凌乱。

反观东方宁心与雪天傲，却是不急不缓，越打越稳，气息也越发顺畅，颇有几分大师风范。

大汉帝国那位老将一直在旁边看着，双眼一眨不眨，似乎要将东方宁心与雪天傲的每一招每一式都烙在脑海里。

就在此时，一道冰冷的气息突然袭来。

银衣白发，气质如霜，冰冷无情，又是从大汉帝国的军营过来，不用多想，这人肯定是将大汉帝国兵权、政权一把抓的雪皇大人。

“住手！”雪皇如入无人之境，走到战场中央，路过东方宁心与雪天傲身边时，看了他们一眼。

“属下参见雪皇。”大汉那位以巡视边关为名、行看热闹之实的老将已经带着三百亲兵过来，整齐有序地跪了下去。

雪皇如同没有看到，冷冷吩咐一句：“回营。”说完看了一眼雪天傲，自然而然地命令道，“你们跟我一起走。”

不待东方宁心与雪天傲反对，大秦仅剩的三名龙骑士立马上前：“雪皇大人，他们与我大秦有一些恩怨，现在还没有解决。”

“滚。”雪皇没有任何表情，甚至看都没看三人一眼。

“雪皇，这事关乎我大……”大秦龙骑士还想解释，不待他说完，雪皇便打断了他：“滚！”

三名龙骑士咬着牙站在雪皇面前，一动不动。

他们在赌，赌雪皇不会不顾两国关系，执意包庇东方宁心与雪天傲一行人。毕竟，大汉帝国正内乱，雪皇肯定会有所顾忌，不然惹上了大秦，大汉帝国便是内忧外患了。

可惜三个龙骑士算错了，如果是平时，雪皇也许会顾忌一二，但现在完全没必要，因为他等到了自己的接班人。

面前的龙骑士不走，雪皇只好纡尊降贵，亲自动手了。

一身银衣，一头白发，在太阳的照射下异常夺目，而更为夺目的是他接下来的举动。

雪皇抬手，直接将三人打翻，然后一脚踩了下去。

内脏炸开的声音响起，三个龙骑士惨叫一声，没了气息。

看到雪皇简单粗暴的动作，在场所有人都不敢吭声。

第二十二章
一人便是全天下

黄沙漫天，十里荒凉。

不管是洪荒还是中州，边境都是如此，无人治理，再好的地方也会成为荒漠。

雪天傲、东方宁心一行随同雪皇踏入大汉帝国的领地，来到雪皇营帐。

在雪皇落座后，雪天傲与东方宁心落落大方地上前：“多谢雪皇救命之恩。”

“把你手中的枪拿来。”雪皇一脸冷漠，直奔主题。

雪天傲不解，但还是将破天枪呈到雪皇面前。

“果然如此。”雪皇拿着破天枪看了半晌，只说了这么一句话。

东方宁心与雪天傲听得云里雾里，见雪皇没有解惑的意思，只得主动询问：“请雪皇赐教。”

“没什么，不过是一些残忍的炼器手法罢了。”雪皇随手将破天枪丢在桌上，一脸嫌弃，“铸造这把枪的人，把用枪的高手生生投入铸造炉内，让他们与钢铁一同熔化，将他们的灵魂封印在枪内，化为长枪的奥义，让握枪之人可以跟着学习。”

东方宁心与雪天傲一怔，相视一眼，什么也没有说。

雪皇眼中闪过一抹满意：“我可以帮你把它升为神器。”

“条件？”东方宁心与雪天傲不信雪皇会无缘无故帮他们。

“一把神器，你们可以拿什么来换？”一把神器放在洪荒，足够引起三大帝国和洪荒外围几大势力的哄抢。要知道，如今三大帝国也只有大秦帝国有一把神器。

“我们并不缺神器。”如果条件太高，他们宁可不要。

雪皇眼眸一扫，看到东方宁心手中的凤凰琴、无涯手中的辟邪剑，知道雪天傲说的是真话。

“我把整个大汉帝国送给你们，再给你们一把神器，如何？”

“啊？”无涯与猥琐会长惊叫一声，这算什么条件？

东方宁心与雪天傲冷静地互看一眼，雪天傲毫不犹豫地拒绝：“多谢雪皇厚爱，雪天傲心领了。”

雪皇的冰山脸变了，怒气陡生：“你不知道长者赐不可辞吗？”

“我以为我们是在谈将破天枪升为神器的条件。”雪天傲丝毫不将雪皇的怒火放在眼里。

“这就是升级破天枪的条件，我助你们升级破天枪，你们接手大汉帝国的一切。”雪皇再次强调，声音没有一丝起伏，就好像给的是一支笔、一沓纸。

“只是这样？大汉帝国的皇室血脉呢？”雪天傲一针见血，直指核心。

雪皇似乎算准了雪天傲会如此问，脱口道：“你有两个选择，一是娶大汉帝国的三公主为妻，你登基称帝；二是辅佐大汉帝国最小的皇子，让他登基称帝。”

“为什么？”雪天傲不解，雪皇到底想要做什么？

“因为我答应了一个人，要让大汉帝国立于洪荒巅峰。”

“这和送给我有什么关系？”雪天傲看着雪皇，从雪皇眼神的转变中，隐约可以猜到那个人是个女子，或者说是雪皇的心上人。

“送给你是因为我快要死了，大汉帝国需要一个强者来带领它继续往前。我给你的选择，要么娶帝国公主，要么辅佐新君。选前者，帝国双手奉到你面前；选后者，你和大汉皇室各凭自己的本事，唯一的条件是永远不得更改帝国名号。”

“你肯定我会答应？”雪天傲道。

“你们会答应，想要在洪荒建立属于你们自己的势力，吞并帝国是最好的选择，而我奉上一个帝国的大权给你，到时候只请你们留大汉帝国一个名号，于你们有百利而无一害。”

“雪皇大人，我可以问你一个问题吗？”东方宁心缓步上前，不闪不避地看着雪皇。

“问。”雪皇从来没有忽视过东方宁心，也知道在雪天傲与东方宁心之间，真正做主的是东方宁心。

“据我所知，你是神者九阶，就算无法成神，也拥有足够长甚至比我们还长的寿命，你离死还远，何必急着将大汉帝国拱手赠人？”

雪皇没有回答，而是看着东方宁心，良久后才道：“你明白失去爱人的痛吗？”

失去爱人？东方宁心眼神一暗，想到雪天傲几次与死神擦肩而过，用力点了点头。

“那你明白失去爱人独活的孤寂吗？”雪皇又道，这一次冰冷的声音中有着无法掩饰的悲伤。

东方宁心再次用力点了点头。

一人便是全天下，失了那人，即便拥有天下又如何？

“所以，我要终结这种孤寂。”雪皇的声音带着几分沧桑，还有丝丝向往。

有人追求永生，比如梦皇。有人终结生命，比如雪皇。神者的生命太漫长了，他一个人活得太久了，累了。

梦皇以天下为己任，博爱天下，最终除了自己，一无所有，漫长的人生，她只能活在后悔中。雪皇以自我为中心，心中只有一人，为那人可以生、可以死，虽然孤寂，却有所寄托。

东方宁心紧紧握着雪天傲的手，对雪皇坚定地道：“雪皇，我们答应你，我们会辅佐大汉新帝登基，只要我们活着，大汉帝国就永存洪荒！”

与雪皇达成了协议，接下来的路就好走了。大秦帝国虽然依旧穷追不舍，但有雪皇在，大秦龙骑士不敢越雷池半步。

一时间，龙骑士威名扫地，不仅大秦的龙骑士被人鄙夷，就是大汉与大唐的龙骑士，也时常被人指指点点。

大汉帝国的龙骑士奉雪皇的命令，护送东方宁心与雪天傲一行人去大汉帝国皇都，在路上忍不住挑衅了东方宁心与雪天傲，结果却被雪天傲一招给打趴下了。大汉帝国的龙骑士虽心高气傲，面对强悍的东方宁心与雪天傲，也只得选择臣服。

一行人以最快的速度赶往皇都，处理叛乱。

大汉帝国的皇帝半年前死了，一直没有立新皇，先前由雪皇摄政，大汉帝国的人都知道雪皇属意的继承人是三公主，但在大汉女子不可以继承皇位。

雪皇大人之前的想法是找个人娶三公主，让那人登基为帝，到时候三公主生下的儿子就立为太子。此举虽仍有帝位旁落的嫌疑，但雪皇的威名和三公主的能力摆在那里，大汉皇帝无人有异议。

现在雪皇再次回来，事情却变了。雪皇以摄政王的身份发下诏书，立大汉年仅十岁的小皇子汉林为大汉新皇，其他皇室成员全去守大汉皇陵，永世不得离开皇陵半步。

此诏一下，大汉皇室人人自危，又哭又闹，反抗的都死在了龙骑士的剑下，木然接受命运安排的被送到皇陵，唯有三公主不甘心自己落到这个地步，在前往皇陵的前一天冲破龙骑士的重重防卫，抓着大汉十岁的新帝，闯到了雪皇与雪天傲暂时居住的府邸。

面对这样的情况，十岁的新帝相当冷静，任三公主的剑在他的脖子上压出一条血痕，没有一丝恐慌。

雪天傲与东方宁心站在三公主对面看着小新帝，眼里闪过一丝怜惜。大汉新帝已经十岁了，看上去还没有小神龙高，又瘦又矮，脸色惨白，暮气沉沉。

只一眼，东方宁心与雪天傲就明白，这个孩子在皇宫过得并不好，即使已经成为这个国家的主人。两人从来不是慈善家，但是有了小雪少后，他们对孩子有种莫名的怜惜。

眼前这个小新帝，他们保定了。

“三公主，放了皇上，我们可以当一切不曾发生，你继续去你的皇陵。”东方宁心眼见雪皇没有说话的意思，只好上前与三公主谈判。

她看到小皇帝的身子在颤抖，即使接受了自己死亡的命运，可依旧害怕。

“一切不曾发生？你说得可真轻松，你就是东方宁心吧？”三公主看到雪皇眼中的冷漠，心中一惊，却死咬着牙道。

到手的江山与权势全部没了，不仅如此，她的下半生还要在寒冷的皇陵度过，这让她怎么接受？

“我是。”东方宁心能明白三公主的不甘心，但这跟她有什么关系？

三公主有今天，要怪也该怪雪皇，雪皇给了她太多的希望，现在又打破了她的希望，她怎能不疯狂？

三公主恨恨地瞪着东方宁心：“东方宁心，你，还有你男人，你们两个无耻小人抢了本宫的一切，居然还好意思在这里和本宫说一切都不曾发生。不曾发生？怎么可能不曾发生？本宫即将从高高在上的公主变成守陵人，你让本宫怎么当作一切不曾发生？是你们，是你们，因为你们的出现，本宫才落到这个地步！”

三公主疯狂地大叫，扯着瘦小的新帝往前走了一步，架在他脖子上的剑又加上三分力道：“他算个什么东西？一个宫女生的孩子，一个杂种，凭什么成为新帝？凭什么？他什么都没有做，就想抢走本宫的一切？”

三公主边说边流泪，不知道要怪谁。她本来只是一个单纯的公主，是雪皇给了她希望，现在又将她的希望打破。

师父明明很疼她，她做任何事，师父都会任之宠之。可现在一切都变了，就因为东方宁心，就因为雪天傲，这两个人的出现让师父丢下大汉的一切赶赴边境，改变了决定。

师父说，一旦下了决定就不要后悔，错的也要走成对的，撞了南墙就把南墙给撞破。

她很听话，她很乖，师父说的她都记得。她要当女皇，所以任何挡她路的人都该死，该死！

三公主疯狂地看着面前的人，东方宁心该死，雪天傲该死，面前这个小皇帝也该死，挡她路的人通通该死。

看着前一刻还尊贵不凡的帝国公主成了疯女人，东方宁心与雪天傲同时在心中暗叹了一声。

别人给的东西，随时都有收回去的可能，靠别人施舍，永远不如自己争取来得安稳。东方宁心与雪天傲一直就明白，所以想要什么都自己去争取。

“放了皇上，你没有选择了。”东方宁心好心劝了一句，如果不是小皇帝在三公主手上，东方宁心根本不会客气。

三公主笑得扭曲：“放了他？本宫为什么要放了他？他算什么东西！还有你们，东方宁心，你别当自己是救世主，今天你们所有人都别想走，我要你们为我陪葬！”说完哈哈大笑起来，指了指房子的四周，“你们没有闻到什么味道吗？”

火油？东方宁心与雪天傲脸色一变，刚刚还是树叶的味道，现在却传来刺鼻的火油味。

龙骑士的脸色更加难看，今天是他们最为耻辱的一夜，不仅没有守住三公主，居然还让三公主运了火油，将雪皇的地方给围了起来。

不待雪皇与雪天傲下令，龙骑士立马就往外走，却被三公主制止了：“晚了！本宫很清楚师父的本事，也了解龙骑士的本事，你们以为本宫会做没有把握的事吗？”

“三公主，说吧，你想怎样？”东方宁心一脸平静，不见一丝惧色。

火油？有丹远容在，他们会怕火？丹远容可是玩火的祖宗。

“本宫想怎样？本宫想要的很简单，现在给你们一个机会选择，要么师父改诏书立本宫为大汉的女皇，要么你们通通陪本宫死在这里。”三公主傲气十足，微扬的下巴显示出她此时处在上风的优势，只不过慌乱的眼神泄露了她的不安与害怕。

一直不曾开口的雪皇终于说话了，冰冷的语调如同死神：“你在威胁我？”

只一句话就让三公主颤抖起来，拿剑的手也不稳，小皇帝痛得直皱眉，看得东方宁心万分不忍。

“师父，徒儿不敢，师父一向疼爱徒儿，为什么这一次要帮着外人欺负徒儿？”三公主红着眼睛，泪如雨下，好像被全世界抛弃了一般。

雪皇对三公主的最后一点疼惜也因为三公主疯狂的举动而毁了，他冰冷地扫视着三公主道：“把人放了，不要挑衅本皇的耐心。”

这一次，雪皇连师父这个身份都不承认。

三公主大受打击，连连后退，双眼里满是控诉与不甘。

东方宁心与雪天傲全身绷紧，知道三公主最后的一丝理智也因为雪皇的话而崩溃了。

“你们逼我的，是你们逼我的！”三公主歇斯底里地大喊，“动手！”

霎时间，无数银线从天而降，交织成网，将偌大的府邸笼罩起来。

这张巨网三公主应该准备了很久，不然也不会这么巧，正好将雪皇整个府邸给包住。

“本宫很聪明吧？这巨网本宫准备了十年，十年。本宫就知道师父你偏心，肯定不会让我当女皇，所以本宫早早就准备好了送你上路的东西。师父你放心，这一次徒儿也陪着你，徒儿得不到的东西，任何人都别想得到。”三公主狰狞的脸上尽是疯狂的笑。

雪皇却在听到三公主的话时，微不可察地动了下身子，冰冷无情的眼中闪过一丝黯然。

“放火油，快！”三公主根本不给雪皇说话的机会，对着长空就是一声大喊。

噌的一下，漫天大火从府邸四周开始烧起，火苗在第一时间蹿向天空。

龙骑士个个睁大眼睛，无力阻止这一幕的发生。

滔天大火引来了皇都人的注意，留在皇都的御林军和龙骑士第一时间赶了过来，可还是晚了，火势大到无法控制，甚至将雪皇的内院也烧了起来。不知为何，却没有烧到东方宁心与雪天傲等人。

这火似乎会挑人。不过，此时众人都慌了，没人注意到这个小小的问题。

火光映照下，三公主扭曲可怖地仰天大笑：“师父，你教弟子的，弟子一样没有忘。你看，本宫做到了，本宫撞了南墙也不回头，要把南墙撞破。你死了，大汉帝国就再也不用受人控制，它可以真正回到皇室手中，皇室不再是你手中的傀儡。”

雪皇什么也没有说，只是嘲弄地看着三公主。

不得不说，三公主准备充足，可低估了神者九阶高手的实力。雪皇根本没将漫天的大火放在眼里，他冷冷地看着三公主：“把皇上放了。”

三公主笑了一声：“师父，我们都要死了，他也别想活。他不是要抢本宫的皇位吗？本宫就亲手杀了他，让他明白，不是什么人的东西都可以抢。”

说完，三公主举剑刺向小皇帝，这样的距离加上三公主的防备，就是雪皇想要救人恐怕也不可能，龙骑士站在一旁着急不已，小皇帝也闭上了眼睛，忍着害怕，等待死亡。

就在此时，一道紫光射向三公主，三公主举剑的动作一缓。

东方宁心清冷的声音响起：“听我的命令，放下你手中的剑。”

“哐当！”三公主略一挣扎，手中的剑终是松掉了。

众人不敢相信地看着这一幕，死命擦着眼睛。他们知道东方宁心实力不凡，却不曾想到她竟然这么神奇，居然能命令狂乱的三公主。

在三公主的剑掉下来的那一刻，东方宁心飞快上前，一掌击在三公主的左心口处。三公主如同断线的风筝般飞跌出去，堪堪落在刚刚升起的火苗上。

“啊！”三公主惨叫一声，火苗瞬间将她吞噬。火势太大，众人看不清三公主的脸，却听到了她撕心裂肺的惨叫声和万分不甘的咒骂声：“师父，我恨你，我恨你，都是你把我害成这样的！还有东方宁心、雪天傲，你们两个小人，本宫不会放过你们，哪怕化作厉鬼，本宫也不会放过你们！”

后面还有什么，众人已无心去听了。东方宁心将三公主拍飞后，将摇摇欲坠的小皇帝抱在怀里，一个旋身朝上，对着无涯大喊：“无涯，动手！”

“来了。”站在东方宁心与雪天傲身后，端着一张无害脸不言不语的无涯，陡然拔出辟邪剑，凌空向上。

刺啦一声响，号称世上最为坚韧的天蚕丝网瞬间破出一个大口子。

“走。”没有任何停留，东方宁心与雪天傲一行人率先飞身而出。

火光中的龙骑士呆滞地看着这一幕，直到他们被大火烤得浑身滚烫，才反应过来，跟着飞了出去。

被东方宁心抱在怀中的小皇帝埋在东方宁心身上，闷闷地问：“为什么救我？”

东方宁心身形一滞，听到小皇帝的问话，险些从半空栽下去，好在雪天傲上前扶了她一把：“怎么了？”

“我没事。”东方宁心轻轻摇头，低头看着怀中瑟瑟发抖的孩子，心中微酸。

没有父母保护的孩子就是这样吗？即使有着高贵的身份，也活得战战兢兢？

她的儿子没有父母在身边，也会这样吗？活得小心翼翼，时刻看人脸色。

她没有能力保护自己的孩子，就想尽力护这个孩子一程。

“听着，在你成年之前，我们会保护你。在你成年之后，如果需要，我们也会保护你，我们对你的江山和帝位没有兴趣。如果你相信我们，就把性命交给我们，同时也给予我们同等的信任。”

“真的吗？”好半晌，怀中的孩子才怯怯开口，黑白分明的大眼里满是惊喜。

“真的。只要你信任我们，我们就给你同等的信任。”东方宁心没有任何迟疑。

小皇帝没有立刻回答，而是愣愣地看着东方宁心。火光下，东方宁心清冷的容颜印在小皇帝的眼里、心上，他的世界里似乎只有东方宁心，这个温柔高贵的女人。

她救了他，又在他不知所措时许下承诺保护他。他可以相信吗？可以期待吗？一个一出生就只有自己的人，可以相信这世间还有人愿意保护他吗？

小皇帝扑倒在东方宁心的怀里，语气哽咽道：“我相信你！只相信你一个！”

这一刻，他终于不再害怕，不再惶恐，似乎已经找到了今生最大的依靠，找到了活下去的动力。

雪天傲没有多说什么，带着东方宁心与小皇帝在安全的地方落下。

那场大火后，以三公主为首的旧势力在第一时间被血洗。

整整三天，帝国处在血雨腥风之中，每天都有上千人死在龙骑士的剑下，而东方宁心与雪天傲还不断下令杀杀杀。三天后，大汉帝国恢复了平静，再无人敢质疑。

雪皇没有参与，只冷眼旁观，直到帝国大权完全落到东方宁心与雪天傲的手上，才满意地点了点头。

他信守承诺，以毕生的真气修为和自己的契约玄兽为代价，将破天枪升为神器，虽说无法与洪荒十大神器相比，但是破天枪中有奥义存在，威力比之普通神器强出数倍。

没有人知道散尽毕生修为的雪皇最后变成了什么样子，他没有向任何人告别，留下已经是神器的破天枪后，自己一人走了。

东方宁心与雪天傲叹息一声，并没有去寻，他们知道雪皇不需要他们寻找。

数个月后，他们收到一个消息：有一个白发苍苍的老人爬上了大汉帝国最高的清韵山，并且再也没有下来。

对了，雪皇心爱的女人就是大汉帝国曾经的公主，名为清韵。

雪皇走后，东方宁心与雪天傲开始忙于整顿大汉帝国的军队。接手大汉帝国的军权后，东方宁心与雪天傲才明白，为什么龙骑士那么傲气。

在洪荒，还真找不出比龙骑士更强的军队。当然，不是龙骑士足够强，而是其他的军队太弱，完全没有战斗力。

为了提升大汉帝国的国力，雪天傲不得不花心思训练大汉士兵，而在此过程中，雪天傲发现了一群特殊人。他们被大汉帝国称为战鬼，是一群被圈养的战争狂人，也是唯一能入雪天傲眼的士兵。

战鬼一上战场便没有自我，只会狂乱厮杀，有极其强大的战斗力。每一次上战场，大汉帝国便让战鬼打头阵。

这样的一群人，用自己的生命为大汉帝国立下汗马功劳，却不被帝国承认。

当东方宁心与雪天傲一行人来到这群战鬼被圈养的地方时，竟也忍不住叹息。

“天傲，宁心，帮帮他们吧。”无涯、小神龙与猥琐会长眼眶泛红，丹远容更是不忍地别过眼去，幽若脸颊滑落成串的泪珠。

战鬼一族，不论男女老少，全被关在一间偌大的监牢里。此处常年不见阳光，散发着浓重的腐臭味。监牢地上铺着一些稻草，也不知多久没有换了，看不清原本的颜色。

战鬼一族冷漠地缩在监牢里，一千名男女老少混在一起，身上的衣服破烂得无法遮掩身体，脸上是麻木的神情。

听到脚步声，他们冷漠地抬眼，然后约有一百人站了起来，走上前，一副生死与自己无关的样子。

东方宁心与雪天傲这才发现，战鬼一族异常高大，至少两米以上，明显营养不良，一身肌肉却充满了力量。

东方宁心与雪天傲什么都没有说，继续朝监牢深处走去。看着黑臭的脏水和散发着馊味的食物，两人越发沉默。

他们上前时，还有几个小孩子正在小心翼翼、一脸满足地抢着吃。暗处则有几个老人正努力咽口水，看他们干瘪的样子，应是很久没吃东西了。

“不要吃，不要吃。”幽若连忙上前，将孩子手中的馊食抢了过来。

东西被抢，战鬼一族的小孩子眼中含泪，渴望地看着幽若，想吃又不敢上前。

此时，有几个妇人上前，一脸惶恐地跪在幽若面前：“小姐，求求你，求求你，把食物给我的孩子吧，他们已经很久没有吃饱了。好不容易轮到他们吃东西，求求你了，求求你了，你让我们做什么都可以。”

大汉帝国有不少权贵，经常来这里挑战鬼带回去折磨他们，具体如何只有这些权贵知道。在大汉帝国，战鬼一族的待遇比牲口还不如，是以看到东方宁心一行进来，他们只当又是贵族来挑人了。

“这些东西坏了，不能吃，会生病的。”女人卑微的请求让幽若心口揪痛。手中的食物已看不出本来的样子，别说人，就是狗也不会吃，这些孩子却吃得那么香甜。

女人一听，双眼闪着亮光，连忙磕头：“小姐，把食物给我们。你们放心，我们不会生病，打仗时我们一定可以上场的。”

幽若哇的一声就哭了出来，将手中的食物一丢，转身扑到东方宁心怀里：“宁心姐姐，求求你，帮帮他们，帮帮他们，他们实在太可怜了。”

女人伸手一点一点将地上的食物抓在手心，然后小心地喂给牢里的孩子吃。

她的手上满是伤痕，有几处已经腐烂，而牢里其他人也好不到哪里去。

东方宁心拍了拍幽若的手背：“好了，别哭了。”说完，便对着看守战鬼一族的守卫道，“开门！”

“大人，他们很危险。”守卫心有不安，小心翼翼地开口。

“我说开门。”东方宁心加大声音，吓得守卫全身一抖，身子一软，瘫在了地上。

此时，战鬼一族才发现这一次似乎不同以往，看着东方宁心与雪天傲时，眼神也带着害怕与小心翼翼。

明明这般强壮，却时刻流露出不安，这样的落差让人心痛；明明是男子汉大丈夫，却无法保护妻儿老小，这样的耻辱让人心酸。

无涯实在看不下去，用力踹了一脚地上的守卫，抢过钥匙自己上前开门。

这一举动惊得牢里的战鬼顿时哆嗦，他们一脸绝望，不论男女老少，齐齐朝东方宁心与雪天傲跪了下去："大人，求求你们，放过我们的孩子吧，我们会听话的，会乖乖去打战，求求你们，放过我们的孩子吧！"

卑微的哀求让人有落泪的冲动。东方宁心与雪天傲不知道这些战鬼还遇到了什么，也不想问，怕问出来心会痛。

东方宁心深吸了口气，掷地有声地道："我不会伤害你们的孩子。从今天起，你们不再是犯人，你们是大汉帝国的军人，可以吃饱，可以穿暖。我发誓，只要你们不背叛，我东方宁心护你们一世！"

无论以前的战鬼在大汉得到的是什么待遇，从这一刻起，他们都会摆脱牲口一般的命运，拥有平常人该有的生活。

"大人，你说的是真的？"战鬼一族颤抖地看着东方宁心与雪天傲，得到他们的肯定，一千人齐齐跪在地上泣不成声，用行动对二人表示感激。

战鬼一族被压迫了太久，很容易满足，他们要的从来就不多，一口饱饭就够。从最初的数十万人到现在的一千人，真正能上战场的只有两百人，其余的不是妇孺就是残疾。

有很多人只是受了很小的伤，却因为是战鬼，得不到及时治疗与照顾，导致伤势加重，毁了一生。

现在，东方宁心与雪天傲给了他们自我与另一种生活，这些单纯的人便视东方宁心与雪天傲为神明，誓死效忠。

战鬼一族的恢复力极强，经过两天两夜的好吃好喝，看上去已经不比一般士兵差，行走间虎虎生威，颇有几分猛将之风。如果没有见血失控的缺点，他们绝对会成为洪荒的王者。

雪天傲与东方宁心来到战鬼暂居的村落，受到战鬼一族的隆重接待，他们小心翼翼地站在二人面前，眼中充满感激与尊敬。

雪天傲与东方宁心挑明来意，要从战鬼一族挑选战士，但不是为上前线，而是作为他二人的私兵，或者说亲兵。

"我们不为难你们，所以不愿意也没有关系。你们依旧可以在这里生活，我保证在帝国你们会得到公平的对待。"她不想挟恩以报，这样得到的不会是真正的忠诚。

"真的吗？即使不上战场也会有饭吃，有衣穿？"有孩子不安地问，他们在害怕，害怕再回到天牢去。

"当然，我们说过的话不会改变。"东方宁心肯定地承诺。

"当你的亲兵会死吗？"一个高壮的男子颤抖着站了出来，期许地看着东方宁心与雪天傲。

"会，我不能保证你们一定会活下来，但是作为我们的亲兵，我会尽力让你们活着回来。”东方宁心没有任何隐瞒。

“可是，我们在战场上一看到血就会、会……”男人一脸害怕，很明白自己的弱点，一旦上战场就六亲不认，连自己的族人也会杀。

东方宁心毫不在意地扬了扬手：“这一点我能帮你们克服。”

说完她随地而坐，取下背后的凤凰琴，放在双膝上。

“现在，你们看那边是什么？”东方宁心所指之处一片血红。

“啊——”只一眼，战鬼一族便狂乱大喊，刚刚还清明朴实的双眸瞬间狂乱暴躁，带着嗜血与狂暴。

琴音响起，不急不缓，带着抚慰人心的力量，一曲《清心咒》倾泻而出。

狂乱的战鬼一族立刻平静下来，甚至来不及将拳头砸向自己的族人。

“怎么会？我们不用再受上天的诅咒了吗？”战鬼一族不敢相信地看着自己的双手，他们第一次在见到鲜血后依然可以控制自己，这怎么可能？

恢复理智的战鬼，又哭又笑地看着同伴，虔诚地跪在东方宁心与雪天傲的脚下。

雪天傲一脸淡漠，下令士兵将血迹遮住，东方宁心也收起了琴：“我只能暂时控制。”

东方宁心清冷的声音响彻云霄，传到每一个战鬼的耳朵里。

“只能暂时控制吗？”战鬼一族失望大喊，刚才的喜悦荡然无存，可是很快就恢复过来，脸上扬着满足的笑容，“能暂时控制也是好的，这样我们就满足了，总算能有一刻像一个正常人了。”

战鬼一族真的很容易满足，哪怕只是这么微不足道的利益。

“我想成为你们的亲兵！”刚刚询问东方宁心自己会不会死的那个男人突然大喊一句。

他相信面前这对男女，虽然冷冰冰的，不好相处，但他们没有骗人，更把他们战鬼一族当人看。

“好，站出来。”雪天傲的声音不大，却自有浩然正气。

“我、我也想成为你们的亲兵，誓死效忠。”

“我，还有我。”

“我们只会打仗，我们相信你。”

战鬼一族一千人齐齐向前，看向东方宁心与雪天傲的眼里满是信任。

“老人后退三步，妇人后退三步，未满二十岁的后退三步，受过伤的后退三步。”

不知是被大汉帝国奴化得过于严重，还是对雪天傲的命令言听计从，雪天傲话落，战鬼一族没有任何犹豫，等到命令下完，站在他二人面前的只有两百人。

“你们跟我走，从今天起，你们就是我雪天傲与东方宁心的亲卫队，只能听命于我二人，明白吗？”

“明白！”异口同声，气势惊人，两百人的喊声响彻半个皇都。

没有人知道，就是这么一支队伍，日后让龙岛凤岛闻之变色，让光明神殿与黑暗神殿头痛不已。

东方宁心与雪天傲眼里闪过一抹满意之色。从今往后，这支两百人的队伍会完全效忠于他们。

也就在这一天，东方宁心与雪天傲的个人亲卫队正式成立，东方宁心与雪天傲将其命名为蓝色闪电。

蓝色是无涯提议的，因他自称蓝色闪电队长，在洪荒亦是人人敬畏的蓝衫剑客。

对于蓝色闪电，东方宁心与雪天傲倾注了大量的心血，那些蓝色铠甲所需的材料都是帝国稀缺的，雪天傲与东方宁心把帝国掏了个空，才勉强打出两百套，所有材料经过炼药大师丹远容亲手炼制，经得起天火焚烧。

第二十三章 一座城十万魂

作为帝国真正的掌权者，雪天傲与东方宁心在大汉受到的待遇不是一般的高，他们的亲兵所受到的关注也不是一般的高。

不过，东方宁心与雪天傲为人低调，他们的亲兵从挑选到训练已经一个月了，整个大汉却没有一个人知道他二人的亲兵是什么来路。

当然，战鬼一族被放出来的事，在大汉没有掀起轩然风波。知情人都被雪天傲与东方宁心留在了战鬼一族生活的村子里。

大汉与战鬼一族的恩怨不是三言两语能说得清的，东方宁心与雪天傲虽帮了战鬼一族，但并不表示他们会为了战鬼与整个大汉帝国为敌。

经过一个月的秘密训练，蓝色闪电第一次出现在大汉帝都就引起了大汉上下的强烈反对。

战鬼是什么人？在大汉帝国眼中，他们不是人，连牲口都不如，战鬼一族绝对不可以成为雪天傲与东方宁心的亲兵。

依东方宁心与雪天傲在大汉帝国的地位，他们的亲兵也比一般将领的地位高。大汉帝国文武百官无法忍受战鬼一族踩在他们头上。

尤其看到倾尽大汉全国财富打造的铠甲与武器被战鬼穿在身上，满朝大臣气得吐血，死活都不同意蓝色闪电进驻皇都，因为他们不配。

可雪天傲跟东方宁心是什么人？

一个月前，或许他们在大汉帝国什么也不是，可现在他们才是大汉帝国的实际掌权人，无视满朝大臣的反对，雪天傲带着蓝色闪电步入皇都。东方宁心在他们的眼中，看到了誓死的忠诚。

东方宁心和雪天傲知道大汉帝国对战鬼一族的抵制，不然也不会秘密训练，不透露半点风声，他们早就做好了与满朝大臣长期抗战的准备。

“姑姑，弹劾的奏折越来越多了，再这样下去，帝国人心不稳，恐怕会出大事。”小皇帝亲昵地趴在东方宁心的脚边，看着东方宁心认真批阅奏折，一脸满足。经过一个月的调养，加上有东方宁心与雪天傲撑腰，他已是大汉名副其实的皇帝。

“我没想到帝国这么排斥战鬼一族。”不仅是文武大臣，就是皇都的普通百姓也不能接受。

小皇帝长叹了口气：“姑姑，你们训练战鬼士兵这么久，应该很清楚他们的杀伤力，他们见血就疯狂，曾经三天三夜屠杀大汉帝国十万士兵和数以亿计的百姓，帝国不会接受他们的。”

东方宁心不言不语，这事她曾听说过。甚至，雪皇倾心的那位清韵公主，就是死在战鬼一族的手上。

“姑姑，现在我们该怎么办？”

“天傲，宁心，我们现在能做的就是避其锋芒。帝国对战鬼的憎恨已经根深蒂固，把战鬼留在这里只会让他们更加愤怒，即使我们让大汉人看到这两百名战鬼经过训练，见到血也不会失控，可这样并不会减弱他们的恐惧。”无涯说出自己的意见。他现在是蓝色闪电的队长，有责任保护自己的属下。

“我们在大汉停留的时间太长了。”雪天傲变相认可了无涯的提议。

大汉帝国早已被拿下，如果不是因为战鬼，一个月前他们就会对大秦帝国发兵。

东方宁心拿出洪荒的地图铺开，指着大秦帝国的位置：“既然如此，我们就开始对蓝色闪电进行新一轮的训练。”当初被大秦龙骑士追得满山跑的仇，现在该讨回来了。

“宁心，你有什么计划？”无涯双眸贼亮，他一听到有热闹就想往前凑。

东方宁心冷冷一笑，眼中有几分冷冽，在场的人心中一寒。

“国库不是空了吗？既然是蓝色闪电把国库花光的，就由他们补足好了。无涯，明天此时我要看到蓝色闪电出现在大秦帝国境内。”

“宁心，你是要——”无涯一脸激动，他无比怀念当初在中州与东方宁心入室抢宝贝的日子。

东方宁心点了点头：“无涯，把大秦帝国六十个大城的粮食给我烧了，珠宝、金银和稀有物资给我运回大汉。”

打仗打的是什么？人和钱，想要建立洪荒最大的政权，这两样一样都不能少。

“好！这个办法好，既可以让蓝色闪电积累经验，又可以一扬蓝色闪电的威名。”猥琐会长狠狠一拍无涯，一副我看好你的样子。

“既然如此，那就分头行动，我、雪天傲和无涯三人率领蓝色闪电前往大秦帝国。会长，你和丹远容留在大汉帝国，做我们的后援。”东方宁心看雪天傲没有任何

异议，径自安排。

丹远容和猥琐会长虽然也想去前线，但他们很清楚，大汉帝国不能没有人镇守，他们得为东方宁心和雪天傲守好后方。

方案定下，东方宁心、雪天傲和无涯当天就带着蓝色闪电赶赴大秦帝国。一入大秦帝国境内，蓝色闪电便化为闪电，开启新的征程。

黑夜中，一道蓝光划破天空，飞入大秦帝国的城池。半刻钟后，城内贵族一片哀号，苦苦请求：“不要，不要抢走我们的东西！”

“那是我的，你们这群强盗！”

无涯无视之，冷冰冰地道：“反抗者杀无赦。”

蓝色闪电出手利落，所向披靡。半刻钟后，两百人背负着搜刮来的财富没于黑暗之中，按原路撤退。

半盏茶的工夫后，蓝光出现在城墙外，紧接着身后就燃起了冲天的大火。

“一刻钟，没有一点进步。”两百人齐刷刷地站在东方宁心与雪天傲面前，雪天傲只抛下一句冰冷的话。

“请主人责罚。”蓝色闪电以无涯为首跪了下来。

“负重五千公里。”雪天傲丢下这句话后，就与东方宁心朝下一站前行。

“是！”

就在蓝色闪电两百人接受惩罚时，城内已是兵荒马乱。

“快，蓝色闪电朝西北方向撤离了，飞鸽传信陛下，他们的下一个目标极有可能是帝溪城。”

“立刻盘查损失。”

“粮草全部被毁，城中贵族被洗劫一空。”

“城主府邸被挖地三尺，所藏财宝被洗劫一空。”

蓝色闪电不负其闪电之名，短短半个月就洗劫了大秦帝国三十五座城池，速度之快令人咋舌。他们神出鬼没，上半夜可能在甲城，凌晨时分就到了丁城，如果闲，路过丙城也不介意进去捞一把。在蓝色闪电眼中，大秦帝国的城池就是他们的后花园，无论白天黑夜，只要他们想，就可以瞬间冲入城中，在城池守卫还没有发现时，将城中贵族和世家洗劫一空。

蓝色闪电很有格调，只对大秦帝国的贵族与官员出手，洗劫贵族的财富，烧毁城内的官粮，对反抗者格杀勿论，下手快狠毒。有几个城池守卫曾“有幸”与蓝色闪电交手，很长一段时间内只会说一句：野兽，野兽，那是野兽的打法。

最让大秦士兵嫉妒的就是蓝色闪电身上的铠甲全用稀有材质打造而成，刀枪不入。一支两百人的军队，装备精良到让人眼红，明明是大汉士兵，出入大秦的城池却如入无人之境。

大秦帝国反应迅速，被雪天傲与东方宁心抢了五座城池后，加强了全城戒备，可无论多么强大的防御，都挡不住蓝色闪电的脚步。

他们该抢的抢、该杀的杀，高手由雪天傲与东方宁心拖住，一路下来，配合默契，抢得财富无数。

当大汉帝国的大臣看到蓝色闪电运回来的战利品后，震惊到说不出话来，战鬼在战场上居然不受鲜血影响了？

不对，战鬼居然这么强？

他们不知，蓝色闪电转移到大汉的财富不过是小部分，真正的大头早就被无涯给秘密转移了。

历经战鬼一事，东方宁心与雪天傲很明白，他们可以利用大汉帝国，但是想让大汉帝国忠于他们、为他们所用是不可能的。为了避免战鬼一事再次发生，有些东西必须掌握在自己手里，比如财富。

东方宁心与雪天傲打劫大秦帝国的第十八天，蓝色闪电在大白天便闯入了第四十二座城池。

“今天不要让我失望。”雪天傲指着大秦帝国的敏城，严肃下令。

蓝色闪电的举动引起大秦帝国滔天的怒火，秦知晓这个长公主当仁不让接手了追捕他们的任务。可惜，无论这位公主安排多少天罗地网、布下多少人手陷阱，他们连蓝色闪电的衣角也没有碰到。

“是。”以无涯为首，两百个士兵没有任何迟疑地领命。

在无涯的带领下，两百人以闪电之姿朝敏城飞奔而去，遇到敌人直接动手，一剑一个，从不手软，一招致命，他们的武技没有任何花哨，只为在最短时间内杀死对方。

“快，是蓝色闪电，是蓝色闪电！”如同以往，蓝色闪电所到之处，普通百姓乖乖让道，世家贵族则闭门摆阵。

但今天十分异常，蓝色闪电闯入敏城后，百姓虽紧张，却少了一丝慌张，无涯心道不好，立刻下令让蓝色闪电停下来。

唰的一声，两百人同时停下脚步，以无涯为首，整齐列队，脸上没有表情，眼中除了冰冷，再无其他。

“秦公主，出来吧！”无涯平静地对着半空大喊，笃定的语气，从容的态度，显然是不把对手放在眼里。

“唰！”钢刀声起，刚刚还佯装百姓的士兵抽出兵器，将无涯与蓝色闪电围了起来，街道尽头，秦知晓一身戎装，策马前来，一双美目里尽是杀气。

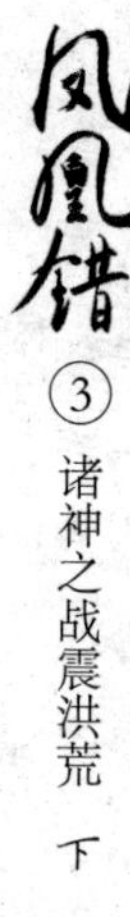

“你怎么知道这里有埋伏？”秦知晓上前，隐在暗处的士兵通通出来了。

“你这么笨，我们想要装作不知道都不行，等了三四个城池，你终于在敏城布下陷阱了，真是不容易。”无视里三层外三层的包围，无涯一脸傲慢地道。

秦知晓脸色一变：“你什么意思？”

无涯嘲讽一笑：“秦公主，你怎么越来越笨了，很明显我们是在这里等你，不然，你以为凭你设下的陷阱，我们会上当？秦公主，我们是蓝色闪电，是洪荒最强的军队。”

“蓝色闪电？不过是一群牲口组成的部队，有什么值得骄傲的。”就是这群比牲口还不如的东西，搅得她大秦帝国大乱，贵族死伤无数，财富损失更是数以亿计。

蓝色闪电两百人面无表情，无涯嚣张大笑：“比牲口还不如吗？今日就让秦公主见识一下，入不了秦公主眼的蓝色闪电怎么血洗你的敏城。”

“就凭你们？一群只会用蛮力的家伙。”秦知晓丝毫不将蓝色闪电放在眼里，她在这里没有看到东方宁心与雪天傲，很是满意，她的人应该将东方宁心与雪天傲缠住了。

据闻蓝色闪电向来由无涯指挥，不过秦知晓从来不认为无涯是她的对手。

“秦公主，你找谁？是在找城墙上埋伏的弓箭手，还是天傲和宁心？”无涯指了指城墙，示意秦知晓朝城墙上看去。

不知何时，东方宁心与雪天傲二人已经立在城墙之上，一白衣一朱红。东方宁心坐在城墙上抚琴，一向以冷酷铁血示人的雪天傲则站在她身边，手持白玉笛，姿态潇洒，睥睨天下。

“你们怎么会在这里？”秦知晓的声音里隐含惧意。她明明派了神者五阶高手去寻找东方宁心与雪天傲的下落，就算不能杀了他们，也能拖住才是。

东方宁心轻拨琴弦，看也不看秦知晓一眼：“一夜之间清空整座敏城，在这里设下天罗地网等我们夫妇前来，我二人又怎会让公主失望。”

“你们早就知道敏城里全是我的人？”既然知道这座城里已经没有普通百姓，为何还要闯进来？

“公主下次小心一点，我们会努力装作不知道的。”雪天傲轻描淡写道。

“你！”秦知晓气得一个踉跄，险些吐出血来，这对夫妻行事说话实在气人。

“好了，秦公主，开始吧。我们还赶着去下一座城池，洗劫大秦帝国六十个城池的任务还没完成。”雪天傲扬了扬手，示意秦公主可以开始战斗了。

“东方宁心，雪天傲，你们欺人太甚！”秦知晓指着东方宁心与雪天傲，手指忍不住颤抖。

就凭这两百人，居然敢在她的十万大军面前叫嚣，当她大秦帝国没人了吗？

“实在抱歉，我们正缺一个训练的机会，秦公主急着自动送上门来，我们实在舍不得错过。”东方宁心一直在调试琴音，今天她要和雪天傲一起，第一次在世人面前展现用声音控制战鬼一族的实力，而这也是他们在大秦帝国境内的最后一战。

至于他们所说的洗劫大秦帝国六十座城池，不过是唬秦公主罢了。

送上门？

如果不是做不到，秦知晓还真想把东方宁心给撕碎。明明东方宁心才是落入陷阱被包围的那个，以为虚张声势，她秦知晓就会上当吗？

她不是大汉帝国那个单纯无用的三公主，大秦帝国花了那么大的代价救她出来，又助她挟持大汉小皇帝，结果被火焚身的居然是她自己，简直蠢到了极点！

秦知晓调整好心态，现在的情况是她强东方宁心弱，东方宁心与雪天傲淡定自若的样子不过是装装罢了。

一定是这样的！

想到这里，秦知晓信心大增。她就不信一千龙骑士、十万精兵还拿不下这两百人和东方宁心与雪天傲。

“弓箭手准备！”秦知晓自信十足地下令。

城墙上，数万名弓箭手露出身形，箭尖要么对着城墙下的蓝色闪电，要么对着东方宁心与雪天傲。

“无涯，给你们半个时辰，超过这个时间，你们就留在这敏城陪秦公主好了。”雪天傲无视冰冷的箭镞，对无涯下令。

“是。”无涯领命，没有一丝不安。

“动手。”不待秦知晓下令，无涯率先攻击，蓝色闪电两百人整齐如一，手中的剑已改为刀，杀气腾腾。

一招一式绝不拖沓，扑面而来的是腥风血雨的杀气，蓝色闪电不愧是从死人堆里摸爬滚打出来的。

秦知晓看着身边被蓝色闪电放倒的士兵，脸色难看至极。这是什么狗屁军队，没有战法，没有章法，只会最简单最直接的屠杀，而且战鬼为什么不受鲜血的刺激？

秦知晓一脸凝重，朝着城墙上的弓箭手比了一个进攻的手势：“弓箭手上。”

嗖，嗖，漫天箭雨朝蓝色闪电飞射而来，蓝色闪电却不放在眼里。利箭划破虚空，射在两百个战鬼身上，却咄的一下弹了出去，箭镞在战鬼的铠甲上连痕迹也没有留下。

“不错，不错，倾大秦帝国四十二座城池的财富打造的铠甲果然不是凡物。”和秦知晓一样处在战圈外的无涯凉凉道。

秦知晓气得牙痒痒：“龙骑士上！”

就在此时，琴音突然响起，笛音也响起。

"战鬼狂化！"清冷的声音在厮杀中异常响亮。

只见本就如同野兽的蓝色闪电，在琴音与笛音响起的一刻，双眼通红，铠甲下面青筋凸现。

这是东方宁心与雪天傲无意中发现的战鬼天赋。利用琴音，可以促使其狂化，大大提升实力。两百个战鬼化为战斗狂人，手上的刀挥得更有力道，没有任何理智地冲向人群。

狂化后的战鬼根本不是人，或者说超过了人的极限，真气在他们身上没有任何作用，刀剑砍不破他们的铠甲，偶尔神者五阶高手以真气御剑伤了狂化的战鬼，只会引来他们更疯狂的反扑。

秦知晓看到狂化后的战鬼，试着将他们引到自己的同伴面前，让他们互相厮杀，可惜失败了。狂化后的战鬼拥有理智，知道哪个是敌、哪个非敌，鼻息一动，手上的剑就朝敌人砍去。

什么龙骑士、什么十万精兵，在真气还没有发出来之前，狂化后的战鬼就先一刀劈开了对方。

琴音柔，笛音清，一高一低，是这片杀戮中唯一的清净。

"弓箭手射杀东方宁心与雪天傲，阻止他们发出声音！"秦知晓不是笨人，一猜就知是东方宁心与雪天傲的琴笛合奏有问题，顿时所有利箭改变方向，朝东方宁心与雪天傲射去。

"秦公主，你不觉得晚了吗？"东方宁心与雪天傲不急不缓地收起了琴与笛，随手一扬，攻向他们的利箭改了方向，朝大秦弓箭手反射而去。

咚咚咚，一大片弓箭手倒地不起。

"杀了你们便不晚。"秦知晓看着大街上大秦士兵的尸体，一张俏脸铁青扭曲。好一个蓝色闪电，居然拿她的人练手。

"秦公主想杀我们，恐怕不容易。"东方宁心与雪天傲姿态从容地走到城墙边上，冰冷地看了一眼战况，满意地点了点头。

近一个月的训练，蓝色闪电终于成为他们梦想中的部队了。

东方宁心与雪天傲无视秦公主难看的脸色，转身潇洒离去："无涯，你们还有一炷香的时间，别让我失望。"

"放心！"无涯高声喊了一句，异常兴奋。

秦知晓见东方宁心与雪天傲离去，长长松了口气，不想这群战鬼仍旧在战斗，哪怕东方宁心与雪天傲不在，他们依旧进退有度。

"这怎么可能？"秦知晓不敢置信地大喊。

“秦公主，你真笨，你难道不知道蓝色闪电由我掌控吗？”无涯朝正打得火热的战鬼们吹了个口哨，战鬼速度更快，边打边朝城门口撤退。

“那刚刚……”东方宁心和雪天傲在那里干吗？琴笛配合得那般默契，难道是为了转移她的注意力？

“看戏。”无涯耸了耸肩，一个闪身就加入了战局，任狂化战士将他包围着，朝城墙大门走去。

东方宁心与雪天傲很满意战鬼们的表现，这样就够了。短短半个时辰，杀了大秦帝国数万士兵，自己却是零损伤，没有比他们更牛的军队了。

“战鬼的狂化不是受东方宁心与雪天傲控制的吗？”秦知晓愣在当场，像是失了魂魄。

无涯摇了摇头，一副你笨到无可救药的样子：“你还真是笨得可以，你以为我们会轻易将战鬼狂化的秘密显露出来吗？”

秦知晓怒极，反倒平静下来，反正她也不是第一次败在东方宁心和雪天傲手下。

“既然如此，那就别怪本宫不留情了。”秦知晓迅速后退，翻身上马。

无涯深感不妙，又吹了一声口哨，蓝色闪电更加迅速地冲向城门，凡挡路者，杀无赦，短短百米的路程，却是一路鲜血，一路死尸。

秦知晓脸上肃穆，像是下了什么决心，坐在高高的马背上，太阳照在她的脸上，让她的五官略显模糊，声音听上去更加坚决：“倒火油，放火焚城。”

什么？焚城？

无涯不敢相信地看着秦知晓，城内还有六七万活着的大秦士兵，秦知晓要焚城？

“公主？”身边的侍卫立马上前，想要劝说，秦知晓却闭目不看：“按本宫的命令行事即可。”

“是。”那名侍卫怔了一下，转身执行秦知晓的命令。

城墙上的弓箭手将藏在墙壁里的火油取了出来，朝城池内倾泻而下。

火油淋在蓝色闪电与无涯的身上，无涯朝着秦知晓怒吼：“你这个疯女人！”

“可惜，没有将东方宁心与雪天傲引下来，让他们跑了，要是他们也在里面的话，那才好玩。”秦知晓缓缓睁开眼睛，看着一桶又一桶的火油倒在蓝色闪电和大秦士兵的身上。

蓝色闪电确实厉害，用十万将士和一座城池换这两百人的性命不亏。

“秦公主，你就确定我们会死在这里？”无涯咬牙切齿道。

这个秦公主确实有魄力，这样的手段、这样的气魄，如果不是遇上东方宁心与雪天傲，洪荒三大帝国早晚是她的。

“你们必死无疑！”秦知晓看了一眼面对火油仍旧没有表情的蓝色闪电，还有早就知情却视死如归的大秦将士，眼里闪过一抹悲痛。

杀敌一百自损三千，若非万不得已，她也不会下令。

看着城中做好牺牲准备的士兵，秦知晓朝他们作了个揖：“你们都是我大秦的好儿郎，你们为帝国所做的一切，我秦知晓铭记在心，你们安心地去吧，你们的父母兄长我秦知晓一定会替你们照顾。”

“我等誓为大秦帝国而死！”大秦士兵无一人退缩，气势不比战鬼弱。

“打开城门，护送公主离去！”秦知晓身旁的侍卫高喊一声。

秦知晓悲壮地看了一眼敏城，泪水模糊了眼睛，仰天大叫一句：“东方宁心，雪天傲，我秦知晓再次发誓，你我之间，不死不休！”

“公主！”

“走！”大秦士兵迅速为秦知晓让道，一波又一波朝无涯与蓝色闪电扑来，“打开城门，护送公主离去！”

“杀呀！杀光战鬼一族！”

秦知晓策马离去，敏城的士兵却越战越勇，无惧生死。他们很清楚，秦知晓一出敏城，他们就会被活活烧死。早晚都是死，何不在死之前拖蓝色闪电下来陪葬呢？

看着秦知晓距离城门越来越远，大秦士兵面露悲壮，整个敏城被死寂笼罩。

阳光下，秦知晓没有回头，如果回头，她就一定能看到无涯毫不紧张的样子。

“吱呀。”城门打开的声音如同钝刀，生生刻在大秦士兵的心里。

“我们是帝国的英雄，杀了他们，永绝后患！”无论大秦士兵喊得多么高亢，都掩饰不了语气中的悲壮与痛苦。

他们不是帝国的英雄，他们是被帝国毫不留情牺牲的人。一座城，十万士兵，他们被帝国留在这里，只为拖住这支让大秦帝国头痛的蓝色闪电。

秦知晓在龙骑士的掩护下冲到城门口，同时下达焚城的命令：“放火，焚城！”

敏城内，大秦帝国的士兵惨叫成片。

在这一片惨叫声中，一道刺耳的哨音被淹没了。蓝色闪电两百人突然停下进攻，从背后取出铁爪，朝着城墙砸去。

秦知晓在百米之外看着漫天的大火，流出了悲伤的泪。

东方宁心，雪天傲，你们听到了吗？你们区区二百人毁了我十万精兵！

“公主，你看那里！”秦知晓身边的一位神者五阶护卫扯了扯她的衣服。

漫天火光里，一道蓝光正借着敏城的城墙飞身而出，身上也沾了火星，却丝毫不影响速度。

“不，不，不可能，他们怎么可能逃出来？”秦知晓不敢相信地看着以无涯为首的蓝色闪电。

“秦公主，谢谢你的招待，可惜我们对人肉大餐没兴趣。”无涯身形矫健，帅气地与秦知晓遥遥相对，身上的火星扑灭后，可以看到无涯身上的铠甲一点损伤也没有。

两百名战鬼的铠甲上除了有火油，也没有一点损伤。

“怎么会这样！怎么会这样！我的十万精兵！”秦知晓失控尖叫，“老天爷，你太不公平了！我大秦十万战士惨死敏城，为什么这些下贱的战鬼却可以逃出生天？！”

“秦知晓，这就是你看不起人的代价，别恨老天爷不公平，别忘了下令焚城的人是你。”无涯不屑冷哼。

“我为什么会焚城？一切都是你们造成的。东方宁心、雪天傲，别以为躲起来，我就会放过你们，蓝色闪电很厉害是吗？我倒要看看你们有多少支蓝色闪电。”秦知晓剑指苍穹，“无涯，三天后，我大秦帝国百万雄兵压境，你们准备承受我大秦的怒火吧！”

秦知晓说完，再次看向依旧燃烧的敏城，一张俏脸扭曲得不成样子。

“啊！”无涯大叫一声，秦知晓一行人顿时一惊，立马拔剑，凝聚真气，紧张地看着无涯和他身后的战鬼，“糟糕了，糟糕了，东方宁心与雪天傲要求半个时辰，这下时间都过了，怎么办，怎么办？”

“半个时辰，哈！”秦知晓边哭边笑，悲戚的样子让人心疼。

“公主？”龙骑士一脸担心。

秦知晓恨恨地擦去眼泪：“回帝都点兵，本宫要亲自率兵攻打大汉。”

“是，公主！”战意再次激起，一行人压下心中的悔恨，策马掉头离去。

“谁下令焚城？”秦知晓刚刚转身，就感觉身后一阵疾风刮来，紧接着熟悉的声音响起。

秦知晓双眼一亮，立刻下马，朝火红的身影奔去：“赤皇大人，你终于来了。”

一身火红，黑眉大眼，来人赫然是大秦帝国的九阶高手赤皇。

“你下的令？”赤皇没有理会秦知晓，指着正在燃烧的敏城，一脸怒容。

“是我。”秦知晓低下了头。

“对方死伤多少？”赤皇双眼里全是怒火，瞪着秦知晓，恨不得杀了她。

赤皇闭关进阶天神失败，一出来就听大秦帝国皇帝报告大秦最近发生的事情，却不想依旧晚来一步。

“零死伤。”秦知晓再次低下了头，一脸羞愧。

“什么？”赤皇怒不可遏，狠狠甩了秦知晓一巴掌。

秦知晓摔倒在地，吐出一口血和几颗白牙，却不敢呼痛：“请赤皇大人为死去的

士兵报仇。”

“这笔账我会去找他们算，他们往哪里走了？”

赤皇眼风一扫，秦知晓身后的龙骑士立马跪下：“启禀赤皇大人，东方宁心与雪天傲一行朝帝都方向去了，说要洗劫我大秦六十座城池。”

“好大的口气，雪皇那死老头放任他的人欺我大秦，很好！公主。”赤皇气得眉毛都竖了起来。

“赤皇大人请吩咐。”秦知晓从地上爬起来，恭敬地站在赤皇面前。

“带着你的人，灭了大汉帝国。至于东方宁心与雪天傲，交给我！”赤皇暴躁地下令，秦知晓没有任何异议。

无涯带着蓝色闪电紧赶慢赶，还是晚了。

“你们超过了两炷香的时间。”雪天傲看着一脸黑黢黢、难掩疲倦的无涯与蓝色闪电，面无表情地开口。

无涯没有说话，跟着蓝色闪电训练了这么久，知道没有完成就是没有完成，解释无用。

“请主人责罚。”两百战鬼已从狂化状态中清醒过来，跪在东方宁心与雪天傲面前，一脸木然。

此时的他们看上去比平时虚弱很多，摘下头盔，脸色煞白。这就是狂化的后遗症。

“三千狼头，什么时候完成，什么时候休息。”对蓝色闪电的惩罚其实是一种变相的训练。

“是。”两百人齐刷刷起身，没有反驳。

无涯也不多言，只是哀怨地看了一眼东方宁心与雪天傲，然后带领蓝色闪电朝附近的深山奔去。

“我们提前去大唐边境？”东方宁心转身看着沐浴在阳光下的雪天傲，脸上扬起一抹温柔骄傲的笑容。

今天算是蓝色闪电第一次与军队交战，赢得很漂亮。

雪天傲上前一步，替东方宁心把脸上的发丝拂到耳后，动作有些笨拙，食指滑过她的脸颊，生生划出一道红痕。

雪天傲心疼地蹭了蹭东方宁心的脸：“不，难得空闲，我们借这个时间去找神魔，看一眼孩子。”

那小人儿才离开没多久他就想念了，现在有三个月了，应该会爬了吧？也不知长大了多少，有没有长出乳牙？最主要的是，他还记得他们吗？

想到这里，雪天傲心中一痛，却不敢在东方宁心面前表现出来。

东方宁心从来没有想过小雪少会忘了他们，听到雪天傲的提议，眉眼一亮。她也很想小雪少，又不敢表现出来，怕雪天傲会自责。现在雪天傲提起，她当然同意："好，我们去找神魔，我也想儿子了。"

自从进入帝国，他们就没有休息，好不容易蓝色闪电取得了一点成绩，又去接受惩罚了，他们刚好得几天空闲，要是不去看儿子，实在太浪费。

"现在就走。"雪天傲握着东方宁心的手，却突然怔住，"什么人，出来！"

"我！你们走不了了！"赤皇人未到，声先至，嚣张的声音带着毫不掩饰的愤怒，"你们就是东方宁心与雪天傲？"

"你是赤皇？"东方宁心看来人一身火红衣衫，眉眼间和赤焰有几分相像，大胆猜测道。

"小丫头有眼光。"赤皇看着东方宁心与雪天傲，眼中怒火更盛。

"赤皇大人可是为敏城一事而来？"知道了来者是何人，雪天傲也就知道了他的来意。

"不错，本皇正是为敏城一事而来。"赤皇说到敏城二字时，咬字极重。

雪天傲冷冷一笑："大秦长公主技不如人，害得大秦损兵折将，赤皇大人不会是想把这笔账算到我雪某头上吧？"

"你们抢劫我大秦四十二座城池，害得敏城被焚，十万精兵葬身火海，这笔账本皇不该跟你们算吗？"赤皇越说越火大，要不是考虑到东方宁心与雪天傲手上的蓝色闪电，他早就出手了。

看赤皇暴怒的样子，雪天傲与东方宁心明白，和这人是没办法说理的。

不着痕迹地与赤皇拉开距离，雪天傲没有一丝畏惧："那么，你想要如何？"

"想要我放过你们也容易，把蓝色闪电交出来。"赤皇毫不客气。

"你在说笑吗？"雪天傲冷冷嘲讽道，神者九阶也不能抢他雪天傲的东西。

"你很明白本皇有没有说笑。雪天傲，东方宁心，你们不是我的对手，我要杀你们，你们连说话的机会都不会有。"

"赤皇，有没有人说过，你很无耻。"他们确实不是赤皇的对手，但赤皇要杀他们，也没有那么容易。

"论无耻，你们也不遑多让。大秦帝国的东西是那么好抢的吗？你当我赤皇是死人，雪老头就是这样教你们的？"赤皇跳起来大骂，气急败坏的样子不像是作假。

见赤皇失控，东方宁心的凤凰琴与雪天傲的破天枪同时发起攻击。

此时不出手，更待何时？

面对突然而来的攻击，赤皇立刻后退避开。

“赤皇，你还是去好好守着大秦帝都吧，别让我们把大秦帝都给搬空。”东方宁心与雪天傲借着这个机会，已退出百米之远，并开启妖瞳，挡住了赤皇的一波攻击。

“想跑？倒是有两下子。”赤皇被雪天傲与东方宁心的举动激怒，火焰真气不停朝二人攻去。

冰火相克，神者九阶与神者三阶的差距立显，雪天傲的冰寒盾在赤皇面前不堪一击。

“再这样下去，我们必败。”东方宁心满头大汗，手中的凤凰琴越拨越快。

“说得没错，你们必败。”赤皇收起真气攻击，纵身飞起，避过雪天傲的长枪，凌空一脚，东方宁心与雪天傲双双跌落在地。

不待两人反应过来，赤皇紧追其后，快如凤凰展翅、流星逐月。

“雪天傲，小心！”东方宁心顾不得自己身上的伤，掷出凤凰琴，将雪天傲推开。

可她自己却来不及逃走，赤皇跳到东方宁心身后，不待她回头，一脚踹在她的小腿上，只听咔嚓一声，东方宁心往前摔去。

接着，赤皇嚣张的一脚踩在东方宁心的背上。

噗的一声，东方宁心吐了口血，趴在地上，动弹不得。

“赤皇，放了她！”雪天傲不敢妄动，手中的破天枪却指着赤皇，双眼血红。

“你觉得可能吗？”赤皇嚣张地将东方宁心踩在脚下，看似轻轻在她背上跺了跺脚，却让她嘴角不停溢血。东方宁心连哼都不哼一声，只是平静地看着雪天傲，无声地告诉他，不用担心，她没事。

“不错，很能忍，你以为忍着不吐血，他就不知道你的伤很重吗？”赤皇看东方宁心哼都不哼一声，不由得多看了她一眼。

“赤皇，你要蓝色闪电，我给你。”雪天傲强压下心中的愤怒，别开眼去，不看东方宁心。

现在说什么都来不及了，他不能指责东方宁心在危险关头推开他，因为换了是他，也会做出同样的选择。

“雪天傲，你太天真了，有她在手，你以为我会只要一个蓝色闪电吗？”赤皇一边说一边加重脚上的力道。他就不信，这五脏六腑破裂的痛，东方宁心也能忍。

“啊！”东方宁心痛呼一声。

“好样的。”赤皇不由得钦佩，一把将东方宁心从地上拎了起来。

东方宁心小腿受伤，却强自站直，血顺着嘴角往下滴，染红了白衣。她用沾满泥草的手擦了擦嘴角的血，双眼澄明地看着雪天傲，忍住剧痛，一个字一个字道：“我没事，他不会杀我的。”

每说一个字，都是撕心裂肺的痛，可东方宁心忍了。落到赤皇的手中，她没有选择，但她可以提醒雪天傲，不要失了理智。蓝色闪电在雪天傲手中，赤皇不会杀她，一旦交出蓝色闪电，她就没有利用价值了。

“的确，我不会杀你，但能让你生不如死。雪天傲，东方宁心在我手上，三天后，我要在大秦帝国见到蓝色闪电，当然包括能指挥蓝色闪电的那个人。你晚一天到，本皇就卸下东方宁心身上一个部分。”

“好，我答应你，在此之前你不得伤东方宁心半分，不然我不介意鱼死网破！”雪天傲收起破天枪，以他们现在的实力，想从赤皇手上抢人实在不易。

东方宁心朝雪天傲点了点头，闭上眼睛，任撕心裂肺的痛席卷全身，却慢慢凝聚真气，她绝对不会坐以待毙。

“雪天傲，三天后，大秦帝都见。”赤皇很满意今天的收获，拎起东方宁心准备走人。

东方宁心被赤皇一拉，顺势转身，眼中紫光浓郁，缓缓开口：“赤皇。”

第二十四章 你是我的眼

紫光潋滟，神秘高贵，如同迷雾，瞬间迷了人的双眼。

赤皇一恍神，迷茫地看着东方宁心。

“放手！”东方宁心嘴角的血为她添了三分肃杀之气。

赤皇手一动，东方宁心的声音再次响起：“放手！”

赤皇一怔，手不自觉松开，雪天傲眼前一亮，上前抱住东方宁心，将人护在身后。

熟悉的怀抱，安心的气息，东方宁心无力地瘫倒在雪天傲的怀里：“没事了。”

“走。”雪天傲强压下心中的愤怒。

赤皇这笔账，他记下来了，不踏平大秦帝国，他就不叫雪天傲。

赤皇比雪天傲想象中的恢复得更快，在东方宁心与雪天傲转身之际，就脱离了妖瞳的控制，看到他俩离去的身影，赤皇气得一张老脸通红：“东方宁心，雪天傲，想走，门儿都没有！”

赤皇快步追了上去，一连串的火球不断朝东方宁心与雪天傲飞去，大有不把二人砸死不罢手的气势。

东方宁心的五脏六腑受了重伤，背后肋骨断了，之前不过是靠一口气强撑着，现在根本没有反击的能力，只能将对付赤皇的事情交给雪天傲一个人。

雪天傲与赤皇的真气修为差距摆在那里，现在又带着东方宁心，不过跑出千米就被赤焰火球给打落。

“小子，你们有种呀，千年来还没有人从本皇的手中逃走，你们是第一个。”赤皇追了过来，喘着粗气。

明明知道东方宁心那双眼睛的厉害，他居然还着了道。

看了一眼有气无力的东方宁心，赤皇第一次如此佩服一个女人。

雪天傲神色淡漠地看向赤皇，无论如何，他们都要从赤皇手中逃走，不然依赤皇的性子，再次落到他手里，处境会更加悲惨。

赤皇缓步上前，如同猫抓老鼠般戏谑地逼近雪天傲与东方宁心：“本来我只想抓一个，现在你们两个都别想逃，有你二人在手，蓝色闪电还不得乖乖自投罗网。”

“那你就试试看。”雪天傲握紧破天枪，试着与破天枪中的器魂沟通，现在的破天枪是神器，奥义的威力更加强大。

破天枪中的器魂很快就给予雪天傲回应，在赤皇出招之前，破天枪需先发制人，只见那枪如同游龙，以凌厉的霸王之姿逼得赤皇停下脚步。

“这是什么？”赤皇惊惧，急忙出招对上那如同活物缠住自己的破天枪。

“霸王之怒！”雪天傲冷冷道。

赤皇不敢相信地看着雪天傲：“传说中霸王枪枪神所创的霸王之怒？”

“没错。”雪天傲也不敢肯定，却咬牙承认，只要能逼退赤皇，撒谎算什么？

“好小子，这种东西你也有。”饶是赤皇也忍不住羡慕，下手更狠了，雪天傲应对得十分吃力。

“我来试着召唤小神龙。”东方宁心附在雪天傲的耳边轻声说道。

“不行，你现在不能再凝聚精神力。”

“我们总要试试，霸王之怒似乎拖不住赤皇太久。”东方宁心抬眼望去，发现破天枪已渐渐不支。

赤皇在对付破天枪时，还能抽空应对他们，由此可见实力非同一般，应该不是神者九阶，而是半天神。

雪天傲沉默片刻，点了点头，此时的他无法将自己的真气输给东方宁心。

“召唤契约玄兽吗？你们真的太天真了，有我在，你们还有机会召唤玄兽？”赤皇在东方宁心凝聚精神力与小神龙沟通之际，侧身避开破天枪，朝着东方宁心与雪天傲发出一道火红的真气。

两人堪堪避开，打断了东方宁心召唤小神龙的动作。与此同时，只听砰的一声，破天枪也被赤皇打了回来。

“可惜了，炼枪时融的并不是枪神本体，不然这霸王之怒的威力会更大。”赤皇明显是占了便宜还要嚣张。

雪天傲抱着东方宁心一个反转，接过被赤皇打落的破天枪，不顾后果地凝聚真气：“冰寒枪！”

一连串冰枪朝赤皇飞射而去，可惜还没到赤皇面前就化了。

“雕虫小技，还有没有别的花样？”赤皇嚣张上前，无视面前的冰枪。

雪天傲不急不怒，只抱着东方宁心且战且退。

“赤皇的实力确实不凡，既然如此，那就再见识一下雪某的另一个奥义。”说话间，雪天傲一松手中的破天枪，凌空向上飞去。

雪天傲同时空出左手，在怀中一探：“赤皇，见识一下暴雨梨花针的厉害。”

二十七枚梨花针朝赤皇的面门射去，强大的威力让赤皇惊出一身冷汗，连连后退。

雪天傲也不纠缠，借着暴雨梨花针的攻势，带着东方宁心往最近的深山逃去。

暴雨梨花针出必见血，赤皇反应极快，但依旧被一枚梨花针刺中。赤皇不管不顾，任梨花针留在体内，飞身就朝东方宁心与雪天傲逃走的方向追去，几个起落便挡在两人面前。

雪天傲看着怒火中烧的赤皇。六阶真气的差距，就是他也无法违逆。

这一次，赤皇没有拿大，一追过来就朝东方宁心与雪天傲发起攻击，两人连反击都来不及就朝后跌飞出去，一路撞倒树木无数。

整个背部撞得生痛，却无法止住后退的速度，因为赤皇一路跟着他们，直到雪天傲看到身后的断崖，连忙借力，重重跌倒，两人堪堪落在悬崖边上。

赤皇紧跟而来，站在东方宁心与雪天傲面前，居高临下道：“东方宁心，雪天傲，本皇第一次因为两个神者三阶费这么多心思。”

“赤皇修为非凡，雪天傲佩服。”能把他和东方宁心逼到这个地步，赤皇是第一人。

“可惜你们是雪皇的人，不然我还真想收你们为徒。”赤皇看着雪天傲与东方宁心，一脸可惜地摇了摇头。能在他手上撑这么久，这两人着实不凡。

“赤皇厚爱了，既然落在你的手上，我们也没有什么好说的，走吧。”东方宁心在雪天傲的搀扶下站了起来，面对赤皇，神色波澜不惊，虽然败了，气度犹在。

“走？”赤皇似笑非笑地盯着东方宁心的双眼，眼里闪过一抹狠厉。

“怎么，赤皇不是想以我们为人质，诱蓝色闪电到大秦帝国救人吗？”雪天傲冷冷讽刺道。赤皇的为人比起赤焰差得不止一点半点，卑鄙无耻，捡人便宜。

“的确要去帝都，不过在去之前，我得确保你们一路上不会出差池。”赤皇伸手将雪天傲手中的破天枪与凤凰琴全部夺了过来。

“全是神器，倒是好东西。”面对神器，饶是赤皇也心动了。

“可惜认主了。”雪天傲不以为意，破天枪与凤凰琴即便落到赤皇手中，威力也不大。

“确实可惜了。”赤皇说这话时，语气里一点可惜的味道都没有，他收起破天枪与凤凰琴后，看向东方宁心的双眸，威胁意味十足，“东方宁心，你说本皇在你这双眼睛上栽了一次，还会栽第二次吗？”

“你要毁了我的双眼吗？”东方宁心心里一惊，却没有表现出来。赤皇这种打劫的行为，实在没有半点神者的气度。

“没错，你的眼睛本皇要了。”赤皇挥手，刺入他体内的那枚梨花针突然飞了出来，以一种诡异的弧度朝东方宁心的双眼射去。整个过程一气呵成，快到让人无法防备。

“东方宁心，小心！”雪天傲将东方宁心护在怀中，却被东方宁心阻止了：“来不及了。”

噗噗声响起，那枚梨花针从东方宁心的眼前滑过，两道血痕随即出现。

东方宁心却连哼都没有哼一声，在赤皇射出梨花针的同时，东方宁心带血的双眸已失了神采。赤皇看得心惊，就在此时，东方宁心的声音响起：“观、音、有、泪。”

唐门排名第一的暗器观音有泪，以赤皇为中心，瞬间炸开。

观音有泪，威力无穷，饶是神者九阶的高手也被炸得飞了出去。

“东方宁心，你真是一个疯女人！”赤皇虽不知观音有泪是什么东西，却深知其威力十足，他已经感觉到五脏六腑被震伤了。

该死的，怎么也没有想到，他出手毁了东方宁心的眼睛，东方宁心不仅不躲，还以双眼为代价反击!

“东方宁心，你疯了？”和赤皇持一样想法的还有雪天傲，看着东方宁心清澈的双眸此时不停流血，雪天傲恨不得时间能够倒流。

他宁可被赤皇抓走，也不想让东方宁心的双眼毁了。

“只有在这个时候，我们才能找到机会对赤皇下手，一双眼换我们的自由很值得，落在赤皇手上，我们必死无疑。”不死也不会好到哪里去，纵虎归山的事情，别说赤皇了，她也不会做。

东方宁心虚弱地解释着，双腿一软，整个人往下倒去，雪天傲连忙伸手将她抱起：“落在他的手上，我们可以想办法逃走，你的双眼毁了就再也无法恢复了。”

“先离开这里再说，你不想赤皇追上我们吧？观音有泪最多只能重伤赤皇，却杀不了他。”

“好。”雪天傲抱着东方宁心，纵身朝悬崖下一跃。

赤皇还会找来，跳下悬崖是最好的办法。

耳边传来风声，东方宁心只感觉在快速下降，却什么也看不清楚。她紧紧抱着雪天傲，双眼的刺痛让她说不出话来，不安地朝雪天傲的怀里钻去。

她知道刚刚那一下毁的不仅仅是妖瞳，还有她的双眼。那两声响起，她清楚地听到了眼珠破裂的声音，她以后再也看不见了，看不见雪天傲的样子，看不见儿子长大

后的样子。

赤皇在妖瞳手上吃了亏，依他有仇必报的个性，又怎会放过她的双眼？

埋在雪天傲的怀里，任耳边狂风响起，东方宁心静静流泪。有风声掩饰，雪天傲听不到她的哭泣声；有眼中的血掩饰，雪天傲看不出她在流泪。

雪天傲带着东方宁心连夜赶回大汉帝都，把最后的希望寄托在了丹远容与猥琐会长的身上，希望他们能找出丹药挽救东方宁心的双眼。

他们在半夜时分抵达大汉帝都，此时正是戒严时分，不允许任何人进出，雪天傲却不管不顾，直接硬闯。

“什么人？”守城将士大惊，立马上前。

“滚！”雪天傲火气正旺，任何拦他的人都被他直接踢倒。

东方宁心已昏迷不醒，要是她出事，他第一个不原谅自己。

“快，快，通报大将军，有人强闯帝都！”

“是天傲大人，是天傲大人！”有人认出了雪天傲，连忙放行。

神者级别的守城将军赶来，只看到雪天傲抱着东方宁心朝皇宫飞掠而去的背影。

在大汉皇宫门口，类似的一幕再次上演，一时间整个帝都喧闹起来，静谧的黑夜提前结束。小神龙、猥琐会长与丹远容听到消息匆匆赶来时，就看到一身尘土的雪天傲抱着东方宁心跑了过来。

“发生了什么事情？”猥琐会长双手颤抖，看到东方宁心没有一丝生气地躺在雪天傲的怀里。

“快，快救东方宁心！”雪天傲双唇干裂，看到小神龙三人出现时，眼前一亮。

“快，去秋水殿。”猥琐会长示意丹远容跟上，小神龙则去处理皇宫的骚动。

一路疾行，半途遇上担心东方宁心的小皇帝：“姑姑她怎么了？”

没有人顾得上回答，雪天傲此时最关心的就是东方宁心到底怎么样了。

来到秋水殿，猥琐会长小心翼翼地检查了一下东方宁心的伤，暗自松了口气，虽然严重，却不会致命，之所以昏迷不醒，是因为五脏六腑碎裂，气血不足，精气不济。

看着东方宁心眼睛上染血的绷带，猥琐会长有种不好的预感，几次伸手都没敢去拆。

不会的，应该不是他所想的那样，有妖瞳在，没有人可以伤她的双眼，应该是妖瞳使用过度，以前也出现过类似的情况。

猥琐会长呼吸加重，不停自我安慰，终于鼓足勇气，小心翼翼地拆开东方宁心眼睛上的绷带。

最后一层绷带拆开，东方宁心黑肿渗血的双眸暴露在空气中。

怎么可能？怎么可能？

猥琐会长连连后退，咚的一声跌倒在地，不敢相信自己看到的。

猥琐会长双眼通红，一把扯住雪天傲的衣领：“雪天傲，什么人？什么人下的手？居然毁了东方宁心的眼睛！”

“我们遇上了赤皇。”雪天傲无视猥琐会长野蛮的动作，双眼布满血丝，看着东方宁心不敢眨眼。

他检查过了，东方宁心眼珠破裂，不仅妖瞳被毁，也失明了。他们现在要做的就是清理她的双眼，取出破裂的眼珠。

“他娘的赤皇，居然下这么狠的手，雪天傲你干什么吃的，你就任那个狗屁赤皇欺负东方宁心？”猥琐会长双眼一红，眼泪就这么流了下来。

“姑姑的眼睛怎么了？”小皇帝跑得气喘吁吁，扑在东方宁心床前，看着一动不动的东方宁心，眼泪直流。

小皇帝在三公主挟持他时都没有哭，在三公主说杀他时也没有哭，在看到东方宁心的眼睛时，他哭了。

“瞎了。”丹远容上前接替猥琐会长，从怀里取出几粒丹药喂东方宁心吃。

“不会的，不会的，姑姑的眼睛怎么会瞎？你救救姑姑，姑姑说你很厉害的，你救救姑姑，我把大汉帝国送给你好不好？”小皇帝一边哭，一边摇头，死死拉着丹远容的衣摆。

姑姑说，这个叫丹远容的男人是炼药高手，他一定有办法。

丹远容没有说话，他坐在东方宁心的床边，轻轻掀起她的眼皮：“眼珠碎裂，眼中经脉齐断，好在有什么保护着，只是伤到了眼珠，其他地方并无大碍。”

“什么？”小神龙站在门口，听到丹远容的话，一动也不动，呆呆站在那里。

他好不容易才将外面的混乱处理好，怎么一过来就听到这样的话？

“你们骗我的，那个笨女人的眼睛怎么会受伤呢？她眼中不是有妖瞳吗？还有，她受了这么重的伤，我怎么没有感应到？”小神龙脚步不稳地朝屋内走来。

他不敢看床上的东方宁心，只盯着雪天傲与猥琐会长，泪珠如同断了线的珠子，啪嗒啪嗒直流。

“东方宁心的眼睛瞎了，你没感应到应该是妖瞳的原因，妖瞳也毁了。”雪天傲深深吸了口气，吐出让自己心痛的话。

小神龙死命摇头：“你骗我的！你骗我的！东方宁心那么厉害，怎么可能？琴然呢？他为什么不出来帮东方宁心？你们为什么不叫我？为什么？”

小神龙冲到雪天傲面前，连声指责。

雪天傲沉默，一语不发。

最危险的时候没有办法召唤小神龙，而且多一个小神龙，不过是多一个人受伤罢了。

小神龙用力推开雪天傲，跌跌撞撞地来到东方宁心面前，小手颤抖地抚着东方宁心核桃一般的眼睛："笨蛋，笨蛋，你怎么这么笨呀，打不过不会逃吗？现在眼睛瞎了可怎么办才好？"

他第一次看到这么狼狈的东方宁心，虽然依旧很美。

"小神龙，以后我们可以做东方宁心的眼睛。"猥琐会长已经从最初的震惊中回神，拉起小神龙。

"救东方宁心，救东方宁心。我的血，我的血可以，我的血一定可以救东方宁心。"小神龙挣脱猥琐会长，在众人还没有反应过来时，抽出靴上的小匕首，用力朝自己左手动脉划了下去。

鲜红的血不停往下流，全部落在东方宁心的眼睛上："快呀，睁开眼睛呀！"

"小神龙，没用的。"猥琐会长与丹远容连忙制止小神龙近乎自残的动作。

"不会的，不会的，我的血可以救东方宁心的眼睛，一定可以的。"小神龙根本不理会，用力按着手上的伤口，好让血流得更快一点。

当初他的血可以救雪天傲，现在也可以救东方宁心。

龙血滴在东方宁心的眼睛上，又缓缓流向她的五脏六腑。东方宁心的五脏六腑贪婪地吸收着世间最为珍贵的龙凤之血。

"别哭，东方宁心看不见，但我们可以做她的眼睛，一辈子当她的眼睛。"雪天傲上前，阻止小神龙的放血行为，擦去他的泪。

"雪天傲，你这个坏人，肯定是你，肯定是为了你，东方宁心的眼睛才会瞎的，你为什么不保护东方宁心？为什么呀？"小神龙被雪天傲抱在怀里，用力蹬着脚，哇的一声大哭起来。

"是我，所以我会替东方宁心报仇。"雪天傲点了点头，黑沉的脸上布满杀气。

"太神奇了！东方宁心的内伤在愈合，而且速度很快！"丹远容惊呼出声，打断了小神龙与雪天傲的对话。

这么重的内伤，即使拿灵丹妙药养着，也得一年半载才能恢复，这才多久的时间，东方宁心破损的内脏就开始自动修复，而且速度极快，简直就是神迹。

雪天傲眼眸一沉，冰冷地解释道："东方宁心的内伤一路都在自我修复，她的眼睛里有妖瞳，所以都是靠妖瞳才撑到这里，不然依东方宁心的伤势，根本撑不住。"

雪天傲这话半真半假，真正修复她伤口的，应该是小神龙的血。只不过，这一点不能说出来，一旦消息传出去，他们的麻烦就大了。

"原来如此，我就说嘛，原来妖瞳毁了之后还在保护她。"猥琐会长反应极快，连忙接话。

东方宁心的事已成定局，他们无法改变，不能再让小神龙又陷进去。

“妖瞳是什么？”小皇帝紧紧握着东方宁心的手。如果妖瞳有这样的能力，那么他去找，去找很多很多的妖瞳，是不是可以让姑姑的眼睛恢复？

“妖瞳是一种灵物，可以免疫真气攻击，东方宁心就是因为妖瞳才被赤皇毁了双眼。”一路走来，妖瞳立了无数功劳，最终东方宁心的双眼却因妖瞳而毁。

“赤皇，我大汉与他们不共戴天！”小皇帝咬牙切齿，小手紧握成拳，扭头看向雪天傲，“天傲大人，我大汉现今不缺兵马粮草，局势也安定了，将士们这段时间也都在拼命训练，我们发兵大秦好不好？”

“好，不过此事得从长计议。”雪天傲拍了拍小皇帝的脑袋，总算没有辜负东方宁心保他宠他一场。

“好，我这就去做准备。”小皇帝突然发现自己要做好多事情，“天傲大人，我去统计粮草，安排出征一事。”小皇帝坚定地站了起来，他是男子汉，要撑起帝国的未来。

“好！”雪天傲点头。

“幽若姑娘，如果不介意，你陪朕走一趟吧。姑姑说你游历洪荒，很熟悉洪荒地形，也许能帮得上朕。”小皇帝年纪虽小，却也明白大汉帝国现在还在雪天傲的手里，他需要找雪天傲的人参与政务。

无关的人都走后，丹远容才有些尴尬道：“对不起，我刚刚太高兴了，一时失言。”

“无妨，好在没有外人。”雪天傲摆了摆手，示意丹远容不用担心。

就这么一句话，却让丹远容心头一热，雪天傲这话的意思就是不拿他当外人吧。

不得不说，被人信任的感觉很好。

“雪天傲，你有什么打算？”猥琐会长直接问道，他不相信雪天傲会轻易放过赤皇。

“赤皇受伤了，伤得不轻。”雪天傲盯着东方宁心，眼睛一眨也不眨。

东方宁心用她的双眼换来两人的自由和报复大秦的机会，他绝不会放过。

“莫非你想——”猥琐会长顿时双眼发亮，眼里闪烁着复仇的光芒。

他们从来都不是君子，这仇不报，他们心里就难过。

“传消息给无涯，让他结束对蓝色闪电的惩罚，前往大秦帝都，我要血洗大秦皇宫。”雪天傲平静地下达嗜血的命令。

“好，我这就去联系无涯。”丹远容立马起身，他们之间自有一套秘密联系方法。

刚走出三步，丹远容回头："要把东方宁心的事情告诉无涯吗？"

雪天傲略一犹豫，点了点头："告诉他。"带着仇恨才能做到极致，雪天傲相信无涯不会手软，但知道东方宁心的事后，无涯能做得更狠。

"好。"丹远容点了点头，转身去执行雪天傲的命令。

赤皇加诸在东方宁心身上的，他相信无涯率领的蓝色闪电会在大秦皇室那里加倍讨回。

"会长，让宫女送一盆水来，我要替东方宁心清洗伤口，她的内伤已经无碍了。"雪天傲放下小神龙，指了指小神龙左手上的伤口，"小神龙，以后不要让你的血轻易流出来。"

"我知道了。"小神龙低下了头，眼睛依旧红红的。

"你们先去休息吧，东方宁心已经没有生命危险了。"雪天傲闭上眼睛，掩去眼中的疲倦与自责。

猥琐会长与小神龙见雪天傲这样，安慰的话也说不出口，乖乖退了出去，很快宫女就来了："天傲大人。"

"放下，出去！"众人退下，一室安静，雪天傲上前，小心翼翼地将东方宁心抱起来。

他从未替东方宁心做过这些事情，但是从今天起，他会习惯，他会替东方宁心扫清一切障碍，即使她的眼睛看不到也没关系，她还有他。

"下一次，不要挡在我面前；下一次，不要再自作主张去牺牲；下一次，不要再让我心痛。"雪天傲轻轻吻着东方宁心身上的伤痕。

衣衫褪尽后，雪天傲抱着东方宁心一同踏入木桶，虽然有些笨手笨脚，动作却很温柔。他将东方宁心身上的血痕擦掉，细心地洗着她的长发。

大汉帝国的小皇帝一刻也不愿意等，次日就出兵攻打大秦。同时，秦知晓也调兵遣将发兵大汉，十日后，两军在边境遇上了。

三天三夜没有停歇，双方都带着不死不休的狠绝。在两国军队交战的时候，两大帝国也在斗法。

无涯接到丹远容传过来的消息后，率领蓝色闪电连夜赶路，三天的路程硬是只花了一天。蓝色闪电原地休整两个时辰，黎明破晓时分，划破黑夜，直入大秦帝都。

大秦帝都守城将领是神者三阶高手，但对上狂化的战鬼，却连还手的机会都没有。

"快，快去禀报大将军，大汉蓝色闪电军团闯入大秦帝都，请求支援！"帝都内除了三万御林军，还有十万禁军驻扎，赶来只需要半个时辰。

“是！”传令兵一溜烟往外跑去，还没走出城门，就被无涯一剑秒杀。

“直闯皇宫，不得停留！”无涯一马当先，冲在队伍最前头。

“是！”两百个战鬼异口同声。

就在无涯开始血洗大秦帝都时，雪天傲、小神龙与猥琐会长正守着东方宁心，等她醒来。

两天两夜，东方宁心的内伤在小神龙的龙血修复下已经没有大碍，只是一些烧伤，但东方宁心迟迟没有醒来。

这两天，无数知名炼药师、针师被请到大汉帝都，都没有解决办法。

此时，正在替东方宁心检查的是药师公会会长。

“大师，情况如何？”雪天傲担忧地问。

满头银发的大师微眯着眼，仔细查看东方宁心的情况，半晌后，说道：“天傲大人，东方姑娘的内伤没有问题，严重的是她的双眼，似乎有什么灵物在里面，既保了她一条命，同时也害得她无法清醒。我们必须将她眼中的东西取出来，不然东方姑娘肯定醒不来。”

“那就取。”妖瞳尚未被清出来，他们知道。

“可是，可是……”药师公会会长有些犹豫。

“可是什么？有什么需求你尽管说，针会的会长就在隔壁宫殿，如果需要针师辅助，他可以做到。”雪天傲直接打断。

药师公会会长拼命擦着额头上的汗，定了定心神才道：“天傲大人，眼睛是人体很复杂的部位，老夫恐怕无能为力。”

“无能为力？你应该知道救不好她的下场。”雪天傲脸色阴沉，用杀人的眼神看着药师公会会长。

一群没用的东西，什么药师公会、针会，全都是垃圾，他不奢望东方宁心双眼复明，但至少让她醒过来，就这样也做不到？

“天傲大人，你要与整个药师公会为敌吗？你要是伤了我，药师公会不会放过你的，从此再无药师来大汉帝国，为大汉帝国的臣民医治。”药师工会会长连连后退，全身都被汗水浸透了。他的实力也不弱，但面对这一屋子杀气腾腾的人，实在没有对战的勇气。

“好，我等着药师公会的报复。”雪天傲冷哼，为了东方宁心，与天下为敌又如何？“来人，把他押下去关进天牢，十天内想不出办法就废了他的双手。”

“是。”两个神者五阶高手走了进来，饶是这位会长再强也没用。

“不，不，你不能这么对我！”药师公会会长惨叫连连。

猥琐会长看着又一个被拖下去的“大师”，无力道：“天傲，这是我们最后的希望了。”

“不，这不是我们最后的希望，我们永远都不会放弃。”雪天傲绝对不会放弃东方宁心，如同东方宁心不会放弃活下来的希望一样。

“要不我们去找神魔？”猥琐会长建议道，魔界之主应该可以做到吧。

雪天傲摇了摇头：“我已经找过神魔了，他不会。”

神魔离去前留下一个和他联络的方法，雪天傲在回大汉帝都之前就找过神魔，神魔只说了一句：“要是她死了，我可以帮你把她的灵魂收起来，等你找到生命种子来救她。有妖瞳在，她暂时死不了，我只会收死人的灵魂，不会救活人。”

“那怎么办？”猥琐会长与小神龙同时看着雪天傲，希望他能想个办法。

“一定会有办法的，只要活着就一定能醒。”雪天傲肯定道。

看着东方宁心身上的被子滑落，雪天傲上前，熟练地替她将被角掖好，轻轻碰着她不曾消肿的双眼：“你用双眼为我们争取的时间，我们会好好利用。我已经派出大汉帝国所有神者五阶以上的高手去寻找赤皇的下落，依赤皇现在的情况，也许我们可以活捉他。”

雪天傲，我没事，你们不用担心。

躺在床上一动不动的东方宁心很想说话，很想动一动，告诉众人她没事，却做不到。她努力地想睁开双眼，还是做不到。

一滴清泪缓缓从眼睛里流了出来。

“你放心，我一定会想办法把你眼中的妖瞳取出，让你早日醒来，哪怕看不见，东方宁心还是东方宁心，那个光风霁月的女子。”

“报，天傲阁下，属下有要事禀报。”宫外响起传令兵的声响，雪天傲没有动，猥琐会长走了出去：“什么事？”

“启禀大人，外面有一个自称秦羿风的年轻人求见天傲大人，说有救东方姑娘的法子。”

“秦羿风？”雪天傲一怔，转身走了出来，“确定是他？”

“回天傲大人的话，对方自称秦羿风，说能救东方姑娘，还说只要报上他的名字，天傲大人就知道他是谁。”如果不是对方太过肯定，气势太强，他也不敢冲到秋水殿来。

“他在哪里？”雪天傲的声音不自觉提高。

“回天傲大人，就在玄武门外。”传令士兵立马松了口气。

雪天傲身形一顿，随即如同一阵风，来到玄武门，远远就看到一身青衣、孤寂洒脱的身影，雪天傲轻唤了一声：“羿风。”

“天傲。”秦羿风转身，脸上扬起一抹笑容，脸色依旧惨白，却没有了身为鬼苍悟时的阴郁。

秦羿风是秦羿风，鬼苍悟是鬼苍悟，他知道雪天傲懂他。

“你终于回来了。”雪天傲拍着秦羿风的肩膀，激动道。

他们都明白雪天傲的话是什么意思：是秦羿风回来了，而不是鬼苍悟，不是受鬼王钳制的鬼苍悟。

秦羿风可以为雪天傲掐断自已对东方宁心的爱慕之心，可以为雪天傲放弃东方宁心，可以背叛鬼王，这些都是鬼苍悟做不到的。

雪天傲以为鬼苍悟已经放弃了属于秦羿风的一切，没想到秦羿风还有回来的一天。

“我回来了，没办法，鬼族少主死了，我无处可去，只好来投奔你，也不知你欢迎不欢迎。”秦羿风笑得很灿烂、很洒脱。

他们都明白，秦羿风能再回来多么不容易。想要成为秦羿风，就要放弃属于鬼苍悟的一切。

“你的到来，是我听到的最好的消息，比赤皇死的消息还要好。”雪天傲毫不掩饰自已对秦羿风的重视。

历经东方宁心双眼被毁的事情，雪天傲终于明白，这世间再没有什么比失而复得更加美好了。

“你们和赤皇交手了？”

“是，交手了，惨败。”雪天傲并没有隐瞒，想必秦羿风来之前也听到了一些风声。

整个洪荒都在传雪天傲冲冠一怒为红颜，他发兵大秦就是为东方宁心报仇，每一天都有无数奏折弹劾雪天傲，说他不顾百姓安危，只顾个人私怨，为了一个女人挑起两国大战。如果不是雪天傲为东方宁心的事情无暇他顾，他会直接打到那些文官闭嘴。

在抢劫大秦城池时，这些人怎么不说话？难道他们以为大秦会任他们抢而不出声吗？

“东方宁心的眼睛真的毁了？”秦羿风与雪天傲并肩朝宫内走去。

雪天傲点头：“毁了，现在比毁了还要严重，东方宁心一直昏迷，醒不过来。”

“怎么回事？”秦羿风脸色一变，以为雪天傲是故意散布消息，好让大汉帝国师出有名，却不想事实上真有这么严重。

“东方宁心的眼里有妖瞳，保了东方宁心一命，也因此让她无法清醒。不把毁掉的妖瞳取出来，东方宁心就醒不过来。”雪天傲将那些大师的话告诉了秦羿风。

“眼睛还有外伤？”论起医术，秦羿风知道，洪荒不如中州。

“双眼红肿，无法下手。”这是那些所谓的针师和炼药师给的答案，他们的手固然很巧，却没有一个人敢动。

“我去看看，也许我有办法。”秦羿风说这话时，信心十足。

久病成医，他能在鬼族活下来，就是靠自己给自己医治。

“你就是秦羿风？”看到来人，猥琐会长与小神龙一脸惊讶，总感觉这个人有点熟悉，但又说不出在哪里见过。

“是。”秦羿风点了点头，到了洪荒，他只想重新开始。

猥琐会长与小神龙似乎还想问什么，秦羿风却越过众人来到东方宁心身边，仔细观察一番后，严肃道：“天傲，我可以做到，但不能保证结果如何。我得打开她的双眼才能确定最终如何处理，有些冒险，要不要一试？”

“要。”雪天傲毫不犹豫地应下。他相信秦羿风如同信自己，秦羿风一个人能在鬼族中活下来，必然懂得很多常人不懂的手段。

“既然如此，准备一盆热水和一坛烈酒。”秦羿风深深吸了口气，平静心绪。

“你这是要干什么？”猥琐会长连忙伸手制止。

“割开她的双眼。”秦羿风耐心解释。

“就这样，不需要任何保护？”

“相信东方宁心，她会配合我。”秦羿风很了解东方宁心，依东方宁心坚韧的性子，这点痛可以坚持住。

“割开以后呢？”不是猥琐会长不相信秦羿风，实在是他太担心东方宁心了。

“看情况而定。”这一点秦羿风没有隐瞒。

“不行，这样太危险了，一个不好，东方宁心会死的。”没有万全把握就不能动手，割开双眼以后他们就没有退路了，万一取不出妖瞳，难道要把东方宁心的眼球一起剜出来吗？

“你们还有更好的办法吗？”这的确是最危险的办法，现在不是没有选择吗？

“动手。”雪天傲略一思索，做出决定。

诚如秦羿风所说，这是他们唯一的选择。猥琐会长听到雪天傲的话，果断闭嘴。

有雪天傲支持，秦羿风更加无惧，握着用烈酒消好毒的匕首，闭上双眼。

一双眼睛算什么？你可以做到！

秦羿风，相信自己一定可以救东方宁心！

一番心理建设后，秦羿风在众人的期待下，握着匕首朝东方宁心的双眼下手。

匕首极其锋利，一刀下去，黑紫色的血就顺着东方宁心的眼角流了下来。

猥琐会长与小神龙看得眼睛都红了。这一刀下去得多痛啊，为什么东方宁心总要受这么多苦。

处在活死人状态下的东方宁心已经痛到全身抽搐，只是再痛也无法动弹。

泪，不停流出来，东方宁心控制不住。

眼泪让秦羿风方寸大乱，冷汗淋漓，握着匕首的右手有些颤抖，左手紧紧按在东方宁心的眼睛上："东方宁心，如果你能听到，请你不要流泪。"

秦羿风猜测东方宁心是有意识的，虽然一动不动，他却能感觉到东方宁心在表达她的疼痛。

好，秦羿风，我会控制自己，哪怕为了你们，我也会做到。

东方宁心全身放松，努力忽视眼睛上的剧痛，尽量去想小雪少的样子。只有想到小雪少，她才能忘记疼痛。

"东方宁心有意识？"猥琐会长与小神龙连忙询问。

秦羿风点了点头，一点一点将东方宁心的眼皮割开，受伤的眼球很快就暴露在众人眼前，众人第一次看到妖瞳。

黑沉沉没有光彩的眼球上贴着一个紫色的小人儿，有一对小翅膀，模样很像精灵。此时它了无生气地趴在东方宁心的眼球上，一动不动。

"就是这个，这应该就是妖瞳了。"秦羿风长长松了口气，刚刚几乎用掉了全身的力气，现在找到了罪魁祸首，他比任何人都高兴。

"动手吧。"雪天傲脸上没有一点表情，紧握的拳头让人明白他的紧张。

秦羿风点了点头，取出这妖瞳很难，这也是那些大师不敢动手的原因。

秦羿风距离东方宁心很近，额头贴在她的额头上，拿着一枚细针在东方宁心的眼睛里不停挑动，动作小心迅速。

众人看得心惊胆战，不停祈祷：秦羿风，你可千万不要失手，否则东方宁心就完蛋了。同时也希望秦羿风能快一点将妖瞳取出来，众人心急到连呼吸都要停滞。

东方宁心忍着痛，等待秦羿风将她眼中的妖瞳取出来，半天过去，却没有结果。

众人渐渐不安，雪天傲双眼通红。半晌过后，秦羿风终于抬头，众人齐齐看着他，眼里透着期望，却没有一个人敢问出口。

秦羿风看着众人期盼的脸，眼里闪过一抹自责："天傲，对不起，我们赌输了，妖瞳取不出来，现在必须连同眼球一起摘下来。"

"什么？"猥琐会长与小神龙的脸一下就没了血色。

这是最坏的结果！

雪天傲沉默地看着躺在那里一动不动的东方宁心，没有言语。

第二十五章 莫愁前路无知己

东方宁心的眼睛清澈美丽，如同天上的星辰，得到妖瞳后更显神秘，现在眼珠要被挖出来，东方宁心能接受吗？

当然不能。

所以，雪天傲，不要，不要，千万不要剜出我的眼球，即使是破碎的我也要留下，它是我身体的一部分，不可以被取出来。

"天傲？"秦羿风再次催促，他们没有太多时间考虑，考虑越久，东方宁心的危险就越大。

雪天傲看着一脸是血的东方宁心，心里说不出地酸痛。

上天待东方宁心何其残忍，待他雪天傲何其残忍。

上一次尸沉黄河他无力挽回，这一次他真的要看着她死吗？

不，他做不到。

"羿风，动手吧。"雪天傲闭上眼睛，什么都不想看。

"雪天傲！"猥琐会长与小神龙同时失声尖叫，眼里是满满的质问，雪天傲你知道自己在做什么吗？你知道自己刚刚说了什么吗？

雪天傲闭上了眼，看不到任何指责。

动手吧！多么简单的三个字，却让东方宁心有种宁可死去的感觉。

秦羿风的刀再次贴近东方宁心的双眼。

猥琐会长与小神龙紧紧握着拳头，抑制着上前将秦羿风拉走的冲动，他们很明白这是最好的选择。

妖瞳必须要清除，即使是连同眼球一起。取出来，东方宁心有一半的可能会清醒；不取出来，连一半的可能都没有。

不要，不要，雪天傲，不要，快让秦羿风住手，与其剜去我的双眼，不如让我死，你知不知道？

雪天傲，我东方宁心做不到顶着两个血窟窿度日，那样比杀了我还要难受。

秦羿风的匕首已经碰到了东方宁心的眼球，小心避开她眼睛上的经脉，找寻最佳的下手位置。

“羿风，住手！”雪天傲突然出声。

“天傲？”秦羿风一顿，握刀的手险些戳到东方宁心的眼珠。秦羿风吓得满头大汗，一脸不解地看向雪天傲。

雪天傲却是不管不顾，上前握住秦羿风的手：“羿风，东方宁心告诉我，不要摘掉她的眼球，她不能接受。”

不知为何，雪天傲就是听到了这个声音。他不想让东方宁心失望，东方宁心不想做的事情，他绝不会勉强。

“呼——”不知为何，小神龙与猥琐会长同时松了口气，明知没有更好的选择。

东方宁心更是长长松了口气，雪天傲居然听到了她的心声，真是太好了。

如果不是无法控制自己体内的真气，东方宁心多么希望用梦族的精神控制法告诉雪天傲她此时的想法。

“天傲，你太紧张了，东方宁心只是有意识，她根本不可能告诉你她的想法。”秦羿风心底悄悄地松了口气。

他也不想摘下东方宁心的眼球。

“秦羿风，东方宁心肯定不能忍受自己的眼睛变成两个血窟窿，不能只取出妖瞳吗？”小神龙连忙上前，说出自己的想法。

秦羿风为难地看了一眼与东方宁心的眼球紧紧连在一起的妖瞳，他当然明白东方宁心无法接受眼球被剜，可是还有别的办法吗？

“你们应该明白，妖瞳几乎是长在东方宁心的眼球中，必须一起取出来，我们没有别的选择了。”秦羿风轻叹了口气，“天傲，快点决定吧，东方宁心的眼睛一直在流血，考虑的时间越久，东方宁心承受的痛苦就越多。”

“让我想一想。”雪天傲闭上眼，许久后，他朝秦羿风伸手，“羿风，把匕首给我，剩下的由我来做。”

他已经决定了，无论成功与否，都由他一力承担。

“好。”秦羿风不知雪天傲想做什么，但还是很配合地把匕首交给雪天傲，起身将位置让出来。

“雪天傲，你要做什么？你可别乱来，那可是东方宁心的眼睛，你对眼睛的经脉又不熟，我们又不清楚妖瞳的力量，万一伤着经脉会有生命危险的。”猥琐会长看着雪天傲，一阵担心。

雪天傲不会是想自己动手去剜东方宁心的眼球吧？就算真的决定剜掉，也应该让秦羿风来，明显秦羿风比他们懂得多。

“我知道自己在做什么，我知道什么是东方宁心想要的。”雪天傲的声音异常坚定，同时也告诉众人，他的决心无人可以更改。

猥琐会长还想再说什么，秦羿风摇了摇头，示意他相信雪天傲，小神龙也拉着猥琐会长的衣摆。

众人齐齐看着雪天傲，等待他的动作。

雪天傲握着匕首，神色庄严肃穆，样子如同赶赴刑场。事实上，此时的雪天傲也不比赴刑场好多少，因为他也不确定能不能成功。

众人一动不动，也不知是期待雪天傲一刀下去，还是期待奇迹发生。

出乎众人的意料，雪天傲既没有创造奇迹，也没有一刀刺下去，而是将真气凝聚于指尖，手指覆在东方宁心的眼睛上。

“冰封！”两个字吐出来，只见东方宁心眼中的血液瞬间冻结，其他地方则没有受影响。

“天傲，你能将真气逼至指尖？”秦羿风吃惊道，将全部真气凝于指尖一小点，这不是神者三阶的雪天傲可以做到的，他升阶了吗？

雪天傲看着自己成功将眼球冰封住，长长松了口气：“侥幸而已。”

确实是侥幸，在动手前，他也没有把握。

“雪天傲，这样会不会冰坏东方宁心眼睛里的血管？”

“只要保住眼球就好了。”现在他只求东方宁心能醒来。

雪天傲俯身朝下，匕首对着冰封的眼珠，深吸了一口气，一个巧劲剜了下去。

血从东方宁心的眼里不停往外喷涌，溅了雪天傲一手。雪天傲一动不动地看着东方宁心的眼睛，眼角滑出一滴晶莹的泪珠。

东方宁心，你看到没有，我做到了，这双不灵巧的手将你眼中的妖瞳取了出来，保住了你的眼球。

东方宁心，相信我，另一只眼睛，我也可以取出来。

“快，快止血！”秦羿风看雪天傲没有任何动作，立马上前，拿起一旁的丹药喂给东方宁心，动手清理她脸上的血。

“不用。”雪天傲制止了秦羿风的动作，再次将真气凝聚于指尖。

雪天傲不做片刻停留，用同样的手法取出另一只眼里的妖瞳。

成功了！雪天傲长长松了口气。

“啊！”与此同时，东方宁心突然惨叫一声，原本一动不动的身体突然抽搐，整个人险些从床上弹起来。

雪天傲手中的匕首跌落在地：“东方宁心？”

只一刹那，东方宁心又晕死了过去。

“怎么样？怎么样？”猥琐会长与小神龙这个时候才敢上前询问。

“妖瞳取出来了，没有什么大碍，东方宁心应该是痛晕了过去。”雪天傲转身，眉眼间有着掩饰不了的疲倦。

猥琐会长一看，也不管雪天傲愿意与否，倒出数粒丹药塞给雪天傲：“吞下，别东方宁心醒了，你又倒下了，现在你可不能有事。”

雪天傲也没有拒绝，第一次尝试将真气凝于指尖，虽然成功了，但伤害确实不小。吞下丹药后略作调息，雪天傲的气色才稍稍好转：“你们先下去休息吧，这段时间大家都累了，东方宁心清醒过来也就是这几天的事情，到时候我们再去找赤皇报仇。”

“好。”听说要去找赤皇，众人都很激动。这仇，他们是一定要报的。

事实上，当天晚上东方宁心就醒了。

“东方宁心，你醒了？”雪天傲强压下心中的喜悦。

微微愣了下神，东方宁心才反应过来，一时间适应不了自己无法视物。

嘴角划过一丝苦笑，东方宁心很快掩饰好心中的难过，半撑着身子坐了起来：“雪天傲，我没事了。”

听到这四个字，雪天傲的鼻子突然一酸，眼睛都看不见了还说没事。

东方宁心醒来的那一刻，他没有错过她失神错愕的样子，明明还没习惯看不见，却先安慰他，这样的东方宁心让人怎能不心疼？

看着东方宁心眼睛上染血的绷带，雪天傲别过脸去，轻声转移话题：“饿不饿，我去给你准备吃的。”

雪天傲想过很多种东方宁心醒来后的情况，却没有想过她会平静得像是什么都没有发生，这让他想要安慰都无从下手。

“雪天傲，别走，我不饿。”东方宁心慌忙伸手，想要抓住雪天傲。

她并没有表现出来的那般淡定与冷静，看不见，她的心很慌，可是她不能让雪天傲陪她一起难过。

“好，我不走。”雪天傲连忙转身，将手放在东方宁心的手心。

握着雪天傲的手，东方宁心没来由地感到心安：“雪天傲，我看不见了。”

“对，你看不到了。”

“雪天傲，我不后悔，真的不后悔，即使重来一次，我的选择依旧是这样。”她不想雪天傲一直纠结此事，这是她自己的选择，不是雪天傲的错。

“不许再有下次。”雪天傲握着东方宁心的手，加重了力道。

东方宁心没有说话，如果下次遇上同样的情况，她依旧会做出同样的选择。

看东方宁心迟迟不答，雪天傲再次道："快说，不会有下次。"

"雪天傲。"东方宁心突然叫了一句。

"怎么了？"

"我眼睛疼。"第一次，东方宁心用这个方法来转移雪天傲的注意力。

"躺下，我看看。"雪天傲紧张地扶着东方宁心躺下，小心翼翼地拆开她眼睛上的绷带，细心检查。

"有些红肿，我用冰块帮你敷敷。"雪天傲凝气成冰，小心地将冰块放在东方宁心的眼睛上，来回滑动，希望借此减少东方宁心的痛苦。

冰凉的感觉让眼睛上的刺痛少了几分，也让东方宁心心里多了几分说不清道不明的感动，她挪了挪身体，让自己离雪天傲更近："雪天傲，谢谢你一直陪着我。"

雪天傲没有说话，只轻抚着东方宁心的头。

第二天，秦羿风与猥琐会长过来，东方宁心的眼睛已经好了大半，不仅没有往外渗血，也不再红肿了。

"太好了！太好了！东方宁心你没事，真是太好了！"猥琐会长高兴得跳了起来。

小神龙一进来就冲到东方宁心面前，抱着东方宁心大喊："笨蛋！笨蛋！笨蛋！让你不叫我，让你不找我，这下好了，你的眼睛看不见了！"

轻揉着小神龙的头发，东方宁心淡淡道："我这不是没事吗？就算你们不相信我，也应该相信雪天傲，有他在，我不会有事的。"

"东方宁心，下一次遇到危险一定记得叫我，我有龙凤遗珠在身，也有太虚神甲，危急时刻它也可以保护我们，要知道你的命可不是你一个人的。"小神龙一脸严肃道。

"好，我知道了。"东方宁心没有正面回答，太虚神甲能护的只是上半身，双眼不在太虚神甲的保护范围内。至于龙凤遗珠，东方宁心更不抱希望，那东西什么时候有效都说不准。

秦羿风看东方宁心被小神龙缠住，笑着上前替她解围："东方宁心，我们又见面了。"

东方宁心略略转头，循声看去，刚刚进来的人太多，她一时间没有适应，听到秦羿风的声音才知道他也进来了。

"我该怎么称呼你？"再见秦羿风或者说鬼苍悟，东方宁心有种说不出来的心疼。

看到秦羿风，她就想到自己，她与秦羿风何其相似，他们颠沛流离、命运多舛，但从来没有放弃过，即便被上天遗弃，也默默努力地活着。

秦羿风和东方宁心是同一类人，也许消极，也许悲观，对生命却从来不曾放弃。

“东方宁心，你不会不认识我了吧？”秦羿风夸张地大叫，一副受伤的样子。

如果东方宁心能看到，一定不会错过秦羿风眼中的黯然与伤痛。选择成为秦羿风，他就放弃了鬼苍悟这个身份，放弃了这个可以光明正大爱东方宁心的身份。

身为雪天傲的兄弟，他无论如何都不能表现出对东方宁心的爱慕。

“我看不见你。”东方宁心坦然面对自己的失明。

一句话让众人黯然。

“宁心。”猥琐会长关切道。

“我没事，早就知道看不见了不是吗？能保住眼球，我就很满足了，没有顶着两个血窟窿度日，我很高兴。”

“以后，我们就是你的眼睛。”雪天傲上前，紧紧握住东方宁心的手。

“没错，以后你们就是我的眼睛。现在告诉我，我面前的人是谁？”东方宁心轻轻一笑，没有一丝阴霾。

秦羿风垂眸，掩去眼中的伤怀，大大方方地道：“东方宁心，我是秦羿风，雪天傲最好的兄弟。”

“秦羿风。”东方宁心仔细回味着这三个字，要如何才能放弃另一个自我，全心全意只做秦羿风？

东方宁心自认做不到，即使重生为墨言，她也做不到放下属于东方宁心的一切。

“是的，你是秦羿风，消失许久的秦羿风。”

至此，世间再无鬼苍悟。

东方宁心朝秦羿风微微点头：“秦羿风，谢谢你的到来，没有你，我不知何时才会醒来。”

“别谢了，我来可不是为了你，我是为天傲而来。”秦羿风摆了摆手，随即想到东方宁心看不到，颇有几分失落地放下手。

雪天傲原本的打算是，等东方宁心的眼睛好了，他们就去寻找赤皇的下落，除了报仇外，最主要的就是他们的破天枪与凤凰琴都在赤皇手中，得先把武器抢回来。

东方宁心却持反对意见：“赤皇消失了这么久，我们的探子一直查不到，洪荒这么大，我们何时才能找到他？与其主动去找，不如等他找上门来。我们先去战场，把大秦灭了再说。”

如果是以往，东方宁心说这话时，双眼肯定闪着自信的光芒。

“两军交战，胜负很快就能定，我们不必去。”只要把大秦灭了，赤皇怎么也会出现，可是那时候就晚了。赤皇的伤好了，凭他们的实力，根本赢不了。

东方宁心无比坚定地道：“雪天傲，我们必须去战场，那些战士是因为我才上战场的，我们不能任他们牺牲，要让这场战争早点结束。”

“战场上的牺牲是难免的。”这种倾国力之战更加避免不了死亡，一将功成万骨枯，这一点雪天傲早就明白，也习惯了。

“我们去，至少可以减少不必要的牺牲。与其大海捞针一般寻找赤皇，我宁可先灭了大秦，然后等着赤皇上门。”紧紧握着拳头，东方宁心强压下心中对赤皇的恨意。

她何尝不想找赤皇报仇，可是不能失了理智，现在唯一能保持冷静的人只有她了。

雪天傲为了她的双眼，为了消除心中那口恶气，根本不会去顾全所谓的大局，在雪天傲眼中，这天下也许比不上她的一双眼睛。

在东方宁心的强烈要求下，众人改变了路线，快马加鞭朝战场赶去。东方宁心与雪天傲没有走大道，而是选择偏僻的小路。此时，他们正在大汉帝国边境的小镇用午膳。

“喂，你听说了没有，两天前有个神秘高手突然闯到药神谷，逼迫药神谷谷主交出十品修气丹，说是三天后不交出来，就要血洗药神谷。”一江湖侠客打扮的大汉一副神秘兮兮的样子。

“药神谷？居然有人敢找药神谷的麻烦？什么人呀，这么大的胆子？！”那人的同伴相当给面子，连忙追问。

大汉摇了摇头：“不知道呢，听药神谷的人说，对方在洪荒似乎名气不大，不过实力很强，至少是神者七阶高手，药神谷有三个神者六阶的高手护谷，都不是那人的对手，不仅如此，还被对方打成重伤。听说对方手中还有神器，两天前几乎横扫药神谷，如果不是想要十品修气丹，估计药神谷早就被灭了。”

“神器？这洪荒除了三大帝国外，没听说哪个势力手上有神器。以前听人说天空之城有，可天空之城被整个埋了以后，神器什么的也消失了，现在还有很多人在天空之城的遗址上挖呢，想弄个神器什么的出来。”

“神器？会不会是蓝衫剑客？蓝衫剑客手中的那把剑不就是神器吗？”有人大胆猜测。

“肯定不是蓝衫剑客，蓝衫剑客仗义豪气，怎么可能会做这种强抢的事情？而且那神秘人年纪不小，蓝衫剑客多年轻呀，向来和他的朋友一起行动。”

“那会是谁呢？神者七阶以上的高手洪荒并不多呀，最多也就百来个，基本上数得出来，要是真的出现在药神谷，他们也不可能不认识。”

“管他是谁呢，跟我们有什么关系，神者七阶呀，我们距离那种高手远着呢。”那人连连感慨，随即又问道，“药神谷怎么办，三天后真的要将十品修气丹交出去吗？据说那可是他们祖师爷药神大人留下来的，只有二十颗，这千年下来，怕是只余十来颗了吧，他们舍得交出来吗？”

“当然不舍得了，药神谷的人请了洪荒第一佣兵团——黑鹰佣兵团团长黑鹰亲自出马护谷，那人就算有神器，恐怕也讨不得好，黑鹰可是神者八阶呢，距离九阶只差临门一脚。”

“黑鹰？药神谷拿出什么请黑鹰出马呀？黑鹰好多年都不曾露面了。”

“说起来，药神谷的人也挺有意思的，你们知道不，药神谷的人就是用十品修气丹请黑鹰出马，只要黑鹰把强抢丹药的人杀死，药神谷就送黑鹰一枚十品修气丹。要知道，放眼洪荒，也只有药神谷才有十品的丹药呀。”

“你们怎么看？”眼睛看不到，耳朵就灵敏了许多，谈话的人离得不近，东方宁心却听得清清楚楚。

“你们说那人会不会就是赤皇？要十品修气丹，有神器，神者七阶以上。”秦羿风逐一分析，越说越觉得是这么一回事。

雪天傲拿起桌上的茶杯，轻轻品了一口：“不管是不是，我们都要去看看。就算不是赤皇，药神谷也值得我们走一趟。”

他不知道十品丹药对东方宁心的眼睛有没有用，但还是想要试一试。

“天傲，你是对十品修气丹感兴趣了吧？”秦羿风不愧为最了解雪天傲的人，一语道破。

东方宁心嘴角勾起一抹笑：“我对修气丹也很感兴趣，十品丹药，放眼洪荒也没有多少。”

上一次，雪天傲凝气于指尖，让东方宁心发现他的真气不稳定，应是元气受损。十品修气丹也许可以修补雪天傲受损的元气。

“既然如此，那还等什么？”猥琐会长站了起来。他炼不出十品丹药，但能看看也是好的。

刻不容缓，东方宁心一行人飞快上路，本想找个人问药神谷的具体位置，却发现一路上有不少人成群结队朝小镇东南方向的高山走去。不用多想，药神谷肯定就在那边了。

东方宁心一行人跟在众人身后，朝药神谷走去。

药神谷在山下，常年云雾萦绕，看上去颇有几分仙气，进来的人在入口处报上自己的名号与真气级别后，药神谷的小药童就会迎人入内。

东方宁心与雪天傲一行人出于谨慎，没有直接进去，而是悄悄隐在暗处观察。他们发现短短半个时辰，就有不下百个神者高手踏入药神谷。

“天傲，宁心，你们有没有觉得什么不对劲？”秦羿风小声问道，这么多高手聚在一起，这也太恐怖了。

“不是说请了洪荒第一的佣兵团吗，怎么还有这么多高手前来？”眼睛看不到，却不影响她的判断力。诚如雪天傲所言，即便瞎了，东方宁心还是东方宁心，除了看

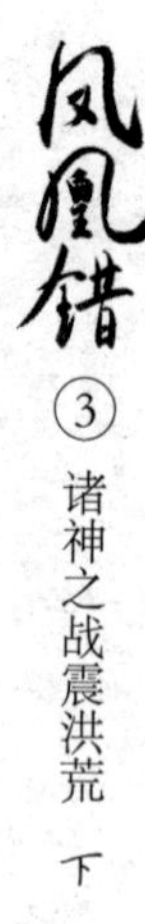

不见，与平时没有多少不同。

“这有什么不对劲的。这些人会来助阵是很寻常的事情，要是没人来才怪呢。你知道炼药师最大的优势是什么吗？就是人脉。像药神谷这种不比炼药师公会差的势力，洪荒不知道有多少人欠他们人情，现在药神谷有事，这些人肯定会来还人情的，就算不是来还人情的，大家也不会放弃与药神谷打好关系的机会，说不定日后购买丹药就方便了呢。这也就是我劝你们放了那些针师与炼药师的原因，针师与炼药师都是马蜂窝，虽然他们本身实力不怎么强，但欠他们人情的高手多了去了，毕竟没有人敢保证自己一辈子不需要炼药师和针师的帮助。”猥琐会长一脸得意地解释，别看他在东方宁心与雪天傲面前没个正经，在中州也是个一呼百应的主，那些拜托他炼丹的，从他手上买到丹药的，都得给他三分面子。

“是这样吗？可我还是觉得有点奇怪。”秦羿风一时也说不准，心里不安。

“不管奇不奇怪，我们在暗处，不要正面与之发生冲突就好。”雪天傲沉吟片刻后做出决定。

众人没有异议，也放弃现身的念头。

如同猥琐会长所言，药神谷的号召力的确非同一般，从下午到入夜时分，不停有神者以上的高手进入药神谷，而在子夜时分，他们等的人终于来了。

那人一身黑衣，手持长剑，带着几分玩世不恭的散漫，踏着夜色，不急不缓地朝药神谷走去。路过东方宁心几人所隐藏的位置时，那人停了一步，借着夜色，雪天傲看清了来人的样子。

雪天傲不禁大吃一惊，怎么也没有想到来人居然是魂组织的东夜。东夜不是带着生命种子与光明神殿和黑暗神殿周旋吗，怎么会出现在这里？

雪天傲还来不及告诉东方宁心来人是谁，东夜就来到几人隐藏的位置：“东方宁心，雪天傲，没想到你们对药神谷也有兴趣。”

“东夜阁下。”东方宁心与雪天傲也不矫情，大大方方打招呼。

原本以为抢丹药的人是赤皇，没想到居然是东夜。东夜会发现他们的存在很正常，他的实力比冥也就差那么一点点。

“东方宁心，你的眼睛……”东夜俊美的脸上带着几分惊讶，他最近忙着与光明神殿、黑暗神殿的人抢生命种子，对于洪荒的事情少有关心。

他虽然屡次三番对东方宁心下手，想要杀她，但现在没有与之为敌的打算。

“有什么能帮上忙的就直说，我一定尽全力。”东夜不假思索地许下承诺，虽说话一出口他就后悔了。

东方宁心倒是不客气：“东夜大人想必不是为了十品修气丹而来吧？”

“为什么会这么说？”东夜心里渐起防备。东方宁心的眼睛瞎了，心却仍旧清明。

“东夜大人手中的炼药师何其多，有百草林在，炼出十品丹药想必也不是什么难事，何必为了这小小的丹药而亲自动手？”当东方宁心知道来人是东夜时，就明白东夜所谋绝对不是十品丹药。

东夜也不反驳：“我确实不是为那丹药而来，小小的十品修气丹我还不放在眼里。你们呢？难不成是因我而来？”

东方宁心摆了摆手：“十品丹药东夜大人虽不看在眼里，我们却很在意，那十品丹药我们要了。”

“你的眼睛似乎不是丹药可以治好的。”这一点东夜很确定，如果丹药可以使东方宁心复明，以雪天傲和东方宁心的能力，早就解决了。

“这是我的事情，就不劳东夜大人费心了。东夜大人，我们暂时合作如何？”东方宁心避重就轻道。

“你拿什么跟我合作？”月光下，东夜的眼里闪过什么东西，速度太快，让人看不真切。

“东夜大人想必是为了那些神者高手而来，虽说我们帮不了你什么，但想坏了你的事却是很容易的。”东方宁心试探道，虽然她不知东夜具体要什么，但是药神谷除了丹药，就剩那些从四面八方赶来的神者高手了。

“东方宁心，你威胁我？”东夜神色一变，上前一步，以高手的威压逼迫东方宁心。

雪天傲挡在东方宁心面前，挡下了东夜对东方宁心的威胁：“东夜阁下，合作不成仁义在，既然阁下没有合作的意向，那我们就各自行动。”

东夜眼神一冷，沉默片刻道：“好，既然如此，我们合作吧，各不相阻、各取所需。”

说完，也不等东方宁心与雪天傲回话，东夜大步朝药神谷的方向走去，月光将他的影子拉得老长，更显孤单寂寥。

雪天傲没有说话，只看着东夜大摇大摆走进药神谷，完全不隐藏自己的踪迹。

“什么人胆敢擅闯药神……”

话还没有说完，就身首异处，东夜下手狠绝，不过一炷香的时间，药神谷入口处的障碍就被解决得干干净净，一个活人也没有。

东方宁心与雪天傲一行人趁机隐入黑暗中，潜入药神谷内部，打算伺机而动。

刚刚踏入药神谷，几人就听到呜呜呜的号角声响起，瞬间整个药神谷都喧闹起来。

“有人闯谷！”

“来人呀！来人呀！”

“有人闯进了大殿！”

东夜很快来到了药神谷大殿，此时，他正被一群人给围在中间，为首的是一个身穿黑衣的男子，气宇轩昂，英姿飒爽，看上去年岁不大，却自有一股威仪。他的衣服上绣了一只血红的大鹰，赫然便是黑鹰。

“来者何人？”黑鹰的声音带着几分煞气，一看就知道是个刀口舔血、从死人堆里爬出来的家伙，身上有着怎么也掩饰不了的血腥味。

东夜被数百名高手围攻，却丝毫不见惊慌：“谷主，东某来取十品修气丹，这就是你的待客之道吗？”

“好嚣张的小子，我药神谷的东西岂是你想要就要的？”白胡子药神谷谷主全身颤抖。放眼洪荒，即便是三大帝国也得给他们药神谷三分薄面，唯独这个叫东夜的男人，居然欺到了他的头上。

“如此说来，谷主是不肯给了？”东夜反客为主，一副他是对的、旁人犯了错的傲慢样。

“阁下嚣张跋扈，就算不将我药神谷放在眼里，难道也不将洪荒众豪杰放在眼里吗？”药神谷谷主眼神冰冷地看着东夜。

面对一个神者八阶、两个神者七阶、三个神者六阶、十七个神者五阶、数百名神者一阶以上的高手，这人居然还敢拿大，实在是嫌命长。

东夜冷眼一扫那些自以为正义的神者高手，嘲讽一笑：“谷主以为凭这些乌合之众就能制住我？”

“好大的口气！无知小儿，今天我等就代药神谷教训教训你！”东夜的话引起众人的不满，当即有人出手。

“既然如此，我也就不客气了，药神谷的十品修气丹，我东夜要定了。”东夜面色一正，举起手中的剑，战意澎湃，威风凛凛。

“好，老夫来会会你。”两个神者七阶高手不待众人多言便冲了上去。

东夜眼里闪过一抹冷嘲，凌空而起，一个闪身，生生从众人面前消失。

“人呢？人呢？”包围东夜的人脸色一变，纷纷寻找他的下落。

“我在这里。”循声望去，只见东夜迎风而立，站在药神谷大殿的屋顶上。

“想跑？门都没有。”两名神者七阶高手当下以为东夜被吓着了，脸上有藏不住的得意，脚下一个用力，凌空而起，朝东夜扑去。

“跑？你们太高估自己了吧，我没空陪你们玩，全部去死吧！”背对着月光，东夜的脸不怎么真切，只隐隐有几分扭曲与狰狞，看得众人心里很是不安。

“那个东夜真的要杀他们？他能做到？”秦羿风在暗处看得胆战心惊，神者五阶以上的高手居然这般强悍，他这点能力放在洪荒还真是什么都不是。

东方宁心摇了摇头，她看不见，但能洞悉东夜的做法：“他在虚张声势，如果我没有猜错的话，他的目的是利用药神谷引来这些洪荒高手，然后制住他们，他应该是要活口。”

如果东夜想杀人，不会费这么多周章。

“他捉这些人干吗？”猥琐会长一脸不解，在他眼中，东夜和这些人根本不是一个层次的。

“东夜出现在这里，说明生命种子落在了光明神殿或者黑暗神殿的手里，他需要人手帮他抢夺种子。”东方宁心大胆猜测。

要是生命种子在东夜手里，东夜根本不敢现身。

“东夜要让这些人变成他的傀儡？”猥琐会长倒抽一口凉气，心里有些发毛。

如果他们不认识东夜，又与东夜达成了一个不像合作的合作，是不是也会沦为他手中的一颗棋子？

“你们看。”雪天傲指向战场的中央。

东夜举剑，如同大鹏展翅，真气随剑而出，只一剑就将众人放倒，却没有伤及任何一个人的性命。

“你、你是天神，天神不允许插手世俗事务，你怎么可以违规？”唯一还站着的两人就是黑鹰和药神谷谷主。

药神谷谷主看东夜一招就把无数的神者高手给灭了，一时间冷汗淋漓，吓得不敢言语。

东夜收起长剑，转身看向黑鹰与谷主，冷冷笑道：“谷主，是让我灭了你的药神谷，还是由你把十品丹药交出来？”

“我……”不待药神谷谷主说话，黑鹰上前一步，手中的双环刀指向东夜：“我黑鹰佣兵团既然接下了这个任务，除非我死，不然绝对不妥协。”

“既然如此，我不介意再多收一条命。”东夜轻蔑一笑，神者八阶的高手不好控制，但要杀却不成问题。

“雪天傲，机会来了。”暗处的东方宁心听到这里，突然出声。

东夜似乎听到了，原本凌空而起的杀招改为凝聚真气，招式也慢了许多，给足了雪天傲与东方宁心救人的时间。

雪天傲与东方宁心配合默契，见东夜放手，直接挡在黑鹰与药神谷谷主面前，拦下了东夜这一招。

药神谷谷主还没有弄清怎么回事，秦羿风、猥琐会长与小神龙就来到两人身旁，拉着两人往外跑：“快走！”

出于“合作”，东夜倒也配合，三人便在半空中打了起来，真气四射，看上去好不凶险。待到黑鹰与药神谷谷主离去后，东夜便停了手。

“你们真阴险！”东夜看着面前一脸从容的东方宁心与雪天傲，咬牙切齿。放眼洪荒，能算计他的人实在不多，东方宁心与雪天傲果真好本事。

“彼此彼此！和东夜大人相比，小巫见大巫罢了，东夜大人利用药神谷的特殊身份，引无数洪荒高手前来，企图一网打尽，这手笔更是让人佩服。”东方宁心不客气地怼了回去，“东夜大人果然出手惊人，要是黑暗神殿与光明神殿的人知道东夜大人对洪荒的人下手，不知道会不会联合起来，先对付东夜大人你呢？”

“你……”东夜大惊，东方宁心居然猜到了他的意图，一时间犹豫着要不要出手灭口。

“东夜阁下不会是想杀人灭口吧？”雪天傲没有错过东夜眼中的杀意，先一步堵死了东夜的路，同时暗暗凝聚真气防备。

“天傲，不用担心，东夜大人自己都麻烦不断，哪里还有时间对我们下手？”东方宁心附和道，根本不给东夜说话的机会。

东夜好气又好笑地看着东方宁心与雪天傲，摊了摊手，表示自己没有杀人灭口的打算：“你们想怎样？”

“东夜大人言重了，我们不是合作嘛。东夜大人要做什么我们不会管，只是劳烦下手时干净点。”说完，东方宁心与雪天傲转身就朝药神谷大殿走去。

他们并不想与东夜有太多牵连，这话一出，彼此的合作就算结束了，他们不欠东夜什么，以后东夜也不能拿这个说事。

阴险！

东夜看着东方宁心与雪天傲，气不打一处来。

两个人明明什么都没有做，却利用他换来药神谷谷主与洪荒第一佣兵团的恩情，随后还一脚把他给踹开，实在是气人。

偏偏东方宁心又拿住了他的软肋，他的确不能怎样。

东夜骂了一声，宣泄了心中的愤怒后，才动手将这些人给处理好。

轰的一声巨响，就在东方宁心与雪天傲转身的刹那，对面的山谷突然倒了下来，滚滚山石朝东方宁心与雪天傲砸来。

“浑蛋东夜！”雪天傲将东方宁心护在身后，不停向前冲，四面八方的巨石从上往下砸，东方宁心看不见，只能任由雪天傲护着，任那些巨石砸在雪天傲的身上。

两人狼狈不堪，一身尘土，雪天傲身上更是渗着血迹，很明显两人刚刚经过一场“恶战”。

东夜站在尘土之外，满意地点了点头。借着巨响和倒塌的山谷，东夜带着那群已经没了意识的傀儡，消失在黑夜之中。

第二十六章 柳暗花明又一村

巨石倾塌，尘土飞扬，整个药神谷已被巨石埋藏，里面的秘密永远无人知晓，东方宁心与雪天傲虽然一身狼狈，却笑了。

东夜做事，果然干净利落。

东方宁心与雪天傲快步走出药神谷，与猥琐会长他们会合。一出来，黑鹰和药神谷谷主就一脸感激地上前："天傲阁下、宁心姑娘，你们没事吧？今天我药神谷多亏二位仗义相救，不然后果不堪设想。"

他们先前已经问清了这一行人的身份。

"不必客气，谷主、黑鹰团长，很抱歉，对方实力不凡，我夫妇二人只能勉强应对，毁了贵谷，实在抱歉。"雪天傲与东方宁心坦然地受了二人的礼。

药神谷谷主一脸颓废："东方姑娘言重了，我们也见识到了那贼子的实力，今日如果不是阁下出手，我们怕是早就惨死在贼人手上了。"

"谷主不必客气，我们路过这里，听闻药神谷的事情便不请自来，还望谷主与黑鹰团长原谅我们的鲁莽。"东方宁心脸上有着难掩的倦意，显然是累了。

"东方姑娘，你们可是我药神谷请都请不到的贵客。"药神谷谷主的热情让众人窃喜。

欠了人情就得还，东方宁心也不客气："药谷主，明人面前不说暗话，我们一行人原本是去大汉与大秦的战场，之所以会出现在这里，就是因为听到贵谷所提的以十品丹药为酬劳的事情。"

"十品修气丹？"药神谷谷主脸色一变，不过很快恢复如初。天下没有白吃的午餐，东方宁心与雪天傲肯定不会无缘无故出手帮他们，有目的也是好事。

"对，十品修气丹，不知谷主之前的承诺是否有效？"东方宁心询问。

药神谷谷主看了一眼一身脏污、发丝凌乱却不改霸气的雪天傲，又扫了一眼明显眼睛受伤无法视物的东方宁心，谨慎地询问："东方姑娘眼睛受伤，需要丹药救治？"

如果是，那是不是说明这一切极有可能是一个阴谋呢？

药神谷谷主想到这里，心里陡然生起几分防备，随即又释然，要是东方宁心与雪天傲有那么厉害的属下，哪里需要布什么局，直接抢了就是。

"谷主，想必你也知道我眼睛瞎了，并且不可能恢复，之所以为十品修气丹而来，是因为我的夫君雪天傲身有旧疾。"眼瞎心则明，东方宁心敏锐地发现了药神谷谷主的怀疑，当下出言打消他的疑惑，"虽说慢慢调理也能痊愈，但如果有修气丹的助力，定能事半功倍，毕竟我们马上就要上战场，全盛的状态更有胜算。"

药神谷谷主没有言语。黑鹰看了他一眼，开口道："药谷主，当时你与我们黑鹰佣兵团交易时就曾说过，只要我们保住了十品修气丹，你便以一颗十品修气丹为报酬。我们黑鹰佣兵团没有做到，当然不好意思索取报酬。天傲阁下与宁心姑娘做到了，这报酬你也不能少了吧？"

"好，十品修气丹，我给了。"药神谷谷主听黑鹰如是说，脸上闪过一抹为难之色，咬牙应下了。

左右要付出一枚十品修气丹，给谁不是给？

十品修气丹顺利到手，东方宁心与雪天傲长长松了口气。

这丹药虽说对东方宁心的双眼无用，对雪天傲却极为有益。雪天傲服下丹药，将真气运行一周天，就感觉真气畅通无阻，因炼制益母丹损伤的元气也恢复了大半。

当他们离开药神谷时，药神谷谷主给了他们一面令牌，凭那令牌，八品以下的丹药药神谷无限供应。黑鹰团长则直接聘请东方宁心与雪天傲为佣兵团的客卿，并且在佣兵公会登记。

所谓客卿，就是佣兵团的特殊人员，可以无限制使用佣兵团的资源，而且平时不用参与佣兵团的任务，只在佣兵团面临生死难关时，客卿才会出手。当然，即使客卿没有帮忙，佣兵团也不会有怨言。

这么好的机会，东方宁心与雪天傲怎么会拒绝？推却一二后，二人便坦然接受了。

从药神谷出来，与黑鹰分道扬镳后，东方宁心与雪天傲一行快马加鞭朝大汉与大秦的战场赶去。

不到三日，他们就赶到了战场。

"天傲阁下，宁心姑娘。"远远地，守卫的士兵就看到了东方宁心与雪天傲，眼里有着掩不住的喜悦。

"参见天傲阁下，参见宁心姑娘。"东方宁心与雪天傲一路走来，大汉士兵一路跪拜。

蓝色闪电的崛起，让整个大汉帝国的士兵狂热地崇拜东方宁心与雪天傲。即使大汉很多人依旧排斥蓝色闪电，却阻挡不住他们对东方宁心和雪天傲的崇拜。

能将没有理智的战鬼训练成洪荒第一的军队，这是何等强大?

遇上他们是大汉之幸。只不过，今天这些士兵看到东方宁心与雪天傲，除了有狂热崇拜外，还有说不出来的激动与期盼，死气沉沉的营帐看上去也多了几分生气。

东方宁心与雪天傲深感异常。

“末将参见天傲阁下，参见宁心姑娘。”大汉帝国的领军王琅和龙骑士首长百里烟匆忙赶来，跪拜行礼，神色间有着掩不住的疲劳与惊喜。

他们盼着的人终于来了。

只一眼，雪天傲就明白了：“起来吧，现在是什么情况，大汉怎么会有这么多伤兵？”

一路走来，到处都是血腥味和受伤的士兵。这段时间，大汉恐怕在秦知晓手下吃了大亏，几乎没有斗志。

“回天傲大人的话，这一个月来，我们各有胜负，因着大秦皇宫传来出事的消息，我们更是隐隐压了大秦一筹，照这样打下去，大汉帝国必定能横扫大秦，但是……”百里烟话锋一转，苦笑道，“三天前，意外发生了，大秦帝国突然派出一批兽人战士，连续三天，我军损失惨重，战报已报至帝国。”

“兽人战士？洪荒怎么会有兽人战士？具体是什么情况？”雪天傲停在主帅营前，转身问身后的百里烟与王琅。

“属下也不知大秦帝国是从哪里弄来的，全部半人半兽，上半身为人，下半身则是兽腿，行动敏捷，战斗力极强，足足高出我们三倍有余，勇猛残暴，比蓝色闪电不遑多让。”正因为这批兽人战士来得突然，他们大汉才会吃大亏。

“兽人？难道是……”异界两个字没有吐出来，雪天傲沉吟着。

东方宁心皱了皱眉，她的想法和雪天傲一样，只是现在不能说出异界的事情，一个不好就会让军心动摇。

在雪天傲沉思间，东方宁心转移话题道：“我军死伤如何？”

“回东方姑娘的话，这三天我军死伤惨重，有十二万五千八百六十七人牺牲，重伤致残的一万九千四百五十人，轻伤逾三万人。那些死去的战士尸体被兽人扯得支离破碎，没有一个完好，重伤的士兵这一生恐怕也无法恢复了。”说到最后，百里烟这个铁骨铮铮的男儿硬是红了眼、流了泪。

“天傲阁下，东方姑娘，请你们一定要为死去的战士报仇！”王琅一声哽咽，朝东方宁心与雪天傲磕了下去，百里烟同样跪了下去，无声请求。

东方宁心与雪天傲还来不及将王琅与百里烟两个主帅扶起来，营地的士兵纷纷跪下，异口同声道："天傲阁下，东方姑娘，请你们一定要为死去的战士报仇，他们死得太惨了。"

"天傲阁下，东方姑娘，请你们一定要为我们报仇！"受伤的战士听到东方宁心与雪天傲到来的消息，只要能出来的都出来了。

请求声不绝于耳，大汉军营的士兵齐齐跪倒在地，不停请求。

看着张张哀求的脸，看着那些没有求生欲的伤残士兵，雪天傲沉默地闭上了眼。

如果是以前，他会冷冰冰地对众人道："违反军纪，按军法处置。"

经历了东方宁心双目失明的事，雪天傲明白，如果他不给这些士兵希望，他们就完了，大汉帝国也完了。

东方宁心似乎察觉到了雪天傲的心思，紧紧握住他的手，先一步许下承诺："众位将士，我们也是大汉的士兵，为了大汉，为了那些死去的将士，我们绝对不会放过大秦帝国。大秦人生性残暴，我大汉铁骑必将踏平大秦，用兽人的血来祭奠死去的英雄。众将士，你们听着，有雪天傲与东方宁心在，没有人可以欺你们。"

东方宁心的声音不大，清冷中带着绝对的自信与骄傲，让大汉帝国的战士热血沸腾。他们相信雪天傲、相信东方宁心，有他们在，大汉必胜！失去希望的双眸闪亮了，木然的脸也生动了，士兵们同时看向东方宁心与雪天傲，激动地大喊："大汉必胜！大汉必胜！"

大汉的士兵斗志高昂、战意十足，一扫先前的绝望。

安抚好一众士兵，东方宁心与雪天傲进入大营，正准备与王琅、百里烟商讨对付大秦兽人的计划，传令兵来报，无涯率蓝色闪电凯旋。

东方宁心与雪天傲一听，脸上有着无法掩饰的喜悦。两人一出大营，就看到无涯与两百个战鬼被大汉将士围在中间。大汉将士看着战鬼，眼神充满骄傲。

"无涯，你受伤了？怎么这么浓的血腥味？"东方宁心看不见，但能闻到扑鼻而来的血腥味。

无涯站在那里一动不动地看着东方宁心和她绑着绷带的眼睛，鼻子一酸："宁心，你的眼睛……"

这么多天过去了，东方宁心早已习惯，即使仍旧伤怀，面上却不显露半分："无涯，没事的，只是看不见，你们这一行可顺利？"

"很顺利，赤皇不在大秦帝都，帝都防守薄弱，不过出城时遇到了一点麻烦。"无涯将那场生死之战说得轻描淡写。

"皇宫防守很弱？不可能的，无涯，我记得我们曾对秦知晓说过要去抢劫大秦帝都的，是不是？"东方宁心询问道。

“是呀，有什么问题？”无涯一边解下身后的包袱，一边示意蓝色闪电二百人下去休息。

“无涯，你先去处理一下伤口，我们回头再说。”东方宁心眉头微皱，一脸严肃。

猥琐会长看向秦羿风，以眼神询问发生了什么。

秦羿风无奈地耸了耸肩，你都不知道，我这个后来者怎么可能知晓?

一踏入主帅营帐，雪天傲就道：“东方宁心，你是不是认为我们被秦知晓利用了？”

皇权斗争没有亲疏，无涯明显被秦知晓利用了。秦知晓可真是狠毒，幸亏他们一早就是敌人，如果有一个这样的朋友，那就得时刻防备。

东方宁心苦笑摇头：“雪天傲，你说那个女人怎么那么狠，居然利用我们来替她开路。大秦皇室遭到了蓝色闪电的血洗，现在大秦除了她，恐怕无人有资格继承皇位。”

“皇室无亲情，你还不明白吗？”历经天耀与天历皇室的惨烈争权，东方宁心早就该明白，在皇室谈感情是一件奢侈的事情。

东方宁心叹了口气：“雪天傲，你说秦知晓会不会收兵求和？”

“会，她的目的达成了，手上又有让我们忌惮的兽人部队，算准了我们一定会答应。只不过依秦知晓的算计，她肯定不会直接求和。”雪天傲轻轻敲着桌面。

从大局上讲，如果秦知晓求和，他肯定会同意。

“不行，雪天傲，我不同意，我不同意停战。秦知晓那个死女人既然算计我们，就得付出代价。什么兽人部队，有蓝色闪电在，我们不惧。”无涯听到东方宁心与雪天傲的话，顿时怒了。

他就说堂堂大秦帝国的都城，守卫怎么那么弱。

“无涯，我们只是说有这个可能。”雪天傲冷冷瞥了一眼无涯，示意他冷静点。

“报——大秦帝国发来战书，明日与我大汉决一死战。”传令兵十万火急地冲了进来，将手上的战书呈到雪天傲面前。

雪天傲打开一看，脸色一沉：“告诉秦知晓，我大汉应战，除非将我雪天傲给杀了，不然别想停战。”

“是！”传令兵气势高昂地应道。

“怎么了？大秦不求和，还要大战？”无涯听得迷迷糊糊，刚刚不是说秦知晓会求和吗?

“无涯，别急，肯定不会这么简单。秦知晓走一步算三步，定然不会直接求和。”东方宁心听到战报，反倒放松下来，这就说明他们猜对了。

雪天傲点头："不错，秦知晓的确不会直接求和，他们要和我们一战定胜负，要是大秦胜了，大汉十年内不得再举兵攻打大秦；要是大汉胜了，大秦割幽州十六城给我们。当然了，我们也可以选择不应战，那么大秦与大汉的恩怨一笔勾销。"

幽州十六城是颇为繁华的十六座城池，易守难攻，是大秦的宝地，但今日秦知晓却大方地将其作为交战条件，可见她有必胜的把握。

"秦知晓好嚣张，难道认为自己必胜？"无涯不屑冷哼，这段时间他混在大秦，对于幽州十六城很清楚。大秦国库三分之一的收入就来自这十六城，秦知晓怎么可能轻易拿出来当赌注？

"有兽人部队，秦知晓的胜算确实很大。短短三天，我军损失惨重，士气低落，秦知晓这个时候发来战书，约明天一战，想必是收到了我和雪天傲来到军营的消息，想趁我们还没有稳定下来，先发制人。毕竟时间久了，兽人部队的弱点也容易被找出来，明天一战我们即使能胜，也是惨胜。"东方宁心分析秦知晓的意图，同时心中暗暗佩服。

如果她没有猜错的话，赤皇想必也被秦知晓算计了。当日敏城焚城一事她就觉得奇怪，秦知晓完全没有必要做出那么大的牺牲，现在看来，秦知晓是要用那十万将士的生命，激起赤皇的怒火，好置她与雪天傲于死地。

"那我们战还是不战？"无涯问道。

东方宁心浅笑，一脸信任地面对雪天傲，雪天傲略一犹豫，便道："战。兽人部队不是兽吗？有小神龙在，我们何惧？另外，无涯你今天带来的东西想必也非同一般吧？到时候我们可以拿来震慑一下大秦的士兵。"

"雪天傲，你是不是有对策了？你说，我一定照办。"无涯兴奋地看向雪天傲，丝毫没有连日赶路的疲倦。

"羿风，你带五十万人马，从大汉与大秦之间的沙漠取道，拿下幽州十六城，王将军你协助他。"雪天傲拿着地图，指着那一片从来没有人走过的沙漠。

"天傲阁下，沙漠无路。"秦羿风没有说什么，百里烟反倒不解地道。

"没有路，就走出一条路来。身为军人，你们只需要执行命令即可。"雪天傲冷漠地扫了百里烟一眼，吓得他连忙低头。

秦羿风笑了笑，没有说话。

第二天，天还未亮，战鼓已响。两军蓄势待发，将帅更是从出现的那一刻起就开始互相瞪视，谁也不服谁。

东方宁心与雪天傲一出现在城墙上，就引来大汉士兵极其热烈的欢迎。

"东方宁心，你的眼睛果然瞎了。怎么，莫非大汉无人，要你一个瞎子来应战？"秦知晓叫嚣道。

雪天傲握剑的手微动，如果不是东方宁心制止，他的剑怕是已经取下了秦知晓的人头。

“不必和手下败将计较。”东方宁心淡淡安慰道，她今天就让秦知晓看看，她东方宁心即使瞎了，秦知晓也不是她的对手，“秦知晓，你很快就会明白，到底是大汉无人还是你大秦无人。”

东方宁心朝无涯扬了扬手：“无涯，把你准备的大礼送给秦公主。”

“好！”无涯转身，很快就有一群提着麻袋的大汉士兵冲到战场前线。

人头从麻袋里滚出来，很多已经变形了，但秦知晓一眼就看出来了。

这些是死在蓝色闪电手上的大秦皇室的尸体。

“东方宁心，你卑鄙无耻，你们怎么可以用这样卑劣的手段！”战场上，秦知晓撕心裂肺地大喊，此时她已没有一国大将的威风，只是一个面对亲人惨死的孤女。

秦知晓早就知道大秦皇室被血洗的消息，心里虽痛，但更多的是庆幸。皇室一脉只余她一人，她以女儿之身登上皇位，将不会再有阻碍。

看着一张张恐惧狰狞的脸，秦知晓知道自己此生都将不安，将背负着害死大秦皇室的罪名至死。

“东方宁心，你们大汉全是一群无耻之徒！”大秦将士看清那些人头后，悲愤欲绝，指责东方宁心。

东方宁心无法视物，看不清战场上的惨烈，看不到大秦将士的悲伤，但可以感受到。

她承认，此举卑劣，但战场上用的就是手段。

“你们利用兽人的残暴来伤我大汉士兵又算什么？”东方宁心冷冷反驳道。

“兽人军团出列，将大汉每一个士兵都撕碎，以祭我秦知晓死去的亲人！”秦知晓的悲愤也就这么一刻，这个女人一旦冷静下来比男人还狠绝。

“啊！救命呀！”就在这时，大秦的兽人军队突然爆发惨叫声。

同一时间，战马嘶鸣，没头苍蝇一样乱转，大秦军营乱成一片。这个时候，秦知晓才发现，今天大汉阵营里全是步兵，没有一匹战马。

“发生了什么事？”秦知晓快速安抚战马，厉声质问身旁的将士。

“回长公主，兽人部队全部惨死，无一幸免。”将士语气颤抖地回道。

“你说什么？”秦知晓大叫一声，怎么也不敢相信，才短短一天时间，怎么一切都不一样了？

而这只是开始，看着混乱不堪的大秦士兵，东方宁心冰冷下令：“出兵！”

大战开始，局势一边倒。大秦没了兽人部队，大汉却有蓝色闪电，大汉士兵几乎一路横扫。秦知晓被困战场，远远看了一眼站在阳光下的东方宁心与雪天傲，眼中闪

过一抹愤恨：东方宁心，你说我秦知晓残忍，你又能好到哪里去？

秦知晓愤恨地朝东方宁心大吼："东方宁心，你说我残忍，你手上何尝不是染满鲜血？东方宁心，你会遭……"

嗖的一声，秦知晓的话还没有说完，利剑就朝她刺了过去。秦知晓堪堪躲过，剑刃还是划破了她的脸，留下一道血痕。

紧接着，雪天傲冰冷的声音响起："秦知晓，你的报应已经到了。"说完，又抽出身旁一士兵的剑，再次掷向秦知晓。

"雪天傲，你浑蛋！"秦知晓捂着流血的脸，双眼睁得老大。

"公主，快走！"秦知晓身边的护卫挡在秦知晓身前，替她挡下了致命一击。

秦知晓愤怒地咬牙："撤兵！"

胜负已经没有悬念，东方宁心与雪天傲将战场交给百里烟，快步回到营地。

刚刚，他们看到小神龙给他们打手势了。

"小神龙，发生了什么事？"东方宁心与雪天傲一进来，就发现主帅营帐里除了小神龙，居然还有个半兽人，两人不禁有些困惑。

小神龙看到东方宁心与雪天傲，一脸兴奋地大叫道："东方宁心，雪天傲，这个兽人说他知道妖瞳的秘密，说不定你的眼睛可以复明！"

"兽人？你来自异界？"即使很想知道妖瞳的秘密，雪天傲仍旧没有直接问出来。

果然，那兽人一副吓慌的样子："你们是什么人？怎么会知道异界的存在？"

"你们异界的来人界有什么目的？"雪天傲坐在主位上，居高临下地看着被小神龙打得眼青鼻子肿的兽人，强压下心中的急切。

人高马大的兽人被雪天傲冷冷一瞪，顿时不受控制地颤抖起来："没、没有目的，我们只是与大秦公主合作，换、换粮食。"

"换粮食？你以为我会信吗？"雪天傲冷冷扬眉，便不再理会，而是亲自给东方宁心倒了一杯温水，杯中的水漾起层层涟漪，可见雪天傲有多激动。

"不急。"东方宁心接过水杯，神色自若。

"我没骗你，真的。我们从不会擅入人界，只是这几年实在撑不下去了，才与大秦公主合作，我们助那公主在战场上取胜，大秦帝国给我们五十万石粮食。异界靠近极北之地，常年冰寒如冬，我们兽人一族年年少粮，这两年更是生生饿死了无数人，不得已才来人界的。"那兽人急忙解释，眼里尽是焦急之色，恨不得以死明志。

"你们只为粮食而来，又怎么会知道妖瞳的事情？"雪天傲的声音听不出喜怒，也不知是信还是不信。

"我们是听秦公主说的，昨天秦公主得知几位的到来，便说一个叫东方宁心的女子眼睛可以散发紫光，那紫光有防御真气攻击的能力，我才想到了妖瞳。”兽人在小神龙的威压下一直低着头，直到此刻才敢偷偷看向东方宁心。

秦公主口中那个有妖瞳又瞎了的，就是面前这个女子了。

“把你知道的都说出来。”雪天傲强压下心中的急切。

“阁下想知道什么？”兽人惶恐地问，一双大眼里尽是迷茫之色，原本以为这人对妖瞳感兴趣，现在看来他们还对异界感兴趣。

他怕死才用妖瞳自保，可是异界的秘密不能泄露，泄露了他必死无疑。

“先说妖瞳的事。”雪天傲不急不缓道。

兽人看雪天傲与东方宁心脸色平静，只问妖瞳一事，整个人暗暗放松，瘫坐在地上，道：“你们口中的妖瞳其实就是我异界生物的一种，我们称为紫精，妖瞳之名是因为这紫精只能依附在眼中。紫精在异界属于精灵一族，被精灵一族保护得极好，一出生就会被精灵一族养在双眼中，外人极难得到。哪怕是在异界，紫精也少有外落。精灵一族向来自傲，他们绝对不允许自己的族人流落在外，成为他人的武器。如果得知谁得到了妖瞳，精灵一族会倾全族之力对付那人。”

“精灵一族？”异界到底是个怎样的存在，居然有精灵？

“是的，精灵一族，他们不以真气和武力为主，天生拥有强大的灵力，再加上有紫精护卫，可以无视一切真气攻击，是异界极为强大的种族。精灵一族爱好和平，生活在精灵森林，从不与外人接触，当然也不允许外人闯入精灵森林，一旦有外人擅闯，无论什么理由，都会被精灵一族视为敌人。”兽人的声音无比尊重，看样子这精灵一族在异界地位崇高。

“除了兽人与精灵，异界还有什么种族？”雪天傲对精灵一族并不感兴趣。

“异界有很多种族，除了精灵一族外，还有地精一族、矮人一族。他们三族素来交好，地精与矮人依附精灵一族而活，受精灵一族保护。除此之外，异界还有兽族、人族。玄兽、兽人和幻兽都属于兽族，是异界最强、族人最多的种族，不过我们兽人一族是兽族中最低等的存在。”兽人小心翼翼地介绍着异界的种族，他说的都是异界人人知晓的，真正有价值的内容一句也不敢说。

这兽人虽然心计不深，却也不是蠢笨之人，很清楚自己要是什么都不说，今天恐怕不得善终。

雪天傲知晓这兽人的打算，却也没有戳穿。异界的情况如何，只有他们亲自去了才知道，现在最主要的还是找到让东方宁心双眼恢复的办法。

雪天傲看了眼东方宁心缠着层层纱布的双眼，再次问道：“紫精依附在人眼中，死了之后会如何？”

看雪天傲身上的冷气减少，兽人松了口气：“紫精一般都依附眼球而活，如果紫

精死在眼中，那么那人的双眼也就毁了。精灵一族夺回紫精的方法就是生生将那人的眼球挖出来，连同眼球一起带回精灵一族。”

“如果将死了的妖瞳从眼中取出来，而眼球无事呢？”雪天傲再次问道，冰冷的手心隐隐有着汗水。

兽人一张脸顿时皱成肉包子：“这个有些特殊，我也不知道。精灵一族是异界的贵族，我们根本接触不到他们。”

看那兽人不像隐瞒，雪天傲也不为难他。妖瞳出自异界，那么他们就去异界走一趟，会一会精灵一族。

雪天傲问道：“异界的入口在哪里？”

兽人听到雪天傲的话，脸色惨白，死命摇头：“我不知道，我不知道。”

“快说，在哪里？”小神龙用力踹了兽人一脚，脚踩在兽人的背上，蛮横逼问。

兽人被小神龙踹得吐了口血，四脚着地趴在地上，一动也不敢动，只是死命摇头：“不能说，我真的不能说，如果让玄兽一族得知我们兽人将入口泄露出去，我们就会被赶出异界。”

“你不说，现在也会很惨，我们有的是办法让你生不如死。”小神龙的龙压再次外泄，压得那兽人喘不过气来，可就是这样，那兽人依旧没有开口。

东方宁心明白，想要撬开这兽人的嘴，用强恐怕不行：“现在异界由玄兽一族统治？”

“是，是的。”兽人见这些人不再逼问，暗暗松了口气。

“异界之主是谁？”她若没有记错，龙凤二族可是在异界。

兽人语气颤抖道：“异界无主，各族人只生活在自己的地方，谁也不干涉谁，一旦有摩擦，就是倾族之战。”

“那你们兽族之主是谁？”龙族和凤族莫不是不管异界之事？

“麒麟，现在的兽族之主是神兽麒麟。”兽人不无惧意地道，似乎说到麒麟二字就是一种不敬。

“龙之子？”

“是，是龙之子，兽族是异界最大的种族，原本是由龙凤二族掌管。千年前不知出了什么事，龙凤二族从异界消失，兽族混乱了好长一段时间，直到五百年前，一头火麒麟横空出世，异界才安稳下来。”

东方宁心伸手指向小神龙，问道：“你知道他是什么人吗？”

“什么？”兽人看向小神龙，明白面前这个小孩肯定是神兽，不然他们也不会如此惧怕这个小孩。

“龙，真正的神龙，他才是你们兽族真正的主人，火麒麟充其量不过是有龙族的血脉罢了，你面前的人却是拥有神圣银龙与火凤凰血脉的神龙。”东方宁心一字一顿道。

兽族讲究血脉传承，小神龙才是当之无愧的兽族之主。

一千年前，龙凤二族掌管兽族，那么掌管之人必是神圣银龙与火凤凰。身为他们唯一的孩子，小神龙是唯一的继承人，这世间没有哪只神兽比小神龙的血脉更高贵。

当然了，像青鸾火凤那种级别的老怪物不算，它们是真正的远古神兽，濒临灭种。

“龙凤之子？”兽人整个身子颤抖起来，蜷缩着匍匐在小神龙的脚下。

“不错，我就是龙凤之子。”小神龙大大方方道，同时将自己左手中的血脉印记逼了出来。

“见过主人。”当银龙与火凤凰浮现时，兽人受小神龙血脉的影响，险些晕过去。

小神龙高高在上地应了一声，对于主人这个称呼并不在意：“身为兽族之主，我有权进入异界，现在告诉我异界的入口在哪里。”

“是主人，异界的入口在天之涯，穿过大唐帝国就到了，到时候只要异界和人界同时启动开关，就可以进入。”

“既然如此，带路，我们要去异界。”小神龙一脸肃穆地下令，兽人没有一丝犹豫地点头：“是，主人。”

东方宁心与雪天傲也不是那种只会利用不给好处的人，得知兽人一族缺少粮食，两人相当大方地许诺送一百万石粮食给兽人一族。

兽人双眼通红，脚一软就跪在了二人面前，代表兽人一族感谢二人的救命之恩，而到这个时候，兽人才告诉东方宁心与雪天傲，他是兽人一族的族长，名叫辛库。

对于兽人一族来说，名字是他们的骄傲，兽人一族极度落后野蛮，将名字告诉你就表示认可，把你视为知己，而兽人一族可以为知己而死。

东方宁心与雪天傲根本没有想过，区区百万石粮食就能换来一个部族的忠诚，这笔买卖很划算。

百万石粮食好拿，运输却是一个大问题，至少需要数万大军才能运上路，要去天之涯必需借道大唐帝国，他们这么招摇地跑到大唐帝国境内，真的合适吗？

“这事交给我。”战争还未结束，无涯和他带领的蓝色闪电不能跟随东方宁心一同前往异界，只能在这种事上出力了。

猥琐会长问无涯有什么办法，无涯却一脸神秘，死活不说。东方宁心与雪天傲看无涯得意的样子，就知道此事他一定会办得相当漂亮。

第二天，东方宁心与雪天傲一行直接赶往大唐边境，无涯则回大汉帝国筹粮，同

时准备向大唐帝国借道一事。

本以为要等很久，不料东方宁心一行人在大唐边境待了一天，无涯就率领蓝色闪电来了。看到无涯空手到来，众人疑惑不解，猥琐会长更是冲上前去，质问道：“无涯，你怎么这么快就来了，粮呢？”

无涯笑得得意：“粮食？早就在大唐帝国境内了。本大少办事你就放心吧，保证不耽误大事。”

“无涯，你是不是借不着道，就在这里骗人？”猥琐会长根本不信，他们比无涯早来一天，无涯怎么也不可能将粮食运来。

兽人辛库一看这个情况，也是一脸不安。这些人该不会是骗他的吧，害他白高兴一场？

唯独东方宁心与雪天傲沉得住气，看到无涯那得意的样子，什么也没有说。

东方宁心和雪天傲也不问。大唐边境就在眼前，无涯还能藏多久？

面对东方宁心与雪天傲的淡定，无涯十分无力，一脸颓败。

兽人辛库十分不安，几次想问，却被小神龙打回来：“少丢人，雪天傲与东方宁心还会骗你一点粮？”

“大唐边境重地，尔等何人？”大唐边境士兵看到东方宁心一行人形貌不凡，恭敬地问。

无涯上前一步，亮出蓝色闪电的令牌：“蓝色闪电借道！”

他一改往日嬉笑的模样，语气冰冷，神色肃穆，让人打心底害怕。大唐士兵一看这令牌，再看他身后的两百名蓝衣铠甲战士，脸色一下惨白，语气颤抖道：“蓝、蓝色闪电！快快快，禀报太子殿下，蓝色闪电军团来了！”

大唐士兵慌成一团，飞快朝不远处的营帐奔去。猥琐会长一脸莫名地看着无涯：“无涯，这是怎么回事？”

雪天傲也以眼神询问无涯，对于大唐帝国士兵的反应，他表示很好奇。

无涯嘿嘿一笑，大唐一干士兵远远看到无涯这个样子，纷纷揉眼，他们看错了吧？

无涯完全不在乎自己的形象，一副小人得志的嘴脸：“本大少前段时间无意间路过大唐境内，恰逢大唐帝国乱臣造反，一不小心救了帝国的皇帝和太子一家，让他们见识了一下蓝色闪电的厉害，然后……”

“说重点。”雪天傲冷冷打断无涯的废话，这事他还真是不知道，也没有把精力放在大唐帝国。

无涯哀怨地看了雪天傲一眼，老老实实地道：“重点就是，我找大唐的皇帝借道，让我们直通天之涯，对方爽快地答应了，不仅如此，还大方地送我百万石粮食，免去我们从大汉运来的麻烦。”

“我们可是大汉重臣，你就不怕大唐皇室在大唐境内对我们下杀手吗？你应该明白，在大唐境内，对方有这个能力。”东方宁心冷声道。

“我就是担心呀，你没看到我特意把蓝色闪电带来了吗？有他们在，大唐帝国不敢轻举妄动。”这点心眼无涯还是有的。

就在东方宁心、雪天傲与无涯旁若无人地交谈时，大唐帝国的太子殿下李以羡在侍卫的护卫下，亲自走出营帐前来迎接。

李以羡朝雪天傲、东方宁心二人作揖，丝毫没有皇太子的架势：“天傲阁下，宁心姑娘，久闻贤夫妇之威名，今日终得相见了，孤三生有幸。”

“太子殿下客气。”雪天傲朝李以羡略略点头。

李以羡对东方宁心和雪天傲的“无礼”丝毫不以为意，客气地请东方宁心和雪天傲一行人进入大唐营帐。他似乎很是轻闲，从东方宁心与雪天傲踏入大唐帝国那一刻就全程陪同，而且身边不带一个护卫，隐隐有把自己当成人质押在东方宁心与雪天傲身边的意思。

借道大唐一路顺风顺水，东方宁心与雪天傲所到之处，皆受到当地官员的热情接待。一路下来，比走在大汉帝国还要顺利，真正是宾至如归。

无涯与蓝色闪电一路好吃好喝，根本没有战斗的机会，但这并不表示东方宁心与雪天傲放下了戒备。

直到他们来到天之涯，看到大唐准备的百万石粮食全部在此，东方宁心和雪天傲才真正相信大唐太子是真心实意愿与他们交好。

天之涯不属于三大帝国，算是洪荒外围之地，李以羡没有跟过去，而是在边境停下脚步：“以羡预祝各位一路顺风，欢迎你们随时来大唐做客。”

到这里，东方宁心与雪天傲终于相信了大唐的诚意。

“我们欠大唐一个人情，不管何时，太子殿下只管开口，我夫妻二人绝不推辞。”东方宁心与雪天傲记下这个人情，给了大唐一个承诺。

“两位太客气了，这是我们该做的。”李以羡面上一喜，没有拒绝，一路目送东方宁心与雪天傲离去，直到一行人走远，他才转身。

大唐国弱，他们根本不是大秦与大汉的对手。有东方宁心与雪天傲这个承诺，他就不用担心破国了。

第二十七章 他生而高贵

天之涯在洪荒最北边，寸草不生，鸟兽皆无，荒无人烟。东方宁心与雪天傲一行人借由天之涯，顺利打开了通道，来到异界。

异界由兽人一族看管，他们的到来没有惊动异界任何一人。

一踏入异界，他们就感觉这里不一样，整个世界似乎处在冰寒笼罩之中。

东方宁心与雪天傲、猥琐会长和小神龙还来不及探查四周的情况，就被蜂拥而上的兽人给挤到人群之外。

这些兽人全部围着兽人辛库，看着那一车一车推进来的粮食，高兴地大喊："族长，好多粮食呀，我们今年终于不用再挨饿了！"

"太好了，好多粮食，我们可以吃顿饱饭了。"

欢呼声、雀跃声，是最原始也最纯粹的反应，雪天傲小心翼翼地护着东方宁心，生怕那些激动的兽人伤着她。

一番热闹过后，兽人辛库高声安抚众人："好了，好好，快去通知族人过来，将粮食运回城藏好，要是让玄兽与人族知道，我们又惨了。"

"好，好好。"兽人们拎着七八袋粮食朝远处的城池走去。

那城池用石头堆砌而成，简单却牢固，兽人辛库说这就是他们兽人一族的地盘——石城。

石城很大，却很荒芜，没有可以种植粮食的地方，兽人们就靠精灵一族、兽族和人族给的一点粮食过日子，职责是守卫异界的入口。

"主人，天傲阁下、东方姑娘，让你们见笑了，我们兽人表现直接，作为族长，我也无法要求他们改变自己的性子。"兽人辛库这才想到被兽人挤到一边的东方宁心与雪天傲，颇有几分尴尬。

"无妨，我们进城。"雪天傲并没有将之放在眼里，东方宁心也不在意。

除了石头，这里什么也没有，冰寒刺骨，环境极糟。在兽人辛库的引领下，他们来到石城最大的石屋，方方正正的石屋简陋至极，没有装饰，如同监牢。

辛库尴尬道："主人，几位大人，你们先坐着，我去给你们准备吃食。"

东方宁心与雪天傲点了点头，自始至终都没有对石城表现出嫌恶。他们虽是天之骄子，却早已习惯颠沛流离的生活。

"族长，他们是什么人？"辛库一出石屋，就被兽人一族的人围着询问。

他们明显带着憎恨与愤怒。不管对方是人还是玄兽，都是自己的敌人。

兽人辛库知晓族人的心思，连忙下令道："那几位都是我们的贵客，粮食就是他们给的，你们要像尊敬我一样尊敬他们。"最主要的是里面的那个小孩，没有意外的话，他很快就会取代麒麟王成为兽族的主人，只不过这话他没说，因为他早就被警告过，不得透露小神龙的身份。

"是。"几个兽人也是聪明人，立马就明白了。

至于和兽人辛库一起出去而没有回来的族人，则没有人问起。在异界，他们兽人的命最贱，死几百个人根本不算什么。

"你们去把去年精灵族赐给我们的灵果和灵泉水取来。"兽人辛库命令道。

兽人一听，一脸不舍："族长，灵果和灵泉水可都是我们的宝贝。"

他们兽人上次帮助矮人挖矿，为了矿里的一块稀有金属，兽人一族死了好几万人，那八颗灵果、灵泉水就是报酬。这还是精灵一族善良，不然他们兽人死也是白死。

"快去。"兽人辛库冷着脸道。

兽人们不敢反抗，很快就把灵果和灵泉水端来了。兽人辛库看着石盘里的灵果和灵泉水，叹了口气，这是他们唯一拿得出手的东西，希望他们几位能够满意。

"主子，几位大人，先吃点东西，休息一下。"

"咦，这是什么？"猥琐会长看着石桌上晶莹剔透的果子，不客气地往嘴里塞着。

哪知那果子看似晶莹剔透，实则滑软，猥琐会长直接就吞了下去，连味道都没有尝到。

猥琐会长被果子噎得脸色一红，震惊道："咦，这果子很奇怪，吞下去后全身有着说不出来的冰凉感，浑身轻松，你们快尝尝。"

猥琐会长将盘中的灵果分给东方宁心与雪天傲、小神龙，自己拿着最后一个吃了起来。

看到东方宁心一行人满意，兽人辛库也很高兴，自己拿出来的东西被人喜欢就好。

大家都不客气，来到异界还没喝一口水呢，两个小果子很快就下肚了。的确如同猥琐会长说的，果子味道很一般，入腹后的清凉感却让人舒坦至极，而在果子消化后，体内的真气也变得更加充沛。

东方宁心与雪天傲心里咯噔一下，这该不会是什么天材地宝吧？

“这果子要和水一起喝。”兽人辛库看果子吃完了，连忙将水分成四份给东方宁心四人。

灵泉水冰凉清甜，一杯喝下去，感觉如同升阶。

东方宁心与雪天傲同时怔住，震惊地看向对方。

“东方宁心，雪天傲，你们怎么了？”猥琐会长与小神龙同时退开，这两人身体四周的真气流动太强了，难道是……

不会吧，如果是，那未免太打击人了，要知道他现在还是帝者！

“好像要升阶了，我体内的真气很澎湃。”东方宁心很冷静地回答，这算是她第二次感受升阶的神奇。

“真是升阶？太好了，东方宁心，雪天傲，你们太给我长脸了，这么快又要升阶了，这一次会升几阶呀？神者四阶？还是五阶？或者更高？”猥琐会长高兴地大叫，随即郁闷起来，围着东方宁心与雪天傲转圈圈，“可是好好的，怎么会升阶啊？是不是和我们刚刚吃的那果子有关？可是不对呀，我们一起吃的，为什么你们能升阶，我们却不能？”

小神龙站在一旁没有说话，吃的是一样的，为什么结果就不一样呢？他也很希望升阶，自己停留在神者三阶已经太久了。

东方宁心和雪天傲同时白了猥琐会长一眼。一到异界就能升上一阶，对他们来说绝对是好事，想到这里，两人也不多言，专心致志地控制真气，希望能一口气冲上神者五阶。

“派人在四周防守，不得打扰。”小神龙对着兽人辛库吩咐道。升阶的真气波动太明显，他们初入异界，对这个地方不熟，还是谨慎一些好。

一天一夜，东方宁心与雪天傲盘腿坐在石屋里。他们这次升阶没有像往常一般真气四溢，但身上时不时渗出一些黑色的污渍。

“这是从体内排出的废气？”猥琐会长与小神龙看到那些污渍，眼里同时闪着不可思议的光芒。

升阶可以改善体质，但绝对不会夸张到将体内的杂质给排出来。这下雪天傲所损伤的元气是全部补回来了，东方宁心生产后落下的小毛病也不会再有了。

“捡到宝了。”小神龙握着拳头，努力压下心中的激动，暗暗期盼东方宁心多升几阶。

黑夜过去，太阳升起，东方宁心与雪天傲脚底代表真气等级的纹路出现了。最初显出来代表神者三阶的九道，接着第十道纹路出现了——神者四阶。

一时间，石城上空真气四溢，兽人们脸色齐变。

小神龙与猥琐会长一脸期待地等着，东方宁心与雪天傲两人也想冲击更高的阶层，可是当神者四阶纹路出现后，东方宁心与雪天傲感到体内的真气逐渐归于平静。

半个时辰后，东方宁心与雪天傲不得不放弃，两人脚下的纹路逐渐淡去。

猥琐会长与小神龙万分失望，看着浑身脏兮兮的东方宁心与雪天傲，又忍不住笑了起来。

自古以来，升阶之后人总是神清气爽，东方宁心与雪天傲却像刚从黑泥里爬出来，脏黑的脸看不出往日的风采。

“别失望了，一踏入异界就能升阶，我们运气不错，而且这次升阶将体内很多废气排了出来，我们体内的真气越发纯净了。”东方宁心虽然看不到，却也感觉到了小神龙与猥琐会长的失望。

“哼哼。”猥琐会长哼了两声后才勉强接受，“为什么我和小神龙没有效果？”

“体质问题。”其实雪天傲更想说人品问题。

猥琐会长与小神龙一脸郁闷，很不客气地嘲笑几声后，道：“我去找人准备洗澡水，脏死了。”

两人说完就出去找兽人辛库，想再要几颗果子，说不定多吃几颗就有效果了，结果兽人双手一摊，一脸无奈：“果子是精灵一族赐给我们的，已经没有了。”

在石城的三天，大致了解了异界的地域分布后，东方宁心与雪天傲就准备离开石城，前往精灵一族，没想到出发前的一个晚上出事了。

数十个村落的兽人一夜之间被杀得一干二净，起因就是东方宁心与雪天傲。

玄兽们对真气的波动向来敏感，东方宁心与雪天傲升阶时，真气波动那般明显，玄兽又怎么会感应不到?

玄兽严禁兽人与外人结交，察觉到兽人一族有真气波动，立刻派出人马，逼兽人将东方宁心与雪天傲交出来。不过，兽人村落被血洗的消息并没有传到东方宁心与雪天傲几人的耳朵里，兽人辛库将其隐瞒了下来。

“主人，天傲阁下，东方姑娘，你们往北边走，经过人族，先熟悉一下其他各族再去精灵族，胜算会大一些。”第二天一大早，兽人辛库就找到准备出发的东方宁心与雪天傲，一脸憨厚地劝说。

在兽人辛库的目送下，东方宁心与雪天傲一行离开石城，朝与玄兽大军完全相反的方向走去。

"族长，为什么要让他们走？我们拿什么交给玄兽？交不出这几个人，我们的族人全部会死。"看到东方宁心与雪天傲完全消失，其余的兽人这才敢出声。

辛库什么也没有说，转身一脸威严地下令："传令下去，准备迎战，我们不能每次被打了都不还手。"

兽人难得鼓起勇气与玄兽交战，本想让玄兽看看他们的实力，可惜理想很美好，现实却很残酷。第一次交锋，兽人一族的大军就被玄兽打得毫无还手之力。

当东方宁心与雪天傲按原路返回时，就看到正被玄兽屠杀的兽人一族。

血流如注，尸横遍野，眼里看见的只有红色，耳朵里听见的只有杀声，鼻子里闻到的只有铁锈的腥臭，空气咸湿，有着挥散不去的窒息感，似乎每一个毛孔都被血垢堵塞了。

更令人胆寒的是，在战场上，也许下一秒利刃就横在你的头上，随时能取你性命。

东方宁心与雪天傲清楚战场的残酷，但依旧被这一幕给震住了。兽人一族在这里如同婴儿，根本没有还手的能力，玄兽一道真气过来，兽人便尸首分离、血溅百步。

"雪天傲，你指挥兽人部队，我和小神龙去拖住那些玄兽。"东方宁心只凭声音就能想象眼前的战况。

"好，不过不要暴露小神龙的身份。"雪天傲点了点头。

"知道了。"说完，一大一小两道身影朝战场中央飞掠而去。

一身白衣，衣袂翩然，东方宁心如同踏风而来的仙女，款款降落在战场中央，维护这世间仅存的正义。

看到东方宁心，玄兽与兽人纷纷停战，瞪大了眼睛，似乎在想这个美如天仙的女子来这里做什么。

很快，东方宁心右手扬起，手中的树叶如同利刃，朝玄兽主帅周围的护卫射去，生生将玄兽逼退，给了兽人喘息的机会。

"东方姑娘，天傲阁下，你们怎么回来了？"辛库看到突然出现在战场上的二人，不敢相信地大叫。

"我们不是胆小怕事的人，既然对方是冲着我们来的，我们又岂会做缩头乌龟？"

"辛库，带着你的人立刻撤退，剩下的交给我们。"雪天傲手中长剑一扫，面前的玄兽倒下一片。

玄兽大军的后方，有一位身着月牙色长袍的男子，他优雅地坐在一匹纯白骏马上，看着玄兽惨死，脸上带着儒雅的笑容。如果东方宁心能看到他，肯定会说，这个男人不是来打仗的，而是来下棋品茶顺带看戏的。

这人是此次屠杀兽人的主帅——玄沐羽，九阶白虎。

当东方宁心与小神龙把玄兽斩杀得差不多了，玄沐羽才打马上前："你们就是兽人拼命藏着的人？"

"是我们。"东方宁心看不清对方的脸，但从他的声音可以感觉，他是个清高骄傲的人。

耳边传来兽人撤退的声音，东方宁心暗暗松了口气，有雪天傲在，兽人大军应该不会有危险了。

"既然出来了，我也不多说，跟我走吧，以你们的身份，没有必要与兽人为伍。"男子语气温和，却掩不住骨子里对兽人的鄙夷。

"我们的身份？不知阁下又是什么身份？"东方宁心一边拦住面前的玄兽，一边回答。

"东方宁心，不必与他废话，我们可以走了，兽人一族已经完全撤离了。"小神龙的语气不怎么好，下手更见狠厉。虽然没有释放神龙的威压，但他面前的玄兽却一动也不敢动。

玄沐羽明白小神龙是玄兽，而且品级还不低，不然，他带来的这些三阶玄兽不会如此慌乱，只是为什么自己感觉不到他身上的玄兽气息呢？

"东方宁心是吗？我是九阶白虎玄沐羽，你们不是兽人，何必与兽人为伍？跟我走，以你们的能力，在玄兽一族中定会有所成就。如果不想在玄兽一族，我也可以送你们去人族，与自己的族人在一起不是更好吗？"玄沐羽用施恩的口吻说道，在他眼中，他是在救东方宁心一行人，让他们不再与这些低下的兽人为伴。

当然了，最主要的就是不能让兽人一族和外族人交好，这不利于玄兽控制奴役兽人。

东方宁心没有理会，只回他一个冷冷的笑。

玄沐羽很像当年的雪天傲，清高孤傲，自命不凡，看不起人。

"东方宁心，撤。"雪天傲看到东方宁心还在与玄沐羽纠缠，出声提醒。

东方宁心点了点头，懒得理会玄沐羽，带着小神龙原地旋转数圈，密密麻麻的金针就从东方宁心的手中射出。

"十品针师？"玄沐羽一看东方宁心这一手，平静的眼眸里满是震惊，飞身后退，堪堪躲开了金针的攻击，而他的五阶白马却惨死了。

"哼！"小神龙冷哼一声，带着东方宁心退向兽人的石城。

"追！"玄沐羽脸色一冷，下令道。

只是，玄兽大军还没来得及冲上去，就听到轰的一声爆炸声响起，没有伤及他们，却阻碍了他们前行的脚步，待到余威落下，一道厚厚的冰墙挡住了他们的路。

玄沐羽只能眼睁睁看着东方宁心与雪天傲带着兽人回到石城。

“东方宁心是吗？为了一群野蛮的兽人，居然拒绝我的邀请。”玄沐羽遥望着东方宁心，眼里闪过一丝愤怒。

“主帅，我们现在怎么办？”身后一只八阶玄兽小心翼翼地问着玄沐羽，玄沐羽其人看似温雅实则冷酷，玄兽一族没人敢惹他。

“原地扎营，派出探子查找他们的下落。”这么厉害的人，绝不能为兽人所有。

退回石城，兽人一族暂时安稳，原本空旷的石城因大军的进入而拥挤起来。

原来，东方宁心与雪天傲前脚离去，辛库后脚就让附近的普通兽人进入石城避难，以至于石城爆满。

雪天傲一到石城，就让辛库将人马安顿好，把伤亡人数统计出来。他们要确定兽人对上玄兽后的死亡比例。

至于玄兽发兵攻击兽人的理由，雪天傲一句也没有问，很多事情用眼睛看就明白了，兽人一族的恩情他雪天傲欠下了，一定会还。

“兽人死亡三万七千，重伤一万八千，轻伤不计其数；玄兽死伤百人，其中九十八人由东方姑娘与天傲阁下斩杀。”辛库迅速将数字报了出来，语气中隐隐有几分高兴。

以往，不论人族还是玄兽，只要向兽人开战，兽人的死伤总在十万以上。

“高级将领伤亡人数呢？中级将领伤亡人数呢？”雪天傲一边问，一边将画好的地形图铺出来，寻找最佳伏击地。

他们之所以晚了一天回来，就是为了熟悉附近的地形，绘制成图。知己知彼，方能百战不殆，玄兽与兽人实力相差甚大，他们唯一能做的就是找出对方的弱点，攻其不备，不然兽人一族必败无疑。

“高级将领是什么？”辛库一脸茫然，完全不懂雪天傲在说什么。

“我明白了。”看着兽人辛库迷茫的样子，东方宁心与雪天傲摇了摇头。

面对兽人军团落后的军纪，雪天傲与东方宁心不得不花一天的时间进行整顿。他们对兽人不了解，只能按辛库说的暂定高级将领与中级将领，由他们管理自己的部下。

兽人不懂合作，只要你强，他们就服你，对于你的话也百分百不打折扣地执行，因此雪天傲与东方宁心很快就将兽人军队整顿好。

夜幕降临，兽人们如同庆贺新年一般在石城四处燃起篝火，围着火堆又蹦又跳。

东方宁心与雪天傲也在人群中，可他们没有心思狂欢，已开始盘算帮兽人一族立足异界。

辛库拿着混浊的劣酒，走到东方宁心与雪天傲面前：“东方姑娘，天傲阁下，我代兽人一族感激你们的大恩大德，如果没有你们，我们就不会活下来。”

劣酒伤身，更难以下口，雪天傲却毫不犹豫地灌了下去。看着辛库感恩的眼神，雪天傲冷冰冰地道：“事情因我们而起，我们自会解决，此后兽人一族的生死与我们无关。”

喧闹结束后，兽人们按东方宁心与雪天傲的要求，日夜操练，同时秘密打造武器，为今后的战斗做准备。

东方宁心与猥琐会长了解了兽人的体质后，从兽人中挑了一百个根骨极好的，以金针和丹药为助，教他们修炼真气。

兽人一族比普通人更有潜力，再加上能吃苦，按理说他们的真气修为在异界很强才是，偏偏在玄兽与人族的压制下，他们连真气是什么都不知道。

不得已，雪天傲除了要教他们如何利用人多的优势，还要教最基本的真气修炼之法。

兽人没有文字，雪天傲根本无法用写的，必须一点一点传授，如此又过了半个月。

这段时间，玄沐羽一直在石城附近监视兽人的一举一动，得知东方宁心与雪天傲在石城做的事，一直犹豫要不要再次进攻，不想在他犹豫的时候，雪天傲与东方宁心却做出了决定。

是夜，东方宁心、雪天傲带着小神龙悄悄出城，潜入玄沐羽所在的营帐，将六阶以上的玄兽全部灭了。

六阶以下的则留给兽人练手，他们不能保护兽人一辈子，必须让兽人有自保的能力。

玄沐羽正与手下商讨出兵之事，突然听到营帐外一阵异响：“什么人？出来！”

“要我出来，得付出足够的代价。”冰冷的声音再次响起，紧接着，玄沐羽看到寒冰刃闪过。

噗噗声响起，他身边的众侍卫脖子处现出道道血痕，瞬间倒地不起。

玄沐羽震惊地瞪大眼睛，看到大大方方从门口走进来的三人：“东方宁心，雪天傲？”

在玄沐羽的眼中，只有这两个算是人物，至于小神龙，在他眼中不过是一只玄兽罢了，玄沐羽心高气傲，又岂会将普通的玄兽放在眼里？

“九阶玄兽的实力的确不凡。”

“你们怎么会在这里，不是在石城练兵吗？”玄沐羽的脸色非常难看，双手暗暗握紧，凝聚着真气。

九阶玄兽的实力等同于人类的神者九阶，按理说他对上东方宁心与雪天傲胜算很大，可明知如此，他依然感觉自己会栽在这两人手上。

“练完了，我们现在在验兵。”兽人根本不需要练，也练不了，他们没有脑子，雪天傲只需要教他们怎么做就行了。

“验兵？就凭那群蠢笨如牛的兽人？”玄沐羽哈哈大笑，但很快就笑不出来了。

“杀啊！”

“冲！”

耳边传来兽人气势高昂的呐喊声，与平日里的胆小懦弱完全不一样。接着又是一阵乒乒乓乓的声音响起，像是巨石砸落，又像是巨树倒下。

紧接着，又传来真气乱飞和惨叫的声音，其中似乎还有玄兽的惨叫声。玄沐羽一脸震惊，恨不得冲出去看看外面发生了什么，可雪天傲的剑抵在他的喉咙处，他动不了。

漫天的火花突然蹿起，兽类最怕火，火花燃起的那一刻，无论是玄兽还是兽人，都远远逃了出去。

玄沐羽在营帐内看不真切，但冲天的火光和背着火奔跑的影子让他明白，面前这两个人是逼玄兽去跳陷阱，不然哪里会刚好留出一片没有火光的区域。

玄沐羽看着这一幕，心里有着说不出来的震惊，短短半个月，雪天傲与东方宁心居然真的练出敢和玄兽抗衡的兽人大军，这怎么可能？

扭头看到东方宁心坐在他的位子上，玄沐羽怒火中烧。这个女人怎么这么冷血，外面尸横遍野，她还有心思摆弄他案前的纸笔。

“玄沐羽大人别着急，我们不过是以彼之道还施彼身罢了，你们玄兽可以任意屠杀兽人，怎么，今天角色对调，你就不高兴了？”东方宁心在白纸上写着什么。

“不要拿我们高贵的玄兽和野蛮的兽人相提并论！”玄沐羽紧握拳头，想要冲上去将东方宁心与雪天傲给杀了，可不知为何，脚下如同千斤重，怎么也迈不动脚。

抬眼，他发现这威压是从东方宁心身边的小神龙身上传来的，顿时大骇：“你是神兽？”

小神龙眼皮都不抬，算是默认。

玄沐羽不敢置信地摇头：“不可能，如果你是神兽，我怎么感觉不到？”

“凭你？”小神龙不屑冷哼，根本不将玄沐羽这样的角色放在眼里。

“你是什么？白虎？巨蟒？大鹏？”玄沐羽不断猜测，根本无心去管外面的事，只想知道眼前这个小鬼到底是什么血脉。

“别拿那些杂种和我相提并论，神兽？凭他们也有资格称神兽？不过是一群满了十阶的杂种而已，以为渡个天劫就可以跃龙门了？”玄兽注重血脉，不然兽族之主也不会是麒麟王。

玄沐羽所说的白虎、巨蟒、大鹏，是异界玄兽中血脉极为高贵的一群，大多拥有稀薄的龙凤一族血脉。凭着一缕稀薄的血脉，有幸冲击十阶，只要渡过天劫，就能一跃成为神兽。

“你！”玄沐羽气得吐血，因为他也是小神龙口中的杂种。

“报——”兽人辛库突然冲了进来，无视玄沐羽的存在，跪倒在东方宁心与雪天傲面前，强压下心中的激动，“主人，天傲阁下，宁心姑娘，我们大胜，所有的玄兽都被斩杀干净，兽人领地上没有活着的玄兽。”

辛库这才明白什么叫喜悦，杀了这么多玄兽，千万年来的耻辱今天终于洗刷了。天傲阁下与东方姑娘说得不错，想要和平，想要族人过得好，就得实力强，就得打出来，忍让只会让人欺到头上。

“不可能，不可能，我的玄兽大军怎么会败在一群兽人手上？”玄沐羽失控地冲上前，想要斩杀辛库。

小神龙却快他一步，以神龙威压逼退玄沐羽：“这里没有你说话的份。”

“神、神、神龙？”玄沐羽震惊地大喊，难怪他说白虎、大鹏是杂种，原来面前的是神龙，“你和麒麟王是什么关系？”

“一条杂种龙，我不屑和他有关系。”小神龙高傲地回答玄沐羽。

兽人辛库在一旁看着这一幕，心中最后的一丝不安放了下来。

东方宁心压根不将玄沐羽放在眼里，听到捷报，没有一丝动容，这一切都在她的预料当中。站起来，她将手中写满字的纸递到辛库面前：“按这上面的要求，把玄兽内丹找齐，少一只就表示你们还没有将玄兽杀尽。另外，完好的玄兽骨架与皮肉也收好。”

白纸上写的是东方宁心在营帐内计算出来的玄兽大军数量，每一只都没有漏掉，每一个级别都没有算错。

“是，东方姑娘。”辛库没有任何犹豫地接过纸。放在以前，他们哪里敢动玄兽的身体，但现在他们无惧。

“等一等，你们居然敢打玄兽内丹的主意，你们这是在侮辱玄兽！”玄沐羽听到东方宁心的话，顾不得小神龙的威压，一脸羞愤道。

“胜者为王，败者为寇，你们既然败了，就当接受败的代价。”东方宁心冷冷道。

她说什么也不会放过玄兽内丹，这些东西可以制造出大批的丹药和武器，再不济拿去拍卖，随便一颗也是价值连城，要知道这里最低的也是五阶玄兽。

当初他们为了一颗五阶玄兽内丹，上天入地吃了多少苦？

玄沐羽自知不敌，转而哀求小神龙："您是神龙，难道您也要看着这群野蛮人侮辱高贵的玄兽吗？"

"你们的生死与我何干？"小神龙的眼神冷得如同冬日里的寒冰，眼中的鄙夷让玄沐羽的自尊大大受伤。

白虎一族在异界向来都是高高在上，什么时候被人用这种眼神看过？

"对了，玄沐羽，你是九阶玄兽，现在戏看完了，我给你一个选择，是选择成为辛库的契约玄兽，还是让我们杀了你，把你的内丹取出来炼丹或者炼器？"

"你敢？"玄沐羽铁青着一张脸，瞪着东方宁心，可惜他从东方宁心的眼里看不出任何情绪。

"我有什么不敢的，现在说出你的决定，是死还是臣服？"玄沐羽这只白虎肯定留不得，放他回去无异纵虎归山，更何况他知道了小神龙的身份，当然要付出代价。

"我死也不臣服！"玄沐羽恶狠狠地瞪了东方宁心一眼，突然大笑起来，啪的一声，胸前有什么应声而碎，玄沐羽身上瞬间散发出强大的真气波动。

"不好，他找帮手了。"小神龙被玄沐羽身上的真气震开数步，不忘挥出一拳击在玄沐羽的身上。

"杀了他。"雪天傲举剑而至，眼见就要刺入玄沐羽的心脏，却在最后一刻被一道极强的真气震开了。

"晚了！"玄沐羽张狂大笑，束起的长发被小神龙一拳打散，嘴角染血，狰狞可怖，不得不说，这才是九阶白虎的架势，之前那文雅无害的样子着实让人恶心。

"什么人，胆敢欺负我儿，当我白虎王是死人吗？"一只白虎巨爪划破长空，自天而来，一爪下来，东方宁心、雪天傲与小神龙三人被拍到半空，几个翻滚才稳住身形，而辛库早就被拍飞出去。

"十阶神兽白虎？"虽然不肯承认血脉稀薄的十阶玄兽是神兽，但小神龙还是叫出了这个称呼。

"有眼光。不错，我就是白虎王，就是你小子欺负我儿子？神兽？什么血脉的神兽，居然敢对我儿子出手？"白虎王威严十足地道，即使没有显露真身，只凭一个影子也能震慑众人。

"白虎王，你还没有资格跟我说话。"小神龙一个翻身，向前一步，拉住了差点被白虎王的巨爪带走的玄沐羽。

"好嚣张的小子，我倒要看看，你有没有那个能力。"白虎王眼见爱子救不回来，怒火中烧，巨爪一伸，整个人就出现在小神龙面前。

白虎王一来，除了小神龙，雪天傲与东方宁心皆后退了半步。

"白虎王，你身上有什么法宝？"小神龙脸色一变，隐隐有几分铁青，白虎王的气息不对，这是上古神兽的气息。

“小子，好眼光，本王不过得到了一点上古秘技罢了。”白虎王张狂大笑，身上的肌肉随之膨胀起来，每踏出一步都山摇地晃。

东方宁心与雪天傲、小神龙三人并肩而站，硬是一动不动。

玄沐羽此时被白虎王护在身后，有他在，有危险也轮不到自己出手。

“白虎王，你堂堂神兽，居然插足这些小事，就不怕麒麟王找你问责吗？”雪天傲身形微动，将东方宁心与小神龙护住。

“小事？你们要杀我儿子还是小事？”白虎王眉毛一竖，又多了三分煞气。

“既然如此，白虎王，出手吧。”雪天傲也不退让，这种情况下就是退让也没有用。

面对必杀自己的敌人，退让与求饶只会显得自己更加怯弱无能。

踏入神者四阶后，雪天傲对于真气修炼有了更精深的理解。

为什么那么多人停留在神者九阶，始终踏入不了天神级别？

那是因为他们的意志力不够坚定，无法扫除心中的阻碍。神者九阶跃入天神需要承受天雷之罚，意志不够坚定，即使冲到了天神，也会在天雷之罚中死去，想要成神，就得有无所畏惧的勇气和不可摧毁的意志。

这世间没有人比雪天傲与东方宁心接触的天神更多，他们所接触的天神，哪个不是意志刚强之人？

面对白虎王的挑战，东方宁心与雪天傲没有退，也不能退。

“既然如此，你就拿命来！”白虎王气不打一处来，于他来说，雪天傲对他的挑衅无疑是小鸟挑衅苍鹰，自取其辱。

“白虎伏灵！”白虎王丝毫不顾天神的身份，出手就是必杀之技，意在一拳将雪天傲诛杀。

“雕虫小技。”小神龙挺身而出，面对白虎王强悍的真气，太虚神甲第一时间散发出极致的光芒，将白虎王的攻击弹回。

“太虚神甲，神器？”小神龙身上的太虚神甲一闪，白虎王就知道事情不简单。

太虚神甲是洪荒第一神器，早已遗失在上古，这些人能拿到太虚神甲，能简单吗？

“有眼光。”小神龙神色淡然，他们敢与白虎王叫板，没有一点倚仗是不可能的。

“哼，欺负老子没有神器是吧？”白虎王大吼一声，如果可以，他真想把小神龙身上的那件太虚神甲给扯下来。

此时，雪天傲已凝聚真气，拳头直接朝白虎王击去：“撼世龙拳第一式！”

"轰！"只见一头长达数米的巨龙虚影在雪天傲的身后缓缓浮出。

"靠，这又是什么东西？神龙？"白虎王一脸呆滞，这应该是龙族秘技吧，怎么会由一个人类使出来？

雪天傲不理会白虎王，又是一拳挥出："撼世龙拳第二式！"这一次，两条飞龙出现在雪天傲的身后。

"这是什么鬼功夫？"白虎王全身颤抖，眼前的神龙虽然只是一个虚影，但神龙的威压却让他无法呼吸。

"撼世龙拳第三式！"这一次，足有六条飞龙出现在雪天傲的身后，而雪天傲周身也散发出上古神兽特有的气息，白虎王双腿一软，差点趴下。

"神龙，怎么可能会是神龙的气息？"白虎王脸一白，转身就要跑。

至于倒在地上的儿子，对不起，他现在自顾不暇。

"想走，哪有那么容易，白虎王接招！"东方宁心察觉到了白虎王的意图，快一步挡住了他的去路，同时亦挥出一招撼世龙拳。

一条巨龙虚影在东方宁心身后浮现，有巨龙虚影为护，东方宁心根本不担心白虎王对她出手。

撼世龙拳，龙族秘技，当东方宁心与雪天傲升入神者四阶，撼世龙拳的修炼方法就出现在他们的脑子里。

这当然不是升阶教会他们的，而是因为他二人身上都有神龙精血。

雪天傲与东方宁心的举动把白虎王给激怒了："撼世龙拳我白虎王还不放在眼里，除非神龙降临，不然这异界还没有人杀得了我！"

"百虎震山！"白虎王一改之前的真气攻击，直接运用玄兽最原始的力量。

白虎王用力一跺，千里之内的地面开始龟裂，而他们脚下的地面直接塌陷。

同归于尽，或者拉上整个兽人一族陪葬？

不，白虎王怎么会做这么愚蠢的事情，他有划破虚空的能力，到时候直接返回自己的地盘就好了，死的只有面前的人。

小神龙在白虎王发出百虎震山时就明白了对方的意图，一个跳跃，以银龙之姿飞入半空，一声龙吟在半空响起。

只见崩裂的山林在龙吟下慢慢恢复如初。至于掉进去的兽人与玄兽，那就没有办法了，小神龙也救不了他们。

"你居然是神龙？怎么可能，异界早已没有龙了！"白虎王一脸惨白，难怪对方两个神者四阶就敢对他出手，原来仗的不是神器，而是神龙。

在神龙面前，白虎王的实力至少下跌三成。

"神龙吟！"半空中，银光闪现，一道道龙吟从小神龙的嘴里发出来，万里之内的玄兽与兽人直接被震晕过去，白虎王虽没有晕，却毫无还手之力。

天神级别的人类强者，小神龙与雪天傲、东方宁心肯定是打不过的，但是神兽不同，有小神龙在，任何神兽上来就要弱三分。

不过，小神龙此时还是太弱，神者三阶发出来的怒吟只能重伤白虎王，难以斩杀。

天神都是逆天改命之人，哪会这么容易死掉？除非小神龙此时在神者五阶以上。

在小神龙的龙吟响起时，雪天傲的撼世龙拳也到了最后一式。

“撼世龙拳第十八式，神龙在天！”这一拳挥出去，足足一百条巨龙的虚影出现在雪天傲的身后，他凝聚完百条神龙，没有片刻停留，“杀！”

百条虚影狂啸而出，虽没有小神龙的威压强，却胜在数量众多。

“不——”白虎王被巨龙缠身，痛苦不堪。

然而，白虎王也不是无能之辈，在小神龙的龙吟消失的一刻，他借着最后的真气，硬是打出白虎移山。

移山，就是把自己当成一座大山，从这里移到别处去，一个滑溜，白虎王跳出了雪天傲的百龙虚影，一跃千里。

“你们三个给我记住，今日之仇，我白虎王誓死必报！”半空中传来白虎王愤怒的声音。

“对不起，你没机会了，百龙去，给我爆！”东方宁心的撼世龙拳在这一刻亦是完成，又一百条巨龙飞身而出。

巨龙虚影的最大好处就在于可大可小，千里之远对于巨龙虚影来说不过是瞬间之事。

“啊！”千里之外的半空中，传来白虎王的惨叫声，一声爆炸后，百条巨龙的虚影消失，白虎王也化为灰尘，消失在半空中。

就在东方宁心、雪天傲与小神龙暗松一口气时，半空却传来白虎王死后不甘的声音：“白虎星相变！”

“不好，神识！”三人脸色俱变，想也不想就飞身离去。

神识是天神死后的怨气，凝聚了死者生前所有的力量。

可惜三人终是慢了一步，下一秒同时落入黑暗之中。

“这是什么地方？”小神龙在黑暗之中恢复了孩童的模样，雪天傲与东方宁心将他护在中间。

“不知道，应该是白虎王的必杀技，他死后用所有的神识与修为凝聚出来的招式。”突然踏入无边无际的黑暗，雪天傲与小神龙多少都受了影响，唯独东方宁心没有丝毫不适，因为她的世界早已是无边的黑暗。

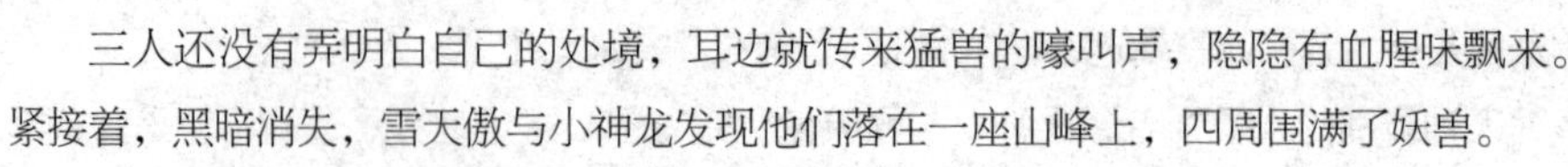

三人还没有弄明白自己的处境，耳边就传来猛兽的嚎叫声，隐隐有血腥味飘来。紧接着，黑暗消失，雪天傲与小神龙发现他们落在一座山峰上，四周围满了妖兽。

那些妖兽口吐黑色雾气，不断嘶吼。

一道巨大的雷电打了下来，落在他们脚下的妖兽身上，惨叫声不绝于耳。

出于本能，东方宁心三人准备闪躲，却发现无法挪动。

“这是怎么回事？我们明明在异界玄兽大营，怎么突然就到了妖兽的地盘？妖兽这东西五界之内早就没有了，这是上古之物。”小神龙惊疑不定，即使他是神龙，依旧感觉到妖兽带来的威胁。

“难道我们被白虎王带到了上古之地？”这地方对他们来说太陌生了，而不了解就意味着危险更大。

“应该不是。”东方宁心不相信他们到了上古之地，上古之地几百万年前就毁灭了，别说白虎王，就是凭冥的力量也不可能把他们带去。

FENG HUANG CUO

第二十八章 神秘莫测的异界

幻象！对，这一定是幻象。

“雪天傲，小神龙，这里是幻象。”

“幻象？”雪天傲与小神龙看向东方宁心，话音刚刚落下，又是一道天雷打下来，他们三人没有被雷电击中，底下的妖兽却是死伤一片。

哗啦，一道血浪打了过来，温热的血液落在身上，血腥味与黏稠的感觉格外真实。

这真是幻象吗？三人有些不确定了。

就在三人再次怀疑时，东方宁心耳边传来一个极为微弱的声音：娘亲，你没有猜错，那是幻象，踏下去，踏破幻象，你们才能走出去。

踏破幻象？东方宁心提脚，却在踩下去的那一刻犹豫了。

娘亲，这个世界上会叫她娘亲的人只有一个，可是她儿子会说话吗？还有，这里既然是幻象，那么她脑子里响起来的声音会不会也是幻象呢？

踏破幻象？东方宁心不停思考。

“东方宁心，你怎么了？”雪天傲见东方宁心的脸色一变再变，连忙握住她的手。

“雪天傲，你相信我们的儿子会在这里和我说话吗？”东方宁心拿不定主意。

只要雪天傲说信，她就赌。

雪天傲连犹豫都没有，果断否定：“不信。”

东方宁心点了点头，她也不信，不到半岁的孩子，就算天资再好，能开口说话也是不现实的。

“我可以肯定这里是幻象，而且是由白虎王以最后的神识所造，我们就用自己的意志和精神力与之抗衡吧，我就不信破不了。”

“试试看。”雪天傲与小神龙点了点头，在这幻象中，无法视物的东方宁心反倒占了极大的便宜，因为她不会受外界影响。

三人闭目，任身体在一片灰蒙中飘浮起来。

闭上眼的那一刹，数百只面目狰狞的妖兽分别朝三人扑来，只一口就要将三人吞没。

“给我破！”东方宁心没有凝聚真气，只凭借自己的意念发出精神攻击。

眼前的妖兽化为一道浓烟，飘散而去。果然是幻象！东方宁心暗暗松了口气，刚刚那一幕实在太险，如果不是幻象，她就死定了，那妖兽可不比白虎王的实力弱。

同样的情况在雪天傲与小神龙的身上上演，各种狰狞的妖兽朝两人扑来，两人强压下动手的冲动，集中精神力。

“嗷呜！”就在东方宁心庆幸自己破了妖兽幻象时，一头体型巨大的长臂猿猴抡起一根长棍，自上而下朝东方宁心的脑门砸去。

这长臂猿猴的杀气比底下的妖兽强出百倍，滔天的杀气与怨气让人心惊肉跳，忍不住想出手反击。

东方宁心紧紧握着双手，控制自己的心神。她不能失神，不能动摇意志，这些都是幻象，她的眼睛已经瞎了，根本不可能看清楚面前有什么生物。

就在长臂猿猴的木棍击中东方宁心脑袋的前一秒，东方宁心的精神力突然暴增：“我东方宁心无所畏惧！”

“轰！”山崩地裂的声音陡然响起，东方宁心、雪天傲与小神龙突然发现自己飘浮在半空的身体猛地往下坠落。

“啊——”一切来得太快，东方宁心忍不住大叫出声，看不清四周的环境，只听到呼呼的风声

“有我在，没事的。”雪天傲反应极快，不仅一把抱住了东方宁心，还拉住了小神龙。

“咚！”三人重重落地，东方宁心摔在雪天傲的身上，连皮都没有擦破一块。

三人起身，看了看四周的环境，除了肯定他们还在异界外，什么也无法确定。

刚刚走出百步，三人耳边就传来打斗的声音。

“灵虚门，你们太卑鄙了，竟然想要杀人灭口！”女子厉声娇喝，却少了一分英气，多了一分娇弱。

“皎月宗，要怪就怪你们太蠢，这种宝贝，我灵虚门又怎么会同意与你分呢？”说话的男子精气十足，一看就知道正处于全盛状态，真气修为应该是神者四阶左右。

“卑鄙无耻的小人，明明说好对半分，你们居然反悔，想要独吞，就不怕我皎月宗的报复吗？”女子渐渐不支，东方宁心估计这女子三招之内必死。

“你们全死了，有谁知道是我灵虚门下的手？”

东方宁心与雪天傲、小神龙三人猜测他们应该到了人族的地盘，至于眼前的纠纷，很抱歉，他们没有兴趣。

数声过后，如东方宁心预测的那样，战斗结束了。

“皎月宗还真是富有，一个初入神者的弟子身上居然有万年灵芝，还有十枚上品丹药。”

“师兄，今天收获不错，我们快去和师父会合。南渊老祖的宝藏要开启了，据说南渊老祖乃上古神皇，灵药、武技、丹药数不胜数，还有无数的神器，我们要是能抢到可就发了。”

“走吧。”带头的男人点了点头，转身就准备离去，刚踏出一步，就感应到了外人的气息，“什么人？出来！”

“糟糕，被发现了。”东方宁心三人心中暗叫糟糕，他们还没弄清楚这里的情况，根本不想出手。

“不出来？小爷我就不客气了。”那男子冷哼一声，朝着东方宁心与雪天傲、小神龙三人发出一道攻击。

“轰！”三人面前的巨树被轰成了碎渣。

“神者四阶？还带着一个瞎子、一个小孩，难怪要做缩头乌龟。”说话的男子就是刚刚发招的灵虚门中的师兄。

“自杀还是等着我把你们绞碎了？”雪天傲最讨厌别人说东方宁心是瞎子，他本不打算惹事，但面前这四人犯了他的忌讳。

“皇城贵子？”灵虚门的弟子脸色一变，不由得后退一步。

面前这人的气质，绝不是他们这些宗门修炼之人能有的，那是在皇城经过十数年养尊处优培养出来的气质。

知道对方认错了人，雪天傲将错就错应了下来：“既然明知我们是皇城贵子，还不让路？”

皇城贵子不是他们能惹的，但这些人明显看到他们杀人夺宝，要是传出去，他们门派以后还如何在异界立足？

“师兄，杀了他们，这里距离南渊老祖的宝藏所在还有千里，皇城派来的武亲王早已过去。这三人必是单独前来，我们做干净点，皇城的人又怎会知道是我们做的？”师兄身后，一个长得鼠头鼠脸的男人小声说道。

东方宁心与雪天傲同时摇了摇头，同是神者四阶，对方想杀他们哪有那么容易？

就在那师兄犹豫间，雪天傲身形一动：“给我封！”

“快跑！”灵虚门的弟子暗道不好，但来不及了，除了那位神者四阶的师兄外，

其他三人都被雪天傲冰封住。

雪天傲怎么会放他离开，跑到百里之外又如何？神者四阶的他实力大增，别说百里之外了，就是千里之外，他雪天傲也能杀。

“给我封！爆！”一连串的真气挥出，只听见砰砰声响起，那个被称为师兄的人在半空中变成一块冰块，瞬间炸开，很快，其他三人亦享受着同样的待遇。

四人死后，雪天傲上前将他们抢夺来的东西一一收了起来：“咦，这几瓶丹药居然超出了十品。”

“超过十品的丹药？”东方宁心接过丹药闻了闻，药香浓郁，比他们在洪荒所见的十品修气丹高出数倍。

“难道这就是他们所说的上品丹药？”东方宁心强压下心中的激动，超出十品的丹药，那岂不是意味着他们可以用这些丹药制造神者高手？

是的，制造，一颗丹药下去，就会有一个神者高手诞生，这实在是逆天！

“有可能，这些倒是好东西，这里有六十来颗，也许等我们回到洪荒，就有去龙岛的力量。”雪天傲的声音有几分嘶哑和激动。

异界的宝贝还真是多，玄兽内丹取之不尽，连超越十品的丹药都有。

“真的可以制造神者高手，如果我们再多抢些，是不是可以将整个蓝色闪电的人都打造成神者？”小神龙黑亮的双眼瞪得老大。

如果将蓝色闪电每一个人都打造成神者高手，一旦他们狂化，实力暴增，每个人将至少拥有神者五六阶的实力，甚至能直逼神者九阶。

届时，蓝色闪电不仅是洪荒第一军团，更将是五界第一军团，只要不遇上冥和神魔那种变态级高手，可以遇神杀神、遇佛杀佛。

只是想着，小神龙就忍不住热血沸腾，本来还觉得蓝色闪电最大的用处就是上战场，去龙岛的话助力不大，现在他才明白，蓝色闪电将会成为他去龙岛的主力军。

“如果我们能收集到三百颗这种上品丹药，就可以打造出五界第一的军团。”东方宁心肯定地点头。

“既然如此，我们走吧，看看这儿附近还有没有可以下手的对象。”雪天傲一点也不介意杀人夺宝。

就在这时，一道粗哑的男声响起：“别急！上品丹药你们肯定抢不到了，话说杀人夺宝见者有份，阁下几个瞬间秒杀三个门派的人，恰好被在下看到，是不是得出点封口费呢？”

紧接着，三人就看到一个身穿灰衣的男子慢悠悠地从树林深处走了出来，一身邪气，眼中时不时闪现精光。

神者七阶！

雪天傲和小神龙第一时间将东方宁心护在身后。

“好了，三位，把东西给我，你们走吧。小爷我今天心情好，放你们一马。”灰衣男子傲慢地伸手，示意雪天傲将手中的丹药和那株万年灵芝给他。

“想要我们手上的丹药？”雪天傲将手上的东西掂了掂，一副满不在乎的样子。

“现在是我的了。”灰衣男子理所当然道。

雪天傲冷笑，嘲讽地道：“神者七阶高手想要杀人夺宝，被我们撞破，现在还要抢劫我们两个神者四阶手中的东西，还说出这么冠冕堂皇的理由，你不觉得无耻吗？”

“你？明明是你们杀人夺宝，什么时候变成我了？”灰衣男子顿时怒了，气势陡然一变，威压扑面而来。

灰衣男子虽然实力不凡，但只是一个普通武者的气息，没有贵族子弟的优雅与华贵。

这人出身一般，这一点东方宁心和雪天傲可以肯定。

“我们杀人抢夺？你有证据吗？阁下，就算你是神者七阶的高手也不能血口喷人。”话说间，东方宁心手指微动，提醒小神龙准备动手。

有小神龙的太虚神甲在，他们可以挡住对方一击，而有这一击的时间就够了。

“这就是证据，你们杀人的证据。另外，你们皇族中人除了皇子外，根本拿不出上品丹药。东西交出来，我不屑杀你们。”灰衣男子不动手并不是如自己所说的那般伟大，他的目的是南渊老祖的宝藏，那里高手如云，神者九阶、八阶一大把，甚至天神也极有可能觊觎那里的东西，他必须保持全盛的状态，才有机会捡点残汁剩汤。

“证据在哪里？我没有看到。”东方宁心挥了挥衣袖，只见身旁的巨树瞬间倒地，土地翻起，地上的尸体很快就被黄土掩没。

东方宁心的举动彻底把灰衣男子激怒了，神者四阶的人见到神者七阶高手还如此嚣张，简直找死：“你们倒是好手段，既然如此，就尝尝小爷的厉害，别以为小爷我不敢动皇室贵子，杀你们不过挥手间的事情。”

灰衣男子出手，小神龙一跃上前，灰衣男子的攻击瞬间弥散于无形。

“什么鬼怪？”灰衣男子脸色惨白，转身就想跑。

他知道贵族和一些宗门弟子身上都有魂器神器，看样子自己遇上有家底的了。

“想跑，哪有那么容易，小爷是吗？今天尝尝你大爷的厉害！”小神龙厉喝一声，将所有的真气都凝聚在拳头上，用力挥起，“银龙皇拳！”

“我挡！”灰衣男子连忙挥出真气反抗。

“龙吟，破！”东方宁心以精神力，将龙吟之声传入灰衣男子的脑内。

龙吟之声顿时在灰衣男子的脑海里响起，他无法再次凝聚真气。这时，雪天傲的拳头也挥了出来："撼世龙拳，去！"

在对方毫无防备之时，龙拳足以将对方击灭。

如东方宁心三人所料，灰衣男子重伤倒地。

小神龙一脚踩在男子背上："想要杀人夺宝？丹药就在我们手上，你还想要吗？"

"咳咳。"灰衣男子面如死灰，咳出两口血后，憋屈道，"是我有眼不识泰山，还请三位大人手下留情。"

"手下留情？晚了。"雪天傲冷冷道，看也不看那人一眼，只对小神龙道，"杀了他，我们走。"

对方是神者七阶，他们能伤对方一次，并不表示能伤第二回，他们能轻易将对方击倒，不过是胜在一个巧字。

"等一等！我、我用一个消息，换我这条命。"灰衣男子惊得大叫，为了活命，面子也不要了。

"消息？什么消息这么有价值，可以换你一条命？"雪天傲与东方宁心停步转身，不以为然道。

"你先答应放过我，我就告诉你。"灰衣男子眼神闪烁。

"先说你的消息，有价值再说。"雪天傲与东方宁心折回，居高临下地看着灰衣男子，神色淡然。

"万一我说了，你们还是要杀我灭口呢？"他可不认为在这三个人面前，神者七阶的修为有用。

"说，至少你还有可能会活，不说则必死。我数三声，还不说就杀了你。"不给对方任何讨价还价的机会，雪天傲冰冷地开始倒数。

刚数出一声，灰衣男子就妥协了："别，别数了。我说，我说，距离此地千里之外的北方有一上古宝藏，是南渊老祖所留，三个时辰后就要开启，里面神器、极品丹药无数。"

南渊老祖的宝藏？这不就是刚刚灵虚宗那几个弟子所说的吗？灰衣男子居然用这种尽人皆知的消息来骗他们，他们脸上写了蠢字吗？

"这个消息，我们需要你说吗？你认为这个消息可以换你的命？你的命还真不值钱。"雪天傲杀意不减，这灰衣男子太狡诈了。

"还有还有，南渊老祖的宝藏共有十层，越往里面，宝贝越有价值，其中让人族、兽族、精灵族都觊觎的就是南渊老祖留下的上古神兽鲲鹏的精血。鲲鹏是仅次于龙凤的排名第三的神兽，得到那滴精血就等于契约了鲲鹏。"灰衣男子眼珠微转，又说出一个更大的消息。

东方宁心与雪天傲心中微动。冲入神者四阶，他们炼化了小神龙的精血，知道神兽精血可以赋予他们神兽的技能。

小神龙的精血在众神兽中排名第一，但小神龙毕竟还没有成年，实力还不够强。南渊老祖留下的鲲鹏精血肯定是成年的，如此看来，他们定要往那南渊宝藏走一趟了。

洪荒和中州早就没有了上古神迹，神界与冥界被封，魔界他们虽然不知，但可以肯定绝对不会有上古之物，异界恐怕是上古之物保存最为完整的地方了。既然如此，他们来这异界就不能空手而归，日后要对付光明神殿与黑暗神殿，这些上古之物当然是多多益善。

只是——雪天傲看了灰衣男子一眼，这个人明显没有说实话，异界的人还真不是一般的狡猾，可惜落在他这个见惯了皇室斗争的人手中。

“凭这两个所谓的秘密就想让我们放你一马，你觉得是你愚蠢还是我笨？别怪我没有提醒你，死路是你自己选择的。”雪天傲没有动手，但威胁的意思很明显，这个灰衣人肯定还知道更大的情报，可以保命的秘密。

被雪天傲拆穿，灰衣男子面如死灰，也不敢存着侥幸心理，老老实实开口：“我、我说，我说了，你们要信守承诺不杀我。”

“我说过，你的命由你所说的秘密来决定，这是你最后的机会。”按照这个灰衣男子所透露的消息，还有三个时辰那南渊老祖的宝藏就要开启了，他们得尽快赶到。

他们对人界不熟，没有太多的时间浪费在这里。

灰衣男子蔫巴巴地开口：“我无意中得到一个消息，据说一百天后的子时，便是上古战场万年开启的时间，那一天只要凭借上古战场的地图便可以进入上古战场。上古战场有数不清的灵草和神兽，只要有本事驯服一只，活着出来便可以称霸异界。”

整个异界的高层都知道这个消息，这一次前去抢夺南渊老祖的宝藏，就是为百天后进入上古战场做准备。

“上古战场居然还存在？”雪天傲与东方宁心的心里掀起层层巨浪，异界太恐怖了。

“据说那是集三皇五帝的能力撕裂出来的空间，也是唯一能证明上古存在的地方，每一万年开启一次。”灰衣男子见雪天傲与东方宁心神色动容，知道自己的小命保住了。

不管内心多么激荡，雪天傲面上却没有表露半分：“这个消息的确可以换你一条命，我不杀你。”

灰衣男子顿时松了口气，一脸感恩地看着雪天傲与东方宁心，只有他自己明白，一旦伤好了，他肯定会把面前三人给杀了。凭他的实力，想杀这三人不成问题，之所以会败，不过是他轻敌罢了。

可惜，他遇到的是雪天傲，这个男人绝对不会给自己的敌人卷土重来的可能：“为了避免你复仇，我得废了你的真气。”

在灰衣男子还没有反应过来时，一道直气打入他的丹田，将其震碎，从此这人再也无法修炼真气。

“不！你说过不杀我的！”灰衣男子痛苦地大叫一声，双眼死死地瞪着转身离去的雪天傲三人。

“我不杀你，但没说不废了你的真气。”远处，传来雪天傲冰冷的声音。

放任敌人成长，他嫌命太长了吗？

上古宝藏的吸引力无疑是巨大的，当东方宁心三人到达南渊老祖宝藏入口处，就看到那里挤满了人，足足有数千人之多，每个人至少也是神者五阶的修为。

随便一来就是数千个神者五阶或以上的高手，东方宁心与雪天傲感觉压力不是一般的大，和这些人抢宝，胜算实在是太小了。

“呵呵，看样子对南渊老祖的宝藏感兴趣的人不少。”一道极细微的声音在三人耳边响起，顺着那声音望去，只见距离他们五十米左右的一棵巨树上，窝着两个人。

东方宁心与雪天傲心中暗道：看样子和他们一样远观，暂时不想动手的人也有呀。

“大长老，你说最后谁能拿到鲲鹏精血？”女子娇俏的声音响起，带着一丝蛮横，却不会让人讨厌。

“这些人肯定拿不到。”被称为大长老的老头声音很小，但语气笃定。

“为什么呀？这些人很厉害呢，我隐隐感觉有天神高手在。不过，他们都收敛了自己的真气，我察觉不出具体的数量。”女子吸了吸鼻子，一副嫌弃的样子。

“公主，这一次来的都是年轻人，这就说明各大门派、各族之间有约定，那些已有上万年修为的天神不会插手此事。在异界年轻一派中，实力排名第一的人族太子君无量、排名第二的兽族皇子玄忆、排名第三的精灵族皇女灵水儿都没有出现。他们三个都是天神，以他们的实力，可以驯服鲲鹏精血。只是，这鲲鹏精血会落在谁的手里就难说了，要是他们都不能驯服，那么异界第一就得换人了。”

“照这么说来，要是我拿到了鲲鹏精血，就是年轻一辈中的第一人？”小公主傲慢地说着，神态间满是不服输的傲气。

“公主，我们妖族一直被兽族打压，以公主的实力勉强能排到第五，如若公主能驯服鲲鹏精血，异界年轻一辈的第一人定是公主了。族长也是推算出公主与鲲鹏精血有缘，才让公主前来的，只是缘浅了点。”长老的语气有些沉重，但为了妖族的振兴，哪怕只有一点希望也要试上一试。

妖族居然真的存在？东方宁心握着雪天傲的手不自觉一紧。

异界还真是藏龙卧虎呀，窝在那极北之地的兽人消息太落后，幸亏他们没有贸然现身，不然死一百次都不够。

异界高手真的太多了，这妖族的公主才十四五岁就已是天神，居然连前三都排不上，他们真是白活了！

东方宁心与雪天傲相视一眼，无言苦笑。

就在这时，空气中传来一阵异动。

“公主，高手来了。”妖族大长老连忙提醒妖族公主收敛气息。

大鱼来了！

东方宁心与雪天傲亦是心头一震，来人十有八九就是那妖族长老所说的三个强人之一，只是不知哪个先到。

七彩光芒自天而降，众人只觉得眼前一片霞光闪过，所有人不自觉后退避开。

紧接着就看到挥着翅膀、身着七彩羽衣的女子翩翩而来。女子落地，身上薄如蝉翼的翅膀缓缓收起，立在众人面前，那姿态，那风情，只有精灵族的皇女灵水儿才有。

“见过精灵皇女。”有几个看不出是人族还是兽族、精灵族的人上前，语气恭敬地行礼。其他人虽然没有上前，但眉眼间除了恭敬还是恭敬。

“众位客气了。”七彩羽衣翩翩而动，灵水儿朝众人点了点头，高贵而不傲慢。

精灵族果然天生爱好和平，灵水儿身上透露出水一般的温和气质，让人不由自主地放松戒备。

“这个精灵皇女好大的排场，长老，她身上那件七彩羽衣是神器？”妖族公主在一边问道。

“不错，确实是神器，不过华丽有余实用不足，那件七彩羽衣名为仙缕衣，羽衣不染纤尘，有净化空气、柔和心质的作用，所以众人才觉得精灵皇女清新自然。不仅那件羽衣，就是她手中的那串泛着七彩光芒的珠链也是神器。”

把神器当衣服穿？当手链戴？

东方宁心与雪天傲同时在心中默道，他们自认气运十足，一路走来遇上的神器不断，没想到到了精灵族皇女身上，只能当衣服穿。

这让他们这种拼死拼活把神器当宝的人情何以堪？

东方宁心三人还没有从精灵皇女带来的打击中回神，一道气场十足的霸王之气便笼罩了方圆千里。

三人同时暗叫糟糕，更加小心地藏匿自己的身形，这么凶悍的气息，不用想也知道，是那兽族的皇子玄忆。

果然，玄忆身着五爪金龙的黑色锦袍从天而降，手中拿着一座小塔。

玄忆刚好落到灵水儿面前，两人一柔一刚，本以为会有相互制衡的画面出现，却不想玄忆身上的凶悍之气在面对灵水儿时消失得无影无踪。

“水儿，我就知道你一定会来。你放心，鲲鹏精血没有人敢和你抢，谁敢和你抢，我杀谁！”玄忆这句话霸气十足，一个杀气凛凛的眼神，吓得围观众人无声后退。

“多谢玄忆皇子，争夺鲲鹏精血各凭本事，我不需要任何人帮。鲲鹏有飞翔之技，于我精灵族大有益处，不然我们也不会插手此事。”灵水儿一副悲天悯人的语气。

“兽族的皇子果然如传说中那般痴情，只可惜灵水儿公主也如传说中那般无情，明明想要夺宝，却说得伟大。”树上的妖族公主不屑道。

“公主，看到玄忆手中的托塔了吗？那是万兽塔，是神器，一个小塔就能将万兽装入其中，这也就是他胜灵水儿一筹的地方。他身上那件黑锦衣据说拥有龙族神圣金龙的烙印，威力无穷。”妖族长老不理会公主口中的八卦，解释道。

又是神器。

东方宁心与雪天傲、小神龙三人无力望天。他们到底来到了什么鬼地方，是个人手上就有神器，而且还是上古神器，这让他们这些拿着洪荒神器的人怎么活？

此时，距离南渊老祖的宝藏开启还有一刻钟，就在这时，一道耀眼的紫光从天际划来，照亮了整个天空。当紫光出现，灵水儿的七彩光芒和玄忆的黑色光芒瞬间就黯淡下来。

“此人想必就是妖族长老所说的人族太子君无量了，好强的气势呀，居然不比冥弱。”东方宁心与雪天傲两人额头相靠，用精神力传递信息。

异界太恐怖了，这才只是年轻一辈，如果那些变态的老家伙出手，又该何等强大？

可越是如此，他们就越想拿到鲲鹏精血，否则在异界怎么死的都不知道。

“公主，你别看那君无量全身上下充满儒生之气，行事优雅、风度翩翩，为人处世不急不缓，他的实力一点也不弱，无量二字代表的不是前途无量，而是气运无量。据说此人一生好运，出生时就遇紫气东来异象，紫在人族指帝王之气，所以君无量一出生就被立为太子。

“据说这位气运无量的太子，运气好到喝水都能喝出神器来。他这 生顺风顺水，我们是人找宝，他却是宝找人。今天他来了，鲲鹏精血肯定落不到我们身上。在异界，从来没有人能从君无量手中抢到宝。”

“君无量的运气这么好？”妖族公主将脸上的傲气收了起来，看着远处光芒万丈的君无量，眼神微暗。

明明是那么慵懒的一个人，偏偏让全场的人黯然失色，即使百米之外的她亦是倍感压力，这就是异界年轻一辈中的第一人吗？

只不过随意往那儿一站，就让风云色变，日月无光。那风度，那气势，比玄忆和灵水儿高出百倍，就算她得到了鲲鹏精血，恐怕也没有实力与这位争夺第一。

妖族公主便没有了与之较量的勇气。看到妖族公主傲气退减，大长老眼里闪过满意之色。公主是他们妖族万年一出的练武天才，不过十五岁就达到天神级别，在妖族年轻一辈中已没有对手。只可惜公主太自傲，自认天下无敌，即使见到那玄忆与灵水儿亦是不服。好在，看到君无量，公主终于明白了人外有人的道理。

大长老继续为公主介绍君无量：“公主，你看到君无量束发的发带了吗？那根发带叫绕情丝，是上古神器；他身上的那件儒生袍叫夫子衣，是上古神器；他脚上的那双绲边紫金靴，叫登云靴；手上的扇子叫盗帅扇。据说，这个气运无量的太子全身没有一样不是宝贝，神器在世人眼中也许遥不可及，无量太子却是要多少就有多少。玄忆与灵水儿二人联手，在这位无量太子手中估计走不过三百招。而这还是无量太子从不修炼真气的情况，他的真气修为全凭奇遇所得，他自己从来不修炼。”

“不是吧，这世间有这般好运的人？”妖族公主咬牙切齿，此时她已将心中的傲气化为嫉妒。

君无量，你生下来就是让人嫉妒的吗？你生下来就是为了气死别人的吗？

有你这种人物存在，不是生生打击他们这些所谓的天才吗？面对这种逆天的鬼才，还有人敢自称“天才”“奇才”吗？

妖族万年一现的天才妖月公主，在你面前算什么？

妖月公主狠狠地瞪着君无量，有一种人，即使长得再好、风度再好、出生再高贵，也无法让人喜欢，君无量就是这种人。

“公主，这世间就是有这样的人，运气好到让人无法不嫉妒。有无量太子在，鲲鹏精血我们是拿不到了，这世间没有人能从无量太子手中抢到宝。无量太子碰到的宝贝，自然会落到他的手中，根本不用他出力。”妖族长老一脸无力道，他怎么也没有想到，区区一滴鲲鹏精血竟能引来这位无量太子。

妖族长老与妖月公主的话，东方宁心与雪天傲听得清清楚楚，两人默默地看着远处的无量太子，感到一阵无力。

“参见无量太子，太子殿下千岁千岁千千岁。”南渊老祖宝藏入口处，有三分之一的人对君无量行跪拜之礼，言语间恭敬无比。

不用想也知道，这三分之一就是人族中人，君元量在人族的地位比他们人族之皇

还要崇高。

"众位请起，本宫并不是以太子之名代天巡狩，不过是来凑个热闹罢了。"君无量落落大方地承了众人的礼，坦然自若。

东方宁心与雪天傲同时暗暗点头，如此人物倒是让人讨厌不起来。身份尊贵、鸿运当头，却不骄不躁，比起灵水儿靠七彩羽衣装出来的强出百倍。

"精灵族皇女灵水儿见过无量太子。"人族众人行完礼后，灵水儿一改对玄忆的冷淡，殷勤上前，盈盈水眸中荡漾着春情。

"精灵皇女客气了。"君无量浅浅一笑，黑亮的双眸疏离淡漠。

玄忆肃立一旁，嫉妒得眼睛发红，看到君无量拒绝灵水儿，猛地冲到他面前："君无量，水儿和你说话呢，你这是什么态度？人族太子就了不起吗？"

不待君无量回话，灵水儿就皱眉开口："玄忆皇子请慎言，我和无量太子的事情还轮不到你来插手。"

一股纯净之气从灵水儿身上爆发，将玄忆的怒火压下，以灵水儿为中心，百里之内全是祥和之气。

"好厉害呀，这是什么功法，居然让人战意全无，这叫人怎么打呀？"妖月公主看到灵水儿这一招，心里骇然。隔这么远她都受了影响，灵水儿太厉害了。

连妖月公主这种天神级别的都受了影响，更别说东方宁心、雪天傲和小神龙三人了。一时间三人神情放松，心中戒备全无。

"不好！"三人心中大骇，一个用力，指尖掐入手心，剧烈的疼痛让他们瞬间恢复清明，精神紧绷到一触即发的状态。

难道梦族的精神攻击法就是来自精灵一族？

灵水儿这一手让东方宁心与雪天傲心中沉甸甸的，异界人才辈出，随便拎一个放到中州和洪荒都是霸主。

可越是如此，他们越要努力，在起点已经输了，后面还能再输吗？

不能！他们没有输的本钱。

东方宁心三人的意志再次坚定，默默地看着异界三杰，等待着宝藏开启。

他们没有三杰那耀眼的光环，不表示一定会落后于人。

"公主，集中精神力，南渊老祖的宝藏就要开启了，入口开启只有一炷香的时间，我们一定要冲进去。"妖族长老连忙提醒妖月，以免她分神。

妖月公主心头一震，随即冷静下来，指着君无量几个没好气道："一炷香？这么短的时间怎么够这么多人进去？他们为什么不出手把那群蝼蚁给杀了？"

"公主，他们虽然只是蝼蚁，但敢到这里来，哪个没有靠山？杀这些蝼蚁很容易，但牵扯到他们身后的势力就麻烦了，那些都是老怪物，就是君无量也不敢轻易诛杀这些人。”

“靠山？”妖月皱眉。

“公主，这么说吧，君无量想杀你很容易，但他绝对不会动手杀你，因为一旦杀了你，就会引来妖族的怒火，妖族就是公主的靠山。”妖月公主天赋绝佳，但只在真气修为上，其余方面单纯如一张白纸。

妖月公主点了点头，不再说话，专心致志地看着前面，等待最佳的时机。

妖族长老这番话在妖月看来，就是遇上君无量，她也不用怕。

东方宁心与雪天傲的理解又不一样。他们三人在异界没有靠山，也就是说，如果他们死在里面也是白死。没有人会忌惮没有后台的他们，所以进入宝藏后，他们必须更加谨慎小心。

东方宁心用精神沟通法对小神龙道：“小神龙，你先回到契约神兽的领域去，待危急关头，我再召唤你出来。”

人类契约玄兽后，周身会形成契约空间，主人意念一动，玄兽随时可以进出，就如同猥琐会长与无涯的两头小豹。毕竟并不是所有的玄兽都如同小神龙那样有化为人形的实力，玄兽长大了，体形也是相当大的，平时带在身边不太方便。

只不过，玄兽空间枯燥无味，在里面除了修炼，什么也做不了。是以，东方宁心一般不让小神龙进入。

小神龙点了点头，唰的一声消失了。

他虽然傲气，却不愚笨，异界高手如云，东方宁心与雪天傲想要从这些人手中夺得鲲鹏精血，必须走一步算百步。

没有过人的真气修为，就得有过人的智慧。在绝对的实力面前，计谋什么的都不顶用，但谋定后动的道理总是没错的。

时间一到，众人感觉一股强大的真气从入口处迸发，让入口处所有人都不自觉后退三步，只剩君无量立于入口前，一动不动。

“好厉害。”雪天傲暗道，这个无量太子的实力就像无底洞，深不可测。

“轰轰轰！”入口处打开一条缝隙，此时，从洞中散发出来的真气更加醇厚。

又是一道真气打了出来，离入口处稍近的十几人瞬间被打飞起来，化为黑点，消失在众人的视线中。

半空中，一声接一声的惨叫声响起，东方宁心与雪天傲紧紧相握，但也抵挡不住强劲的真气波动。

咚的一声，两人从躲藏的树上掉了下去，好在此时妖族公主几人也被外泄的真气弄得疲于应付，一时间无心去管是不是有其他人在。

一波强过一波的真气从入口处倾泻而出，越来越多的人被抛了出去，很快只余百人站在入口处。此时，石门完全开启，让人忌惮的真气也逐渐柔和。

一道来自上古的苍老声音响起："鲲鹏精血，有缘者得之，离去之人皆为福薄缘浅之辈，尔等有运，速速进来，天材地宝，能者得之。"

君无量站在最前面，当仁不让走了进去，紧接着是灵水儿，第三个则是玄忆，待到异界三杰进去后，其余人才争先恐后地往里挤。

一炷香的时间很短，不过现在只余百人，也足够了。很快，宝藏入口处一个人都没了。

"公主，走吧。"妖族二人飞快蹿了进去，宝藏之门缓缓关闭。

"走！"东方宁心与雪天傲飞快往前冲。他们冲到宝藏入口时，石门只余一条细缝，二人一个侧身，生生挤了进去。

咔的一声，雪天傲的衣摆被石门卡住，他看也没看，拉着东方宁心往前冲去。

"砰！"石门关闭的一刹那，一青衣男子从天而降，立在石门处，看着紧闭的石门，恨恨一拳捶在石门上。

此人是刚才没有提到的，异界年轻一辈中实力排在第四的宗门弟子——倾似也。

如果说君无量是鸿运当头的主，这个倾似也就是霉运当头的主。喝凉水也能塞牙缝，一生倒霉透顶，如果不是意志足够坚定，恐怕他早死了。

他福薄缘浅，进不了这南渊老祖宝藏。

如果东方宁心与雪天傲见到此人，恐怕会更加佩服。倾似也一生霉运无边，九死一生，却能成为天神，可见其心性之坚定。

"似也，回来吧，为师说过，鲲鹏精血注定与你无缘，你还是等百日后的上古战场开启。"半空中传来一道德高望重的老者声音，此人便是倾似也的师父，异界宗派首领天一真人。

"师父，徒儿真的就倒霉至此吗？"倾似也眼神受伤，他是被上天遗弃的人，一出生就被遗弃。

"一切都是命！"天一真人一声叹息，他这个徒弟什么都好，唯独命不好。

"师父，我不甘心！为什么我进不去？"倾似也从不认命，如果认命，以他那般倒霉透顶的运气，死一万次都不够。

倾似也一拳打在石门上，石门却是一动不动，反倒是百里之内的树木，全部毁在这一拳之下。

倾似也似悲似狂地看着石门，突然放声狂笑，比哭还要难听。这道石门再一次见证了他的霉运，证明他是被天地嫌弃的人。

倾世也深深地看了石门一眼，黯然离去，就在这时，一道雷电劈了下来，裹挟着天地之力，轰的一声，打在倾似也的头顶上。

被雷电劈中，只见倾似也的身体瞬间燃烧起来，万里之外的天一真人看到这一幕，无力地摇了摇头。似也实在太倒霉了，这时降下天雷，应该是有人踏入天神阶段，正在承受天罚，不想天罚居然击中了无辜的倾似也。

不得已，倾似也的师父只好出手，突破时空限制，降下一道寒属性真气，将倾似也身上的雷电之力祛除。

只见一道浓烟出现，那南渊老祖宝藏石门居然再次开启，一道金光朝倾似也袭来，将他卷入了藏宝室中。

这是怎么一回事？难道倾似也撞上了好运？

这不可能！

天一真人立马闭目深思，入口处发生的一幕再次重现。君无量、玄忆、灵水儿和那妖族的公主踏入密室，天一真人一点也不惊讶，这早就在他的预料之中。

直到东方宁心与雪天傲闪身而入，天一真人万年不变的脸色终于变了。

这两位是什么人？怎么会出现在这里？难道他们就是打破异界命运的契机？

被人窥视，东方宁心与雪天傲全然不知，此时他们正小心翼翼地尾随众人，往藏宝室走去。他们来得最晚，第一层的宝物早就被人洗劫一空。

当然了，这里的危险也被第一个进来的君无量给处理干净了。

一层层往上，前面三层死的全是南渊老祖安排的守宝傀儡，直到第四层，东方宁心与雪天傲才看到有的抢宝人也死了，而他们身上的东西则被洗劫一空。

越往里走，死去的人越多，东方宁心与雪天傲也越发小心。他们能做的就是保住自己的命，在最合适的时机出手。

FENG HUANG CUO

第二十九章 鸿运无量倾似也

有君无量这种高手在前面扫除障碍，东方宁心与雪天傲一路畅通无阻，顺利来到第九层。藏身在第九层藏宝室门外，两人紧紧贴在一起，一动也不敢动，甚至连呼吸都小心翼翼的。

他们最忌惮的君无量就在里面，正与镇守宝藏的上古凶兽交手。

上古凶兽，每一只都相当于一个天神的实力，而里面足有几十只。如果君无量、玄忆、灵水儿和妖月几人联手，很快就可以解决，偏偏这里只有君无量一人。

双拳难敌四手，君无量再厉害，一时半刻也收拾不了那些凶兽。

“太子殿下，别管我们了，兽族的玄忆、精灵族的灵水儿，还有突然冒出来的妖族公主与长老已经冲到第十层。您再不去的话，鲲鹏精血就要落到他们的手上了。”一人族天神级别的中年男人一边攻击凶兽，一边劝说君无量。

面对上古凶兽的群攻，君无量依旧笑得从容，一招一式，不急不缓，丝毫没有压力。

唰的一声，君无量手中的盗帅扇一扫，面前的上古凶兽轰然倒地。

“不急，鲲鹏精血注定是本宫的，没有人能抢走它。”君无量无比自信，当然他也有自信的本钱。他的运气不是一般人能比的，他的封号是无量太子，但更多人喜欢叫他聚宝太子。

“嗷呜！”一头凶兽扑向精灵族的少女，少女连忙挥动翅膀，可是晚了，凶兽已经将她的翅膀咬断。

就在此时，君无量随意一脚，脚上的登云靴瞬间发出一道攻击，只听啪的一声，那头上古神兽的头骨应声而碎，精灵族女子也逃脱了被吞噬的命运。

“多谢无量太子救命之恩，妾身无以为报，只有以身相许。”精灵族少女看到救她的人是君无量，顿时满脸通红，春心荡漾。

“不必。”君无量看也没看少女，继续与凶兽战斗。只是，看他那悠闲的样子，哪里是在打架，明明就是在驯兽。

东方宁心摇了摇头，与雪天傲用精神之法沟通：“这个无量太子也不知是本性如此，还是手段了得，对各族施恩，他是想一统异界吗？”

“不一定，我看他的眼神是毫不在意，这个君无量看似优雅从容，骨子里却透着一股散漫，他应该对俗世不感兴趣。”

“也是，如此天生鸿运之人，这世间之物没有他得不到的，只有他不想要的，是我以小人之心度君子之腹了。”

此时，君无量已将第九层的凶兽全部解决，凶兽一死，无数灵丹和秘籍就从墙壁中浮现。

“这些东西你们自己分，然后去找出口离开此地，第十层你们进去只有死路一条。”君无量看也不看那些上品丹药，转身就朝藏宝室第十层走去，慢悠悠的样子就像在逛自家的后花园。

真大方！东方宁心与雪天傲同时在心中叹气。

数百颗丹药和无数的上古秘籍在面前，他居然看也不看一眼。

君无量一走，第九层藏宝室立马混乱起来，刚刚还众志成城合力攻击凶兽的众人，立马显露本性：“这是我的。”

“天啊，是神品丹药，谁也不许和我抢。”

“魂器，是可以升级为神器的魂器，都走开，这是我的。”

“你算个什么东西，这神品丹药我要了。”

“滚开，这魂器是我的。”

“浑蛋，你居然拿到一把神器。”

东方宁心与雪天傲藏在暗处，看得啧啧称奇，同时暗暗高兴：打吧，打吧，只有你们打得你死我活，我们才有机会。

“噗！”血飙了一地，有人万分不甘，却再也没有还手之力。

“我们可是上古剑宗的人，你敢对我动手？”

“什么狗屁上古剑宗，上古早就不存在了，杀了你又如何，剑宗的人会知道吗？”

“去死吧！”

混战之中，又有十人死去，其中还有三个天神。

角落里，一男子突然狂笑：“哈哈哈，都死了，这些全都是本天神的了，你们通通给我去死，这些我要了！”

“浑蛋，此人是天神，我们联手杀了他，不然死的就是我们。”余下来的人再次

合作，联手攻向这个天神。

"哼，蝼蚁，你们还不是本天神的对手。"天神高手一副高高在上的口吻。

东方宁心与雪天傲看着这突然而来的一幕，心中暗暗叫好。螳螂捕蝉，黄雀在后，今天这黄雀他们是当定了。

两方人马很快就分出胜负，天神终是天神，虽然受了伤，但也不是区区神者就能打败的，他将所有的真气凝于手中之剑上，原地跃起："怒之神剑。你们通通去死！"

一道剑光扫过，第九层藏宝室内除了天神外，再无一个站立之人。

"本天神虽然拿不到鲲鹏精血，但南渊老祖的秘宝是我一个人的了。"

"南渊老祖的宝藏？可惜你笑得太早了。"东方宁心自暗处现身，神情淡然，似胜券在握。

"你是什么人？我之前怎么没有看到你？"天神高手神色一紧，防备地看着东方宁心。

"我是谁不重要，重要的是你不能带走南渊老祖的宝藏。"虽说只有神者四阶，但是东方宁心身上的清贵与冷傲之色，硬是将受伤的天神给镇住了，一时间也不敢贸然出手。

神者四阶！当天神高手发现东方宁心修为这么低，顿时怒了："好，好，好，小小蝼蚁居然敢欺骗本天神，你活得不耐烦了，本天神成全你！"

他弃剑用掌，飞身朝东方宁心击来。

东方宁心站在那里，一动不动，神色漠然，就像没有看到这天神高手发动的必杀之击。

瞬间，天神高手距离东方宁心只有半米，真气已到东方宁心鼻间。她依旧一动不动，整个人稳如泰山，天神冷哼一声，完全不将东方宁心看在眼里："去死吧！"

"可惜死的是你。"一切发生在一瞬间，就在天神高手即将击中东方宁心时，一把利剑自天而降。

"噗！"天神高手身后，雪天傲站在那里一动不动，他手中的长剑则刺入天神高手的百会穴中。

原来雪天傲藏身在梁顶。

"你卑鄙！噗！"一口鲜血吐出，天神高手轰然倒地。

东方宁心提步来到雪天傲身边，语气平静道："我们诛杀了一个天神。"

神者五阶是一道分水岭，只有踏入五阶，他们才真正算得上强者，不然遇上天神，连还手之力都没有。

"我们还会杀死更多的天神，异界只是一个考验，我们一定可以活着走出去的。”无论实力相差多大，这一点自信雪天傲是有的。这世间没有人可以再次在他面前伤东方宁心，除非他死。

东方宁心点了点头。

他们不仅要活着走出异界，还要拿到鲲鹏精血。

“南渊老祖的藏宝果然丰富，上品丹药就有数百颗之多，中下品丹药甚至上千，只可惜我们暂时用不上这些。神品丹药三枚，还有一些魂器和一把不怎么样的神器。这把神器里的器魂似乎出了事，虽是神器，却无法认主。”雪天傲大致将这里的收获报了一下。

“这么多？我们根本带不出去。”东方宁心一脸无力。

宝山就在眼前，却带不走，这得多憋屈。

就在这时，雪天傲从天神级别的高手身上取下一只袋子，递到东方宁心手上。

“这是什么，神器？”东方宁心不解，却隐隐感觉到手中的袋子有器魂。

“不错，确实是神器，它的器魂告诉我，它叫空间袋，是上古神王击破苍穹，用空间碎片铸造而成，可以无限制存放东西。”这件神器的主人已死，它是无主之物，以雪天傲神者四阶的实力，驯服这种完全没有攻击力的器魂很容易。

“既然如此，那就让这神器认主，我们先看看这所谓的空间袋到底有多大，如果真是这样，麻烦就解决了。”东方宁心将手中的空间袋还给雪天傲。

雪天傲咬破手指，空间袋很快乖乖认主，根本没反抗。

空间袋认雪天傲为主，他脑海里立马闪过了空间袋的用法，里面乱七八糟的丹药和秘籍还真不少。

想来也是，能拥有空间袋这等上古之物的人，怎么可能没有一些家底？

看着堆在地上的丹药和武器，雪天傲试着将精神力放在它们身上，扬了扬手：“收！”

唰的一声，他和东方宁心本来还担心怎么带出去的东西，全部装入了空间袋中，而那袋子在雪天傲手中依旧干瘪。

“好强大的存储空间！”雪天傲拿着空间袋，忍不住惊叹出声。

“这下，我们把蓝色闪电打造成神者军团的想法完全可以实现了。”东方宁心脸上扬起一抹淡淡的笑容，这是她来到人族地盘后，露出的第一个放松的笑。

“完全没有问题，只是还得看那些战鬼的资质。”雪天傲将空间袋放入怀中，扫视一眼，发现一切无误后，便朝第十层走去。

这时，被天雷之力无辜卷进来的倾似也幽幽转醒，当发现自己的所在，这个倒霉了半辈子的男人顿时狂喜：“居然是南渊老祖的藏宝室，我倾似也倒霉一生，上天终是厚爱了我一回。这一次，鲲鹏精血必定是我的！我倾似也这一生的霉运，想必就是

为了积攒此刻的鸿运。”

倾似也强压下兴奋，一路直奔第十层藏宝室，他和君无量他们一样，对于前九层的宝物并不看重。

只是这倒霉的孩子不知道，他意外进入这南渊老祖的藏宝室，本就是因为倒霉。一个倒霉的人，怎么也不可能突然撞上大运。

通往第十层藏宝室的走道异常深远，东方宁心与雪天傲走了近半个时辰，都没有看到第十层藏宝室的踪影，当然了，这也和两人的谨慎有关。

在这里，随便拎一个人出来就能捏死自己，他们根本不敢大意，每一步都小心翼翼，如履薄冰。虽然知道这儿附近没有人，但为保险起见，两人仍旧不敢轻易运行体内的真气，生怕被高手感应到。

静谧的走道里没有一丝空气波动，东方宁心与雪天傲小心地控制气息，尽量不破坏道中那份诡异的寂静。

呼呼呼，耳边突然传来狂风怒啸，东方宁心与雪天傲吓了一跳，停下脚步，仔细聆听。

“居然还有人走在我们后面？怎么可能？”东方宁心与雪天傲同时大惊，手心处隐隐有汗水渗出。

风声越来越大，东宁心与雪天傲明白，对方距离他们很近，绝不超过三百米。

“藏起来再说。”他们现在不宜正面与人对上，雪天傲带着东方宁心飞身附在走道的顶上，两人同时看着下面，等待身后人出现。

到底是什么人居然比他们晚一步进来？妖族长老不是说，石门开启只有一炷香的时间吗？他们明明是最后一刻才进来的。

一个身影以闪电之速蹿来，飞快从东方宁心与雪天傲的眼皮底下蹿了过去。

两人同时松了口气，确定来人走远后，才轻声落地。黑暗中，两人相视苦笑。原来人家是冲着鲲鹏精血来的，压根就没有把他二人放在眼里。

这一次，他二人加快速度朝第十层的藏宝室走去，当他们靠近藏宝室时，耳边传来玄忆粗暴又轻蔑的声音：“倾似也，怎么是你？你这个倒霉蛋怎么进得来？你不是和天材地宝绝缘吗？你这福薄之人莫非也妄想得到鲲鹏之血？”

“倒霉蛋？我倾似也就是再倒霉，杀你兽族皇子也不难。”倾似也最恨别人叫他倒霉蛋。

东方宁心与雪天傲明白，这倾似也就是刚刚从他们眼皮底下冲进来的人，只是不知这福薄是什么意思。

难道这异界有一个无量太子，还有一个霉运太子？

“你个衰神附体，本皇子怎么说排名也在你之前，就凭你也想杀本皇子？”玄忆说话时气喘吁吁，看样子他在一边战斗，一边招呼倾似也。

就在东方宁心与雪天傲好奇之际，一道龙吟之声从第十层藏宝室传来，解了东方宁心与雪天傲心中的疑惑。

南渊老祖第十层藏宝室的守护者居然是龙？这也太夸张了吧，鲲鹏在上古神兽排名中落在龙凤之后，这里怎么会有一条龙守卫？

“不一定是神龙，极有可能是拥有神龙血脉的普通飞龙。”东方宁心的声音在雪天傲的脑海里响起。

雪天傲点了点头：“不管如何，我们的运气来了，气运无量太子吗？也许这一次我们可以分走你的气运。”

在异界，他们最不怕的恐怕就是玄兽了。

“好了，玄忆皇子，先别多说，我们把这头椒图杀了再说。南渊老祖不是说鲲鹏精血有缘者得之吗？能到这第十层藏宝室的便是有缘者。”精灵皇女灵水儿一声娇喝，不停向椒图施以精神控制法，让椒图失去攻击的意愿。她的俏脸泛着红晕，在一片激战的火光中，显得分外诱人。

“水儿，我听你的。”玄忆傻笑道，一个不察就被椒图的爪子轰了一掌，朝墙壁飞去，咚的一声，将墙面都撞裂了。

“兽族皇子不过尔耳。”倾似也嘲笑一声后，看也不看玄忆，朝椒图发出一道又一道的致命攻击。

倾似也明白自己很倒霉，所以比一般人小心一万倍，椒图同样的攻击只能让其他人受个轻伤，但要是伤在他倾似也的身上，十有八九就是致命伤。

“剑宗弑血剑！”

“道宗开山印！”

倾似也一上来就用上了宗派最高绝学，剑刚出鞘，剑光就闪了众人的眼，椒图身上的鳞片被剑气刮得唰唰作响。

“好样的，倾似也，我妖月欣赏你。”妖族公主热血沸腾，妖族长老眼中也闪着满意之色。倾似也虽然是个倒霉的孩子，实力却不容小觑，每一招每一式都威力惊人。

只可惜，这孩子太倒霉，招式发出去后，明明对上了椒图的要害，偏偏每次都差半寸，不然这两招下去，椒图定然元气大伤。

有倾似也这轰炸似的攻击，妖月公主的战意瞬间增强：“妖皇震四方！”

一个巨大的掌印从妖月身体里发出，裹挟着远古的力量，浩大恢宏，以毁天灭地的气魄压在椒图的头顶。

玄忆与灵水儿同时看向妖月，知道这是妖月的必杀技，同时也明白了妖月的身份。他们知道，这时出手配合妖月，指不定就能重创椒图，甚至直接杀了它。

“灵之蝶！”数以万计的彩蝶从灵水儿的身体里飞了起来，围着椒图翩翩起舞，带着安定人心的力量，让原本充满杀戮之气的战场变得如同鸟语花香的精灵森林。

“万兽摄魂，去！”玄忆虽然被椒图一爪子拍伤，但这个时候他不甘落后，手中的万兽塔被抛了出去，只见无数的玄兽之魂扑向椒图。

东方宁心与雪天傲在外面听得心惊肉跳，里面五人的实力真不是一般的强，而且每个人都拥有属于自己的必杀技。五人联手，杀掉那椒图是早晚的事情，只是不知那无量太子的必杀技是什么。

玄忆、灵水儿、妖月和倾似也四人联手攻击的威力虽强，但椒图也不弱。四人联手一击，只是让它无法动弹。

就在此时，君无量给了椒图致命的一击：“无量星辰！”

无数字符从君无量的嘴里发出，比利刃的杀伤力更大，全部打在椒图的双眼。

双眼是椒图最虚弱的部位，每一个字符蹿入，它的痛苦就多一分，龙身不停拍打，池中的水很快溢了出来。

妖族长老站在旁边叹息，君无量的运气真不是一般的好。只一个无量星辰这种低级的天神攻击法，刚好伤到椒图最虚弱的部位，以致杀伤力惊人。

椒图双眼血流不止，狂暴地大喊一声，整个身体疯狂扭动，灵水儿也安抚不了。

东方宁心与雪天傲的心都提到嗓子眼了，没想到椒图的战斗力这么强，里面五人联手也久久没有将其拿下。

“去死吧！”五人再度出手，为了鲲鹏精血，除了君无量外，其他四人都尽了九分的力。

面对五人联手攻击，椒图第一次口吐人言：“椒图圣龙吟！”

一瞬间龙吟声响起，将君无量的无量星辰覆盖住，龙身从池中跃了起来，扫向众人。

“轰！”一道雷霆之力，将包括妖族大长老在内的六人全部扫飞。

真气反弹，妖月等四人加上妖族长老同时飞了出去，第十层藏宝室轰隆隆地开始倒塌。

灵水儿有七彩羽衣护身，看上去清爽依旧，只是惨白的脸色告诉众人她伤得不轻。五人当中，伤得最重的就是倾似也和妖族长老。

椒图发出一击后，迅速跌回池水之中，一双龙眼血红无神地看着唯一站立的君无量：“人类，你到底是谁，居然能躲过我的攻击？”

君无量脸上扬起一抹谦和淡雅的笑容，大手一挥，好心道：“本宫君无量，看在你忠心护宝的分上，留你一个全尸。”

“你？居然有人不想要我的龙丹和龙骨？”椒图一脸惊讶，知道自己今天的下场难逃一个死字。

“龙丹、龙骨？那些还入不了本宫的眼。你自行了断吧，本宫自会放你回龙族圣地。”君无量的声音没有一丝起伏，手中盗帅扇一扬，示意椒图快点自杀，他要去取鲲鹏精血。

“你很狂妄，不过确实有狂妄的本钱。”椒图趴在水池边喘息。

“你自行了断，本宫要去取鲲鹏精血。”君无量的语气依旧温和，只不过这声催促却让众人明白，他已经不耐烦了。

玄忆、灵水儿、妖月和倾似也倒在地上一动也不动，看着君无量与椒图斡旋，万分不甘。

鲲鹏精血，他们真的没有机会得到了吗？明明他们也有出力，为什么好处都让君无量一个人独占了？

不行，他们绝不放手！

“想要我的命，有点难。”椒图看着君无量，凶狠之气立现。

它在这里守了万年，就是希望借助鲲鹏精血化为神龙，却在最后关头遇上这个君无量，毁了所有的计划，它怎么甘心？

死？好，我就是死也不会让你得偿所愿！

就在玄忆四人算计君无量时，椒图血淋淋的龙身突然飞了起来。

同一时刻，玄忆、妖月、灵水儿和倾似也发出了最后一击：“神龙附身！”

“妖皇临世！”

“精灵净化！”

“万法归一！”

不想，在四人爆发的刹那，跃至半空的椒图突然爆开，整个龙身化为粉末。

“一起给我陪葬吧！”龙身爆炸，威力无比，按理说整个藏宝室会连同椒图一同炸开，所有人必死无疑，偏偏玄忆四人发出来的攻击同样强悍无比，生生将椒图自爆产生的杀伤力给中和了。

四人同时看向距离爆炸圈最远的君无量，只见他脸上依旧带着无害的笑容，不禁同时在心中叹息：“真是好狗运。”

爆炸的威力极大，东方宁心与雪天傲被这毁天灭地的爆炸生生炸了出来，好在他们没有跌入密室，不然就曝光了。

“还有活着的人？”君无量轻喃，扫了密室外一眼，便收回了目光。

这世间没有人能从他手上夺宝。

椒图一死，水池中就浮现出一道金光。原来，椒图并不是鲲鹏精血的守护者，它和君无量等人一样，只是想待时机成熟吞噬那鲲鹏精血。

“各位，本宫先行一步了。”看到那金光，君无量对倒在地上的四人颔首一笑，便踏了进去。

“好运气啊。”玄忆双眼通红，只能眼睁睁看着君无量踏入放置鲲鹏之血的空间。

灵水儿虽有遗憾，但看到最终的赢家是君无量，心里也颇为安慰。

妖月与妖族大长老两人靠在墙壁上苦笑，君无量的存在就是为了打击他们的。椒图明明重点攻击君无量，却意外地将最强的攻击轰到了倾似也的身上。

椒图自爆，想要杀了君无量，他们四个也不甘心，想要重伤君无量，却不想两伙人同时发出攻击，两败俱伤，君无量却什么事都没有。

妖月终于明白什么叫气运无量太子了。

至于倾似也，直接躺在那里一动不动，抬头看天。他以为自己进入这藏宝室是走了好运，却不想，他出现在这里，就是为了给君无量挡枪的。

好运？他还能奢望上天给他好运吗？

“嗖！”就在四人嫉妒地看着君无量时，君无量已经踏入那金色的光芒之中，消失在众人面前。

与此同时，东方宁心与雪天傲也从震荡中清醒过来，两人起身，发现全身经脉都受了伤，不得已只能先疗伤。

雪天傲与东方宁心挑了一个可以看到第十层藏宝室全貌又不会被里面的人看到的位置。他们相信，在刚刚那场暴乱中，发现他们存在的最多只有无量太子，其他人都身受重伤，自顾还来不及，哪有精力注意他们。

从空间袋中取出疗伤的上品丹药，东方宁心与雪天傲在原地调息。运气一周天后，经脉之伤恢复了七八成，两人不敢再做停留，起身朝第十层藏宝室走去。

“什么人？”室内五人看到东方宁心与雪天傲出现，顿时大惊。居然有人从他们眼皮底下溜进来，而他们半点不知。

“不用管他们，我们先拿到鲲鹏精血再说。”东方宁心随意道。

“走吧。”雪天傲也不看那五人，带着东方宁心消失在金光中，当二人消失后，那道金光也消失了。

倾似也看到这个画面，突然大笑起来，没有一丝悲怆，反倒是幸灾乐祸，老天爷开眼了，终于有人能制住气运无量太子了。

君无量，你什么都不用做，自有百宝加身，我倾似也今天倒要看看，你的气运会不会一直那么好。

东方宁心与雪天傲一踏入金光之中，就坠入无边的黑暗，如同断线的风筝，笔直坠落。

无量太子自信十足，绝对不会想到，他二人可以踏入南渊老祖的宝藏与他抢鲲鹏之血，他们要是发出声音，岂不是打草惊蛇？

光速坠落之际，东方宁心与雪天傲的双唇紧紧碰在一起，唇舌相缠，不是为了缠绵，而是为了将彼此的声音吞下。

不停坠落，不知道尽头在哪里，这样的情况让人心颤，也无端挑起人心中的恐惧。在这全然陌生的世界里，他们不知道自己接下来要面对的会是什么。

“咚。”东方宁心与雪天傲双双跌倒在地，还来不及爬起，数十条百米长的蟒蛇吐着芯子，游到他们面前，猛地扑向他们。

手比脑子的反应更快，东方宁心还没有弄清他们的处境，手中的金针就发了出去。

蟒蛇死在金针下，血腥味却引来更多的凶兽，不过一个起身的时间，凶兽便将东方宁心与雪天傲团团围住，露出獠牙，睁着碧绿的大眼，蓄势待发。

“小小凶兽，也敢在我面前张狂。”雪天傲没有动手，而是凝气于喉，龙吟之声从他嘴里发出，裹挟着神龙威压，朝山谷四周散发。

神龙之气所到之处，万兽皆鸣，倒在地上挣扎不起，靠近东方宁心与雪天傲的凶兽更是直接爆体而亡。

这时，君无量早已凭借他对宝物的感知能力，找到了鲲鹏精血，正准备将封印在火元晶中的鲲鹏精血取出来，却不想刚刚伸手，一道龙吟之声传来，鲲鹏精血惊得弹起，从他的手心飞了出去。

君无量看着空空的手心，一时间说不出话来。出生至今，他君无量从来没有失手过，这是第一次。

一路走来，凡他感应到的宝贝，除了他之外，没有人有命拿到。

君无量第二次伸手去取鲲鹏精血，意外又发生了。

东方宁心与雪天傲凭借着小神龙的指引，没有走半步弯路，直接闯到放置鲲鹏精血的地方。二人一过来就看到君无量正伸手夺宝，雪天傲毫不犹豫，掏出在南渊老祖那里捡来的没有器灵的神器，砸向君无量。

东方宁心与雪天傲不过是神者四阶，丢出来的神器也是次品，君无量根本没把他们放在眼里，不想砸向他的神器突然爆了。

神器自爆的力量等同于天神自爆，强大的力量险些将君无量给杀了。

“浑蛋，你居然敢在我面前自爆神器！”君无量狼狈地躲开，再次与鲲鹏精血失之交臂。

没有理会君无量的愤怒，雪天傲继续掏出空间袋中的魂器砸向君无量。

一件件魂器应声自爆，君无量自顾不暇，根本没有机会再去夺鲲鹏精血。不仅如此，他离鲲鹏精血越来越远了。

“很好，我君无量倒要看看是你那小小空间袋中的魂器多，还是我聚宝太子手上的神器多。现在你就爆吧，到时候看本宫如何用神器爆死你们。”君无量长这么大，还没有遇到敢跟他比神器的人。

雪天傲一边用魂器自爆逼退君无量，一边与东方宁心上前。在丢出数百件魂器后，他们距离鲲鹏精血只有一步之遥。

又丢出两件魂器，雪天傲与东方宁心终于到了鲲鹏精血面前。

“想取鲲鹏精血？没那么容易，这世间没人能从本宫手中抢东西。”君无量突然发威，外衣鼓涨，将魂器自爆带来的威压全部挡了下来。不仅如此，君无量还将这股力量反打回东方宁心与雪天傲的身上。

近在咫尺，一伸手就能拿到的鲲鹏精血，硬生生被君无量给破坏了。

东方宁心恨恨咬牙，在他们爆掉百件堪比破天枪的魂器和一把神器后，居然还不能逼退君无量，实在是可恨！

“无量太子果然实力无量，堂堂天神对上我们两个神者四阶的弱者，居然还要使用神器。”东方宁心后退时出言嘲讽。

“本宫的确失了风度。好了，收起你们的魂器，南渊老祖留下的魂器并不多。”君无量一挥衣袖，鼓涨的衣袍恢复原样，手中扇子一个轻扫，半空中因魂器自爆而产生的攻击和灰尘落在了地上。

这实力！东方宁心与雪天傲沉默，如果不是凭借从第九层藏宝室拿来的几件魂器，他们恐怕都近不了对方的身。可惜，他们手中的魂器只余最后一件了。

“无量太子果然如同世人所说，最是豁达大度。”东方宁心神色淡漠，一袭白衣，静立于雪天傲身旁。两人一雪白一墨黑，站在那里说不出地赏心悦目。

君无量眼里闪过一丝不悦，怎么看都觉得这两人很讨厌。不过，这两人要是分开来站，他君无量倒是蛮欣赏。

“姑娘谬赞，本宫没有世人说的那般高尚，只是不屑与无能之辈计较罢了。”君无量坦然自若道，眉眼间的傲气与霸气充分印证了这句话的真实性。

“无量太子好气魄。”东方宁心不卑不亢道，依旧挺直背脊。

“你在讽刺本宫！”君无量眼神一冷，杀气顿现，上前一步，朝东方宁心与雪天傲释放出天神级别的精神威压，“以无量天神之名，给本宫跪下！以人族太子之名，屈服于本宫！”

君无量的声音很低，在东方宁心与雪天傲听来却重逾千斤。

君无量每说出一个字，他们的灵魂就颤抖一下。

“无量太子，别说你只是天神，就算是神王，也别妄想我们屈服。”雪天傲冷汗淋漓，身体却越站越直。

东方宁心额头上的汗水将覆在眼上的纱布染湿，但她也没有屈服。

“不屈服是吗？”君无量再次上前一步，这一次释放出来的威压更加强大。

东方宁心与雪天傲的身体忍不住颤抖起来，扑面而来的力量，好似要把他们压扁。

东方宁心与雪天傲痛呼一声，交缠的双手越来越紧，指关节泛白。

几乎能毁天灭地的力量，压得东方宁心与雪天傲连眼睛都睁不开，但他们心中依旧在呐喊着：我们不能屈服！绝对不能倒下！

片刻后，东方宁心与雪天傲缓了过来，狠狠喘着粗气：“无量太子，我们绝对不会屈服！”

“你们很不错！本宫不想杀你们，你们走吧。”君无量知道，只要再上前一步，这两人必会爆体而亡，但他没有这么做，而是后退一步，将威压收了回来。

“放我们一条生路？这个恩情我们记下了，只是无量太子，鲲鹏精血我们要定了。”东方宁心与雪天傲虽然感谢君无量的放手，但鲲鹏精血他们志在必得。

在君无量收起威压的刹那，东方宁心就将真气凝聚于手心，话音刚落，她的手心已燃起一团火苗。

“好大的口气。”君无量看着东方宁心与雪天傲，如同看着闹事的孩童，眼里尽是惋惜。

人为财死，鸟为食亡，这二人为了鲲鹏精血，真是连命都不要了。

“既然如此，本宫就出手了。”

东方宁心却比他更快一步：“天火噬神，给我烧！”

“轰！”一团巨大的火焰从东方宁心手心发出，如同火云扑向君无量，瞬间将他吞没在火海中。

“这是什么？”君无量想将东方宁心与雪天傲轰走，不想一团火焰将他的计划打破了。

“天火，好好受着。”东方宁心不再理会被天火缠身的君无量，转头看向雪天傲。

雪天傲伸手去取鲲鹏精血，但刚刚碰到，他的手就被烧焦了，灼痛感让雪天傲一震，却没有松手。

“雪天傲。”东方宁心看不见，只要一想就明白发生了什么。

“我没事，不用担心。”雪天傲忽然庆幸东方宁心无法视物。

君无量被天火缠身，一时间无法上前，原本还愤怒于自己被两个小人物算计，看到雪天傲被火晶石烤焦了手，却取不到鲲鹏精血时，心情大好：“我君无量可是气运帝王，有我在，任何人都拿不到鲲鹏精血。”

东方宁心与雪天傲面面相觑，是这样吗？

两人同时“看”向鲲鹏精血，雪天傲手心的血肉已经干枯，却无法将鲲鹏精血移动半分。

一盏茶的时间过去后，雪天傲右手五指只剩下森森白骨。东方宁心无法确定雪天傲的伤势有多严重，但空气中越发难闻的焦臭味让她明白，雪天傲撑不住了。

“雪天傲，我们放弃。”强取不到，就说明他们与鲲鹏精血有缘无分。也许君无量说得没有错，这世间没有人可以在他面前夺宝。

“东方宁心，我雪天傲的人生里没有‘放弃’二字。”遇到难关就放弃不是他的风格。

“可是你的手……”东方宁心何尝想要放弃，但他们有的选择吗？

“无妨，我还能坚持。”淡然的声音，没有一丝虚弱，这就是雪天傲，坚硬如铁。

东方宁心深深吸了口气：“既然如此，我来帮你。”

“不要。”雪天傲不假思索地拒绝，东方宁心却充耳不闻，直接去取鲲鹏精血。

君无量一边与身上的天火周旋，一边摇头。这两人还真是不到黄河心不死，和倾似也一般，总是想证明自己不会倒霉透顶，可惜每次都失败。

东方宁心伸手去取那鲲鹏精血时，再次驱动了手心的天火。

当东方宁心的手与包裹着鲲鹏精血的火元晶相碰，只听见嗡的一声，火元晶中的鲲鹏精血发出一道刺眼的红光，直接朝东方宁心的双眼飞去，雪天傲与君无量只感觉双眼一痛，不得不伸手去挡。

火元晶炸开，红色的碎片以东方宁心为中心，朝四周散去。

雪天傲与君无量被轰飞，而在雪天傲的双手放开火元晶时，伤口也自动愈合，一切就如同没有发生。

艳如血色的火光中，东方宁心一动不动地站在那里，脸上没有一丝表情，一身白衣的她如同一尊雕像。

事实上，东方宁心整个人痛到快扭曲了。有一股莫名的力量在体内横冲直撞，她感觉自己的灵魂下一秒就会被生生拉出体外。

“坚持住，东方宁心，坚持住呀，鲲鹏精血就在你手上，只要坚持住，这东西就是你的了。”东方宁心不停告诉自己。

“东方宁心，放手！”雪天傲摔倒在地，不等站稳就朝东方宁心跑来。

“雪天傲，我不！”东方宁心用力咬唇，用身体上的疼痛来提醒自己还活着。

鲲鹏强大的精神力正在攻击她，要让她放手，不愿意被她炼化。

雪天傲看着东方宁心嘴角的血一滴一滴落在地上，想也不想就准备冲上去。鲲鹏精血固然重要，但是东方宁心的命更重要。

雪天傲被君无量一把拉住，风度翩翩的君无量先是被天火缠身，后又被火元晶所伤，身上的夫子衣也破损了几处。

“别去，鲲鹏精血快要出世了，她正与鲲鹏精血交战。现在，她要么收服鲲鹏精血，要么死。”君无量一脸郁闷，有生以来第一次空手而归，这种感觉真是难受。

像是为了印证君无量的话，嗖的一声，一滴红色的血珠从东方宁心的手心飞了出来，停在面前。

鲲鹏精血出世，火元晶带来的压力便消失了。东方宁心并没有放松戒备，因为她知道，最艰难的一步来了。

她左手垂于身侧，右手平举，试着移动右手去取面前的鲲鹏精血，可右手重如千斤，她用尽全身力气，才堪堪移动一寸。

明明就在眼前，却感觉自己与鲲鹏精血比天与地相隔还远。

东方宁心将全身的力量都凝聚在右手，顶着压力，一点一点把手伸过去，每移动一寸都让她有种体力透支的虚脱感，好像下一秒双手就会废掉。

雪天傲与君无量站在一旁，焦急不已，却什么也做不了，鲲鹏精血将他们排除在外，连靠近都做不到。

就在东方宁心为收服鲲鹏精血承受巨大压力时，魔界中的小雪少似乎感应到了。

白玉床上，一身锦衣的小雪少突然坐了起来，看向坐在对面的神魔，纯真的眼眸里闪着与年龄不相符的凝重。

“我插不了手，那是鲲鹏，你爹娘胆子还真大，才神者四阶的修为就敢打鲲鹏精血的主意，一个不好会被鲲鹏占了身体，变成真正的鲲鹏。”神魔一脸无所谓地解释道。

“出手。”小雪少小小的身子挺得笔直，一点也不像半岁大的孩子。

“我不能出手。”天地自有规则，他不能破坏呀。

“我不管，你不出手，我就毁了你的魔宫。”小雪少漂亮的双眼扫向魔宫藏宝室，小脸鼓鼓的。

他没有发现娘亲有危险就算了，发现了怎么能袖手旁观?

“真的不行，鲲鹏是上古神兽，即便是我，也不是它的对手。”神魔坚定地摇头，见雪少一言不发就朝他的藏宝室跑去，差点哭出来。

此时，东方宁心隐隐明白，靠蛮力无法与鲲鹏精血对抗。鲲鹏虽然没再强制抽出她的灵魂，但也不肯被驯服，她必须想出别的办法。

东方宁心仔细回想。鲲鹏乃远古凶物，诞生于辽阔的大海之中，初生时叫鲲，外形似鱼，体形庞大，以龙鲸、虎鲸这些海中霸王为食，实力非凡。经过万年时光的洗礼，积累足够的能量，破海而出，由鱼化鸟，翼展三千里，吞云吐日，成为纵横天地的凶物。地面上的凶兽，如蛟龙、飞龙、毒蟒都是它的食粮，实力仅次于神圣巨龙与火凤凰。

鲲鹏虽是神兽，毕竟不是由神兽血脉传承，因此性子更偏向于凶物，天生拥有傲气和戾气。它的意志如大日高悬，凌驾于万物之上，渗透于骨髓和每一滴精血之中。

想到这里，东方宁心似乎明白了，她要做的不是驯服鲲鹏，而是与鲲鹏融合。

东方宁心放弃抵抗，与面前的鲲鹏精血对视：鲲鹏，融合吧！天地间唯有我东方宁心配得上你，不辱没你的威名！

这番话似乎得到了鲲鹏的认可，因为她感觉鲲鹏已不像先前那样排斥，甚至与她产生了精神共鸣。

就在此时，鲲鹏精血一动，从东方宁心的额心蹿入她体内。东方宁心感觉灵魂好像被一股力量带出体外，翱翔于九天之间。

“居然得到了认可？”君无量清澈的双眼里闪着不可思议，这么快就得到了鲲鹏的认可，这个女子不简单。

听到君无量的话，雪天傲高悬的心终于放下。

天地间独一无二的雪天傲爱她，天地间独一无二的鲲鹏认可她！

鲲鹏精血与东方宁心融合的刹那，也将她全身修复了一遍，她周身散发出一道金光，身上的伤口以肉眼可见的速度愈合，唯有眼睛。

许久后，金光淡去，直至消失。

“雪天傲，我融合了鲲鹏精血。”获得自由的东方宁心第一时间看向雪天傲道。

“你没事就好。”雪天傲上前，握住东方宁心的手。

天知道，他刚刚有多么担心，幸亏东方宁心无事。

东方宁心朝雪天傲轻轻一笑，转头“看”向君无量：“无量太子，要见识一下我的鲲鹏化身吗？”

君无量就见一道光影闪过，东方宁心和雪天傲突然消失了。

两人在天空中划出一道光线，冲出南渊老祖的宝藏所在地，朝北方飞去。这是真正的飞翔，不是凭借人类的真气可以办到的。

君无量看着突然消失的两人，不敢相信自己看到的：“不可能，她怎么可能在这么短的时间内掌握鲲鹏化身的技能？”

得到认可与融合技能是两个概念，他自认天赋过人，但东方宁心的表现却叫他心惊。这女人不简单！

鲲鹏精血消失，南渊老祖藏宝室失去支撑，瞬间倒塌。

“怎么回事？南渊老祖的藏宝室塌了，什么人取走了鲲鹏精血？”

远处，人族的皇帝、妖族的族长、兽族的麒麟王、精灵族的女王和宗派首领天一真人，震惊于藏宝室的动静。

他们看到一男一女从南渊老祖的藏宝室飞了出来。

“得到鲲鹏精血的居然不是无量太子？”五个老家伙不敢相信自己看到的。

这两个人到底是什么人，居然能从无量太子的手中抢宝？这是不是说明百日之后，上古战场会有变数呢？

异界不知什么时候发生了变化，而这变化远远超出他们的预期。可以肯定的是，这变化不是他们想要的。

这两人就是变数，必须除去。

这是五个老家伙共同的想法。

第三十章
千叶冰言总相依

鲲鹏一跃千里，如同流星划破苍穹，东方宁心与雪天傲只在空中留下一道残影，便消失在众人眼前。

“鲲鹏的力量果然强大。”脚踏云端，雪天傲才明白，为什么有那么多人追求成为天神，甚至神王级别。站在云层之上，俯视芸芸众生，那种成就感是常人无法体会的。

眨眼的工夫，东方宁心与雪天傲双双落到异界的北之巅峰——兽族所在地。

“东方宁心，雪天傲，你们回来了？你们没事真是太好了！”猥琐会长飞快地冲了出来，一脸激动，抱着东方宁心不放。

白虎王与东方宁、雪天傲的那一战，方圆万里全部覆灭，坚硬如铁的石城居然倾倒一半，如果不是兽族早早迁入了石城，恐怕就要从异界消失。

大战之后，东方宁心、雪天傲和小神龙又消失不见，在大战中活下来的兽人辛库说他们三人极有可能死了，但猥琐会长不肯相信。生要见人，死要见尸，见不到东方宁心、雪天傲与小神龙的尸体，猥琐会长就不会放弃。

“我们回来了，小神龙你也出来吧。”东方宁心举手投足间隐隐有一股说不出来的洒脱与霸气。

猥琐会长看得目瞪口呆：“宁心，你们遇到了什么？”

“进去再说。”想到在异界的见闻，雪天傲不由自主地露出一抹微笑。

他们得到了鲲鹏精血，异界的那些人肯定会到处寻找他们的下落。

雪天傲言简意赅地将奇遇说完，只见猥琐会长一双小眼越睁越大：“雪天傲，你说什么？上品丹药在哪儿？快给我看看，快！”

对鲲鹏精血，猥琐会长一点兴趣也没有，他最感兴趣的是丹药。

拿出空间袋，雪天傲也没有藏私，将里面的丹药全部倒了出来，细数一下，至少有三四百瓶之多，猥琐会长不淡定了："天呀，地呀，发达了！东方宁心、雪天傲，这下我们发财了，这些丹药要放到中州或者洪荒去卖，我们得赚多少钱呀！尼雅肯定会高兴死，中州的拍卖场现在可由她一个人说了算，这可是会赚到爆呀！"

小神龙给了猥琐会长一个冷眼，打断他的发财梦："财迷，就知道赚钱，有大汉帝国的国库为后盾，你还缺钱吗？为什么就不想想，这些丹药可以为我们打造多少个神者高手？甚至是神者五阶以上的高手。"

"对对对，这些丹药绝对可以打造出无数的神者高手。"猥琐会长一脸激动，知道自己距离神者级别也不远了。

小神龙指着一堆药道："你先把这些丹药的属性分一下，我们什么都不懂，也不知怎么用。"

"好好好，我来我来。"猥琐会长撸起袖子就上。

"我的神呀，超出十品的丹药，居然全部都是，早知如此，我们当初那么辛苦去药神谷抢那破烂十品修气丹干吗？"

东方宁心与雪天傲沉默，不同的丹药效果是不一样的，只有十品修气丹才能修补元气损伤好不好。

"我的天呀，这个比刚刚的还要强，至少是神者四阶以上的人才能服用，服用后极有可能冲到神者五阶。这些，应该是助帝者高阶冲神者一阶的。"

猥琐会长兴奋到不行，不到两个时辰，已将堆成小山的丹药分好了："这二十瓶是你们口中所说的上品丹药，神者四阶以上的人服用，按自己的需要一次服用两到三颗，可以提升到神者五阶；这八十瓶稍次一些，应该是中品丹药，神者二三阶的人可以服用，提升的级别取决于个人实力；而这一百九十瓶是下品丹药，药效比十品丹药略好，帝者中阶、高阶皆可服用，冲击神者不成问题。"

"神者五阶吗？这么容易就能升上去？"雪天傲拿着药瓶，心里隐隐有几分激动。

一直以来他都被告知，真气修炼在于勤修苦练，没有捷径可走，他们虽一路都在走捷径，但没有放弃苦修。如果光凭丹药就能升阶，还需要苦修吗？

"基本上没有问题，不过你们应该明白，依靠丹药进阶，真气基础会比较薄弱，总是没有自己修炼上去来得扎实，遇到同等高手，靠丹药提升的真气肯定打不过自己修炼的。还有，你们要在这里升级神者五阶吗？我们并不了解神者五阶那道坎，不如等我们回到洪荒再说吧。"猥琐会长提醒。

神者五阶是分水岭，不是那么容易升上去的，据说有不少人死在了神者五阶的升阶之中，也有很多人因此疯了。

"会长，你以为我们抢了异界五杰的东西，他们会放过我们？"她现在只能发挥一成鲲鹏的力量，迫切需要提升实力。这样不仅可以纵横异界，到时候遇上赤皇也能把他打回去，将自己的凤凰琴与雪天傲的破天枪抢回来。

“你们决定了，那就试试吧，这些东西先收起来。”猥琐会长镇定地指挥众人。

雪天傲大手一挥，除了一瓶上品丹药和五十一瓶下品丹药，其他的都回到了空间袋里，整齐地摆放着。这一举动再次震住了猥琐会长：“对了，雪天傲，你手上这个是什么呀，刚刚我都忘了问，这个破袋子怎么可以装这么多东西，好神奇。”

猥琐会长发现两百多瓶丹药在这个袋子里一点重量也没有，简直不可思议。

“这是神器。”雪天傲没有过多解释，“小神龙，去找辛库族长来，我有事找他。”

“好。”小神龙深深地看了雪天傲一眼，转身离去。

一出手就是五百颗下品丹药，雪天傲什么时候这么大方了。

兽人一族在异界和他们是绑在一起的，只有兽人强大了，才能带给他们更大的助力。雪天傲相信，异界对他们的作用，绝对不只是用来找妖瞳。日后，他们肯定还会和异界打交道，兽族的存在就很重要，所以眼下这个恩是要施的。

果然，当辛库知道雪天傲要将这五百颗千金难买的丹药赠给兽人时，激动地跪了下去：“天傲阁下，宁心姑娘，兽人一族将永远记得你们的大恩大德！”

对于兽人一族来说，他们最缺实力。人族和玄兽联手，不停打压他们，别说是丹药了，就是真气都不让他们修炼。精灵一族虽然良善，却从来不管他们的事，只把他们当成异界最廉价的仆人使用。他们从来不敢追求平等，今天雪天傲却给了他们平等，给了他们尊严。

滚烫的泪珠从辛库眼里流出，连他们的父母都说他们是低等生物，唯有面前的人，把他们当人看，给他们成长的机会。

“将这些丹药收好，日后你们采到了什么好的药材，挖到稀有金属，不要卖给人族或者精灵一族，留下来，我全收了。”有别于辛库的激动，雪天傲平淡地道。

“是，天傲阁下。”辛库应得爽快，这事对他来说只有好处，没有坏处。

“你可以出去了，没有我们的命令，任何人不得进来打扰。”给了足够的好处，就要用得彻底，他们要开始升阶，就必须有人保护。

“是，天傲阁下。”辛库道。

辛库出去后，小神龙才道：“我们一起升阶吗？万一出事就没有人护着了。”

“不用担心，天地间只有一只鲲鹏，他们就算知道我们在这里，也不可能这么快找来。”这一点雪天傲还是有把握的，鲲鹏的速度他可是深有体会。

“那么我们开始吧。小神龙，你吞三颗上品丹药，试着直接冲击神者五阶。”雪天傲倒出四颗上品丹药，将其中三颗丢给小神龙。

猥琐会长也倒出一颗下品丹药，看着散发着浓郁药香的丹药，不禁双眼放光。他终于可以步入神者了！

雪天傲与东方宁心却没有那么纠结，神者五阶对他们来说只是一个过程，绝对不是终点。吞下丹药后，两人便盘腿坐下，凝气于丹田。

上品丹药的确强大，丹药入腹，东方宁心与雪天傲就感觉澎湃的真气在体内运转，运行一个周天后，升阶的纹路就出现了。

但是，东方宁心与雪天傲却没有感觉到升阶带来的真气提升，而是浑身冰冷。他们四周也没有真气提升带来的光明与温暖，而是充斥着极度黑暗、邪恶、阴冷的气息。

怎么回事？

两人一前一后睁开眼睛，发现自己处在一个绝对黑暗的世界。

不，不对？东方宁心的眼睛睁得老大，我能看见了？

雪天傲亦询问，东方宁心，你能看见了？

东方宁心摇了摇头，一脸不解。

就在这时，耳边传来阵阵尖厉的怪笑声，不是人类发出的，让人不寒而栗。

他们明白了，这就是神者五阶的坎。神者五阶就像打开了一扇门，他们借由这扇门，来到了另一个世界，一个邪恶而黑暗的世界。

“过去！”东方宁心与雪天傲都是意志坚定之辈，一心想要冲击神者五阶，怎么可能因此退却？心念一动，两人便穿过黑暗玄关。

黑暗，无穷无尽的黑暗；冰冷，刻骨铭心的冰冷。东方宁心与雪天傲迷失在这个无边的黑暗世界中。四周没有一点光明和温暖，除了阴冷，便是邪恶的气息。

两人站在一起。在这个黑暗的世界里，他们是彼此唯一的温暖和信念，

东方宁心与雪天傲没有方向地前行，在黑暗深处，低低的私语声传来，听不清在说什么，与私语声混在一起的是疯狂邪恶的尖笑声。

“人类呀，有人类的修炼者来了。”

“快，吃了他们，抢了他们的身体，我们就可以离开这里。”

“吃了他们，吃了他们。”

东方宁心与雪天傲循声走近，似乎有什么东西正在急速接近，带着毁天灭地的死灵气息。

“什么东西？”东方宁心与雪天傲想要凝聚真气，却发现身上没有半点真气。

两人定睛看去，只见黑暗中，一阵邪风涌来，无数闪着幽幽绿光的眼睛贪婪地盯着他们：“兄弟们，快，上呀，吃了他们！”

“大补呀，好强大的阳气！”蓦然间，尖锐的咆哮声响起，数百双眼睛从风中跳

了出来，化成长着獠牙的大口，朝东方宁心与雪天傲扑来。

“哼！”东方宁心与雪天傲冷哼一声，即使没有真气在身，他们也不会怕这些鬼东西。

就在两人准备战斗时，獠牙大嘴冲到东方宁心与雪天傲面前，突然停了下来，怪声怪气地大叫一声：“好诱人呀，好诱人呀，可是另一个人好可怕啊，她身上的黑暗气息比我们还强，我好冷呀！”

森森獠牙在黑暗中颤抖，看上去很是滑稽。实在难以想象，这种邪恶的东西居然会有害怕的时候。

看着这些怪物，东方宁心的脑海里突然闪过一个词：幽冥阴鬼。

“雪天傲，这些东西叫幽冥阴鬼，它们从幽冥之水中爬出来，无形无相，却又可以幻化为任意形状，数以亿计，生于幽冥之水，又回到幽冥之水，永生不灭。当年幽冥之水倾覆人间，就是指这些幽冥阴鬼。它们没有意识，唯一会做的就是寻找阳气，然后吞噬，平衡体内的阴冷之气后便能化为人形，屠戮生灵。”东方宁心闭上双眼，将脑海中闪过的字符念了出来。

东方宁心虽是黑暗神王的继任者，却没有得到黑暗神王的传承，现在与冥界应该没有半点关系，她身上怎么会有震慑幽冥阴鬼的力量？

“不知道，当它们停下来，我就能读懂它们在想什么，似乎夺取了它们的记忆。”东方宁心怔了怔，在这黑暗邪恶的世界里，她非但不觉得难受，反倒很适应。

雪天傲心中一颤，紧紧握住东方宁心的手：“试着吓退它们，我想它们应该很惧怕黑暗神王的力量。”

“退！”明明只是一个字，东方宁心却生生说出了冰冷的肃杀之气。

“啊，快跑呀，快跑呀，好强大的力量！”

“不要吃我，我不好吃！”

一大群幽冥阴鬼顿时像无头苍蝇，四处散开，有几只不巧撞到东方宁心与雪天傲面前，惨叫一声便消失不见。

“雪天傲，我发现它们死了后，我们身上的力量就会增加，难道升入神者五阶就是靠吞噬这些阴鬼的力量？”

“真气修炼，修的就是天地之力，神者九阶的雷电之力，想必就是天雷的力量。神者五阶的晋升来到了地底世界，想必是为了取得这地底的力量，既然如此，我们就把这些幽冥阴鬼全杀了。”

“好。”东方宁心狠狠地吐了口气。

两人携手走了不到三步，就听到幽冥阴鬼再次大声尖叫：“这次来修炼的人疯了，疯了，居然要吞噬炼化我们，怎么会这样啊？快跑呀，我们要死了，要死了！”

“想跑？没那么容易。”东方宁心冷哼一声，右手轻扬，手心的天火唰的一下将这黑暗的世界照亮。

“啊，要死了，居然是火，我最怕火了！”

“啊，烧死我了，烧死我了！”

各种各样的怪叫声充斥于耳，东方宁心与雪天傲不为所动，继续上前，所到之处，幽冥阴鬼全部化为一缕青烟，消失在两人面前，他们周身顿时暖和了许多。

一路前行，东方宁心和雪天傲发现，自己不停往下坠落，而越是往下，幽冥阴鬼的力量就越强大。

一层，二层，十层，十二层，十五层。

二人也不知道炼化了多少幽冥阴鬼，只觉得真气在一点一点凝聚。

“大胆！你们是什么人，还不停下？”在第十七层，东方宁心与雪天傲看到一只长着四只天足、没有躯体的怪物，它比之前的任何一只幽冥阴鬼都要强大。

“鬼修？”东方宁心与雪天傲略一停顿，打量了对方一眼，回答道。

“什么鬼修？你们手上那是什么？还不快收起来！”这怪物虽然实力强大，但脾气一样坏，同时亦惧火，在火光下更显狰狞。

“你在命令我们？”东方宁心抬头，双眸里尽是杀意，在黑暗的世界里，杀戮是最好的镇压手段。

“不，不，不是，你们不是人类修炼者吗？通过第十八层，你们就完成了修炼，就可以回到你们的世界去。”怪物恐惧地看着东方宁心手中的火光，连连后退。

“确实，我们想回到自己的世界，不过在此之前，不介意将你的力量消化掉，想必你比那些阴鬼都强。”东方宁心能感觉到，面前这只怪物比之前的所有阴鬼都要强大。

如果能将这怪物炼化，他们的实力绝对远超一般神者五阶。

“什么？你们要将我炼化？”怪物吃惊地大叫。

“你有这个价值。”说话间，东方宁心与雪天傲向前迈了一步，威胁意味十足。

“等一等，等一等，你们不要炼化我，我们做一个交易行不行？”

“你要和我们做交易？你是什么东西？”东方宁心故意摆出高傲的样子。

一路走来，她都能读取幽冥阴鬼的想法，唯独面前这只阴鬼不行，可见对方不一般。

怪物不知东方宁心与雪天傲是在虚张声势，感觉到东方宁心身上的威压和雪天傲身上的纯正阳气，吞了吞口水：“我是幽冥魔煞，算是这幽冥之地的霸主之一，你们所在就是我的领土。”

“哦，既然如此，你想拿什么与我们做交易？”东方宁心与雪天傲暗暗交换一个眼神。从幽冥魔煞的话中可以得知，在幽冥之界，像面前这怪物还有好几只，不过他们刚好走到这一位的地盘。

“我知道你们人类的修炼者吞噬炼化阴鬼可以提升实力，你们放过我，我给你们幽冥阴鬼。”幽冥魔煞说话时，眼眸深处闪过一抹狠厉。

“哦？你拿多少和我们交易？”东方宁心收起天火，一副对这交易很感兴趣的样子。面前的怪物是他们在幽冥之界遇上的第一只有人类思维的阴险东西。

“十亿，我用十亿幽冥阴鬼和你们交换。”幽冥魔煞相当大方地道。

十亿？他们刚刚踏过十七层，才堪堪炼化了十亿阴鬼，幽冥魔煞一开口就是十亿，还真是大方。

“一百亿。”东方宁心与雪天傲漫天开价。

幽冥魔煞摇头：“太多了，我拿不出来，三十亿，不能再多了。”

“八十亿，不能再少了。”这幽冥魔煞还会讨价还价，有意思。不过给得越多，猫腻越大。

“四十亿，我的最后底限。”

“六十亿，少一只都不行。”东方宁心再次放出手中的天火，吓得幽冥魔煞连连后退，惊恐大喊：“好，好，六十亿，我给你，我给你！”

火光之后，幽冥魔煞脸上闪过一抹奸计得逞的笑容。

说完只见它一招手，一股巨大的黑气涌来，夹杂着毁灭天地的阴寒。

“六十亿阴魔，阁下请接收。”幽冥魔煞阴恻恻道，大手一挥，巨大的黑气就朝东方宁心与雪天傲飞去。

“多谢了。”东方宁心与雪天傲一点也不客气，炼化六十亿阴鬼需要耗费大量的精神力，但在他们可以接受的范围。

两人脸色一正，以强大的意志力分别横扫三十亿幽冥阴鬼，就在炼化的最后一刻，幽冥魔煞突然猖狂地大笑一声：“哈哈哈，愚蠢而贪婪的人类，你们的死期到了！幽冥阴鬼，给我爆！”

东方宁心与雪天傲面前的幽冥阴鬼突然凝聚在一起，无限膨胀，随时都有炸开的可能。

“哈哈哈，愚蠢的修炼者，去死吧！”幽冥魔煞一脸得意地看着东方宁心与雪天傲。

东方宁心与雪天傲冷哼一声，语气轻蔑道：“是吗？你也太小瞧我们了，就凭你这点道行，想收拾我们还差了点，没有万全的把握，你以为我们会吞掉你的六十亿阴鬼吗？”

两人上前，雪天傲一拳轰向凝聚在一起的阴鬼，纯正的光明之气是这些幽冥阴鬼的最爱，也是最怕。

“试试鲲鹏的力量。”东方宁心的拳头打在幽冥魔煞的胸膛，同时凝聚精神力进行攻击。

只听砰的一声，幽冥魔煞的半个胸膛炸裂开来。

同一时刻，雪天傲那一拳把即将爆炸的幽冥阴鬼打散，数亿阴鬼惨叫乱窜。

阴鬼们看到东方宁心与雪天傲如此凶悍，纷纷尖叫逃跑。

“通通给我回来！”雪天傲却不肯放过它们，一声厉喝，只见一条巨大的冰龙从雪天傲身后飞出，只见龙头，不见龙尾。

冰龙呼啸而去，硬是将四处逃窜的幽冥阴鬼给赶了回来。

“这个给你。”东方宁心一个反手，将幽冥魔煞丢给了雪天傲。

幽冥魔煞的实力远远高于那些幽冥阴鬼，而她有鲲鹏在身，足够了。雪天傲也不客气，扬手就将幽冥魔煞给拍死，然后将其力量炼化。

很快，六十亿幽冥阴鬼与幽冥魔煞就化为两道青烟消失不见。

得到了幽冥魔煞的力量，东方宁心与雪天傲的实力又提升了一成：“我们去把其他幽冥魔煞找出来全部炼化，那样我们的实力就接近神者九阶，甚至半神。”

雪天傲四处看了一眼，触目所见，除了黑色还是黑色，他们在这里根本找不到路，不过雪天傲相信，无论如何，他们都能进入第十八层。

东方宁心与雪天傲两人在幽冥之界疯狂吞噬幽冥魔煞，却把身在异界的小神龙与猥琐会长给急疯了。

三天过去，猥琐会长凭借丹药升入神者二阶，但不敢再往上升，丹药提升的真气不太稳定，他现在综合实力并没有跟上来，需要稳一稳。

小神龙成功步入了神者六阶，而且只花了两天的时间。当然，这是因为小神龙是神兽，幽冥之界根本不敢放神兽踏入。

一般来说，玄兽类的劫难是在它们逆天步入神兽后才会降下。像小神龙这种天生神兽，在神者九阶以下都没机会遇劫，只有冲击神圣巨龙时，才会遭遇天地之劫。

“小神龙，他们两人不会有事吧？这都三天了，怎么还没有完成升阶？”看着一动不动的东方宁心与雪天傲，猥琐会长无比焦急。他真怕东方宁心和雪天傲死在神者五阶的坎上。

小神龙何尝不急，如果不是他二人还有呼吸，他都要怀疑他们是不是死了：“不用担心，他们正在升阶，不会有事的。”

好在他与东方宁心还有一点点感应，他能感觉东方宁心虽然处在一个危险的环境里，但目前尚且可以对付。

“快一点呀，这都三天了，辛库说，最近有很多人朝极北之地赶来，也不知道那

些人为何而来，要是来找我们麻烦的，那就惨了。”

“快了，不要担心。”小神龙闭上眼睛，自我安慰道。

在魔界，被雪少逼迫关注东方宁心与雪天傲安危的神魔，正拿这事和小雪少说笑：“小魔头，我发现你们一家人都是变态，我刚刚收到消息，你那对变态爹娘在没有一丝准备的情况下，徒手冲击神者五阶，啧啧啧，简直是嫌命太长，不知道幽冥之神一直在等他们吗？”

正在看《上古魔神志》的雪少翻书动作一顿。幽冥之神一直在等他的父母？为什么？

东方宁心与雪天傲也在问这个问题。当他们扫掉十只幽冥魔煞，来到第十八层，一道阴暗却轻柔的声音传了过来：“好了，不要再杀下去了，你想毁了我幽冥之界吗？”

“你是幽冥之神？”东方宁心与雪天傲循声望去，只见一个高大的阴影凌空而立，除此之外什么也看不见。

“没错，本座就是幽冥之神。”霸道的语气尽显枭雄气概。

东方宁心与雪天傲心头一震，皆是不安。他们升个阶，怎么会引来幽冥之神？

“你不是被光明圣女封印在幽冥之水中了吗？”

“本尊的确是被封印在幽冥之水中，但并不表示连偶尔离开的能力都没有。”幽冥之神语气不善地道。

“那么，幽冥之神，你这是在等我们吗？”东方宁心手中的天火越燃越大，防备地看着幽冥之神。雪天傲将东方宁心护在身后，不安的感觉袭向心头。

“哈哈哈！”幽冥之神大笑一声，充满悲凉的味道，“没错，我在等你，东方宁心，或者我应该更清楚地说：东方宁心，千年前封印我的光明圣女殿下，我们又见面了。”

什么？我是千年前封印幽冥之神的光明神殿圣女？

东方宁心完全不相信：“幽冥之神，你开什么玩笑，当年明明是光明圣女复活了你，我是我，跟那什么圣女没有关系。”

“玩笑？本座从来不开玩笑，她的确复活了本座，同时也封印了本座三成的真气。不然，你以为凭本座的手段，会再次被神界的人封印在幽冥之水中？”说话时，幽冥之神身上的黑暗气息越发浓郁，让人不寒而栗。

幽冥之神笃定的语气让两人心头一震，东方宁心隐隐有不安的预感。

“幽冥之神，就算当年圣女封印你三成真气，那与我们何干？我绝对不可能是光明神殿圣女转世，她不是因为封印你而死吗？不是还等着生命种子相救吗？”幽冥之神在骗他们，东方宁心与雪天傲肯定地想着。

“那颗生命种子吗？它的确有起死回生的能力。东方宁心，本座复活时将冰言——忘了告诉你，冰言就是封印本座的圣女，本座将冰言的三魂七魄凝了起来，让她转世，而你便是冰言的转世。”

“这怎么可能？我不是黑暗神王的传承人吗？怎么可能是光明圣女转世？这太不可思议了。”东方宁心更加不信。

“哈哈哈！”幽冥之神大笑，笑声中有着无可抑制的得意劲，“光明圣女，什么光明圣女？五界之中，所有人都被本座骗了。历经背叛，本座做事又怎么会不留一手呢？”

“被骗？”幽冥之神的话如同一块巨石砸入东方宁心与雪天傲的脑海，两人张大嘴巴，看着幽冥之神，“难道当初你创造的是两人？”

幽冥之神冷哼一声：“不错，当年本座就是创造了两人。”

“光明圣女冰言和人界祭司都是你创造出来的？”东方宁心不可思议地道，如果真是这样，这不是打神界的脸吗？

“很聪明，你们猜到了，当年本座按着人类的模样创造了两个人，一男一女。男的命名为千叶，女的命名为冰言。千叶混入人界，在人界立下不世之功，借机建造和开启天动仪，解开幽冥之水的封印。冰言则从小就被送入光明神殿，待到本座反攻光明神殿，她就是最好的利刃。只不过，本座在创造他们的时候，为了不让别人看出破绽，赋予了他们人类会有的七情六欲，让他们和常人一样，也因此有了背叛本座的勇气。”

背叛，这一直是幽冥之神心中的痛，因为不止一次了。

“冰言圣女居然是幽冥之神安排在光明神殿的卧底，你可真是好算计。”东方宁心浑身冰冷，如果真是这样的话，那么她真的是冰言圣女吗？

“当年创始之神那个浑蛋在本座的冥界安插奸细，害得本座的大业功亏一篑，就不允许本座用同样的办法吗？”幽冥之神负气道。

冰言圣女不过是他报复神界的产物罢了，幽冥神王从来没有把冰言圣女的存在当回事，虽然这颗棋子最后的作用很大。

“冰言圣女只是一颗可有可无的棋子，对不对？”东方宁心双眼酸涩，心中悲凉。

为自己，也为冰言，她们不过是创始之神斗气的棋子罢了。

“当然。”幽冥之神没有一丝犹豫，在他眼中冰言是棋子，东方宁心亦是，两人都是幽冥之神的仆人，生命都是他幽冥之神给予的。

“当年，光明圣女牺牲自己复活你也是假的？她应该是受你的命令，用自己的生命来复活你，对不对？”东方宁心的声音异常尖锐。

在此之前，冰言圣女一直不知道自己是幽冥之神的仆人，直到幽冥之神死前对冰言圣女发出命令，冰言圣女才知道，她不是什么光明圣女，而是幽冥之神的棋子。

“没错，最完美的棋子就是自己也不知道自己是棋子，冰言想要获取光明神殿的认可，就必须忘了自己。本座一直让冰言隐藏身份，待本座与创始之神大战时才被揭露。那情景一定很让人期待。可惜本座没想到，千叶背叛了本座，本座不得不用冰言来复活。而让本座更没想到的是，我的第二个棋子冰言居然会选择用三魂七魄为祭，封印本座的真气修为，果然你们都翅膀硬了，不把本座放在眼里了。”

最后一句话充满杀意，幽冥之神突然转身，杀气腾腾地看着东方宁心与雪天傲。

两人只感觉滔天的杀气袭来，不自觉后退三步。

“幽冥之神，你想怎样？”雪天傲护着东方宁心，警惕地看着依旧只是一团黑色阴影、看不到真面目的幽冥之神。

“我想怎样？你说本座要做什么？本座创造的两个人都背叛了本座，你说对待背叛者，本座要怎么做？”幽冥之神丝毫不掩饰自己的杀意。

就是因为冥界出了叛徒，他才会被创始之神封印在幽冥之水中，而后又因千叶和冰言的背叛，他再次被封印在幽冥之水中，这一封就是十万年。

如果可以，幽冥之神恨不得现在就将东方宁心碎尸万段，可是不行。

他费了那么多的心血抽出冰言的魂魄，让她转世，不是为了杀她，她有更大的作用。

“我不是冰言圣女。”东方宁心在幽冥之神的怒视下，傲气地顶了回去。

是的，她不是冰言，不是幽冥之神的仆人，哪怕她真的是冰言圣女转世，她和冰言也没有同样的过去，这一切凭什么要她来负责？

她可以是东方宁心，背负父母的惨烈过去；她可以是墨言，为父报仇，扛起墨家兴起的责任；她可以是梦族唯一的传人，开启梦族遗址，让中州再度成为真气圣地；她可以是黑暗神王继承人，接替冥的责任，在有生之年，与光明神殿斗争；她可以是任何人，唯独不可以是幽冥之神口中所说的冰言。

幽冥之神深深地看了东方宁心一眼，他似乎有看透一切的能力，东方宁心只觉得自己在幽冥之神面前无所遁形。

“你承不承认，对本座来说意义都不大。背叛过本座的人，没有资格再成为本座的棋子，你只配被本座利用。”

“我绝对不会被你利用。”东方宁心毫不客气地反讽。

“这就由不得你不同意了。”幽冥之神毫不在意地道，历经数十万年，几番轮回，她已经是一个独立的个体。

幽冥之神不知道东方宁心在这一世经历了什么，但他很确定，这个女人走到这一步并不容易。

冰言的一魂一魄还在他手上，面前的女人天生就比别人少了一魂一魄，天生多灾多难，死亡概率也比一般人高出数倍，能活到现在，走到这一步，说明她不是一般的坚韧。

如果不是自己手上有她的一魂一魄，幽冥之神还真没把握可以逼迫东方宁心。

幽冥之神的沉默让东方宁心不安：“幽冥之神，冰言圣女的事与我们无关，我们也不会为你做什么，现在我们就离开这里。”

东方宁心拉着雪天傲毫不犹豫地转身走人。

“想走？哪有那么容易。你不肯相信你是冰言，现在本座就让你看清楚，你到底是谁。”幽冥之神根本不给东方宁心逃避的机会，右手轻扬，只见一道白烟涌入东方宁心脑中，她只觉得脑子一片空白。

下一秒，冰言的成长经历就在她的脑海浮现。粉雕玉琢的小冰言，在光明神殿出生、成长；慢慢地，冰言长大了，长相和以前的东方宁心一模一样。

不是现在墨言的身体，而是原来的东方宁心。

接着，冰言在十八岁那年被选为光明神殿圣女，按照光明神殿的惯例，冰言走出光明神殿，游历洪荒。

一路上顺风顺水，直到来到一个叫中州的地方，遇到了一个男人，一个让人深深着迷的男人，只一眼，冰言就无法再放下他。

男人一身祭司长袍，俊美无比，一举一动，优雅无比，如同谪仙临世，身上干净出尘的气息让冰言无法抗拒。冰言停在了中州，时刻与这个男人在一起，相知相爱。

而这个男人就是——

“啊！”东方宁心大叫一声，尖锐的声音响彻冥界十八层，大叫之后，东方宁心痛苦地叫出一个名字，“千叶。”

雪天傲猛地松开握着东方宁心的手，眼里闪着惊惧与不安。

东方宁心顿时失了支撑，身子不稳，就要倒下去。

雪天傲上前抱住东方宁心，强压下心中的愤怒与惊惧，对着幽冥之神喊道：“幽冥之神，你够了！”

“千叶，不，不是，我不是冰言，雪天傲，我不是冰言。”东方宁心的脑子混乱无比。

“害怕了？”幽冥之神嘲讽道，雪天傲看不到他的表情，却能想象他的恶劣。

“幽冥之神，别逼我。”雪天傲的双眼布满血丝，看上去十分骇人，就是幽冥之神也吓了一跳。

“逼你？本座就是逼你又如何？不过小小的光明神王传承者，再说你距离神王还

远着呢，凭你也敢威胁本座？”

“威胁你？不错，我就是要威胁你。幽冥之神，你最好快点收手，不然我俩要是死了，你永生都要被封印在幽冥之水中，承受幽冥之水的折磨，不是吗？”雪天傲的声音冰冷无情。

“你！”幽冥之神怎么也不敢相信，光明神殿那群自诩圣洁善良的家伙，会挑选这么一个阴暗卑鄙的家伙做光明神王的传承者，这样的人来黑暗神殿还差不多。

雪天傲明白自己的威胁奏效了，他上前一步，再次威逼：“幽冥之神，我的耐心是有限的。”

“千叶。”东方宁心再次无意识地喊出这个名字。

雪天傲心中的怒火更盛，他不喜欢东方宁心叫别的男人的名字，却也明白这不是东方宁心自愿的，因为那是冰言的记忆，而现在也是东方宁心的记忆。

冰言的那段记忆，是雪天傲无法参与的。

黑暗之中，幽冥之神的手指咔咔作响：“雪天傲，你赢了！”

幽冥之神再次扬手，白烟从东方宁心的身上飞了出来，这就是幽冥之神的筹码——这一缕白烟是东方宁心缺失的一魂一魄，属于冰言的一切都记录在其中。

“雪天傲。”东方宁心紧紧地抱着雪天傲，不肯松手。

墨言的过去是空白的，冰言却不是。

“没事的，你是独立的个体，不是冰言，不用管她的一切。”

但是，她继承了冰言对千叶的感情。一想到这里，东方宁心就觉得自己对不起雪天傲：“雪天傲，对不起，千叶他……”

“那是冰言爱的人，与你无关。”雪天傲打断东方宁心。

“对，那是冰言的爱人，与我无关，我只是东方宁心。”听到雪天傲的话，东方宁心稍稍松了口气。

“好了，你们两个够了没有？本座没心情看你们你侬我侬。”幽冥之神不耐烦地道。

东方宁心恨恨地看着幽冥之神：“就算我是冰言的转世，你也应该明白，她的记忆影响不了我，我只是东方宁心，别奢望我和冰言一样成为你的棋子和仆人，任你摆布。”

“你没有选择，东方宁心。”幽冥之神眼中闪过一抹欣赏，现在的东方宁心和当年的冰言不一样。

当年的冰言被光明神殿教导得太单纯太天真，东方宁心虽然不好打交道，但她是人，是活生生的自私自利的人，这样的人才有弱点。

幽冥之神傲慢地开口：“东方宁心，雪天傲，本座要你们早日成为黑暗神王与光明神王，开启天动仪，然后本座要重临五界，你们听明白了吗？”

“不可能，我们绝对不会让你重临五界，屠戮众生，更何况我相信你的要求不会这么简单。”东方宁心果断拒绝，渐渐适应了面前的黑暗气息，已经没有了最初的不安与慌乱。

幽冥之神嘲讽地开口：“愚蠢，本座在这里等你们，当然有万全的把握。你忘了刚刚那一缕白烟了吗？本座忘了告诉你，你只有二魂六魄，剩下的一魂一魄在本座的手里，本座要你的命很容易。”

“什么？一魂一魄，不可能！”东方宁心与雪天傲的心跳同时漏了一拍。

“本座是幽冥神王，没有什么不可能的，想试试吗？”说话间，东方宁心与雪天傲面前再度出现一缕白烟，幽冥之神一个弹指打向那缕白烟，白烟幽幽散开。

“啊！”东方宁心痛叫一声，全身止不住地颤抖。

“幽冥之神，住手！我们信了！”雪天傲抱着东方宁心，大声呵斥。

“如何？本座没有骗你们吧？”幽冥之神心情大好。

“幽冥之神，你太卑鄙了！”东方宁心靠在雪天傲的身上虚弱地道。

雪天傲比东方宁心更加愤怒，人的三魂七魄缺一不可，幽冥之神握着东方宁心的一魂一魄，不就是握住了她的命脉吗？

强压下心中的杀意与怒火，他紧紧抱着东方宁心：“我们答应你。除此之外还有什么条件，你全部说清楚。”东方宁心的一魂一魄，他一定要夺回来。

“杀了千叶，我要你东方宁心亲手杀了千叶。”千叶冰言总相依吗？他要千叶那个叛徒死在自己心上人手中。

雪天傲深深吸了口气，没有回答，他不能代东方宁心回答，即便他很想。

东方宁心虚弱地抬头，双眼眨也不眨地看着面前一团黑色的幽冥之神，清冷的面容冷酷异常：“我、答、应、你！”

我会杀了你，取回我的一魂一魄，这是东方宁心的心声。

“很好，别耍花样，不然我先杀了你！”幽冥之神指了指面前东方宁心的一魂一魄，威胁道。

东方宁心与雪天傲没有说话。

他们没有选择！

第三十一章
抟摇直上九万里

异界极北之巅，兽人一族正面临史无前例的大灾难。

人族、玄兽、精灵族、宗派，甚至连传说中的妖族都出现了。异界最强的几大势力纷纷派出旗下的先锋大军，一路朝北，追踪东方宁心与雪天傲。

在异界几位大佬眼中，鲲鹏精血这等神物如果被君无量、玄忆、灵水儿、倾似也或者妖月中的任何一个收服，都可以接受，其他的势力不会多说，也不会出手攻击。

现在呢？他们等了数万年的鲲鹏精血，居然被一个突然出现的莫名其妙的人夺走，这叫异界最强的五个种族怎么甘心？

五族齐至，先锋部队一路向北，直接追到兽人一族所在地。五族威胁兽人一族交人，兽人一族拒不承认，五族便将石城围了个水泄不通，每天杀一万兽人，逼东方宁心与雪天傲现身，逼兽人一族交人。

当然，他们也没主动进攻，一是不确定人是否在石城，二是五族并不齐心。他们临时聚在一起，各自为政，谁也不敢冲在最前面，生怕别人捡到便宜。

南渊老祖宝藏的事，让五族明白了一个道理，那就是躲在后面捡便宜才是王道。

五族不齐心，让兽人得以喘息，虽每天有一万族人被杀，但兽人没有动摇过心中的想法。

坚守，坚守！哪怕只剩下最后一个族人，也要坚守住，他们相信天傲阁下与宁心姑娘一定会救他们的。

石城外杀气冲天，大战一触即发；石屋内，小神龙与猥琐会长急得团团转，七天六夜过去了，东方宁心与雪天傲却没有醒来的迹象。

“怎么办，怎么办？东方宁心与雪天傲再不醒来，兽人就要灭族了！”猥琐会长急得仰天大叫。

“要不我先出去，杀了外面那些人？”小神龙开口道。以他现在的实力，要将外面那些人杀光有点难度，但震慑一二还是能做到的。

猥琐会长想也不想就摇头：“不行，你出去了，五族人就知道东方宁心和雪天傲在石城了，我们不动，外面那些人反倒不敢轻举妄动。”

“那我们要等……”小神龙郁闷地大喊，话还没有说完，就见猥琐会长指着地上大叫：“神者五阶，小神龙，神者五阶的纹路出现了！”

升阶了！东方宁心与雪天傲终于升阶了！

东方宁心与雪天傲升阶结束，真气大量外泄，原本五族还心存怀疑，这下完全可以肯定，他们要找的人就在石城。

“升阶？浑蛋，我们错过了最佳时间，他们果然在石城，难怪一直躲在里面，任我们怎么挑衅也不出来，原来是在升阶。快，快冲上去！杀了那个盲女，抢回鲲鹏精血！”

不知哪族的人大喊一句，五族数万人齐齐响应：“人皇有令，杀了那瞎女，赏上品丹药十粒！”

“妖皇有令，杀了那瞎女，赏上品丹药十粒、中品丹药十粒！”

“精灵女皇有令，杀了那瞎女，赏灵果十颗！”

“麒麟王有令，杀了那瞎女，鲲鹏精血就归谁！”

“天一真人有令，谁杀了那瞎女，就可以成为真人亲传弟子！”

面对一群为了利益大开杀戒的人，兽人辛库脸色不变，带着视死如归的决心，对族人道：“兽人战士听命，迅速集合，堆成肉墙，哪怕是死也不能让他们伤了东方姑娘。”

“是！”兽人战士听到辛库的命令，紧紧连成肉墙，一层一层，没有一个人后退一步。

兽人的身体比起异界任何一个种族都要强悍，哪怕是用真气，没有神者七阶以上的实力，别想轰碎他们，更别说他们里五层外五层紧紧靠在一起。

东方宁心与雪天傲的石屋外固若金汤，人族、兽族、妖族、精灵族与宗派联手，一路横扫，血色漫天。

兽人依旧一动不动，哪怕是死，也稳稳站在原地，坚守自己的信念。

生死之战，分秒必争，小神龙和猥琐会长知道外面战况惨烈，但在升阶的关键时刻，二人不敢离开半步，就怕一个不小心，东方宁心与雪天傲走火入魔。

时间一分一秒过去，兽人死伤无数，小神龙与猥琐会长看在眼里，听在耳里，急在心里。

兽人一族，滔天血恩，他们欠下了。

辛库在外指挥族人战斗，看着惨死的族人，心里无比愧疚：天傲阁下、宁心姑娘，对不起了，兽人越来越少，我们挡不住了！

兽人堆起的肉墙越来越薄，辛库没有办法，再次下令：“兽人一族孩童听令，上前一步，结成肉墙！”

孩童是兽人一族的根本，也是他们部落传承的希望，不到最后关头，辛库绝不会让孩童上战场。

“是！”兽人孩童稚嫩却无畏的声音传来，没有一丝畏惧。他们勇往直前，试图用瘦弱的身躯抵挡外面的虎狼，就在这时，神龙虚影破石而出，自天而降。

“撼世龙拳第一式，去！”雪天傲人未至，攻击先到。天龙从石屋里飞出来，虽然无法一举破敌，却救下了仅剩的兽人和孩童。

“天傲阁下？”辛库循声望去，泪如雨下，他们等到了，终于等到了！

“辛库族长，让你的族人退下，剩下的交给我。兽人一族的大恩，我雪天傲记下了；兽人一族的大仇，我雪天傲必将亲自为你们报。”东方宁心与雪天傲相携破屋而出，周身裹挟着毁天灭地的力量，将五族战士生生逼退三步。

“轰！”又是一条飞龙掠出，五族战士再次被逼退。

屠杀被中止，兽人暂时安全了。

肃立在战场中央，雪天傲看着满地碎尸，冰冷的眼里闪过一抹愤怒，这些惨死的人，都是为了保护他们，是为他们而死！

东方宁心耳边传来惨叫声、哀号声，风过鼻息，浓郁的血腥味呛得人无法呼吸。她看不到战场上的情景，但也知道兽人为他们做出的牺牲。

想到在冥界所遇到的事情，想到自己这一生，想到兽人一族，东方宁心悲从中来。

“创始之神、幽冥之神，你们算什么神明，为了一己之私，不顾天下苍生，以万物生存之地为战，你们连兽人都不如。你们这样的人，凭什么认为自己高人一等，认为我们就该为你们牺牲、任你们摆布？幽冥之神，你给我听着，我东方宁心绝对不会助纣为虐。你会后悔创造出冰言，更会后悔让冰言转世为东方宁心。我东方宁心要诛神弑佛，毁那轮回之路！”

“这个女人疯了？”人族、兽族等被雪天傲与东方宁心的气势震慑得裹足不前，不敢妄动。听到东方宁心的话，众人面面相觑，什么神呀、佛呀，这女人不会是被鲲鹏反噬，疯了吧？

神佛之道早已灭亡，天下早已无神也无佛。

小神龙与猥琐会长晚一步出来，听到东方宁心的话，亦是不解。

唯有雪天傲明白。幽冥之神的话激怒了东方宁心，与鲲鹏融合后，鲲鹏逆天改命，不受天地限制的傲气更是深深影响了东方宁心。

幽冥之神算好了一切，却没有算到东方宁心的烈性。东方宁心绝对不会就此认命，幽冥之神恐怕是要搬起石头砸自己的脚了。

东方宁心的三魂七魄归位之时，便是幽冥之神的死期。

“这女人疯了，趁她发疯，我们赶紧杀了她！”五族战士虽忌惮雪天傲发出来的飞龙，但是杀死东方宁心带来的好处诱惑太大了，在巨大的利益面前，人会变得无惧。

“杀我？很好，今天我就用你们的血，来祭奠死去的兽人。”东方宁心凝聚真气，杀气喷涌而出，席卷天地。

墨发飞舞，俏脸如霜，东方宁心的衣袍被风吹得猎猎作响，双眼无法视物，但在场众人似乎能看到东方宁心眼中凌厉无匹的杀气。所有人不自觉吞了吞口水，有人甚至在想，他们来这里是不是错了？

东方宁心没有给这些人机会，左手放在雪天傲面前：“雪天傲，给我一把剑。”

今天她就要用最原始的杀戮手段让这些人记住，她东方宁心不是好欺的。

异界的人不能欺她，幽冥之神也不能。握着她的一魂一魄又如何？她东方宁心早晚会杀到冥界，把那一魂一魄抢回来。

“你自己小心！”雪天傲将剑交给东方宁心，站在她身后。

无论何时，东方宁心只管向前冲锋，因为她的身后有他。

他相信，东方宁心会明白，冰言的事情对他们的影响并不大，他和东方宁心一定会达到天神级别，唯一的无奈就是他们必须去开启天动仪，让幽冥之神重临五界。

至于千叶，雪天傲相信东方宁心。

“放心，我不会有事！”东方宁心双手握剑，以雷霆万钧之势朝人群冲去，一路冲过去，一路断肢残臂。

此时的东方宁心不是人，而是个不怕死的疯子，见人就杀，挥剑就砍。有人反攻，她一律无视，将最好的防御就是进攻发挥得淋漓尽致，此刻她的脑子里只有杀戮。

幽冥之神该死！创始之神该死！通通去死吧！

东方宁心一声长啸，手中的剑光裹挟着鲲鹏的戾气，剑光所指，皆无完尸。尸体落地，周围死寂无声，所有人都看着东方宁心，兽人眼中是狂热的崇拜，五族则是惊惧与不敢相信。

“人呢？”立于一片尸体中心，东方宁心毫不畏惧，身上的白衣被划破，一身是血，分不清是她的，还是别人的。

“雪天傲？”猥琐会长与小神龙颤抖地出声提醒。这样的东方宁心太吓人了，已经杀红了眼，整个人如同从血水里捞出来一般。

“别担心，她不会有事的。”雪天傲自信满满，冲破神者五阶且又有鲲鹏在身，放眼异界，除了异界五杰，年轻一辈没有人是东方宁心的对手。

“可是她……”太不正常了。

“待她冷静下来就好了，东方宁心明白她在做什么。”雪天傲知道，他的东方宁心很快就会回来。

此时，被东方宁心的杀气震住的众人亦回过神来：“大伙一起上，杀了这个瞎女。老子就不信，一个刚刚突破神者五阶的瞎子有多厉害。”

人群之中，一个中年男子大喊一声，引来众人的响应：“对，一个瞎子而已，能有多厉害？我们一起上，杀了她，功劳我们均分！”

“死瞎子，去死吧！”一盘散沙、各自为政的五族战士，面对共同的敌人时终于聚在一起，将东方宁心围了起来。

听着这群人左一句瞎子、右一句瞎子，东方宁心嘴角扬起一抹冷笑：“瞎子是吗？今日我就让你们看看到底谁才是瞎子！”

话音刚落，东方宁心手中的剑就动了。

反手一剑，左侧偷袭的人瞬间倒地，紧接着只见东方宁心以不可思议的角度侧身抽剑，同时剑柄击中身侧的人，还未抽出来，身子就往后退去，躲过面前致命的攻击。

原地一个翻转，没有人看清东方宁心是怎么做到的，只看到剑刃在他们面前。

噗！一道血红光芒闪过。

啪！血珠落地。

一连数声响起，距离东方宁心最近的十人陆续倒地。东方宁心的速度很快，不过再快也只有一个人，再强的真气也有耗尽的一刻，东方宁心渐渐被五族战士围了起来。

一道真气从肩膀擦过，一大块血肉被削掉，东方宁心却吭都没有吭一声，面对攻击不闪不避，上前一步，一剑刺入对方的心肺：“记住，我东方宁心的便宜没那么好占。”

东方宁心反手抽剑，就在这时，离东方宁心最近的五族战士突然出手，同时发出数十道真气，在半空中结成一张网，迅速飞向她。

“雪天傲，糟了，宁心要出事！”猥琐会长跳了起来，凌空扑向东方宁心，在飞身而起的刹那，雪天傲抓住猥琐会长的衣摆，硬生生将其拉了回来：“别动。”

“雪天傲，你疯了！”猥琐会长急得跳脚。

雪天傲指着东方宁心，一脸骄傲道：“你看。”

呼的一声，在真气网飞向东方宁心的刹那，东方宁心不见了。

“人呢？死了吗？”

“尸体呢？”

五族战士冲上前，遍寻不见东方宁心的下落，连尸首也没有看到。

“宁心呢？”猥琐会长也傻眼了。

雪天傲轻拍猥琐会长的肩膀，指着遥远的天空某处，提醒道：“在那里。”

猥琐会长顺着雪天傲所指的方向抬眼望去，只见天空中出现一个小点，小点越来越大，终于可以看清了。

“是东方宁心！”猥琐会长吃惊地大叫，怎么也不敢相信自己的眼睛，眨眼间，东方宁心已经飞到人眼看不见的地方了。

“大鹏一日同风起，抟摇直上九万里。此言不虚。有鲲鹏在，东方宁心日后就是打不过也能跑掉，这世间没有谁的速度比得过东方宁心。”

“天上，那个瞎女在天上。”围攻东方宁心的五族战士听到雪天傲的话，纷纷抬头看天。

“快，凝聚真气，朝天上打，她凌空而站，没有辅助，我们打不死她，也能摔死她。”五族战士狗急跳墙，毫无默契，胡乱将真气砸向天空，可惜与东方宁心相隔甚远，任凭他们如何拼命，连东方宁心的衣角都碰不到。

“这些人死定了！”猥琐会长恨恨地咬牙，几度想要上前帮忙，却被雪天傲拉了回来。

五族战士一点也不在意真气耗尽，朝天空发出一道又一道攻击，只为阻止东方宁心降落。

众人虽知东方宁心融合了鲲鹏，却不知鲲鹏的实力，只知道东方宁心打了半天，无论是真气还是体力早已透支。此刻，他们只要撑得比东方宁心久，就是胜了。

如五族战士所料，东方宁心的真气与体力已近崩溃边缘，确实不宜再战，但是东方宁心是为心中的怨恨而战，那一腔怨气没有发泄出来，她是绝对不会倒下的。

东方宁心深知自己的优势，没有急着攻击，而是凌空而立，站在五族战士无法真正伤害她的位置。待到五族战士将真气耗空，东方宁心俯冲而下，如同鲲鹏展翅，手中的长剑从五族战士头顶扫过。

一剑贯穿，完全不需要借助外力，东方宁心再次腾空而起，如此十个起落，五族战士甚至没有看清东方宁心做了什么，就不甘地站在原地，一动不动。

东方宁心从半空落下，背对五族战士而立，长发遮脸，掩去了脸上的表情。

啪嗒，啪嗒，东方宁心反手将剑负于身后，剑身被血染透，血不停滴落，很快就在地面上汇成一个血涡。

一切戛然而止，画面就此定格，四周静得可怕，除了几道极其压抑的呼吸声外，再也没有其他声音。

东方宁心站在那里一动不动，神色肃穆，身后的五族战士亦如同雕塑，失了生气。

一阵风吹来，挟着冰冷的血气，让人全身一个激灵。

东方宁心身后的五族战士相继倒地，兽人瞪大眼睛看着，眼中是狂热的崇拜，但他们不敢发声，怕一出声，就破坏了眼前的“美景”。

站在一片血色中的东方宁心神情高傲，即使白衣染血，身上却没有一丝戾气，浑身上下散发着清冷宁静的气息，就好像她刚刚所做的事情不是疯狂的杀戮，而是弹了首曲子、绣了朵花。

雪天傲松开猥琐会长，冰冷的眼眸中有着淡淡的心痛。这个女人明明可以用更直接、更快速的手段解决眼前的麻烦，却偏偏用最原始、最费心力的方法，偏偏要把自己全身的真气耗尽才甘心。

雪天傲提步朝东方宁心跑来，东方宁心看不到，但她听到了，在雪天傲来到她面前的刹那，东方宁心手中的剑哐当一声掉落，整个身子也软软地往下倒去。

“东方宁心！”雪天傲连忙上前，伸手抱住东方宁心。

倒在雪天傲的臂弯里，东方宁心疲惫的脸上扬起一抹安心的笑容：“雪天傲，我永远都是你的东方宁心。”

没有千叶，没有冰言，她只是雪天傲的东方宁心！

雪天傲紧紧抱着她，一滴泪珠从他的眼角落下。

东方宁心累晕了过去，伤得并不重，将养了两天就全好了。恢复后，她决定不再停留，立即赶往精灵一族，尽快找到紫精，让双眼复明。

出发之前，猥琐会长提出留守兽族，一是指导兽族人修炼，二是助兽族人重建石城。

那一场大战后，兽人族死伤惨重，石城更是毁了大半，这一切都是因他们而起，他们要负责。

东方宁心与雪天傲原本还想把小神龙留下，猥琐会长主动提起，两人也不多说，只提醒他自己要注意安全。

雪天傲离去时，只带了一瓶上品丹药，其他的丹药全部留在了石城，并告诉猥琐会长，只要能提升兽人的实力，丹药不要吝啬。如果无涯与蓝色闪电来了，叫他们不要急着去找他们，先把实力提升上去。

猥琐会长不知道东方宁心与雪天傲在冲击神者五阶时遇到了什么，但看雪天傲神色凝重，猥琐会长郑重地应下了。

有鲲鹏在，万里之路于东方宁心而言也不过是顷刻间的事。将小神龙收回契约空间后，借着鲲鹏之力，东方宁心与雪天傲只花了一天的时间，就来到了精灵族与人族的交界处。

这里是一座荒山，翻过山，穿过精灵森林，就是精灵族的领地了。

临近城镇，东方宁心与雪天傲不敢再用鲲鹏之力。异界藏龙卧虎，高手不知凡几，在不知深浅的情况下，他们还是仔细些好。

出于谨慎，东方宁心与雪天傲进入荒山后并没有立刻去精灵族，而是在里面转悠了两天，一来熟悉当地环境，二来避开可能在暗中盯着他们的眼线。

当日，东方宁心狂性大发，屠杀五族数千战士，事后雪天傲放话，让五族把这账记到他们夫妇头上，要报仇尽管找他们，是生是死他夫妇二人都认了。

如若有人将账算到兽人身上，去找兽人一族的麻烦，即便天涯海角，他夫妇二人也不会放过对方。

人皇、妖皇、麒麟王、精灵女皇和天一真人，五个异界最有权势的大佬同时下令，不许族人去找兽人的麻烦，那日之事就此结束，以后不可再提。

五位大佬放话，并不是忌惮东方宁心与雪天傲，实在是没有脸。以众对寡，最后还技不如人，他们哪还有脸报仇？

东方宁心与雪天傲现在还不知道，事后知道了也只是毫不在意地冷冷一笑。你们说一笔勾销就一笔勾销，以为异界是你们五个人的天下吗？

杀人偿命，五族杀了多少兽人，就得拿多少人的命来偿！

当然，二人这般拿大的话，异界的大佬完全没有放在眼里，不过是两个不懂事的小孩，哪里值得他们出手。

五位大佬只让底下的人盯着东方宁心与雪天傲，别让他们在异界生事。

从那天起，东方宁心与雪天傲的一举一动都被人盯着。他们一进入荒山，五族的人就收到了消息，守在荒山的各个出入口，等东方宁心与雪天傲露面，只是等了两天，也不见东方宁心与雪天傲的身影。

五族人大惊，怀疑这是障眼法，东方宁心与雪天傲怕是早就离开了荒山。又守了几日，仍不见东方宁心与雪天傲出来，五族人放弃死守，开始到处寻找东方宁心与雪天傲的下落。

殊不知，在他们四处寻找东方宁心与雪天傲的时候，这两人没用鲲鹏，而是用最原始的方法，一步步翻山越岭，走到精灵族去了。

两人花了数十天才来到精灵族外面的精灵森林，也不急着进去。辛库曾说，精灵森林很怪，若是没有精灵一族引路，外人进去了也找不到北。

就在东方宁心与雪天傲不知怎么办的时候，精灵森林深处传来一阵打斗声。

“灵欣远，你这叛徒，还不交出精灵之杖！不要仗着女皇念及同族之情，就得寸进尺。女皇虽然说过不杀你，但没说不伤你。”一声娇喝犹如黄莺出谷，清脆悦耳，却隐含森冷的杀气与鄙夷。

东方宁心与雪天傲下脚步，交换了一个眼色。

“精灵之杖是精灵女皇身份的象征，不是在精灵女皇的手上吗？蓝精灵，你怎么会找我要？”说话的人应该就是灵欣远了，声音不同于一般精灵，爽朗中带着几分粗哑，完全没有精灵的空灵。

“大人，别和这个叛徒废话，女皇仁慈不杀他，但我们要是失手杀了，也没有什么不是。”

“就是，大人，我们杀了这灵欣远，决不能放过背叛精灵一族的人！”

精灵族远不像外界说的那般爱好和平，一样喊打喊杀。

“好呀，你们杀呀，反正我也活够了。”灵欣远一副无所谓的样子。

“既然如此，那就去死吧。本大人会告诉精灵女皇是失手误杀了你。”蓝精灵用温柔的语调说着嗜血的话。

“精灵火焰，杀！”瞬间，方圆百米被蓝色的火焰笼罩，百米之外的东方宁心与雪天傲都感觉到这火焰的杀伤力。

“救还是不救？”两人略一思索，便有了决定。

雪天傲握着东方宁心的手飞入精灵森林，两人一出现就引起了正在交战的精灵的注意，只不过双方一时抽不出空来管他二人，几个小精灵倒是想要上前，却被精灵火焰阻挡了。

“东北处，偏北六十度，是蓝色火焰攻击的重点。”半空中，雪天傲直接充当东方宁心的双眼，替她解说战况。

此时，蓝精灵发出来的精灵火焰距离灵欣远仅有半尺。灵欣远虽然也知身后有人到来，却没有多想，而是认命地闭上双眼等死。

在异界，人人都知道灵欣远是灵精一族的异类、叛徒，没有人会为了他，对上权势滔天的精灵女皇。

“天火，给我灭！”东方宁心手中天火飞出，蓝色火焰瞬间黯淡下去。

“轰！”天火火苗瞬间蹿起，蓝色火焰连影子都没了。

“什么人？居然敢插手精灵一族的事，活得不耐烦了吗？”突然的变故逼得蓝精灵和她身后数名精灵侍卫连连后退，蓝精灵嘴角溢出了血，可即便如此，依旧不减她的美丽。

东方宁心右手一扬，耀眼的天火便被她收了起来。

“滚！”雪天傲看也不看蓝精灵，神色冰冷地吐出这个字，气势堪比神王。

异界五族，他对谁都没有好脸色。

“你好……”

“最后一次，滚！”雪天傲冷冷打断对方，即便气息内敛，同样有着不可抗拒的威严。

“你知道我们是谁吗？居然敢叫我们滚。”身为精灵女皇座下七大精灵之一，在异界，谁不毕恭毕敬地称她一声蓝大人，这个人居然敢叫她滚！

“既然如此，那就死吧。”在蓝精灵还没有反应过来时，东方宁心与雪天傲配合默契，一个随手抛出天火，一个挥剑扫去。

“你们怎么敢？”面对东方宁心与雪天傲的雷霆手段，蓝精灵不敢置信地摇头。

蓝精灵一时忘了反击，也来不及防御，只得堪堪避开。

“啊，我的手！”蓝精灵惨叫一声。

一只断臂在半空翻滚，掉落在地上。

雪天傲手中的剑再次挥出，这一次，对方终于反应过来：“快，快走！”

小精灵大叫一声，挥动身后的翅膀，逃也似的带着蓝精灵跑了。雪天傲与东方宁心没有追，真正要打，他们不是蓝精灵的对手。

蓝精灵走后，跌坐在地的灵欣远终于回神，起身朝二人道谢：“多谢二位相救，不知二位怎么称呼？”

“你是男的？精灵族有男人？还长得这么平凡？”雪天傲看到灵欣远，面瘫脸险些龟裂。

灵欣远个子矮小，皮肤黝黑，双眼只有绿豆般大小，鼻子扁塌。这长相放在任何一族都没问题，顶多就是一个其貌不扬的寻常人罢了，但他偏偏出生在精灵一族。

在异界，东方宁心与雪天傲遇上了好几个精灵，每一个都极其精致。当然，这不是重点，重点是辛库曾经说过，精灵一族最大的特色就是全是女子。

那么，面前这个男的是什么？

“男的？怎么可能？”东方宁心听到雪天傲如是说，也是一脸震惊。

灵欣远顿时怒了，如同受伤的小兽，朝两人咆哮：“男的怎么了？本少爷就是其貌不扬，还是男的，名字也有点女性，那又如何？没见过男人吗？”

“没见过精灵一族的男人。”雪天傲很平静地回答，语气恢复了冷静。

怪胎什么的，总是存在的。异界有一个好运帝王君无量，有个霉运高照的倾似也，精灵一族再出个丑男也不是什么稀奇事，只不过稀奇的事总是让他们遇上罢了。

不想雪天傲这话一出，灵欣远的脸色立马黯淡下去，咆哮的小兽瞬间变成了被人遗弃的小狗，耷拉着脑袋道：“我是精灵族唯一的男人。”

“哦。”东方宁心与雪天傲两人平静地应下，一点也不感兴趣。

“你们不好奇吗？不觉得我是怪胎吗？没有听过我的名字吗？”灵欣远被雪天傲与东方宁心给弄糊涂了。在精灵族的有意宣扬下，异界没有人不知道他灵欣远。

“关我们什么事？”雪天傲不以为然道，东方宁心更平静。

“你们不觉得我是怪物吗？不觉得我该死吗？”非我族类，其心必异，灵欣远虽然出身精灵一族，却被视为异类，在异界没有人看得起他。

“怪物也是生物，更何况你除了丑一点，也没多怪。”雪天傲上上下下、认认真真地打量了一番灵欣远，客观地评价道。

说完，两人就往前走，把灵欣远丢在身后。

这人被精灵族驱逐，想来也帮不上他们，还是另寻出路的好。

“喂，你们要去哪里？”灵欣远见东方宁心与雪天傲这就走了，连忙追了上去。

“找前往精灵森林的路。”东方宁心的声音顺风传来。

“你们要去精灵森林？就是因为这个才救我的？”灵欣远眼中闪过一抹受伤。

他本以为面前这二人是路见不平的勇士，原来是想利用他。

“不然呢，你以为你是谁？我们凭什么救你？”雪天傲没有转身，但能猜到灵欣远的想法。

灵欣远一顿，随即又跟了上来，如同小尾巴一样，跟在东方宁心与雪天傲身后：“你们这样是找不到精灵森林的，精灵森林有精灵女皇设下的保护结界，除了精灵一族的人外，其他人除非得到女皇的允许，不然是进不去的。”

“如你这样？”东方宁心与雪天傲知道，灵欣远肯定也进不去。

灵欣远怔了一下，低下头，委屈地开口：“是，如我这样，虽然我是精灵一族的人，但同样不允许穿过精灵森林。”

“哦。”果然没有利用价值。

“喂，都说了，你们进不去的，还往前走干吗？”灵欣远见这二人一直往前走，好心劝说一句。不管怎么样，他也比这二人熟悉精灵森林。

“我们必须要穿过精灵森林。”没有人带路，只能来精灵森林找。

“你们去精灵族干吗？精灵族里似乎没什么值得你们冒险。更何况，现在异界最大的事不是上古战场吗？”灵欣远虽然常年生活在荒山，消息却颇为灵通。

“我们来寻找紫精。”东方宁心没有隐瞒。

这个灵欣远与精灵族不和，也许能从他嘴里知道一些消息。

“紫精？”灵欣远突然想到，面前这女子的眼睛好像瞎了，“你眼中原来有紫精，被挖了出来？”

“是。”东方宁心与雪天傲终于不再往前走了。

灵欣远看了东方宁心一眼，大大咧咧地道：“你们别枉费心机了，眼球都被剜了出来，永远也不会复明了。紫精只能寄生在眼珠上，你没了眼珠，紫精在你眼里活不下来。”

“我的眼珠并没有被剜出来，只不过失明了。”东方宁心缓缓解开覆在双眼上的绷带，任没有焦距的双眸露在外面。

灵欣远看着东方宁心，挣扎许久后，说道：“可以让我看看她的双眼吗？也许我能帮上忙。”

“你有办法？”雪天傲怀疑地看着灵欣远。

“忘了介绍我的真实身份。”灵欣远闭上眼，掩去眼中的沉痛，一字一顿道，“我是精灵族的皇子——灵欣远。”

“皇子？”雪天傲再次上下打量灵欣远，“你确定没有骗我们？你说说你全身上下哪一点像精灵族的皇子？”

“有人规定皇子一定要长什么样吗？我的母皇是精灵族上一任女皇，我不是精灵族皇子是什么？”灵欣远再次化为小兽，龇牙咧嘴地为自己辩解。

“你是上任精灵族女皇的儿子？那你怎么会被驱逐？”他们随便一救，就救了一个身份不简单的人？

“我没有骗你们，我母皇真的是精灵女皇，只不过我不被精灵一族认可罢了。当然，我不算是纯粹的精灵族人，我身上也有人族的血脉。当年，我母皇爱上了人族男子，不顾精灵族的规则，执意立那人为皇夫，然后生下了我。”灵欣远语气沉重，带着一丝委屈与受伤。

东方宁心与雪天傲沉默无语。这事他们好像帮不了什么，也没有办法安慰他。

“我的出生加重了精灵族对我母皇的不满，精族中众人碍于我母皇的实力，不敢正面与之交锋，但背地里的手段一样不少。在我三岁那年，我的父亲意外踏入精灵族圣地，然后死在了那里。我母皇明知是谁下的手，却苦于没有证据，再加上大长老们的干涉，我母皇只能按捺不动，不想那些人连母皇都不放过。在我五岁那年，母皇也死了，我被母皇的心腹秘密救了出来。

“这些年来，我们一直生活在荒山里。两年前，母皇的心腹死了，我被精灵一族的人发现，她们就一路追杀我。这两年，我的生活一直不平静，好在有精灵之杖保护，才勉强活到现在。”

“精灵之杖是什么？”他们之前以为这灵欣远只是一个小角色，现在听来，他的身份实在不一般，那么他口中的精灵之杖肯定不是凡物。

“啊？你们想要精灵之杖？”灵欣远一惊，防备地看着东方宁心与雪天傲。

“谁要精灵之杖，我想要的是能医好我眼睛的紫精。”东方宁心没好气地道。

灵欣远小心翼翼地看了东方宁心一眼，确定她没有撒谎，这才道：“精灵之杖是精灵一族的神器，精灵森林的灵气依靠精灵之杖才能维持。精灵之杖是最佳防御武器，同时还拥有治疗功能。”

“精灵之杖在你手上？”

“是的，在我手上。精灵之杖有修复与治疗的技能，你的眼伤因紫精而起，并不是再找一对紫精就可以的，说不定还要靠精灵之杖才能恢复。”这两人不是冲着精灵之杖来的，他就不怕他们知晓精灵之杖的能力。

“既然如此，那么我们就试试看。”雪天傲强压下心中的激动，只是握着东方宁心的手越发用力。

“这里不安全，你们跟我回家，我试试看精灵之杖能不能帮你们。”灵欣远见这两人并没有抢夺精灵之杖的企图，想了想便下定了决心。

征得东方宁心与雪天傲同意后，灵欣远把他二人带到他的“家”，说是“家”，其实是一个山洞。

山洞的位置十分隐秘，如果不是有人带路，东方宁心与雪天傲也不一定能找到。山洞里光线极好，不见阴冷潮湿，家具一应俱全，如果不是泥土气息，东方宁心真以为这就是一间普通的屋子。

“你们随便坐。”灵欣远客气地招呼着，同时倒了两杯水，“这是灵泉水，对你们的身体有好处，喝吧。”

“对了，一直没有问你们的名字，你们是？”既然决定合作，灵欣远当然要进一步了解对方。

“东方宁心。”

“雪天傲。”

“什么？你们就是东方宁心与雪天傲？那个东方宁心和雪天傲？”灵欣远一听，直接跳了起来，绿豆般的小眼睁得大大的。

“怎么？这里有很多叫东方宁心与雪天傲的吗？”雪天傲皱了皱眉，看样子他们一不小心就在异界出了名，名声还很大。

灵欣远连忙摇头：“没有，没有。”

雪天傲没有追问，将灵泉水喝尽，道：“灵公子，如果方便的话，还请你尽快替我夫人看看她的眼睛，看看精灵之杖能不能医治。”

“我这就看。”得知面前两人的身份，灵欣远窃喜，对二人也不像之前那般防备了。

灵欣远在东方宁心面前盘腿而坐，很快，一道七彩霞光从他身上流出，瞬间填满整个山洞。灵欣远轻轻抬手：“精灵之杖，听我召唤！”

灵欣远的声音刚刚落下，雪天傲就被一片刺眼的霞光闪了双眼，还没有来得及看清，就见灵欣远的手上握着一柄流转着七彩光芒的木杖。

“不愧为精灵族的镇族之宝。”东方宁心看不见，却能感觉到这精灵之杖虽然没有杀气，可隐隐流露出来的气息绝对不亚于冥召唤出来的诸神剑。

“让我看看你的眼睛可好？”灵欣远手握精灵之杖，全身被灵动的气息萦绕，一瞬间，平凡的面容似乎也变得飘逸出尘。

“请。”东方宁心“看着”灵欣远。

灵欣远抬手，将手中的精灵之杖指向东方宁心：“精灵之杖，治疗。”

一道光芒钻入东方宁心的双眼，东方宁心只觉得眼睛冰冰凉凉，十分舒服，紧绷的身体随之放松，任由精灵之杖射出来的光芒在眼中流转。

如此持续了半个时辰，灵欣远的脸色渐渐惨白，握着精灵之杖的手隐隐颤抖，只一眼雪天傲就明白，对方真气耗尽了。

“可以了！”雪天傲出声打断。

“还不行，东方姑娘的双眼还没有恢复。”灵欣远倔强地咬唇，但明显撑不住了。

“够了！”雪天傲出手，以冰块挡在精灵之杖与东方宁心的双眼间。

啪的一声，精灵之杖的光芒瞬间消失，灵欣远狼狈后退。

“你……”灵欣远靠在洞壁上喘粗气，的确是支持不下去了。

雪天傲上前检查了一下东方宁心的双眼，虽然依旧无法视物，但已经不像之前那般死寂，眼球上的伤痕修复了，隐隐有了灵光。

“我没事，被精灵之杖治疗的时候，眼睛凉凉的很舒服，我想我的眼睛有恢复的可能。”东方宁心缓缓睁开眼睛，任雪天傲检查，同时说出自己的感受。

“那就好。”确定东方宁心无恙，雪天傲这才看向倒在地上没有力气动弹的灵欣远，冷冷道，“张嘴。”

“啊？”灵欣远不解，本能地张嘴，却见一粒丹药飞入嘴里，真气一流转，灵欣远就知这是上品丹药。

有了上品丹药相助，一刻钟后，灵欣远的真气就恢复了七七八八。他本想再用精灵之杖为东方宁心医治，不想，这次精灵之杖的光芒怎么也无法进入东方宁心的双眼。

灵欣远不死心，试了几次才发现，东方宁心的双眼还没有将先前的能量消化掉。

第三十二章 比他们还要无耻

如此，经过一个月的治疗，东方宁心的双眼看上去已和常人无异，只是依旧无法视物。

灵欣远一脸气馁。

“对不起，我想精灵之杖只能做到这一步，她的眼睛还是需要寻找别的办法医治。如果我没有记错，精灵族的紫精对她的双眼肯定无效，她的双眼曾被紫精依附，别的紫精是不会再依附上去的。”

雪天傲应了一声，眼里难掩失望。

“我很抱歉，最终也没有治好东方姑娘的眼睛。”灵欣远自责道。

“能像现在这样已经很好了。”雪天傲就事论事道，很清楚东方宁心的双眼伤得有多严重。

灵欣远苦笑一声，看向雪天傲的眼神充满敬佩，这个男人明明心里急得要死，表面却不动声色，着实让人敬佩。

“你们先聊着，我去准备吃食，也再想想有没有别的办法。东方姑娘的眼球是好的，那么总会有医治之策的。”灵欣远留下一个不是安慰的安慰便离开了。

东方宁心没有任何顾忌地枕在雪天傲的肩膀上，一改往日的冷清。斑驳的阳光照在她的脸上，让绝色的容颜美得更加动人心魄。

“别担心，一切都会好起来的。灵欣远不是说我的双眼已经和常人无异了吗？都走到这一步了，那么距离复明也不远了。”至少东方宁心是这样想的，这一个月，她明显感觉双眼一天比一天好。

“一定会好的。”雪天傲轻拍着东方宁心的背，轻声安慰。

东方宁心笑了，脸埋在雪天傲的怀里：“雪天傲，等会儿我们和灵欣远说一声，明天就离开这里，既然精灵之杖对我的眼睛没有效果，总得寻找别的办法，就算没有，也不能一直在这里。离那上古战场的开启时间越来越近了，无论如何我们也要去闯一闯，不说别的，单说战场里的神器，就值得我们冒一次险。”

“好。”雪天傲轻轻应道。

他们在山里待了一个月，也不知外面的世界怎样了，而且要去上古战场，还得先找到地图。

“关于灵欣远，你打算怎么安排？”东方宁心想了想，还是问了出来。

不管怎么样，灵欣远都帮了他们，他一个人留在这里，早晚会死在精灵族手上。

“他愿意，就跟我们走。”有一个对精灵族足够了解的人在身边，对他们只有好处。

次日，东方宁心与雪天傲说要带他一起离开，灵欣远犹豫片刻，点了点头：“我跟你们走。”

他明白，留在精灵族附近只有死路一条，离开是唯一的出路。

灵欣远住的山洞里什么都有，但什么都带不走，三人稍作收拾就出发了。

在灵欣远的带领下，三人走出精灵森林，重新来到荒山，立刻发现不对。

血腥味！

空气里充斥着浓郁的血腥味，像是刚刚经历了一场大战。

“去看看，我有一种很美妙的预感。”东方宁心拉着雪天傲的手，朝血腥味最浓的地方跑去。

这是她第一次闻到血腥味，没有不安，只有兴奋。雪天傲怔了一下，带着东方宁心走了。

“你们两个……”灵欣远无奈地摇了摇头，快步跟了上去。

“本宫有预感，这儿附近有宝贝。”君无量路过荒山，脚步一顿，往山里走，“能给我这么强烈的感觉，那宝贝肯定不差，去看看。”

上次被东方宁心与雪天傲夺了鲲鹏精血后，君无量郁闷了很久。好在那之后，他都挺顺利的，看到的宝贝没有人能抢去，也间或有宝贝自动送上门，就如同这一次。

君无量凭借直觉前行，闲庭信步，丝毫不见焦急，时不时打量起荒山的景致，那样子哪有去抢宝的急切，明明就是谁家公子出来踏春郊游。

凭直觉带路，君无量很快找到了巨宝所在。看到面前的宝贝，饶是君无量也抑制不住脸上的喜悦，不过他很快收起笑，一脸不解地道：“倾似也，你怎么在这里？”

这个倒霉蛋怎么会碰到这等宝贝？他什么时候有这么好的运气了？

“无量太子，你运气真好。”倾似也跟着这宝贝大半个月，整个人脏兮兮的，看不出颜色。

看着一身光鲜亮丽的君无量在紧要关头出现，倾似也强压下杀人的冲动。没办

法，他打不过君无量。

他和君无量交过数次手，不管怎么打，最后的结果都是明明该打在君无量身上的那些攻击，全部打回了自己身上，他下手越重，死得越快。

“比你要好上那么一点。怎么，你一直跟着这两只东西？等它们咽气？”君无量一看这情况就明白了，心情大好地指着面前的一龙一凤。

是的，龙凤。

在异界消失多年的龙凤居然出现了。不仅如此，这一龙一凤还在打架，而且双方仅剩一口气。

可见，上古战场的吸引力不是一般的大。

“它们是我的。”倾似也想也不想就宣示主权。他跟了这两个东西大半个月，就在等它们咽气，绝对不允许它们落在别人手上，即使是君无量也不行。

君无量一脸同情地看着倾似也：“倾似也，你认命吧，你得不到的。别说今日本宫在此，就是本宫不在，你也拿不到，你听，有什么声音？”

倒霉的人就是倒霉，跟了龙凤大半个月，这龙凤一直在打，好不容易剩下一口气了，却引来了无数人。

“怎么又有人来？难道是精灵一族？”倾似也的脸色瞬间难看起来，因为疲累，看上去黑瘦黑瘦的，没有一丝血色，越发恐怖。

“不，精灵族的气息不会这么冰冷。”君无量摇头，对于来人他丝毫不放在心上，面前这龙凤他君无量要定了。

东方宁心、雪天傲和灵欣远三人很快出现在君无量与倾似也的视线里，君无量吃惊地大喊：“怎么是你们？”

“东方宁心，雪天傲？”倾似也同样震惊。

“冤家路窄，我们遇上了君无量与倾似也。”雪天傲在东方宁心耳边低声说了一句。

东方宁心应了一声，上前道：“无量太子，倾公子，我们又见面了。”

“你们也是为了龙凤而来的？”倾似也咬牙切齿地看着东方宁心与雪天傲，威胁意味十足。

可惜，雪天傲完全不看在眼里：“路过，见着了，当然不能空手而归。”

“你！”倾似也气得直咬牙，又一个路过！又一个路过！

这些人的运气能不能不这么好，这不是存心气死他吗？

他跟了大半个月，这些人只是路过就想来捡便宜，这世间哪有这么好的事情？

君无量突然乐了：“不错，不错。这世间还有和我君无量一样好运的人。既然如此，我们就各凭本事。”

“这东西是我的。”倾似也气得直跳脚，他也是人好不好，这些人怎么就忽视他的存在，商量着分宝贝呢？

“倾似也，你认命吧，你是没机会得到龙凤遗骸的。”君无量专门挑着倾似也的痛处说，偏偏坦然的样子让人无法生气。

天材地宝，有缘者得之，倾似也明显和龙凤遗骸无缘，不然不会追了大半个月都没结果。

互相牵制的龙凤眼里闪着森冷的杀气，这些人类实在可恨，它们还没有死，就迫不及待地商量着遗骸的事。他们难道不知道，就算它们死了，遗骸也不会留在这里吗？

龙族自会回到龙族圣地安息，而凤凰号称不死鸟，自有涅槃重生的机会。

东方宁心看不见，但感觉更为灵敏，轻轻扯着雪天傲的衣袖，示意他把注意力放在正在对峙的龙凤身上。

顺着东方宁心所指，雪天傲看到了龙凤眼中的愤恨与杀气，而这杀气是针对他们的。

雪天傲正想提醒君无量、倾似也，现在不是商量如何瓜分龙凤遗骸的时候，得先把它们解决掉，只是还没来得及说话，骄傲的凤凰就先开口了：“蠢龙，我们暂且放下恩怨，先把这些人类处理掉再说。”

“丑鸟，你说话给我客气一点，不过你说得对，这几个人类当我们是尸体，在我们面前瓜分遗骸，的确是要给他们一点教训。”黑色的大龙骄傲地甩着龙尾，一大片树木随即倒下，尘土四处飞扬。

“既然如此，我们约定在这几个人没死之前，不得对对方出手。”五彩凤凰说话间吐出一团大火，被黑龙扫倒的树木燃烧起来，尽显凤凰火鸟的实力。

一龙一凤很快达成协议，扑向君无量、倾似也。

“想杀我们？凭你们还不够。”倾似也从出生就开始倒霉，就这样还能成为宗派第一人，可见实力不凡。

倾似也二话不说，提剑反击。

“本宫助你一臂之力。”君无量虽然懒散，却也是聪明人。与其让这一龙一凤将他们逐个击破，不如先联手。反正依倾似也的倒霉程度，龙凤遗骸肯定落不到他手上。

雪天傲与东方宁心点了点头，吩咐灵欣远不要妄动，两人也凝聚真气，飞身而上。

“无量太子、倾公子，下手的时候轻一点，它们要是直接死了，我们就什么也得不到。”正面交锋还没有开始，东方宁心便高声提醒道。

一龙一凤听到东方宁心的话，顿时气得吐出一口血来，好死不死，喷了倾似也一身。

君无量和雪天傲顿时惊呆了，东方宁心虽看不到，也能猜到一二，贴心地没有追问。

瘦死的骆驼比马大，一龙一凤虽说身受重伤，只余四成左右的功力，但东方宁心几人想要将其拿下，也不是那么容易的事。

当然了，如果直接杀了它们倒很容易。别说君无量与倾似也这两大高手，就是雪天傲与东方宁心，随便哪个挥出撼世龙拳，这龙凤都不是对手，偏偏他们不能杀。

当然了，东方宁心把小神龙召唤出来，以小神龙的实力，面前这一龙一凤也还不是对手，偏偏多了君无量与倾似也，害得东方宁心束手束脚。

无法借力，他们只能老老实实配合君无量与倾似也，慢慢耗死这一龙一凤。

东方宁心与雪天傲配合默契，应付得相当轻松，时不时刮下一片龙麟，或者拔掉一根凤毛。

君无量天生好运，危险自然不会找上他，黑龙与五彩凤凰的攻击总会被他巧妙化解，或者借助神器防御。四人当中，最为倒霉的就是倾似也，除去最初的那一身龙凤血外，倾似也时不时就被龙尾给扫得飞向半空，或者被凤凰翅膀扑得趴地不起。

也不知怎么回事，龙凤发出来的夺命攻击，大多都落在他的身上，然而就是这样，倾似也都没有死。

东方宁心与雪天傲暗暗记住了倾似也的名字。在他们心中，倾似也是个真正的人物。如此倒霉，杀机不断，却能活下来，这样的人不简单，至少求生欲比一般人强出数倍。

打了半天，一龙一凤不得不承认，面前这四人不好对付。

“龙腾四海！”黑龙身子不停在半空翻转，一瞬间整个天空都被黑暗笼罩。东方宁心与雪天傲被龙气一扫，险些从半空掉下来。

“冰寒盾！”好在雪天傲反应极快，脚下的冰块刚好稳住了两人的身形。

在黑龙发出龙腾四海时，那五彩凤凰也发威了：“凤凰浴火！”

五彩凤凰全身散发出熊熊烈火，朝东方宁心四人飞来。

“不好，快闪！”君无量第一时间预感到危险，一个侧身，顺着黑龙卷起的风暴，堪堪避开了烈火。

“冰寒盾，去！”东方宁心与雪天傲也在第一时间借着冰寒之力抵御住烈火，再借鲲鹏之力飞向上空，躲开了凤凰的烈火。

于是火势逆转，毫无预兆地朝倾似也飞去。

倾似也本就身受重伤，面对浴火的凤凰，根本没有反击之力，只能不停后退。

半空中，雪天傲看到这一幕，实在忍不住道：“不会吧，他这么倒霉？”

“什么？”东方宁心不解地问。

“五彩凤凰的火焰朝倾似也飞去了，黑龙的龙腾四海也把倾似也卷进去了，他逃不掉。”雪天傲尽职地解说道。

“怎么可能？那一龙一凤发出攻击时，倾似也不是被甩出了战斗圈吗？而且与我们的方向相反。”东方宁心一边下落，一边道。

“他应该是被撞回来了，然后凤凰的攻击也逆转了。”雪天傲忍不住笑了出来。

“他不会这么倒霉吧？”东方宁心只觉得自己额头大冒黑线。

雪天傲见倾似也被五彩凤凰的烈火吞没，却没有放弃抵抗，双眼闪着强烈的求生欲望，死死用剑抵挡着火焰的攻击。

“救他一命。”雪天傲又看了倾似也一眼，做出决定。

“好。”东方宁心并不多问，“天火，给我灭！”

她抛出手中的天火，挡在倾似也面前。

天火与凤凰之火交锋，两者都是这世间最强大的火焰，天火虽然抵住了凤凰之火，却没法把它给灭了。轰的一声，天火与凤凰之火谁也压制不了谁，两团火焰在半空炸开，倾似也跌了出去，眉毛头发都烧焦了，身上也有多处灼伤。

倾似也顾不得全身的灼痛，抬头问东方宁心与雪天傲：“为什么？”

为什么要救我？

刚刚那一瞬，要是这两人不救他，他就死定了。

“不为什么，现在对付这龙凤要紧。”雪天傲冷酷道。

为什么？当然是为了让你记住我的救命之恩。

倾似也这人比君无量还要骄傲，施恩给他这样的人，绝对不能摆出我救了你、我是大爷的表情。相反，越是表现得不在乎，倾似也越会记在心上。

“我不会感恩的。”倾似也从地上爬了起来。他不相信东方宁心与雪天傲会毫无缘由地出手救他。要知道，他们的立场是对立的。

“无所谓，我们从没有奢望你感恩，而且你能拿什么报答我们？”雪天傲嘲讽地看着倾似也。他现在根本没有战斗能力，自保都成问题。

倾似也气得直咬牙，本来没了再战的体力，听到雪天傲的话，却用力将手中的剑插在地上，强撑着站了起来，谁说他倾似也没有自保的能力？他立刻就打给这两人看！

雪天傲与东方宁心在助君无量对付那龙凤时，抽空关注了一下倾似也，却也半点不惊讶。

确定倾似也无事后，雪天傲与东方宁心便专心致志地与面前的龙凤交手，同时心中暗自琢磨，要怎么做才能让君无量退出。

他二人不是君无量的对手，这一龙一凤落到君无量手中的可能性最大。

一想到此，东方宁心与雪天傲就无比同情地“看”向倾似也，似乎能理解那种白忙一场、到头来一场空的心情了。

君无量自信十足，完全不管雪天傲三人，他从来就没有想过，龙凤遗骸最后落不到他手里。

看着精神萎靡已经发不出攻击的龙凤，君无量嘴角扬起一抹灿烂的笑容：“无量星辰，孽畜，臣服吧！”

漫天字符从君无量嘴里飞出，一个一个砸在龙凤脑袋上，黑龙与凤凰被突然而来的攻击砸得晕头转向。

东方宁心与雪天傲则暗暗着急，君无量这个阴险的家伙，直到倾似也丧失战斗力，他才出动必杀技对付龙凤，简直不要脸。

他们就说嘛，依君无量全身是宝和深不可测的实力，怎么也不可能打这么久，原来在打这个主意。

他们无耻，君无量比他们还无耻。

“君无量，你好卑鄙！”倾似也黑沉的脸顿时变得通红。他都这么倒霉了，君无量还要欺负他，太无耻了。

“倾似也，这叫兵不厌诈，你懂不懂？本宫说了，你是没有机会得到龙凤遗骸的。”君无量向来以欺负倾似也为乐，吐出来的字符越来越多，黑龙与凤凰很快失去了战斗能力。

二兽从半空中落下，眼里满是不甘：该死的人类，居然玩它们！

东方宁心与雪天傲站在一边，看着瘫倒在君无量脚下的一龙一凤，脸上没有表情，似乎一点也不遗憾。

他们明白，以君无量的能力，一人出手完全可以搞定一龙一凤，之所以让他们一起打半天，纯粹是为了报复。

锱铢必较的男人！

“蠢龙、丑鸟，本宫给你们一次机会，是臣服本宫，做本宫的契约神兽，还是死？”

本就奄奄一息的龙凤在君无量的威压下，一动也不敢动。不过，龙凤的骄傲犹在，它们执意高抬着头，眼里闪着轻蔑的光：“我是龙（凤），你不配！”

“既然如此，那就把你们的尸骨留给我。放心，不取尽你们身上的最后一样东西，本宫是不会让你们死的。”君无量优雅残酷地开口。

龙凤死后，尸骨不存。想取龙凤一族身上的东西，必须趁它们活着时才行。

黑龙与五彩凤凰眼里闪着愤怒的光芒，在君无量的控制下，它们连寻死都不能，只得眼睁睁看着君无量一步一步上前。

此时，站在一旁的倾似也看了一眼东方宁心与雪天傲，雪天傲缓缓点了点头。

外人看不懂两人交换了什么信息，只有他们自己才明白。

在君无量制服龙凤时，东方宁心尝试用精神沟通法告诉倾似也：我们合作吧！

倾似也同意了，至于方案，大家都是聪明人，当然明白该怎么做。

就在君无量自信满满地去取龙骨、龙麟与龙筋时，被判定失去战斗力的倾似也突然跳了起来："君无量，我倾似也得不到的东西，你也别想得到。与其让龙凤身上的宝贝落到你手上，我宁可杀了它们，大家都别想要。"

语落，倾似也手中的剑飞了出去："嗜血剑，剑出必沾血，去！"

嗖的一声，倾似也手中的剑瞬间变得血红，如同饥渴许久的恶魔，张着大口刺向龙凤。

倾似也咚的一声倒在地上。这一次，他真的爬不起来了。

不过，龙凤的遗骸没落到君无量手上，值了！

谁都可以抢他倾似也的东西，反正他倒霉惯了，唯独君无量不可以。以往每次出生入死，他都只为君无量打杂，这让他万分不甘。

君无量面色如常，抬手挥向嗜血剑："倾似也，凭现在的你，还不是本宫的对手。"

只见必沾血的嗜血剑快要碰到龙凤脖子时，突然炸得粉碎，连剑屑都没有留下。

"无量太子，对不起了，这一龙一凤其实是我们要了。"雪天傲趁着君无量应付嗜血剑，将手中的空间袋一抛。

"收！"龙凤虽大，空间袋也不小。

"空间袋？好算计！"面对变故，君无量不仅没有生气，反倒产生了几许兴味。

太过顺利的人生总是无聊的，有点波折才有意思。

"东方宁心，雪天傲，看看这是什么。"君无量随手将一颗珠子抛向龙凤，"定身珠，给我定！"

定身？君无量手中还有这种宝贝？这不是欺负人吗？

"不好意思，本宫吃过一次亏，这一次稍微准备了一下，这一龙一凤还是本宫的。"君无量笑得人畜无害，早在看到东方宁心与雪天傲时，他就做了万全的准备。

"无量太子，你真是看得起我们。"东方宁心与雪天傲也不知自己是该哭还是该笑。

"没办法，本宫这一生也就在你们手上栽过一回。遇上你们，本宫不得不小心，不然本宫这气运无量的名号何在？"君无量一副风度翩翩的样子，言语间却隐隐有着

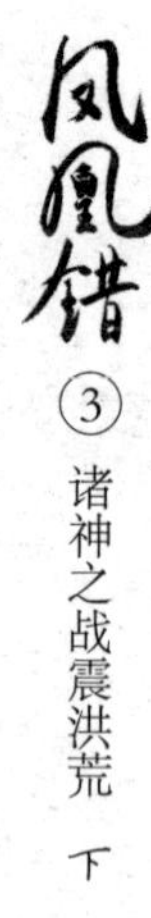

自得。

以前有个倾似也让他玩，现在又多了两个，他怎么也不能错过这个机会。

形势逆转，最受打击的不是东方宁心与雪天傲，而是倾似也。他趴在地上一动不动，只看着与君无量对视的雪天傲和东方宁心，心中暗暗为他们着急。

这一龙一凤落到谁手上都比落到君无量手上好，后者身上的宝贝够多了，如果这一龙一凤再被他收掉，等到上古战场开启，自己拿什么和君无量争？

要是落到东方宁心与雪天傲手上就不一样了，他二人不过是神者五六阶的实力，哪怕加上这两只神兽，也不是自己的对手。

当然，前提是排除他的倒霉体质。

“无量太子果然是有备无患，只是不知除了定身珠，你还有什么？”雪天傲不急不缓地收起了空间袋，平视君无量。

这两人居然不生气，有点意思。

“本宫全身上下哪里不是宝，怎么，要和本宫比吗？”

东方宁心莞尔：“无量太子，我们就比一比如何？”

“你要跟本宫比什么？”君无量漫不经心地开口，并没有把东方宁心的话当回事。

“无量太子，不如我们比谁能让这一龙一凤心甘情愿地臣服。”不是她东方宁心挖坑给君无量，而是君无量太自信了，一定会跳坑。

“赌注呢？”果然，君无量同意了，他不信东方宁心能让这龙凤臣服。

“我们若能让这龙凤臣服，它们就归我们；若是不能，当然就归你。”这生意无论怎么看，东方宁心与雪天傲都不会亏。

“东方宁心，你当本宫是傻子吗？本宫赢了也不过赢了自己的东西。”这一龙一凤，今天谁能从他手上抢去？定身珠不除，就是神王降临也抢不了。

“无量太子是不敢赌吗？”东方宁心自动忽视君无量话中的鄙视。

“不敢？本宫有什么不敢的。”明知是激将法，君无量还是跳了坑。

“既然无量太子同意赌，我们就开始吧。”

好运这种东西，可以让你一辈子福泰安康，但是运气太好的人，只要倒霉一次，就足够要他的命。

君无量看着自信满满的东方宁心，再看看冰冷肃穆的雪天傲，一时间拿不准这两人是想借此多一个机会，还是真的有把握。

但不论如何，他君无量都必须赌，他丢不起那个人。从出生至今，他逢赌必赢，从来没有输过，更没有怕过。

“东方宁心，雪天傲，赌没关系，但是你们提出来的赌注不够，若是能让龙凤臣服，本宫可以把它们送你们，如果不能……”

“我们一定能让这一龙一凤臣服。”东方宁心飞快地打断君无量，像是心虚了。

君无量几乎可以肯定，东方宁心就是临死挣扎一把：“东方宁心，本宫与你赌，不过赌注要增加。你们若能让这一龙一凤臣服，它们就归你们，本宫绝对不会动手抢夺。你们要是做不到，本宫就取你二人当中一人的性命，至于取谁的性命，就由你来决定。”

“这……”东方宁心面露犹豫，脸上闪过一丝不安与挣扎。

雪天傲一如既往地沉默，心中却暗暗为东方宁心的表演喝彩。

他知道，君无量上当了。

“怎么，不敢吗？你们不敢赌，本宫就把这一龙一凤给拆了。”君无量嘲弄地看着东方宁心。

东方宁心咬着唇，一副难以决断的为难样。就在此时，雪天傲开口了：“无量太子，我们同意了！”

“呃？”君无量挑眉，不解地看向雪天傲，明知是死局，这个男人也同意？

“不可以吗？”雪天傲倨傲地反问。

“当然可以，本宫给你们一炷香的时间。一炷香后，这一龙一凤要是没有臣服，本宫就取你二人当中一人的性命。”这两人要找死，他君无量为什么要阻止？

“如此，就麻烦无量太子把定身珠收起来。”雪天傲扶着东方宁心上前一步，让君无量看不到东方宁心此时的表情。

“定身珠，收！”两颗圆润的珠子落到君无量的手里，一龙一凤砰的一声瘫倒在地，君无量傲慢地开口，“谅你们也不敢在本宫面前耍花招，东方宁心、雪天傲，今天就让本宫看看你们的能耐。”

东方宁心向前一步，嘴角带着一抹嘲讽的笑：“既然如此，无量太子可要愿赌服输才是。”

看东方宁心的样子，君无量有种不好的预感，好像他真的会输。

君无量的预感向来极准，一时间心里不安起来，面上却不肯表露半分：“本宫还不至于输不起。最后你们要是输了，本宫绝不手软，定取你们一人性命。”

东方宁心冷哼一声，不理会君无量的威胁，抬手一招：“小神龙，出来。”

呼的一声，小神龙凭空出现。

“小、神龙？”君无量的眼睛瞪得大大的，他知道自己输了。

“龙？不是吧。”倾似也和灵欣远同时惊呼出声，怎么也不敢相信自己看到的。

小神龙黑亮的双眼冷冷扫了一眼君无量，又看向那一龙一凤，紧闭的双唇缓缓吐出一句话：“以神圣银龙之名，给我臣服！”

小神龙身上银光闪现，黑龙似乎吓破了胆，没有半丝挣扎，低下了高贵的龙头。

而后，小神龙又道："以火凤凰之名，给我臣服！"

银光中亮起一丝火红，渐渐地，分去银光的一半光辉，五彩凤凰挣扎了一下，同样收敛起全身的光芒，沉寂如同死鸟。

臣服了！

一龙一凤，如此简单就匍匐在东方宁心与雪天傲脚下。

"不可能！东方宁心，你耍本宫？"君无量看着面前的小神龙，虽然是人形，但以他的见识，却知道这叫小神龙的孩子不简单。

小神龙懒得理会君无量，只给了他一个鄙夷的眼神，无声道："笨蛋。"

君无量只感觉怒火噌的一下就往上飙升。

"无量太子，不过是一龙一凤，你就输不起了吗？"东方宁心凉凉开口。

"你……"君无量气得直磨牙。这不是输不输得起的问题，而是他君无量面子里子全丢光了。放眼异界，向来只有他算计别人，何时轮到别人算计他?

"君无量，你也有今天，老天爷可算是开眼了。"虽然没有得到龙凤遗骸，但能看到君无量吃瘪，倾似也比谁都高兴。

"倾似也，给本宫闭嘴，不然本宫就用定身珠，把你定在这里一个月。"君无量一肚子火，偏又没脸说赌约不成立。

"君无量，不要输不起了。"倾似也却毫不顾忌，定身珠？还真是好东西，可是谁怕谁呀?

他君无量有定身珠，他倾似也还有师父当靠山。君无量若敢对他出手，就等着异界的宗派去屠杀人族吧。

"倾似也，看在天一真人的面子上，本宫不与你这个倒霉蛋计较。"君无量怎么说也是人族太子，分得清轻重缓急，此时不是与倾似也怄气的时候，给了倾似也一个警告的眼神后，君无量再次看向东方宁心与雪天傲，"东方宁心、雪天傲，本宫又一次输在了你二人手上，不过是一龙一凤，本宫输得起。今日之事与当日鲲鹏之事，本宫都记下了，你二人想必也会去上古战场，我们到时候再一较高低，本宫就不信，你们挡得了本宫的鸿运。"

抛下这话，君无量一甩衣袖，转身而去。

这么干脆？东方宁心与雪天傲不敢相信地目送君无量离去，见人越走越远，两人松了口气。就在这时，君无量突然转身，一道流光朝东方宁心与雪天傲飞来："东方宁心、雪天傲，这就是你们算计本宫的代价！"

"小心！"站在一旁的灵欣远惊得脸色都变了，大喊一声，飞快召唤出他的精灵之杖。

第三十三章 算人者人恒算之

东方宁心与雪天傲一直防备着君无量。依君无量骄傲的性子，如果他们正大光明地赢，他断然不会多言。

在君无量转身的刹那，他们连忙跃起，跳出攻击范围。不想君无量的目标根本不是杀他们，而是那一龙一凤。

“无量术杀，死！”君无量凝聚真气，对着一龙一凤发出一道极光。

他会信守承诺，不杀东方宁心与雪天傲，但这一龙一凤不能落在他们手上。

这是他君无量耻辱的见证。

“灵欣远，快，快用精灵之杖，别让这一龙一凤死了！”雪天傲一边丢出空间袋，一边大喊。

“哦。”灵欣远应了一声，连忙调整精灵之杖的方向，对着一龙一凤大喊道，“精灵之杖，修复！”

轰，无量术杀与精灵之杖的两波能量在那一龙一凤的身上炸开。

只见黑龙全身一阵抽搐，身体逐渐淡化，生命正在流失。五彩凤凰全身光芒一现，越缩越小，隐隐有变成凤凰蛋的趋势。

“浑蛋！”雪天傲怒吼一声。忙活了半天，黑龙与五彩凤凰最后还是死了。

就在雪天傲愤怒之际，小神龙双手一挥，一道银光与一道火光冲入战斗圈：“雪天傲，快收起来，还来得及。”

“收！”雪天傲大喝一声，空间袋唰的一下脱手飞出，在东方宁心与雪天傲落地的刹那，地上的一龙一凤已经消失，空间袋也落到了雪天傲的手里。

拎着沉甸甸的空间袋，雪天傲长长松了口气。

“雪天傲，东方宁心，你们……”君无量气得牙齿颤抖，从来没有这么郁闷过。

“君无量，你不守信用。”雪天傲冷眼扫向君无量，眼里尽是不屑。

“要怪就怪你们欺骗本宫在先。”君无量面上一红，却死撑着。

“你自己同意的。”雪天傲无情地反驳道。

“要不是你们耍我，本宫怎么会同意？”君无量气得想要杀人，就在他准备出手之际，倾似也嘲弄地朝他看来。

君无量死死握住即将挥出去的拳头。他绝对不能在这个时候杀了东方宁心与雪天傲，一旦真的动手，就坐实了输不起的臭名。

君无量恨恨地一挥衣袖：“东方宁心，雪天傲，本宫懒得和你们计较。”也不待东方宁心与雪天傲再说话，好面子的君无量立马转移话题，指着灵欣远道：“你是什么人？精灵之杖怎么会在你手上？”

“我叫灵欣远。”灵欣远被君无量瞪得一时间忘了反应，木然回答。

“灵欣远？”君无量皱了皱眉，明显对这个名字没兴趣，“你手上怎么会有精灵之杖，那不是精灵女皇的象征吗？我记得它应该在精灵女皇的手上。”

“啊，那个，精灵女皇手上的精灵之杖是假的，这才是真正的精灵之杖，我是上一任精灵女皇的儿子。”灵欣远这孩子特老实，被君无量一瞪，该说的不该说的，全说了。

东方宁心与雪天傲离他较远，雪天傲不停给他使眼色，这孩子却一眼也没看到，被君无量盯着，老老实实交代一切。

东方宁心与雪天傲明白，这下准没好事了。果不其然，听到灵欣远的回答，君无量嘴角扬起一抹若有若无的笑，怒火全消，转头看向东方宁心与雪天傲：“东方宁心，雪天傲，你说本宫这下要怎么做才好呢？”

不怕狼一样的敌人，就怕猪一样的队友，两人愤怒地瞪了一眼灵欣远，压下心中的烦躁，没好气地问：“无量太子，你想怎么样？”

灵欣远莫名其妙地左看看右看看，一副不解的样子。

发生了什么？气氛好像又不对了？

小神龙看了一眼闯了祸犹不自知的灵欣远，没好气地翻了个白眼：这个笨蛋，他以为自己的身份很了不起呀，见人就说。难道不知道，他的身份一旦说出去，就会引来精灵一族的追杀吗？

“这个本宫倒是要好好想想了。”君无量高深莫测地开口，“你说，本宫是让你把鲲鹏精血交出来呢，还是把那一龙一凤吐出来，或者让你们当中死一个呢？”

东方宁心没好气地抬眼“望”天，没有一丝情绪起伏地道：“你可以选择杀了他，抢走他的精灵之杖，我们保证不出手。”

“啊？”最先反应过来的是灵欣远，摆出一副受伤的样子看着东方宁心与雪天傲。

雪天傲与东方宁心没空理会他，小神龙摇了摇头，上前拍了拍灵欣远的肩膀：“他们玩你的。”

“真没意思，东方宁心，雪天傲，你们一直都这么冷静吗？”君无量见自己的话没有吓到东方宁心，一脸不爽。

“看对什么人。”东方宁心懒懒道。

雪天傲朝小神龙与灵欣远走去：“小神龙回契约空间，我们走。”

“喂，你们什么意思，看不起本宫？”君无量第一次被人无视得这么彻底。

“没有，我们哪敢看不起威名赫赫的无量太子，只不过赌约已经结束，无量太子还有事吗？我们还要赶路。”东方宁心神情冷漠，明显不将君无量“看”在眼里。

她是算准了依君无量的骄傲，不屑对他们下杀手，君无量也没有想杀他们，各族攻击他们的人，应该与君无量和倾似也无关。

“走？你们就不怕本宫把灵欣远的身份说出去？你们应该明白，他的身份一旦曝光，精灵一族就是倾全族之力也会杀了他，他手上的精灵之杖会引来无数人的觊觎。”君无量再次威胁道。

“精灵一族一直在追杀我呀，异界的人不知道吗？”灵欣远此时才明白问题所在，他好像做错事了。

“异界人只知道你被精灵一族追杀，但关于你的真实身份，却无人知晓。尤其是你手上拥有真正的精灵之杖，在异界更是无人得知，不然你能活到现在？”君无量像看白痴一样看着灵欣远。

别说灵欣远了，这消息一旦传出去，精灵一族肯定会被灭了。人族、妖族、兽族一旦得知精灵女皇没有精灵之杖，肯定先联手把精灵族灭了。

“东方宁心，雪天傲，那怎么办呀？我、我不会又被人追杀吧？”灵欣远此时才明白自己闯了什么祸。

“不用担心，依无量太子的风度和倾公子的气量，他们是不会将你的身份说出去的，你这点东西，他们还不看在眼里。”东方宁心冷声安慰，同时也是为了提醒君无量与倾似也，你们都是大人物，没事别找我们小人物的麻烦，有多远死多远，我们现在还不是一个世界的人。

可惜，君无量偏偏不想放过东方宁心与雪天傲，他痞痞一笑，半是威胁半是捉弄道：“这个就不好说了，本宫要是一个不留心说出口了，那就不好了。威名响彻异界的东方宁心与雪天傲，和拥有精灵之杖的人走到一起，你们说各族会放过你们吗？”

“无量太子，你到底想怎样，说。”东方宁心咬牙切齿，一个字一个字道。

看到东方宁心脸上的怒意，君无量笑得灿烂，终于赢了一局，着实不容易。

“很简单，在去上古战场之前，你们都必须跟在本宫身后。”像东方宁心与雪天傲这种屡次坏他好事的人，还是留在自己身边最安全。

“不行，我们跟你不同路。”东方宁心与雪天傲想也不想就拒绝。

“东方宁心，雪天傲，你们认为自己有拒绝的权利吗？”比势力，无依无靠的东方宁心与雪天傲根本不是人族太子的对手；比实力，神者五阶的他们不是他君无量的对手。这样的两个人，有什么资格和他谈条件？

东方宁心刚要开口，雪天傲抢先道：“无妨，我们也要去上古战场，与无量太子同路，刚好可以不用再去找地图了。”

东方宁心点点头，转头对倾似也道：“不知倾公子可有兴趣同行？”

拉上倾似也，三足鼎立，一路上也安全。

趴在地上挺尸的倾似也，没有任何犹豫就应了：“不胜荣幸。”

能让君无量不高兴，他就高兴了。

倾似也伤得极重，东方宁心与雪天傲也不着急，在原地等他疗伤。倾似也倒出一粒丹药服下，原地盘膝打坐，不想真气刚一运转，就吐出一口鲜血，整个人无力地倒在地上。

“怎么了？”东方宁心与雪天傲紧张地问道。

“没事，丹药好像是坏的，可能在融丹时出了点问题。”倾似也很淡定，这种的事情对他来说太常见了。

“怎么可能？”东方宁心几乎不敢相信。

“总会有一两颗是没炼好的，里面有异物。”倾似也恨恨道。

“那种概率不超过千万分之一。”东方宁心若有所悟，声音渐渐变小。

倾似也听到东方宁心的话，更是没好气：“我倒霉不行呀？”

“行。”东方宁心强忍着笑，对灵欣远道，“灵欣远，用你的精灵之杖试试，只是一些皮外伤，应该能修复。”

“哦，好的。”灵欣远被君无量吓了一跳，更依赖东方宁心与雪天傲，对二人言听计从。

“精灵之杖，修复！”灵欣远举起精灵之杖对着倾似也，在圣光发出的瞬间，啪的一声，一截树枝落下来，将灵欣远手中的精灵之杖打落在地，圣光洒在了君无量身上。

“精灵的灵气，果然舒服。”君无量张开双臂，一脸满足。

东方宁心与雪天傲默默不语。

一路走来，麻烦大多被倾似也解决掉，就算解决不了，也会替他们承受大半的攻击。

君无量依旧鲜亮优雅，倾似也却狼狈不堪。

东方宁心与雪天傲无法同情他，没有办法，见多了就麻木了。

一路磕磕碰碰，一行人来到依附精灵一族而活的矮人族的地盘。

“来这里干吗？”倾似也不爽地冲君无量发火。他和矮人一族有些小恩怨，最不希望跟这群矮小又暴躁的家伙打交道。

东方宁心与雪天傲亦是不解，不过什么也没有问，问也是白问，君无量是不会说的。

不想，今天君无量很给面子：“笨蛋，来这里除了喝酒，当然就是打造武器了，矮人一族的炼器术在异界无人能敌。”

“你要炼器？”倾似也不解，君无量连定身珠那种恶心的神器都有，还需要炼器？

君无量傲慢地摇头：“本宫会缺那种东西？本宫是来喝酒的，矮人一族的佳酿，本宫自从十五年前初尝后，一直念念不忘。”

“十五年前？十五年前矮人族的神酿被人偷喝，不会和你有关吧？”倾似也瞪大眼睛看着君无量。

“神酿？好像是吧。十五年前本宫还小，记不太清，只依稀记得走到一个酒窖里，闻到了佳酿的味道，就拎了几坛出去。”君无量大大咧咧地道，也不想想他不问自取的行为有多么可恶。

倾似也的脸色更加难看，咬牙切齿地道：“那你喝完酒后，酒坛子放哪儿了？”

倾似也十指咔咔作响，眼里燃着熊熊怒火，一副准备扁人的样子。

“酒坛？本宫随手丢了，怎么，该不会是砸到你了吧？”君无量一脸坦然，没有丝毫愧疚之意。

“君无量，你的酒坛不仅砸在了我身上，你还没把酒喝干净，砸了我一身。矮人族的人来了，看到我一身酒气，还有脚边碎裂的酒坛，硬说是我偷了他们的酒。”倾似也的拳头咔咔作响，虽然时隔十五年，提起来他还是很想杀了当年的罪魁祸首。

因为这件事，他们宗派与矮人族的交情差了起来，矮人族已经十几年没给他们宗派打过兵器了。他真是倒霉透顶，神酿被君无量喝了，凭什么他倾似也却要来背黑锅？

更倒霉的是，不知君无量当时是怎么砸的，几个酒坛砸过来，他不仅没有头破血流，连块皮都没有破，害得他不管怎么解释，矮人族就是不信。

“哈哈哈！”君无量笑得高调又张扬，在阳光的照耀下，他身上泛着淡淡金光，一举一动充满贵气，与邋遢的倾似也形成了鲜明的对比。

雪天傲摇了摇头，难怪那精灵族的皇女为他倾倒，君无量真是一个充满魅力的男人，尤其是他的好运，让人无法不羡慕。

“倾似也，本宫不得不再说一句，你还真是不走运呀，你个可怜的孩子。”

“君无量，难道你不觉得这事我们有必要说明一下吗？”如果把这个误会解开，依矮人族的脾气，肯定会无偿为宗派炼几件兵器。

“倾似也，都十几年过去了，何必斤斤计较呢，你太没有男子气概了。”君无量明显站着说话不腰疼，得罪炼器大师的不是他们人族，他当然不紧张。

“君无量，我不管，你今天必须给我澄清，否则我们没完。这个黑锅我替你背了十五年，绝对不会继续背下去，凭什么好事都让你占了？”

矮人族的神酿有利于真气修炼，当初矮人族的族长都说了，要拿出来请他和师父天一真人喝，没想到事情会变成那样。

他师父天一真人为此事和矮人族族长洛克翻脸，两族也交恶至今。

君无量看倾似也认真的样子，不禁收起嬉闹的心情：“倾似也，你应该明白，我不可能去解释。”

于公于私都不可能，倾似也不是笨蛋，他当然明白君无量的想法。人族打压宗派都来不及，又怎么会帮他们和矮人族和解？

“君无量，你太卑鄙了！”倾似也快气疯了，当年君无量的无心之举，让实力遥遥领先于其他势力的宗派渐渐被人族平分秋色。

“当年的事情只是一个意外。”君无量倒是坦然，再说了，事情本就是巧合，他无心插柳，没想到柳却成荫。

倾似也死死地瞪着君无量，半晌后像是想到了什么，哈哈一笑，看向雪天傲与东方宁心：“东方宁心，雪天傲，刚刚那事你们也都听到了，无量太子不去澄清也没关系，你们帮我如何？只要你们肯帮忙，我就替你们摆平异界各族对你们的追杀。”

“啊？”东方宁心与雪天傲傻眼了，这是什么情况？

倾似也却以为东方宁心和雪天傲嫌好处不够，便继续加酬劳：“我倾似也保证，只要你们替我把这件事情解决了，不仅异界各族不会再追杀你们，你们还会成为我宗派的客卿。你们应该懂得客聊的身份有多么尊贵。有我宗派做靠山，在异界，除了君无量，再没人敢动你们。”

这个交易不错。东方宁心与雪天傲刚想说愿意，就在这时君无量开口了：“东方宁心，雪天傲，你们手上还没有称手的兵器吧？那一龙一凤的尸骨想必你们也处理不好，本宫之所以到矮人族来，就是想让矮人族族长、异界最伟大的炼器大师洛克，用一龙一凤的尸骨为你们打造两把神器。”

“神器？”好吧，东方宁心与雪天傲承认他们动摇了，君无量给出的条件让他们心动。

“不错，由本宫出面，再加上龙凤尸骨，洛克大师肯定会出手的。至于会不会成为神器，这个你们可以放心，本宫这里除了定身珠，还有御魂珠。那一龙一凤不是还剩下一口气吗？本宫这御魂珠便可以将它们的灵魂封住，待兵器炼成，本宫助你们将这一龙一凤的灵魂炼成器魂。”君无量不急不缓地抛出诱饵，自信十足地看向倾似也，“这样，你们还要替倾似也去和矮人族澄清误会吗？”

你会拉拢，我君无量也会，而且我手里的资本比你雄厚。你倾似也只能给东方宁心和雪天傲外界的助力，我君无量却能帮助东方宁心与雪天傲提升自身的实力。

君无量相信，东方宁心与雪天傲是聪明人，知道如何选择，一个客卿的身份，倾似也可以给，也能收回，但神器是永远属于他们自己的。

东方宁心与雪天傲沉默了，十指紧扣，微低着头掩去眼底的笑意，这可真是鹬蚌相争，渔翁得利。

不知这筹码还能不能继续加。

二人“看”向倾似也，等他加条件。

倾似也气得跳脚：“东方宁心，雪天傲，你们要神器还不简单吗？只要你们把这事解决了，我宗派的神器任你们挑！”

东方宁心与雪天傲再度沉默，面上看不出什么来，可把倾似也给急坏了。君无量却笑了笑，知道这对夫妻在等他和倾似也继续加筹码。

奸诈，这是君无量对东方宁心与雪天傲的评价，但不得不说，聪明。如若换了是他，会比东方宁心和雪天傲更过分。

不过，他君无量的便宜不是那么好占的：“东方宁心，雪天傲，别等了，本宫是不会再加筹码的。你们都是聪明人，应该懂得如何选择，也看到了倾似也的情况，这倒霉孩子什么时候死于意外都不知道，他的承诺有个屁用。”最后，优雅风度的无量太子终于忍不住说脏话了。

“君无量，你浑蛋，这么多年我不是活下来了？”倾似也抡起拳头就要揍君无量。

君无量后退三步，避开了倾似也的攻击：“倾似也，君子动口，小人动手，再说动手你也打不过我，你确定要打吗？”

“你！”听到君无量的话，倾似也生生止住了心头的冲动，放下那挥到半空的拳头。

他要打了君无量，就等于跟人族交恶，他不能打。

倾似也明显不是君无量的对手，东方宁心和雪天傲虽然很想帮他，却是有心无力。

“倾公子，以后还会有机会的，真相总有水落石出的一天。”东方宁心上前，轻轻拍了下倾似也的肩膀，安慰道。

他们跟洛克族长没有交情，说了对方也不一定会信。

倾似也无力地看着东方宁心与雪天傲。理智上，他能接受东方宁心与雪天傲的选择，因为换了是他，肯定也会选择君无量，但感情上他不能接受，他可是帮东方宁心与雪天傲对付过君无量的，关键时刻这两人怎么可以卖了他呢?

转念一想，倒也不是没有好处，至少他知道了十五年前到底是怎么回事，日后再找机会解释就行了。

想到这里，倾似也没有那么痛苦了，看着不忘安慰自己的东方宁心，语气稍稍和缓几分："无妨，我能理解你们的想法，走吧，去矮人一族。我相信有无量太子在，我们都会成为矮人一族的贵宾。"

说到最后，倾似也不忘狠狠瞪君无量一眼。

君无量爽朗大笑，他最喜欢看倾似也这副不认命却又不得不认命的样子。

一行人再次前行，东方宁心脚步从容，灵欣远这个小笨蛋受了刺激，悄悄后退三步，离君无量越发远了。

一刻钟后，他们来到矮人一族的城池。城池按回字形建造，城墙比东方宁心与雪天傲所见的任何城墙都要结实。除此之外，矮人的城池倒和一般的城池差不多，只不过城门明显偏小。

雪天傲低头看着只到自己腿边的人，小声在东方宁心耳边说："高约一米，四肢健壮，真气修为一般，手中的兵器相当精良，双眼外凸，易怒易狂。"

守城矮人看到君无量，高兴地大喊："快，快去告诉少族长，矮人的朋友无量太子来了，快去！"

还未走近，一位首领似的人物从城里激动地朝君无量奔来："无量太子，你来了。快，快给我们看看你带来什么好东西了。"

矮人边跑边叫嚷，来到君无量面前，嗖的一声蹿了起来，在君无量的肩膀处友好地轻捶一下，孩子一般的身高，配上一张成熟的脸，怎么看怎么怪异。

君无量身子微晃，脸上却带着得体的笑容："小洛克，你怎么还是这样，洛克大师不是说了，再不稳重一点，族长的位子可就不让你坐了。"

"我爹又说我坏话了，我的性子一直都是这样，改不掉，改不掉呀！"被称为小洛克的矮人愁眉苦脸，随即又夸张地大叫，双手不停挥动。

君无量摇了摇头，一副你无药可救的样子，小洛克却毫不在意，拉着君无量往城里走，一路上说个不停：他父亲最近又在忙什么，精灵族那群人又吵着要打兵器了，地精们又找到了一座矿山，洛克大师发现是稀有金属，用来打造铠甲，质量肯定上乘，可是没人去挖，那些半兽人最近不知为何居然不接工作了，他们给再多的粮食和珠宝，半兽人都不接。

一路上唠唠叨叨，每说完一件事，小洛克都不忘补充一句：“无量太子，你可得给我们想想办法。”

待小洛克将矮人一族的麻烦都说完，才看到东方宁心、雪天傲、灵欣远和倾似也。看到倾似也时，小洛克脸上闪过一抹不悦。不过，看在君无量的面子上，他还是没有把倾似也赶走，只是不爽地指着东方宁心三人道：“无量太子，他们三人是谁？”

“小洛克，他们是我的朋友，想请洛克大师帮他们打造两件兵器。”君无量一脸微笑，像是看不到小洛克脸上的表情。

“打兵器？不，矮人族从来不给外人打造兵器。”小洛克想都没想，直接拒绝。

君无量面带微笑地看着小洛克，在他的坚持下，小洛克妥协了：“无量太子，不是我故意惹你生气，你也知道我父亲很少出手，除了给几个固定的人打造兵器，一般不给外人打。如果是无量太子你要，我父亲肯定会出手，换成这两人，我父亲不会同意的。他最近还接了精灵女皇一笔生意，正在帮女皇打兵器。不过，看在你的面子上，我可以带他们去见我父亲，但不能保证结果。”

“小洛克，你放心，我不会让洛克大师为难，他二人带来的材料绝对能让洛克大师心动，待洛克大师看过后再决定吧。”张弛有度，这就是君无量，将帝王的平衡之术用到了极致。

“无量太子，你这么说我就放心了。你知道我父亲那人的脾气，尤其是精灵女皇那件兵器，也不知她从哪里弄来一块星空陨石，想要让我父亲打造一柄权杖。我父亲看到星空陨石，高兴得连饭都不吃了。可惜那陨石比钻石还坚硬，无论用什么方法都难以熔化，根本无法铸造，要是无量太子能帮我父亲解决这个问题，我父亲肯定会帮他们打造兵器。”小洛克状似无意，却是在提醒君无量，当然也是在提醒东方宁心与雪天傲。

一行人很快就来到洛克家，洛克家和正常人类的房子一样高大，家居摆设也符合普通人的需求，只是待客的椅子只有四把。

小洛克领着他们四人坐下后，只有倾似也一个人站在那里，小洛克像是没看到他一样，根本不理会，只拉着君无量说话。

东方宁心起身站到雪天傲的身后，以精神沟通之法对倾似也道：“倾公子，坐这儿来。”

倾似也愣了一下，看了东方宁心一眼，又看了看雪天傲，见这两人神情自然，略一犹豫便上前坐下，不忘朝雪天傲点头致谢。

四人落座没多久，耳边传来脚步声，紧接着一个看上去和小洛克有五分像的中年大叔走了进来。他双眼通红，头发又乱又长，身上隐隐有金属味道，衣服散发着焦味，想必是刚刚从炼器房出来。

小洛克看到来人，忙迎了出去，叫了一声父亲。

“无量太子。”洛克大师在异界地位颇高，虽说矮人族依附精灵族而活，但精灵族也不敢对矮人指手画脚。毕竟，异界无人不觊觎矮人的炼器术，要是惹得矮人不高兴，指不定他们全族就跑了。

君无量对洛克大师很是尊敬，第一时间起身：“洛克大师，许久不见，你还是一如既往地健壮。”

“无量太子你也一样，一如既往地鸿运当头。这次太子殿下又给我们矮人带来了什么宝贝？”说到宝贝，洛克大师双眼放光。

君无量外号聚宝太子，他手上总是会有一些稀奇古怪的玩意。这其中能让洛克大师喜欢的，就是那些用来炼器的稀有金属。君无量总能捡到矮人一族求之不得的绝世材料。

“洛克大师，恐怕要让你失望了，本宫这一次前来可不是给你送材料的，本宫是带朋友来的，他们身上有你想要的材料。”

求人，不谄媚奉承；施恩，亦不会高高在上。

“哦？什么人身上的东西能比无量太子身上的东西更有价值？”洛克大师顺着君无量所指，看向雪天傲与东方宁心。

男的冷酷俊美，女的清贵无双，站在一起就是一幅画，美得让人忘了呼吸，洛克大师只觉得眼前一亮。矮人族向来喜欢俊男美女，不然也不会依附精灵一族。其实以矮人的手艺，哪个大族都愿意给他们提供最好的条件。

在洛克大师的注视下，雪天傲从容不迫地站了起来，气度尽显，一举一动既有王者的霸气，又有帝王的威严，只一个动作，就暗示他来历不凡。

洛克大师看着雪天傲与东方宁心，暗暗猜测他们的身份。

无量太子一生只追求最好的，能被他认可的定是人中龙凤。洛克大师看向君无量道：“他们是皇族的人？”

洛克大师不相信君无量会为皇族的人出面，君无量因天生的身份和好运，在皇族中人缘并不好。是的，饶是君无量这样的人，也会有人讨厌。

君无量摇了摇头：“不是，洛克大师想必也听过他们的名字。白衣女子就是东方宁心，黑衣男子则是她的丈夫雪天傲。”

其实君无量也很好奇东方宁心与雪天傲的来历，在异界，大家除了知道这两个名字外，还没能查到他们的身份。东方宁心与雪天傲最早出现在兽人的领地，兽人对他俩的身份三缄其口，无论是收买还是用刑，都问不出半分。

“东方宁心和雪天傲？”洛克大师尖叫一声，矮小的身子猛地跳了起来，“天啊，天啊，居然是轰动异界的东方宁心与雪天傲，太不可思议了，我居然看到了异界的传奇人物！”

洛克大师双眼放光地看着东方宁心与雪天傲，一边说一边猛握拳头，像是极力克制自己的失态，即使现在已经很失态。

“这就是从无量太子手中抢宝的女人？太强了！这就是一剑横扫五族高手的女人？太美了！怎么办，怎么办，我好崇拜你呀！这份崇拜足以转为爱慕。是的，是的，我爱慕你！我决定了，从今天开始，我的梦中情人要从精灵女皇换成你！”洛克大师激动得脸都红了，像是坠入爱河的少年。

“她是我的妻子。”雪天傲愣了一下才反应过来。

他第一次遇到洛克这样直接的人。

“那又怎样？就算你是她的丈夫，也无法阻止我对她的爱慕之心，更无法阻止我追求她的脚步，总有一天你的妻子会发现我的好。”洛克大师不受雪天傲的寒气影响，站在他面前，努力昂头往上看。

“那你就一直爱慕吧，不过你永远没有机会。”雪天傲看着只到他大腿的洛克大师，默默地移开了眼。

跟个小老头较真，太没有意思了。

“什么叫我永远没有机会？我可是矮人族最伟大的炼器师，也是最强壮的勇士。”洛克大师骄傲地自我介绍道。

君无量与倾似也看着如同斗牛的两个男人，默契地端茶不语。

“无论你多么优秀，都没机会，因为我们的儿子都快比你高了。”雪天傲比洛克大师更骄傲。

“你、你说什么？你说我矮？”洛克大师一张老脸涨得通红，死瞪着雪天傲，他最讨厌别人说他矮。

雪天傲不急不缓地道：“我说的是事实，我儿子的确快比你高了。”

洛克大师气得直接倒在地上。

“父亲，父亲，父亲！”小洛克连忙上前，刚刚他还在高兴呢，居然有人这么厉害，把他老爹给气得说不出话来，可一秒后就开始担心，“呜呜呜，父亲，你还不能死呀，我还没有追上精灵族的灵水儿公主呢！我不要当族长呀，当了族长就得按规定娶个和自己一样高的女人，我不要娶矮女人啦！”

东方宁心与雪天傲看着洛克大师与小洛克一个装晕，一个装哭，很是头痛。矮人族的性子就和孩子差不多，真是难缠。

两人“看”向君无量，示意他解决，他们是来打兵器的，不是来玩的。

君无量看洛克大师玩得差不多了，一本正经道：“好了，洛克大师，起来吧，地

上凉，人家早就知道你是装晕的。”

洛克大师一听，咻的一下就爬了起来，凑到东方宁心身边：“啊，东方宁心，原来你早就发现我是假装的，你太聪明了。我就说，我洛克爱慕的女人，怎么可能是铁石心肠？看到俊美无双的我晕倒，怎么会不上前？”

洛克大师说个不停，语速之快，根本不给人插话的机会。东方宁心与雪天傲相对无言，她很想告诉洛克大师，其实她就是铁石心肠，他尽管去死，不过在那之前，先把他们的兵器炼好。

君无量自动忽视洛克大师，趁大师换气时说明来意。之后，君无量坐回椅子上，用眼神告诉雪天傲，剩下的就看你们自己的了。

一提到炼器，洛克大师也正经起来，严肃地看着东方宁心与雪天傲：“两位，我不会给任何人打造兵器，所以不能答应两位的请求，不过看在无量太子的面子上，我可以给两位介绍另外一位炼器师。”

“不给任何人打造兵器？那精灵女皇的星空陨石呢？”雪天傲不无嘲讽地道。

“星空陨石？你们怎么知道？”洛克大师恶狠狠地瞪了一眼泄他老底的小洛克，小洛克缩了一下头，假装什么也没有看到。

“洛克大师确定不给我们打兵器吗？”龙凤遗骸不会比星空陨石差。

“咳咳。”洛克大师轻咳一声，“我们矮人族依附精灵一族而活，给精灵女皇打造兵器没有什么好奇怪的，更何况精灵女皇能拿出星空陨石，你们能吗？要我洛克给人打造兵器，那可得拿出让我心动的材质。”

“星空陨石确实少见，可惜洛克大师无法熔化它，不是吗？你看都没有看，怎么就知道我们拿出来的材料没有星空陨石稀罕？”雪天傲自信地道。

“谁说我无法熔化星空陨石？你们听谁说的？这世上还没有我打造不了的兵器，究竟哪个浑蛋说的，你告诉我，我去杀了他。”老洛克气得吹胡子瞪眼，一副无赖样。

“看样子，洛克大师不需要我们的帮助了，自己就能熔化星空陨石。”雪天傲低头对东方宁心道。

东方宁心笑了一声，遗憾地开口：“算了，我们不要勉强洛克大师，异界人才济济，除了洛克大师，应该也能找到替我们打造兵器的人。”

东方宁心与雪天傲一唱一和，老神在在地坐回原来的位置，只字不提打兵器的事情，更别说那星空陨石。

洛克大师本想上前问个清楚，小洛克却暗暗提醒他，这两人明显在等他们上钩，千万要稳住。

镇定，镇定，洛克大师不停提醒自己，可他真的很想知道如何将那星空陨石熔化。

洛克大师有一搭没一搭地和君无量闲聊，同时不忘偷偷打量东方宁心与雪天傲的神色，一副等着二人再次开口的架势。偏偏东方宁心与雪天傲一副忘了的样子，一站一坐，丝毫不将洛克大师的焦急放在眼里。

一个时辰过去了，洛克大师和君无量从中午聊到晚上，东方宁心与雪天傲脸上连半点情绪都没有外露。洛克大师感觉怎么坐怎么不舒服，很想上前问一句："两位真的能熔化那星空陨石？"

可是小洛克再次拉住了他，各种明示暗示不能着急。现在这情况如同谈判，先开口的就会任对方予取予求，别说打兵器了，就是贴材料都有可能，他们矮人族从不做亏本的生意。

东方宁心与雪天傲虽然不能猜中小洛克全部的心思，但七八成还是知道的。要比耐心，这世间真没有人比得过雪天傲与东方宁心，洛克大师不开口，他俩就当忘了此事。

晚膳时分，洛克大师终于按捺不住，几杯小酒下肚，不顾小洛克的死拉活拽，借着几分酒意问道："喂，你们两个是说真的吗，真的可以帮我熔化星空陨石？我用了各种办法都无法动它分毫。"

"可以。"雪天傲放下手中的碗筷，目不斜视地看着洛克大师。

"真的可以？"洛克大师顿时双眼放光，一把甩开拉着他衣袖的小洛克，上前拉着雪天傲的衣袖，一脸惊喜地问。

"当然可以。"雪天傲笃定地开口，"星空陨石再坚硬，也坚硬不过天火，不是吗？这世间有天火熔化不了的东西吗？"

"天、天火？你说你们拥有天火？"洛克大师双眼放光，猛地用袖子擦了一把脸，已经没有一点醉酒的样子，精神抖擞地看着东方宁心与雪天傲，小心肝跳得厉害。

天火是炼器师永远无法抗拒的诱惑，小洛克也无法冷静了，双眼放光地看着东方宁心与雪天傲。

"洛克大师是说这个吗？"东方宁心轻扬右手，只见一簇小小的火苗在她手上燃烧。

火苗虽小，但威力惊人，众人只感觉身边的温度瞬间上升数十倍，原本耀眼夺目的夜明珠此时都黯然失色。

洛克大师立马松开雪天傲，飞快蹿到东方宁心面前，却不敢靠近，指着她手中的火苗大喊："天火，真的是天火！太好了，太好了，那块折磨老子半年之久的破烂星空陨石，终于可以熔化了！"

洛克大师眼里闪着羡慕嫉妒的光芒，为什么他没有机会得到天火？这可是好东西。

“洛克大师，这天火与你有什么关系？我可没有答应用天火帮你熔化那星空陨石。”东方宁心冷漠地收起天火，神情语气和白天洛克大师拒绝为他们打造兵器时一样。

“你说什么？”洛克大师一脸惊讶地看着东方宁心，这世间居然有人敢拒绝他的请求？

东方宁心重复道：“诚如你听到的那般，我没答应用天火帮你熔化星空陨石。”

“为什么？”

“当然是我不高兴。”东方宁心理所当然道。

“你怎么可以这样，太自私了！”洛克大师大叫出声，愤怒地指责东方宁心。

“天火是我的，我爱怎么用就怎么用，如同你的炼器术一样，你爱给什么人打兵器，就给什么人打。”东方宁心“看”向洛克大师，黑亮的双眸却是一片死寂。

“你们有什么要求，尽管提，我一定满足你们。”洛克大师傲慢开口，像是施恩。

在洛克大师心中，东方宁心和雪天傲与他不是平等的。异界没有一个人不有求于他，因为他是炼器大师，无可取代。

东方宁心与雪天傲笑了一声，没有任何预兆地站了起来，对着君无量和倾似也道：“无量太子，倾公子，两位慢用，我们吃好了。”

说完，两人不理会洛克大师不敢置信的眼神，一同走出大厅，朝后面的院子走去。倾似也愣了一下，快步跟了上去，走出数十步，确定身后的人听不到了，倾似也才开口道：“东方宁心，雪天傲，你们不是要打兵器吗？现在那洛克大师有求于你们，你们干吗不提？还是说，你们在等老洛克求你们？你们很清楚，依老洛克的性子，得知你们有天火在身，一定会来求你们。”

“这不正是倾公子想看到的吗？莫非倾公子不想解开当年与矮人一族的误会？”雪天傲相信，倾似也会是他们的帮手。

“两位是想帮我？就不怕因此得罪无量太子吗？更何况无量太子带你们来矮人族，你们就这样回报他的恩情？”倾似也试探地问。

雪天傲不屑地哼了一声，东方宁心却好脾气地道：“倾公子何必装模作样呢？无量太子带我们来矮人族，不就是想要确定我当初救你用的火焰是不是天火吗？无量太子想将我们的天火送给矮人一族，加固两族的感情。至于倾公子你，就是想借天火修复两族之间的裂痕，不是吗？”

是的，这就是东方宁心与雪天傲失礼离席的原因。

半年前，洛克大师就得到了星空陨石，一直无法熔化，君无量不会不知道，带他们来这里，说是请洛克大师给他们打造兵器，事实上却是试探。

君无量很了解洛克大师，依洛克大师的脾气，根本不会为他们打造兵器，哪怕他们手上的材料是龙凤遗骸。君无量也明白，依他们的性子，一旦得知洛克大师能将一龙一凤打造成神器，就绝对不会放过机会。为了让洛克大师答应，他们会想尽办法，至少东方宁心会将自己手中火焰的秘密说出来。

不得不说，君无量算计得真好。

“你全知道了？”倾似也的脸色一阵青一阵白。

“不想知道也不行，毕竟我们身上还真没有什么值得无量太子和倾公子费心的。”东方宁心微微低头，长长的睫毛在眼睑处投下一片阴影，掩去了心中的不快。

她曾想过，倾似也会不会和无涯一样，成为他们的好朋友。在他们被宗派的人围杀时，倾似也曾挺身而出，现在想来，一切不过是自己的一厢情愿罢了。

“不，不是的，东方宁心，事情并不是你想的那样。”不知为何，看到这样的东方宁心，倾似也的第一反应就是否认，总感觉自己伤害了对方。

雪天傲却不给他解释的机会：“是与不是，倾公子心中想必更明白，你还是别打东方宁心手中天火的主意。这天火是别人以生命为代价才得到的，之后送给了东方宁心，也是因为东方宁心对他有恩。除了东方宁心，任何人不可使用。”

天火这种东西，有命得到也得看有没有命用。丹远容当初费了多大的劲，把自己变得人不人鬼不鬼，才没有被天火给啃得灰都不剩，东方宁心又是冒着多大的险，才在天空之城控制住了天火。这些人看到好东西就想抢，还真是无耻。

东方宁心与雪天傲不再理会倾似也，朝矮人族为他们准备的房间走去。

灵欣远默默跟在身后，听到三人的对话，小身板瑟缩了下。他本以为自己算是有心了，没想到外面的人更可怕。

倾似也站在庭院外一动不动，他是有过这个打算，助洛克大师得到东方宁心手上的天火，来到矮人族后，这个想法就从心底消失了。这一路的相处让倾似也明白，东方宁心与雪天傲不是任人摆布的性子。

饭厅里，东方宁心、雪天傲、灵欣远和倾似也出去后，洛克大师也不再装了，一脸凝重地道：“无量太子，这次无论如何你都要帮我们。”

“洛克大师，你确定那是天火吗？”君无量拿着酒杯自斟自饮，脸上有柔和的笑容。

洛克大师狠狠点头，激动地道：“我可以肯定，那一定是天火，而且威力极强，是天火原火苗。别说是星空陨石，就是比星空陨石更坚硬的材料都可以熔化，而且打出来的兵器绝对比一般的火石好。”

“洛克大师，你应该明白，他二人的威名并不是被吹出来的，而是靠自己打出来的。”不然，他君无量也不会屡次栽在他们手上。

“这个我当然知道，所以才求无量太子你出手。得到天火，我们矮人一族的炼器术将会更上一层楼。”洛克大师一脸期待，双眼闪着耀眼的光芒，就好像那天火已经在他手上一般。

君无量放下酒杯，想着东方宁心与雪天傲刚刚的举动，也许他们已经察觉了自己的想法。不过，察觉了又有什么关系呢？他们还是想要让矮人族打造兵器，不是吗？

君无量放下手中的杯子，站起身来：“洛克大师，人我带来了，能不能将他们手中的天火拿到手，就要看你们自己了。”还是不插手吧，把人带到这里已经很不地道了，再插手下去，彼此就注定敌对。

虽然他没有想过拉拢东方宁心与雪天傲，但惹上两个麻烦的敌人，也不是他想要的。

话落，君无量也出去了，刚好听到了雪天傲对倾似也说的那番话。君无量笑了笑，月光下的他如同昙花，耀眼无比。

真是庆幸刚刚拒绝了洛克大师，不然还真是麻烦。剩下的就交给洛克大师自己去想办法吧。他还是蛮期待东方宁心与雪天傲这对冷血夫妇跟狡猾的老洛克对上。

笨蛋倾似也，以为矮人一族与宗派交恶，真是因为十五年前的偷酒一事吗？那不过是一个引子罢了。老洛克看得明白，知道宗派一家独大，早已引得其他各族不满，所以借那个机会，断了两家的交情罢了。

看着头顶明亮的月亮，君无量突然一笑。难得来一次矮人族，怎么也要去偷几坛神酿出来喝才行。

第三十四章
螳螂捕蝉，黄雀在后

这一夜，众人心事重重，唯独东方宁心与雪天傲心情愉悦，趁矮人族不注意，悄悄溜了出来。

屋顶上，东方宁心躺在雪天傲的腿上，对着月光微闭上眼。

夫妻二人特意寻了这个地方，本是想要好好浪漫一下，不想一个不速之客打扰了他们独处的时光。

君无量抱着两个酒坛子踏着月色朝二人飞来。东方宁心与雪天傲第一时间发现，飞快起身，“看”着站在面前的君无量。

黑夜中，一身紫衣的君无量分外耀眼，无论白天还是黑夜他都是发光体，只不过此时他神情黯然，没有白日那么灿烂。

“无量太子，你怎么了？”雪天傲不解地开口，这不像是他认识的君无量。

“喝酒。”君无量笑了笑，丢了一坛酒给雪天傲。雪天傲也不矫情，拍了拍酒坛，揭开封泥，瞬间酒香四溢。

“这就是矮人族的神酿，依老洛克那小气的性子，是不会拿来招待客人的。”君无量解释了一句，举起酒坛仰头喝了起来。

雪天傲看了一眼，喝了一口便打住：“确实是好酒，无量太子只是来找我们喝酒吗？”

“当然不是，本宫还没有那么闲，不过是想告诉你们天火的事情，本宫不会帮助任何一方，你们和老洛克各凭本事吧，看谁能赢。”君无量一脸坦荡，任由雪天傲打量。

“是什么促使无量太子改变决定的？”

“本宫不怕你们，但也不想与你们为敌。我带你们来矮人一族，的确是想将你们的天火送给矮人一族，好让他们不再只为精灵一族打造兵器。”这不是什么秘密，他身为人族太子，自然要为人族着想。

“这与我们何干？”

“是与你们无关，不过你们也没有损失什么不是吗？好好地利用天火的优势，让老洛克帮你们把龙凤遗骨打造成兵器，这样在上古战场才有胜算。”君无量说完，一口气将坛子里的酒喝完，随意往远处的林子一丢。

“东方宁心，雪天傲，我会帮你们，绝不让天火落到矮人一族手上。”君无量闭上眼睛，在心里默道。

要不是他临时起意去偷酒，根本不敢相信矮人族与精灵族已经好到那个地步。

“发生了什么事？”雪天傲不相信君无量只是为了这个就放弃帮老洛克。

向来自信优雅的君无量，第一次扬起苦涩的笑容。

一刻钟前，他去偷酒，意外听到老洛克与小洛克的话。

精灵族野心勃勃，想要一统异界。老洛克似乎也被说服，这段时间一直在找极品器材，为精灵族打造兵器。

看看，他君无量的运气多好，不过是算计东方宁心与雪天傲来矮人一族，不承想听到此等惊天大秘密。要是来晚了，恐怕精灵一族的阴谋就要得逞。

灭神炮，真亏精灵一族敢想，矮人一族敢做。一旦矮人族把灭神炮造出来，就没有人是精灵一族的对手。

“如果本宫说，矮人一族熔化星空陨石是为了打造灭神炮，你们信不信？”不知为何，君无量就想找个人说说。

爱好和平、与世无争的精灵族，居然有这么大的野心。当初宗派那般强大，也不敢有一统异界的想法，真亏精灵族敢想。

“灭神炮？精灵一族想要一统异界？”雪天傲听到这个消息，一点也不惊讶。

“你们怎么知道的？”

雪天傲冷哼一声：“你在皇族斗争中长大，难道不明白花朵越美丽、毒性越强吗？精灵一族处处表现出对和平的向往，拉拢各族，施恩于兽人，这何尝不是一种掩饰？就如同无量太子习惯用优雅掩饰冷酷，我想无量太子应该不会对矮人族和精灵族手软吧？”

君无量若有所思地打量着雪天傲与东方宁心，既不承认，也不反驳：“如此说来，你们是用冷酷无情的外表掩饰内心的善良？”

“不，我们从不是良善之辈，我们杀人不手软，对敌人向来斩草除根。”东方宁心意有所指。

“如此说来，你们倒是真性情。”君无量羡慕地看着二人。身为异界最杰出的少年一辈，他身上背负了太多的光环，既是荣耀，亦是责任，一举一动亦备受关注。

拥有气运无量的名号，遇到宝贝，他得到了全是他的运气使然，没有得到，就是他无能。异界的人看到的永远都是他好运的一面，没有看到他自身的实力。说到君无量，第一句就是，就是那个运气很好的人，随便就成了神，身上的神器、宝物不断。

“无量太子，你要的是无上权势，而我们要的是问心无愧，不需要伪装自己。”月光下，东方宁心与雪天傲两人的影子在地上相互交叠，看上去既契合又完美。

君无量愣愣地看着面前的二人，一时间说不出是羡慕还是嫉妒。他也想有一个这样的女人陪在自己身边，荣辱与共。

君无量很想开口问问雪天傲是如何让东方宁心这样的女人甘愿陪在身边的。她这么冷漠无情，怎么会心甘情愿站在你身后呢?

“东方宁心，雪天傲，你们有一个孩子是不是?”

“是呀，还不满半岁。”提起小雪少，东方宁心脸上便泛起丝丝暖意，那是母爱的力量。

君无量感觉心跳得飞快，原来这个冰冷的女人也有这么温柔的一面。

突然，他感觉身上一寒，一股杀气朝他直逼而来。君无量一个警醒，顺着杀气看去，发现雪天傲正无声地警告他。

君无量苦笑一声，移开眼，如同什么都没有发生：“本宫收你们的儿子为干儿子可好?”

“这件事我们恐怕不能答应。”东方宁心拒绝。

“为什么?本宫不够格吗?”君无量不能理解，他是鸿运无量太子，东方宁心居然拒绝他，什么眼光!

东方宁心摇了摇头：“无量太子言重了，不是配不配的问题，而是这事我们没有办法代儿子做主，要认干爹的是他，所以要看他同不同意。”

“让你儿子自己决定?本宫岂不是要等三五年?”君无量一脸不悦，不满半岁的小孩懂什么?

“不用，无量太子如果有机会见到我儿子就会明白，不论他多大，都可以为自己的事情做决定。”

东方宁心的话引起君无量的好奇：“你说你的儿子已有自主意识，不到半岁就会判断?”

东方宁心点了点头：“见到他你就会明白，他是不一样的。”

“不一样?怎么个不一样?来，给本宫说说，要知道，本宫一出生也不同于一般人。”君无量一撩衣袍，在东方宁心与雪天傲的对面坐下。

东方宁心与雪天傲没有拒绝，他们也想孩子了，此时有一个听众，又有时间，三人就在屋顶上谈起小雪少。当然，东方宁心刻意隐瞒了中州、生命种子和神魔的事。

三人相谈甚欢，一扫刚刚矮人族之事带来的阴霾。趁谈兴正浓，君无量也将自己出生时的种种不凡说了出来。

雪天傲见君无量看东方宁心的眼神磊落光明，没了先前的痴迷，渐渐放下了心中的防备。

这边一夜畅谈，却不知那一头老洛克与小洛克也正在密谋，想着如何从东方宁心手中夺取天火，至少要东方宁心用天火将星空陨石给熔了，不然灭神炮的威力就发挥不出来。

洛克大师对天火志在必得，东方宁心与雪天傲从房间走出来，就看到洛克大师等在外面。

见二人开门出来，洛克大师冲了上来："东方宁心，雪天傲，走走走，快跟我去炼器室。"

话落，他也不管二人愿意与否，拉起雪天傲的衣摆就往外走。

东方宁心与雪天傲冷眼跟着洛克大师朝矮人族的炼器室走去。途中，不知是有意还是无心，君无量与倾似也一前一后出现。

君无量并不打算与洛克大师撕破脸，得知洛克大师要带东方宁心与雪天傲去炼器室，便提出一同前往。洛克大师最初不同意，在君无量的坚持下也就妥协了。

倾似也虽然不知矮人族与精灵族的阴谋，但昨天晚上东方宁心与雪天傲的警告还是起了效。看到洛克大师拉着东方宁心与雪天傲，又看看如同狐狸的君无量，倾似也担心他俩被君无量和洛克大师联手算计，出于愧疚，也要求一起去。

洛克大师没好气地瞪了倾似也一眼，本想拒绝，但想到有倾似也在，说服东方宁心与雪天傲就多了一个人，于是故意摆出咬牙切齿的样子，勉强同意了。

在洛克大师的带领下，一行人来到矮人族从来不让外人进入的炼器室。

大门由一块完整的深海秘银打造。这种材料极其稀少，藏于万米大海之下，这么巨大的一块更是珍贵异常。

当雪天傲将这个信息告诉东方宁心时，东方宁心在心中暗叹，矮人族几代经营，手上肯定有不少好东西。异界各大势力找矮人族打兵器，所给的材料也都是上品，矮人族随便私留一点都能吓死人，若是用这些材料打造兵器，足够武装整个精灵族。

指着炼器室的大门，洛克大师一脸得意："放眼异界，只有我矮人族才有这么大一块深海秘银。巨门是用矮人族秘法炼制的，刀枪不入、不惧水火，就是神王也别想破坏我们的门。"

洛克大师走上前去，在巨门上轻拍两下，只见门轰隆一声就打开了。

很明显，这并不是巨门真正的打开方式，只是洛克大师想让他们看到的。

巨门打开的那一刻，一股闷热之气扑面而来，鼻息间全是金属味道，周身温度高出数十倍不止，闷得人难受。

洛克大师一边前行，一边解释道：“我们虽然没有天火，但却得到了地火。地火在地下数千丈处，整个异界只有矮人族拥有，矮人族的炼器室就是建在最容易获取地火的位置。”

雪天傲小心翼翼地护好东方宁心，这里几乎每五步就有一个熔炉，温度极高，别说碰触，就是走近都会让人受不了。

矮人族的炼器师得穿着特制的铠甲才敢靠近熔炉。

一行人继续前行，越往里温度就越高，很快东方宁心与雪天傲就受不住了。两人脸颊泛红，身上的水分不断蒸发，虽然什么也没有做，看上去却颇为狼狈。

君无量和倾似也即使有神器防身，也好不到哪里去，明显不适应里面的温度。

众人一路往前，很快就看到一处百丈深渊，里面是滚滚火海。东方宁心与雪天傲相信，要是人掉进去，怕连惨叫都来不及，就已尸骨不存。

矮人族熔炼区的地火就是从这里分流过去的，分流之后相对来说温驯许多。

“这是地火的源头，这里的地火比较难控制。我们一般不会直接在这里熔化金属，毕竟一般材料丢进去，连渣都不剩。我试过把星空陨石给丢进去，但地火无法将其熔化。”说到这里，洛克大师又是一阵郁闷。

在炼器室转了一圈后，东方宁心与雪天傲才知道矮人族有多忙碌。炼器师几乎没有休息时间，不停地敲打各种材料，铸造兵器，而且速度很快，他们只转了一圈，就看到好几把兵器成形了。

洛克大师带他们在炼器室转完后，又来到一个单独的小工作室，这里就是洛克大师的个人炼器室。

有别于外面的闷热高温，一踏入这个工作室，众人就感觉到一股森寒的压抑之气，说不出来的厌恶，却又无法反抗。

循着森寒之气望去，就见一块婴儿大小的黑色石块静静躺在石桌上，周身有一道神秘的黑色光芒，如同有生命一般，围绕黑色石块缓缓流转。

不待众人询问，洛克大师就指着黑色石块骄傲地道：“这就是星空陨石。”

“星空陨石，果然非同凡物！”雪天傲、君无量与倾似也三人也是见过世面的，但在看到星空陨石的刹那，三人同时失了冷静，直直地看着。

好神奇的物质，好特别的力量，也许只有这样的力量，才能灭神。

东方宁心无法视物，只能静下心来，感受星空陨石散发的神秘力量。

过了一会儿，她收敛心神，用精神力告诉雪天傲：“雪天傲，我猜测洛克大师对我们动了杀心，想要从这里全身而退似乎不太可能。”

雪天傲握着东方宁心的手，转身将她拥到自己身后，看似替东方宁心阻挡星空陨石的森寒之气，实则在无人看到时，他听到东方宁心无声地说了一句："小心地火源。"

如果她没有料错的话，地火源就是洛克大师准备杀他们的地方，毕竟只有在那里，才可以将他们一举诛杀。

要是不知道矮人与精灵们的计划，他们一定会熔化星空陨石，一旦将陨石炼化，矮人一族的灭神炮也就制成了。在灭神炮与地火的双重攻击下，他们插翅也难飞。洛克大师的每一步都算得刚好，他们完全被牵着鼻子走。

洛克大师对此半点不知，对雪天傲挤眉弄眼道："天傲阁下，你可真是太细心了，不过放心，星空陨石现在根本没有攻击力。"

"是我多心了。"雪天傲看了星空陨石一眼，移开了视线。不知是雪天傲的话起了作用，还是君无量与倾似也自己警醒过来，两人也立刻将视线从星空陨石上移开。

洛克大师像是什么也没有发现，得意地笑了两声，也不带众人出去，对东方宁心道："怎么样东方宁心，现在你可以替我熔化星空陨石吗？你放心，我绝对不会让你做白工的。"

"熔化星空陨石？没兴趣。"依旧是这句话，不过语气缓和许多。

精明如洛克当然明白，没有一口拒绝就说明有谈判的余地。他可怜巴巴地站到东方宁心身下，一脸委屈道："宁心，我的好宁心，你就帮帮我吧，星空陨石折磨我大半年了，我都要哭了，拿它一点办法也没有。你们不是要打造兵器吗？你放心，你帮我熔化了这星空陨石，你的兵器就交给我吧，我一定帮你打造出绝世无双的神兵利器。"

为了炼化星空陨石，洛克大师毫不在意地许下重酬，前提是对方有命得到。

"洛克大师，要我替你熔化星空陨石也不是不可能，不过我有一个要求。"

"什么要求？"洛克大师双眼发光。

"洛克大师，我们带来的材料是龙凤遗骸和龙凤灵魂……"

东方宁心还没有说完，就被洛克大师打断了："你、你们手上的材料是龙凤遗骸，还连同灵魂一起封印了？"说完，洛克大师猛地咽了一口口水。

东方宁心淡定地点头。

"可以先给我看看吗？"能亲手炼制龙凤遗骸，对炼器师来说是无上的荣光。

"不急，洛克大师，我们还是先谈谈条件吧。"东方宁心面无表情，沉寂的双眼也没有情绪，洛克大师从她眼中看不出什么，只能顺着她的节奏走："好好好，你快说，只要不是去摘天上的星星，我都答应你。"

"洛克大师，我要将这一龙一凤打造成两把长剑，唯一的要求是打造时希望洛克大师能在里面加一点星空陨石。当然，你先替我铸造好这两把剑，我们再来熔化剩下的星空陨石。”东方宁心狮子大开口，但她可以肯定，洛克大师会答应。

东方宁心此话一出，倾似也瞪大眼睛看着她，不敢相信自己听到的，知情的君无量却微微眨眼，将眼中的笑意压下。

果然，洛克大师没有一口拒绝，而是一脸纠结，想要答应又不敢答应，好半天后才结结巴巴道："这个，能换个条件不？星空陨石是精灵女皇的，不是我的。"

"洛克大师，我们要的并不多，只是打造两把剑而已，能用多少星空陨石？更何况我们要熔化星空陨石，也需要先试一试，不是吗？"东方宁心知道洛克大师心中所想，这话不过是给他一个台阶下。

"这个……"洛克大师一副为难的样子，但仍旧没有拒绝。

东方宁心笑了笑，继续劝说："当然，洛克大师你觉得为难的话就算了。至于那两把剑，我们并不急着用，兵器这东西有固然好，没有对我们来说，也没有太大的差别。洛克大师，要是没有别的事情，我们就先出去了，炼器室温度太高，我不太习惯。"

说完，东方宁心就拉着雪天傲往外走，这次换洛克大师着急了："等一等，让我考虑一下。"

洛克大师快步追了上去，东方宁心没有停下脚步，背对着洛克大师道："希望洛克大师能早点决定。"

倾似也与君无量一看这情况，也跟着出去了。

是夜，天幕漆黑，寂然无声，雪天傲与东方宁心飞身而出，来到矮人一族的炼器室。两人正准备上前，却发现巨门前已有一个黑衣影子。

东方宁心与雪天傲不得不停下脚步，暗恼被人捷足先登了，正想后退，那人却叫了一句："是我，出来吧。"

"无量太子，真巧。"听到对方的声音，东方宁心与雪天傲暗暗松了一口气，大方地走了出来，不想刚刚来到巨门前，耳边又传来细微的风声，三人脸色一变，相视一眼，飞身而起，紧贴屋顶。

很快，一抹轻风吹来，黑影一闪而过，站在巨门前。看到来人，三人的嘴角都扬起一抹笑容，东方宁心与雪天傲轻巧地落下。

"什么人？"倾似也一脸紧张地回头，"是你们。"

君无量也落在地上，轻笑道："你也睡不着，出来夜游？"

"夜游？"倾似也看着君无量，深深佩服他的厚脸皮。

"不是来夜游，难不成是想去矮人族的炼器室？"君无量指着由深海秘银铸造的巨门，不怀好意地问。

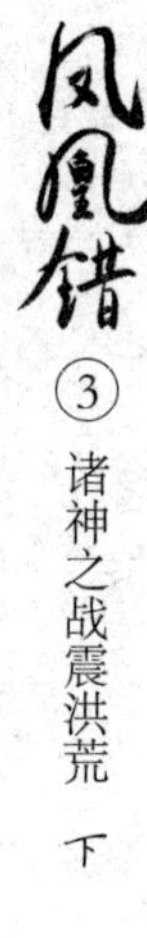

倾似也连忙摇头："不，我也是来夜游的，不过这扇门挡了我的路，不知好运太子你有没有好运打开这门呢？"

倾似也又不是笨蛋，他干吗傻傻地挑明自己的目的？

东方宁心与雪天傲摇了摇头，越过他二人，来到巨门前。

巨门完美，没有一丝纹路，更别说找到开门的机关了。

东方宁心与雪天傲不得不承认，无论矮人族品性如何，他们的炼器术绝对是异界一流。

倾似也与君无量斗了两句嘴后，也不再吵闹。两人上前，同样查看了一番，摇了摇头："可以确定开关不在这里，应该在别的地方。"

"矮人族这么大，去哪里找？"倾似也习惯性地顶撞君无量。

君无量懒得理会他，问东方宁心："天火能熔化它吗？"

"能，连星空陨石都能炼化，这个肯定不成问题，只是你觉得我们有那个时间吗？深海秘银比星空陨石多出百倍不止，等我们熔化了它，矮人族早将我们给拆了。"东方宁心直接否定君无量的提议。

君无量点了点头，郁闷地看了一眼巨门："这么说我们只能等老洛克动手，再反击？"

"老洛克动手？什么意思？"倾似也一惊，看着君无量，他听错了吗？

"咦，你不知道吗？老洛克要杀我们呀。"

"老洛克要杀我们？你和矮人不是朋友吗？"难怪老洛克白天那么奇怪，原来是想要他们的命。

君无量自嘲一笑："倾似也，你太天真了，别说本宫和矮人族分属不同的种族，就是同一个种族，一旦妨碍到他们的利益，老洛克一样会对本宫出手。当然，如果事情对调，矮人族妨碍到本宫，本宫同样不会留情。"

朋友，这个词就等于背叛，只有朋友才有机会背叛。

"既然如此，我们连夜走吧。矮人一族兵器、机关太多，我们在这里会吃亏。"有危险，第一反应就是自保为上，这是倾似也的生存之道，毕竟倒霉如他，凡事都要以保命为原则。

"走是肯定的，但不是现在。"东方宁心冷笑拒绝。

有些人不会因为你离开，就放过你。

"你们要做什么？"倾似也担心地看着东方宁心与雪天傲。

在他眼中，这两人是胆子极大的赌徒，每一次都拿命去拼。鲲鹏一事、五族围攻一事、龙凤一事，每一次两人都是拼命三郎的架势，让人光是看着就害怕。

东方宁心勾起一抹笑，高深莫测地道："我们能做什么，我们是来打造兵器的，当然要把兵器打造好才能走。”

“你们疯了？你们难道不知道，等兵器打造好了，你们更没有机会走吗？”倾似也的声音不自觉扬高。炼器师和炼丹师是一样的，在异界，欠他们人情的高手多了去了，洛克大师一放话，东方宁心与雪天傲就没有宁日。

不过，懒汉不怕虱子多，现在东方宁心已被五族联手追杀，多得罪一个矮人族也不算什么。

东方宁心与雪天傲正想说什么，耳边突然传来整齐划一的脚步声，听声音应该是矮人族的巡逻护卫，那些护卫好像发现了他们，正朝这边走来。

“糟糕，快走！”君无量没好气地瞪了一眼倾似也，都是他大声说话被发现了。

倾似也一脸无辜，他不是故意的。

“先离开再说。”东方宁心与雪天傲直接离开，倾似也和君无量跟在两人身后。

四人刚离开，矮人族的护卫队就来了，老洛克与小洛克也跟来了。老洛克与小洛克上前，拿出一张黑色大纸，将它铺在深海秘银大门上，很快就有八个白色的手印出现在黑纸上。

小洛克黑着脸道：“父亲，他们都来了，一个没少。”

老洛克呵呵一笑，示意小洛克将纸收起来：“他们还真以为开启深海秘银巨门的办法就在巨门上。笨蛋，殊不知那是我设下的陷阱。”

“父亲，我们现在怎么办？他们是不是怀疑我们了？”小洛克眼里有着浓浓的担心，他毕竟年轻，历练不够。

老洛克呵呵一笑：“笨蛋，来这里并不表示怀疑，他们要是不来，才真是有问题呢。”

“为什么？”小洛克一脸不解。

老洛克眼里闪过一丝阴狠，指着巨门背后道：“儿子，你知道里面有什么吗？”

“星空陨石？”小洛克双眼发亮，他明白了。

“不错，我不确定他们有没有怀疑，但可以肯定他们想得到星空陨石。这种东西别说人，就是神也无法抗拒。我们手上有他们想要的东西，在没有得到之前，他们不会轻举妄动，明知我们有陷阱，他们也会往下跳。”老洛克一脸自信，说完便示意众人离开。

这扇巨门没有他，任何人都开不了。

“明知有陷阱也会往下跳？”小洛克仍旧不解，这年头有这样的疯子吗？

第二天一大早，老洛克如同昨日一般，又在东方宁心与雪天傲的房门前等。二人刚开门，老洛克就冲上前去，拉着东方宁心的衣摆：“东方宁心，走走走，我们打造兵器去。”

“洛克大师，你同意了？”东方宁心故作惊讶地问，事实上这本就在她的预料之中。

“同意，同意，我们快走吧，就我们两个，你就别进去了。”洛克大师死拉硬拽，把东方宁心拉到炼器室，却在进去前，让人把雪天傲挡在外面。

雪天傲自是不允，洛克大师也十分强硬，半点不肯退让，双方僵持不下，最后在东方宁心的周旋下，雪天傲退了一步。

一进炼器室，东方宁心就哐当一声撞到炉鼎上，脚上的布鞋瞬间烧红，衣摆处也被烈火灼烧。

洛克大师侧身就看到颇有几分狼狈的东方宁心，眼里闪过一抹窃喜，他就知道没有雪天傲，这个有天火的瞎女不足为惧。

“宁心，宁心，你没事吧？”洛克大师一脸焦急，拉着东方宁心的衣摆，急得团团转。

东方宁心的表情越发清冷，冰冷地说了一句：“我没事。”

“没事就好，没事就好。宁心，我拉着你走可好？”洛克大师半是关心、半是试探地问。

“不用了，我自己可以。”东方宁心一脸凝重地跟在洛克大师身后，几乎踩着他的脚步前行，如此倒是避免了再撞上什么东西。

眼见就要走到洛克大师的个人炼器室，洛克大师突然大喝一声，同一时刻，其他矮人打铁的声音不约而同地响起。

炼器室里满是杂音，一个瞎子根本无法听音辨路。洛克大师站在东方宁心的身边，平静地看着东方宁心接下来的表现。

东方宁心脸上有一抹不安，却倔强地不肯停下来，这时，一个燃着熊熊烈火的炉鼎倒向了东方宁心。

在炉鼎倒下的那一刻，东方宁心就发现了，但她更清楚洛克大师就在一边看着，于是生生止住了侧移的身子，任熔浆朝自己扑来。

“啊！”滚烫的熔浆溅到东方宁心身上，东方宁心飞快转身，可再快也避免不了胳膊被熔浆灼烧。

哧的一声响起，东方宁心的胳膊被熔浆灼得焦黑，她惊慌失措地往后退，脚下一乱，踢翻了两个装着熔浆的炉鼎。

炉鼎倒塌，火花在炼器室里飞溅，矮人炼器师吓得脸色大变，大叫着、闪躲着，好不狼狈。

“啊！烧死我了！”

“痛死我了！”矮人炼器师抱头鼠窜，洛克大师呆呆地看着这一幕，不敢相信自己看到的。

东方宁心，你是有心的还是无心的?

“洛克大师，出了什么事？”东方宁心抱着胳膊站在一旁，一脸惊慌。

洛克大师气得咬牙，却又无法肯定，只能压下心中的烦躁不安，上前安慰东方宁心：“宁心，都是我不好，害你被烧伤了。快快，我们先去包扎，不然留下疤可就难看了。”

“小伤，不用在意。”东方宁心满头大汗，倔强道。

“可是，可是……”洛克大师拉着东方宁心就想往外走。

“不用了，洛克大师，不知炼器室有没有损失，可要帮忙？我刚刚好像听到了什么声音。”矮人族果然训练有素，这才多久，她就听不到惨叫声了。

洛克大师见东方宁心执意不肯去疗伤，便没有再劝。炉鼎倒塌，火浆倾泻一地，好几个炼器师都受伤了，有一个直接被火浆灼身，只余一堆枯骨。

他怒火正盛，偏偏不能说东方宁心什么，只能憋屈道：“没事，就是几个人受了点轻伤，不妨事。宁心你没事就好，我们这就去炼制星空陨石和龙凤遗骸。我已经想好将其打造成两把怎样的剑了，保准你们满意。”

东方宁心看不到炼器室的惨状，却能猜到七八，毕竟这一团混乱可是她弄出来的。

既然洛克大师不说，她当然也乐得装傻，吸了口气，尽力忽视手上和身上的疼痛，在洛克大师的带领下，来到他的专属炼器室。

即使东方宁心再怎么小心避让，一路走过去，还是踏到了四五处熔浆。东方宁心虽然反应极快，但肉体凡胎的，遇上滚滚熔浆总是讨不了好，不过数十步的路，东方宁心的双脚就通红了。

见到东方宁心的惨样，洛克大师的脸色才好看起来，笑呵呵地把东方宁心迎进炼器室。

东方宁心的忍耐力一向极好，哪怕痛到脸色发白，额头冷汗直冒，也没有哼一声。

不着急，这笔账她早晚要跟洛克大师算清楚。

“宁心，星空陨石就在正前方，你现在能用天火熔化它吗？”洛克大师强压下心中的激动，问道。

东方宁心点了点头：“可以，不过我从未用天火炼过材料，不如先用天火将一龙一凤的遗骸炼化好，再来炼化这星空陨石。”

说完，不等洛克大师开口，东方宁心就将空间袋中的一龙一凤遗骸拿了出来。这一龙一凤的遗骸早就被无量太子处理好了，她不担心会出问题。

洛克大师原是不喜，但看到东方宁心态度坚决，也不好驳了她的面子，反正一个瞎子还能看他炼器不成？

“这样，我们去铸炼室。”洛克大师为了取信于东方宁心，把她带到了不允许任何人进出的铸炼室中。

铸炼室不大，当东方宁心与洛克大师带着一龙一凤的遗骸进去，铸炼室就满满当当了。

洛克大师站在炉鼎前，不知道做了什么，就见龙凤遗骸自动飞到了炉鼎上方。

“入！”洛克大师飞快打了一个手势，龙凤遗骸突然缩小，缩小，再缩小，直至完全进入炉内。

“宁心，快，朝着你面前的西北方向释放天火。”龙凤遗骸一入炉鼎，他就对东方宁心下命令。

“好。”东方宁心不顾身上的灼痛，全力配合。

天火轰的一声燃起，在洛克大师的提醒下，东方宁心小心翼翼地控制着火候。

如此，半个时辰过去，炉鼎里传来嘶嘶的声音，似有什么化为水流之物。除嘶嘶声外，还有一道声音特别刺耳，那是东方宁心的胳膊不断流血的声音。

东方宁心的胳膊受伤了，却要一直控制天火，烧伤的部位被拉扯开，乌黑的肉与猩红的血时不时往地上滴落。洛克大师看着这一幕，几次想要叫东方宁心停手，话到舌尖，却硬生生咽了回去。

他看到了东方宁心脸上的坚忍与无惧。只有这样的女子才能凭一己之力横扫万军，也只有这样的女子才驾驭得了那鲲鹏，与这样的女子为敌是麻烦事，他却没有选择。

如此，又是一个时辰过去，东方宁心脸上已没有血色，右手不断颤抖，就在她觉得自己快要坚持不住时，洛克大师终于说好了。

东方宁心暗暗松了口气，将天火收回。在洛克大师的要求下，她又将一团小小的火苗置于炉鼎下，以助炉鼎保持温度。

洛克大师高兴地叫道：“天火真是好东西，往常我预热炉鼎就得三天，炼化器材至少也得五天。像这龙凤尸骨，我少不得得熔个十天半个月的，这一次居然一个半时辰就完成了，简直太厉害了！”

天火的实力果然强地火数百倍，这东西我必须拿到。东方宁心，别怪我太狠，要怪就怪你身上宝贝太多，而你自己又没有能力保护。

那些宝物留在你身上的用处也不大，如若是我得到了鲲鹏精血，定能将其炼成无往不利的神器。

洛克大师深深地看了东方宁心一眼。

东方宁心正在调息，在洛克大师看来，她是真气耗尽，东方宁心却明白，她的真气比一般人雄厚，这么做不过是骗骗洛克大师罢了。

东方宁心盘膝调息，正想借此机会用精神力观察炼器室，不想却感受到了洛克大师一闪而过的杀意。

东方宁心强压下心中的不安，只当什么也不知道，一刻钟后脸色恢复如常。洛克大师一脸激动地上前，要带东方宁心去看星空陨石，试试用天火能不能熔化。

东方宁心当然不会让洛克大师失望，起身后她发现身体莫名虚弱，也还是强撑着。

洛克大师微闭着眼，什么也没说。外面那场火浆之灾，除了试探外，也是为了杀她。

地火不比天火，含有毒素，一旦沾身，不及时排除，毒素便会浸入肺腑。东方宁心碰到地火后，不仅没有及时排毒，还运行了真气，此刻毒素早已遍布全身。

东方宁心对此一无所知，只当自己失血太多。强压下身体的不适，她跟随洛克大师再次回到放置星空陨石的密室。

“宁心，用天火试试！”洛克大师急切地催促道。

“直接用天火对着它烧？”东方宁心不解地问道。一般情况下，含有杂质的材料才会用这种方法去炼制，精细的钢铁、金属都是要用炉鼎炼化的，这样可以保证其金属属性不被破坏，也不会浪费。

“隔着炉鼎，星空陨石会拒火。”洛克大师解释道。

“我知道了。”东方宁心右手一扬，天火再起。

这一次，天火直接朝星空陨石的一角烧去，一时间室内温度升高，照得人脸颊发烫。

洛克大师只感觉脸上火热，汗流浃背，可即便如此，依然眼也不眨地看着星空陨石，期待它熔化。

天火持续燃烧，东方宁心隐隐感觉星空陨石似有生命，在天火与之接触的刹那，星空陨石开始闪躲，并且不断释放能量。

第三十五章 它是圆圆满满的爱

星空陨石臣服后，炼化起来便很容易，不过东方宁心只炼化了巴掌大小的一块，炼化完后，就以身体不适为由，拒绝炼化余下的星空陨石。

洛克大师略一犹豫，想到地火之毒一时半刻也要不了东方宁心的命，再加上这一天下来，她的真气也耗得七七八八了，就没有强留，找了一个族人将她送了出去。

这个族人没有洛克大师那么狡诈，看到她一身狼狈，一路上相当照顾，不停提醒她。来时伤痕累累，出去时却是安安稳稳，东方宁心波澜不惊，脚步却异常沉重。

她在想，等会儿如何向雪天傲解释这一身的伤。

“姑娘，请。”矮人提醒道。

东方宁心淡淡颔首致谢，踏出炼器室，还没来得及想好对策，就听到雪天傲的惊呼声：“东方宁心，发生了什么？”

说话间，雪天傲冰冷的视线扫向她身侧的小矮人，直把小矮人吓得飞也似的跑了。

君无量与倾似也晚了一步，看到一身是伤的东方宁心，眼中思虑多于关心，这伤看着严重，但肯定死不了，而且必然和老洛克有关。

东方宁心面无表情道：“我没事，在里面不小心踢翻了炉鼎，被火灼了一下。”

君无量与倾似也松了口气，没出事就好，现在撕破脸，对大家都没有好处。

雪天傲张了张嘴，终是什么也没有说，拉着东方宁心回房后关上了门。

“我给你上药。”雪天傲脱下东方宁心的衣服，看到那些伤，终是没有忍住，“怎么会这么严重？”

“雪天傲。”东方宁心趴在雪天傲肩膀上，委屈道。

“发生了什么？”雪天傲的声音很轻。

东方宁心知道他生气了，忙道：“雪天傲，我没事，只不过没想到他会用那地火熔浆来试探我，只为确定我的眼睛是否真的看不见。”

说完，东方宁心便将在炼器室的事情和盘托出，只是隐瞒了她的身体不适。她总觉得着了洛克大师的道，但具体又说不清楚。

雪天傲越听越愤怒：“好一个矮人族，他们不仁，就别怪我们不义！”

东方宁心趴在雪天傲背上点了点头：“好，待我们的神器炼出来，就把矮人族的炼器术给毁了。”

“放心，这个仇我一定会替你报。”雪天傲轻拍着东方宁心的背，小心翼翼地避开伤口。

“雪天傲，矮人族的事情我们早晚会解决的，不用急在一时，忍了这么久，要是功亏一篑就太不划算了。”东方宁心双手捧着雪天傲的脸，一脸认真。

“宁心，我们不必……”

雪天傲刚开口，就被东方宁心打断：“雪天傲，这一次我们先忍一忍好不好？炼器师难求，能打造神兵利器的炼器师更是难求，就算要对矮人一族发难，也得等到兵器到手再说，不然我今天所受的委屈不是白费了吗？”

“我不会冲动的。”雪天傲终是妥协了。

东方宁心轻笑一声，倒在雪天傲的怀里，脸颊贴近他的胸口，侧耳听他的心跳声：“雪天傲，你放心，我不会拿自己的生命开玩笑。今日之事，我是算准了老洛克不会杀我，不然也不会任他算计，他那点小算计，我还不看在眼里。”

“这伤也够严重了。”雪天傲轻轻扶着东方宁心，看着那几处灼伤，冰冷的眼中溢满心疼，这伤他会替东方宁心加倍索回。

“皮外伤罢了，替我敷药吧。”东方宁心出声安慰，这伤本可去找灵欣远用精灵之杖治疗，立马能好个七七八八，偏偏矮人族忠于精灵族，要是灵欣远的秘密泄露了，他们明天就会被精灵族包围。

雪天傲虽被东方宁心劝住了，脸色却一直很难看，东方宁心本想安慰他，张了张嘴却什么也说不出来。

东方宁心不知，在她惦记无涯的时候，无涯已经带着蓝色闪电来到了异界，不过忙着提升实力，暂时没有时间来找她和雪天傲。

就这样，东方宁心以养伤之名，在屋里待了三天。

洛克大师心急如焚，手上那龙凤双剑已经快要打造好，东方宁心却不肯炼化剩下的星空陨石，这不是耍着他玩吗？

洛克大师气得不行，同时亦懊悔不已，早知如此，他就不用地火熔浆去试探东方宁心了，这下好了。

看着脸色冰冷阴沉的雪天傲，洛克大师明白，这一次自己失策了。现在想让东方

宁心出手炼化剩下的星空陨石，就必须先让他们看到一些实质性的好处。

第四天，洛克大师一大早就敲开东方宁心与雪天傲的门，双眼闪着兴奋的光芒："宁心，你快看，我把你们的兵器打造好了，我敢保证这一对龙凤剑天下独一无二。"

说话时，洛克大师示意身后的人将一个托盘递到东方宁心与雪天傲面前。托盘很小，却由四个小矮人同时举着。四个矮人身子很壮，身高和他们的腰围差不多，每走一步都留下一个极深的脚印，颇有几分小山移动的架势。

东方宁心与雪天傲瞪大眼睛"看着"洛克大师。

这不会就是他们的剑吧？这么小？把他们当矮人吗？

在东方宁心与雪天傲正疑惑时，君无量来了："洛克大师，你太不厚道了，神器出炉，不叫本宫去看就算了，这会儿神器都打造好了，也不让本宫见识一下。"

神器这种逆天的存在，出炉后定会降下天罚，洛克大师打出来的真是神器吗？

如果是，那么天罚呢？由谁受了？又是何时？

倾似也跟在君无量身后走了过来。

洛克大师眼里闪过一抹恼意，不是说这两人这几天都没有出现在东方宁心与雪天傲面前吗？怎么这么巧，前后脚就跟来了？

洛克大师尴尬地笑了一声："这还不是神器，要打成神器还缺几样材料，矮人族现在没有，我已经发布了悬赏令，让异界各族替矮人族寻找材料。"

"不是神器？器魂可以封印吗？"君无量意味深长地说了一句，也不知是什么意思。

听到君无量的话，洛克大师骄傲地挺直了背脊："当然可以，这是次神器，可以封印器魂，一旦找到了合适的材料，再炼制一下，立马就能成为神器。"

所谓次神器，介于魂器与神器之间，次神器也能认主封印器魂，与神器最大的差别，就是实力要削减两到三成。

"这样呀。打开给本宫看看，如果能行，本宫就顺手替他们把器魂封印了。"君无量决定好人做到底，帮东方宁心与雪天傲一把。

洛克大师没有说话，而是看向东方宁心与雪天傲，那眼神似乎在问：你们的兵器要让外人看吗？

要知道，一把外人不知的兵器在生死搏斗时所产生的作用是极大的。

雪天傲点了点头，一副完全信任君无量的样子。

"既然如此，就请无量太子看看吧。"洛克大师用力掀开了托盘上的红布。

托盘上有两个圆环，一个泛着黑色的光芒，另一个则泛着五彩之光。淡淡的光芒萦绕在指环上，低调却又张扬，很矛盾，也很吸引人。

“洛克大师，这就是你打出来的次神器？这么小？”倾似也性子急，看到那两个小圆环，立马出声。

雪天傲附在东方宁心耳边将两个圆环形容给东方宁心听，说完后两人同时皱眉，不明白洛克大师为什么把一龙一凤的尸骨打造成这么小的东西，这有杀伤力吗？

“怎么，看不起我打造出来的东西？倾小子，伸手拿拿看。”洛克大师骄傲地仰头，一脸得意。

倾似也上前，挑中了黑色的指环，却发现怎么也拿不起来：“咦，怎么回事？”

“怎么样，现在知道它的不凡了吧？”洛克大师得意地道。

“确实不凡。”技不如人，倾似也认了。

“洛克大师出手，果然非凡品。”君无量眼眸深处闪过一抹忧虑。不过是加了一点点星空陨石，龙凤遗骸打造出来的兵器就能压住天神，难怪洛克大师会用星空陨石来打造灭神炮。

“那是当然。”洛克大师得意地开口，见东方宁心与雪天傲没有表情，不禁问了一句：“东方宁心，雪天傲，你们不喜欢吗？”

“喜欢。”两人淡淡道，就好像面前不是两把次神器，而是两颗糖。

这两把剑虽然好，却无法让东方宁心与雪天傲激动，毕竟见识过诸神剑的威力，这天底下还有什么剑能让他们激动？

“那你们是不喜欢我把剑打成指环形状吗？这指环可是我精心设计的，没有一丝缝隙，完美得如同天造，就像你二人的感情一样，圆圆满满，没有瑕疵。”洛克大师介绍完就立刻催促君无量将龙凤的灵魂封印进去。

只有封印了器魂，这两把剑才能真正发挥实力。

“我试试。”君无量拿出封印了黑龙与五彩凤凰的魂珠，一番较量过后，君无量惨败，龙凤灵魂不肯妥协。

“不行，封印不了。”君无量狼狈地后退一步，看了洛克大师一眼，见洛克大师一脸得意，心里隐隐明白，想必又是他做了什么手脚。

君无量给雪天傲使了个眼色，雪天傲轻轻点头，表示知道了。

“怎么样，怎么样，无量太子，你封印不了吗？”洛克大师一脸夸张地问。

君无量心里憋屈得要死，面上还不能表现出来：“有难度，龙凤的灵魂排斥明显，强封下去，也会影响这两把剑的威力。”

凭他的能力，强封当然可以，但太浪费。

“那怎么办？”洛克大师急得团团转，突然停了下来，一脸激动地对东方宁心道，“天火，我知道了。东方宁心，你用天火炙烤灵魂，它们一定会臣服。”他得意地说完，忽然又失落起来，“可惜，东方宁心你身体不适，暂时不能使用天火。”

说了半天，终于到重点了。东方宁心掩去脸上的冷意："可惜了，我的手受伤了，无法控制天火，不然今天就能看到它们的威力了。"

洛克大师表情一僵，虽然只有一刹那，但在场的人还是看到了。

"既然如此，我就把指环……"洛克大师扬了扬手，让矮人把指环抬走，雪天傲哪里会给他机会，扬手拿出空间袋，在洛克大师还没有反应过来时，一个收字出口，只见托盘上的两枚指环嗖的一声飞了起来。

叮咚，指环在空中碰撞了一下，紧接着双双掉入空间袋中。

"你！"洛克大师气得跳脚，想要抢指环，可惜他太矮了，指环又太重，只能眼睁睁看着两枚指环落入空间袋。

雪天傲伸手，接过空间袋，往怀里一放："怎么了，洛克大师，我拿回自己的东西也不行吗？"

"洛克大师，多谢你亲自将指环送来，宁心身体不适，我们就不奉陪了。"东方宁心淡淡行礼，言语间颇有几分生疏。

老洛克心里一惊，这两人不会过河拆桥吧？他是不是操之过急了？

现在他手中没有筹码了，还能让对方为自己炼化星空陨石吗？

洛克大师一脸焦急，想到他炼器大师的身份，心中稍安，这两人应该不会那么笨，得罪他可没好处。

东方宁心与雪天傲没有理会洛克大师，转身回房。

君无量慵懒一笑，告别一句也消失了。倾似也跟来一趟，什么热闹也没有瞧到，耸耸肩也走了。只留下老洛克站在门外发呆。

回到屋内，东方宁心与雪天傲待老洛克走后，给君无量留了消息，约他到矮人族外围碰面。

君无量如约而至，看到东方宁心与雪天傲，笑着上前："两位约本宫来此何意？赏花吗？"放眼望去，百里之内光秃秃一片，别说花了，就是草也没几棵。

"无量太子，明人面前不说暗话，说吧，封印龙凤的代价是什么？"在老洛克面前，君无量明显没有用全力。

"何必这么认真呢，我们是朋友不是吗？一点小事，本宫怎么会向你们索要代价。"君无量一脸真诚，如果不是清楚他的为人，东方宁心与雪天傲相信自己绝对会被骗，认为他是一个大公无私的正人君子。

"亲兄弟也要明算账，无量太子还是开价吧，你的人情我们欠不起。"东方宁心太清楚君无量是什么人，宁可事先说清楚，也不想事后被人宰。

"你这话让本宫伤心了。"说话间，君无量还不忘摆出西子捧心的姿态。

雪天傲扫了他一眼，沉默地别过眼去。

君无量见自己一番表现被人忽视，不高兴地哼了一声，顺势收起“柔弱”的样子，一本正经道：“你们如此爽快，本宫也不会漫天要价，只要你们答应本宫三个条件就行。”

“三个条件？说。”

“第一，助本宫毁了矮人族的炼器室。”

“可以。”两人答得干脆，也知道无法拒绝。

“第二嘛，星空陨石本宫要了，你们即使得到，也得给本宫。”至于炼化的事情，到时候再说吧，君无量不相信这世间只有东方宁心能炼化那星空陨石。

“也可以，不过除了星空陨石，其他的我们各凭本事。”东方宁心再次点头，她和雪天傲早就想过这个问题了。

灭了矮人族后，星空陨石不是君无量的就是倾似也的，这东西太贵重，他们就是拿到，也没命去用。为了一个暂时用不上的东西拼命，实在不值得。

“行。”君无量也爽快，矮人族炼器室里的宝贝多了去了，吃独食可不是好行为。

“第三呢？”

“至于这第三嘛。”君无量脸上的笑容突然放大，就差没有在脸上写“我要算计你们”这几个字。

两人被君无量的笑容吓出一身冷汗，总感觉第三个条件很不一般，好在两人天生冷静，即使被吓到也没有表现出来。

“没意思。”君无量本想戏弄他们一番，结果两人根本不上当，君无量也不卖关子了，直接道，“第三个条件更简单，让你们的儿子认我做干爹。”

“无量太子，这事我们说过，我们不能做主，一切得看儿子怎么说。”

“这样呀。”君无量看着东方宁心与雪天傲，想要从他们脸上找出故作姿态的痕迹，偏偏什么都没有。

虽然还是怀疑，但君无量选择暂时相信：“既然如此，本宫也不强人所难，第三个条件就改为，你们尽早让本宫与你们的儿子见上一面，让你们的儿子来决定。”

“好。”东方宁心与雪天傲松了口气，第三个条件目前看来是最简单的，交给他们的儿子就好。

事情谈成，君无量也不多言，将魂珠抛向半空：“将指环拿出来。”

“多谢无量太子。”雪天傲拿出空间袋，任指环飞出。

他们明白，君无量这三个条件实际上根本就是没有条件，此举应该是想和他们交好。也许，他们可以成为利益共享的朋友。

两枚指环在半空中停了下来，封印了龙凤灵魂的珠子也在半空停了下来，和先前

的情况一样，黑龙与火凤凰不肯屈服，不肯成为器魂，哪怕这两枚神器是用自己的骸骨打造的，它们也不肯。

凭君无量的实力，当然可以强制封印，但他没有这么做，而是对东方宁心道："用天火炼化吧，灵魂惧火。"

东方宁心摇头："这种小事，有必要用天火吗？"

话落，只见东方宁心娇喝一声："小神龙，出来！"

君无量笑着打量小神龙，似乎想要看穿他到底是什么品种，真的是神龙吗，比黑龙的级别还高？

小神龙冷眼对上君无量的打量，没有理会，冲着那一龙一凤大吼一声。

龙吟声落，反抗的龙凤安静下来，封有灵魂的珠子不停颤抖，这一声龙吟让它们吓破了胆。

"可以动手了。"小神龙面无表情地对君无量说道，眼里闪过一抹不悦。任何带着目的打量他的人，他都厌恶。

君无量毫不在意，冲小神龙笑了笑。

少年天才，天生神兽，按理说和他才是绝配，可惜了。

君无量压下心中的惋惜，利落出手，一道柔和的真气将定魂珠和指环包裹在一起。极光中，看不清君无量的动作，只知道两枚定魂珠缓缓落在君无量手中，指环发出一声脆响，便乖乖落到小神龙的手里。

小神龙将指环递给东方宁心与雪天傲："认主吧。"

东方宁心没有去拿，而是轻揉小神龙的头："你好像又长高了。"

小神龙的脸瞬间红了，故意恶声恶气道："高什么高呀，这才几天。快点啦，认主后，我要回去修炼。"

"好。"东方宁心咬破食指。

君无量站在那里，风度极佳地看着东方宁心与雪天傲收服神器，心里酸酸的。

这世道还真是变了，以前都是别人站在边上看他君无量拿宝，什么时候变成他君无量站在边上馋别人的宝贝？

看着别人得到神器，自己却什么也没有，这种感觉还真不好受。君无量突然明白倾似也每次倒霉的心情了，不由得在心中暗下决定，回头扫荡矮人族时，他把倾似也叫过去，让他跟着占点便宜好了。

君无量胡思乱想间，东方宁心与雪天傲将次神器认主了，两枚指环颇富灵性地缠在东方宁心和雪天傲的中指上。

有了器魂在内，指环光芒内敛，除非遇到懂行的人，一般人根本看不出来这是神器，只当是一枚饰品。

不得不说，洛克大师虽然为人不怎么样，打造的兵器却是数一数二的。

君无量压下心中的酸涩，上前道贺："很别致的指环，这么一对戴在手上，明眼人一看就知道你二人是夫妻。现在次神器也认主了，让我看看它们原本的样貌呗？"

东方宁心与雪天傲没有拒绝，他们也很想知道指环变成利剑后，有多锋利。

微闭着眼，东方宁心与雪天傲静下心思，与指环中的器魂沟通。

"无量太子，你小心了。"东方宁心与雪天傲在指环上轻按一下，只见指环飞向半空，唰的一声化为两柄长剑，稳稳地落在东方宁心与雪天傲的手中。

不，应该说是龙与凤！

洛克大师根本没有破坏龙凤遗骸，只是将其浓缩了。五彩凤凰缠在东方宁心手中的剑上，黑龙则盘在雪天傲手中的剑上，周身散发着极淡的光晕，君无量很熟悉，那是星空陨石的力量。

老洛克用星空陨石的力量让龙凤尸骨重现，其威力不可言喻。

"来，试试它们的威力。"君无量想要试一试剑有多强。

东方宁心与雪天傲当然不会让君无量失望，很快熟悉了剑的用法。

"龙凤双剑，攻击！"东方宁心与雪天傲对手中的剑下令。

是的，下令。

东方宁心与雪天傲的命令一出，龙凤双剑飞身而出，化为一龙一凤，朝君无量攻去。

"怎么回事？"君无量一惊，连忙出手，那一龙一凤却不受真气攻击的影响，真气打在它们身上，直接穿了过去。

龙凤双剑速度不减地朝他击来，君无量不敢大意，丢出一卷防御卷轴："银龙守护！"

话音落下，只见一道银光将君无量包裹起来，一条虚幻的银龙盘旋在君无量四周。

"东方宁心，雪天傲，快停下！"小神龙的眼睛瞪得大大的。

东方宁心与雪天傲当然明白银龙守护是什么，在银龙守护面前，次神器还不够级别："龙凤双剑，回！"

"呜。"与君无量战得火热的一龙一凤没有任何犹豫地转身返回，化为两柄剑，稳稳落在东方宁心与雪天傲的手上。

两人在剑柄处轻轻一按，剑身化为黑色长条，缠在东方宁心与雪天傲的手指上，如同两枚普通的指环。

"很有意思的剑，洛克大师居然把它们炼成了傀儡。"君无量看到危险已除，便把银龙守护撤了。

君无量手上的卷轴看上去与普通的书画卷轴无二，但原材料却是七阶以上玄兽的尸骨，成本极高，一般人连玄兽都抓不到，更别说制作卷轴了，这东西在五界已经很少见。

在远古，有不少天神喜欢制作卷轴，将自己的保命技能封印其中，送给小辈或者亲人。这东西关键时刻可以救命，发出来的威力与天神发出来的效果一样。不过，卷轴只能用一次，之后就一点用也没有了。

君无量手中这张卷轴明显和神圣银龙有关。

小神龙飞快地冲到君无量面前，捡起被他随手丢在地上的卷轴，一脸激动地问：“告诉我，你的银龙守护卷轴从哪里来的？”

“你问这个做什么？”君无量看着小神龙，眼神一闪。面前这条小龙不会有神圣银龙的血统吧？

不可能！神圣银龙据说一千年前就死了，龙族已经很久没有出现神圣巨龙，面前这小神龙绝对没有千岁。

“告诉我，银龙守护的卷轴从哪里来的？”小神龙再次问道，黑亮的眸子里闪着急切的光芒。

如果是一般人，肯定会心软，但君无量不会：“我为什么要告诉你？”

他知道这个消息对这条小龙来说很重要，但越是重要的消息，越不能轻易泄露。

君无量笑着看向东方宁心与雪天傲，那意思很明显，想要消息没问题，你们拿什么和我交换？

朋友分很多种，他们现在还没有亲密到无条件相帮的地步。

东方宁心没有傻得和君无量攀交情，冷静地开口：“带我们去你得到卷轴的地方，我无条件帮你炼化那星空陨石。”

“这个条件对我无效。没了洛克大师，星空陨石根本无法打成绝世兵器，本宫要拿到它，只是不希望这东西落在别人手上罢了。”从始至终，君无量都没想过用星空陨石打造兵器。

能将星空陨石打造成兵器的只有老洛克，但老洛克必须死，星空陨石注定要尘封了。

“无量太子不想星空陨石变成兵器，那想要什么？说出来，能做到的我们一定帮忙。”这个消息对小神龙来说很重要，因此不惜一切代价，她也要君无量说出来。

“咳咳，本宫没想过用这个来向你们提什么条件，要不这样好了，这次就算你们欠本宫一个人情，他日本宫需要时，再向你们要。”君无量这话绝对是真诚的，他根本不知道银龙守护卷轴对东方宁心与雪天傲这么重要，要是知道，他早就拿出来用了。

“好，他日只要无量太子开口，我们一定不会推拒。无量太子应该明白，违背原则的事情，我们断然不会做。”东方宁心相信，君无量知道他们的底线。

“这个当然。”君无量没打算与两人交恶。

“那么，无量太子，你手上是否还有与银龙守护相关的东西？”东方宁心问道，无神的双眼如同黑洞，能看到人的内心深处。

“还有一根火红的凤凰羽毛，这应该是凤凰尾部力量最强的一根。”君无量很大方，从怀中取出凤凰羽毛。

小神龙看到火凤凰羽毛，双眼闪着泪光。君无量二话不说，就将凤凰羽毛塞到小神龙的手里：“这东西就送你了。”

“你送给我？”小神龙不解地看向君无量，这人明明是个利字当头的家伙，怎么会这么大方?

而且，这根火凤凰羽毛明显比银龙守护卷轴强大，因为它可以召唤火凤凰虚影。

火凤凰，传说中凤族修为最高的凤凰，浴火重生九次，最后却莫名陨落，留下十根火红色的羽毛，每一根都有火凤凰的印记，使用时可以召唤出十只火凤凰。当然，召唤出来的火凤凰虚影的实力远不如实体强悍。

“拿着吧，不就是能召唤火凤凰虚影吗？实力并不是很强，留在本宫身上也没有用，更何况本宫可没有凤血可用。”

“多谢。”小神龙将火凤凰羽毛紧紧握在手中，突然觉得君无量也不是那么讨厌了。

君无量大方地摆手：“谢倒不必，要是有兄弟姐妹什么的，介绍一个给本宫。”

“没有！”小神龙脸色一变，瞪了君无量一眼，便后退数步，小手握得死紧死紧。

他唯一的亲人死在中州的寂灭山脉，从此再也没有亲人了。

“本宫说错话了？”君无量不解，他不过随便一说，应该没什么才是。

东方宁心摇了摇头：“不知无量太子可否告知我们，你的火凤凰羽毛与银龙守护卷轴是在哪里拿到的？”

君无量看了一眼小神龙，敢肯定这里面有秘密，但对方不说，他也不好再问：“不知你们知不知道兽族中除了玄兽，还有半兽人和幻兽。”

“我们知道，这东西和幻兽有关？”他们与幻兽族还有点小事没有解决，这下好了，魔焰谷谷主地魔的仇，他们可以报了。

君无量点了点头，心中暗暗猜想，东方宁心与雪天傲到底何许人也？他们对异界的了解超乎常人。在异界，很少有人知道幻兽一族的存在，因为幻兽向来隐藏得极深，他们精通机关、五行八卦之术，若真隐藏起来，一般人根本找不到。

幻兽其实也是玄兽与人类结合后诞生的新物种，只不过是最优秀的那部分，继承了人类与玄兽最优秀的基因，身为人类却天生拥有本命兽，只要他们愿意，又能与人类契约，成为契约幻兽。可惜，幻兽数量极少，即使很优秀，也无法统治兽族。

不过，新一任幻兽族长很不简单，那是个野心勃勃的家伙，没有人知道他是怎么来的，只知道他在十八岁时突然出现，本命兽是貔貅。他在老族长死后，幻兽一族群龙无首时，顺利接管了幻兽一族。

幻兽现任族长十分精明，行事老练，君无量曾见过一次，当时怎么也无法相信，那么精明的一个人看上去只有十八岁，眼神却像活了成百上千年的老妖怪，阴沉又可怕。

也就是在那一次，君无量意外得到了银龙守护卷轴和火凤凰羽毛。

“这东西就是本宫在幻兽族的领地找到的，那地方估计只有本宫才能去。”说这话时，君无量眼里溢满自信的光芒。

“明白了。”东方宁心与雪天傲郁闷地点了点头，听君无量话中的意思，这事他们还得麻烦他。

小神龙红着眼睛对东方宁心说道：“我先回去了。”

说完一个闪身，人就消失了。他需要一个独立的空间，去思念他的父母。

玄兽空间，小神龙一个人呆呆地坐在那里，拿出火凤凰羽毛，还有那卷已经没有威力的卷轴，双眼泛红：爹，娘，我们之间是不是又近了一点？是不是你们在冥冥之中指引着我，让我一步一步走到今天？

抱着卷轴和火凤凰羽毛，小神龙默默掉泪，在他没有看到的地方，龙凤遗珠流转着光芒。

小神龙走后，君无量问道：“你的契约神兽是什么血脉？”

东方宁心愣了一下，缓缓吐了口气，说道：“无量太子，我想你应该也猜到了小神龙的血脉，没错，他就是神圣银龙与火凤凰的后代，可是神圣银龙和火凤凰已经死了。”

“果然。”君无量听到这话，沉默了。

如果他不认识面前这两个人，在得知小神龙的身份后，一定会在第一时间杀了东方宁心，然后将龙凤之子契约了。

“无量太子，他只是一个孩子，我们对异界没有野心。”东方宁心知道君无量在想什么。

龙凤是异界的子霸主，君无量身为人族太子，想的不外乎是异界的权力之争。

君无量点了点头，半晌后只说了一句：“我希望你们今天所说的，都是真的。”

说完，他头也不回地朝矮人族走去。

第三十六章
倒霉的最高境界

黑夜笼罩大地，万物陷入寂静，除了呼呼的风声外，只有沙沙的树叶声，隐隐透出一股不寻常的味道。

黑夜中，三双眼睛在矮人族炼器室后山散发出熠熠的光芒，还有一双眼睛早已与黑夜融为一体。

“我说，你们有把握吗？”说话的人是倾似也，他是半夜被君无量拎过来的。

君无量把他找来的原因很简单，倾似也不去，倒霉的事谁上？有倾似也在，他们都安全，牺牲倾似也一个，安全他们三个。

听到君无量的理由，东方宁心与雪天傲保持沉默。

他们还以为，君无量会高尚地说，大家同路一场，有好处怎能不让倾似也分一份？

“本宫什么时候打过没有把握的仗？”君无量自信满满地道。为了今天，他已经准备了五天，只要东方宁心配合，他们就能一举毁了矮人族的炼器室，再不济也能毁了打造到一半的灭神炮。

“你就吹吧，这样宽的地火火源咱们怎么过去？”倾似也懒得理会君无量，指着面前那一望无垠的地火火源问道。

“有东方宁心在，怕什么。”君无量丝毫不把这事放在心上，要不是东方宁心有天火和鲲鹏精血，他何必那么辛苦地去算计？

“君无量，你不会是想让东方宁心带我们一起飞过去吧？这倒是个好办法。”倾似也点了点头，双眼在黑暗中越发明亮。

“会安全带你进去的。”君无量拍了拍倾似也的肩膀，一副哥俩好的样子。

倾似也却不领情，一把拍掉君无量的手，朝雪天傲与东方宁心身边挪了挪。

相比君无量，他更愿意待在这两个人身边，至少安全，不会被坑。

四人静静潜伏在地火另一端，并没有立刻行动。

矮人炼器室里，老洛克做了最后一次检查，确定一切机关都没有问题，将贵重的东西锁好后，便走了出来。

“父亲，精灵女皇又派信使来了，要求我们尽快将灭神炮做出来，精灵女皇要在上古战场试用。”小洛克显得很焦急，双眼里隐隐有着期盼。

“星空陨石炼不了，我能怎么办？”老洛克的脸色很难看，恶狠狠地瞪了小洛克一眼。

“那一男一女是怎么了？不会拿了咱们的东西就跑吧？”小洛克一边走，一边小心地问，他老爹挖了那么大一个坑，那个叫东方宁心的女人硬是不跳，真气人。

“应该不会。”走到这一步，老洛克心中也没底了，但他相信君无量还不敢得罪矮人族。

“父亲，再催催他们吧，不能拿了兵器不办事。”说话间，小洛克眼里闪过一抹杀意。

“明天他们再不动，就杀了那个叫雪天傲的男人。”老洛克走到门口，不知往哪里一按，深海秘银所制的巨门缓缓打开。

炼器室内，其他矮人大师依旧在工作。

此时，等在另一端的东方宁心四人站了起来：“行动！”

东方宁心没管君无量与倾似也，她从暗处走出，嗖的一声就消失在众人的视线中。

鲲鹏的霸气，鲲鹏的速度，饶是他们三人亦不如。

三人叹息，也在等着东方宁心下一步的动作。很快，只听哗啦一声，一条铁链从天而降，刚好缠在他们身后的那棵大树上。

“走吧。”君无量拍了拍呆愣的倾似也。

都说了，他君无量不做没有把握的事，今天这矮人族的炼器室，他是毁定了。

三人站在火源边上，看着恣意喷吐的地火，眼中闪过一抹轻蔑。

踏着东方宁心抛来的铁链，三人飞快奔跑，火红的光芒照映在脸上，如同浴火的凤凰，高贵而霸气。

周身温度越来越高，饶是真气偏寒的雪天傲，此刻亦是一脸通红，像是煮熟的大虾。

“怎么回事，这到底多长呀？”倾似也第一个不耐烦，他们是人不是铁，经不起这样的炙烤，会死人的。

“不知道。”君无量无力地开口，即使身上有神器，也抵挡不了这份酷热。此时，君无量终于明白东方宁心为什么否决自己的提议了。

东方宁心肯定是提前查探过地火到炼器室的距离，才准备用铁链接他们过去。这么远的距离，她再强也无法带三人同时过去。

“雪天傲，你们是不是早就来过这里？”不然，怎么会提前准备一条寒铁链呢？

“嗯。”走在最前面的雪天傲只是轻应一声，没有多说。

他和东方宁心不仅来过这里，还曾飞到对面去看，那一次他们因为计算失误，险些掉入地火火源之中，幸亏有小神龙相助。

东方宁心的伤并不全是装出来的，有一部分是他们晚上来这里时被火灼烧的。当然了，有伤的不止东方宁心一个，雪天傲伤得更严重，如果不是有灵欣远在，他们今晚都无法行动。

君无量不得不佩服，这两人心细如发，想得比他更远。

这时，铁链忽然晃了一下，三人堪堪稳住，就听到前边传来打斗的声音。

东方宁心的行踪被人发现了。

此时她一边拉着铁链，一边用手中的凤剑与对方激战。看这情况，她明显处在下风，因为与她对战的不是一般人，而是精灵族的神射手，她们擅长远攻，偏偏东方宁心这会儿无法动弹。

“快，东方宁心有危险！”雪天傲的脸色很难看，对方明显不弱，而在激烈的打斗下，东方宁心还要保持手中铁链的平稳，太难了。

雪天傲提起真气飞向矮人族的炼器室，手中的冰枪同时飞射出去，刚好挡住了那群精灵射出来的箭。

“精灵族真是越来越嚣张了。”君无量与倾似也同样飞身而起，朝地火火源岸边飞去。

就在倾似也准备借力而起时，不知怎么回事，铁链突然松了。倾似也整个人如同断线的风筝，不停往下掉落，而下面是万丈火坑。

“该死！”倾似也脸色一变，反应极快，凭借真气，生生制止了下跌的速度，却无法往上冲。

“倾似也？”君无量与雪天傲脸色一变，回头望去，除了火红，什么也看不到。

听到动静，东方宁心一咬牙，收回凤剑：“这里交给你们了，我去救他。”

说完，她也不管雪天傲同意与否，如同大鹏展翅，朝地火火源跳了下去。

倾似也抬头就看到火光中如同利剑朝他飞来的东方宁心。

东方宁心下落的速度非常快，她一甩手中的铁链，就将倾似也给卷住，正准备借力将人带上来，矮人族出手了。

无数巨大的石块朝雪天傲与君无量两人砸来，这些石块是特制的，裹挟着浑厚的真气攻击，迅猛无比。

不过，这东西哪里挡得住雪天傲与君无量，两人只微微闪身便躲开了。

随后，巨石滚入他们身后的地火火源。

砰，东方宁心再次往下掉落。

原来，巨石落下时，正好砸到东方宁心手中的铁链上。在强大的冲击力下，东方宁心与倾似也不受控制地往下落。

“东方宁心，怎么了？”倾似也郁闷了，刚刚还好好的，怎么又往下掉了？

不过他倒是不担心了，有东方宁心在，地火不敢靠近他们。

“倾似也，我现在明白你的霉运到底有多强了，跟你搭档，没点本事还真是不行。”东方宁心没好气地道，一边减缓下落的速度，一边想着如何自救。

铁链划破了她的手心，血顺着铁链往下流，下一刻，地火立刻避开，似乎很害怕。

东方宁心顺势看去，发现天火火焰在手心燃了起来，火光不大，却让周围的地火火苗黯然失色。

“有救了！”

火光中，东方宁心嘴角扬起一抹笑。

倾似也九死一生，心情刚刚平静下来，正准备向东方宁心道谢，却看到东方宁心正在发呆。

“没事，我送你上去。”东方宁心回神，拉着铁链的右手再次握紧，将手心的光芒遮住。

有些事情，知道的人越少越好，她可不想驱了虎又引来狼，天火的威力不需要太多人知晓。

“送我上去了，你怎么办？”倾似也看着东方宁心，眼里闪过一抹担心，怎么说对方也是为了救自己才跳下来的。

东方宁心冷冷地瞥了一眼身下看不到底的地火火源，眼里闪过一抹轻蔑：“这点小火还能伤我？你先上去吧。”

说完，她也不管倾似也同意不同意，一个借力就将手中的铁链往上抛去。

“雪天傲，接住，把他拉上去，不用担心我。”东方宁心的声音从下面传来，雪天傲回头一看，源浆中已没了东方宁心的身影。

他知道东方宁心有成算，不会乱来。

“发生了什么？”君无量一派悠闲，精灵族的神射手根本不是他的对手，他随手丢出几卷攻击卷轴就把人打飞了，正等着东方宁心与倾似也上来，却不想倾似也上来了，东方宁心却仍旧在火中。

君无量的脸色很难看，他很清楚倾似也有多倒霉，也知道和倾似也搭档的那些人的下场有多惨。

他还需要东方宁心帮忙，她现在还不能有事。

雪天傲摇了摇头，一个用力，把倾似也给拎了上来。

倾似也在半空划过一道弧度，轻巧地落到君无量与雪天傲面前，一身衣衫已经破烂不堪，散发着焦臭味，头发与眉毛都烧得差不多了，那样子要多狼狈就有多狼狈。

倾似也一跃入炼器室入口，看了一眼地火深处，那里没有东方宁心的影子，又看了看雪天傲，见他神色如常，心下大安，转身恶狠狠地瞪向矮人族。

当看到飞舞在半空的精灵族人，倾似也眼里闪过一抹不解，不过聪明如他并没有发问。

“天一归元！”倾似也拔剑冲上前去，如同发泄，对着面前的矮人与精灵乱打一通。

雪天傲无奈地提醒道：“小心点，只杀人，东西少毁一点。”矮人族炼器室里可都是宝贝，这些东西放在外面都是钱。

“我知道，这群人差点把老子烤成肉干，这仇不报，我就不姓倾。”倾似也的招式一如既往粗犷野蛮，不过挥剑时稍稍注意了一下，颇有几分克制。

“你本来就不姓倾。”君无量凉凉道。

倾似也是一个孤儿，天一真人看他根骨不错才将其收养。被天一真人收养，是倾似也有生以来唯一的好运，这个好运改变了他的一生。

“君无量你个浑蛋，不说话会死呀！”倾似也一剑扫过去，面前早已没了活口，精灵族神射手和矮人族的防御在倾似也面前不堪一击。

倾似也脾气火暴，又是不怕死的主，见惯了血腥与杀戮，一招一式和无涯很像，只为杀人，从不防御。有倾似也在前面开路，君无量与雪天傲只需要在后面捡宝就行。

倾似也所到之处，尸横遍野，而不管是正在打造的，还是打造了一半的兵器、稀有金属，都被雪天傲与君无量一扫而空，三人配合默契，只苦了唯一的打手倾似也。

三人闯入内室，矮人炼器师顿时慌了。他们不懂武功，只会埋头炼器，看到雪天傲三人，吓得尖叫连连，连连大喊：“站住！站住！这里是矮人族的炼器室，你们想要怎样？”

“快来人呀，有人擅闯炼器室啊！”

“族长，族长在哪里？”

一阵杀戮后，矮人族的炼器师才回过神来，拿起矮人族的防御武器，准备反攻。

“晚了。”君无量与雪天傲哪里会给他们机会，倾似也没有杀干净的人，全部被二人解决掉。

炼器室内，雪天傲三人打得痛快，地火火源下，东方宁心也是一路畅通无阻。她猜得没错，地火真的不是天火的对手。

东方宁心很快来到火源最底端，一片火海中，她如同巡视领地的女王，所到之处，火焰皆避。每走一步，她眉头皱得更紧。刚刚明明感觉火源深处有什么，怎么一会儿就没了？

东方宁心一边走一边侧耳倾听，不知道走了多久，突然听到一阵异响，东方宁心毫不迟疑地赶上前去。

在这片火海中，有一个圆形的火球特别明显，因为它和东方宁心手中的天火火苗一样刺眼醒目。

它不停吞吐着火源，如同自己是这片火域的王者。

它，就是地火火眼！

东方宁心知道这就是她寻找的东西。在火焰的世界里，王者只有一个，天火与地火既然遇上了，那么只有一个可以存活下来。

地火火眼在这里已经存在数千万年，虽是死物，却已有灵性，面对东方宁心的威压，它的第一反应是反抗。

一瞬间，越来越多、越来越炽热的火源从火眼里喷薄而出。

东方宁心毫不退缩，手中的天火一动不动，天火火苗与地火火眼的交锋正式开始。

“怎么回事？温度越来越高了。”倾似也、君无量和雪天傲三人已经将炼器室中的矮人与精灵全部解决，此时正和矮人制造的兵器对打。

说它们是兵器也没错，这十二个铁人全部由精铁打造，无坚不摧。

可要说它们只是兵器又不对，因为铁人里面封印了天神的灵魂，命令下达后，就可以自行与对方对战。

十二个拥有天神灵魂的铁人让雪天傲三人分外吃力，这些铁人只会杀杀杀，身体又是真正的铜墙铁壁，怎么也打不烂。

据说它们是矮人族炼器室中最强的护卫队，也是矮人族历代积攒下来的财富之一。

十二个铁人，君无量与倾似也一人对付五个，雪天傲只有神者五阶，勉强对抗两个已很吃力。

“难不成又有哪个浑蛋开启了什么机关？矮人族除了这十二个铁人，还有更好的东西？”君无量眼中寒芒毕现，矮人族底蕴丰厚，远超他们的想象，幸亏他们来打劫了，不然等到矮人族成长起来，他们人族就危险了。

而最让君无量担心的是，除了这十二个天神级别的铁人外，矮人族神者五阶以上的傀儡也不少。

哐当，是长剑砍向铁人的声音，雪天傲面前的铁人手臂上出现一条划痕，却丝毫不影响进攻的速度。

雪天傲手中的剑如同游龙，不停阻挡铁人的进攻。趁铁人反应迟钝之际，他借机看向身后的火源，知道室内温度与矮人一族无关，顿时松了口气："这高温是身后的地火引来的，不用担心，应该是东方宁心造成的。"

"东方宁心在做什么？"不是矮人造成的，倾似也就放心了。

"不知道。"雪天傲没空再看，眼前的铁人把他逼到了死角。

君无量估计被这铁人给打烦了，后退一步，从空间袋中拿出一把神器，想也不想就往那铁人丢去："给我爆！"

神器自爆，连同器魂一起，威力无比惊人，后果也极其严重。

以君无量为中心，火花四溅，不断有碎石和碎铁片飞溅出来，巨大的力量将人往外牵动，倾似也与雪天傲很快就被神器自爆的力量推出战斗圈。

"靠，君无量，你要死呀，自爆神器也不提前说一声，想害死我们呀！"倾似也在火源深处时就分外狼狈，现在被爆炸波及，样子更是不堪入目。

君无量懒得理会，又拿出一把魂器，看也不看就往那些铁人面前丢："爆！"

"我去，你到底有多少神器和魂器？"看到君无量大手笔地爆掉神器与魂器，倾似也眼睛都直了。

最可恨的是，君无量全身上下都是神器，即使打得难舍难分，他依旧纤尘不染，在战火之中游刃有余。

"爆！"君无量手中的神器、魂器像是不要钱一般，一件一件自爆。当然，让他们头痛万分的铁人此时已倒了四具，全身散成废铁，估计只能回炉重造。

"君无量，你真有钱，神器随手丢。"倾似也双眼发亮，看着那些在自己面前爆掉的神器，一阵可惜。

同样是人，差距怎么就这么大呢？

君无量听到倾似也的话，笑了："倾似也，你知道用神器自爆来伤敌这一招，本宫是跟谁学的吗？"

"谁？"问这个问题时，倾似也不自觉地看向雪天傲，眼中带着询问之色。

雪天傲不闪不避地点了点头，同时鄙夷地看了一眼君无量。

他和东方宁心是打不过才选择用魂器和神器自爆的，而君无量用神器来自爆，分明就是显摆。

倾似也咬牙切齿地道："你们两个败家子！"

"哈哈哈，虽然浪费，但不得不说，这种打法很过瘾。倾似也，你想不想尝试一下？”君无量毫不顾忌地大笑，此时他们面前的铁人只剩下三具，还是伤痕累累的。

君无量玩得开心，丝毫不在意浪费魂器与神器。

“君无量，别全杀了，留一个给我玩。”倾似也摩拳擦掌，准备大干一场。

“行，拿你的神器来砸。”

“我没有。”

“那和本宫有什么关系？”

“你借我一把呗。”

“会还吗？”

“马上就还你。”

“拿去！”

“给我爆！”这是倾似也得意的声音。

最后一个铁人在神器自爆的威能下炸开，铁片四飞，硝烟滚滚。

血腥味、硝烟味、火药味混杂在矮人族的炼器室中，昔日井井有条、让各族羡慕的炼器室，此时满目疮痍，到处都是残肢和碎铁，烧红的炉鼎也倒了一地，火浆在脚下缓缓涌动。

矮人族的尖叫声、精灵族的谩骂声全部消失了，雪天傲明白，战斗结束了一半，虽然代价颇大，但他们相信，等下自然可以在矮人族的收藏室找补回来。

“太过瘾了。雪天傲，东方宁心，本宫总算报了当日被你们用魂器追着打的仇了。”君无量满面红光地从战场中走出来，潇洒如风。

“哦。”雪天傲点头，不以为意。

“君无量，你少来，明明是羡慕东方宁心与雪天傲丢魂器自爆的样子太帅了，你嫉妒了，还好意思说得这么冠冕堂皇。”倾似也毫不客气地拆君无量的台。

“倾似也，别忘了，你刚刚借了本宫一把神器。”君无量趾高气扬地看着倾似也，一副“老子是债主，你得听我的”嚣张样。

“我还你了，你没接住。”倾似也一副痞子样。

就在两人吵闹时，雪天傲闪身朝老洛克独立的炼器室走去。东方宁心说，炼器室里有个炉鼎，有机会得拿到。

君无量与倾似也吵得正起劲，一抬头就看到雪天傲的身影，立马叫道：“雪天傲，不带吃独食的！”

两人连忙跟上，而此时听到动静的小洛克正匆匆赶往老洛克的院落，脚步凌乱，一脸害怕。

他刚刚收到消息，炼器室出事了！

君无量与倾似也跟在雪天傲身后，看到被雪天傲一剑轰掉的巨门，两人默默哀悼半秒，飞快朝室内走去。他们的目标很明确，就是星空陨石。

“我的。”

“我的。”

君无量与倾似也同时伸手，默契尽显，一人抓着星空陨石的一半，谁也不让谁。

雪天傲回头看了一眼，见两人互不相让，眼里闪过一抹笑意。他和东方宁心提早退出是对的，要是三人去争，只会弄得三败俱伤。

无视两人的争斗，雪天傲继续往里走，只一眼就看到了东方宁心所说的炉鼎，他二话不说，拿起空间袋就把它装了进去。除了炉鼎，其他的东西雪天傲一样没动，他转身倚门而站，就好像他一进来就靠在那里一般。

倾似也与君无量同时停手，看向一身冰冷却掩不了皇家气度的雪天傲。君无量眼里闪过一抹惊艳，不经大脑地道：“雪天傲，你是不是哪个远古帝王的后代？”

“无聊。”雪天傲指了指石桌上的星空陨石，没有一丝感情地问，“你们决定好了吗？如何分？”

雪天傲的语气和平时无异，但这一次，君无量与倾似也却感觉到一种威严，而且他们并不讨厌这种感觉。

君无量与倾似也互看一眼，在彼此的眼中看到了不解与迷茫。

“咳咳。”两人轻咳一声，将那种感觉压下，看了一眼星空陨石，异口同声道：“那是本宫（我）的。”

看两人争执不下，雪天傲不得不开口：“无量太子，你先把星空陨石收好，我们出去再说，这里不安全。”

君无量当然同意，可是倾似也不满意：“不行，星空陨石不能放在他那里，应该放我这里。”

君无量正想嘲讽倾似也两句，雪天傲开口了：“倾公子，这东西放在无量太子那里更安全。一切等出去再说，我们算是同生共死了，这一点信任还没有吗？更何况，没有洛克大师，星空陨石拿出去就是废物一块。”

倾似也看了一眼星空陨石，再看了一眼平静如常的君无量，表示同意。

雪天傲话中透露了一个信息，那就是东方宁心并不会帮君无量炼化这星空陨石，如此一来，这东西还真是累赘。

“既然如此，动手吧。”把东方宁心要的炉鼎拿到后，剩下的兵器他们可以均分，反正他和东方宁心没有吃亏。

君无量拿出最大的一个空间袋，往空中一抛。

“空间袋……”最后一个收字还没有出口，只听哐的一声，利箭划破虚空，朝君无量射来。君无量闪身避开，利箭将那正准备装星空陨石的空间袋射落下来。

雪天傲、倾似也和君无量脸色一变，君无量接过空间袋，雪天傲与倾似也则迅速聚拢，三人背靠背，扫向四周："出来！"

"君无量、倾似也、雪天傲，你们好样的，居然敢洗劫我矮人族的炼器室！"室内传来老洛克的声音，三人均不知是从哪里传来的，因为声音在四周环绕。

君无量极尽傲慢道："洛克大师，鬼鬼祟祟躲在暗处算什么？至于洗劫你的炼器室，在你和精灵族联手，野心勃勃地想要一统异界时，就应该有这个心理准备。"

"什么？"倾似也脸色大变，看向君无量与雪天傲，"这是真的？"

雪天傲脸色不变，君无量则朝倾似也点了点头。

秉着即便不结交也不树敌的原则，雪天傲无声对倾似也说了一句："你居然没有发现？"

这一句说得极有技巧，一是点明这么简单的事情，他以为倾似也早就知道，所以没说；二是这是我们自己发现的，谁也没有告诉谁。

果然，倾似也耳根微红，讷讷点头。

"你们什么时候知道的？"老洛克心中一震，但很快就冷静下来。

"要想人不知，除非己莫为。你以为这世间真有这么巧的事？在你要炼化星空陨石时，就有拥有天火的人来找你打造兵器？"雪天傲抢过君无量的话茬，半真半假道。

这话只为让老洛克明白，他们早有准备，杀了他们也无用。

老洛克沉默了一会儿，道："后生可畏，即使如此，今天也不能让你们活着出去。我矮人族的炼器室不是你们想来就来、想走就走的。无量太子，你的神器很多是吗？今天咱们就来比一比，到底是你无量太子的家底厚，还是我矮人族的家底厚。"

显然，老洛克知道了十二个铁人的死因，对于君无量的那种杀法，老洛克心中万分不满。

"洛克大师请，就让本宫看看你们矮人族的家底吧。"

神器自爆，他君无量会怕?

说话间，三人仔细查看了每一个角落，却始终不知道老洛克躲在哪里。

三人眼中透着凝重，没有任何交流，各自将真气凝聚到最高，准备第一时间反击。

神器自爆的威力太大了，他们不得不小心。

老洛克似乎察觉了雪天傲三人的想法，阴恻恻一笑："想躲？今天就让你们见识一下矮人一族的富有！"

"神器出来！"老洛克大喝，只见雪天傲三人四周突然悬浮起数十把神器，有剑，有刀，还有盾牌。

这一刻，饶是雪天傲也忍不住担心。

一把神器自爆没有问题，十把神器同时自爆，几乎等同于天神自爆，其威力就是神王也扛不住。

君无量与倾似也的脸色也相当不好，他们没想到，老洛克会奉上这么大的手笔。

“哈哈哈，怎么样，害怕了吧？”雪天傲三人眼中的凝重似乎取悦了老洛克，老洛克狰狞地狂笑，冲着那些神器大喊道，“给我……”

FENG HUANG CUO

第三十七章
离别是为了再见

一个爆字还没有落下，只见一道火红的光芒冲向室内，制止了爆炸。十把神器被通红的火焰包裹，悬浮在半空，一动不动。

东方宁心一身白衣，踩着火浪缓步而来，清冷的声音从容不迫，打破了一室紧张："洛克大师何必着急，你不觉得少了一个人吗？"

雪天傲三人只感觉一股热浪袭来，本来明亮的室内被火红笼罩。

君无量与倾似也在东方宁心的万丈光芒下不自觉后退。

"东方宁心？"老洛克的声音带着颤抖与害怕，"你不是死了吗？"

老洛克怕的不是东方宁心，而是她手中的天火，这里的材料经不起天火轰炸。人为的损坏可以修复，天火一轰，也不知还有多少能用。

"死在地火里吗？很抱歉，让你失望了。"东方宁心轻轻道，右手把玩着火红的圆球。

"你手上是什么？"君无量道，直觉告诉他，她手中的东西不一般。

东方宁心给了雪天傲一个你放心的暗示，不急不缓道："地火火眼。"

为了这东西，东方宁心可是费了不少心力，如果不是她心志坚韧，恐怕早被地火火眼给吞了。

东方宁心五指一收，修长的手指轻捻火球，火球颤动了一下，光芒稍稍黯淡几分。

"地火火眼？"君无量与倾似也惊呼，不敢相信地看着东方宁心。没有地火，矮人族就完了。

"东方宁心，你要做什么？"老洛克心神俱乱，怒声大叫。

这一次，三人终于知道他在哪里了。雪天傲抬头看了一眼，什么也没说，只朝东方宁心靠拢一分。

东方宁心朝雪天傲笑了笑，目光再次落在君无量身上：“无量太子，星空陨石太危险了，我们还是先收起来再说。”

“好。”君无量再次拿出空间袋，将星空陨石装走。

老洛克气得整个人都颤抖起来，小洛克站在一边焦急不已，他们已经发消息给精灵女皇了，现在正等待精灵族派人前来。

“君无量，你敢！”看到星空陨石凭空消失，老洛克恨不得杀人，偏偏这个时候他不敢轻举妄动，“你们把星空陨石和地火火眼放下，前尘往事我们一笔勾销，我也不计较你们打劫炼器室一事。”

“真是天真啊，洛克大师，你在说笑吗？把星空陨石和地火火眼留给你炼灭神炮，转身再来杀我们？”东方宁心极尽讥讽，老洛克还以为他们不知道这事。

“你们连这个也知道？”老洛克不敢相信地看了一眼身边的小洛克，这事只有四个人知晓，除了他二人，就是精灵女皇与精灵族的公主灵水儿。

“不是我。”小洛克连忙摇头，这事和他无关，他没有说。

“要想人不知，除非己莫为。洛克大师，再见了。另外，谢谢你的神器。”东方宁心扬了扬手中的地火火眼，潇洒地转身离去。

雪天傲、君无量与倾似也轻笑一声，亦不多言，转身就走。现在跟在东方宁心的身边才是最安全的，要知道老洛克最忌惮的就是东方宁心手中的火眼。

“想走，哪有那么容易？我矮人族拥有的可不只是这十把神器。”老洛克看着转身离去的东方宁心一行人，深吸了口气，平复心中的愤怒，扳动左手边凸起的石块。

只听轰隆一声，就在东方宁心四人转身之际，面前出现数百把次神器与魂器，散发出幽幽光芒，如同饥渴许久的野兽。

“东方宁心，你们现在还有机会，放下地火火眼和星空陨石，不然别怪我不客气！”老洛克一脸傲慢地道。

“你可以试试。”东方宁心微闭着眼，微微收紧手上的火眼。

“不答应？”老洛克压着脾气，再次问道。

东方宁心毫不客气地摇头：“没法谈！”

“既然如此，那就全部毁在这里。”老洛克一咬牙，再次移动凸起的石块。

咔嚓咔嚓的声音在耳边响起，四人表面不动声色，心里却颇为担心。矮人族的收藏太恐怖了。

很快，他们就明白了老洛克要做什么。炼器室漆黑的墙壁开始龟裂，露出金黄色的墙面。

金光无比刺眼，定眼一看，那一片全都是人，或者说，是被炼化的人，他们站在那里一动不动，线条完美，充满力量。

“黄金傀儡？矮人族居然炼制了黄金傀儡？秘法不是已经失传了吗？”君无量与倾似也失声大叫。

“黄金傀儡？”东方宁心与雪天傲不解，这又是什么？不过可以肯定，这些金黄色的人比那十二铁人和龙凤双剑强。

“哈哈哈！”老洛克躲在暗处，得意地解释道，“没错，就是黄金傀儡，傀儡中的至尊王者。这九十九个黄金傀儡是用神者五阶以上的高手活生生炼化而成，早已脱离凡胎肉体，比那些精铁躯体更耐打，除非神王出手，不然任何人都无法取他们的性命。现在，你们受死吧！”

老洛克一声令下，九十九个黄金傀儡如同被解禁的猛虎，唰的一下将东方宁心四人团团包围。

它们身手矫健，动作灵活，杀气腾腾，若不是空洞无神的双眼，根本看不出这些玩意是傀儡。

看来老洛克是非要他们的命不可。

“洛克大师，你还真是看得起我们，这架势就是对付神王级别的高手都绰绰有余了。”东方宁心转动手中的火眼，笑得淡然。

“这一次我看你们怎么走！”老洛克一脸阴骜，小洛克则一脸得意。

“洛克大师，你真的以为我们走不出去吗？”东方宁心语气平静，老洛克隐隐有些不安。

“那你就走走看。现在我给你们最后一次机会，留下火眼和星空陨石，我留你们全尸，不然你们就会成为这些黄金傀儡的一员。”老洛克意气风发，如同凯旋的大将军。

东方宁心摇了摇头：“洛克大师，矮人族就这么点东西吗？如果是，我劝你还是收起来的好，免得我一个失手，把你最后的家底都给砸了。”

“大言不惭，看来不给一点教训，你们是不会学乖的。黄金傀儡，给我上！”老洛克一声令下，九十九具黄金傀儡轰轰上前，战意高昂。

面对来势汹汹的敌人，东方宁心四人没有一个退缩。

老洛克原本就不俊美的脸更显狰狞：“东方宁心，你去死吧！”

声音落下，黄金傀儡的攻击也发了出来，雪天傲三人已经做好了反攻的准备，可就在此时，只听轰的一声巨响，东方宁心不知何时站到了最前面，手中的火眼不见了。

爆炸声响起的那一刻，他们面前除了火光，再无其他。雪天傲三人感觉全身上下火辣辣地灼痛，整个人不受控制地飘到半空，还没有反应过来，就听到东方宁心焦急的声音：“倾似也，拉着君无量，我们走！”

说话间，东方宁心一手拉着雪天傲，一手拉着倾似也。

在这片火光中，白色的身影化为鲲鹏之姿，在一片火红之中飞速蹿了出去。

围在他们身边的黄金傀儡早就化为岩浆，老洛克与小洛克在爆炸声响起的那一刻不见了踪影。此刻，没有任何人能阻止他们四人离开。

就在东方宁心飞身而出的刹那，身后又传来数声巨响，如同天雷，震得人耳膜生痛，除了爆炸声外，还有无数重物倒塌的声音。

火光冲天，浓烟滚滚，方圆千里都看得到。

君无量在最后，乘机往后一看，除了火红，再无其他。矮人炼器室方向传来浓浓的火药味，借着风声，隐隐能听到惨叫声和精铁化为铁水的声音。

君无量感觉自己的心跳得异常快，矮人族的炼器室毁了，数代收藏也毁了。就在上一秒，他们还被矮人族重重包围，还想着如何杀出一条血路来，下一秒，一切就尘埃落定。

飞出老洛克的地盘后，东方宁心就停了下来。

“噗！”刚一停下，她吐出的血便在白色的衣服上溅出朵朵血花，带着妖艳的美感。

君无量与倾似也站在原地，一动不动地看着东方宁心，回想着刚刚发生的那一幕。

雪天傲走上前来，抱着东方宁心：“怎么回事？”

东方宁心倒在雪天傲的怀里，苍白的脸上有着淡淡的笑：“没事，一口瘀血罢了，之前和火眼争斗时留下来的，没想到这么一动，反倒给吐出来了。”

话落，东方宁心的脸颊恢复了些许红润。

君无量与倾似也听到东方宁心无事，心下大安，看向矮人族炼器室所在的方向，那里依旧火光冲天，浓烟滚滚。

而这一切，都是面前这个女人的杰作。

“东方宁心，爆炸是怎么一回事？”倾似也急切地问。

“地火火眼自爆引起的。”东方宁心轻飘飘道。

倾似也吞了吞口水，咽下心中的震惊，挑衅地对君无量道：“君无量，看看，你那什么手笔，人家什么手笔，自爆神器算什么，人家把地火火眼都爆了。”

君无量此时却没有和往常一般与倾似也斗嘴，而是一脸凝重：“地火火眼能不能把那些黄金傀儡给炸死？”

“估计炸不死，那些黄金傀儡可是经受过地火和天雷打熬的，地火火眼自爆的杀伤力最多能把炼器室和那些神器毁了。”地火不是天火，威力有限。

“这样呀，那么这件事就严重了。”君无量一脸凝重，再无之前的洒脱之姿。

此事关系到异界各族的存亡。

“这次我们帮不上忙。”东方宁心与雪天傲看着君无量与倾似也，一脸坦诚。

君无量笑了一声：“这事跟你们没有关系，你们做得已经够多了。东方宁心，雪天傲，我和倾似也要立马赶回去，精灵族得知他们的阴谋败露，一定会有新的打算，我们必须回去主持大局。”

“那行，我们就此分开。无量太子，等你忙完，希望你能带我们去幻兽族。如果可以，现在告诉我们怎么去也行。”东方宁心与雪天傲不知异界需要多久才能平定精灵族的叛乱，而他们实在等不起。

“幻兽一族？这又是怎么一回事？”倾似也恨恨地瞪向东方宁心三人，为什么他被排除在外？

君无量白了倾似也一眼：“我只知道大概位置，那地方挺复杂的，我画给你。”

说完他就拿出纸笔唰唰画了起来，神色很是认真。

雪天傲接了过来，怎么看怎么眼熟：“这好像是极北之地兽人的地盘？”

“我看看。”君无量还没有回答，倾似也就接了过去，细看之后，否定了雪天傲的说法，“这里不是极北之地，我到过这个地方，应该是妖族的地盘，挺远挺隐秘的。”

雪天傲点了点头，问倾似也：“大致方向在哪里？”

倾似也详细地解答了一遍，归纳起来就是：越过精灵族，走过兽族，再翻过五座山，跨过三条河，很远很远。

“我知道了，多谢。”雪天傲将地图收了起来，与二人告别，没有一丝留恋与不舍。

君无量与倾似也站在原地，看着东方宁心与雪天傲渐行渐远，很快连人影都看不到了，两人却没有离开，反倒一脸落寞。

“君无量，我好像舍不得他们。”倾似也是独行侠，从来不懂得分离的滋味，这是他第一次说不舍得分离。

君无量长叹了口气。他何尝不是，这是第一次，他为别人的离去而伤感。

然而天下无不散之宴席，东方宁心与雪天傲这样的人，不会在一个地方停留太久，俗世的种种也牵绊不了他们。

“走吧，那两人到时候肯定会去上古战场，届时自会重逢。”君无量拍了拍倾似也的肩膀，转身朝相反的方向走去。

至于倾似也，东方宁心与雪天傲实在不想说，与他合作一次，他们的心脏就伤一次，白头发都要提前几十年长出来。

与两人分开后，东方宁心与雪天傲感觉四周的空气都是清新的。两人前往约定的地点，与灵欣远和小神龙会合。

小神龙与灵欣远等得心急不已，他们可是看到了炼器室的爆炸。小神龙虽然肯定东方宁心没有死，却不知她是否受了伤。当看到东方宁心与雪天傲安然无恙地出现，小神龙与灵欣远都高兴不已。

“东方宁心，雪天傲，你们没事真是太好了！”小神龙与灵欣远连忙上前，眼睛里闪着喜悦的光芒。

冲在前线的人，永远不知道在身后等待他们的人内心有多煎熬。

小神龙人矮个子小，一眼就看到了东方宁心身上的血迹，关切地问：“东方宁心，你身上的血是怎么回事，又受伤了？”

“没事，别人的血溅在我身上罢了。”东方宁心撒了个谎，免得小神龙担心。

“现在我们去哪里？君无量不是答应过我们，要带我们去幻兽一族吗？”确定两人无事，小神龙便问起最关心的事。

“异界发生了一些事，君无量不得不赶回去处理，那地方我们自己可以去，不过现在要去哪里，得问他。”要穿过精灵一族，恐怕只有灵欣远才知道怎么走。

“问我？”灵欣远一脸不解，很快就想明白了，“你们要去精灵一族？我不是说了，紫精没法再次依附到东方宁心的眼睛上，你的眼睛得另想办法。”

“我们不是去找紫精，只是借道，借精灵族的道去找兽族。”具体的地方，东方宁心并不想说。不是不相信灵欣远，而是他们没打算把灵欣远一直带在身边，等找到合适的机会，肯定要先安顿他。

灵欣远愁苦地道：“我也不知道怎么进入精灵族，不过要是能找到入口，我应该知道一些路。”

“放心，现在要找入口很容易，精灵族出了事，她们最近肯定会频繁进出，我们只要小心一点，跟着就行了。”东方宁心轻拂衣袖，平静道。

“出了什么事？”灵欣远隐隐不安，忧心忡忡地问。无论精灵族对他如何，他依旧把精灵族当成自己的家。

“没什么大事，不过是精灵族与矮人族联手，意图一统异界罢了。”这也许是一个机会，一个属于灵欣远的机会，但东方宁心没有说出来，他们还不能确定灵欣远有没有那个能力，又值不值得他们扶持。

“你说什么？精灵族要一统异界？这怎么可能？”灵欣远一张嘴张得老大，怎么也不敢相信。精灵族爱好和平，整个异界都知道，怎么会有一统异界的想法？

“是不是并不由我们说了算，先走吧。”雪天傲冷冷打断灵欣远的话，拉着东方宁心和小神龙往角落避开。

他没想到，矮人族与精灵族的反应这么快。

很快，雪天傲与小神龙也发现了，远处似乎有一队人马正朝他们走来。三人交换了一个眼色，点了点头，也不多说。

“不，我要去精灵族，我要去问清楚。”灵欣远不停摇头。

“先走再说。”雪天傲示意小神龙看着灵欣远。

一行四人立马朝树林深处走去，走了半天后灵欣远才反应过来：“咦，我们这是去哪里？”

“哪儿也不去，躲开追杀。”雪天傲与东方宁心走在前面，警觉地注意着四周。

“追杀？”灵欣远脸色一变，这个词他一点也不陌生，从前他天天被精灵族的人追杀，可似乎没有一次像现在这么突然。

“和你以前遇上的不一样。”雪天傲停下脚步，指着远处的一棵巨树对小神龙道，“把他丢上去，你自己小心些。”

小神龙点头，带着灵欣远几个起落后飞身上树。同时，东方宁心与雪天傲身形一闪，消失在树林深处。

树林安静至极，除了偶有飞鸟，再无其他。东方宁心四人分散两处，屏住呼吸。

他们在等。

“咦，人呢？听说他们往这里走了。”不出所料，他们的确正被精灵族的人追杀，这次来人不多，只有十几个。

此时，她们就站在刚才东方宁心与雪天傲所站的位置，带头的是蓝精灵，神者五阶左右。

“搜。”蓝精灵一扬手，十余名精灵侍卫立马飞散，四处查找，半晌后，却连一片衣角都没有找到。

“联系斥候，让她们查探人在哪里。”蓝精灵又是一个手势，只见天上突然出现一个白点。

“白精灵阁下，请问目标人物在哪里？”蓝精灵语气恭敬，即使白精灵的实力明显不如她。

“目标进入树林之后便消失了，你们自己查找吧，这里有树林遮挡，给我的探查造成了一定阻力。”白精灵语气温柔，隐隐有几分傲气。

“多谢，请白精灵阁下将他们在这里的消息传出去，我们要请求支援，我们小队不是对方的对手。另外，找到目标人物后，还请白精灵阁下协助。”蓝精灵立马吩咐手下查找，同时与附近的同伴联系。

白精灵点了点头，一个眨眼就飞向天空，消失得无影无踪。

东方宁心与雪天傲藏在树上，看得清清楚楚。

精灵们再次分散，蹿入树林，寻找他们几人的踪迹。东方宁心与雪天傲给了小神龙一个静观其变的手势后，便从树上飞了下去，悄悄跟在寻找他们踪迹的精灵身后。

唰，手中的指环化为一条极细的黑丝，直接没入精灵的心口。

待到其他精灵赶来，东方宁心与雪天傲已经消失不见。

“敌袭，敌袭，发现敌人踪迹！”精灵们的反应很是迅速，在东方宁心与雪天傲放倒三个精灵后，其他精灵立马以蓝精灵为中心，围成一团。

“快，请求支援！”

“大家小心，我们围在一起，对方无法偷袭。”

一阵骚乱后，精灵们很快集中起来，而东方宁心与雪天傲等的就是这一刻。

两人分别立在两棵参天巨树上，同时拿出手中的剑，只听轰的一声，两棵巨树同时被砍断，朝同一个方向倒去。树干在半空中交会，正好卡在半空，形成一个天然屏障，东方宁心与雪天傲就站在里面，正好阻挡了来自天空的探查。

“他们在那儿！快，跟上！”蓝精灵看到东方宁心与雪天傲的身影，与手下一同飞向巨树倒下的地方。

树下，守株待兔的东方宁心与雪天傲“相视”一笑。无涯的那些杀手技巧，用来对付精灵一族正好。

负责探查情报的白精灵看不到下面发生了什么，只能飞下来。

当她赶到时，只看到同伴血淋淋的尸体，东方宁心与雪天傲早已不知所终。白精灵顿时脸色大变，知道自己中计了，立马飞身而起，准备去告诉同伴。就在她转身的刹那，一把冰冷的剑刺入她的胸膛：“对不起，你走不了了。”

东方宁心冷漠地将手中的剑抽了出来，看也不看地上横七竖八的尸体。

“你们……”白精灵脸色惨白，瞪大眼睛。她是暗杀高手，没想到居然被别人给暗杀了。

双方第一次交手，以精灵族完败结束。至此，精灵族便彻底跟丢了东方宁心与雪天傲。

与之相反，君无量与倾似也则倒霉透顶，不知是精灵族太强，还是因为和倾似也在一起好运减半了，总之，他们一路被追杀，寸步难行。

与东方宁心和雪天傲分别后，两人堪堪走出百里，就遇到了大大小小数十次围杀。

无论他们挑的路多么隐蔽，都避不开精灵一族，要是直接御气而飞，精灵族更是不怕，半空是精灵族的天下。

围杀君无量与倾似也的除了精灵一族，还有老洛克提供的黄金傀儡，那些打不死、打不退的黄金傀儡让君无量与倾似也吃够了苦头。

三天三夜，不眠不休，君无量与倾似也双眼通红。只短短三天，两人消瘦了十几斤，衣服都是半挂在身上。看着眼前将自己团团围住的精灵一族，还有虎视眈眈的黄金傀儡，倾似也道："君无量，你霉运当头了吗？怎么不管走哪一条路，都会遇到追杀？"

君无量那件原本不沾半分尘埃、整洁如新的夫子衣，此时衣摆处沾上了一丝血迹，衣袖也滑了丝。这些都要归功于矮人族打造的流星箭，这东西是专门用来对付君无量的神器。

能让无量太子如此狼狈，可以想象在东方宁心和雪天傲遁入森林逍遥自在的三天里，他二人历经了多少场生死之战。

听到倾似也抱怨，君无量抽出一把剑，沉重地看着围攻他的精灵们："倾似也，闭嘴，动手！"

君无量的动作很快，说话间已经朝精灵族发起攻击。长剑所到之处，除了两个黄金傀儡外，精灵们几乎没有还手的机会。多日的杀戮让君无量明白，自己以前的君子风度是行不通的，杀人就必须干脆利落，像东方宁心与雪天傲那样。

倾似也见君无量勇猛如初，也一扫刚刚的疲倦，将宗派绝学一一施展出来。精灵一族很快灭团，那两个黄金傀儡却依旧没有半分损伤。

君无量万分不甘，咬牙将空间袋中为数不多的神器丢了出去："爆！"

"轰！"巨大的爆炸声响起，君无量与倾似也脚下炸出一个十余米深、百余米宽的大坑。死去的精灵被炸成碎片，与尘土混在一起。

面对这么大的杀伤力，那两个黄金傀儡只是脸上与身上出现几处擦伤，连血珠都没有冒一滴。

君无量再次拿出一把神器，正准备朝他们丢过去，倾似也制止道："君无量，别浪费了，你明知道没有用，这一路上浪费的神器够多了。"

倾似也一身是血，左臂更是生生被揭掉一大块肉，露出染血的白骨，可他连眼睛也不眨一下。这种伤在他眼中不算什么，比这更重的伤他都受过。

君无量握着神器的手一顿，却不肯退缩。

"君无量，你的神器再多，也不应该这样浪费。"倾似也强拉着君无量往树林深处走去。

而此时，天空中闪过数个白点，不远处，又有一队精灵与黄金傀儡朝君无量与倾似也逃走的方向赶去。

倾似也拉着君无量胡乱跑了起来，好半天君无量才回过神来，甩开倾似也的手："你往哪里走？"

"随便哪里都行，只要不被精灵族追上就好。"倾似也疲惫地说道。

多年倒霉的经历让倾似也明白，凡事都是有规律的，只要他不按规律走，霉运就会稍稍离他远一点。现在，只要他们不往人族与宗派赶，精灵族就找不到他们。

“不行，这样我们什么时候才能把消息传回去？”君无量摇头，精灵族的围攻之法，将他们与外界的联系全部掐断，现在他们就卡在精灵族与矮人族的丛林之间，进退不得。

“不行也得行，精灵族虽然杀不死我们，但她们人多，再这样下去，我们会被活活累死。”倾似也大声解释道。

君无量一生顺遂，这一次打击太大，一时间他接受不了，但是倾似也不同，比这更危险的情况他都遇上过。

听到倾似也的话，君无量冷静下来：“走，我们去找东方宁心与雪天傲。”

“他们在哪里？”倾似也愣了一下，觉得这个提议真不错。相比君无量，他更喜欢与东方宁心、雪天傲一起行动，那两人胆大心细，和他们在一起安全多了。

“你跟着我走就知道了。”君无量直接朝精灵森林的方向走去。

倾似也顿时明白了：“我知道了，我们走。”

他们前脚刚走，精灵族的斥候就将这个消息传了出去。一炷香后，远在精灵族总部的女皇收到了这个消息。

“君无量与倾似也朝精灵森林走来？他们要做什么？”高贵雍容的精灵女皇看着跪在底下的白精灵，威严十足地问。

“属下不知。”几个大精灵纷纷摇头。

看着静坐下首恨意难消的洛克大师，精灵女皇问道：“洛克大师，你有何看法？”

老洛克是她们当中唯一一个与那几人交过手的，虽然惨败到近乎灭族的地步。

老洛克沉吟一刻后便将自己的猜想说了出来：“女皇陛下，据我猜测，君无量与倾似也应该是去找东方宁心与雪天傲，想要集四人之力冲出重围。”

“就是那两个和精灵一族的叛徒走到一起的人？”精灵女皇秀眉拧紧，一脸不悦。

“没错，就是他们。”老洛克咬着牙，强压下心中的恨意。

那四人当中，老洛克最恨的就是东方宁心，如果不是她丢下火眼，矮人族又怎么会近乎灭族？他老洛克堂堂一族族长，又怎么会前来寻求精灵一族的庇护？

精灵女皇点了点头，看向跪在脚下的白精灵，道：“是不是依旧找不到东方宁心几人的踪迹？”

“是。”白精灵一头大汗，身为异界最为优秀的斥候，却让人从眼皮底下溜走，她实在没有脸说。

“既然如此，便任君无量与倾似也去找他们。你们暗中跟着君无量与倾似也，等他们一行人会合，再一网打尽。”精灵女皇眼里闪着耀眼的光芒，那是自信，亦是杀意。

“女皇陛下英明！”

“阿嚏，阿嚏。”隐于深山中的东方宁心突然猛打喷嚏，把雪天傲吓了一跳，以为东方宁心着凉了。

东方宁心与雪天傲善于隐藏行踪，得知白精灵的能力后，一路都挑她们看不到的地方走，实在不行也会改变装扮，只为躲避精灵族的盘查。

“东方宁心，东方宁心，你们到底躲哪里去了？”倾似也与君无量再次往回走，倾似也边走边喊，一副生无可恋的模样。

君无量没有说话，脸色越来越凝重。

两人一路往前，没有看到半空中忽现忽隐的白光。那白光如同天上的星子，哪怕仔细看，也瞧不出异常。

第三十八章 威名震异界

“倾似也，你有没有觉得我们太顺利了？”君无量看着面前的精灵森林，心里隐隐不安。

太顺利了，不过两天的时间他们就进了精灵森林，要知道在此之前，任凭他运气再好，也无法靠近。

“顺利吗？我觉得还好，精灵族没有想过我们会到这里来。”倾似也不以为意道。

精灵族的人恐怕做梦也想不到，他们会杀一个回马枪吧？

“也许吧，只是不知道东方宁心与雪天傲在哪里。”君无量压下心中的不安，咬了咬牙，踏入精灵森林。

精灵森林外围常年烟雾缭绕，如果没有族人带路，外人即使走近也进不去，这一次，他们却轻易踏入了。

同样感觉简单的还有东方宁心与雪天傲，在精灵森林的两天，没有遇到一点危险，两人稍稍心安。

除此之外，他们毫不畏惧地闯入精灵森林的原因是，灵欣远在四天前的一个晚上突然做了一个梦。在梦里，灵欣远的母皇告诉他，精灵族有一种叫珞麋的花，长在精灵森林悬崖边上，花开两瓣，幽香扑鼻，而精灵之杖就是由一朵成长了万年的珞麋花打造的。

精灵之杖的修复技能来自珞麋花，如果采到珞麋花，把它与精灵族幽塔的灵泉水混在一起，就可以让东方宁心复明。

雪天傲与东方宁心抑制住激动的情绪，心中只有一个想法，那就是珞麋花一定可以让东方宁心复明。

“快，我们现在就走。”雪天傲冰冷的脸上充满热切的渴望，只要有一丝希望，

他们就不放弃。

雪天傲的话音刚落下，精灵之杖便消停了。这一刻，众人才明白，灵欣远做“梦”是假，他母皇死前留在精灵之杖上的一抹神识才是真，这抹神识存在很久了，它一直在等，等一个可以帮灵欣远的人。现在，它选择了东方宁心与雪天傲。

幽塔乃精灵族历任女皇死后魂归之地。那个地方有一种神秘的力量，除了历任女皇，没有人可以踏入。灵欣远要带他们去幽塔，首先得让自己成为精灵皇。

知道对方的用意，东方宁心与雪天傲仍旧选择前往。

由灵欣远带路，东方宁心与雪天傲朝着精灵族的几处悬崖走去，可惜寻了两天，一无所获。

是夜，三人挑了一个山洞，在里面烤打来的猎物，东方宁心与雪天傲脸色如常，对于珞麋花他们志在必得，两天找不到，就再找两天，直到找到为止。

灵欣远却是一副神情恍惚的样子，火光下，眸子空洞无神，不要说雪天傲了，就是东方宁心都感觉到了。

“灵欣远，你怎么了？”东方宁心问道，如果灵欣远不想带自己去找珞麋花，那么没关系，他们可以自己找。

灵欣远看着东方宁心与雪天傲，欲言又止。

雪天傲神色一冷，道：“有话就说，支支吾吾，一点男子汉气概都没有。”

被雪天傲的话吓了一跳，灵欣远手中的肉串直接掉入火中，溅起一身火花与灰尘。灵欣远手忙脚乱地拍打着，东方宁心与雪天傲冷眼相看，没有相帮。

灵欣远拍着拍着就停了下来，一脸无措地看着两人：“东方宁心，雪天傲，也许在这里，我们找不到珞麋花。”

“珞麋花在哪里？”东方宁心猜测，灵欣远一定知道什么却不肯说出来。

灵欣远闭上眼睛，一脸为难道：“如果精灵森林没有珞麋花，那就只有那个地方才会有，那个地方是精灵族的禁区，很危险。”

“你曾经去过？”雪天傲道。

灵欣远沉重地点了点头：“母皇曾带我去过一次，那里很可怕。”

“那就去。”雪天傲不给灵欣远机会，直接做下决定。

“可是，那里……”灵欣远一脸为难。

雪天傲道：“不管有多么危险，我们都要去。那地方，也很有可能就是你母皇要我们去的。”

“也是。”灵欣远再次拿起一边的生肉烤了起来。

母皇到底要做什么？那个地方真的很危险，真气根本无用。

山洞里一片寂静，黑暗中突然传来一道不轻不重的脚步声。

两人异常警觉，第一时间就发现了，雪天傲毫不犹豫地出手，一块巨大的冰块将他们面前的火给熄灭，连一点烟雾都没有。

“有人来了？”灵欣远连忙站起身来，手已经放在精灵之杖上。

脚步声越来越清晰，东方宁心与雪天傲不由得皱眉。听这脚步声，不像是精灵。

就在这时，他们耳边传来了熟悉的声音：“君无量，东方宁心与雪天傲到底在哪里？你不是说就在这儿附近吗？”

“应该就在这里了，我感应到了龙凤双剑的气息。龙凤灵魂是我封印的，它们的气息我不会弄错。”君无量肯定道，龙凤双剑的气息越发浓郁，人应该就在附近。

黑暗中，君无量的双眸显得异常明亮。

“君无量，倾似也？”东方宁心与雪天傲面面相觑，这两人怎么会在这里，不是已经走了吗？

“出去看看。”雪天傲谨慎地开口。

东方宁心皱眉，拉住雪天傲的衣摆：“雪天傲，你不觉得事情很奇怪吗？君无量与倾似也在精灵森林找我们，你说精灵族的人会不会随后就到？”

“很明显，精灵族利用他们引路，好将我们一网打尽，但现在我们没有退路了。”东方宁心想明白的，雪天傲自然也想到了。

“看样子，这一战无法避免。”东方宁心叹息。走到这一步已经避无可避，君无量与倾似也如果不是没了办法，也不会返回来找他们。

山洞里，火光再次出现，东方宁心与雪天傲大步走了出去。

“什么人？”君无量与倾似也飞快转身。

“东方宁心，雪天傲！”看清来人，君无量与倾似也惊喜地叫了一声，一个跨步就拉近了双方的距离，“总算找到你们了。”

倾似也双眼深陷，看这样子，应该好几天没睡了。君无量也好不到哪里去，黑黑的眼圈，瘦削的脸庞，无不说明无量太子这几天过得很不好。

就在几人转身进洞的刹那，雪天傲发现漆黑的天空中闪过几个白点。

第二天清晨，雪天傲见君无量与倾似也休息得差不多了，就将他与东方宁心的猜测说了出来。

“我们上当了！”君无量和倾似也两人不蠢，一想就明白了。

“所以，我们要化被动为主动。”将灵欣远安顿好后，东方宁心与雪天傲便带着君无量与倾似也来到一块三面是丛林、一面是高山的空地。

他们这几天在精灵森林里来回打转，对这里的地形极为熟悉，要在森林里找一块对自己有利的地形，再容易不过。

“这里是？”君无量与倾似也来到目的地，一脸不解，他们在丛林里兜了大半

圈，就是为了来这么一片空地？

这个地方是他们早就选好的，如果遇上精灵族人的围杀，这里是最好的防御地点。在这里，精灵族人无法借助丛林的优势朝他们射暗箭。头顶没有任何遮掩物，天空中那些暗杀技巧高超的白精灵也发挥不了作用。

最主要的是，他们身后那座看起来不起眼的小山，却深藏玄机。

那里的树枝藤蔓遮天蔽日，草丛灌木间毒虫无数，必要的时候，他们还能跑。

精灵族来得很快，就在四人刚刚站定时，耳边传来嗡嗡嗡的声音。

君无量与倾似也气极："她们真的跟踪我们而来？"

"看看天空。"雪天傲嘲讽地指着他们的上方，天空中，时不时有白色的光点闪过。

"那是精灵族的斥候？我们的行踪一直被对方掌控？"君无量很快就明白，为什么他和倾似也躲不开精灵族的追杀了。

"还不算太笨。"雪天傲说完便不再理会君无量与倾似也，黑色指环已化为利剑，东方宁心亦做好了准备。

翅膀振动的嗡嗡声越来越清晰，君无量与雪天傲只觉得面前一片五光十色的光芒闪过，待到他们适应过来，已经被数万精灵包围，而带头的居然是——

"洛克大师？"

"君无量，倾似也，东方宁心，雪天傲，我们又见面了。"老洛克一身簇新衣袍，此时正站在一只巨大的黑猩猩肩膀上。

那黑猩猩至少三四米高，老洛克站在上面，颇有几分高高在上的架势。

不知是站得高，还是因为此次带来的人马太强，老洛克神情倨傲地看向东方宁心与雪天傲，至于君无量与倾似也，完全不被他放在眼里。

老洛克唯一担心的就是东方宁心与雪天傲，因为不熟悉这两人，也不知他们有没有暗招。

面对老洛克的"厚爱"，雪天傲与东方宁心暗暗叹了口气。他们到底哪一点入了老洛克的眼，为了找出他二人，居然把君无量与倾似也追到精灵森林来了。

雪天傲扫了一眼将四人团团围住的精灵大军，还有面前的十个黄金傀儡，毫不畏惧地迎向洛克大师："洛克大师的手笔还真不是一般的大啊。"

这阵仗用来对付冥那种级别的无上高手都够了。

"言重了，你们擅闯精灵森林，我们不过是在防御。"老洛克用词谨慎。万一他们四人逃脱，也找不到理由谴责精灵一族。

"什么时候洛克大师变成精灵一族的走狗了？"君无量极尽鄙夷，一副不将老洛克放在眼中的模样，但那微弯的手指泄露了他的紧张。

没办法，无论是实力还是数量，双方完全不对等，他们一点胜算也没有。

东方宁心与雪天傲表面平静，心底暗暗着急：小神龙，要快点到呀！

“我懒得和你们废话，先杀了你们再说。”老洛克死死地看着君无量四人，要不是这四人，自己堂堂一族族长，人人尊敬讨好的炼器大师，怎么会沦落到这个地步？

一声令下，十个黄金傀儡率先跨出一步，三个天神大精灵也看向他们。

“洛克大师，你要以多欺少？”雪天傲不慌不忙地摆出防御的架势。

老洛克根本不跟雪天傲说话，再次下令：“还愣着干吗，把这四人杀了！”

十个傀儡飞快出列。

“慢着！”东方宁心出声打断。

除了雪天傲外，所有人都面露不解，看向东方宁心。

东方宁心上前一步，站到老洛克面前，手中的剑指向他身后：“洛克大师，既然要人多欺负人少，那么看看你的身后是什么。”

众人顺着东方宁心的剑尖看去，只见一片银光闪耀，上面是黑压压的人。

君无量与倾似也张大嘴巴，死命地揉着自己的眼睛。

那些人身上的血腥与肃杀之气让人不寒而栗。那是从战场上喋血而来的勇士，经过战争的洗礼，有着常人没有的戾气。

“那是什么？”老洛克的脸色不禁变了变。

异界的龙不就是玄兽族的族长吗，麒麟？

“你以为凭一群野蛮的玄兽就能和我们斗？”老洛克收起脸上的震惊，一脸不屑道。

“呵。”东方宁心冷笑，她笑小神龙来得太及时，也笑老洛克太天真。

“你笑什么？”老洛克的脸色很难看，他身边的三大精灵则不断颤抖。精灵族最受不得杀气与血腥，来人的气势令她们窒息。

“我笑你死到临头了，看清楚他们是人还是玄兽。”东方宁心微微仰头，那样子有着说不出来的高傲与自信。

“是什么？”老洛克与三大精灵回头望去，那道银光已从他们头顶飞过，落在了东方宁心与雪天傲面前。

老洛克心中一惧，再次下令：“快，快动手杀了他们！”

一身蓝衣铠甲，手握辟邪剑，威风凛凛地站在最前面的赫然是无涯，他身后则是比黄金傀儡更像杀人机器的蓝色闪电。

无涯一落地就听到老洛克的话，当下大声喝道：“谁敢动手？”

一声厉喝，生生让精灵族的大精灵们停了下来，看着面前突然出现的全副武装的蓝色高手，俏脸上闪过一抹惊惧。

这些人好可怕，不是真气强悍，而是他们身上的杀气！那种视死如归的杀气，把精灵族的人骇住了。

“你们是什么人？”老洛克这句话显得有几分底气不足。

天空中，白色精灵不安地扑腾着翅膀。

“你没有资格问。”无涯手中的辟邪剑泛着青光，又有一丝妖艳的血色在流转。

剑中的血丝不知要杀多少人才能凝聚出来。

君无量与倾似也在无涯和蓝色闪电出现的一刻，主动后退，将主战位置让了出来。

“你们怎么来得这么快？”无涯与蓝色闪电的出现让东方宁心与雪天傲松了口气，紧张的心情终于得到了放松。

有蓝色闪电在，他们不怕了。

回答东方宁心问题的是小神龙：“刚走就遇上了无涯，他们正在寻找我们。”

“还真巧。”东方宁心嘴角扬起一抹笑容，抬头“看”向老洛克。这一次，她是真的底气十足。

“洛克大师，动手吧，我们还有事情要办，解决了你们也好走人。”傲慢的语气，嚣张的态度，东方宁心比精灵族的女皇更像女皇。

“东方宁心，这就是你的倚仗吗？选择这块空地，就是为了等他们？你以为一群神者四阶的亡命徒会是天神的对手？”老洛克强压下心中的骇意，发现蓝色闪电的真气修为时，再次恢复了自信。

“你可以试试。”说话间，东方宁心与雪天傲后退，将战场空了出来。

这才多久没见，蓝色闪电又进步了。神者四阶？老洛克把蓝色闪电当成神者来看，那么就注定惨败。

君无量与倾似也站在一边，令他们不解的是，东方宁心怎么会对这支突然出现的队伍如此自信。诚如老洛克所言，神者四阶根本不是天神的对手。

“动手！”老洛克下令。

无涯冷冷一笑，不待东方宁心与雪天傲多言，傲然道：“蓝色闪电，狂化！”

今天，就由你们见证蓝色闪电在异界的威名。

轰的一声，只见刚刚还如同雕塑般一动不动的蓝色闪电突然爆发，两百个铠甲勇士瞬间化身为战争狂人，手握利剑，敏捷地往前冲去。

这一刻，他们展现出来的实力是神者八阶，有的甚至是神者九阶。

“不可能！”老洛克一双绿豆眼直接凸了起来。

无涯剑指苍穹，一言不发，此时的他已不是平时那嬉闹的无涯，而是战争之神，剑尖所指，便是尸骨成山，血流遍野。

君无量与倾似也一动不动，着实惊呆了。

“杀！”蓝色闪电，化身死神，所到之处，血肉飞溅。

精灵族的人还没有从蓝色闪电狂化的变化中反应过来，下一秒就陷入了屠杀之中。生死攸关之际，她们奋起反击，可神者九阶以下有几个是狂化后的蓝色闪电的对手？

手起刀落，人死倒地。简单直白的手法，没有任何美感可言，蓝色闪电踏着敌人的尸体，无畏向前。

至于精灵族的妖瞳，对不起，蓝色闪电根本不怕，那东西丝毫不妨碍他们杀人，在战场上他们不需要用真气，所以蓝色闪电是精灵族的克星。

“停下！东方宁心，先给我停下！”老洛克在黑猩猩的肩膀上跳来跳去，如同小丑。

蓝色闪电的杀伤力太可怕了，这哪里是人？比他的傀儡还要勇猛。

“洛克大师，晚了。”东方宁心与雪天傲同时举剑上前，目标是精灵族的三个天神。

“上，上，快上呀！杀了他们，不惜任何代价，杀了他们！”老洛克险些口吐白沫，连忙命令十具黄金傀儡，同时提醒三个被蓝色闪电吓到失神的大精灵。

三个天神级别的大精灵听到洛克的话，一个起落就飞入战圈，还来不及出手，早有准备的东方宁心与雪天傲就从角落里蹿了出来。

“大精灵阁下，你的对手是我们。”东方宁心与雪天傲的实力远比一般神者五阶强，再加上龙凤双剑，两人勉强可以应付一个天神级别的高手。

“君无量，倾似也，她俩就交给你们了。”挡住第一波攻击后，雪天傲朝身旁的君无量与倾似也命令道。

这一场麻烦是这两人带来的，他们怎么可以不出力。

“好。”君无量与倾似也早已回神。

蓝色闪电受雪天傲亲训，所用的招式从来都不是华丽的真气攻击，而是将真气与武技融合，是以精灵们的真气还没有凝聚起来，蓝色闪电的剑已经刺到面前。

除了老洛克的十具傀儡外，其他精灵不得不停下攻击，展开防御。

力量、速度，还有不浪费半点时间的杀招，这些就是蓝色闪电的生存资本。君无量与倾似也在一边看得啧啧称奇，这样的杀人机器也不知是怎么训练出来的。

最让他俩好奇的是狂化技能。为什么一狂化后，他们的实力就成倍增长？那么等他们达到天神级别，狂化后会如何？所向披靡？横扫天下？异界无敌？

就在此时，雪天傲的话打断了两人的臆想。两人立马拔剑冲向战圈，一人对付一个精灵族的天神。

精灵族的天神都活了几百年，实力比起君无量和倾似也丝毫不逊色，双方交手，一时间难分胜负。同样的，东方宁心与雪天傲联手，虽然勉强可以应付一个天神，但要取胜却不是那么容易的事。

战局僵持，老洛克在黑猩猩的肩膀上跳来跳去，焦急之情溢于言表。

不怪他这么慌乱，实在是变化来得太快了。老洛克本以为只要他们一出手，就能轻易取对方的性命。而现在，他们不仅杀不了东方宁心四人，精灵族还要损兵折将，要是有一个天神死在这里，精灵女皇肯定不会放过他的。

此时，天空中的白精灵也看到了这一幕，一边将消息传给精灵女皇，一边伺机暗杀。

“无涯，速战速决，他们的援兵就在附近。”天空中那一点细微的动向没有逃过东方宁心的耳朵。

精灵族就在这里，他们没有太多时间，必须尽快解决这一帮人，然后再次隐藏踪迹，借机前往禁区，到了禁区反而安全。

“明白。”无涯飞快点头，念念有词，蓝色闪电的身法速度随之又提升了一成，即使是黄金傀儡也赶不上。

这一刻，蓝色闪电充分诠释了“闪电”的意义。

君无量与倾似也无意间看过来，只见道道蓝光闪过，而蓝光过后，便是血流如注。

两人倒抽了一口凉气，不由得加快了速度，总不能比一群神者四阶还差吧？

君无量与倾似也一拼命，倒霉的就是大精灵了，这个时间就算她们开启妖瞳也来不及了。

“大弥乐印！”

“开天剑！”

君无量与倾似也同时使出自己的保命绝学。

只见君无量的手印突然成数十倍放大，朝面前的大精灵打去；倾似也的剑气以开天辟地之势，横扫千军。

两个大精灵惊得连连后退，不敢相信君无量与倾似也居然在这么短的时间内，发出这么强大的攻击，立马收起自己的攻击，准备防御。

就在此时，老洛克的声音响起：“傀儡，去，挡！”

老洛克发了狠，直接调了两个黄金傀儡挡在大精灵面前，替她们承受君无量与倾似也的攻击，反正傀儡死不了，顶多重伤。

“浑蛋！”君无量与倾似也脸色难看，此时想要收回攻击已是不可能，只好白白浪费了真气。

君无量与倾似也的致命一击打在两个黄金傀儡的身上，只见黄金傀儡在半空划出一道金色的流光，重重落在远处，一动不动。

这时，两个大精灵却朝君无量与倾似也发起一波致命的攻击："精灵术杀！"

强大的真气朝君无量与倾似也袭来，两人铁青着脸，手中的剑反手挡在胸前，此时只能硬扛，没有多余的时间去凝聚真气。就在君无量与倾似也认为自己逃不过这一击时，一道银光闪过，挡在他们面前。

"银龙守护！"小神龙厉喝，小小的身子在半空中翻了一圈，停在君无量与倾似也面前。他一直在旁边观战，就是为了在危急关头出手救人。

东方宁心朝小神龙竖起拇指，亦对无涯道："无涯，就是现在了。"

他们要发起最后一击。

"好！"无涯领命，再次朝狂化后的战鬼命令道，"闪电之魂！"

嗖嗖嗖，无涯的声音落下后，只见两百名战鬼立马停止进攻，纷纷后退，最后面的二十个人摆出蹲马步的姿势，前面的人后翻，踩向同伴的肩膀。

唰唰唰，蓝色闪电十人一队，一个叠一个，叠出二十个人梯。

"东方宁心，这些到底是什么人？"君无量与倾似也实在震惊，哪怕仍在战斗，还是忍不住问了出来。

东方宁心亦在百忙之中回了一句："蓝色闪电，我们的私人军队，大陆最优秀的军团。"

"雇佣兵吗？"君无量看着蓝色闪电，眼里闪过一抹亮光，瞬间已有了自己的打算。

他发现精灵一族的妖瞳在蓝色闪电面前一点效果也没有，他们人族与精灵族交战，如得蓝色闪电相助，必胜无疑。

君无量正想问东方宁心借人，就听到无涯开口："闪电之魂，出击！"

一声令下，二十个人梯立马摆出攻击的阵势，当无涯手中的剑挥下时，蓝色闪电的人梯瞬间往前倾倒，叠在一起的十人如同一人，行动敏捷，手中的剑也朝四周的敌人扫去。

没有任何真气，只用最纯粹的力量。二百人化为二十道光柱，同一时间发出攻击，一前一后，交错有序。

看不清蓝色闪电是如何行动的，只感觉一阵风吹来，一道强光闪过，一道人浪起伏。

"杀！"杀字一出，千军万马奔腾之势起。蓝光汇成一个点，这不是真气凝聚，而是纯粹的武力。一旦被这力量击中，即使是黄金傀儡也讨不得好。

这时，无涯以闪电之姿飞身而起，手中的辟邪剑泛起幽幽寒光，剑尖刚好卡在两百名战鬼的中心。

“去！”无涯手腕一个用力，为这道“闪电”加上浓墨重彩的一笔。

极致的蓝光刺人眼球，如同利刃，直取灵魂。

一身铠甲的少年，却有顶天立地的气势。

精灵们只感觉一阵刀风吹来，蓝光闪过，利刃割身，想要后退，想要防御，却发现四周无不是刀风，所有的防御都是徒劳，连聚凝真气的时间都没有。

最倒霉的就是八个黄金傀儡，不懂退，不懂闪，生生任刀风一片一片刮过躯体。

看似漫长，但蓝色闪电发出的这一波攻击只在一个呼吸间便完成了。当攻击结束，无论精灵还是黄金傀儡，都伤痕累累，血流不止。

美丽出尘的精灵，此时哪有半分出尘的味道，除了死去的精灵，活下来的都失去了战斗力，如同从尸堆里爬出来的血人。

八具黄金傀儡狼狈不堪，全身上下除了血色，再无其他，而脚下早已血流成河。

他们轻易死不了，但是血流干了，还有用吗？

东方宁心与雪天傲联手逼退面前的大精灵后，又在蓝色闪电这一击的掩护下同时出手。

“撼世龙拳，第一式！”两人异口同声，不分先后。

大精灵一看这个情况，立马阻止，可是来不及了。小神龙、君无量与倾似也上前，挡住了三位大精灵的攻击，让东方宁心与雪天傲有充足的时间凝聚真气。

“撼世龙拳，第二式！”战斗还在持续，东方宁心与雪天傲却游离于战场，在众人的配合下，有力地挥出最后一拳，身后各有一百条巨龙的虚影，吞吐日月，排山倒海。

龙的神压对兽族有用，对精灵族又怎么会没用？说起来，精灵也算是兽类。精灵族的人看到盘旋在高空的巨龙，只感觉一股血杀之气扑面而来，别说反击，连动都不会了。

老洛克似乎明白了什么，不停地踩那黑猩猩的肩膀，大声咆哮道：“快，快撤呀！”

“神龙在天，去！”东方宁心与雪天傲身子前倾，身后的神龙裹挟着天地浩瀚之气，朝老洛克一行人直扑而去。

“快跑！快跑！”老洛克心知不妙，拼命往丛林深处逃去。

三个大精灵面对巨龙之威亦是连连后退，一时间无数紫光闪过。

那些紫光雪天傲等人并不陌生，是精灵们眼中的妖瞳光芒，可以防御真气攻击。

可惜，东方宁心与雪天傲早就算好了这一点。

百条飞龙的力量就算被妖瞳挡下部分，也能让这些精灵吃足苦头。

惨叫声、破裂声交织成片，连续两个重击将对方打退后，东方宁心与雪天傲不再恋战：“无涯，撤！”

朝无涯一声令下，东方宁心与雪天傲飞入丛林中，小神龙紧随其后，无涯与蓝色闪电也化为一道极光跟了进去。

矮山内没有路，到处崎岖不平，东方宁心与雪天傲却如履平地，层层藤蔓似乎长了眼睛，在两人过来前便纷纷避开。

不知是因为与倾似也走在一起，还是其他，君无量一路上波折不断，不是被藤蔓荆棘划伤了手臂，就是被毒虫飞物眯了双眼。不过他有神器在身，情况还好，倾似也就倒霉了，衣服被划破，脸上更被毒虫叮出无数红包。

当君无量与倾似也到达山顶时，东方宁心与雪天傲已迎风而站，风吹得衣袍呼呼作响，阳光洒在脸上，散发着柔和的光辉。两人之间自有一片天地，无涯率领蓝色闪电站在他们身后。

明明都是无情的人，站在一起又契合至极。

“东方宁心，雪天傲，你们这样的人，怎么会走在一起？”君无量失神间问出了一句极其无礼的话。

君无量实在无法想象，这样的两人怎么会相爱。

此言一出，无涯全身一松，俊美清秀的脸上带着笑，如同邻家的孩子。

“这位兄弟，别说你好奇，就是我也很好奇呢，这两个感情迟钝的人怎么就在一起了呢？要知道，喜欢宁心的人多了去了。你知道吗，公子苏是我最好的兄弟，一点也不比雪天傲差，子苏那么喜欢宁心，最后居然没有抢过雪天傲这个大冰块，简直让人不敢相信。”

君无量见识过无涯与蓝色闪电的实力后，有心结交他，此刻把姿态放得极低。刚好倾似也是个随和的人，三人凑到一起便越说越起劲。

东方宁心与雪天傲“看着”叽叽喳喳的三人，会心一笑。

第三十九章
此生为你出生入死

轻风徐徐，拂面而来，悠闲惬意。如果不是山脚下让人作呕的血腥味，这里倒是一个观景的好地方。

“东方宁心，雪天傲，还站在这里干吗？不走吗？”君无量与倾似也两人与无涯熟悉后，说话也就放松了许多。

“再等等。”东方宁心神色平静地“看着”前方，双眼如同深潭，又如没有星子的黑夜，像是突然想到什么，她转身对无涯道，“无涯，蓝色闪电的铠甲应该还有吧？”

“有。”

“拿一套给他。”东方宁心指着倾似也，顺着东方宁心所指，众人看到一身破烂、已经过衣不遮体的倾似也。

“哦，好。”无涯一时间没有反应过来，东方宁心这是长了什么眼呢，居然知道倾似也衣服破了？

无涯看着手中簇新的铠甲，颇有几分不舍：“拿着。”

“给我？”倾似也看着手中的铠甲，只一摸就明白这铠甲虽然比不上深海秘银，却胜在轻薄坚韧，除非魂器以上或是神者五阶以上的高手，一般刀剑、一般人破不了它。

无涯正想点头说是，东方宁心抢先一步道：“不是送，而是借。”

“借？”倾似也看着手中的铠甲，说实在的，他很喜欢，真舍不得还呢。

“当然是借，你以为这套铠甲打造起来很容易吗？那精铁是用天火熔化万炼而成，抵得上一个国家一年的国库收入。”

如果不是他们与丹远容相熟，即便万金在前，丹远容也不会出手。

倾似也一听，二话不说，立马将身上那些烂布给扯了，换上崭新的铠甲。不得不说，人靠衣装马靠鞍，换上威风凛凛的铠甲后，他整个人气质一变，如同一把开光见血的绝世名剑，尽显名将威仪。

“看不出来，你长得还不错。”无涯看着全副武装的倾似也，啧啧称奇，铠甲刚好将倾似也的包子脸给挡住了，也将那头如同枯草的杂发给遮住了。

同样的铠甲，战鬼穿出来是铁血肃杀，面前这个人却穿出了大将风度。

“那当然。”倾似也扬扬得意。

君无量怨念了：“不行，东方宁心，你也得借我一套。”

虽然身上的夫子袍尽显儒士风采，但同一件衣服穿久了是会腻的。最主要的是，每个男人心中都有一个沙场梦，东方宁心手中的蓝色铠甲无疑是他最好的选择。

“不借。”东方宁心果断拒绝，同时挥手，示意身后的蓝色闪电后退一步，因为接下来不需要他们了。

“唰！”两百名战鬼如同机械人，在东方宁心的示意下后退。如果仔细观察的话，就会发现无论是速度还是敏捷度，都和之前相差太远。

“东方宁心，你不能厚此薄彼。”君无量郁闷，什么时候他君无量的运气这么差了？宝贝就在面前，居然是倾似也抢了先。

想到倾似也，君无量恶狠狠地瞪了他一眼，这两天他被倾似也害惨了，什么奇怪的倒霉事都会遇到。

“这铠甲你用不上，何必浪费？”有蓝色闪电为后盾，东方宁心无须再惧君无量，也无须再惧异界的任何一方势力。

“谁说我用不上了。”君无量看着自己的神器级外衣，底气有些不足。

“等你和倾似也一样倒霉时，我就送你一套。”东方宁心一脸严肃道。

“和倾似也一样倒霉？东方宁心，这个笑话一点也不好笑。”君无量郁闷了，难不成真应了那句话，倒霉是福?

“我是说真的，之所以借倾似也铠甲，是因为他太倒霉了，接下来的战斗，如果没有铠甲保护，他一定会受伤。”这一点东方宁心很肯定，万分肯定。

君无量与倾似也同时收起嬉闹的表情，神情严肃，他们怎么忘了，这里是精灵森林，他们的一举一动都在精灵族的监视下。

“你以为精灵族吃了这么大的亏，会就此罢休吗？”东方宁心随手指向山脚下的尸体。这么大的损失，任何一族都容忍不了，更别说野心勃勃的精灵女皇了。

“我知道了，等下你要我们做什么？”君无量彻底收起了心中的傲气，主动问东方宁心。今天一战，全靠东方宁心与雪天傲运筹帷幄才取得大胜，对这两人他不得不服。

“有，结束后，你们速速离去。”东方宁心不客气地逐客。

“东方宁心，你赶我们走？”君无量与倾似也同时扬声。

“不是赶，而是让你们借机离去，你们原本不就是要各自回族的吗？”东方宁心秀眉一挑，这两人该不会改变主意了吧？

“咳咳，这个不急，我们深入腹地一样可以瓦解精灵族的阴谋。”君无量随口找了个理由。

一直没有看向这边的雪天傲听到君无量厚颜无耻的话，不禁看了他一眼，一直把君无量看得一脸尴尬。

“随便你们。”反正他和东方宁心没打算带着君无量与倾似也闯精灵族的禁区，那地方有精灵族最大的秘密，就算他们肯，灵欣远也不会同意。

倾似也一听乐了：“就是，就是，我们在一起配合得多好呀，随便再打两场，就可以把精灵族的主力干掉，没了主力，精灵族的阴谋就不会得逞了。”

这一次，东方宁心与雪天傲什么都没有说，难不成这二人忘了，他二人可是异界的公敌，外面要杀他二人的多了去了。

无涯站在一边，同样不解地看向君无量与倾似也，很想问这两人凭什么认为，东方宁心与雪天傲吃饱了没事干，要去干掉人家精灵族的主力？精灵族的阴谋和东方宁心与雪天傲有一两银子的关系吗？

就算精灵族得罪了东方宁心与雪天傲，打了这两场，死的人也足够了。再说，这二人莫不是忘了，当日他们的族人屠杀兽人一族，在异界对东方宁心与雪天傲可是下了必杀令的，现在居然奢望东方宁心与雪天傲帮忙，真是可笑至极。

无涯看君无量与倾似也二人不错，正想开口提醒，精灵族的大队人马却朝他们飞来，天空中亦出现无数忽明忽暗的白点。

“来了。”无涯跃跃欲试，手中的辟邪剑想也不想就拔了出来。

“好剑。”君无量看着辟邪剑，忍不住赞道。

“洪荒排名第十的辟邪剑，怎么会差？”无涯一脸骄傲。

这把剑是东方宁心与雪天傲得到的第一把神器，却大方地赠予他，这份友情、这份看重，值得他无涯追随一辈子。

东方宁心打断了无涯的炫耀：“别玩了，你的任务是她们。”

“知道了。”无涯配合地应了一声，“小神龙，我们走。”

要对付天上的白精灵，必须得小神龙帮忙。

“嗯。”小神龙应了一声，化为银龙，驮着无涯，冲向云霄。

这一次，东方宁心决定一举灭了这些监视他们的白精灵，以确保安全。

在无涯与小神龙冲向蓝天之际，精灵族的大队人马也来到了山脚下，放眼望去，黑压压的一片，气势惊人。

看到惨死的族人，她们愤怒至极，挥舞着手臂，杀气腾腾：“杀！杀了他们，为死去的族人报仇！”

面对比自己实力高出百倍、望不着边际的精灵士兵，东方宁心与雪天傲并不惊慌，站在山顶上，任由精灵一步一步逼近。

君无量与倾似也看着二人，眼中满是迷惑之色。

经过刚刚一战，君无量与倾似也可以肯定，东方宁心与雪天傲就是面瘫狐狸，阴险狠辣。他们行事谨慎，计划周密，能屈能伸，从不拿性命开玩笑。

远远地，大精灵灵菲宇看到山顶上的四人，不知为何，心里有种不好的预感。对方太从容、太镇定，她率领三万精灵大军步步逼近，对方却没有一丝大敌当前的紧张，这很不寻常。

理智上，灵菲宇不相信东方宁心四人能给她带来危险：“戒备！全体戒备！准备一级攻击模式！”

看着大老远就摆出攻击架势的精灵军队，东方宁心与雪天傲依旧不为所动，并且暗暗记住了那下令的大精灵。

双方相隔五十米。

东方宁心与雪天傲除了最初的“一眼”外，就再也没有正眼“瞧过”精灵族大军。

这种诡异的气氛让君无量与倾似也一句话也说不出来，生怕扰乱了东方宁心与雪天傲的布局。

一炷香的时间过去了，两炷香的时间过去了，直到一刻钟过去，除了天空中耍着白精灵玩的无涯外，东方宁心和雪天傲仍旧没什么反应。

精灵族的战士认为东方宁心与雪天傲是在故弄玄虚，就是灵菲宇也开始怀疑自己的判断。

“将军，冲上去，杀了他们！”

“是呀，将军，看看我们死去的同胞，这群人太可恶了，居然让美丽的精灵以这种丑陋的方式死去，实在是无法容忍！”

“将军，杀了他们！”灵菲宇身边的几个小将义愤填膺地道。

灵菲宇看着面前的死尸，再看看山顶上的东方宁心，想着身后的三万大军，顿时信心倍增：“杀！”

“君无量，倾似也，今天你们已经见过了蓝色闪电的威力，接下来我就让你们见识我二人的实力。希望经过今天这一战，你们会知道自己该做什么。”东方宁心声音不大，却足够倾似也与君无量听得清清楚楚。

灵菲宇所率的精灵大军已经在山脚下，准备飞身而上，走到这里，看到东方宁心与雪天傲依旧没有反击，灵菲宇可以确定，东方宁心与雪天傲完全就是纸老虎。

“冲！”灵菲宇豪气万丈地下达命令，心里想着，杀了这四人，待她回到精灵族，将会何等风光。

即使隔着山脉，君无量与倾似也也看到了灵菲宇眼中的自信。不知为何，即使兵临城下，东方宁心也一动不动。

很快，他们就看到灵菲宇与她所率的精灵大军的下场了。

只见第一批精灵战士刚刚爬到半山腰，东方宁心右手一扬，四簇火苗在她手心出现。

“天火？东方宁心，你以为凭天火就能毁我三万大军？天真！”灵菲宇这一刻是真的放心了。

天火虽然可怕，但杀伤力有限，一个天神就能挡住。

东方宁心没有说话，将天火火苗朝半山腰藤蔓最茂盛的地方丢去。

藤蔓燃烧起来。

倾似也出言讽刺：“笨蛋！如果只有天火，我们会站在这里等你们？”

只见火苗燃烧的地方，传来翅膀扑腾的声音，紧接着无数紫光飞起。

我的老天爷，这是什么？

除了两百名战鬼，除了东方宁心与雪天傲，众人都震惊了。

“不！这不可能！”灵菲宇顺着声音与紫光传来的方向望去，近乎绝望地呐喊。

她看到漫天紫灵蜂从火中拼命冲了出来。

紫灵蜂是精灵森林中另一种强大的存在，身有剧毒，从不会主动攻击精灵。原本，精灵也需要它们传播花粉，让精灵族的百花更加鲜艳，是以，紫灵蜂与精灵一向相安无事。

而此时，这些紫灵蜂从火中飞出来，看到半山腰的精灵们，顿时发了疯似的不顾自己的性命，前赴后继朝精灵们扑去。

“不是的，不是的，不是我们。”没有人比精灵们更了解紫灵蜂的厉害，此时她们哪里还记得去杀东方宁心与雪天傲，只想将面前的紫灵蜂解决掉，不然就是死路一条。

因此，精灵们还没对东方宁心发起攻击，就先迎向那数不清的愤怒的紫灵蜂。

君无量与倾似也看着山脚上演的这场大战，连眼睛都不敢眨一下。如果说，之前蓝色闪电与精灵族还叫对战，那么面前这场就绝对是阴谋。

三万精灵面对数以亿计的紫灵蜂，连反抗的力量都没有，神者五阶以下的精灵，只要被一只紫灵蜂蜇到就必死无疑。即使是神者五阶以上，也只能多挨几下。唯一能活下来的，恐怕只有天神级别的灵菲宇。

眨眼之间，山脚下的空地变成地狱，三万精灵凄惨大叫，四处奔跑。只是，无论她们跑到哪里都无法躲开紫灵蜂的攻击，只能不停挥舞着手中的兵器，直到毒性发作，倒地不起。

只是想想，君无量与倾似也就感觉一阵恶寒，连忙后退，直到撞到一动不动的蓝色闪电。冰冷的铠甲让君无量清醒过来，看着面前不断飞舞的紫灵蜂，他浑身都起了鸡皮疙瘩，飞快出手，灭了。

再看倾似也那倒霉孩子，他身边到处都是紫灵蜂，不过人家有全副铠甲，根本不用担心。君无量再次佩服东方宁心，这个女人还真是算无遗策。

“东方宁心，你这妇人好生可怕，怎么会想出这么残忍的办法？”君无量一脸佩服。

东方宁心神情平淡：“无量太子，我东方宁心对敌人从不手软。”

“我们明白了。”君无量与倾似也默默地代人族和宗派应下这话。

不到最后关头，他们绝对不会轻易对东方宁心与雪天傲出手，这样的敌人太可怕了，他二人自认不是对手。

“我东方宁心有仇必报，有恩亦同样。”东方宁心不轻不重地再次提醒了一句。

他们能保兽人一时却保不了一世，有人族与宗派帮忙，兽人族很快便会在异界有一席之地。

“知道了。”君无量与倾似也没有犹豫地应下。对于他们来说，兽人的存在并不是不能容忍，毕竟这么多年过去，兽人也没有死绝，他们也习惯了兽人的存在。

此时，山脚下的大战也到了收尾阶段，就在众人以为东方宁心与雪天傲要撤离时，雪天傲却朝着紫灵蜂的老巢飞去。

“啊，东方宁心，雪天傲这是要做什么？闯蜂巢很危险的。”倾似也一脸关心地提醒着。

“紫灵蜂这么疯狂，表示它们的蜂王死了，现在老巢是空的，没有工蜂把守。”

“雪天傲是去……”

“偷蜂蜜”三个字，倾似也愣是忍住了没有说出口。即便如此，看着穿梭在山林与火海中的身影，一时间雪天傲高大的冷汉形象在倾似也心中倒塌了。

冷傲不凡、贵气天成、运筹帷幄的雪天傲，如同天神下凡的雪天傲，你怎么可以做这种事情呢?

东方宁心一本正经地点头：“雪天傲去偷蜂王浆，不可以？”

“不，不，当然可以。”倾似也连忙点头，其实更想说除了雪天傲，任何人都好。东方宁心你自己去也行，为什么偏让雪天傲去呢?

他真的无法接受雪天傲这样的人做这种鸡鸣狗盗之事，而且还是当着他们这么多

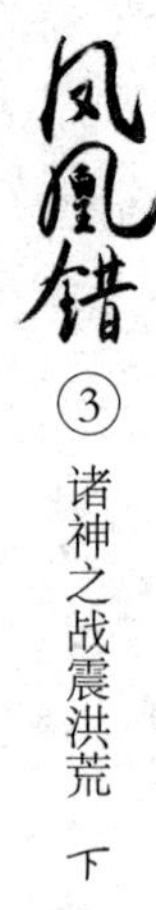

人的面。

倾似也还没感慨完，雪天傲就回来了，手中拿着一块巨型冰块，里面是金黄的液体，那东西君无量与倾似也都认识："极品紫皇蜂蜜！不是吧，你居然把紫灵峰专供蜂王用的极品蜂蜜给偷来了。这东西千金难求，给我一点。"

据说这极品蜂蜜女子服用可延年益寿，容颜不老。真气修炼者在体力透支时服用，可比常人更快恢复，这可是杀人越货的必备良药。

"要的话自己去拿。"雪天傲将手中的极品紫皇蜂蜜放入空间袋，完全没有分赃的意思。

"行，我们自己去。"君无量与倾似也毫不犹豫地冲入火中，抢夺紫皇蜂蜜。

这东西平时可得不到，精灵女皇一年也只能得到手指大小一瓶。

山脚下，唯一完好的灵菲宇气得鼻子都歪了，难不成她们早就中了对方的计？

这四人故意杀她们一个惨不忍睹，又留几个活口，然后站在这里等她们带大批人马前来复仇，借她们这些人吸引紫灵蜂。

灵菲宇的脸色红了又白，白了又紫，紫了又青，她咬了咬牙，不再与紫灵蜂纠缠，身形一闪，直奔紫灵蜂的老巢。

死了三万人，剩下的紫皇蜂蜜她全要了。即使效果没有雪天傲拿走的好，总比什么都没有强。

"我们可以准备撤了，通知无涯，让他不要玩了。"雪天傲看到灵菲宇朝君无量与倾似也的所在飞去，冷冷吩咐道。

他们可是知晓紫灵蜂蜜的好处的，除了养颜外，蓝色闪电也很需要，他拿走的远远不止极品紫皇蜂蜜。

而经此一役，紫灵蜂即使不死绝，也元气大伤，短时间内想要再取得紫皇蜂蜜是不可能的，就算有，也没有哪个傻瓜会像精灵族这样，送几万人给他们引走紫灵蜂。

希望剩下的那点蜂蜜，够那三人平分。

"那三人抢起来了？"东方宁心一边问，一边用精神沟通法告诉无涯：别玩了，打完就收工，要走了。

"希望这一次倾似也能好运一点，不然对不起我们借给他的蓝色铠甲。"雪天傲坏心道。

"剩下的就不归我们管了，走吧。"东方宁心笑了笑。

两人纵身而起，从山顶另一面跳了下去。无涯与小神龙率领蓝色闪电紧随其后。

当君无量与倾似也解决完灵菲宇，平分了仅剩的紫灵蜂蜜，准备去找东方宁心与雪天傲时，那二人已经和灵欣远会合了。

这时，蓝色闪电也彻底无法动弹，棉花一般软软倒下。

灵欣远吓了一跳，没想到刚刚还铁骨铮铮的汉子，竟没有半点征兆就倒地不起。

“没事，休息一下就好，我去布置。”无涯看着倒在地上的战鬼，眼里闪过一抹担心。他是指挥者，与战鬼相处的时间最长，在他眼中，这两百名战鬼是跟他出生入死的好兄弟，看到他们每次大战之后弱得如同婴儿，无涯就感觉自己特别没用。

“无涯，拿这个给他们服下。”雪天傲从空间袋拿出一块金黄色的冰块。

阳光透过冰块折射出来，金光异常夺目。

灵欣远惊得跳了起来：“极品紫皇蜂蜜，你们真的拿到了极品紫皇蜂蜜？这世间最纯净的蜂蜜！这东西拿来给他们恢复体力用？他们休息一下就好了，不用这么浪费吧？”

雪天傲挑眉看了一眼灵欣远，将手中的紫皇蜂蜜全部丢给无涯：“无涯，喂给他们，不用吝啬。”

“好！”无涯应得轻快，稳稳接住紫皇蜂蜜。他就知道，跟着雪天傲绝对不会吃亏。

无涯动作很快，将冰块中的紫皇蜂蜜取出来，拿出三分之一给战鬼，让他们一一服用。战鬼不善言辞，却在拿到极品蜂蜜时，双手颤抖得怎么也拿不稳。

他们一直很清楚自己的处境，也很知足，从来没有奢求太多，可东方宁心与雪天傲已经给了他们太多。

拿着极品紫皇蜂蜜，两百名战鬼红了眼眶，不约而同地跪在雪天傲与东方宁心面前，含泪看着他俩，无声地宣示他们的忠诚。

“都起来，体力恢复后，我们还有新的战斗。”他雪天傲是征战天下的帝王，不是游走权势的政客。他会用实际行动让追随他的人明白，他们的选择没有错。

“是，主人！”这一刻，战鬼发出来的声音，千军万马亦不敌。

灵欣远站在一边，除了佩服，根本说不出话来。他终于明白自己为什么喜欢跟在这两人身后，为什么他的母皇选择这两人帮他。

因为他们值得。

雪天傲点了点头，等两百名战鬼服用完蜂蜜，他又拿出冰寒玉盒交给小神龙：“小神龙，替我跑一趟，送到魔界。”

小神龙接过玉盒，点了点头：“我一定会亲手送到。”

雪天傲点了点头，本想让小神龙带话给小雪少，话到嘴边，却不知说什么，也不想引东方宁心伤心，只好冷冰冰道：“到时候我们在精灵族与兽族交界处会合。”

“好，我走了。”小神龙将冰寒玉盒放入怀中，化为一道银光，消失在众人面前。

“走了。”东方宁心神色淡漠，无神地“看着”前方。

雪天傲与无涯都知道，东方宁心思念小雪少了。

“走了，他会明白的。”他们的孩子一定会明白父母的无奈和不舍，希望他喜欢这极品紫皇蜂蜜，也明白他的父母从来没有一刻忘记过他。

东方宁心迎着阳光而站，白皙的脸上有着梦幻般的光芒：“我们也走吧，去禁区。”

众人沉默不语，跟在东方宁心身后。

在东方宁心与雪天傲率领蓝色闪电前往精灵族禁区时，小神龙也赶到了魔界。

“你来我魔界做什么？”神魔大人听到属下来报，给面子地出宫亲迎。

“送礼。”小神龙晃了晃手中的礼盒，示意不是来找麻烦的。

“给我就好，我会替你转交。”至于我的宝贝徒弟，你还是别见了，我正教宝贝徒弟说话呢，第一句绝对要是师父。

小神龙后退一步，避开神魔伸过来的手：“我必须亲自交到他手上。”

“那就算了，我的魔宫不欢迎你。”神魔想也不想就拒绝了。这世间什么东西是他神魔没有的，还值得小神龙巴巴送来？

“你——”小神龙气得握拳，看着神魔潇洒转身的背影，不知是打还是不打。

打，必败；不打，这口气咽不下去呀。

就在这时，神魔宫一个下人匆匆赶来：“少主有令，请这位小公子进宫。”

“神魔，抱歉了。”小神龙得意地扬了扬手中的冰盒，他早就做好了两手准备，就怕神魔会阻拦。

神魔气得咬牙，他家徒弟居然帮着外人欺负师父。

然而他舍不得打，上一次弄伤了徒弟，他可是心疼得半死。

神魔一脸怒容地走进大殿，看到小徒弟手上的东西，顿时大惊：“极品紫皇蜂蜜？！东方宁心与雪天傲居然送来这个？”随后看到盒中巴掌大小的一块，神魔又怒了，“怎么就这么一点？东方宁心也太小气了！”

小雪少圆嘟嘟的脸上透着鄙视，别说是我师父，丢人！

鄙视完神魔，小雪少从椅子上爬下来，迈着小腿往自己的房间走去。

走出大殿，小雪少嘴角一直是上扬的，紧紧握着冰寒玉盒。他就知道爹娘一直记着他，有好东西也没有忘了他，这种感觉真好。

第四十章
我的眼中只有你

蓝色闪电虽有两百人，但在无涯的训练下，隐藏起来如同一人，无人能寻找到他们的踪迹。明面上，众人看到的只有东方宁心、雪天傲、无涯与灵欣远四人。

有君无量与倾似也牵制精灵族，加上无涯神乎其神的掩盖踪迹的本事，四人一路很顺利，没有遇到半点麻烦。

很快，他们就来到精灵森林极西之地，入口处有一块石碑，上面是血红色的两个字：禁区。

禁区里面有什么，众人却是不知，隔着一层雾，什么也看不清。雪天傲给了无涯一个眼色，示意他安排好身后的蓝色闪电，便与东方宁心直入禁区。

禁区内一片灰蒙，可见度不超过两米，在这样的情况下，众人不得不减缓速度。

“不用担心，这里不会有危险，这段路只要笔直前行就好。”灵欣远出声提醒，却透着不自信。

“你认识路吗？”无涯指着四周，这里每一处都一模一样，根本看不出哪里是前方，如何笔直前行?

灵欣远一路上都在担心禁区里的东西被曝光，压根没有想过该怎么走。上次来这里，完全是跟着母皇在走，他并不知道具体的路线。

“母皇只告诉我在禁区里笔直往前走就行，具体的我也不知道。”灵欣远很不好意思地低下头，一脸通红。

“笔直前行说起来容易，但在相似的地方是极容易出错的。”无涯指了指四周的树，众人发现树与树之间的间距也一样。

“跟在我身后。”东方宁心道。

“宁心，你知道路？”无涯轻巧地跳到东方宁心的身边。

东方宁心摇头，脚步不停：“我不知道，但这里的环境对我不会造成影响。”

众人顺着东方宁心所指的方向前行，一个时辰后，耳边传来嗯啊的叫床声，这声音众人都不陌生。东方宁心脸红得几乎滴出血来，就连冰块般的雪天傲耳根亦是一红。

“禁区里到底有什么？”无涯的俊脸有几分扭曲，他脚步一顿，也不知是往前走，还是停下来。

唯一正常的就是跟在身后的两百战鬼了，对于战鬼们来说，除了上战场，其他都不重要。

灵欣远一脸不自在，低头小声解释道：“禁区就是精灵一族繁衍生息的地方，那里的确比较乱。”

精灵族有专人负责孕育后代，职责就是不停交合，然后生产。不过，并不是所有出生的精灵都能活着回到精灵森林，禁区的生活环境很恶劣。为了活下去，必须踩着同伴的尸体。

还在成长的精灵，体内有一种特殊的液体，只要杀了她们，取出液体服下，就可以洗净身上的戾气与丑陋，变得高贵美丽，如此才会被精灵族认可，不然即使走出去，也会被无情抹杀。

精灵族美丽的外表下，藏着世间最丑陋的一切，而这些就是不能让世人知道的。

越走近，声音越大，雪天傲的脸色又黑又臭：“走吧，先进去再说。”

东方宁心深吸了口气，跟在雪天傲身后。

走了三五米，灰蒙蒙的树林不见了，入眼是一片绿莹莹的草地。空气中除了泥土的味道，就是浑浊的情欲气息。

看着不停交配的精灵，无涯脸色惨白，灵欣远一踏进来就蹲在一边，不停干呕。灵欣远越吐越厉害，无涯听着那干呕声，感觉胃里一翻，也跟着蹲在一边吐了起来。

两百战鬼此时总算像正常人了，脸色扭曲地站在原地，一副想吐不敢吐的样子。

“东方宁心，雪天傲，不行，我受不了了，这里实在是……寸步难行。”无涯一边吐，一边无力道。

“别看了，这里很危险。”东方宁心看不到，闻着情欲的气息，却莫名感觉危险。

“好，我不会看。”无涯闭上双眼，同时对身后的战鬼下令。

“灵欣远，站在蓝色闪电中间，他们会保护你。”东方宁心与雪天傲大步上前，每一步都有着让人惧怕的杀气。

那些随意在草地上成群交合的精灵看到他们，表情从享受变为麻木：“有人类闯入禁区，真是不怕死。”

“魅影神雕有食物了，看样子，它没空管我们了。”一丝不挂的精灵粗暴地站了起来，丝毫不在意自己的身体，随意往草地上一躺，死气沉沉的。

“希望这些人类活得久一点，这样魅影神雕就不会再逼我们。”

这些声音，东方宁心与雪天傲都没有听到。他们走到禁区中部，看到了禁区的另一面。与刚刚完全相反，这里只有残暴的屠杀。

雪白的小精灵只有巴掌大小，刚刚出生，憨头憨脑，神态可掬，煞是可爱。

然而下一秒，这些小东西就被一群比它们稍大的精灵一巴掌拍死。那些大一点的精灵伸出漂亮的手，往小东西的心口处一掏，掏出一枚指甲大小的心脏，然后塞进嘴里。

吞下小心脏后，精灵会长大一点，身上的光芒也会耀眼一点。刚刚产下小东西的母精灵则麻木地看着，一点也没有失去孩子的心痛。

灵欣远已是脚步虚浮，靠两个战鬼拎着才能继续往前走。

无涯自认不是有正义感的人，此时却有出手帮助那些初生小东西的冲动。无论如何，那些小东西是无辜的。

雪天傲似乎察觉到无涯的想法，伸手阻止：“无涯，这是精灵族的生存法则，那些稍大一点的精灵也是刚成长起来的，你能救全部吗？”

灵欣远急切开口：“不能出手，千万不要伤害这里的精灵。一旦出手，我们就死定了。这些精灵都是受守护神兽魅影神雕保护的，一旦受到伤害，或者有自杀的企图，魅影神雕就会出现，给予最严厉的惩罚。”

“魅影神雕是什么？”东方宁心与雪天傲同时问道。

“我也不知道，听母皇说，魅影神雕是精灵族的守护神兽，至于到底是什么、有多强，却无人知晓，因为与魅影神雕交过手的都死了。”

“雪天傲，幸亏你制止得及时。”无涯拍了拍胸口，一副劫后余生的样子。

“看样子，珞麋花似乎也不是那么好取的。”想取珞麋花，必要对上魅影神雕。

“这个我也不知道。”灵欣远低下头，他不想骗东方宁心与雪天傲，只是母皇说，在进禁地前，不能把魅影神雕的事说出来。

东方宁心冷哼一声，不再多言：“走吧，带我们去找珞麋花。”

“啊？”灵欣远看着东方宁心，她发现了什么吗？

“灵欣远，我知道你没有利用伤害我们的心思，所以走吧。”东方宁心侧身，示意灵欣远带路。她一早就知道，灵欣远的母皇并不是单纯想帮他们。

灵欣远没有了心理负担，这一次动作很快，带着东方宁心他们连续走了三天三夜，在第四天早晨到达禁区高原。

此地位于禁区西北方向，地势高险，已经没有精灵的踪迹，除了几株小草小树，再无其他，看上去颇为荒凉。精灵族的守护神兽魅影神雕就栖息在禁区高原的悬崖峭

壁上。

“母皇说，有魅影神雕的地方就有珞麋花，魅影神雕无法抗拒珞麋花的味道，当初的魅影神雕就是因为珞麋花才到这里来的，最终成为精灵族的守护神兽。”灵欣远指着对面的悬崖，没有一丝隐瞒。

“也就是说，珞麋花在山洞里？”对面峭壁上有个山洞，外面却没有珞麋花。

“应该是在山洞里。”灵欣远不太确定地道。

“既然这样，我们过去取吧。”无涯指着陡峭的悬崖，一副跃跃欲试的样子，在禁区连半点动手的机会都没有，他早就闲得发慌。

“不行。我们没有看到魅影神雕的影子，万一去摘珞麋花时，被魅影神雕堵个正着就惨了，我们必须等到魅影神雕回来，将其引开才能行动。”灵欣远颇有大局意识地道，“还有，将珞麋花摘下后，必须在一个时辰内服用，不然会失了药效。我们这回最好把整株花连同根部的泥土都带走，这样才能去幽塔。”

“按他说的做，我们等。”雪天傲示意众人做好准备。

他们不能确定魅影神雕什么时候出现，必须时刻保持高度警惕。

就这样，一行人趴在悬崖上等待魅影神雕归来。一刻钟过去了，半个时辰过去了，一个时辰过去了，两个时辰过去了……

夕阳西下，天色渐暗。东方宁心一行人趴在那里一动不动，一整天下来，他们连个姿势都没有变，似乎已经与草地融为一体。

忽然，天空中传来嘹亮得足以穿破云霄的鸣叫，雪天傲抬头，只见似血的残阳中，出现了一个黑点，黑点迅速从他们上空掠过，张牙舞爪，咆哮着俯冲而来。

东方宁心与雪天傲明白，那黑点就是魅影神雕，它发现了他们的存在。

“起来，准备战斗。”雪天傲与东方宁心第一时间站起，指环化为利剑，默默观察着魅影神雕的飞行轨迹，算好最佳反击位置。

一声戾啸，魅影神雕伸出金色的爪子，暴戾地扑向众人。

东方宁心与雪天傲手握长剑，随时准备应战，不想魅影神雕在距离他们百米处突然收回攻势，身形一转，再次冲着万丈高空飞去，速度极快，眨眼间便没入云层。

“这是？”无涯万分不解，怎么又不打了？

魅影神雕飞到天空中，再次俯冲而下，这一次比刚刚更快更猛烈。东方宁心与雪天傲感觉到山雨欲来的气息，手中的剑微微转动，准备在魅影神雕靠近时，以最快的速度反击回去。

可是，和上次一样，魅影神雕并没有朝众人扑来，而是在众人攻击不到的地方，再次转身飞向天空。

“它要我们吧？”无涯看着天空中的黑点，气不打一处来，这家伙在逗人玩呢。

“也许吧。无涯，让蓝色闪电休息，这里用不着他们了。”东方宁心听着神雕尖锐的啸声，慢慢收起了手中的凤剑。

这么一会儿，魅影神雕再次冲了下来，杀气迎面而来，无涯条件反射般再次防御，可结果还是一样，魅影神雕一次又一次地冲下来，却不与他们正面交锋。

无涯快被折磨疯了，不得不说，魅影神雕太狡猾，这是要生生把他们急死。

无涯气得狠狠挥动手中的剑，转身见东方宁心收起剑，不解地道：“宁心，你干吗？”

“不干吗，既然这魅影神雕仗着自己的优势逗我们玩，我就要让它明白，这世间不是什么人都可以惹的。会飞很了不起吗？哪怕在天上，我们也能把它打趴下。”

魅影神雕又一次俯冲而下，这一次，东方宁心让大家全部放下戒备。半空中，魅影神雕看着东方宁心一行人的举动，扬扬得意。千万年来，多少人死在它这种战术之下，对方明知这是计谋，却仍旧没有办法。

无涯咬牙切齿，偏偏只能眼睁睁看着。

然而，就在无涯愤愤不平时，东方宁心动了。

嗖的一声，无涯只觉眼前一道极光闪过，抬头就看到一个身影追上了魅影神雕。

此时，化为鲲鹏的东方宁心正与魅影神雕以九霄之巅为战场，展开一场高空对打。

魅影神雕根本不是鲲鹏的对手，东方宁心扶摇而起，在魅影神雕还没反应过来时，便伸出利爪，硬生生将它的双翅给抓住了。

“呜——”翅膀被利爪刺穿，魅影神雕在半空中发出一道凄厉的惨叫。

一场血红大雨自天而降。

魅影神雕尖锐似婴儿啼哭般求饶：“饶命呀！饶命呀！鲲鹏大人饶命，小的再也不敢了，求你了，放过我吧，放过我！”

“现在求饶，晚了。你刚刚不是玩得很高兴吗？”东方宁心并没有收手。

只听砰的一声巨响，如同晴天霹雳，众人仰头看天，发现鲲鹏一爪子将魅影神雕给拍飞了出去。

魅影神雕在半空打了两个转，晕头转向，本以为就此逃脱，却发现再次在天空中飞了起来。它现在连翅膀都展不开，如同气球，任东方宁心摔来摔去。

东方宁心不为所动，力道没有减轻半分。

“啊！”魅影神雕再次惨叫一声，不断求饶，“老大，我求求你，要杀我你就痛快点，不要再这么折磨我了，我受不了了，你给我一个痛快吧！”

“给你一个痛快？你算什么东西，也敢和我谈条件。”东方宁心又挥出一拳，“求死吗？你可以选择自杀。”

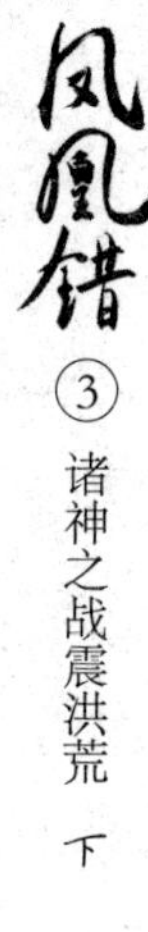

“呜呜。”魅影神雕苦不堪言，它怎么这么倒霉，遇上一个恶霸，求生不得就算了，求死也不能。

魅影神雕被打怕了，再不敢出声，东方宁心出够了气，收手道：“这次就放过你。”

失去羽毛的神雕已没有飞行能力，笔直地摔了下来。

见魅影神雕如同死鸟，一动不动，灵欣远惊呆了，一时忘了如何反应。

“灵欣远，还愣着干吗，上前让它认主。”东方宁心从半空中飞了下来，在落地的一刻，化为本体，感知魅影神雕还是没有被契约，颇有几分不耐烦。

“啊？”灵欣远吓了一跳，契约精灵族的守护神兽，这怎么可能？

“快点，我们没有时间耗下去。”东方宁心再次催促。

如果不是因为珞麋花的消息是灵欣远母皇给的，她才不会轻易将魅影神雕送给灵欣远。

雪天傲还没有契约兽，而且魅影神雕品级差了点，配不上雪天傲。

看灵欣远还是没有动作，东方宁心再次催促：“快点，我们还要去取珞麋花。”

灵欣远担心道：“可这是精灵族的守护神兽，我怎么可以……”

契约呀！

在雪天傲的高威逼视下，灵欣远生生将最后三个字咽了下去。

“有什么不可以的，你问问它愿不愿意成为你的契约神兽。”东方宁心“看了”一眼魅影神雕，直把它吓得全身颤抖。

灵欣远看东方宁心与雪天傲不像闹着玩，壮着胆子上前：“守护神大人，你愿意与我契约吗？”

“我能不愿意吗？”魅影神雕看都没有看灵欣远一眼。

灵欣远一听，大喜：“既然这样，我们就契约吧！”

东方宁心与雪天傲脸上闪过一抹担忧，这魅影神雕居然如此轻易就同意了？

“你动手！”魅影神雕撑着受伤的身子，缓缓抬头。在那个瞬间，一道光芒从它的眸子中射出，对面灵欣远的双眸瞬间被金色覆盖。

灵欣远咬破指尖，一滴血珠缓缓沁出，整个人站在原地一动不动。

魅影神雕拼着最后一丝力气，朝灵欣远的额心弹去一滴血珠。

小小的血珠速度很快，根本没有人看清，东方宁心手中的指环化为凤剑，嗖的一声，挡在了灵欣远的额头上。

“噗！”剑尖是一滴血珠。

东方宁心大大松了口气，与此同时，灵欣远指尖的血珠没入了魅影神雕的额心，一道光芒闪过，众人纷纷松了口气。

主仆契约成立，最主要的是，灵欣远是主。

“发生了什么？”众人纷纷疑惑。

“这个畜生想要反仆为主。”东方宁心一边收剑，一边暗松一口气。

“魅影神雕太狡猾了。”无涯上前，正想踢这家伙一脚，却发现他们正在契约，受规则保护。

“兽之常情。”东方宁心不以为意，如果是她，也不愿意认灵欣远为主。

在契约生成的那一刻，魅影神雕没有去看它的新主人，而是看向东方宁心：“怎么会这样？”

它实在无法接受，最后自己依然成为任人摆布的契约兽。

“为什么不会是这样？魅影神雕，你在我们面前耍心计，实在是可笑，如果你不是精灵族的守护神兽，下场将是灰飞烟灭。”东方宁心冷酷道，毫不掩饰杀意。

魅影神雕一句话也说不出来，非常清楚面前的人想要杀它有多么容易。

“东方宁心，谢谢你，又救了我一命。”完成契约的灵欣远知道，刚刚那一刻有多么凶险。

“不用谢，救你也是为了我们，走吧，去取珞麋花。”东方宁心没心思与灵欣远多言，带着雪天傲飞到对面的山洞里。

一踏入山洞，就有一股幽香传来。东方宁心与雪天傲让无涯与蓝色闪电留在外面，二人顺着幽香，一路往里走。魅影神雕的巢穴相当简单，种植珞麋花的地方却极其奢华，珞麋花外围竟是用白玉堆成的栅栏，头顶也不是什么岩石，而是一块透明的琉璃。

此时已是黑夜，天空中繁星点点，皎洁的月光穿过琉璃映在珞麋花上。花开两瓣，幽香扑鼻。在月光下，珞麋花如同玉雕，透着淡淡的光晕，只闻花香便让人全身放松。

“珞麋花倒是奇花。”东方宁心沐浴在花香之中。

“当然，珞麋花吸收天地之灵气、日月之精华，如果不是因为珞麋花，我怎么可能成为精灵族的守护神。”说话的是一个金衣男子，二十岁上下，一身金色长袍穿在身上气势不凡。

最引人注目的还是他的金色眸子，只可惜男子脸色惨白，看上去颇有几分骇人。

“去摘。”雪天傲冷酷下令。

最熟悉珞麋花的就是面前这位魅影神雕，由他来动手，肯定不会毁了花。

“你们要这花做什么？”魅影神雕看着东方宁心与雪天傲。此时的他，如同被削了权的纨绔子弟，再也没有之前的傲慢与嚣张，隐隐有几分讨好的意思。

“魅影神雕，虽然我不是你的主人，但我相信灵欣远不介意我帮他教训你。”

魅影神雕吓了一跳，急忙解释："东方姑娘，你误会我的意思了。珞麋花摘下来后，花期只有一天，一天之内不服用，就会变成毒药。珞麋花单独服用没有效果，需要配上别的药材。我对珞麋花还算了解，不知东方姑娘要用这花做什么？"

"我要用珞麋花恢复视力。"灵欣远已经契约了魅影神雕，东方宁心倒不怕他再耍花样。

"东方姑娘，珞麋花确实有修复功能，但要治疗双眼，还需要加上一些东西。"魅影神雕小心翼翼地开口，生怕东方宁心不相信他。

"加上什么？"东方宁心神色不变地问，心里却起了防备。

站在一边的灵欣远不停朝魅影神雕使眼色，让他不要乱说。可惜魅影神雕一心想着讨好东方宁心与雪天傲，根本没有看灵欣远。

反倒是雪天傲发现了灵欣远的异常，给了他一个冷冷的眼神，示意他不要乱说话。

得到东方宁心与雪天傲的认可，魅影神雕顿时来了精神："东方姑娘，想要你的双眼复明，不需要将整株花移走，只需要取两片花瓣，再加上精灵族幽塔的圣泉水，捣成汁后滴在眼中就能复明。"

东方宁心与雪天傲强压下心中的激动，问道："只有这个办法吗？"

魅影神雕急忙道："还有一个方法，只不过可能性太低了。"

"什么法子？"

不能说，不能说，说出来他就惨了！灵欣远站在一边拼命摇头，却在雪天傲与东方宁心的威严下动也不敢动。

魅影神雕哪里有空去管新主人的死活，他正努力巴结东方宁心与雪天傲。有这两人罩着，他们主仆才有出头的机会。听雪天傲这么一问，他更是不敢隐瞒："还有一个办法，就是用同等量的极品紫皇蜂蜜加入同等量的珞麋花瓣捣成泥，敷在双眼上。三个时辰后，双眼定能恢复，虽然时间久了点，但极品紫皇蜂蜜的效果比灵泉水好，只是……"

"只是什么？"雪天傲强压下怒气问道，左手拇指抚上右手的扳指。

熟悉雪天傲的人都知道，这是他发怒的征兆。

魅影神雕这话一出，灵欣远的脸就白了，低着头不敢看人。

现在，东方宁心与雪天傲眼中都没有他。灵欣远知道他们有多急切，却故意把这么重要的消息隐瞒下来，一定让他们很失望。

魅影神雕一看这气氛就知道自己说错话了，暗暗打量了一眼面如死灰的灵欣远，又看了看东方宁心与雪天傲，摇了摇头。

他虽是神兽，但智商不低，就这么一眼，他已经明白了七八分。

他怎么会有一个这么笨的主人，面前这一男一女是霸主级的人物，在这种人面前，如果没有与之抗衡的力量，就最好不要藏什么小心思，不然死的一定是自己。

“东方姑娘，天傲阁下，我虽与主人相处不久，却也知道他是个单纯的人，不然两位也不会出手相助，不知主人他……”魅影神雕知道自己鸟卑言轻，还是出言相求。

“好了，这事不用你管，你只要告诉我，可是什么？”雪天傲摆了摆手，示意魅影神雕别再多说，灵欣远的确让他们失望，但他们不会就此遗弃他。珞麋花算是他们与灵欣远母皇的合作条件，现在拿到了花，他们自会履行自己的诺言。

“只是极品紫皇蜂蜜可遇不可求，相比起来，幽塔的灵泉水反倒好得。”魅影神雕一点也不敢隐瞒，他还巴望着靠这个弥补灵欣远犯的错。

雪天傲松了口气。如此说来，不用去幽塔，东方宁心的眼睛就能复明。

“去，把那珞麋花瓣摘下来。”雪天傲强势命令道，没有再看灵欣远一眼。

“是。”魅影神雕虽然心疼，还是摘下两片花瓣，一脸肉痛地给了雪天傲。

“无涯，把极品紫皇蜂蜜拿来。”雪天傲拿到花瓣，一刻也不能等。

魅影神雕听到这话，脸更白了。

他的主人怎么会这么愚蠢，能拿到极品紫皇蜂蜜的人，是你能欺骗的吗？

想到这里，魅影神雕再次看向灵欣远，看着站在那里如同人偶的灵欣远，不知该同情他，还是同情自己。

无涯路过灵欣远身边时，给了他一个冰冷的眼神。从这一刻起，灵欣远不再是他们的朋友。

魅影神雕明白个中利害，什么也不敢说，小心翼翼地将珞麋花瓣与极品紫皇蜂蜜按一定比例调好，然后捣烂，并让东方宁心滴一滴血进去。

珞麋花是灵花，滴上一滴血，可以让花认主，以后山洞里的珞麋花再次开花，东方宁心会第一时间知道。

当然，这绝对是卖乖行为，面对魅影神雕的投诚，东方宁心与雪天傲接受了。

血渗入珞麋花汁中，很快消失不见，而山洞中的珞麋花茎上隐约可见一丝血红的痕迹。

魅影神雕将捣好的药汁交给雪天傲。

雪天傲接过药汁，心里怎么也无法平静。

东方宁心，你的双眼终于可以复明了！

从洪荒走到异界，就是为了治你的眼睛！

激动的何止雪天傲一人，静坐在那里的东方宁心，比任何人都期待自己复明。

雪天傲深深呼吸，压下心中的激动，将药汁一点一点滴入东方宁心的眼中。

待药汁全部没入双眼，东方宁心闭着眼睛，静等奇迹出现。

不知何时，魅影神雕与无涯几人都出去了，山洞里只余东方宁心与雪天傲。

他们都知道，当东方宁心能够视物，她第一个想见的就是雪天傲。

番外：我不能动心

在遇到东方宁心与雪天傲之前，无涯从来没有想过，像他这种出身杀手世家、一直成长在黑暗中、被家族当作杀人机器训练的人，会有活在阳光下的一天。

他想，东方宁心一定是他的圣女，带他走出阴暗，给了他光明的未来。

他一直都知道，没有东方宁心与雪天傲，就没有他无涯。

他的命是父母给的，他用十年杀手生涯回报了，并给了他们一个强大的君家，一个不用再做杀手的家，而后他的生命与父母无关。

他的新生是东方宁心与雪天傲带来的，这一生他就是为他们卖命也心甘情愿，更不用说他们从来不需要他这么做。他们把他当成值得信任的兄弟，而他亦不会辜负这份信任。

从中州到洪荒，从洪荒到异界，从异界到上古战场，他陪着东方宁心与雪天傲，哪怕是死也不退缩。

从辟邪剑到君家上位，从蓝色闪电到各种顶级丹药，东方宁心与雪天傲给了他从前不敢想象的一切。

他和蓝色闪电在一起的时间最长，总是听他们说，是东方宁心与雪天傲给了他们新生，让他们像人一样活着，他们无比感谢东方宁心与雪天傲。

每每听到这话，他都忍不住露出笑容。

东方宁心与雪天傲于他而言，是比生命还重要的人，这两人当中，东方宁心更重要。

猥琐会长曾经开玩笑地问他："你哥哥、公子苏、秦羿风、鬼苍悟、欧阳以诚他们几个明里暗里都爱慕着东方宁心，你呢？你天天跟在东方宁心身后，就一点也不爱慕她？对她一点不动心？"

"动心？你在开什么玩笑！东方宁心耶，那样变态，你觉得我在找虐吧？东方宁心是哥们，哥们懂吗？对自己的哥们动心，你恶不恶心！"

只有他明白，自己并没有表现出来的那么冷静，他对东方宁心动过心。

可是对她动心的那些男人，哪个不比自己强？

雪天傲是个小气的男人，东方宁心是个冷情的女人，他俩绝不会容许有爱慕东方宁心的人日夜陪在他们身边。

为了能留下来，为了能待在他们身边，他只能不动心，只能拿东方宁心当哥们。

他是中州顶尖的杀手，擅长伪装自己，不仅东方宁心与雪天傲看不出他的心思，时间久了，他也看不出自己的心思，好像从来不曾对东方宁心动过心。

他如愿以偿，成了除小神龙外，唯一一直陪在东方宁心与雪天傲身边的人。

只在夜深人静时独自舔着伤口。

也是在这种时候，他才明白这世间最苦不是爱别离、求不得，比爱别离、求不得更苦的，是心中有求却不能说。